Friedrich Braitmaier

# Goethes politische Lehrjahre

Friedrich Braitmaier

**Goethes politische Lehrjahre**

ISBN/EAN: 9783741124624

Hergestellt in Europa, USA, Kanada, Australien, Japan

Cover: Foto ©Andreas Hilbeck / pixelio.de

Manufactured and distributed by brebook publishing software (www.brebook.com)

Friedrich Braitmaier

# Goethes politische Lehrjahre

# Goethes

# Politische Lehrjahre.

Ein in der VIII. Generalversammlung der Goethegesellschaft
gehaltener und erweiterter

## Vortrag

mit Anmerkungen, Zusätzen und einem Anhang:

Goethe als Historiker.

Von

## Ottokar Lorenz.

Berlin.
Verlag von Wilhelm Hertz.
(Bessersche Buchhandlung.)
1893.

# Vorwort.

Die nachfolgenden Blätter werden auf den Leser vielleicht den Eindruck machen, daß der Mann, welcher so schreibt, sich in Gedanken vor eine Zuhörerschaft gestellt glaubte, der er einen Vortrag zu halten hätte. Und wirklich war dies mein Fall; aber ich bin doch noch so glücklich gewesen, rechtzeitig zu bemerken, daß meine Rede etwas zu lang und selbst für eine in ausdauerndem Zuhören versuchte Gesellschaft leicht ermüdend geworden sein würde. Dennoch kann ich nicht leugnen, daß es mir gar erwünscht war, nur immer so fort über mein unerschöpfliches, herzerfreuendes Thema zu schreiben, als hätte ich ein Collegium darüber zu lesen. Was ich darnach in Weimar der hochverehrten Versammlung der Goethefreunde zu sagen vermochte, war dem Augenblicke vorbehalten geblieben. Einem freundlichen Berichterstatter in der Münchener Allgemeinen Zeitung (Beil. Nr. 156 und 157), der sich meine Notizen erbeten hatte, verdanke ich es, daß meine damaligen Worte ziemlich genau erhalten sind. Daraus geht vor Allem eins hervor, was ich gleich hier erwähnen muß, daß ich mich thatsächlich nicht so mit fremden

Federn geschmückt habe, als es hätte scheinen können, wenn man bloß Stimmen derer vernahm, die der tief eingreifenden Antheilnahme Goethes an den diplomatischen Geschäften der Fürstenbundszeiten bisher weniger Aufmerksamkeit geschenkt hatten. Und so will ich ausdrücklich erklären, daß unter Anderm eine der auffallendsten Thatsachen, welche zu erwähnen war, und deren nunmehrige Feststellung man mir glaubte zuschreiben zu sollen, schon vorlängst von meinem alten Freunde, Prof. Erdmannsdörffer in Heidelberg bemerkt worden ist.

Jedenfalls darf es die Goetheforschung als einen erfreulichen Gewinn ansehen, daß wir dem Dichter in wissenschaftlich sichergestellter Weise seinen ganz bestimmten Ehrenplatz in der politischen Geschichte anweisen konnten, was mehr zu besagen hat, als die wohlgemeintesten Darlegungen seiner wirklichen oder vermutheten ideellen Ueberzeugungen in Bezug auf politische Dinge. Indem jedoch mein Vortrag auch von diesen, wie sie sich mir lediglich als der Bodensatz einer praktisch-diplomatischen Thätigkeit darstellen, nicht abzusehen vermochte, fand ich mich vor eine Reihe umstrittener Fragen gestellt, über welche ich meine oft abweichenden Ansichten auszusprechen hatte. Um die Letzteren allseitig zu begründen, habe ich die Anmerkungen so eingerichtet, daß sie nicht sowohl als Belege für das Einzelne dienen, sondern die Hauptpunkte in Goethes politischen Beziehungen jedesmal im

Zusammenhange darlegen wollen. Ich wünschte, daß die größeren Untersuchungen darunter auch für sich gedacht, ihre Berechtigung erkennen ließen.

Diese Studien hätte ich aber in so kurzer Zeit nicht ausführen können, wenn mir nicht in Weimar von Archiven und Bibliotheken so außerordentliche Erleichterungen zu theil geworden wären, daß ich es als eine besonders angenehme Pflicht empfinde, den verehrten und liebenswürdigen Vorständen dieser Anstalten meinen aufrichtigsten Dank zu sagen.

Jena, im Juli 1893.

D. Lorenz.

# Inhalt.

Die neuere und neueste Goetheforschung spricht ver=
hältnißmäßig wenig von Goethes politischem Denken,
Wesen und Handeln. In ältern Zeiten dagegen findet
sich eine ansehnliche Zeitungs= und Broschürenliteratur
völlig angefüllt mit Erörterungen dieser Art, wohl auch
mit Vorwürfen und Vertheidigungen. Ich habe schon
manchen Goethefreunden und Goethekennern die Frage
vorgelegt, wie dies komme, und einer der gewiegtesten
von ihnen hat mir einmal geantwortet, die geschulte
Goethephilologie sei eben zu gewissenhaft, um aus
Epigrammen und leichten Gesprächen die politische
Grund= und Weltanschauung eines Mannes herzustellen
und zu beleuchten; vollends bei Goethe, der einen Zeit=
raum von zwei Menschenaltern durchmessen, in welchen
die größten Veränderungen der Welt sich vollzogen
haben, sei es schwierig, ja fast unmöglich.

„Und wir sind alle neugeboren," läßt er seinen Epimenides beim Erwachen sagen! Und so wußte auch er sehr wohl, welche ungeheuern Schicksale von Menschen und Staaten an ihm vorübergegangen waren, und sprach gern in späten Tagen von der Größe dessen, was er erlebt hatte. Aber die Generation, die bei seinen letzten Jahren wirksam wurde, war eine andere und völlig verschiedene von der, mit welcher er einst ins öffentliche Leben trat. Es konnte das außerordentliche geschehen, daß unser größter Dichter mit dem Gefühl hinübeging, von seiner Nation verkannt und mißverstanden worden zu sein. „Und nun gar in politischen Dingen!" sagte er, „was ich da für Noth und was ich da zu leiden gehabt, mag ich gar nicht sagen."

„Man beliebt einmal mich nicht so sehen zu wollen, wie ich bin, und wendet die Blicke von allem hinweg, was mich in meinem wahren Lichte zeigen könnte. Dagegen hat Schiller, der, unter uns, weit mehr ein Aristokrat war als ich, das merkwürdige Glück, als besonderer Freund des Volkes zu gelten. Ich gönne es ihm von Herzen und tröste mich damit, daß es anderen vor mir nicht besser gegangen."

Manches gute Wort war zwar gleich damals gegen die religiöse und politische Verketzerung Goethes gedruckt worden, und ist auf so guten Boden gefallen, daß wir heute in unserer Gesellschaft nur mit Lächeln die Stimmen der Ankläger vernehmen zu können meinen, aber wenn wir die alten vergilbten Blätter mustern,

in denen der neue politische Geist der Freiheit hervor=
trat, so hat man einen andern Eindruck. Wenn ein
Jünger der neuen Lehren, wenn Dahlmann sich erhebt,
um seinen politischen Freunden das Wesen Goethes
politisch annehmbarer zu machen, so redet aus ihm
das siegreiche Bewußtsein einer Zeit, deren verständige
Häupter Nachsicht, nicht aber Uebereinstimmung mit
dem Dichter predigen zu müssen glaubten. Es stehe
nicht so schlimm mit Goethes politischen Meinungen,
bemerkt der berühmte Göttinger, der im redlichen Ver=
fassungskampf und im Sturm die Begeisterung der
liberalen Welt gewinnen wird. Er deckt mit Liebe die
ihm weniger sympathischen Seiten in Goethes politischem
Charakter durch ein hübsches Wort zu, welches dem
großen Staatsdoctrinär unvergessen bleiben sollte: „Das
Alter," sagt er, „welches jede Kraft besiegt, hat Goethen
das Eine nicht entwenden können, was seine ganze Art
am eigenthümlichsten bezeichnet, den Trieb immer neue
Jahresringe der Bildung anzusetzen, beständig fort=
zuwachsen."

In diesem Sinne suchte Dahlmann auch Goethes
Abneigung gegen die in den Jahren nach der Befreiung
des Vaterlandes entstandenen „unreifen Versuche, für
die er sich nicht habe begeistern können," zu erklären.
Allein diese Art von Rechtfertigung hat nicht viel ge=
holfen, und als Gervinus es unternahm, den Staats=
mann, den Hofmann und Diplomaten Goethe deshalb
zu verurtheilen, weil er die Entwicklung des Dichters

gehemmt und geschädigt hätte, so war es durch lange Zeit zu einem rechten Glaubenssatz ächter Wissenschaftlichkeit geworden, die politischen Schwachheiten und Irrthümer Goethes zu beklagen. Das war am grünen Holze zu vernehmen; was in den untern Gesträuppen einer kanne= gießernden Literatengesellschaft über den „Fürstenknecht" zu hören war, vermochte selbst Eckermanns Mit= theilung von Goethes köstlicher Einrede gegen den auch ihm schon bekannt gewesenen Vorwurf nicht zu zer= stören: „Soll ich denn also mit Gewalt ein Fürsten= knecht sein, so ist es wenigstens mein Trost, daß ich doch nur der Knecht eines solchen bin, der selber ein Knecht des allgemeinen Besten ist." Dies konnte er sagen, nachdem er eine der herrlichsten Lobreden auf seinen Herrn gehalten, die an scharfer und ehrlicher Charakteristik deutlicher spricht, als manches Geschichts= buch: „Ich bin dem Großherzog seit einem halben Jahrhundert auf das Innigste verbunden, und habe ein halbes Jahrhundert mit ihm gestrebt und gearbeitet; aber lügen müßte ich, wenn ich sagen wollte, ich wüßte einen einzigen Tag, wo der Großherzog nicht daran gedacht hatte, etwas zu thun und auszuführen, das dem Lande zum Wohle gereichte und das geeignet wäre, den Zustand des einzelnen zu verbessern."[1])

Man kann sich kaum einen größeren Gegensatz denken, als die ungemeine Natürlichkeit und Freiheit, mit welcher Goethe über seine politischen Beziehungen und Dienste dachte und sprach und das erzwungene

Pathos, mit welchem nachher diese Dinge beurtheilt wurden. Was dabei zum Vorschein kam, dürfte man indessen nicht allzu ernst nehmen; es war ein Gegensatz, der mehr als ein zeitlicher, wie persönlicher gefaßt werden konnte. Denn die französische Revolution stand als ewig trennendes Wahrzeichen zwischen zwei Lebensaltern, zwischen denen, die wie Goethe empfanden und denen, die ihn oder vielmehr seine politischen Gesinnungen anklagten. Dieser Gegensatz läßt sich nicht einen Augenblick in diesem Streit politischer Meinungen vergessen; Goethe selbst hat ihn anerkannt und bezeichnet. Er verglich sein langes Leben mit einem Sommeraufenthalt in einem Bade: „So wie man ankommt, schließt man Freundschaften mit denen, die schon vorher da waren und nächstens abreisen; dann hält man sich an die zweite Generation, mit der man eine Weile fortlebt, aber auch diese geht und läßt uns einsam mit der dritten, die nahe vor unserer Abreise ankommt und mit der man auch gar nichts mehr zu thun hat.“

Als der neunzigjährige Ranke ebenfalls einmal einen Rückblick auf sein langes Leben warf, glaubte er in scharfer politischer Beleuchtung sein ganzes Dasein nur durch die vorhandenen Gegensätze verständlich machen zu können, welche durch die französische Revolution in die Welt gekommen sind; und doch war für ihn der Gefangene von St. Helena, dem Goethe in dessen vollster Kraft erst am Lebensabend gegenüberstand, die phänomenale Erscheinung seiner frühen Jugend! Aber auch der Spätergeborne hatte noch die Empfindung, in seinem neunzigjährigen Leben hätte sich eigentlich politisch nichts Wesentliches ereignet, was nicht in Liebe und Haß auf die ungeheure Weltveränderung zurückzuführen gewesen wäre, deren schreckliche, markerschütternde Krise auf der Lebenshöhe Goethes das Innere der gebildeten Völker, gleichwie jedes Einzelnen zu zerreißen und in zwei Theile zu spalten schien.

Weit und weiter lag hinter dem Lebenden das gesicherte, historisch-begründete, festgefügte Dasein einer geistig und ständisch wohl gegliederten Gesellschaft, und vor ihm der unzuverlässige Zustand des revolutionären Europas. Als die kaum hergestellte Ruhe der Staaten durch die Julirevolution zerstört und das neunzehnte Jahrhundert sich lediglich zu einer Reihe immer wiederkehrender Erschütterungen verkehren zu wollen schien, wurden viele der Besten und Edelsten von einer Art von Mißbehagen und Zukunftsfurcht erfüllt, die sich in mannigfaltigen Weissagungen einer Wiederkehr barbarischer Jahrhunderte Luft machte. Auch von Goethe ging die Rede, daß er diesem Pessimismus an seinem Lebensende verfallen gewesen sei. Ranke schrieb in seiner historisch-politischen Zeitschrift schon im Jahre 1832: „Goethe sagte vor seinem Ende, es scheine sich ein Krieg vorzubereiten, wie der dreißigjährige gewesen; in vielen Zeitgenossen setzt sich eine ähnliche Meinung fest; Niebuhr starb, indem er einen Wiedereintritt der Jahrhunderte der Barbarei vorherzusehen glaubte.“[2])

Die unbehagliche Stimmung Goethes über die allgemeine Lage um 1830 ist mit diesen Worten gewiß treffend bezeichnet, wenn man auch sachlich zu zweifeln gezwungen wird, ob die Aeußerung über den dreißigjährigen Krieg nicht vielmehr im Jahre 1792 gemacht worden ist, wo Goethe wirklich einmal schrieb: „Europa werde einen dreißigjährigen Krieg brauchen um einzusehen, was 1792 vernünftig gewesen wäre." Wie nun in diesem Worte von 1792 eine wirkliche staatsmännische Voraussicht, man könnte sagen, eine wahr gewordene Prophezeiung sich zeigte, so bleibt es auch wahr, daß Goethe um 1830 den noch viel härteren Ausspruch über die zu befürchtende Barbarei ausdrücklich billigte: „Niebuhr hat Recht gehabt," sagte er, „wenn er eine barbarische Zeit kommen sah. Sie ist schon da, wir sind schon mitten drinn; denn worin besteht die Barbarei anders als darin, daß man das Vortreffliche nicht anerkennt."

Und dennoch! es wäre eine vollkommene Täuschung, wenn man den alten Goethe auch selbst in politischen Dingen lediglich nur für den kleinmeisternden Lobredner vergangener Zeiten halten würde. Vielmehr könnte man aus den vielen Gesprächen, da man sie in den spätern Jahren vollständiger gesammelt hat, leicht nachweisen, wie lebhaft sein Interesse an allen Begebenheiten der Zeit geblieben, und wie wenig er sich zu den Mißvergnügten, die er immer recht herzhaft mißachtet hat, gerechnet sehen mochte. Man könnte sagen, er folgte den politischen Dingen fast ausnahmslos mit nie umwölkter Stirne, hier gerade war er der wahre Olympier, der mit eiserner Geduld und Ruhe, mit der Weisheit und Erfahrung des gesättigten Kenners den großen Weltenlauf an sich vorüberziehen ließ.

# I. Politische Anschauungen.

Die äußere Ruhe und die unbedingte Ueberlegenheit der Auffassung, mit denen Goethe die politischen Dinge insbesondere mit Personen, die unter ihm standen, sei es gesprächsweise, sei es in Briefen kalt erörterte, machen es schwer, ein vollkommen genügendes und abgerundetes Bild von seiner politischen Weltanschauung zu gewinnen. Es ist ganz wahr, daß die Quellen, die uns zu diesem Zwecke zu Gebote stehen, äußerst dürftig sind. Die ernsten Politiker, welche mit Goethe die Fragen des öffentlichen Lebens und insbesondere die der auswärtigen Angelegenheiten, auf die es doch bei der Erforschung der Ueberzeugungen eines Staatsmannes am meisten ankommt, erörtert haben, geben keine tagebuchartigen Mittheilungen davon, und würden überhaupt Gespräche solcher Art nur dann und in dem Falle niedergeschrieben haben, wenn er sich in officieller Weise gegen dieselben zu äußern gehabt hätte, was bei der Eigenartigkeit

seiner Stellung fast niemals der Fall war. So werth=
voll mithin auch das überlieferte Material Goethescher
Unterredungen für die Erkenntniß seiner politischen
Lebensansichten ist, und so wenig man es vermissen
möchte, so dürfte man doch niemals vergessen, daß in
demselben keinerlei zusammenhängende Erörterungen, und
auch keine Gespräche dargeboten werden, die mit dem
Bewußtsein einer ernsten, sei es amtlichen, oder schrift=
stellerischen Verantwortung geführt worden sind.

In besserer Lage befindet sich der Forscher bei der
Benutzung der großen Correspondenz des Dichters; denn
hier ist wenigstens jedes Wort vollkommen gesichert
und zuverlässig. Man wird nur auch da keinen Augen=
blick die Personen außer Acht lassen dürfen, mit welchen
die Briefe gewechselt werden. Wenn man die ungemein
große Masse von allgemeinen Gegenständen der Unter=
haltung, die reiche Fülle von wissenschaftlichen und
literarischen Thematen in Betracht zieht, welche der
Briefwechsel behandelt, und daneben die Seltenheit und
Dürftigkeit bedenkt, mit denen politische Dinge erwähnt
zu werden pflegen, so könnte man leicht auch bei diesen
Quellen zu der Meinung kommen, Goethe habe sich
überhaupt nicht viel um die Politik gekümmert. Ja es
wäre nicht unmöglich, zur Begründung einer solchen
Behauptung mancherlei scheinbares anzuführen, etwa die
Thatsache, daß er oft Monate lang keine Zeitung lesen
mochte, oder daß er behauptete, es genüge ihm meistens,
sich von Freunden auf dem Laufenden erhalten zu lassen.

Alle solche Dinge werden jedoch nur zweierlei beweisen, einmal daß Goethe in der Auswahl der Personen, mit denen es ihm der Mühe werth schien, über Politik zu sprechen, oder zu correspondiren, äußerst vorsichtig war, und weiter, daß er dem politischen Tagesklatsch nicht übermäßig viel Gewicht beilegte. Was heute nur in noch verstärktem Maße jedem Geschäftsmanne bekannt ist, wußte auch Goethe schon damals ganz genau, daß ein halbstündiger Verkehr mit Leuten, die wirklich von den politischen Dingen etwas erfahren, indem sie in den Geschäften leben, mehr werth ist, als eine dreimonatliche Zeitungslectüre. Dieser sachliche Standpunkt politischer Auffassung war Goethe zur andern Natur geworden, nachdem er einmal in die politische Welt eingeführt war und sich zu denen rechnen durfte, welche den abgeschlossenen Kreis berufsmäßiger Staatsmänner bildeten. Da wird man sich denn nicht wundern dürfen, daß er sich nicht darauf einlassen konnte, mit der Frau Herder einen politischen Gedankenaustausch zu bewirken; und noch weniger kann es auffallen, wenn er in dem weltbewegenden Gewirre des Feldzugs an Christiane Vulpius allerlei Schönes über das überschickte Frankfurter Judenkrämchen, aber gar nichts von Politik zu schreiben weiß. Der Briefwechsel beweist vielmehr, daß die Gegenstände der Unterhaltung durchaus den Verhältnissen und Interessen der Personen angepaßt sind, mit denen correspondirt wurde.*)

Indessen ist auch in den Briefwechseln mit Karl

August und Voigt der eigentlichen, grossen Politik fast nur so Erwähnung gethan, daß man überzeugt wird, wie Goethe mitten in dem Geschäftsleben der politischen Angelegenheiten drinnen steht, während es von allen Seiten vermieden ist, den Stoff der politischen Fragen selbst zu erschöpfen. Unzählige Male wird auf die wechselsweise mitgetheilten Aktenstücke verwiesen, welche zur Begutachtung oder zur Lectüre übersandt worden sind, aber von den Dingen selbst ist nur äußerst selten ausführliche Rede. Es ist eben eine Correspondenz von Männern, die sich geschäftlich auf dem Laufenden erhalten und im übrigen die Politik nicht für einen Gegenstand der Empfindungen und Unterhaltungen, sondern für eine geschäftlich zu erledigende Sache erachten. Auch muß man sich stets erinnern, daß die politische Geschäftswelt im vorigen Jahrhundert noch erheblich exclusiver war, als in späterer Zeit und daß man in das Heiligthum uneingeweihte Leute nicht nur nicht eintreten ließ, sondern bemüht war, sie so ferne wie möglich zu halten. Man darf sich darüber nicht täuschen, daß das letztere von dem allergrößten Theile der Männer jener literarischen Kreise zu gelten hatte, welche Goethen nach seiner innersten Natur und in Rücksicht auf seine Lebenszwecke und Ideale bei weitem am nächsten standen, die jedoch gegenüber der von Goethe gewonnenen Einsicht in politischer Hinsicht nur als Nullen gelten konnten und häufig wohl auch Nullen waren.

Der Schlüssel zur wirklichen und vorurtheilslosen

Erkenntniß der politischen Weltanschauung Goethes ist in einer Eckermannschen Aufzeichnung zu finden, wo der Dichter von seinen reichen Erfahrungen im europäischen Staatsleben spricht und es als seinen Vortheil schildert, daß er seit dem siebenjährigen Kriege ein lebendiger Zeuge der großen Weltveränderungen war. Hierdurch sei er zu ganz andern Resultaten und Einsichten gekommen, als die haben könnten, die sich jene Begebenheiten durch Bücher aneignen müßten, die sie doch nicht verständen. Dann sprach er von den Wandlungen und Unvollkommenheiten, die im ewigen Wechsel alles politische Leben stets begleiten werden; und weiter heißt es dann: „Das Vernünftigste ist immer, daß jeder sein Metier treibe, wozu er geboren ist und was er gelernt hat, und daß er den andern nicht hindere, das Seinige zu thun. Der Schuster bleibe bei seinem Leisten, der Bauer hinter dem Pflug und der Fürst wisse zu regieren. Denn dies ist auch ein Metier, das gelernt sein will, und das sich niemand anmaßen soll, der es nicht versteht."

Eine Aeußerung, welche gewiß in vollendeter Weise das Zeitalter vor der französischen Revolution bezeichnet und den parlamentarisch gerichteten und geschulten Schuster des neunzehnten Jahrhunderts mit Recht zu kränken geeignet ist. Und doch gehört die bittere Bemerkung den letzten Jahren des Dichters an, der sich zu gleicher Zeit für einen „gemäßigten Liberalen" zu

erklären liebte. Wiederum steht man hier vor dem
Gegensatz der beiden Zeitalter, welchen Ranke als das
treibende Element des ganzen modernen Menschendaseins
erkannt hat. Noch lange war aber der geschichtliche
Prozeß nicht geschlichtet und wahrlich hatte der historisch
gerichtete Geist gegenüber der revolutionären Bewegung
der Zeit nicht den leisesten Grund sich zu ergeben;
immer noch war der Zeitgenosse der Revolution zu
zweifeln berechtigt, ob die Lösung der Staatsaufgaben
jetzt besser gelingen werde; immer noch durfte das geist=
volle Geschlecht, welches von der ungeheuersten Er=
schütterung mehr überrascht, als überzeugt worden ist,
mit Stolz auf seine Vergangenheit blicken. Und wäre
man etwa sicher, daß der Dichter, wenn er heute auf=
stünde, sich für überwunden erachten würde? Wollte
sich wirklich jemand ernstlich zu der Ansicht bekennen,
er hätte sich selbst für den Epimenides gehalten, der so
und so lange in der lebendigen Welt geschlafen hätte?⁴)
— Wie schlecht müßte man da den Olympier kennen!
Nein! wenn Goethe heute aufstünde, so würde er das
Buch von Henry Taine zur Hand nehmen, und würde
sagen, ihr habt mich lange mißverstanden, das ancien
regime bleibt aber doch von unbeinträchtigter Größe,
hier steht es, wie ich meine Zeit beurtheilt habe, der
gelehrte Franzose sagt es, was ich schon vor hundert
Jahren gewußt und geurtheilt habe.⁵) Und in der
That, wenn man zu einer Menge von Goetheschen
Epigrammen und dichterisch empfundenen Aussprüchen

und Lehren einen rein sachlich geschichtlichen aus, dem Zeitgeist geschöpften Commentar schreiben wollte, so müßte man immerfort das Buch von Taine nur nach=schlagen. So hat auch Viktor Hehn in einem geistreichen Kapitel gezeigt, wie bei Goethe gleichsam alle Charaktere aus der festen Structur der Stände sich entwickeln; und wenn man bei Taine liest, wie alles Staatsleben vor der Revolution auf der strenge festgehaltenen ständischen Gliederung beruhte und die Revolution selbst sich ledig=lich aus dem Verwischen und Aufgeben dieses Gefüges erklärt, so ist es wieder Goethe, an den wir bei dieser Auffassung der Dinge erinnert werden.

Denn in der Revolution erblickte er mit einem nur wenigen Menschen damals zu Theil gewordenem Ver=ständniß die Wirkungen rein persönlicher Umstände und Fehler. Recht im Gegensatze zu dem sich breit machenden Doctrinarismus der literarischen Kreise Deutschlands hatte Goethe die Regierungsunfähigkeit und die Laster des regierenden Theils der französischen Nation als die wahre Ursache des Zusammenbruchs erkannt. Sehr merkwürdig ist es, welche Bedeutung er sofort der Hals=bandgeschichte und dem Prozeß zuschrieb, in den die Königin so tragisch verwickelt wurde, und der das An=sehen des Hofes unwiderruflich zerstörte. In der That, wenn man von Goethes politischen Urtheilen über die Ereignisse seiner Zeit nichts anderes wüßte, als die so konkret erkannten Ursachen der französischen Revolution, so müßte man ihn schon deshalb für einen besonders

erleuchteten Staatsmann halten — recht im Gegensatze
zu seinem Weimarisch-Jenensischen Freundeskreis. Er
erzählte später, der Halsbandprozeß habe ihm in dem
unsittlichen Stadt-, Hof- und Staatsabgrunde schon im
Jahre 1785 die gräulichsten Folgen gespensterhaft erscheinen lassen, und einen solchen Eindruck auf ihn gemacht, daß er einigen seiner Freunde wie wahnsinnig
vorkam. Auch erklärte er Eckermann bei einer anderen
Gelegenheit diesen Eindruck, den er aber zunächst als
einen ganz unmittelbaren und fast unwillkürlichen bezeichnete, in der Weise, daß er sich überzeugt gehalten
hätte, die Königin habe durch die, wenn auch ver-
läumderische Verflechtung ihrer Person in die Sache,
ihre Achtung und Würde und damit gewissermaßen ihre
Unantastbarkeit verloren. Durch die Beeinflussung der
Regierung, die man Marie Antoinette zuschrieb, habe
aber auch diese dem Verhängniß alsbald anheimfallen
müssen. Das ganze Unheil eines zusammenstürzenden
Reiches stand ihm vor der Seele. Man wird bei
seinen Betrachtungen über die Revolution an das Ent-
setzen bei dem Einzuge von Marie Antoinette als Braut
des Königs Ludwig XVI. in Straßburg erinnert:
Als er die Geschmacklosigkeit wahrnahm, daß in dem
Empfangssaal der Prinzessin eine Tapete aufgehängt
worden war, welche die gräßliche Geschichte der Medea
vorstellte, war seine Seele auch damals von dem Unheil
der Zukunft prophetisch erfüllt.[*])

Goethe steht in seiner Auffassung des größten geschichtlichen Ereignisses seines Lebens, man kann es nicht oft genug wiederholen, in vollstem Gegensatz gegen die vorherrschenden Meinungen des Tages. Während damals und später von den doctrinären Politikern die Gründe der Revolution in den vorhandenen Staats= übeln, in den Mißbräuchen der Verfassung, in den Zu= ständen der Verwaltung gesucht wurden, könnte man die Meinung Goethes als eine diplomatische bezeichnen, wie sie wohl in den Kabineten, nirgends im deutschen Publikum bestand und lediglich für die Staatskunst der schwierigen Zeit maßgebend war und sein konnte. Soll man sich da etwa verwundern, daß der Enthusiasmus, von welchem die größeren Kreise unserer Nation beim Ausbruche der Revolution befallen waren, auf Goethe den Eindruck großer Unreife, und geringen Verständnisses politischer Dinge machen mußte? Und als dann die Schrecken und Tollheiten der Bewegung jeden be= sonnenen Mann zur Einkehr mahnten, mußte nicht Goethe das Gefühl haben, daß es wirklich nicht Jedermanns Sache gewesen sei, über politische Dinge zu urtheilen? Durfte er sich nicht für bevorzugt ansehen und auf die Gelegenheits= politiker, die mit einem Male überall hervorgetreten waren, herabsehen? Nichts war seiner Natur mehr fremd, als die Beurtheilung der Dinge aus einem bestimmten politischen Parteistandpunkt, oder aus einem fertigen System her= aus. Er setzte sich vielmehr jedem politischen Lehrgebäude entgegen und nahm die Freiheit in Anspruch, jede Sache auf ihre Vernünftigkeit, wie er es nannte, zu prüfen.

Diese Denkungsweise des Meisters erschwert es allerdings in hohem Grade, eine Vorstellung von seinem gesammten politischen Wesen und seinen Anschauungen zu geben. Viele, die den Versuch gewagt haben, aus seinen Schriften und aus den Berichten seiner Freunde und Biographen irgend etwas zusammenhängendes gewinnen zu wollen, sind an der Sprödigkeit des Materials gescheitert, oder haben blos den Wiederspruch herausgefordert. Die Wahrheit ist, daß sich Goethe überhaupt zu keiner bestimmten in sich zusammenhängenden Staatslehre bekannte; er war das gerade Gegentheil von dem, was der politische Doctrinarismus in seiner Zeit, und seit seiner Zeit mit so großen Ansprüchen zu fordern begann. Es gehört daher zu dem schwierigsten und gewagtesten, eine Charakteristik des Dichters in dieser Beziehung zu geben.

Er hat einmal gesagt, er habe es im Leben bei seinem Namen und seiner Stellung doch nicht weiter gebracht, als daß er zu der Meinung Anderer, um nicht zu verletzen, schweige, wobei das Gute wäre, daß er erfahre, wie die Andern denken, aber sie nicht, wie er. — Eine Folge dieser Verschlossenheit war es auch, daß man von einer großen Anzahl von Besuchern Goethes immer wieder die Mittheilung erhält, er habe nie oder nur sehr ungern von Politik gesprochen. Was er sich aber zu äußern versagte, hat er unendlich oft in ein Paar Versen zusammengefaßt, welche späte Kunde davon gaben, daß seine Gedanken über die politischen Dinge

stets sehr lebendig waren. Aus diesem unendlichen
Schatze sinnvoller Gedichte hat man nicht versäumt,
zuweilen ein politisches Glaubensbekenntniß des Dichters
zusammenzustellen. Und in der That! welche Summe
von trefflichsten Beobachtungen und politischer Lebens=
weisheit in diesen Sprüchen und Sinngedichten enthalten
ist, bedarf keiner Worte. Jeder geschäftliche Tag, und
jedes Tagesereigniß zeigt heute — gleichwie vor hundert
Jahren — die Anwendbarkeit solcher Sätze, wie etwa
das kostbare Wort von dem Willen der Menge, wo die
Menge der Menge Tyrann war. — Wem fielen nicht
oftmals die Reime ein: „Ich bin so sehr geplagt —
Und weiß nicht was sie wollen — Daß man die Menge
fragt — Was Einer hätte thun sollen." Kurz und
bündig ist auch Goethes Bemerkung über das Wort
Zelters, welches er einem der Enkel ins Album ge=
schrieben hatte: „Lerne gehorchen"; wozu der Großvater
bemerkte, dies wäre das Vernünftigste im ganzen Buche;
indessen wird man freilich niemals vergessen dürfen,
daß selbst aus den schönsten Sentenzen immer noch kein
Einblick in die großen politischen Anschauungen des
Dichters zu gewinnen ist, und daß alle möglichen
Aeußerungen Egmonts und Fausts den Zusammenhang
der staatsmännischen Weltanschauung Goethes nicht zu
enthüllen vermöchten.

Etwas deutlicher sprechen, nach meiner Meinung,
die Gedichte an bestimmte dem öffentlichen Leben an=
gehörende Persönlichkeiten. So wird uns in dem schönen

Gedichte an den Staatsminister von Voigt ein lebens-
volles Bild gemeinsamer staatsmännischer Thätigkeit
gegeben, wobei die „aufklärenden Bemerkungen" des
Dichters dazu, einen tiefen Blick in seine Anschauung
von den Zwecken eröffnen, die ihr geschäftliches Zu-
sammenwirken verfolgte: „der Schluß" — so heißt es
da — „deutet auf die Schrecken der feindlichen Ueber-
schwemmung, auf den Druck der wechselvollen Kriegs-
jahre, auf das Glück endlicher Befreiung und zugleich
auf die Nothwendigkeit des Zusammenhaltens geprüfter
Freunde in einer Zeit, wo eine Verwirrung aller Begriffe die hohe Kultur des Vaterlandes zu vernichten
drohe."

Es ist auch hier wieder der Gegensatz der Anschauungen in der vor- und nachrevolutionären Welt,
der sich dem Dichter aufdrängt und dem er in der Erinnerung an seine politische Thätigkeit vor Allem Ausdruck zu geben sich bestimmt sieht. Er lebt und webt
in dem Bewußtsein dieses Gegensatzes, den er jedoch in
sich auszugleichen sucht, indem er sich von allen Extremen
mit staatsmännischer Ueberlegenheit fern zu halten weiß.
In diese Richtung war er aber nicht erst durch die
Erlebnisse der Schreckenszeit, sondern durch seine von
Jugend an ausgleichende Natur gebracht worden. Schon
im Jahre 1775 äußerte er sich einmal über den Unwerth
der Freiheitsideen, von denen alle Welt erfüllt sei. Er
kann sich in Corsika die Menschen nur unter despotischer
Herrschaft glücklich denken. Aus den gleichen Gesichts-

punkten bildete sich später das Urtheil Goethes über
Napoleon, worin sich eine tiefe Anerkennung für den
Bändiger der Revolution mit der Bewunderung des
Genies verband. Solcher hervorragenden Erscheinung
gegenüber verzichtete Goethe auf die strengen Regeln
der Moralität und meinte, Napoleon müsse beurtheilt
werden, wie man über physische Ursachen, über Feuer
und Wasser denkt. In der That könnte man sich heute
mit dieser elementaren Auffassung des großen Corsen
endlich versöhnen, und es wäre eigentlich nicht nöthig
gewesen, daß der deutsche Patriotismus zuweilen in
einen leidenschaftlichen Schmerz über Goethes Napoleonische Sympathieen gerathen ist. Im Anfang war
der wohlverdiente Dank des Zeitgenossen der schreck-
lichsten Ereignisse, welche die Weltgeschichte kennt, für
die Wiederherstellung staatlicher Ordnungen die Quelle
des Interesses, später war es der Eindruck der über-
wältigenden Persönlichkeit und der klare staatsmännische
Einblick in den rettungslosen Zusammenbruch des deutschen Reichs, was unsern Dichter zum rheinbündlerischen
Anhänger des Imperators gemacht hat. Wenn man
die Sache nur nicht von dem Standpunkte einer mehr
der Nachwelt, als den Zeitgenossen eigenen Gefühls-
politik, sondern lediglich im Lichte der Tagesbedürfnisse
und der Lage des Augenblicks betrachtete, so brauchte
sich Niemand über diese oft getadelte Stellung des
Dichters zu dem ersten Kaiserreich zu sehr zu grämen.
Wenn Goethe nach des Gewaltigen Sturz, den er nie-

mals bedauerte, sondern durchaus als den möglichen
Anfang einer neuen Epoche nationaler deutscher Ent=
wickelung richtig erkannte und bezeichnete, von dem
großen Corsen gesprochen hat, so enthielten seine Reden
nie etwas Anderes als die unbefangene, große Denkungs=
art eines staatsmännisch geschulten Geistes; Aeußerungen,
wie sie Hardenberg, von Humboldt, Metternich, vielleicht
auch Blücher und jedenfalls Clausewitz jederzeit auch
machen konnten, oder gemacht haben, ohne sich und ihrer
Vaterlandsliebe etwas zu vergeben.  „Ja, ja,“ pflegte
Goethe zu sagen, wenn er von Napoleon sprach, „das
war ein Kerl, dem wir es freilich nicht nachmachen
können!“  Von höchstem Interesse war auch die psycho=
logische Auffassung des Dichters von dem, was er das
Dämonische nannte, und was er besonders durch das
Beispiel Napoleons zu belegen und zu erklären wußte.
„Das Dämonische,“ sagte er, „ist dasjenige, was durch
Verstand und Vernunft nicht aufzulösen ist.  Napoleon
war es im höchsten Grade, so daß kaum ein Anderer
ihm zu vergleichen ist.“ [7])

Die Bewunderung Napoleons hat indessen den
Dichter niemals in dem Maße gefangen genommen, daß
sie ihn verhindert hätte, den Gegnern des Imperators,
selbst in Bezug auf die französischen Verhältnisse und
Parteien, gerecht zu werden.  Goethe erfreute sich nicht
nur der Befreiung Deutschlands, sondern er nahm auch
an der Wiederherstellung der Bourbons aufrichtiges
Interesse.  Er behauptete einmal, der Royalismus wäre

ihm ganz besonders verständlich, da er sich in seinen
eigenen Angelegenheiten selbst immer wie ein Royalist
gehalten habe; er tadelte an den französischen Royalisten
nur, daß sie zu wenig handeln und zu viel redeten.
„Denn die Liberalen," sagte er, „mögen reden, allein
den Royalisten, in deren Händen die ausübende Gewalt
ist, steht das Reden schlecht, sie müssen handeln. Mögen
sie Truppen marschiren lassen und köpfen und hängen,"
„aber reden," so meinte er ferner, „dürften sie nur
höchstens vor einem Publikum von Königen!"

So fand auch der Feldzug des Herzogs von An=
goulême in Spanien Goethes volle Theilnahme und
Billigung. Er hielt diese Unternehmung besonders des=
halb für wichtig, weil sie „die Armee an die Dynastie
knüpfe und den Beweis liefere, daß diese auch ohne
Napoleon zu siegen im Stande sei."

Mit gleichem staatsmännischen Verständniß betrach=
tete er aber nachher auch wieder die sehr bedenkliche
Lage in Frankreich, als sich die Waagschale mehr und
mehr von der Sache der Bourbons abzuwenden begann.
Er fand es völlig verkehrt, daß eine Regierung, die sich
einmal in Gegensatz gegen die liberale Meinung gesetzt
hatte, auf der andern Seite alsbald wieder Preßfreiheit
gewährte; er glaubte in Folge dessen den Sturz Karls X.
voraussehen zu können, wenn er denselben auch nicht so
nahe vermuthete. Die Empfindungen, die er vor der
großen Revolution hatte, ergriffen ihn wieder; von allen
politischen Ueberzeugungen, die er in seinem langen Leben

gewonnen, war doch immer die die festeste, daß aller Staatsverfall von den Fehlern und der Schwäche der Regierenden herkomme. Weil Karl X. im Gegensatz zu dem, was man allgemein als dessen wirkliche Ueber=zeugungen hielt, bald dahin, bald dorthin zu schwanken begann, weissagte Goethe mit oft bewährtem Scherblick die neue Katastrophe Frankreichs.

Auch für die englischen Verhältnisse hatte er ein ungemein großes Verständniß, und seine Urtheile über die entscheidendsten Ereignisse der Verfassungsgeschichte Englands haben meist Stich gehalten. Es braucht kaum besonders gesagt zu werden, daß Goethes politisches Interesse sich auch hier allemal an persönliches anknüpft; Wellington und Canning bewundert er gleichermaßen in ihrer Wirksamkeit. Daß er Wellington nie gesehen, scheint ihn sehr geschmerzt zu haben. Canning lobt er von dem Augenblicke an, wo er bei ihm den festen Willen der That und den Erfolg der Handlung wahrnimmt. Lehrreich, wie kaum ein anderer Ausspruch, ist die von Eckermann aufbewahrte Aeußerung über Canning aus Anlaß von dessen Auftreten in den portugiesischen An=gelegenheiten.

„Es giebt Leute, die diese Rede grob nennen; aber diese Leute wissen nicht, was sie wollen, es liegt in ihnen eine Sucht, alles Große zu frondiren. Es ist keine Opposition, sondern eine bloße Frondation. Sie müssen etwas Großes haben, das sie hassen können. Als Napoleon noch in der Welt war, haßten sie den, und sie hatten an ihm eine gute Ableitung. Sodann, als es mit diesem aus war, frondirten sie die heilige Allianz, und doch ist nie etwas Größeres und für die Menschheit Wohlthätigeres erfunden worden. Jetzt kommt die Reihe an Canning. Seine Rede für Portugal ist das Product eines großen Bewußtseins. Er fühlt sehr gut den Umfang seiner Gewalt und die Größe seiner Stellung und er hat Recht, daß er spricht, wie er empfindet. Aber das können diese Sansculotten nicht begreifen, und was uns Andern groß erscheint, erscheint ihnen grob. Das Große ist ihnen unbequem, sie haben keine Ader es zu verehren, sie können es nicht dulden." Kann man die politischen Ueberzeugungen verkennen, die sich in solchen gewaltigen Worten aussprechen?

Im Anschluß an die Katholikenemancipation bemerkte Goethe mit weit mehr Voraussicht, als die Whigs damals besaßen, er würde nicht dagegen stimmen, aber er ließe sich protocollarisch versichern, daß man seiner gedenken werde, wenn einst der erste Protestant in Irland in Folge davon um einen Kopf kürzer gemacht worden sein werde. Er besaß eine volle Einsicht in die weitgehenden Absichten des wiederaufstrebenden Papstthums: „Bei den Katholiken," sagte er, „sind alle Vorsichtsmaßregeln unnütz. Der päpstliche Stuhl hat Interessen, woran wir nicht denken, und Mittel, sie im Stillen durchzuführen, wovon wir keinen Begriff haben."

Goethe war auch in den kirchlichen Dingen voll-

ständiger Praktiker, nichts vermochte ihn in der richtigen
Abschätzung der politischen Lage bald nach dieser, bald
nach jener Seite irre zu machen; die verbreitete Meinung,
als hätte im gebildeten Europa die Macht von Rom
ihren Boden gänzlich verloren, hat er nie getheilt, aber
er hat sich darüber weder beschwert, noch gefreut; er
war auch auf diesem Fleck der wirkliche und wahre
Staatsmann. Beobachtung der Thatsachen und treue
Hingebung an dieselben, woraus die Achtung des Gewordenen entspringt, waren die einfachen Triebfedern
aller seiner politischen Ueberzeugungen und Handlungen.
Und hierdurch war er in erstaunlicher Weise befähigt,
an seinem Musensitz von Weimar, an einem Orte, welcher
kein großes Centrum der Politik genannt werden konnte,
und auch zu der Zeit, wo er eine unmittelbare Theilnahme an den auswärtigen Angelegenheiten nicht entfernt mehr nahm, fast immer das Richtige über den
großen Gang der Begebenheiten auszusprechen. So
hatte er die Lage der Dinge in Europa zur Zeit des
Congresses von Verona mit solcher Klarheit vor Augen,
daß er die dort erfolgten Abmachungen der Mächte
genau zu errathen im Stande war. Seine Kenntniß
der spanischen Revolution wußte er mit sicherm Griff
aus einem Buche zu entnehmen, welches in der That
eines der besten war und geblieben ist, die damals über
den Gegenstand erschienen waren. Goethe stützte sein
Urtheil darauf, ohne den unterrichteten Diplomaten, der
der anonyme Verfasser war, zu kennen.[8])

Jn gleicher Weise zeigte sich der Meister in den griechischen Angelegenheiten vollkommen auf der Höhe der politischen Auffassung. Er kannte auf das Genaueste die Eifersucht der Mächte in Bezug auf Konstantinopel, „welches doch nicht zerstört werden könnte, und keinem unserer Potentaten ohne Gefahr, dessen Weltherrschaft dadurch zu begründen, überlassen werden dürfe." Als er jedoch erfuhr, daß Lord Stratford von Konstantinopel abgereist sei, wußte er dem gleich die Deutung zu geben, daß die Engländer die griechische Sache für gewonnen halten. Aber er stellte dem neu zu gründenden griechischen Staate auch sofort das richtige politische Horoskop, wenn er darauf hinwies, daß die Mächte durch eine Schöpfung dieser Art zwar die türkische Macht beschneiden, aber nimmermehr den großgriechischen Traum erfüllen würden. Fürwahr! Goethe zeichnete sich durch dieses nüchterne Urtheil vor vielen damaligen Griechenfreunden aus; und selbst von einem so gewandten, tief in die Sache verwickelten Herrn, wie der kluge, eben damals aufgestellte Coburgische Candidat des künftigen Griechenthrons, könnte man nicht behaupten, daß er klarer und vorurtheilsfreier die Dinge betrachtet hätte.[9]

Nicht minder bewundernswürdig ist eine andere Beurtheilung der Lage, die Goethe später in Betreff der Präsidentschaft Capodistrias zu vernehmen gab: „Ich will ein politisches Geheimniß entdecken, das sich über kurz oder lang offenbaren wird. Capodistrias kann sich an der Spitze der griechischen Angelegenheiten auf die Länge nicht halten, denn ihm fehlt eine Qualität, die zu einer solchen Stelle unentbehrlich ist; er ist kein Soldat. Wir haben aber kein Beispiel, daß ein Kabinets= mann einen revolutionären Staat hätte organisieren und Militär und Feldherrn sich unterwerfen können. Mit dem Säbel in der Faust, an der Spitze einer Armee mag man befehlen und Gesetze geben, und man kann sicher sein, daß man gehorcht werde; aber ohne dieses ist es ein mißliches Ding. Napoleon, ohne Soldat zu sein, hätte nie zur höchsten Gewalt emporsteigen können, und so wird auch Capodistrias sich nicht be= haupten.“

Wollte man auch noch gelegentliche, retrospective Betrachtungen Goethes über Ereignisse aus seiner früheren Lebenszeit hier sammeln und prüfen, so würde man sich über manche gerade damals recht hart um= strittene Frage ein nicht nur geistreiches, sondern scharf zutreffendes Wort aneignen können; wie etwa die ener= gische, jugendlich frische Vertheidigung Preußens in Betreff der Theilungen Polens. Gegenüber der schäd= lichen und, wie Goethe meint, aufreizenden Schrift von Raumers über die Theilung Polens, liest man mit wahrem Wohlbehagen, was der erfahrene Politiker kurz und bündig dagegen vorbringt: „Die Polen wären doch untergegangen, mußten nach ihrer ganzen verwirrten Sinnesweise untergehen, sollte Preußen leer ausgehen, während Rußland und Oesterreich zugriffen?“ Fürwahr, der 82jährige Goethe durfte hinzufügen: „Ich stelle mich höher, als die gewöhnlichen, platten, moralischen Politiker."

Solche Meinung war aber damals, wo jeder gute Deutsche für Polen schwärmen zu müssen glaubte, selten, und wurde als ein recht unverzeihliches Verbrechen angesehen. In dem neurevolutionären Katechismus der Zeit nahm die Befreiung und Wiederherstellung Polens eine hervorragende Stelle ein und wer sich dafür nicht begeisterte, galt als Feind der Freiheit und des Fortschritts. Allein es ist doch nicht anders: der Gegensatz, der in den spätern Lebensjahren des Dichters sich allenthalben zwischen der liberalen Tagesmeinung und der Anschauung der bewährten Staatskunst herausgebildet hatte, trübte gegenseitig wie die Stimmung, so das Urtheil. Die Fragen, die sich in diesen Punkten ergaben, betrafen nicht nur die äußere, sondern auch die innere Politik. Auf die letztere legte man zu alledem das größere, ja das ausschließliche Gewicht und unmöglich wäre es für Jemanden, der in einem öffentlichen Amte stand, gewesen, in Bezug auf Verfassungs- und ähnliche Angelegenheiten sich schweigend und im Verborgenen zu halten. Der Geist der neuen Weltepoche kam an jedem Orte zu seiner Geltung und auch Goethe war gezwungen hier offizielle Stellung zu nehmen.

Die Verhältnisse, die durch das früh entwickelte Verfassungswesen des neugestalteten Großherzogthums Weimar entstanden waren, brachten mancherlei Bewegung mit sich). Wenn Goethe in der Okenschen Sache genöthigt war mit seiner gutachtlichen Aeußerung hervorzutreten, so ist dieser Umstand für die zusammen= hängende Kenntnißnahme seiner politischen Auffassung heute besonders erwünscht, denn man besitzt wenig eigentliche Staatsschriften, in denen Goethe seinen poli= tischen Meinungen motivirten Ausdruck gegeben hätte. Nun aber eröffnet sich uns durch das Gutachten über die Behandlung der öffentlichen Presse ein Gebiet von weitgreifender Bedeutung; wenigstens ein Theil der inneren Politik tritt bei Besprechung dieser Dinge in volle Beleuchtung. Es mag daher gestattet sein der Staatsschrift, die von Goethe in Bezug auf die Heraus= gabe der Okenschen Isis erfordert wurde, eine etwas größere Aufmerksamkeit zu schenken. Denn da es schon damals nicht unbekannt blieb, wie Goethes Ansichten im stärksten Widerspruch mit den in Jena herrschenden Ideen standen, so konnte es auch nicht fehlen, daß gerade von diesem Punkte aus auf dem klaren Spiegel des Goethe'schen Charakters die bewegtesten Linien gezogen wurden, die ein thöricht geworfener Stein nur immer verursachen mochte. Und doch muß man sagen, daß sich Goethe trotz seiner Abneigung gegen alles unreife politische Treiben gerade in dieser Okenschen Sache weit freidenkender gezeigt hat, als man annahm. Er stand der reaktionären Gewaltthätigkeit des Tages eben so fern, wie der zuchtlosen Opposition. Jedem nützlichen Fortschritt ergeben, dachte nie Jemand weniger daran, die freie Meinungsäußerung zu hindern, als Goethe. Die thatsächliche Schwierigkeit, die ihm klarer zu sein schien, als seinen übrigen Amtsgenossen, lag darin, daß über die rechtlichen Mittel, den Mißbrauch der Presse zu verhindern, bei den einzelnen Regierungen so gut wie bei der Bundesversammlung völlige Unsicherheit und Unklarheit herrschte. Wenn er sich daher über die Preßfreiheit überhaupt sehr ungünstig äußerte, und den Schaden, den sie stiftet, größer, als den Nutzen erachtete, so fand er sich eben einer ungelösten Frage gegenüber und man dürfte nur nicht glauben, daß er die weite Verbreitung dieses Uebels allzu tragisch nahm. Auch heute noch möchte sein heiteres Scherzwort Jedermann aufs Wärmste zu empfehlen sein: „Gegen die Preßfreiheit" gebe es nur eine Rettung, die „Nicht-Lesefreiheit."

Ueber die Beschwerde, welche die Weimarsche Polizeibehörde ohne jede äußere Beeinflussung schon im Jahre 1816 gegen Okens Isis erhoben hatte, waren alle geheimen Räthe des Ministeriums von dem Großherzog zur Abgabe von Gutachten aufgefordert worden. Es ist ein alter Irrthum, der durch die Vogelsche Publikation des Briefwechsels gestärkt worden ist, wenn man annahm, Goethe hätte in der Sache allein gesprochen. Die amtliche Aeußerung Goethes findet sich mit allen Gutachten der übrigen Minister noch in einem Aktenbande zusammengeheftet, auf welchem ein kluger Beamter schon damals die Ueberschrift unter Anwendung

des Wortspiels „Preßfrechheit" statt „Preßfreiheit" an=
gebracht hatte.  Ich will hinzufügen, daß die Gutachten
von Voigt und Fritsch viel ärgerlicher, herber und ver=
drießlicher lauten, als dasjenige unseres Dichters, und daß
ein persönliches Einschreiten gegen Oken gerade durch
Goethes Rathschläge zunächst vermieden worden ist.
Er war es, der sich gegen jede persönliche Bedrohung
des Herausgebers der Isis auf das bestimmteste aus=
sprach und auch von jedem fiskalischen Beleidigungs=
prozeß abrieth. Was uns aber an dem Schriftstück,
das Goethe mit größter Sorgfalt und Gewissenhaftigkeit
verfaßt hatte, am Meisten interessirt, ist sein Urtheil
über den allgemeinen Werth jener Ideen, welche
der Jenaische Naturforscher, wenn auch in recht un=
geordneter Weise, in seinem Blatte vertrat.

Mit wahrhaft olympischer Verachtung sieht Goethe
auf den Geist des Blattes und den politischen Unverstand
eines Mannes herab, dem er seine Anerkennung als
Gelehrten nicht einen Augenblick versagen möchte. „Die
ungehinderte Verwegenheit, die täglich wächst, wenn
man sie gewähren ließe," „die Narrenspossen, deren sich
der Herausgeber der Isis bedienen könnte," „die Frech=
heit, Wildheit und Geschmacklosigkeit" werden an Okens
Unternehmen rücksichtslos gekennzeichnet. Goethe erklärt
sich unbedingt für eine Maßregel, die man gleich von
vornherein hätte ergreifen müssen, für die einfache Unter=
drückung des Blattes. Daß er aber damit nicht em=
pfehlen wollte, etwa auf den Standpunkt abgethaner,

alter Zeiten und Verhältnisse zurückzutreten, ersieht man
aus der Bestimmtheit, mit der er das frühere patri=
archische Verfahren in solchen Fällen verwirft. Nicht
in den Formen der alten Regierungsweise möge man
fortfahren, „weil sie in unserer Zeit brechen müsse."
„Die neuen Verhältnisse verlangten eine Art von Dic=
tatur." Es sei erforderlich, ein neues Censurgesetz aus=
zuarbeiten, dazu müßten besondere Maßregeln recht=
zeitig ergriffen werden. Leider hat Goethe nicht näher
ausgeführt, wie er sich die verbesserten Censurein=
richtungen vorstellte, aber man darf nicht unterlassen
zu bemerken, daß es nirgends ersichtlich ist, ob er mit
einem ernsten Repressivsystem nicht ganz zufrieden ge=
wesen wäre. Daß er die Präventivcensur ausschließlich
begünstigte und vertheidigte, ist durchaus nicht erwiesen.
Was ihm sicher stand, ist nur dies, daß die Staats=
gewalt die Mittel behalten sollte, eine Grenze „des
Wahnsinns, der Unbescheidenheit und der Verwegenheit"
zu ziehen, denn „sie und ihre Geschwister und ihre Ver=
wandte sind, ihrer Natur nach, unbedingt nicht zu be=
lehren und nicht zu bändigen." [10])

Die politische Auffassung der innern Angelegen=
heiten des Staates steht bei Goethe im Gegensatz zu
dem, was er in den auswärtigen Verhältnissen zuweilen
noch für zulässig erachtete, ausschließlich unter den
Gesichtspunkten sittlicher Weltanschauung und ethischer
Zwecke der Menschheit. Daher kommt es, daß er die
politische Wirksamkeit jedes Einzelnen hier unter das

strengste moralische Maß gestellt wissen will. Die ganze
gewaltige Erinnerung des Zeitgenossen der Schreckens-
herrschaft bricht bei allen Gelegenheiten durch, wo sich
durch Unverstand und Schwäche ähnliche Gefahren erneuern könnten. Er war der leidenschaftlichste Feind
aller Unklarheit und alles ziellosen Widerstandes. Die
Oppositionsmenschen, namentlich aus der Reihe jener
Klassen, für die ihm die Politik ein bloßes Spiel zu
sein schien, erregten halb sein Mitleid, halb seinen Verdruß. Er vermochte einen Mann, wie Luden, nicht zu
begreifen, als ihm dieser sein Gründungsprogramm der
„Nemesis" vortrug, da ihm doch keinerlei Kenntniß von
den Dingen, die er behandeln wollte, zu Gebote stände;
und ebenso hielt er die Opposition in Würtemberg für
„absurd," da er zu bemerken glaubte, daß man dort in
den Verfassungssachen gar nichts Positives hervor-
zubringen wüßte. „Hätte ich das Unglück" — sagte er
— „einmal in der Opposition sein zu müssen, ich würde
lieber Aufruhr und Revolution machen, als mich im
finstern Kreise ewigen Tadels des Bestehenden herum-
zutreiben."

Faßt man die ganze Denkungsart Goethes über
politische Dinge zusammen, so wird man nun wohl die
Behauptung für begründet genug erachten, daß er sich
niemals und in keiner Sache zu einer bestimmten Richtung
gehalten hat. Er gehörte keiner Partei an und huldigte
keinem System, er war der Mann der Thatsachen, der
historischen Erfassung des Gegenstandes und der auf

den Regierungszweck gerichteten Geschäftstüchtigkeit; die
Politik war ihm eine Sache der dazu berufenen Re=
gierungskreise, eine Kunst, die gelernt und verstanden
sein müßte und für die er im Hinblicke auf ihre wohl=
thätigen, und gesellschaftlich geheiligten Wirkungen die
höchste Achtung hegte. Er war jedoch für seine Person
der politischen Thätigkeit eher abgeneigt und nicht
aus Vergnügen widmete er sich den schwierigen Ge=
schäften, die in dieser Beziehung das Schicksal auf seine
Schultern gelegt hatte. Als er mit Eckermann einmal
von Napoleon sprach, dessen wirksames Wesen ihn
immer wieder zu neuer Bewunderung hinriß, hat er ein
Wort gebraucht, welches man als ein seltenes bezeichnen
darf, und das den innersten Kern aller seiner politischen
Ansichten und Beurtheilungen ohne Zweifel am deut=
lichsten enthüllt. Er nannte das, was die Politik werth
und unwerth macht, die „Productivität der Thaten".
— „Ja, ja," sagte er, „mein Guter, man braucht nicht
bloß Gedichte und Schauspiele zu machen, um productiv
zu sein, es giebt auch eine Productivität der Thaten, die
in manchen Fällen noch um ein Bedeutendes höher steht."

Und weiter: „denn was ist Genie anders, als jene
productive Kraft, wodurch Thaten entstehen, die vor Gott
und der Natur sich zeigen können und die eben deswegen
Folge haben und von Dauer sind." Er war unerschöpflich
in der Anführung von Beispielen für diese Productivität:
„Luther war ein Genie sehr bedeutender Art; er wirkt
nun schon manchen guten Tag, und die Zahl der Tage,

bis er in fernen Jahrhunderten aufhören wird, productiv zu sein, ist nicht abzusehen" ..... „Ob Einer sich in der Wissenschaft genial erweist, oder im Krieg und der Staatsverwaltung, wie Friedrich, Peter der Große und Napoleon, oder ob Einer ein Lied macht, wie Béranger, es ist Alles gleich und kommt bloß darauf an, ob der Gedanke, das Aperçus, die That lebendig sei und fortzuleben vermöge."

Wenn ich nicht irre, liegt in diesen Worten der Weisheit auch das Geheimniß der politischen Weltanschauung Goethes verschlossen; aus der Harmonie der Kräfte, die in der menschlichen Seele ruhen, entwickeln sich ihm Gedanken, wie Thaten in fortzeugender Bewegung und der nachwirkende Erfolg bedingt im Guten und Schlechten ihren Werth. Wer aber neben den geistigen Werken des Genies der staatsmännischen Thätigkeit des Menschen einen so hohen Rang zuzuschreiben im Stande war, besaß einen ungeheueren Schatz, wie von Interesse, so auch von Achtung und Erkenntniß für diese Dinge. Durch eine große, merkwürdige und eigentlich zu wenig beachtete politische Lehrzeit ist Goethe auf diesen hohen, reinen und beruhigten Standpunkt erhoben worden, auf welchem die allgemeine Lebensweisheit und die Erfahrung des wohlgeübten Staatsmanns in Eins zusammenflossen.

## II. Lehrjahre und Lehrmeister.

Wer erinnert sich nicht mit Vergnügen der reizenden
Erzählung Goethes von seinem ersten Zusammentreffen
mit Karl August in Frankfurt![11] Es lagen Mösers
patriotische Phantasieen auf dem Tische. „Da ich“ —
fährt der Dichter fort — „sie nun sehr gut, die Gesell=
schaft sie aber wenig kannte, so hatte ich den Vor=
theil, davon eine ausführliche Relation liefern zu können;
und hier fand sich der schicklichste Anlaß zu einem Ge=
spräch mit einem jungen Fürsten, der den besten Willen
und den festen Vorsatz hatte, an seiner Stelle entschieden
Gutes zu wirken.“

Es ist gewiß sehr merkwürdig, daß bei der groß=
artigsten, tiefinnerlichsten und nachhaltigsten Verbindung,
welche in unserer Geschichte zwischen einem Fürsten und
einem Dichter jemals geschlossen worden ist, Justus
Möser gleichsam zu Gevatter gestanden hat! Was und
wie Goethe über den praktisch und theoretisch ein=

greifenden Staatsweisen von Osnabrück dachte, sprach
er an den verschiedensten Orten aus. Da wo er von
der Unterredung mit dem jungen Weimarischen Herzog
und seinen Begleitern Mittheilung macht, bezeichnete er
sehr passend die Aufsätze Mösers über die Bedeutung
der kleinen Staaten in Deutschland als besonders lehr=
reich. Mit gutem Grunde konnte er Möser als den
Begründer einer Ansicht loben, die gegenüber den so oft
gehörten leeren Redensarten von der Anarchie und Zer=
splitterung des Reiches den gesunden Kern der deutschen
Entwicklung enthüllte. Einen trefflicheren und ge=
wandteren Erklärer seiner Lehre hätte Möser nicht zu
finden vermocht; bei der guten Kenntniß, die Goethe
sich schon längst von deutscher Reichsverfassung und
deutschem Staatsrecht erworben hatte, vermochte er besser
als irgend Jemand den tiefen Sinn der Osnabrückischen
Geschichte darzulegen.

Hochschätzung des historisch groß empfundenen alten
deutschen Kaiserreichs und daneben richtiges Verständniß
für Bedeutung und Aufgaben des deutschen Fürsten=
thums — diese beiden Angelpunkte einer conservativen
und dabei doch innerlich fortschreitenden politischen
Ueberzeugung mußten ungezwungen einen tiefen Eindruck
auf einen zu That und Wirksamkeit entschlossenen jungen
Fürsten ausüben. Auch des Herzogs Erzieher, Graf
Görtz, dem es an weit reicherer Erfahrung, als sie
die jüngeren Männer besitzen konnten, nicht man=
gelte, schien für den Möserschen Standpunkt nicht un=

empfänglich zu sein, wenn auch seine spätere Laufbahn
bewies, daß er eine so günstige Auffassung von der
Haltbarkeit der deutschen Reichsverfassung wohl kaum
getheilt haben dürfte. Von einer Abneigung oder einem
Mißtrauen gegen den jungen Frankfurter Doctor durfte
zunächst nicht entfernt die Rede sein. Dem sächsischen
Fürstensohne dagegen konnte die einzig mögliche, durch
das Alter geheiligte Form des Reiches, in welcher dem
ständisch gegliederten Einzelstaate die größte Selbst=
ständigkeit erhalten war, unter allen Umständen nur
zusagen. Genau das, was Goethe zu vertreten schien,
war den Bedürfnissen entsprechend; es war zugleich das,
was der junge Fürst recht eigentlich brauchte. Was
bieten die patriotischen Phantasieen an reichen An=
regungen zu Reformen! Wie zeitgemäß sind alle Vor=
schläge, die hier gemacht werden: In dem ersten Theile
der patriotischen Phantasieen, die Goethe bei Karl August
vorfand, liest man von dem Handel der kleinen Städte
und was die Landesherrn dafür thun können; man liest
von Armenpflege der Gemeinden, von der Holland=
gängerei im Stifte Osnabrück, von der Entstehung der
Bauernhöfe. Und bei aller Lust zu Verbesserungen,
die feste Ueberzeugung, daß dieselben in der Gesellschaft
immer nur vom Innersten des Hauses, von der Familie
ausgehen und in der Spinnstube ihren Anfang nehmen
sollten. Da ist kaum ein Gebiet der Verfassung und
Staatsverwaltung, wo nicht, so gut wie über die Justiz
und über städtisches Wesen, die trefflichsten Gedanken

ausgesprochen sind. Wie viel sich Goethe von den An=
schauungen Mösers angeeignet hatte, ersieht man aus
einer andern Stelle von Wahrheit und Dichtung: „Ein
solcher Mann," heißt es da, „imponirte uns unendlich
und hatte den größten Einfluß auf eine Jugend, die
auch etwas Tüchtiges wollte und im Begriff stand es
zu erfassen."

Diese deutsche Jugend fand aber noch damals in
ihrem Streben und in ihren Zukunftsplänen einen sehr
starken Halt an dem, was Goethe den „beruhigten Zu=
stand des deutschen Vaterlandes" nannte. Die Stelle,
wo Goethe sich über die gegründete Festigkeit des ganzen
Staatsgebäudes ausspricht, sollte man zum Zweck seiner,
wie der Kenntniß des ganzen historischen Geistes des
vorrevolutionären Zeitalters sich stets gegenwärtig halten.
Die Nachgeborenen, die immer nur die Wirkungen der
revolutionären Eroberung und Zerstörung Deutschlands
wahrnehmen, dachten und denken nicht anders, als daß
in dem Vaterlande von 1775 kein Mensch etwas An=
deres erwartete und vielleicht gar hoffte, als den täg=
lichen Zusammenbruch aller Verhältnisse und Zustände.
Das Geschlecht, das mit Goethe und Karl August in
seine Lebenswirksamkeit trat, hat aber entfernt nicht solches
vorausgesetzt. Goethe gehörte nicht zu den Schülern
Pütters, der die deutsche Reichsverfassung überhaupt
zu dem Größten und Vollkommensten rechnete, was
die Menschengeschichte hervorbrachte, vielmehr bemerkte
er einmal, daß Deutschland eigentlich keine Ver=

fassung im strengsten Sinne des Wortes gehabt hätte, aber er war doch in seiner Jugend vollkommen davon erfüllt [11a]), daß in diesen „subordinirten" und „coordinirten" Verhältnissen von Kaisern, Königen und Fürsten eine Festigkeit der Staaten und Regierungen, ja ein Staatsgebäude sich darbiete, welches den reich gegliederten Ständen — und auf deren Dasein ist überhaupt der gesellschaftliche Zustand gebaut — eine unvergleichliche, vornehme Sicherheit und Freiheit ihrer Lebenswirksamkeit gewährt. Man muß diese herrlichen Schilderungen Goethes lesen und immer wieder lesen, wenn man den ganzen Gegensatz der Zeiten, wenn man den Zwiespalt, der durch die große Revolution in die Europäische Welt gekommen ist, in seiner zersetzenden Tiefe erkennen will. Kaum Jemand hat denselben so klar und bündig zur Anschauung gebracht, als es in der Lebensgeschichte des Dichters geschieht. Selbst Ranke, der sich so gerne über diese Veränderungen aussprach, hat den Geist des alten Jahrhunderts in seiner persönlich befriedigenden Thatkräftigkeit nicht so zu schildern gewußt. Nur wenn man heute Taines Buch liest, findet man sich, wie schon bemerkt, in die Stimmungen versetzt, die der Dichter schildert, da er die politische Denkungsart seiner Jugendzeit im vollen Bewußtsein dessen, wie anders es nachher geworden war, mit unnachahmlicher Meisterschaft darstellt. „In Deutschland," so schließt er diese Beschreibungen, „war es noch kaum Jemandem eingefallen, jene ungeheuere privilegirte Masse zu beneiden, oder ihr die glücklichen Weltvorzüge zu mißgönnen."

In der Ueberzeugung, daß auf dem festen Grunde der bestehenden Staatsverfassungen auch selbst im kleinsten Theile des Ganzen durch vernünftiges Verbessern ein edles Ziel treuer Lebensarbeit erreicht werden wird, ist Goethe an die Seite eines deutschen Fürsten getreten, der ihn nicht blos brauchen, sondern, was dem Herzen des achtzehnten Jahrhunderts unentbehrlich schien, auch lieben konnte. Zwischen dem Vater des Frankfurter Bürgersohns und diesem selbst war dagegen eine reichs= städtisch schroffe Meinungsverschiedenheit über den Cha= rakter von Fürsten und fürstlichem Dienst überhaupt vorhanden, aber gerade dieser Umstand beweist, daß Goethe die Frage einer Weimarer Stellung gewiß auf das sorg= fältigste geprüft hat. In den Biographieen des Dichters wird der Eintritt in das neue Verhältniß gewöhnlich nicht geschäftlich genug betrachtet. Man denkt nur immer an Freundschaft und persönliche Bande, die sich doch erst im Laufe der Zeit entwickeln konnten.

Als in spätern Jahren der Antrag an Goethe herantrat, eine in Frankfurt eben freigewordene Raths= herrnstelle anzunehmen, wies er doch sehr bestimmt auf die Verpflichtungen hin, die ihm durch die „ausgezeich= neten Gnaden des Herzogs Durchl." erwachsen seien, wo er denn in einer Zeit großer Bedrängnisse seinen Dienst am wenigsten verlassen könnte. In den letzten Lebensjahren sprach er sich auch einmal über die An=

nehmlichkeit geschäftlichen Verkehrs mit Fürsten aus: „Was die Verhältnisse mit Fürsten theuer und werth mache, sei das Beständige und Beharrliche darin, wenn einmal ein Vertrauen entstanden; so zwischen ihm und dem Herzog." So großen Antheil auch die persönlichsten Empfindungen und rein menschliche Momente an der Knüpfung des edelsten Verhältnisses zwischen Fürst und Dichter haben mochten, so zeigen die Schlußbetrachtungen in Dichtung und Wahrheit doch unverkennbar die Erinnerung an große und schwere Entschlüsse zu neuen, ungekannten Aufgaben und Wegen, die sich an Weimar nothwendig anschließen mußten, wenn er sich daselbst gebunden haben würde.

Zunächst war es der Eintritt in den höhern Kreis von Existenzen, denen in der Vorstellung der Zeit alles politische Leben und Wirken als ausschließliche Domäne vorbehalten zu sein schien, was auch einem Goethe den völlig neuen Lebensinhalt seines Weimarer Aufenthalts zum Bewußtsein bringen mußte. Karl August gehörte zu den in den Ernestinischen Häusern sehr häufig vorkommenden, ungewöhnlich frühreifen Naturen. Seit den ältesten Zeiten zeigten schon die Stammväter dieses großen Geschlechts eine auffallend rasche Entwicklung ihrer jugendlichen Kraft in körperlicher und geistiger Beziehung. Man muß sich dieses Umstands durchaus erinnern, wenn man das Verhältniß von Goethe zu Karl August richtig verstehen soll. Der Vater und Großvater Karl Augusts waren in den frühesten Lebens-

jahren zur Regierung und zu Regierungsgeschäften berufen. Von den prächtigen, klugen und tapfern Söhnen
Johanns von Weimar, unter denen der Held des dreißigjährigen Krieges heranwuchs, könnte man sagen, sie hätten das Scepter schon als Knaben zu führen gewußt.
Bei so vererbter Anlage verschwand die Vorstellung des
jugendlichen Alters oder vorhandener Altersunterschiede
in Bezug auf Karl August bei dessen Umgebung sehr
rasch. Die frühe Heirath war geeignet das hausväter-
liche Ansehen des Fürsten noch mehr zu heben.

Als Karl August von seinem Fürstenthrone Besitz
ergriff, stand der geborene Herr und Herrscher in voller
Gestalt vor seinem Land und neben den Mitfürsten des
Reichs. An den mütterlichen Verwandten, an Oheim
und Großoheim besaß er lebendige, starke Vorbilder
souveräner Fürstenempfindung; ein Zeitalter höchster
landesherrlicher Gewaltübung wirkte das Uebrige. Sehr
erklärlich, daß die damalige Welt von „Verliebtsein“
des Fürsten in den jungen Doctor aus Frankfurt sprach,
da sie einen andern Grund für das Verhältniß, das
sich bildete, nicht aufzufinden wußte. Dieser junge Doctor
aber, der seinerseits recht gut wußte, daß man in dem
Kreise, in den er eintrat, nur nach Stellung, Würden
und Ahnen fragte, konnte verständiger Weise zunächst
nichts sein wollen, als alles das, wozu ihn sein Fürst
machte. Ihn reizte diese neue Welt, in der er sich
immer behaglicher zu fühlen begann, er wußte sich endlich keinen Platz zu ersinnen, wo er sich wohler befände,

als in dieſer „engweiten Situation,“ „da ich einmal die Welt kenne und mir es nicht verborgen iſt, wie es hinter den Bergen ausſieht.“

Das perſönliche Verhältniß zwiſchen dem reich=begabteſten Fürſten und dem größten Dichter iſt zu allen Zeiten ſehr verſchieden beurtheilt und aufgefaßt worden. In der ganzen Stufenleiter von der äußerſten Bosheit bis zur überſpannteſten Gefühlsſchwärmerei hat keine Art von Tadel und kein Lob in Schrift und Rede darüber gemangelt. Man hat vielleicht in der Goethe=forſchung böſen Weibern und thörichten Männern wirk=lich zu viel Ehre angethan, wenn man ihre Urtheile, ſtatt ſie zu vernichten, der Nachwelt in immer neuen Geſtalten aufbewahrte. Doch iſt in jüngſter Zeit ein abſchließender Verſuch gemacht worden, das merkwürdige Verhältniß aus der Tiefe pſychologiſcher Empfindung und unmittelbarer Bekenntniſſe rein herauszugeſtalten. Suphan hat in ſeiner reizenden Art tiefempfundener Interpretation aus dem Gedichte „Ilmenau“ mit Zu=hilfenahme von nur wenigen und guten Ausſprüchen der Zeitgenoſſen ein unendlich edles Bild der Beziehungen von Fürſt und Dichter zu entwerfen gewußt. An dieſe ſeine Zeichnung wird man unter allen Umſtänden an=knüpfen müſſen, wenn man etwas Verſtändiges hierüber zu ſagen beabſichtigt.[12])

Ilmenau iſt ohne Zweifel, was die Franzoſen eine Confeſſion genannt hätten. Suphan weiſt namentlich die echt Goetheſche geiſterhafte Vergegenſtändlichung des

innern Goethe in dem Gedichte mit prächtiger Un=
gezwungenheit nach. In dem Wirrsal nächtlicher Er=
innerungen und Zukunftsträume findet er das Goethesche
Selbstveredlungsideal wieder; er zeigt, wie das Gedicht
in der Lehre seine Lösung findet, daß der Mensch nur
in der Arbeit an sich selbst die Irrthümer und Zweifel,
die ihn bedrängen, bändigt. Und in dieser Selbst=
erziehung sieht sich der Dichter aufs Innigste verbunden
mit dem Fürsten, der dort im Zelte schläft. In der
Schilderung des Gedichts von diesem Zustande sind in
der That die feinsten und zutreffendsten Bemerkungen
über den großen und edlen Charakter Karl Augusts
ohne Schmeichelei niedergelegt, und noch in später Zeit
hat sich der Dichter dieser seiner Verse als Ausdruck
vollendetester Wahrheit rühmen dürfen. Das Große
und Größere, das der Dichter dem Fürsten weissagte,
betrachtete er unter dem Gleichniß natürlicher Phä=
nomene: „wie die Raupe sich entpuppt.“

Wie groß der Dichter seinen Antheil an dieser
inneren Entwicklung schätzte, dürfte man indessen kaum
aus dem Gedichte herauslesen wollen. Man steht hier
vor der Frage, die Suphan sehr wohl einzurahmen
wußte, wenn er sagt: „Wenn ich das Wort Erziehung
und ähnliche gebrauche, so geschieht es in der freiesten
Bedeutung. Von einer Leitung durch Vorbild und That
ist die Rede. Denn ein bedeutender Charakter wird
nicht erzogen, er erzieht sich selbst.“ Indessen ist nicht
zu läugnen, daß alles Heranziehen von Stimmen der

Zeitgenoſſen über das Verhältniß von Fürſt und Dichter
eher geeignet iſt, die Sache zu verdunkeln, als aufzu=
klären. Wo die Welt Günſtlinge wittert, wird ſie immer
geneigt ſein an Einflüſſe zu denken, die im guten oder
ſchlechten Sinne überſchätzt ſind. Damals beliebte man
die Sache mehr ins Schlimme zu verkehren, die ſpätern
und die heutigen ſind geneigt, das Vorbild und gute
Beiſpiel ziemlich ausſchließlich auf Seite des ein paar
Jahre ältern Dichters zu finden.

Man kann die Vertraulichkeit zwiſchen einem fürſt=
lichen Herrn und ſeinem Diener auf das Höchſte ge=
ſteigert denken, aber man darf nur nie dabei eine Ver=
ſchiebung des thatſächlichen Unterſchieds von Rang und
Stellung vorausſetzen. Unſere Vorſtellung von Be=
ziehungen und Freundſchaften ſolcher Art wird ſtets zu
Mißverſtändniſſen führen, wenn man die Schlagworte
des revolutionären Zeitalters der égalité und fraternité
nicht recht gründlich dabei ausſchließt. Das achtzehnte
Jahrhundert hatte keinen Raum dafür. Der ideale
Glanz, der menſchlich auf dem einzigſten Verhältniß,
das die Geſchichte kennt, ruht, darf nicht die Nothwen=
digkeit beſeitigen wollen, in dem Alltagsleben der Ge=
ſchäfte zugleich die gegebenen Grenzen der Stellungen
und Leiſtungen zu erkennen und feſtzuhalten. Gewiß
kann das, was Goethe dem fürſtlichen Freunde gab
und nützte, zu hoch nicht leicht geſchätzt ſein, dennoch
aber war ein Gebiet vorhanden, wo der Fürſt durchaus
der Meiſter und der Dichter ganz der Lehrling war,

und, wie ich gleich hinzufügen will, auch stets geblieben ist. Und dies Gebiet — es heißt mit einem Wort die Politik.

In Weimar eröffnete sich dem jungen Dichter ein Kreis von Menschen, den er in Götz und Egmont soeben ganz erfahrungslos — er bemerkt es einmal selbst — aus freier Phantasie zu gestalten bemüht gewesen war. Kein Wunder daher, daß er dieser hohen Welt gegenüber zunächst sich häufig wie der Beobachter vorkam, der blos Studien für seine Dramen zu machen hätte. Ein bezeichnendes Wort schrieb er in dieser Beziehung 1778 im Mai vom Dessauer Hofe: „Ich scheine dem Ziele dramatischen Wesens immer näher zu kommen, da mich's nun immer näher angeht, wie die Großen mit den Menschen und die Götter mit den Großen spielen."

Und gleich darauf folgte sein Aufenthalt mit dem Herzog in Berlin und Potsdam. Er sah den „Einzigen," den er von frühester Kindheit als das Schicksal des Jahrhunderts geliebt und gehaßt wußte; und er konnte sich ihm jetzt nähern im Gefolge eines Herrn, der dem unnahbaren König menschlich lieb war. Und diesen gewaltigen Sieger der Schlachten beobachtete er in einem Augenblicke, wo er eben wieder daran ging, mit eiserner Faust in das Räderwerk der Staaten einzugreifen. In unvergleichlicher Schilderung läßt uns der bis dahin stille Musensohn in das Innere eines werdenden und sich bildenden Staatsmannes blicken: „Es ist ein schön Gefühl an der Quelle des Kriegs zu sitzen in dem Augenblick, da sie überzusprudeln droht. Und die Pracht der Königsstadt, und Leben und Ordnung und Ueberfluß, das nichts wäre ohne die tausend und tausend Menschen, bereit für sie geopfert zu werden. Menschen, Pferde, Wagen, Geschütz, Zurüstungen, es wimmelt von allem. Wenn ich nur gut erzählen kann von dem großen Uhrwerk, das sich vor einem treibt, von der Bewegung der Puppen kann man auf die verborgenen Räder, besonders auf die große, alte Walze, FR. gezeichnet, mit tausend Stiften schließen, die diese Melodieen eine nach der andern hervorbringt."[13]

Das waren politische Lehrstunden!

In dem weiten Kreise der fürstlichen Personen, mit denen jetzt Goethe mehr und mehr vertraut wurde, gab es zuweilen Schwierigkeiten zu überwinden, welche durch einige dunkle Stellen der Briefe mehr vermuthet als erkannt worden sind. Doch wäre es ganz verkehrt, diese Aeußerungen augenblicklichen Mißbehagens und unausbleiblicher Ermüdung so auszulegen, als wäre die Gelehrigkeit des Neulings lediglich eine erzwungene gewesen. Es wird kaum nöthig sein, das Verhältniß zwischen dem trefflichen Fürsten von Dessau und Goethe besonders zu beleuchten, dasselbe wird in der Darstellung der politischen Thätigkeit Goethes während der nächstfolgenden Jahre klar genug hervortreten. Wie freudig lauten auch jedesmal die Berichte des Dichters von den Fahrten zu den Gothaischen Herrschaften, wo man wohl

in der gastlichen Villa des Ministers von Franckenberg,
unter den Freunden „die gute Schmiede“ genannt, wo
nun seit einem Menschenalter unser Gustav Freytag
traulichen Haushalt pflegt, mal Rast gemacht hat. Ich
möchte indessen den Einfluß Gothas auf Goethes poli=
tische Entwicklung nicht allzuhoch anschlagen. Ernst II.
war ein zu eigenthümlicher und in das Treiben der ge=
heimen Gesellschaften etwas zu sehr verstrickter Charakter,
als daß man bei ihm in die politische Schule hätte gehen
mögen; und sein Bruder, ein trefflicher Theilnehmer an
jeder literarischen Unternehmung, hielt sich von politischen
und Regierungsangelegenheiten recht fern.

Einen ganz andern Einfluß dagegen vermochte
Dalberg auszuüben. Der Verkehr zwischen Erfurt und
Weimar war leicht und häufig. Der schöngeistig=dilet=
tirende Statthalter bot dem Dichter zugleich ein Beispiel,
wie man auf der Stufenleiter der gelehrten Laufbahn
bis zu den höchsten Stellungen des deutschen Reichs
emporkommen konnte. Die Beziehungen zwischen Goethe
und dem Mainzischen Diplomaten und klugen Welt=
kenner, der seine erstaunliche Carrière meist den persön=
lichsten Einflüssen und Bekanntschaften zu danken hatte,
bewirkten aber leider keinerlei fleißigen Briefwechsel,
der von größter politischer Bedeutung hätte sein müssen;
und in Folge dessen hört man über dieses wichtige
Verhältniß viel zu wenig. Aber in den ersten Jahren
des Weimarer Aufenthalts war der Statthalter für
Goethe eine wahre Quelle der Kenntniß aller der

tausend Fäden und Beziehungen, von deren sicherer Be=
herrschung in großen Stellungen meist das Vermeiden
von Fehltritten abhängt, auf welche der Neid zu warten
und zu rechnen pflegt. Daß Goethe Gründe gehabt
haben muß, für diesen allerweltkundigsten Freund eine
tiefe Dankbarkeit und Sympathie zu bewahren, ersieht
man aus der Art, wie er nach 40 Jahren und langer
Trennung den harten Sturz des Großherzogs von
Frankfurt aufnahm. Der einzige Trost, dessen Dalberg
sich rühmte, war der, daß zwar nur „zwei Frankfurter"
ihm, dem Gefallenen Antheilnahme zeigten, aber „unter
diesen der herrliche, große Goethe" gewesen sei.[14]

Daß Dalberg bei dem Regierungsantritt des Herzogs
und bei der Ankunft Goethes auch in den innern An=
gelegenheiten Weimars eine wohlthätig ausgleichende
Rolle übernahm, ist bekannt genug. Gegen die Ver=
suche Karl Augusts mit Goethes Hilfe allzu rasche
Eingriffe in die vorhandene Regierungsmaschine zu
machen, wie sie von der Regentin zweckmäßig eingerichtet
worden war, sowie gegen den übertriebenen, jugendlichen
Eifer der Neuerungen überhaupt, glaubte Dalberg nicht
ohne Erfolg durch den Grafen Görtz ernsten Rath er=
gehen lassen zu sollen. Doch ist es kaum zu verkennen,
daß der letztere in spätern Jahren, da er in den Dienst
des Königs Friedrich getreten war, mit seiner reichen
Erfahrung auf die junge politische Welt von Weimar
mehr Einfluß zu nehmen vermochte, als in der ersten
Zeit der Regierung Karl Augusts.[15]

Mit größerer Vorliebe horchte man auf Karlsruhe, wo Herr von Edelsheim die entschiedenste Gunst des Herzogs erworben und dann auch auf Goethe den bestimmtesten Einfluß gewonnen hatte. Leider fehlen auch für diese Beziehungen die unmittelbaren Zeugnisse eines persönlichen schriftlichen Verkehrs, doch ist aus der amtlichen Correspondenz, welche uns von sachkundigster Seite noch jüngst zu Theil geworden, Licht genug zu gewinnen.[16]) In späten Jahren hat sich Goethe oftmals daran erinnert und davon gesprochen, wie viel ihm lediglich erst durch den großen Verkehr, den Karl August im politischen Leben damals begann und unterhielt, von der staatlichen Welt und ihren Geschäften verständlich wurde. Schon war aber die Nöthigung thatsächlich in die allgemeinen Fragen mit einzugreifen an Karl August und durch ihn an Goethe herangetreten. Viel schneller als man erwarten mochte, war für jeden deutschen Fürsten und besonders für die sächsischen eine neue Kriegsgefahr im Reiche heraufbeschworen worden.

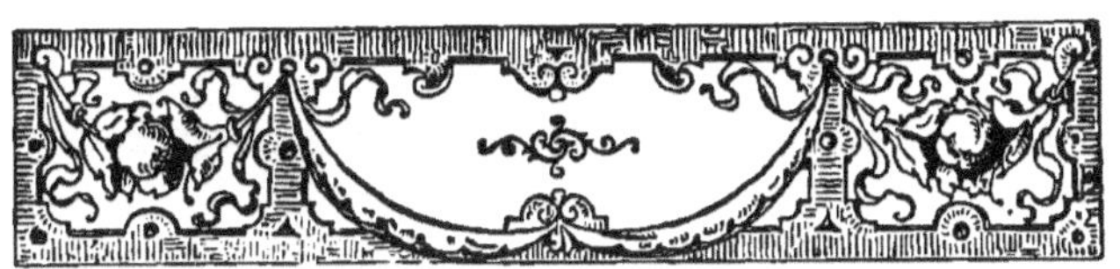

## III. In staatsmännischer Action.

Aus der friedensfrohen Ruhe, deren sich Deutschland seit so vielen Jahren zu erfreuen hatte, wurde man in Weimar im Anfange des Jahres 1778 in einer besonderen Weise aufgeweckt. Am 8. Januar war der preußische General Graf Görtz bei seinem Bruder, dem trefflichen Erzieher Karl Augusts, der daselbst zurückgezogen lebte, unerwartet in geheimer Mission des Königs zum Besuch gekommen. Eine äußerst schwierige Aufgabe, für welche Friedrich II. den neutralen, im Augenblick jeder Politik fernstehenden Privatmann passend zu benützen wünschte, ließ erkennen, daß bei dem eben eingetretenen Todesfalle des letzten bayrischen Kurfürsten ernste Verwicklungen bevorstanden. Der Weimarische Graf sollte den geheimen Verhandlungen zwischen Oesterreich und dem pfälzischen Kurfürsten Karl Theodor auf die Spur kommen, von denen man in Preußen nur sehr ungenau unterrichtet war. Indem sich Graf Görtz zwar ungern, aber mit Rücksicht auf seinen langgehegten Wunsch, in preußische Dienste zu treten, doch endlich zu der Uebernahme des delikaten Auftrags entschloß, läßt sich wohl nicht zweifeln, daß der Herzog von dem Geheimniß wußte; war doch selbst Herder in das Ver-trauen gezogen worden.[17])

Weit rascher als Friedrich II. selbst ahnte, waren indessen die Absichten Oesterreichs auf den Erwerb von Bayern öffentlich enthüllt worden und Graf Görtz brauchte nicht den Verräther zu machen. Der Herzog aber war durch diese Umstände in die Lage gekommen, die Pferde früher satteln zu lassen, als irgend ein anderer Fürst und man findet ihn schon im März in voller Action, in Verhandlungen mit seinen Dessauer und Badischen Freunden. Im Mai hatte er sich, wie der schon angeführte Brief Goethes aus Berlin an Frau von Stein zeigt, in die Löwenhöhle gewagt, um sich von dem Gewaltigen des Jahrhunderts zu Berlin selbst Klarheit geben zu lassen.

Es war indessen so gut, wie ausgeschlossen, daß sich der Weimarische Fürst in eine besondere, von den übrigen Reichsständen nicht getheilte, Beziehung zu Preußen in dessen Streite mit Oesterreich zu setzen in der Lage gewesen wäre. Daß dagegen Karl August seinen persönlichen Wünschen wegen seines Eintritts in die preußische Armee bei diesem Anlasse Ausdruck gegeben haben wird, ist durchaus zu vermuthen. Die militärische Laufbahn stand ihm von früher Jugend als großes Ziel seines Lebens vor Augen, daran ist nicht im mindesten zu zweifeln und es ist gut, in Bezug auf das Verhältniß Goethes zu seinem Herzog ein für allemal sich klar zu werden, daß es ein arges Mißverständniß einiger Goethe'schen Briefstellen wäre, wenn man glaubte, derselbe hätte an Karl August in dieser Beziehung je zu hofmeistern gewagt, um ihn zu veranlassen, seine echt soldatische Natur und seinen militärischen Ehrgeiz überhaupt bei Seite zu setzen. Das große Beispiel so vieler mütterlicher Verwandten, deren Kriegsruhm die Welt erfüllte, war ebenso geeignet, wie die Erinnerung an den großen Helden des väterlichen Hauses den Drang des eigenen kühnen und tapfern Herzens zu erregen und zu stärken. Daß man Goethe zuweilen die Thorheit zuschrieb, gegen diese edlen, ritterlichen Tugenden und Absichten seines Herrn angekämpft zu haben, zeigt einen philisterhaften Standpunkt, der sich wirklich in der Literatur zuweilen geltend macht.

Friedrich der Große war gewiß nicht gewillt, den militärischen Trieb des in seinen genialen Anlagen längst von ihm erkannten Neffen zurückzudrängen. Indessen dürfte es dem alten Könige einige Schwierigkeiten bereitet haben, dem jungen Weimarischen Herrn eine, einem regierenden Fürsten entsprechende, Stellung in der Armee schon im bevorstehenden Kriege zu geben. Wie dem nun aber auch sein mochte, zu einer politischen Verbindung hätte es in diesem Augenblicke zwischen Weimar und Preußen nicht kommen können, wenn man

sich nicht in einen gewissen Gegensatz zur bestehenden
Reichsverfassung setzen wollte. Von einer solchen Absicht
war aber gerade damals in den mittleren und kleinen
Staaten am wenigsten die Rede. Vielmehr hatte die
entgegengesetzte Strömung die Oberhand; überall wiegte
man sich in dem Glauben, es ließe sich durch kluge
Benützung der Formen des Reiches gegen die Ueber=
macht und die Uebergriffe der beiden deutschen Groß=
mächte gleichermaßen ein Damm aufrichten. In dieser
Richtung bewegte sich allenthalben die kleinstaatliche
Diplomatie, während die Verhandlungen auf dem Regens=
burger Reichstag zu einem fast vollständigen Stillstand
kamen. Selbst die bayerische Erbfolgefrage wurde in
gewohnter Weise so verschleppt, daß es zu dem Teschner
Frieden kommen konnte, bevor man in den kleineren
Staaten noch Gelegenheit hatte, sich gegen die eine oder
die andere der kriegführenden Mächte zu weit vor=
zuwagen.

Indessen gab der bayerische Erbfolgekrieg Goethe
die erste Gelegenheit, seit seinem Eintritt in den Weima=
rischen Dienst zu zeigen, wie er sich in großen politischen
Augenblicken zu halten verstände und welche Meinung
er in bedeutenden Staatsangelegenheiten vertrat. Für
unsere Kenntniß seiner staatsmännischen Fähigkeiten und
Eigenschaften ist es von dem erwünschtesten Werthe,
daß wir just aus dieser Zeit eine umfassende Denk=
schrift besitzen, in welcher er mit der ihm eigenen, von
der ältern Generation der Regierungsbeamten nicht

selten getadelten Sicherheit sofort Stellung zu der poli=
tischen Lage nahm.

Im Winter 1778/79 hatte König Friedrich sich
genöthigt gesehen, seine Armee bedeutend zu verstärken,
er ließ allenthalben die Werbetrommel rühren, und stellte
unter andern auch an die Regierung von Weimar die
Forderung, es möchte gestattet werden, hier einen
Musterungsplatz zu errichten. General von Möllendorf
war speciell beauftragt worden, mit dem Herzog zu
unterhandeln und in dieser schwierigen Lage sollte Goethes
Rath eine Entscheidung herbeiführen. Eine Angelegen=
heit von der bedenklichsten und verantwortlichsten Art,
denn es war für den kleinen Staat keine geringe Sache,
zwischen Oesterreich und Preußen Partei nehmen zu
sollen. Indem man hierbei auf keinerlei gesetzliche und
staatsrechtliche Deckung durch einen Reichstagsbeschluß
zu rechnen hatte, so konnte der Fall gewiß nur aus
solchen Gesichtspunkten heraus betrachtet werden, die
für die einzuschlagende Politik ein für allemal ent=
scheidend, ja eine Lebensfrage des kleinen Staats, werden
mußten.[18]

Das Gutachten, welches Goethe abgab, ist in der
That von grundlegender Bedeutung für die Weimarische
Politik in den nächsten zehn Jahren geworden; die
Gesichtspunkte, die wir hier finden, sind nicht nur die
Pole, um die sich die mannigfaltigsten Verhandlungen
der nächsten Zeit drehten, sondern sie lassen zugleich die
politischen Anschauungen, von denen Goethe erfüllt war,

und ich darf gleich hinzufügen, auf die er sich mehr
versteifte, als man erwarten sollte, in bestimmtester
Deutlichkeit erkennen. Die gleich in dieser Denkschrift
aufgestellten Grundsätze sind für ihn maßgebend geblieben, bis er durch die italienische Reise sich für einen
glücklichen Zeitraum allen politischen Geschäften, Aerger
und Unfrieden, vielleicht mit Orenstiernas gewonnener
Weisheit, entziehen konnte.

Als Goethe von seinem Herrn zur Beurtheilung
der Lage aufgefordert wurde, waren die Verhandlungen
schon einige Zeit im Gange; was vorlag, war eine
Antwort des Königs auf ein schon früheres Schreiben
des Herzogs. Da des Königs Wünsche dringender gelautet hatten und Möllendorfs ergangene Aufforderung
eine bestimmte Aussprache von Seite der Weimarischen
Regierung unvermeidlich machte, rieth Goethe, die „tem-
porisirende Haltung", wie die Diplomaten zu sagen
pflegen, endlich fallen zu lassen, und eine baldige, feste
Entschließung darüber zu fassen, welchen Theil man
ergreifen wolle. Zunächst erörterte er die Frage nur
vom militärischen Standpunkt; er meinte, daß das Land
in arge Noth kommen werde, wenn man den Preußen
erlaubte, die Mannschaften selbst auszuheben. Niemand
werde vor ihnen sicher sein, die eigenen Soldaten des
Herzogs werden untreu gemacht und angeworben werden,
die Plage werde kein Ende nehmen, sondern mit jedem
Herbste sich erneuern. Da wäre es noch besser, meinte
er, man träfe Weimarischer Seits selbst die Auswahl

und vertrage sich dahin mit dem Könige, ihm eine gewisse Anzahl von Rekruten zuzuführen. Dies wäre „fürs Ganze noch das geringste Uebel, aber doch bleibt auch dieses ein unangenehmes, verhaßtes und schamvolles Geschäft."

Für weit wichtiger hielt Goethe jedoch den politischen Gesichtspunkt. Oesterreich, welches den alten Verdacht hege, daß die sächsischen Häuser ihm feindlich gesinnt seien, werde die Sache sehr übel nehmen, und es dürfte dem kaiserlichen Hofe nicht an Gelegenheit fehlen, dem fürstlichen Hause manches Unangenehme fühlen zu lassen. Das Schlimmste werde dann sein, daß „sie gleiche Werbung in den fürstlichen Landen einzulegen verlangen können" und daß man von beiden Seiten aufs Grausamste bedrängt sein werde.

Um nun dieser Gefahr zu entgehen, war Goethe auf einen Gedanken gekommen, der von der außerordentlichsten Tragweite geworden ist; denn wenn man seinen Vorschlag aufmerksam liest, so kann kein Zweifel darüber sein, daß man es in dem Rathschlag unsers Dichters mit nichts Geringerem, als mit der eigentlichen Ursprungsidee des Fürstenbundes zu thun hat und es ist sehr merkwürdig, daß einer der letzten Versuche, der alternden Verfassung des Reichs neues Leben einzuflößen, jedenfalls von Goethe aufs Eifrigste unterstützt und befürwortet, wenn nicht ausgegangen ist.

In dem Gutachten heißt es, man könne sich, ehe General Möllendorf einen neuen Werbeoffizier abgeschickt

hätte, noch einer kleinen Frist bedienen. Dann fährt
Goethe fort: „Zuerst wird man an Hannover, Maynz,
Gotha, die übrigen sächsischen Höfe schreiben, und ihnen
vorlegen, daß es Ew. Durchlaucht bei gegenwärtigen
Umständen Pflicht, Gesinnung und Wunsch sei, Ihre
Lande und Unterthanen vor den Beschwerden des be-
nachbarten Krieges auf das Möglichste zu schützen und
an den öffentlichen Angelegenheiten keinen Theil als
gesammt mit den übrigen Ständen des Reiches zu
nehmen. Sie seien es gewiß, daß an jedem Hofe eben
solche Gesinnungen herrschten, und um desto mehr sei
es zu bedauern, daß ohnerachtet dieser innerlichen Uebereinstimmung man sich bisher nach einem gemein-
schaftlichen Plan zu handeln noch nicht habe
verstehen können. Durchlaucht seien jetzo
durch einen Vorgang bewogen, mehr als
jemals ein näheres Band mit den übrigen
Fürsten zu wünschen und eine neue Ueberlegung der so nothwendigen Vereinigung
unter sich zu veranlassen, da man preußischer
Seits die Werbung neuerdings verlangt habe. So
wenig Sie im Falle seien, diese Forderung, wenn sie
durchgesetzt werden wollte, mit Nachdruck abzuweisen,
so sehr wünschten Sie durch eine Verbindung mit
wohlgesinnten Mitständen, deren Länder
diesen, oder ähnlichen Unannehmlichkeiten
ausgesetzt seien, solchen Zumuthungen sich
standhaft widersetzen zu können.‟

„. . . . Zu wünſchen wäre es, daß andere glückliche Umſtände zuſammenträfen, die Fürſten des
Reichs aus ihrer Unthätigkeit zu wecken und
ſehr glücklich wäre es, wenn man durch die Noth
gedrungen von hier aus zu einer geſchwinderen
Vereinigung beigetragen hätte.“

Im weitern Verlauf ſeines Gutachtens kommt dann
Goethe auf die Frage zurück, wie ſich die Weimariſchen
Behörden zu benehmen hätten, wenn der preußiſche
Werber ſich in Güte oder mit Gewalt eines Muſterungs-
platzes bemächtigte, wobei ihm denn das Gerathenſte
erſchien, ſich von Fall zu Fall ſo gut wie möglich in die
Lage zu ſchicken. Es hat nur ein geringes Intereſſe
zu erforſchen, wie die Werbeangelegenheit ſchließlich
geordnet wurde. Wenn nicht Alles täuſcht, wurde von
den Weimariſchen Behörden ſelbſt eine Muſterung vor-
genommen, bei welcher Goethe in Buttſtädt „die Purſche
ſelbſt beſichtigte und meſſen ließ.“

Das raſche Ende des Krieges zwiſchen Oeſterreich
und Preußen beſeitigte indeſſen die unmittelbare Schwierigkeit der Lage; der Teſchner Friede befreite die Reichs-
ſtände wenigſtens zunächſt von der Gefahr einer weiteren
Ausdehnung Oeſterreichs in Deutſchland, und man
wußte dem Könige erneuten Dank für die Erhaltung
der „Reichsfreiheit“, wie man zu ſagen pflegte. Freilich
gab es in dem Friedensinſtrument eine Beſtimmung, die
nicht weniger Sorge und Verdruß machte, weil man das
Uebergewicht Preußens in Süddeutſchland ebenſo ſcheute,

als dasjenige von Oesterreich). Nun hatte aber Preußen das Zugeständniß erreicht, die Fürstenthümer Ansbach-Bayreuth ihres Charakters als Secundogenituren zu entkleiden und dem preußischen Staate unmittelbar einzuverleiben. „Durch den Ansbachischen Anfall," schrieb der Minister von Edelsheim an Karl August, „wird die Freiheit Deutschlands ohnglaublich geschwächt."

Im mittleren und westlichen Deutschland war die Furcht vor den Großmächten seit dem bayrischen Erbfolgekriege gleichmäßig gewachsen, als aber Joseph II. durch den Tod seiner Mutter freiere Hand zu handeln erhielt, mußte man vermöge des zufahrenden und rücksichtslosen Wesens des Kaisers besonders vor Oesterreich auf seiner Hut sein. Und doch wollte damals auch Niemand mit Preußen sich enger verbinden, und dachte entfernt Niemand daran, sich unter den Schutz des alten Königs zu begeben. Edelsheim schrieb an Karl August: „Jedem deutschen Herzen und besonders einem freien Fürstensinn muß es wehe thun, die Sklaverei mit so starken Schritten auf das Vaterland stürmen zu sehen und zu fühlen, daß kein Band mehr unter den Gliedern des ganzen Körpers existirt, die, wenn sie verbunden wären, einerlei Sinn hätten und Gut und Blut für Freiheit wagen wollten, gewiß den so systematisch langsamen Druck ihrer „Nebenlieger"*) noch lang aufhalten könnten."

------

*) Bei Erdmannsdörffer Nr. 4 heißt es Neben-Läger, ich habe Nebenlieger gelesen.

Man ging noch weiter, Edelsheim scheute sich nicht sein Bedauern darüber auszusprechen, daß die „starken Eichen", England so gut, wie Frankreich, heute nur „schwanke Rohre" wären, an die man sich nicht halten könne. Wie man in Bezug auf diese Stützen deutscher Politik in Weimar im Beginne der fürstlichen Verbindungen dachte, ist aus den Correspondenzen der Jahre 1780—82 nicht mit voller Sicherheit zu entnehmen. Daß in den Zusammenkünften mit dem Gothaischen Hofe sowohl, wie mit Dalberg die Reichsangelegenheiten viel besprochen wurden, fühlt man in zahlreichen Briefschaften durch, aber alles hält sich im schriftlichen Verkehr so vorsichtig wie möglich. Zu einer entschlosseneren Antheilnahme an den Bestrebungen eines Bundes, wie ihn Goethe schon 1778 für nothwendig erachtete, war Karl August doch erst in dem Augenblicke ganz bereit, wo er wußte, daß der Thronnachfolger in Preußen, Friedrich Wilhelm, im Gegensatze zum Könige der Sache sympathisch zur Seite stand.[19])

Von Goethe dagegen läßt sich schwerlich beweisen, daß er die Annäherung unter den deutschen Fürsten anders als in dem strengsten Rahmen der Reichsverfassung aufgefaßt und gewünscht hatte, wie er dies auch später noch in seinen verschiedenen Erinnerungen an diese Zeiten ausdrücklich bemerkte. Wenn man aus literarischen und schriftstellerischen Stimmungen des Dichters auf seine politischen Anschauungen Schlüsse machen dürfte, so könnte man es als ein sehr merkwürdiges

Zusammentreffen von Umständen hier bemerken, daß er gerade in dem Augenblicke, wo sich die deutschen Fürsten thätig zeigten, eine festere Vereinigung unter einander zu schließen, gegen den großen König von Preußen in einer sehr gereizten Fehde stand. Und wenn man die Politik auch wohl zu unterscheiden weiß von den Fragen über den Werth der deutschen Literatur, durch deren Erörterung der „alte König" der jungen Dichterwelt aus Herz gegriffen, so wird man sich doch die Stelle aus den Briefen Goethes nicht entgehen lassen können, wo er die Schale seines Zorns über Friedrich den Großen ausgießt. Ja, seine Aeußerung just in den Tagen der Reichsfürstlichen Bewegungen ist um so auf=fallender, als sie ohne Frage auch das politische System des Königs mit zu treffen scheint:

„Mein Gespräch über die deutsche Literatur will ich noch einmal durchgehen, wenn ich es von der Mutter zurückkriege . . . . . . Es hätte sich kein Mensch über die Schrift des alten Königs gewundert, wenn man ihn kennte, wie er ist. Wenn das Publikum von einem Helden hört, der große Thaten gethan hat, so malt es sich ihn gleich, nach der Bequemlichkeit einer allgemeinen Vorstellung, fein=, hoch= und wohlgebildet; eben so pflegt man auch einem Menschen, der sonst viel gewirkt hat, die Reinheit, Klarheit und Richtigkeit des Verstandes zuzuschreiben. Man pflegt, sich ihn ohne Vorurtheile, unterrichtet und gerecht zu denken. Dies ist der Fall mit dem Könige; und wie er in seinem verschabten blauen Rock und mit seiner bucklichten Gestalt große Thaten gethan hat, so hat er auch mit einer eigensinnigen, voreingenommenen, unrectifizirlichen Vorstellungsart die Welthändel nach seinem Sinne gezwungen."[20]

So wenig in diesen Worten ein allgemein giltiges Urtheil Goethes über den großen König zu sehen sein wird, so sehr läßt es uns doch die augenblickliche Stimmung desselben in politischer Beziehung erkennen, denn wenn der Dichter blos seiner Unzufriedenheit mit Friedrichs eigenthümlicher Beziehung zur deutschen Literatur hätte Ausdruck geben wollen, so hätte er wohl lieber sein Bedauern ausgesprochen, daß zwischen dem politischen und literarischen Menschen ein so großer Unterschied wäre. Aber Goethe unterläßt es nicht, scheinbar ganz ohne alle Veranlassung, des Königs „unrectifizirliche Vorstellungsart," „die Welthändel nach seinem Sinne zu zwingen," zu beklagen! Das bedeutete mehr als literarischen Verdruß, es zeichnete die ganze Lage. Dennoch mag es nicht überflüssig sein, zu bemerken, daß die Jugenderinnerung Goethes, Alles in seinem Hause wäre „Fritzisch" gewesen, seiner Grundstimmung gewiß mehr entsprach, als der augenblickliche diplomatische Krieg. Es wird wohl Niemand annehmen, daß Goethe, indem er sich auf eine andere politische Seite gedrängt sah, den größten Mann des Jahrhunderts persönlich verkannt hätte. Wie vollständig kann darüber das noch kürzlich aufgefundene Bruchstück des Gedichtes auf den Tod Friedrichs des Großen beruhigen.

Die Geschichte des deutschen Fürstenbundes gehört zu den Gegenständen, die schon seit langer Zeit in der verschiedensten und mitunter seltsamsten Weise dargestellt worden sind. Niemals ist so viel Dunkles und Unklares über eine Action verbreitet gewesen, wie über diesen Versuch der kleineren deutschen Fürsten, sich noch einmal auf ihre eigenen Beine zu stellen. Wie man diese Unternehmung gleich damals von preußischer Seite sich dienstbar zu machen bestrebte, so hat die Geschichtsschreibung nachträglich dann wieder die ganze Sache umgedreht und so davon erzählt, als wäre das Verlangen lediglich die Selbstständigkeit, die Freiheit und das Recht des deutschen Reichs gegen die österreichische Tyrannei und gegen die despotischen Absichten Josephs II. zu schützen, ein großer Schritt und Gedanke der letzten Lebensjahre des preußischen Königs gewesen. Bald wurde die Sache noch weiter in eine Art von System gebracht, wie es der deutschen Historie so gern angehängt wird. Indem man den Vergrößerungs-Absichten Oesterreichs in Süddeutschland, ebenso wie der entschlossenen Abwehr Friedrichs des Großen eine gleichsam providentielle Beziehung zu den Ereignissen des neunzehnten Jahrhunderts zu geben suchte, hat man sich doch gar zu sehr durch den Namen der Unionsbestrebungen bestimmen lassen, alle ähnlichen Bündnisse unter die gleichen Gesichtspunkte zu bringen. Eine Folge davon war denn, daß man den bedenklichen Unterschied der Stellung der deutschen Fürsten zu Preußen eben im Anfange der achtziger

Jahre außer Acht ließ. Es ist zwar richtig, daß Friedrich der Große auf die Schmalkaldische Union als Vorbild seines Auftretens verwies, dennoch aber war dieser Vergleich unzutreffend, so lange es sich nicht läugnen ließ, daß der Fürstenbund aus einer Richtung gerade der katholischen Mächte gegen Oesterreich entsprang, während man jener Union doch wohl den protestantischen Charakter nicht absprechen könnte.

Es gab zwar immer Leute, welche der Meinung waren, Friedrichs erstaunliche Größe sei schon bewunderungswürdig genug, wenn man auch nur auf seine Verdienste um sein Preußen hinblickt; aber unser historisches Gemüthsleben verlangte nach einer Art von Versöhnung zwischen dem gewaltigen Sieger von Roßbach und dem deutschen Reichsstandpunkt und dazu mußte die deutsche Fürstenbundsgeschichte helfen. In diesem Sinne verfaßte Dohm den Abschnitt seiner Denkwürdigkeiten, deren dritter Band im Jahre 1817 erschienen ist. Nach seiner Darstellung, die bis auf die jüngste Zeit ausschließlich maßgebend geblieben ist, spielten jedoch Baden, Weimar, Dessau, und alle in dem Bunde wirklich vereinigten Fürsten, die untergeordnetste Rolle bei der Sache, so daß die neueren Erforscher dieser Dinge nicht genug erstaunen konnten, als sich ihnen der reiche Schatz der Archive insbesondere von Weimar und Karlsruhe eröffnet hatte. Doch würde es mich hier zu weit führen, der langen Reihe von tüchtigen Arbeiten auf diesem Gebiete auch nur einigermaßen gerecht zu werden,

5*

ich erwähne auch Dohm nur deshalb, weil Goethe auf
sein Werk, wenn auch vergeblich, Einfluß zu nehmen
suchte.

Im Beginne des Jahres 1815 wünschte Dohm die
Correspondenzen des Fürstenbundes in Weimar sehen
zu können. Excellenz von Voigt schrieb hierüber an
Goethe, daß er zusehen wolle, was für Herrn von Dohm
brauchbar wäre. Leider ist nicht zu erfahren gewesen,
ob die Acten wirklich in Dohms Hände gekommen sind,
doch äußerte sich wenig später Goethe in einem Sinne,
als habe er geglaubt, daß es wirklich geschehen sei.[21]
Vielleicht stammen auch aus dieser Zeit die Registratur-
vermerke auf den gehefteten Fascikeln der Fürstenbunds-
Correspondenz, die im Weimarischen Staatsarchiv ver-
wahrt werden. Sie lassen Goethes Hand erkennen.
Unter allen Umständen bleibt indessen die Thatsache
fest stehen, daß Dohm in seiner Darstellung Alles verschwiegen hat, was man aus den Acten des Weimarischen
Archivs hätte erfahren und lernen können, sei es, daß
Voigt ein Bedenken trug, dieselben dem preußischen
Schriftsteller auszuliefern, sei es, daß dieser an denselben
wenig Gefallen fand. Karl Augusts eingreifende Thätigkeit bei dieser ganzen Angelegenheit wurde in Folge
dieser Zurückstellung der wichtigsten Urkunden erst in
viel späterer Zeit recht erkannt und zur Anerkennung
gebracht. Dem Goetheforscher aber zeigt sich in diesen
bewegten Jahren ein kaum noch hinreichend beachtetes
Bild einer tiefen Antheilnahme des Dichters an den

heiklichsten und verantwortlichsten diplomatischen Geschäften.

Die Verhandlungen zur Gründung des Fürstenbundes waren, wie leicht erklärlich, in das tiefste Geheimniß gehüllt worden. Es schien, als ob die hoch-
entwickelte Kunst der Diplomatie des achtzehnten Jahrhunderts in der Verschlingung, Verwicklung und Lösung
völker- und staatsrechtlicher Angelegenheiten vor dem
revolutionären Zusammenbruch der alten französischen
und deutschen Monarchie noch einmal einen rechten
Triumph feiern sollte. Hier ließ sich die Erfahrung
machen, wie ausschließlich nur der Fachmann, der geschulte Staatsmann mitsprechen könne. Hier mußte sich
der Fürst erproben, ob er zu regieren verstehen werde.
Man begreift, wenn in späten Lebensjahren dem Dichter
immer unverständlich blieb, wie sich Leute, die das
„Metier nicht gelernt", in die Staatsangelegenheiten
mischen mochten. In allen diesen schwierigen Jahren,
bis zum Baseler Frieden, mußten wohl Männer, denen
ein Einblick in die Staatsgeschäfte eröffnet worden war,
mehr oder weniger die Vorstellung erlangen, daß die
Politik, man mochte sie nun lieben oder hassen, eine
Art von verschleiertem Bilde von Saïs wäre, welches
wohl den vorwitzigen Jüngling zu Boden strecken mag.
In dieser Zeit bildete sich die stramme Schule der
Staatsmänner von der Art der Talleyrand, Hardenberg und Metternich, welche die Gegensätze der Zeiten
mehr hervorzustellen, als zu versöhnen verstanden haben.

Und in dieser Zeit auch war es, wo Goethe dem großen Schachspiel der Politik, oft mit sehr getheilten Gefühlen und manchmal vielleicht nicht ohne Ueberdruß, stets aber mit Theilnahme und Ausdauer beiwohnte.

In einem französischen Billet an Frau von Stein beklagt sich Goethe einmal, er sei eben wieder in der unerwünschten Nothwendigkeit, einen französischen „Discours" mit eigener Hand zu copiren; daß er hinzufügt, dies interessire ihn nicht sehr, kann wohl weniger verwundern, als die Thatsache, daß dies Geschäft des geistlosen Copirens eingegangener Staatsschriften damals zu den fast regelmäßigen Aufgaben des Dichters gehörte. Er durfte sich darüber nicht beschweren, denn auch sein fürstlicher Gebieter ergriff wohl selbst die Feder, um keinem Uneingeweihten Einblick in die Geheimnisse zu gestatten. So strenge und ausschließlich wurden zunächst die Unterhandlungen der Höfe auf die Fürsten und ihre Vertrautesten beschränkt. Daß Goethe zu diesem engsten Kreis gehörte, war den Theilnehmern des Bundes nicht unbekannt, wie denn der Fürst von Dessau oft mit Grüßen in vertraulichsten Schreiben Goethes Mitwissenschaft voraussetzt. Auch unserer jüngsten Geschichtsschreibung ist es keineswegs entgangen, daß der Dichter am politischen Webstuhl der Zeit gesessen habe; sie hat es nur aus begreiflichen Gründen unterlassen, die Sache nach der persönlichen Seite hin weiter zu verfolgen, als es die sachlichen Umstände des interessanten Treibens der kleinen deutschen Mächte zu erfordern schienen.

Ranke bemerkte aber ſchon mit der ihm eigenen Auf=
merkſamkeit auf Alles, was einen Zuſammenhang mit
den geiſtigen Größen der Literatur bietet, reſpectvoll
gegenüber dem Dichter: „Die dieſe Verhandlungen be=
treffenden Correſpondenzen und Briefe haben die Ehre
gehabt, daß ſie von Goethes Hand — denn eines zu=
verläſſigen, vertrauten Geheimſchreibers bedurfte es —
für den Herzog Karl Auguſt abgeſchrieben worden ſind.“

Es wäre indeſſen ein Irrthum, wenn man Goethes
Mitwirkung bei dieſen Geſchäften ſo gering anſchlüge,
daß man es nicht ſelbſt vom objectiv hiſtoriſchen Stand=
punkt aus für lohnend erachten ſollte, nachzuforſchen, wie
der Dichter von ſeiner Theilnahme gedacht hat und in
welcher Richtung ſich ſeine eigenen Gedanken in dieſem
geheimnißvollen Treiben der fürſtlichen Politiker be=
wegten. Auch hat ſchon Ranke gegenüber von frühern
Darſtellungen der Geſchichte des Fürſtenbundes gezeigt,
daß man es doch ſchwerlich als eine gleichgültige Sache
anſehen dürfte, wer die Urheber geweſen wären und
welche Abſichten die Verbindung urſprünglich verfolgte.
Da darf man unter den von eingeweihten und betheiligten
Perſonen herrührenden Zeugniſſen dasjenige Goethes
doch gewiß nicht niedriger anſchlagen, als die Mit=
theilungen Dohms und Anderer. Ich halte daher einen
durch Boiſſerée glücklich aufbewahrten Ausſpruch Goethes
für höchſt bedeutend und wichtig, indem man durch den=
ſelben über die Motive der großen Bewegung eine uner=
wartete Aufklärung erhält: „— — Goethe,“ ſchreibt

Boisserée, „war auch einmal in einer Art Verschwörung durch seinen Herrn, damals, als man die Uebermacht Friedrichs des Großen fürchtete. Es bestand eine geheime Verbindung bei dem alten Fürsten von Dessau; der Kronprinz von Preußen war darin. Nachher wurde dieselbe Veranlassung zum Fürstenbund, obwohl es Anfangs gegen Preußen ging. Herr von Dohm erhielt noch vor einiger Zeit, zur Geschichte des Fürstenbundes, Aufschlüsse hierüber von Goethe.“[22]

Was hier in Lapidarschrift mitgetheilt ist, wird durch die heute bekannt gewordenen Aktenstücke reichlich bestätigt, und es ist nur die bestimmtere Fassung der Motive, deren sich Goethe wohl bewußt geblieben ist, die wir dankbar in unsere Darstellung der verwickelten Angelegenheit aufnehmen dürfen. In einem an den Herzog von Dessau gerichteten, von Goethes Hand erhaltenen Concept eines Schreibens, liest man die bezeichnenden Worte: „Unsere Lage ist kitzlich, daß wir gegen den König nicht hinterhaltig und mißtrauisch scheinen und doch von dem, was bisher geschehen, nicht mehr entdecken, als noth und nütz ist.“

So sehr man auch in den reichsfürstlichen Kreisen bemüht war, der beabsichtigten Union eine selbständige, lediglich auf die eigene Kraft gestellte Grundlage zu geben, so schwer war es doch eine Verbindung ohne jeglichen, wenn auch nur moralischen Hinterhalt der großen Mächte zu schaffen. Für die Ausbreitung des Bundes war der Beitritt der geistlichen Fürsten ent=

scheidend, die durch die Willkürlichkeiten Kaiser Josephs
ebenso erbittert gegen Oesterreich waren, wie die welt=
lichen gegen die Uebergriffe Friedrichs des Großen.
So war es insbesondere Dalberg, der in eine lebhafte
Thätigkeit zu Gunsten des Bundes eintrat und der recht
eigentlich das verbindende Glied zwischen den weltlichen
und geistlichen Tendenzen des Fürstenbundes wurde.
Im Uebrigen gingen die ersten Entwürfe einer Union
lediglich von dem Gesichtspunkte aus, daß es nöthig
wäre, sich zu einer gemeinsamen Action auf dem Reichs=
tag verbindlich zu machen, um dessen „Inactivität“ zu
beseitigen und eine volle Unabhängigkeit reichsfürstlichen
Standes von dem Wiener Reichshofrath zu bewirken,
dessen Eingriffe in die Rechtssachen der fürstlichen Fa=
milien immer beschwerlicher empfunden wurden.

Der Minister von Edelsheim war es, der endlich
ein Elaborat vorlegte, auf welches die beitretenden Höfe
sich verpflichten sollten und welches in 14 Punkten alle
Beschwerden geistlicher und weltlicher Reichsfürsten be=
zeichnete und für Abhilfe geeignete Mittel bundesmäßiger
Wirksamkeit in Vorschlag brachte. Diese Gestaltung
der Sache stimmte ohne Zweifel mit den Anschauungen
Goethes, und mit dessen schon 1778 ausgesprochenen
Absichten vollständig überein. Er war auch der Mei=
nung, daß von der Verbindung der Fürsten jedes Moment
militärischer Rücksichten und Vereinbarungen ebenso sorg=
fältig fern zu halten sei, wie die Antheilnahme der
großen Mächte aus gleichem Grunde ausgeschlossen

werden sollte. Auch Dalberg vertrat diesen Standpunkt; und er hielt an demselben auch dann noch fest, als der Fürstenbund längst sich der preußischen Spitze gefügt und untergeordnet hatte. Einen wichtigen Beitrag zur Kenntniß dieser verfassungstreuen Bestrebungen liefert dann ein merkwürdiges Schreiben des Mainzischen Coadjutors an den Kaiser Joseph, worin derselbe die Idee und die Absichten des Fürstenbundes in vollster Offenheit vertheidigte; und wenn auch dieses Manöver weder damals noch später das Gefallen der preußischen Diplomatie erregen konnte, so beweist es doch, auf welchen Grundgedanken der Fürstenbund in seinem Ursprunge beruhte. Für Goethes Auffassung dünkt es mich so bezeichnend, als hätte es von ihm selbst hergerührt, wenn er auch sicher, so wenig wie Herzog Karl August den Versuch Dalbergs mitgemacht oder gebilligt hat, die abgerissenen Verbindungen mit dem österreichischen Hofe wiederherzustellen.[23])

Indessen war der Gedanke des Ausschlusses aller großen europäischen Mächte von den Bundesabsichten schon vorlängst durch den badischen Hof in einer mehr als bedenklichen Weise durchbrochen worden; indem man sich um einen Rückhalt umsah, begann man allerlei geheim betriebene Unterhandlungen mit Frankreich und bediente sich hierzu des Schwagers Goethes, Schlosser. Auch Karl August, dem Goethe in diesem Punkte, wenn nicht Alles täuscht, nicht völlig zustimmte, hatte sich tiefer in diese französischen Beziehungen verwickeln lassen, als ihm später lieb war. Man kann nur aus Goethe'schen Briefstellen die Folgerung ziehen, daß Karl August manche Unannehmlichkeit aus diesen französischen Unterhandlungen erwachsen war und es fehlt auch in den amtlichen Correspondenzen nicht an Bemerkungen, als hätte sich „Alles verbündet, um den Herzog ins Unglück zu stürzen."

Wenn übrigens alle diese Unterhandlungen den deutschen Großmächten nicht verborgen geblieben sind, so war es gewiß der Zweibrücken'sche Hof, an dem die ganze Sache scheitern mußte, denn die finanzielle Lage desselben machte hier alle Geschäfte unsicher, und Herr von Edelsheim scheint eben nicht mit vieler Vorsicht operirt zu haben. Uebrigens ist bisher von keinem Geschichtsschreiber eine Aufklärung darüber gegeben worden, auf welchem Wege schließlich König Friedrich hinter das ganze Geheimniß der reichsfürstlichen Verbindung gekommen war. Der Prinz von Preußen, der, wie man gesehen hat, von Anfang an ins Vertrauen gezogen wurde, theilte im Juli 1783 dem Minister von Hertzberg das badische Projekt mit und erhielt die Antwort, daß die Sache ganz gut, aber verfrüht wäre. Bald darauf nahm König Friedrich von der Bewegung amtlich Kenntniß und bemächtigte sich sofort der Sache in einer Weise, die geeignet war, die Grundlagen des Bundes vollständig zu verändern.

Am 31. Oktober legte Hertzberg seinem Könige einen Unionsentwurf vor, der den Fürstenbund zu einem preußisch-deutschen Bunde ummodelte, dem Könige jedoch noch nicht genügte, weil das militärische Element einer solchen Union bei weitem noch zu wenig betont war. Mit bewährter Hand suchte Friedrich daher nach solchen deutschen Bündnissen, die ihm ein selbstverständliches Uebergewicht über die kleineren deutschen Reichsstände, geistliche sowohl wie weltliche, zu sichern vermochten. Alsbald hatte er England-Hannover, Sachsen, Braunschweig und mehrere andere der wichtigsten Staaten auf seine Seite gezogen. Was folgte, ist bekannt und braucht nur kurz gestreift zu werden: Am 23. Juli 1785 wurden die Verhandlungen über einen Dreifürstenbund zwischen Preußen, Sachsen und Hannover geschlossen, dessen 10 Artikel in Verbindung mit einer Anzahl von geheimen Zusätzen und geheimsten Artikeln die Mausefalle waren, in welcher schließlich alle kleineren Herren mit Einschluß des Mainzer Kurfürsten, dem man dann die Coadjutor=wahl von Dalbergs aufzwingen konnte, eingefangen wurden.

So war dem großen Friedrich noch in letzten Lebensjahren ein mit Recht als Vorbild für die Entwicklung unseres heutigen deutschen Reichs gepriesenes Einheitswerk gelungen, es war auch einer von den unblutigen Siegen des „einzigen“ Königs, auf welchen das Cäsarische Wort anwendbar war: ich kam, sah und siegte. Daß aber dieser neueste diplomatische Erfolg des Unbesiegbaren in den Fürstenbundskreisen sehr ge=mischte Gefühle hervorbrachte, wird kaum zu verwundern sein. Zwei Aeußerungen Goethes über diese Wendung der Dinge dürften hier in Betracht kommen; zunächst beziehe ich auf diese Ereignisse ein Schreiben an Voigt aus dem Jahre 1815, obwohl darin auf die Jahre 1791/92 exemplificirt wird, was jedoch zweifelsohne ein Gedächtniß- oder Schreibfehler sein wird. Es heißt da: „Um fernere gütige Communikation zu verdienen, sende das Mitgetheilte dankbarlich zurück. Meiner catarrha= lischen Hypochondrie sey verziehn, daß mir einfällt wie ich auch einmal durch diese Schule gelaufen bin und daß mich Ao. 1791/92 die trefflichen Luccesinis, Haug= witze und Steins ebenso höflich und ebenso schlecht tractirt haben, als jetzt unserm Freunde von deren Nachfahren begegnet."[24] Da bei dem Namen Steins doch wohl nur an den Minister gedacht werden kann, der letztere aber in der Zeit, aus welchem der Brief stammt, vielmehr selbst zu den „Nachfahren" gehört haben würde, so ist die Vermuthung nicht allzu gewagt, daß hier dem Dichter eine Verwechselung der Namen von Hertzberg und von Haugwitz begegnete.

Eine noch merkwürdigere Bemerkung Goethes findet man in seiner Darstellung der „Campagne in Frank= reich". Der Herzog von Braunschweig gehörte zu der Zeit, als der erste Versuch gemacht wurde den Fürsten= bund zu gründen, zu den offenen Gegnern. Den ur= sprünglichen Weimarischen und Dessauisch=Badischen Absichten setzte er von vornherein den Gedanken einer Anlehnung an Preußen entgegen, und er war es auch,

der den König in dem Vorhaben unterstützte, den Bund
den Interessen Preußens dienstbar zu machen. Als der
Herzog zuerst durch den Fürsten von Dessau in das
Geheimniß der kleineren Fürsten eingeweiht worden
war, erklärte er diese Art von Verbindung einfach für
politische Träumereien. Es scheint fast, als ob er dabei
den Einfluß von Männern habe tadeln wollen, die ihm
nicht für praktisch und erfahren genug vorkamen. Und
nun schreibt Goethe aus Anlaß seiner Zusammenkunft
mit dem Herzog von Braunschweig auf dem Rückzuge
von Frankreich, es hätte bei dieser Gelegenheit zwischen
Beiden, also wenige Jahre nach den Fürstenbundsver-
handlungen, ein eigenthümliches Gespräch stattgefunden,
für dessen Inhalt es bisher an einer rechten Erklärung
fehlte: „Der Herzog wünschte uns Allen Geduld und
Ausdauer, und ich ihm dagegen eine ungestörte Gesundheit, weil ihm sonst nichts abgehe, uns und die gute
Sache zu retten. Er hatte mich eigentlich niemals
geliebt, das mußte ich mir gefallen lassen; er
gab es zu erkennen, das konnt' ich ihm verzeihen; nun aber war das Unglück eine milde Ver-
mittlerin geworden, die uns auf eine theilnehmende
Weise zusammenbrachte.“

Indessen hatte das preußisch-sächsisch-hannöversche
Bündniß sofort aus Anlaß des von Kaiser Joseph II.
abermals auf die Bahn gebrachten bayrisch-belgischen
Tauschprojekts seine Stärke bewiesen und von den
kleineren Fürsten beeilten sich weltliche und geistliche

der Einladung Preußens zum Beitritt Folge zu leisten. Die Geschichte dieser Beitrittserklärungen selbst war jedoch keine so einfache. Zu dem eigentlichen Grundvertrag, der aus 10 Artikeln bestand und dem ursprünglichen Edelsheimischen Entwurf der 14 Artikel sehr ähnlich sah, war der Beitritt leicht und freudig erlangt, anders stand es aber mit den geheimen Zusätzen, die etwas tiefer griffen und namentlich die militärischen Verpflichtungen der Bundestheilnehmer betrafen. So war Herzog Karl August einer der ersten, welche den Hauptvertrag, nicht aber die Zusatzartikel unterzeichneten. Wenn man sich nun erinnert, daß in einem von Goethes Hand schon vor mehr als Jahresfrist geschriebenen Actenstücke das Projekt des Bundes auf das Freudigste begrüßt wurde, sofern es sich blos um eine diplomatische Vereinigung auf dem Reichstag, nicht aber um eine militärisch organisirte Union handle, so darf man annehmen, daß der Vertrag des Dreifürstenbundes mit seinen, dem Edelsheimischen Entwurf nachgebildeten Bestimmungen immerhin seinen vollen Beifall gehabt haben wird. Daß dagegen eine dem geheimsten Artikel des preußisch-sächsisch-hannöverschen Bundes entsprechende militärische Convention auch von Sachsen-Weimar abgeschlossen werden sollte, scheint, wie mancherlei Anzeichen wenigstens vermuthen lassen, vor Allem auf finanzielle Bedenken Goethes gestoßen zu sein. Jedenfalls dauerte es längere Zeit, bis die diesbezüglichen Vereinbarungen zwischen Preußen und Weimar ihren

Abschluß fanden, denn erst am 4. August 1786 schreibt der Minister von Hertzberg an Karl August, daß die Ratification der Accessionsurkunde vollzogen sei.[25])

In dieser Zeit rüstete sich Goethe zu seiner geheimnißvollen Entweichung nach Italien, und wenige Wochen später schrieb er den bekannten merkwürdigen Abschiedsbrief an seinen Herrn und Gebieter, der vielleicht auch zu einem politischen Commentar mehr Anlaß böte, als ihm bisher zu Theil geworden ist. „Verzeihen Sie, daß ich beym Abschiede von meinem Reisen und Außenbleiben nur unbestimmt sprach, selbst jetzt weiß ich noch nicht, was aus mir werden soll. Sie sind glücklich, Sie gehen einer gewählten Bestimmung entgegen, Ihre häuslichen Angelegenheiten sind in guter Ordnung, auf gutem Wege, und ich weiß, Sie erlauben mir auch, daß ich nun an mich denke, ja Sie haben mich selbst oft dazu aufgefordert . . . . ."[26])

Man darf fragen, was ist die gewünschte und gewählte Bestimmung, deren hier noch neben den häuslichen Angelegenheiten gedacht werden konnte. Wenn man nicht eine allzu bestimmte Antwort auf diese Frage verlangt, so darf man dieselbe vielleicht einfach in der sehr veränderten militärischen Thätigkeit des Herzogs, der er sich seit dem vollen Beitritt zum Fürstenbunde hingab und freudig hingeben durfte, suchen. Der alte König war todt, das neue Bündniß, die neue, unirte Stellung Weimars gab dem Herzog eine neue Aussicht militärischer Thätigkeit, die er so sehr gewünscht hatte.

Während Goethe in Italien weilte, war es dem Herzog
vergönnt, seine erste Campagne mitzumachen, und der
Feldzug in Holland erregte das Interesse des einsamen
Dichters nicht wenig; er sehnte sich in Rom recht
häufige Nachrichten über die Ereignisse zu erhalten, an
denen sein geliebter Herr so viel Theil hatte. Mehr
als einmal spricht er mit aufrichtigster Freude und Theil=
nahme in seinen italienischen Briefen an den Herzog
sowohl, wie auch an dritte Personen von der „größeren
politischen und militärischen Wirksamkeit", der sich Karl
August jetzt hingibt.

„Der Herzog ist tief in Politicis," schreibt er an
die Stein, und diesem selbst bemerkt er, allerdings noch
mit Hinzufügung eines „Leider", er hätte sich „zu seiner
angebornen Bestimmung noch fremde Lasten aufgeladen,
deren Schwere er noch fühlen werde." Immer aber
beseelt ihn der Wunsch: „Mögen Ihre auswärtigen
Verhältnisse Ihre Existenz ganz ausfüllen und Sie
für Mühe, Aufopferung und Gefahren die schönsten
Früchte einerndten." Und im Anfange des Jahres 1788
heißt es, vermuthlich bei Gelegenheit der Ernennung
des Herzogs zum preußischen Generalmajor, in einem
Briefe aus Rom: „Zuvörderst danke ich aufs schönste
für das tableau politique. Ich folge dem Laufe der
Welt in den Zeitungen nach und um desto angenehmer
war mir diese Ausfüllung und Bestimmung meiner
allgemeineren Ideen. Der Antheil, den Sie an den
Geschäften des Vaterlandes und der Welt nehmen, liegt

mir zunächst am Herzen, ich freue mich über Alles was Ihnen gelingt, es ist mir tröstlich, daß Ihre Mühe und Aufopferung anerkannt und mit einem ehrenvollen Zutrauen gelohnt wird. Lassen Sie mich von Zeit zu Zeit wissen, wie die Sachen stehen, an Ihrem gestrigen Briefe hab' ich nun eine Weile zu zehren."

Indessen hatte sich Goethe für seine Person in Rom soviel, wie möglich von den Welthändeln und politischen Persönlichkeiten ferne zu halten gesucht. Er berichtete seinem Herrn von seinen Besuchen bei Lucchesini, daß er dieselben lediglich deshalb mache, um etwas über die Thätigkeit des Herzogs bei dem holländischen Feldzuge zu erfahren. Im Uebrigen hält er sich „still". Bei dem Gedanken an seine Rückkehr nach Weimar bezeigt er dem Herzog von vornherein seine Dankbarkeit für Alles, was er über ihn geschäftlich verfügen werde. Die inzwischen erlangte große Stellung des Herzogs im preußischen Heere schreckt ihn nicht mehr, er freut sich vielmehr derselben, und bei seiner Rückkunft hegt er den Wunsch, sich selbst den militärischen Kreisen zu nähern und an den nächsten Revuen und Manövern Theil nehmen zu dürfen. Der Herzog seinerseits war schon durch den holländischen Feldzug an der Seite des Herzogs von Braunschweig sehr befriedigt und stolz. Seine Begeisterung für den Feldherrngeist seines Oheims spricht er besonders feurig in einem Schreiben an Knebel aus, wo es heißt: „Die feste Hand, mit der er den ganzen Feldzug ausgerichtet hat, dieses giebt ihm einen

unsterblichen und den echtesten Ruhm, den je ein Mann
erhalten könnte."[27]) Das politische Leben Karl Augusts
war nicht mehr von seiner Stellung in der preußischen
Armee zu trennen.

----

Wenn man die Summe dieser Periode politischer
Lehrzeit für Goethe ziehen wollte, so dürfte man sagen,
er war in das politische Getriebe der Welt vollständig
eingeweiht worden und hatte sich eine Erfahrung gewonnen, die wohl kaum jemals ein deutscher Geistes-
heros in größerem Maße besaß. Seine Neigung für
politische Geschäfte überhaupt war, wie es scheint, durch
diese erlangte genaue Kenntniß der Dinge nicht etwa
viel stärker geworden, aber es giebt eine gewisse Be-
ruhigung, den Dichter so auf des Lebens Höhen, als
einen völlig Eingeweihten, einhergehen zu sehen. Sachlich
betrachtet hatte Goethe in diesen Zeiten schwerer diplo-
matischer Kämpfe eine durchaus correcte und kluge
Stellung genommen. Er vertrat, wenn man so sagen
darf, den juristisch streng begrenzten Reichsverfassungs-
standpunkt, da es sich darum handelte, die Reichsstände
zu neuer größerer Thätigkeit und Abwehr gegen ver-
fassungswidrige Gewaltstreiche zu vereinen. Die größere
militärische Zurückhaltung, die er für politisch rathsam
fand, war unter dem Gesichtspunkte der Interessen eines
kleinen Landes durchaus gerechtfertigt. Anders freilich
war in diesem Falle der Landesherr gestellt, der seine

Verhältnisse mit Rücksicht auf die allgemeine Lage Deutschlands und Europas prüfen mußte. Wirklich hat Karl August an diesem Wendepunkt der deutschen Reichsgeschichte eine Ueberlegenheit politischen Geistes und eine Voraussicht bewiesen, welche der Anerkennung Goethes im höchsten Maße würdig war, denn mit sicherem Blicke erkannte der Herzog, daß die Zukunft der Einzelnen wie der Gesammtheit des Reiches ausschließlich auf Preußens Macht und Stellung ruhte. So war er eifriger und entschlossener, als irgend ein anderer der Fürsten in die preußische Politik eingeschwenkt und blieb der neuen Richtung treu, von welcher das neunzehnte Jahrhundert in wahrhaft deutschem Geiste mehr und mehr erfüllt wurde. Schon die nächsten Jahre schienen die Erndte dieser geläuterten Ueberzeugung bringen zu wollen.

# IV. Politik im Kriege.

Wenn Goethe bei seiner Rückkehr aus Italien noch hätte zweifeln können, daß die Politik seines Herzogs die richtige gewesen sei, so würden die internationalen Verhältnisse, die sich bei dem Ausbruche der Revolution ergaben, ihn haben überzeugen müssen, daß bei der Auflösung und Zerfahrenheit der deutschen Zustände nur der feste und rückhaltslose Anschluß an die preußische Vormacht den kleinen deutschen Ländern Sicherheit ihres Bestandes gewähren könne. Zunächst war man in Weimar durch die freundschaftlichen Beziehungen zu König Friedrich Wilhelm in die angenehme Lage gekommen, über den Gang der politischen Verhandlungen zwischen Oesterreich und Preußen vollkommen unterrichtet zu sein.

Bei dem Tode des Kaisers Joseph bewährte sich noch einmal der Fürstenbund in dem Punkte, daß Preußen eine Anzahl von Vorschlägen über die Reichsverweser=

schaft auf dem Reichstag mit Hilfe seiner Verbündeten
durchsetzte. Dann folgte die Versöhnung von Reichen=
bach zwischen Leopold II. und Friedrich Wilhelm II.
und endlich der gemeinsame Beschluß von Pillnitz gegen=
über den Schrecken der französischen Revolution. Wie
es eigentlich damals in den deutschen Cabinetten aussah,
was man in Wirklichkeit wollte, was vorgegeben worden
und was die Meinung der großen Mächte war, sollte
nur wenigen Menschen bekannt und verständlich sein und
es ist natürlich, daß auch Freunde Goethes in Weimar
und Jena, lediglich von der Aufmerksamkeit auf die
französischen Ereignisse in Anspruch genommen, nur eine
sehr dunkle Ahnung davon hatten, was in der Welt
vor sich ging. Es berührt daher eigenthümlich, wenn
man die naive Herdersche Ansicht von den politischen
Fortschritten der neuen Aufklärungszeit und die theil=
weise Begeisterung Knebels für die Freiheitshelden von
Paris mit der ruhigen und sichern Haltung vergleicht,
die Goethe in Folge seiner Antheilnahme an den Hand=
lungen und Correspondenzen des Herzogs bewahren
konnte. Seine Stellung war zwar in Bezug auf die
auswärtigen Angelegenheiten jetzt noch weniger als
früher geschäftlich klar bezeichnet und bestimmt; auch
hatte der Herzog in diesen kritischen Zeiten die Leitung
dieses Theils der Regierungsgeschäfte ausschließlicher,
als jemals in seine eigenen Hände genommen, aber
das Vertrauen zu Goethe war das vollständigste, und
Niemand Anderen als ihn vermochte er sich schon seit

den Manövern in Schlesien bei den erwarteten kriege=
rischen Verwicklungen als Begleiter im Felde zu denken.
Zuweilen schrieb Karl August auf die eingegangenen
Correspondenzen die Warnung, daß das eine und andere
Stück nur die „membra" des geheimen Raths sehen
dürften. Vieles war auch jetzt wiederum offenbar nur
durch Goethes Hand gegangen.

Wer die Correspondenzen durchsieht, welche das groß=
herzogliche Archiv in Betreff der Vorverhandlungen des
französischen Kriegs bis zu dessen Ausbruch im Sommer
1792 besitzt, der gewinnt die Ueberzeugung, daß man
in Weimar vollkommen über Alles unterrichtet war und
sein konnte, was die großen Mächte bewegte. Man
kannte hier die Absichten Preußens und Rußlands,
Polen abermals zu theilen, man wußte auch genau die
Stellung zu beurtheilen, welche erst Leopold II. und
nachher Franz II. der bedrohten, unglücklichen, nahe
verwandten Königsfamilie von Frankreich gegenüber
einnahmen.[28]) Weder Herzog Karl August, noch Goethe
waren auch nur einen Augenblick darüber im Zweifel,
daß es sich wahrlich bei keiner der deutschen Mächte
darum handelte, einen Krieg für die Ideen der Emigranten
zu führen. Auch wußte man sehr gut, daß die fran=
zösische Kriegserklärung an Oesterreich ein Werk der
„Jakobner", wie sich Herr von Edelsheim auszudrücken
pflegte, war, zu dem Zwecke herbeigeführt, den Sturz
des Königthums desto sicherer zu bewirken. Als in
Folge davon die österreichischen und preußischen Armeen

in Frankreich einrückten, hatte Goethe so gut, wie sein tapferer und siegesgewisser Herr und Herzog die Hoffnung, daß es noch möglich sein werde, den König aus den Händen des blutdürstigen Pöbels zu retten, aber in den militärischen und politischen Kreisen, denen Goethe in Frankfurt und Trier sich alsbald angeschlossen hatte, war man weder von den Unternehmungen des Emigranten-heeres erbaut, noch meinte irgend Jemand die Selbst-ständigkeit des französischen Volks und seiner Verfassung zu bedrohen, zu brechen oder zu vernichten.

Goethe hatte das festeste Vertrauen auf die Stärke und Tapferkeit der preußischen Armee, und er reiste seinem Herrn in das Feld in der Ueberzeugung nach, daß er an seiner Seite in Paris einziehen werde. „Es geht Alles so geschwind," schreibt er noch aus dem Lager von Verdun an Christiane Vulpius, „daß ich wahr-scheinlich bald wieder bey Dir bin." Und zum Schlusse verspricht er schon: „Aus Paris bringe ich Dir ein Krämchen mit, das noch besser, als ein Judenkrämchen sein soll." Aber bei dieser Freudigkeit über den Beginn des Feldzugs empfand es Goethe so gut wie der Herzog recht ärgerlich, wenn aus Jena berichtet wurde, wie die „Freiheitsfreunde" und Verfassungsbewunderer der „neuen Franken" sich in übeln Reden über die reactionären Regierungen ergingen, welche den Despotismus herzu-stellen und die „Denkfreiheit" zu unterdrücken ausgezogen seien. Reizend ist denn auch die Abfertigung dieser deutschen Schwärmer, wenn der Herzog einmal von

Verdun, wo er mit Goethe sich eben zusammengefunden hatte, mit Rücksicht auf Hufelands revolutionsfreundliche Vorlesungen an Voigt schreibt: „Uebrigens haben Sie nur keine Sorge, daß unsere saits den Despotismus erheben oder die Denkfreiheit hindern werden. Die Einschränkung aber, die entstehen wird, ist diese, daß Gelehrte, die ihr Lebtag mit Administration von Län= dern, ja eines Bauerngutes nichts zu thun gehabt, Nichts davon praktisch verstehen, weil die Administration nur durch die Erfahrung erlernt werden muß, mithin der= gleichen Gelehrte nicht auf leere Abstraktionen hin Grund= sätze in die Welt bringen mögen, die nur wahr scheinen, weil sie so wenig wie Gespenstergeschichten widerlegt werden können, und daß also dergleichen Gelehrte sich nicht wie N. N. künftig als Lehrer des Volks und der Regenten ansehen mögen und jeden Gedanken, den eine Indigestion supponirt, für einen innern Beruf ansehen mögen, das Volk gegen scheinbare Bedrückungen auf= zurufen und Regenten neuerfundene Pflichten einzu= schärfen. Ein jeder Gelehrte wird also besser bei seinem Leisten bleiben und sich nicht einbilden dürfen, daß, wenn er gewesen, die Sachen ganz anders gehen würden. . . .“

Wenn man sich hier nochmals daran erinnert, was Goethe in spätern Jahren einmal von dem „Metier“ des Regierens sagte, daß dasselbe vor Allem gelernt sein müsse, so glaubt man in dem Schreiben des Herzogs aus der Heimath der Revolution nur ein Echo seiner Ansichten zu hören. Kein Zweifel, daß beide Männer,

der Herzog wie der Dichter, aus den unmittelbaren Ein=
drücken, welche die Auflösung der staatlich=gesellschaft=
lichen Bande des unglücklichen Frankreich auf sie machte,
dieselben Folgerungen für das Leben, für ihre politische
Denkungsart gezogen haben. Sie erklärten die fort=
schreitende Umwälzung, die sie mit dem Schwerte zu
bekämpfen ausgezogen waren, weit mehr aus dem Mangel
persönlicher Kräfte, als aus den ewig wiederholten Noth=
wendigkeiten vorhandener Zustände. Diese Auffassung
befähigte dann Goethe vorzugsweise eine Darstellung
dieses Kampfes der Ordnung gegen die Mächte der
Zerstörung und Verwilderung zu geben, in welcher nicht
die leiseste Spur einer Parteinahme für bestehende Uebel
und Mißbräuche, aber auch nicht die geringste Vorliebe
für abstracte Lehrmeinungen vorhanden ist, wie sie der
Liberalismus damals und später sich aneignete. Im
Geiste echter Personenkenntniß ist sein Buch verfaßt;
und dennoch beruht es auf so reichen sachlichen Erfah=
rungen, die mehr angedeutet, als ausgesprochen werden,
und eine so ausgeglichene Weisheit beherrscht die Urtheile
des Dichters über die politischen Lagen, daß man es
wohl begreifen kann, wenn heute die Franzosen dieses
Werk so gut, wie die Deutschen, als klassisches Muster
wahrer Geschichtsschreibung ihren Söhnen vorführen.

Die Campagne in Frankreich ist ein Memoiren=
werk, in welchem der ganze politische Mensch und die
ganze politische Denkungsart des Dichters in vollkom=
menster Gestalt hervortreten. Es zeigt einen tief inner=

lichen Antheil an den großen Begebenheiten, ohne auch
nur einen Augenblick die Ruhe und Mäßigung bei Seite
zu setzen. Bei Kanonendonner und Kampfgetümmel
verläßt den Freund der Natur sein Interesse für Farbenlehre und Steine nicht. Er ist ein erfahrungsreicher
und verständnißvoller Theilnehmer an den militärisch-
politischen Begebenheiten, aber er greift nicht voreilig
in Dinge, die nicht sein eigentlicher Beruf sind. Manchmal freilich übermannt ihn das Elend der Lage und er
läßt sich dann wohl auch schärfer vernehmen, als er es
unmittelbar darauf für gut finden mag. Sein Urtheil
bleibt aber immer gerecht und begründet, und vor Allem
räumt er den Fachmännern das entscheidende Wort ein.
Wie sehr er auch dem Feind gegenüber Mäßigung übt,
zeigt wohl am schönsten die Scene, wo er nach der Ein-
nahme von Mainz durch die Verbündeten die fliehenden
Deutsch-Franzosen und Revolutionäre vor der Rache
des Volkes schützt. In allen diesen Beziehungen ist die
treffliche Lehrzeit ersichtlich, die Goethe hinter sich hatte.
Sie machte ihn für immer zum abgesagtesten Feinde aller
dilettantischen Redensarten und politischen Treibereien.[29])

Der unglückliche Verlauf des Feldzugs in der Champagne war freilich geeignet, den ernsten Mann noch
ernster zu machen. Nichts ist bezeichnender für diese
Stimmung, als die schöne Stelle, in der Goethe „das
rührende Ereigniß“ in Trier beschreibt, wo er von einem
alten Husarenoffizier auf dem Rückzug der Armee mit-
leidsvoll erkannt und darauf angeredet wurde, wie es

schon schrecklich genug gewesen wäre, daß man die Berufs=
menschen, die Soldaten in dieses Elend geführt hätte,
daß es ihm aber wahrhaft unverantwortlich erscheine,
einen Goethe diesen Gefahren ausgesetzt zu haben. Als
jedoch ein Civilist hinzutrat und die Leute zu beruhigen
suchte, es sei vielmehr ein glücklicher Umstand, daß
Goethe dabei gewesen, da man von seiner geschickten
Feder Darstellung und Aufklärung erwarten dürfe, da
legt der Dichter nicht ohne eine Art von humorvoller
Billigung dem Husarenoffizier die richtigere Meinung
in den Mund: „Der alte Degen wollte auch davon
nichts wissen und rief: Glaubt es nicht, er ist viel zu
klug! Was er schreiben dürfte, mag er nicht schreiben,
und was er schreiben möchte, wird er nicht schreiben.“
Betrübender, wenn auch sehr lehrreich ist es, wenn
Goethe noch weiter hinzufügen zu sollen meint: „Uebri=
gens mochte man kaum hie und da hinhorchen, der
Verdruß war grenzenlos. Und wie es schon eine ver=
drießliche Empfindung erregt, wenn glückliche Menschen
nicht ablassen, uns ihr Behagen vorzurechnen, so ist es
noch viel unausstehlicher, wenn uns ein Unheil, das wir
selbst aus dem Sinne schlagen möchten, immer wieder=
käuend vorgetragen wird. Von den Franzosen, die man
haßte, aus dem Lande gedrängt zu sein, genöthigt, mit
ihnen zu unterhandeln, mit den Männern des 10. Augusts
sich zu befreunden, das Alles war für Geist und Gemüth
so hart, als bisher die körperliche Duldung gewesen.
Man schonte der obersten Leitung nicht, und das Ver=

trauen, das man dem berühmten Feldherrn so lange
Jahre gegönnt hatte, schien für immer verloren."

Uebrigens hatte der alte Husarenoffizier nicht Un=
recht; keineswegs hätte sich Goethe veranlaßt sehen
mögen, Alles zu schreiben, was ihm bekannt geworden
war. Wenn man sich erinnert, wie genau der Herzog
Karl August und durch ihn auch Goethe von den Um=
ständen der hohen Politik und von den Absichten Preußens
unterrichtet war, so wird man sich nicht wundern können,
wenn Goethe seinerseits im Mißmuth über die ent=
schieden mißlungene große Unternehmung zuweilen etwas
weniger günstig und vertrauensvoll von der preußischen
Diplomatie zu denken anfing: „Ob ich schon unter
dem diplomatischen Corps echte und verehrungswürdige
Freunde gefunden, so konnte ich doch, so oft ich sie mitten
unter diesen großen Bewegungen fand, mich gewisser
neckischer Einfälle nicht enthalten; sie kamen mir vor
wie Schauspieldirectoren, welche die Stücke wählen,
Rollen austheilen und in unscheinbarer Gestalt einher=
gehen, indessen die Truppe, so gut sie kann, aufs Beste
herausgestutzt, das Resultat ihrer Bemühungen dem
Glück und der Laune des Publikums überlassen muß."

Zu diesen Betrachtungen gab wohl am meisten die
Anwesenheit des Baron Breteuil Veranlassung, der da=
mals als der wenig bewunderte Vermittler der Con=
vention galt, die das preußische Heer zum Rückzug
verpflichtete. Aber auch an die Halsbandgeschichte der
Königin, die jetzt im Temple gefangen saß, erinnerte der

französische Baron durch den Haß, den er gegen den
Cardinal Rohan zur Schau trug. Doch Goethe ließ
sich in seiner ursprünglichen Meinung über die Revolution
und ihre Ursachen nicht beirren: „Denn leider Alles,
was zur Sprache kam, machte nur das greuliche Ver=
derben deutlich, worin der Hof und die Vornehmen be=
fangen lagen."

Man hat sich manchmal verwundert und bald Lob,
bald Tadel darüber zu erkennen gegeben, daß Goethe
sich so wenig für die französischen Emigranten erwärmt
und darin, im Gegensatz zu den Hofkreisen der meisten
deutschen Länder, sich etwas hartherzig erwiesen hätte.
Und in der That darf man sagen, daß seine Darstellung
des Feldzugs von 1792, von einigen kleinen Aufmerksam=
keiten für unglückliche, reisende Französinnen abgesehen,
wenig Sympathie für das Emigrantenheer und seine
verfehlte Unternehmung zeigt. Indessen dürfte man nicht
glauben, daß es dem Dichter an Mitgefühl für diese
armen Vertriebenen in persönlicher Beziehung mangelte;
der Umstand, daß von ihnen in Goethes Darstellung
des Feldzugs von 1792 wenig die Rede ist, beweist nur,
daß er ihre ganze Thätigkeit in diesen verhängnißvollen
Augenblicken politisch und militärisch für ganz unter=
geordnet und wahrscheinlich mehr für schädlich, wie nütz=
lich gehalten hat. Seinen Beifall hatte eben wegen der
Parteinahme für den Royalismus das vielbesprochene
Manifest des Herzogs von Braunschweig schon früher
nicht. Jetzt fand er es beschämend, daß dasselbe den

„vermaledeiten Aufrührern den Untergang gedroht hatte und daß man nun doch mit denselben ein Uebereinkommen schließen mußte, um eine mögliche Rückkehr zu gewinnen."

Es war unendlich schwer gegen den Strom der leidenschaftlichsten Empfindungen zu schwimmen, welche in den deutschen Herzen und insbesondere in den jenseitigen Rheingegenden, wo die Stimme der französischen Verführung damals noch ungehört blieb, erwacht waren. Wer möchte zweifeln, daß es diese auf der Flucht eingesogenen Erfahrungen gewesen sind, die uns die Bilder in Hermann und Dorothea wiederspiegeln.

Dem tiefbewegten Gemüthe Goethes war es in jenem Augenblicke wenig möglich, ein rechter Repräsentant der freundlichen Beziehungen seines Herrn zu Preußen und den preußischen Staatsmännern zu sein. Es ist sehr charakteristisch, wenn er erzählt, daß er im Getümmel des Rückzugs den Wagen des Grafen Haugwitz erkannt und diesen in schlimmer Lage darin sitzen sah. „Nicht ohne Schadenfreude habe er ihn Schritt für Schritt dahin wackeln gesehen." Auch mit Lucchesini hatte er ein weniger angenehmes letztes Zusammentreffen. „Mein Fürst hatte mir aufgetragen, dem Marquis Lucchesini aufzuwarten, eine Abschiedsempfehlung auszusprechen und mich nach Einigem zu erkundigen. Bei später Abendzeit — nicht ohne einige Schwierigkeiten — ward ich bei diesem mir früher nicht ungewogenen, bedeutenden Manne eingelassen. Die Anmuth und Freundlichkeit, mit der er mich empfing, war wohlthätig; nicht so die Beantwortung meiner Fragen und Erfüllung meiner Wünsche; er entließ mich, wie er mich aufgenommen hatte, ohne mich im Mindesten zu fördern, und man wird mir zutrauen, daß ich darauf vorbereitet gewesen."

Es zeigte sich hier wieder der innere Unterschied zwischen der geborenen Dichternatur und dem Fürstensinne, wenn wir die gründliche Verschiedenheit in der Auffassung der Dinge betrachten, die sich zwischen Goethe und Karl August gleichsam in die Mitte stellte. Es gehörte die härtere und in politischen Dingen erprobtere Erfahrung dazu, sich in einem Augenblicke des Mißerfolgs nicht leichthin von der festen Linie der eingenommenen militärisch-politischen Stellung abdrängen zu lassen. Goethe hat den großen Schlag nicht wieder völlig überwunden. Karl August zog dagegen aus der neuen Lage die Ueberzeugung, daß für die deutsche Nation der feste Anschluß an die befreundete Macht nun immer nothwendiger werde. Goethe wurde selbst durch die glücklicheren militärischen Ereignisse des nächsten Jahres nicht wieder ganz beruhigt, obwohl sein geliebter Herr so hohen Antheil an der Wiedereroberung von Mainz genommen hatte. Karl August lebte und webte muthig und ausdauernd in dem Gedanken, daß in der Zugehörigkeit zur Armee des alten Fritz alle Gefahren der Revolution, wie sehr sich diese auch nähern würden, schließlich zu besiegen sein müßten. Mit dem Zusammenbruch der alten deutschen Reichsverfassung verlor Goethe

mehr und mehr die Hoffnung auf eine nationale Wiedergeburt der Deutschen; Karl August erwartete die letztere
nur von dem Kriegsglück Preußens. Als dieses zunächst
täuschte, rettete der Dichter sein Volksgefühl auf das
ideale Gebiet unbestreitbarer Vorherrschaft einer großen
geistigen Cultur, aber sein Fürst hielt auch unter fremder
Herrschaft an seinen politischen Ueberzeugungen standhaft
fest. Das höhere Alter gestattete Goethe, sich von dem
Schauplatz der streng politischen Geschäfte mehr und
mehr zurückzuziehen, während Karl August bei Erfüllung fürstlicher Pflicht im Kampfe gegen den Erbfeind stets gewachsen war.

# V. Im Vollgefühle der monarchischen Idee.

Seit lange hatte Goethe seine politischen Lehrjahre hinter sich, er war in seinen Ueberzeugungen durch große, sachgemäße, geschäftliche Erfahrungen und durch die Kenntniß und die Erlebnisse einer ungeheuern Zeit gefestigt worden. Man könnte sagen, er war gefeit gegen jede unstaatsmännische Beurtheilung der Dinge, gegen alles politische Irrlichteliren, dem er die besten und gescheidtesten Männer mehr und mehr verfallen sah. Er hatte den Unterschied der revolutionären und erhaltenden Kräfte des staatlichen Lebens vorausschauend zu empfin= den gelernt und, was nicht als Letztes beachtet zu werden verdient, er hatte in seinem eigenen Herrn und Fürsten den rechten politischen Genius erkannt, dem er sich für alle Zukunft mit einem wahrhaft rührenden Vertrauen in den staatlichen Angelegenheiten hinzugeben entschlossen war. Noch viele Jahre ernster Leiden waren gekommen, aber nur wenige andere deutsche Fürsten konnten von sich sagen, daß sie ihrer eingeschlagenen deutschen Politik, im einmal ergriffenen Bündniß mit Preußen, so treu geblieben sind, wie Karl August.

Das deutsche Reich war in Rastatt, Lüneville und Regensburg begraben worden und als die Preußen in Erfurt einrückten, um den alten Mainzer Staat zu beerben, pochte das revolutionäre Völkerrecht gleichsam unmittelbar an die Thore von Weimar. Schon war die Zeit gekommen, wo für das deutsche Fürstenthum die Entscheidungsstunde schlug und wo die Noth des Tages in dem corsischen Eroberer einen Retter der Gesellschaft und des Staats verehren ließ. Es ist nicht zu leugnen, mancher brave deutsche Mann sah schließlich in dem Rheinbund eine Art von culturgeschichtlicher Rettung der Nation und es ist im Grunde eine unendlich kleinliche Auffassung der Dinge, darnach zu forschen, wie früh oder spät sich jeder Einzelne von der Möglichkeit oder Wahrscheinlichkeit überzeugte, daß der unüberwindliche Sieger von Jena endlich fallen werde. Diejenigen, welche sich versichert hielten, daß dieses Ereigniß, wenn es eintreten sollte, gewiß nicht durch Reden und Zeitungsschreiben herbeigeführt sein werde, gehörten nicht zu den schlechtesten der Nation. Daß und warum auch Goethe meinte, daß sich der Imperator durch Gedichtemachen nicht vertreiben lassen werde, dies zu erklären war wesentlich der Zweck unserer Betrachtungen über seine schwere, ernste Lehrzeit. Wenn aber der Dichter

7*

in der traurigsten Epoche Deutschlands, die er erlebt hatte, sich vor jedem falschen Schritte durchaus zu bewahren wußte und nicht einen Augenblick die correcteste Haltung aufgab, die er bei aller Verehrung Napoleons einnahm, wenn kein wirklicher Staatsmann Deutschlands bis an des Dichters Ende ihm je die vollste politische Anerkennung und Achtung versagen konnte, so war dies Alles wieder die Folge des großen und trefflichen Einflusses, den er durch Karl Augusts klug vorschauende Politik erfuhr.

Zu den Schlagworten, die Goethe in den spätern Jahren seines Lebens öfters zum Gegenstande seiner Betrachtungen machte, gehörte die klassische Bemerkung Napoleons, die er im Gespräch von Erfurt über die Schicksalstragödie machte: „Was will man mit dem Schicksal. Die Politik ist das Schicksal." In der That! Auf fruchtbaren Boden war diese Napoleonische Aeußerung bei Goethe gefallen. Seine eigenen Lehrjahre haben ihm eine hohe Vorstellung von dem großen Wort gegeben, das vielleicht der brave Mann, der seine Gespräche mit dem Dichter aufzeichnete, bei Weitem nicht in jener tiefernsten Bedeutung erkannte, die Goethe damit verband. Wenn ihm sein unmittelbarster Antheil an der Politik in frühern Jahren zu solcher Lehre diente, so hatten auch die spätern Zeiten, wo er dem Kampf der Gewalten mehr nur aus der Ferne zugesehen, dieselben Eindrücke hervorgebracht: Die Politik ist das Schicksal. In dieser Ueberzeugung war es ihm immer mehr und mehr zur Gewißheit geworden, daß alle Politik nur im Anschluß an die Staats= gewalten einen berechtigten Lebensfactor bilde. Glücklich pries er sich daher, daß sein fürstlicher Herr und Gebieter das Schicksal mit vollendeter Meisterschaft beherrschte. Mit dem unbedingtesten Vertrauen und der größten Zuversicht blickte Goethe auch in den schwierigsten Momenten der Napoleonischen Gewalt= epoche auf Karl August. Er war völlig überzeugt, daß in den großen politischen Fragen der Herzog immer das Richtige traf.

Es war Goethe keineswegs unbekannt, daß der Weimarische Hof dem Kaiser Napoleon nicht ganz unverdächtig war und daß die aufrechterhaltenen Be= ziehungen zu Preußen in manchen Augenblicken eine Gefahr für seinen Herrn herbeiführen konnten. Allein die unerschütterliche Ueberzeugung von der politischen Folgerichtigkeit der Handlungen Karl Augusts bestimmte Goethe auch da, wo er, wie in Bezug auf Napoleon, einer persönlich anderen Stimmung nicht Meister werden konnte, sich diesem vollständig zu unterwerfen. Goethe hatte den Glauben an die Widerstandsfähigkeit der deutschen Nation gegenüber dem Uebergewicht des Im= perators verloren und aufgegeben, er mußte daher die Haltung Karl Augusts während der ganzen Rheinbunds= zeit mit Besorgniß wahrnehmen, allein er hielt den Herzog in politischen Dingen für gleichsam gefeit und kugelfest, wie die Landsknechte einstens gesagt hatten.

Bezeichnend ist in dieser Beziehung ein Gespräch, welches Müller aufbewahrte: „Einst, als in den ersten Jahren nach der Schlacht von Jena die große Freimüthigkeit des Herzogs in seinen politischen Urtheilen und Aeußerungen und seine fortwährend höchst unverhehlte Anhänglichkeit an die Krone Preußen ernsthafte Besorgnisse erregten, beruhigte mich Goethe mit den Worten: „Seien wir unbesorgt! Der Herzog gehört zu den Urdämonen, deren granitartiger Charakter sich niemals beugt, und die gleichwohl nicht untergehen können. Er wird stets aus allen Gefahren unversehrt hervorgehen. Das weiß er recht gut selbst, und darum kann er so Vieles wagen und versuchen, was jeden Andern längst zu Grunde gerichtet hätte."

Und als Falk kurze Zeit nachher die Mittheilung in Weimar machte, daß die Franzosen wegen der von Karl August unterhaltenen Beziehungen zu Preußen, deren mitunter bedenkliche Einzelnheiten vollständig ausspionirt worden seien, Böses gegen den Herzog im Schilde führten, erhob sich Goethe zu einer Standrede, deren herrlicher Wortlaut nie fehlen dürfte, wo immer man über des Dichters politische Denkungsart handelt: „Genug!" fiel mir Goethe, als ich bis dahin gelesen hatte, mit flammendem Gesicht ins Wort. „Was wollen sie denn, diese Franzosen? Sind sie Menschen? Warum verlangen sie geradeweg das Unmenschliche? Was hat der Herzog gethan, was nicht lobenswerth und rühmenswerth ist? Seit wann ist es denn ein

Verbrechen, seinen Freunden und alten Waffenkameraden im Unglück treu zu bleiben? Ist denn eines edlen Mannes Gedächtniß so gar nichts in Euren Augen? Warum muthet man dem Herzog zu, die schönsten Erinnerungen seines Lebens, den siebenjährigen Krieg, das Andenken an Friedrich den Großen, der sein Oheim war, kurz alles Ruhmwürdige des uralten deutschen Zustandes, woran er selbst so thätig Antheil nahm, und wofür er noch zuletzt Krone und Scepter aufs Spiel setzte, den neuen Herren zu gefallen, wie ein verrechnetes Exempel plötzlich über Nacht mit einem nassen Schwamme von der Tafel seines Gedächtnisses hinwegzustreichen? Steht denn Euer Kaiserthum von gestern schon auf so festen Füßen, daß ihr keine, gar keine Wechsel des menschlichen Schicksals in Zukunft zu befürchten habt? Von Natur zu gelassener Betrachtung der Dinge aufgelegt, werde ich doch grimmig, sobald ich sehe, daß man dem Menschen das Unmögliche abfordert. Daß der Herzog Verwundete, ihres Soldes beraubte preußische Offiziere unterstützte, daß er dem heldenmüthigen Blücher nach dem Gefecht von Lübeck einen Vorschuß von 4000 Thalern machte, das wollt Ihr eine Verschwörung nennen? Setzten wir den Fall, daß heute oder morgen Unglück bei Euerer großen Armee eintrete: was würde wohl ein General, oder ein Feldmarschall in den Augen des Kaisers werth sein, der gerade so handelte, wie unser Herzog in dem vorliegenden Falle wirklich gehandelt hat? Ich sage Euch, der Herzog soll handeln, wie er handelt! Er muß so handeln! Er thäte sehr Unrecht, wenn er je anders handelte! Ja, und müßte er darüber Land und Leute, Krone und Scepter verlieren, wie sein Vorfahr, der unglückliche Johann, so soll und darf er doch um keine Handbreit von dieser edlen Sinnesart und dem, was ihm Menschen- und Fürstenpflicht in solchen Fällen vorschreibt, abweichen. Unglück! Was ist Unglück? Das ist Unglück, wenn sich ein Fürst dergleichen von Fremden in seinem eigenen Hause muß gefallen lassen. Und wenn es auch dahin mit ihm käme, wohin es mit jenem Johann einst gekommen ist, daß Beides, sein Fall und sein Unglück, gewiß wäre, so soll uns auch das nicht irre machen, sondern mit einem Stecken in der Hand wollen wir unsern Herrn, wie jener Lucas Kranach den seinigen, ins Elend begleiten, und treu an seiner Seite aushalten. Die Kinder und Frauen, wenn sie uns in den Dörfern begegnen, werden weinend die Augen aufschlagen und zu einander sprechen: das ist der alte Goethe, und der ehemalige Herzog von Weimar, den der französische Kaiser seines Thrones entsetzt hat, weil er seinen Freunden so treu im Unglück war; weil er den Herzog von Braunschweig, seinen Oheim, auf dem Todbette besuchte; weil er seine alten Waffenkameraden und Zeltbrüder nicht wollte verhungern lassen." Hier rollten ihm die Thränen stromweise von beiden Backen herunter; alsdann fuhr er nach einer Pause, und sobald er wieder einige Fassung gesammelt, fort: „Ich will ums Brot singen, ich will ein Bänkelsänger werden und unser

Unglück in Liedern verfassen, ich will in alle Dörfer und alle Schulen ziehen, wo irgend der Name Goethe bekannt ist; die Schande der Deutschen will ich besingen, und die Kinder sollen mein Schandlied auswendig lernen, bis sie Männer werden und damit meinen Herrn wieder auf den Thron herauf= und Euch von dem Euren heruntersingen! Ja, spottet nur des Gesetzes, Ihr werdet doch zuletzt an ihm zu Schanden werden! Komm an, Franzos'! Hier oder nirgends ist der Ort, mit Dir anzubinden! Wenn Du dieses Gefühl den Deutschen nimmst, oder es mit Füßen trittst, was eins ist, so wirst Du diesem Volke bald selbst unter die Füße kommen! Ihr seht, ich zittere an Händen und Füßen, ich bin lange nicht so bewegt gewesen, gebt mir diesen Bericht, oder nein, nehmt ihn selbst, werft ihn ins Feuer, ver= brennt ihn! Und wenn Ihr ihn verbrannt habt, sam= melt die Asche und werft sie ins Wasser, laßt es sieden, brodeln und kochen! Ich selbst will Holz dazu herbei= tragen, bis Alles zerstiebt ist, bis jeder Punkt in Rauch und Dunst davonfliegt, so daß auch nicht ein Stäubchen davon auf deutschem Grund und Boden davon übrig bleibt. Und so müssen wir es auch einst mit diesen übermüthigen Fremden machen, wenn es je besser mit Deutschland werden soll."

Sollte der gewaltige Manneszorn des Dichters nicht geeignet gewesen sein, den Franzosen einigen Respekt einzuflößen, wenn Falk, wie wohl anzunehmen, aus dem merkwürdigen Auftritt kein Geheimniß gemacht haben wird? Sicher ist, daß man dem Weimarischen Herrn unter den Rheinbundsfürsten von Seite der Napoleonischen Regierung eine auffallende Schonung zu Theil werden ließ. Man weiß heute, wie sehr Karl August kühn gemacht worden war, seine Beziehungen zu Preußen noch enger zu knüpfen, als eine große patriotische Partei hier die Vorbereitungen für die Befreiung des Vaterlandes zu treffen begann. General Müffling war es, der dem nachkommenden Geschlecht zu erzählen wußte, wie treu, klug und sorgfältig Karl August sich zu der großen Sache gehalten hatte, die mit dem Sturze des Imperators endete.

Wenn Goethe, dem alle Umstände der Rheinbundszeiten bekannt waren, auf das Verhalten Karl Augusts zurückblickte, so begreift man, daß er, wie die gesammte Beamtenwelt, sein Freund Voigt und so viele Andere, von Kleinmuth selbst nicht frei zu sprechen, unbedingten Respekt vor dem angeborenen Muthe und dem ererbten Bewußtsein des deutschen Fürsten gewann. Denn die ungebeugte und doch kluge, dem legitimem Stolz und einer vornehm gewinnenden Art entsprungene Haltung gegen den Erbfeind, den er im richtigen Augenblick abschütteln wird, zeigte den Ernestiner in einer geschichtlichen Rolle, wie sie wenige Andere gespielt haben. Mit Recht hatte Goethe die Empfindung, daß die Nation ihm dies nicht vergessen sollte. Und so entsprach es auch wortwörtlich der innersten Ueberzeugung des Dichters, wenn er in weiteren verwickelten Zeitläuften ärgerlichen Sinnes an den Großherzog selbst schrieb: „Die Zustände bewegen mich dergestalt, daß ich alle Gesellschaft meide, weil ich fürchten muß, irgend Jemanden gelegentlich ebenso hart anzulassen, als vormals Einsiedeln. Mein bester Trost jedoch, gnädigster Herr, nährt sich aus Ihro gutem Humor, der, auf Gleichmuth und Charakterkraft gegründet, Sie mit einem heitern Element umgiebt, und in den schlimmsten Tagen sich am glorreichsten erweist.“

In der großen, umfangreichen Charakteristik, die Goethe von dem Großherzog bald nach dessen Tode in einem Gespräche in wunderbar vollendeter Weise einmal entwarf, faßte er schließlich alles Gesagte in die Worte zusammen: „Der Großherzog war freilich ein geborner großer Mensch, womit Alles gesagt und gethan ist.“ Und als Eckermann, das Gespräch weiter fortsetzend, bemerkte, der Großherzog scheine übrigens auch das Regieren verstanden zu haben, ließ sich Goethe auch über seine Regierungskunst aus: „er habe die Gabe gehabt, Geister und Charaktere zu unterscheiden und Jeden an seinen Platz zu stellen.“ Auch habe sich darin sein echtes politisches Talent gezeigt, daß er „schweigsam war, den Worten aber immer die Handlung folgen ließ.“

Bei anderen Gelegenheiten betrachtete Goethe den Charakter Karl Augusts unter den Gesichtspunkten des Dämonischen, welches nach des Dichters Meinung zur Erklärung der menschlichen Natur überhaupt unentbehrlich sei. „Auch der verstorbene Großherzog“ — sagte er — „war eine dämonische Natur, voll unbegrenzter That-

kraft und Unruhe, so daß sein eigenes Reich ihm zu
klein war, und das größte ihm zu klein gewesen wäre.
Dämonische Wesen solcher Art rechneten die Griechen
unter die Halbgötter." Diese stark wirkenden Kräfte,
die in dem Großherzog lebendig waren, konnten manch=
mal, wie Goethe bemerkte, den Eindruck machen, daß
er zum Tyrannen geneigt sei. Zu den merkwürdigsten
Enthüllungen wird man aber eine Mittheilung zählen
müssen, wo der Dichter seine eigene Stellung, sein
eigenes Empfinden, die Wirkungen und Eindrücke der
dämonischen Natur des Großherzogs auf ihn selbst, auf
sein ganzes Wesen und Sein einmal schildert: „So
wirft sich auch das Dämonische gern in bedeutende In=
dividuen, vorzüglich wenn sie eine hohe Stellung haben,
wie Friedrich und Peter der Große. Beim verstorbenen
Großherzog war es in dem Grade, daß Niemand ihm
widerstehen konnte. Er übte auf die Menschen eine
Anziehung durch seine ruhige Gegenwart, ohne daß er
sich eben gütig und freundlich zu erweisen brauchte.
Alles, was ich auf seinen Rath unternahm, glückte mir,
so daß ich in Fällen, wo mein Verstand und meine
Vernunft nicht hinreichte, ihn nur zu fragen brauchte,
was zu thun sei, wo er es denn instinktmäßig aussprach,
und ich immer im Voraus eines guten Erfolges gewiß
sein konnte."

Wenn in diesen Sätzen zunächst nur das allgemein
menschliche Verhältniß zwischen Fürst und Dichter be=
zeichnet wird, so kann doch kein Zweifel sein, daß sich

Goethe im Politischen des unbedingten Einflusses Karl Augusts am stärksten bewußt war und geblieben ist. Soweit man das Zusammenleben beider zurückzuverfolgen im Stande war, zeigte sich trotz des Altersunterschiedes ein gewisses Ueberwiegen politischen Talents, Urtheils und vor Allem politischen Interesses schon frühzeitig bei Karl August. Goethe hatte sich in diesen Dingen mehr treiben, mehr zwingen, mehr leiten lassen. Seine persönliche Neigung stand nicht nach dieser Seite; die Politik war nicht die Thätigkeit seiner Wahl. Wenn er wohl in sonstigen Geschäften, wie etwa in der Leitung des Theaters auf seiner „Souveränetät" bestand, so unterordnete er sich in politischen Dingen nicht nur willig, sondern mit einer Art von Begeisterung und mit einem wahrhaft fatalistischen Glauben, daß sein theurer Herr nicht nur berufen ist, sondern auch zu den Auserwählten gehöre, deren staatsmännische Weisheit keinen Zweifel zuläßt. Die Lehrjahre vor der französischen Revolution haben in dieser Beziehung die unauslöschlichsten Eindrücke auf Goethes Gemüth, auf seine gesammte politische Denkungsart hervorgebracht; was er jener Lehrzeit an Einblick und Verständniß in die staatliche und gesellschaftliche Welt verdankte, ist im Großen und Ganzen ausschließlich das, was in allen seinen Aeußerungen, in allen seinen Urtheilen über Ereignisse und Staatsmänner, in seiner ganzen Stellung zum Staat und zu staatlichen Aufgaben und Pflichten sich wiederspiegelt bis an das Ende seines Lebens.

Und hier darf man wohl noch einmal einen Rück=
blick auf Ilmenau wagen: Alles, was das Gedicht dem
Herzog prophezeite, war wahr geworden; ein halbes
Jahrhundert hindurch haben die beiden Männer, die
dort im Felde einst nächtigten, im gegenseitigen Geben
und Empfangen die herrlichsten Früchte gezeitigt; auf
diesem und jenem Gebiete war bald dieser bald jener
der Meister. Daß in der großen gewaltigen Epoche
die staatsmännisch bedeutende Auffassung meist mehr
auf Seite des fürstlichen Herrn war, — wer möchte
wohl zweifeln, daß Goethe schon vermöge seiner natur=
gesetzlichen Anschauungsweise aller Dinge auch darin nur
eine Folge angeborner und ererbter Eigenschaften gesehen
haben wird.

Die unvergeßlichste Charakteristik des Verhältnisses
von Fürst und Dichter sprach dieser aber selber aus,
als er am fünfzigjährigen Regierungsjubiläumstage vom
Großherzog in die Arme geschlossen, unter den Thränen
der tiefsten Erschütterung nur die Worte zu sagen ver=
mochte: „Bis zum letzten Hauch beisammen."

# Anmerkungen und Zusätze

mit einem

## Anhange

über

## Goethe als Historiker.

# Anmerkungen und Zusätze.

¹) **Zur Literatur** über Goethes politische Anschauungen bemerke ich Folgendes: Der Aufsatz Dahlmanns über Goethe ist schon 1833 13. Febr. in der Hannov. Ztg. erschienen und eröffnet den Reigen beachtenswerther Stimmen. Selbstverständlich findet man bei Braun, „Goethe im Urtheile seiner Zeitgenossen", noch eine Menge von zum Theil höchst lehrreichen Aussprüchen, die für den strengen Goetheforscher gewiß sehr erwünscht sein mögen, für den Liebhaber dagegen, als den ich mich hiermit lediglich erklärt haben will, doch gar zu langweilig wären, wenn er sie alle eingehend berücksichtigen sollte. Hier kommt es mir nur darauf an, gegenüber einigen hervorragenden Erscheinungen im Gebiete der Goetheliteratur Stellung zu nehmen. In Barrentrapps Ausgabe von Dahlmanns Kleinen Schriften, die ich benütze, vermisse ich eine Angabe darüber, von welchen „Heften" in dem Aufsatze Dahlmanns die Rede ist. Offenbar handelt es sich um einen Angriff auf Goethe, den Dahlmann zurückweisen will. Die „vorwurfsvolle Erscheinung", die Goethe „für die Mitwelt" vorstellt, muß — so lächerlich es heute klingt, — auch immer im Auge behalten werden, wenn man die Gespräche Goethes in den letzten Jahren

untersucht, weil er vieles im Aerger und Widerspruch gegen
die Anwürfe sagt, die ihm zu Theil geworden sind. Da wir
das Material und alle die Umstände, auf die sich Goethes
Aeußerungen beziehen, nicht mehr mit einem Blicke übersehen,
und die Thorheiten, gegen die er ankämpft, uns nicht groß genug
vorzustellen im Stande sind, machen wir leicht Mißgriffe, wenn
wir Bemerkungen Goethes, die bloß in einer bestimmten Be=
ziehung gesagt waren, einen allgemein giltigen Werth beizulegen
geneigt sind. Dahlmann bemerkt nun, obwohl er immer mehr
entschuldigt und rechtfertigt, als zustimmt, einiges ganz vor=
treffliche: „Fast noch hitziger wiederholt sich der Vorwurf, daß
er auch in der Politik nicht rechtgläubig gewesen ist. Goethe
war eben auch hier ganz er selbst. Sein Blüthenalter rankte
sich um die Ruine des deutschen Reichs, die, ehe sie gänzlich
unbewohnbar ward, den edelsten deutschen Geistern ein fried=
liches Obdach gewährte." Die Stellung Goethes in der Napoleo=
nischen Zeit wird dann allerdings etwas schulmeisterlich mit
griechischen Weisheiten zugedeckt, womit doch wenig gedient
wäre, wenn man nicht etwas besseres und verständlicheres zu
sagen müßte, wovon weiter unten geredet werden soll.

Gervinus erwähne ich bloß als den vornehmsten Vertreter
einer gleichsam poetisch=literaturgeschichtlichen Vornehmheit, von
welcher sich ja durch lange Zeit und zum Theil noch heute viele
Kreise leiten lassen. Die bekannten philisterhaften Redensarten,
daß die Dichter mit dem Volke gehen müssen und ähnliches,
was sie bekanntlich niemals zu thun liebten, sind zwar nicht
von Gervinus, aber von literaturgeschichtlichen Nachtretern häufig
noch verschlimmert worden. Eine schärfere Reaktion gegen die
politischen Angriffe scheint mir seit der hundertjährigen Geburts=
feier, die im Sturm der Zeit untergesunken war, eingetreten zu
sein. Dieser Kampf ist zuerst von den Weimarer Kreisen er=
folgreich aufgenommen worden. Und ich unterlasse nicht hier an=
zumerken, daß ich meinerseits in Bezug auf mein Thema von
dem guten, vortrefflichen Adolf Schöll bei weitem am aller=
meisten gelernt habe; ja ich möchte fast sagen meine haupt=
sächlichste Weisheit ist nichts, als Adolf Schöll. Dessen Karl

Augustbüchlein ist durch die Trefflichkeit der Anordnung und die Klarheit der Zusammenstellungen ein wahres Labsal in der durch lauter Geist mich zuweilen dämlich machenden Goethe=philologie. Sein älterer Aufsatz: Goethe als Staats= und Geschäftsmann, ist in der erweiterten Ausführung der Ausgabe von 1882 (Berlin, Hertz) so ganz einzig dastehend in Bezug auf Gelehrsamkeit, wie in Bezug auf die entscheidenden Punkte, daß ich ein für allemale sagen darf: in nuce findet jedermann das ganze Gebäude meiner vorgetragenen Ansichten auf S. 247, 248, 249 des Schöll'schen Werkes beisammen. Ich habe nur als Historiker manches zwischen den Zeilen zu lesen verstanden, was nicht sofort jedermann auffällt. Und lediglich daraus nehme ich die Berechtigung, die Sache vorzutragen.

Etwas anderes ist es mit den politischen Ansichten Goethes im Allgemeinen. Hier wird man in der ausgezeichneten Arbeit Schölls vielleicht die Festigkeit und Entschlossenheit vermissen, die ich in einer andern, fast ganz vergessenen und kaum wieder genannten Broschüre gefunden habe, die ich zu zweit als meine Lehrmeisterin zu nennen habe. Im Jahre 1863 hat zu Gratz in Steiermark ein alter Professor aus der in der klassischen Zeit von Weimar nicht unbekannten Familie der Kosegarten einen ganz ausgezeichneten Vortrag, „Goethes politische An=schauung und Richtung" gehalten, der dann in erweiterter Gestalt gedruckt worden ist. Diese Schrift (Berlin, Heinicke 1863) ist bei weitem das allerbeste und vernünftigste, was jemals über Goethes politische Anschauungen gesagt worden ist. Wenn es sich darum handelte, einige feststehende Formeln für Goethes politischen Charakter zu gewinnen, so dürfte man das kleine Werkchen von Kosegarten für vollständig erschöpfend halten; indessen wird nicht zu läugnen sein, daß der Stoff sowohl, wie die ganze Person Goethes sich dagegen sträuben, einen Panzer abgemessener politischer Ueberzeugungen anzunehmen und zu umgürten. Wenn Goethe z. B. versichert, wie sehr ihm die Freiheitsapostel zuwider wären, so handelt es sich eben um ein Epigramm, um eine augenblickliche Stimmung, um eine Herzens=ergießung, nicht um eine Restauration der Staatswissenschaften,

8*

nicht einmal um die Erklärung eines Einverständnisses mit Burke. Man weiß nicht einmal, welcher Gimpel es eben gewesen sein mag, dessen Gesang den Dichter zu dem verallgemeinerten Satz des Epigramms gedrängt haben mag. Allzu ernstlich darf man es gewiß nicht nehmen mit dem Hasse der Freiheitsapostel — die anständigen und besonnenen waren Goethe am Ende doch ganz liebe Menschen und angenehme Gesellschafter. Indessen werden gewisse Grundstimmungen durch dichterische Aussprüche und selbst durch den Mund dramatischer Personen geoffenbart. man darf nur nicht an irgend eine systematische Ausgestaltung politischer Ueberzeugungen dabei denken wollen. In letzterer Beziehung darf ich den Abschnitt in dem Buche des Herrn Otto Harnack nicht unbeachtet lassen: „Goethes Betrachtung der politischen und sozialen Verhältnisse" in „Goethe in der Epoche seiner Vollendung," S. 179—229. Der erste dort ausgesprochene Satz ist die Grundlage meiner Darstellung in meinem Vortrag gewesen: „Goethe war niemals Verfechter eines bestimmten politischen Systems, ein Anhänger einer organisirten politischen Partei. Auch seine politischen Anschauungen sind durchaus erwachsen aus dem Bewußtsein der praktischen Aufgaben seiner thatsächlichen Lebensstellung, verbunden mit fortgesetzter Beobachtung der politischen und sozialen Verhältnisse, die ihn umgaben, oder irgend welche Bedeutung für sein geistiges Leben gewonnen hatten."

Ueber mehreres Einzelne, wie Epimenides, spreche ich unten. Hier will ich nur bemerken, daß ich mich mit Rücksicht auf das geschätzte Werk Harnacks um so lieber aller Benutzung der dichterischen Stellen aus Goethes Werken enthalten konnte, als man aus solchen bereits allen Gewinn gezogen findet. Zu bemerken möchte ich mir nur noch erlauben, daß ich mir die „Constructionen" des Buches nicht anzueignen vermöchte.

Ich sehe von einer weiteren Masse von kleinen Schriften über den Gegenstand ab, und erwähne nur noch Prof. Albert Lüttge, „Goethes Verhältniß zur Geschichte und Politik", worüber ich noch eingehender in dem Excurs über die Geschichte sprechen will, da die Abhandlung doch vorwiegend sich darauf bezieht.

²) **Leopold von Ranke,** sämmtliche Werke, Bd. 49,
S. 171. Es ist sehr merkwürdig, daß Ranke bei einer so bestimmten Mittheilung sich geirrt haben sollte, zumal als der
Brief an Voigt, Weimarer Ausg. Nr. 2953 Ranke doch nicht
bekannt sein konnte. Derselbe fehlt auch noch in der Ausg.
von O. Jahn. Unter diesen Umständen habe ich mir alle Mühe
gegeben, auf Rankes Quelle zu kommen, war aber nicht im
Stande, etwas zu finden und muß es andern überlassen, die
Sache aufzuklären, wobei dann wieder das merkwürdige zu
berücksichtigen sein wird, daß Ranke von der Kenntniß Goethes
von Niebuhrs Ausspruch erst durch Eckermann, also 1835, Erfahrung gehabt haben konnte. In Bezug auf die Goethesche Weissagung von 1792 glaube ich noch etwas wichtiges bemerken zu
sollen: Daß die Sache nicht auf einer gewöhnlichen Combination
historisch-politischer Art, sondern aus Goethes — freilich zuweilen
bestrittener — spezifischer Gabe der Weissagung hervorgegangen ist, ergiebt sich daraus, daß er an denselben Voigt
kurz vorher schrieb: „Das gute Schicksal lasse aus dem bevorstehenden Feldzug keinen Krieg werden. Ich hoffe es. Wir
haben in diesen calculirenden Zeiten mehr solche Wetter vorüber-
gehen sehen." Ferner ist zur Erkenntniß davon, daß in dem
Ausspruch eine wirkliche Weissagung verborgen war, zu bemerken, daß es in Nr. 2953 unmittelbar vorher heißt: „Ich
habe mit Betrübniß gesehen, daß das Geheime Conseil unbe-
wunden diesen Krieg für einen Reichskrieg erklärt hat. Wir
werden also auch mit der Heerde ins Verderben
rennen." Weiteres s. unten über den Feldzug in der Champagne. Hier nur noch die Bemerkung, daß der politische,
Goethen bekannte Actenbestand in jenem Augenblicke gar keine
Anhaltspunkte zu einer Aussicht auf einen 30 jährigen Krieg
darbot. Mithin gehört die Sache in die reinste Kategorie von
Prophetenworten des Dichters.

³) Zur richtigen Beurtheilung der Quellen und des Quellen-
werthes der Gespräche und der Briefe wäre natürlich sehr viel
zu sagen und ich kann nur künftigen Forschern auf diesem
Gebiete den Rath geben, von allen den Grundsätzen, welche

die sogenannte historische Kritik in unverblümter Simplicität aufstellt, gründlich absehen zu wollen. Den Gesprächsüberlieferern gegenüber hat schon Herr von Biedermann einen feinen, aber undefinirbaren Takt bewiesen, der hier einzig und allein helfen kann. Ich glaube nicht, daß sich Glaubwürdigkeit oder Unglaubwürdigkeit ein für allemale an die Ueberlieferung bestimmter Personen heften lasse, aber ich gestehe, daß ich von einzelnen, wie z. B. Riemer, so wenig wie möglich annahm, ohne daß ich wüßte warum. Der Mann bringt das meiste in einer Weise vor, die mir eben nicht gefällt, am liebsten ist es mir, wenn man den Kanzler Müller abschreiben kann; das ist eine wahre Freude, wobei ich aber wiederum unsern graswachsenhörenden Kritikern versichern muß, daß ich eigentlich nicht weiß warum.

In Betreff der Briefe wurde neulich von einer Seite aus Anlaß des Erscheinens des 9. und 10. Bandes der W. A. bemerkt, es wäre unverständlich, wie wenig die Schreiben aus und über den Feldzug enthielten. Ich glaube die Erklärung im Texte gegeben zu haben, und füge nur hinzu, daß das vorige Jahrhundert es mit dem Amtsgeheimniß sehr — sehr viel strenger nahm, als spätere Zeiten, da man es damals ganz selbstverständlich fand, wenn auf die Verletzung desselben Rad und Galgen gesetzt war. Aber auch ohnedies würde es Goethe wahrscheinlich recht geschmacklos gefunden haben, seiner Frau von politischen Dingen zu erzählen.

Häufig tritt die Ansicht auf, daß Goethe überhaupt kein wirkliches Interesse für die Politik gehabt habe, da er bei unzähligen Gelegenheiten sich ihrer überdrüssig erklärt hätte. Letzteres ist richtig, beweist aber gerade das Gegentheil, was freilich unsere heutige ewig und stündlich kannegießernde, das politische Stroh zu stetem Zeitvertreib ausdreschende Gesellschaft schwerlich zu glauben geneigt sein wird. Die Wahrheit ist aber, daß alle wirklichen Staatsmänner Polititüberdrüssige Aeußerungen stets gemacht haben und machen werden und folglich auch Goethe. Zur Vergleichung bietet sich Bismarck; unter hundert Stellen etwa: „Ich habe vom 23. bis 32. Jahre auf dem Lande gelebt und werde die Sehnsucht, dahin zurück-

zukehren nie aus den Adern los, nur mit halbem Herzen bin
ich bei der Politik;" — oder „Schließlich hoffe ich, daß mir
Alles ebenso Wurscht werden wird, wie andern Leuten;" oder
als Bundestagsgesandter: ich regiere Deutschland comme le roi
d'Yvetot, se levant tard, se couchant tôt, dormant fort bien
sans gloire!" Vielleicht genügen diese Bismarck'schen Aeußerungen denen, die nicht genug Beweise zu haben glauben, daß
Goethe mit der Politik nichts zu thun haben wollte.

⁴) **Die Epimenidesfrage** wurde neuestens durch Herrn Dr.
Morsch in einem außerordentlich lehrreichen Aufsatz im G. J.
XIV. 212 besprochen. Die große Gelehrsamkeit, mit der hier
die Epimenidesdramen vor Goethe erörtert werden, verleiht der
Arbeit gewiß einen bleibenden Werth, ich muß mich aber gefaßt
machen, als ein ganz und gar unphilologischer Liebhaber angesehen zu werden, wenn ich zu meinem Bedauern sagen muß,
daß ich mir nicht entfernt die Vorstellung mache, Goethe habe
sich selbst unter dem Epimenides vorstellen und so gleichsam auf
die arme Sünderbank setzen wollen. Ich muß auf die oben schon
citirten Worte verweisen „Und wir sind alle neugeboren" —
also doch nicht Goethe allein. Goethe hat ja doch auch später,
nachdem er den Epimenides geschrieben, immer wiederum darauf
gepocht, daß er eine ganz richtige Ansicht von Napoleon gehabt
habe, ja er erhebt sich fortwährend gegen die Verkleinerer
Napoleons, selbst gegen Walter Scott, da kann er doch nicht
gemeint haben, daß er früher geschlafen und 1815 erwacht sei.
Er hat sich ja für seine Person gar nicht in seinen Ansichten
geändert, sondern ist immer derselbe geblieben. Denn daß er
sich über 1806 gefreut hat, wird doch niemand behaupten
wollen. Die ganze Napoleonfrage gestatte ich mir noch weiter
unten zu behandeln. In Bezug auf Epimenides bemerke ich
noch, daß Düntzer bekanntlich schon die Deutung des Schlafes
des Epimenides auf Goethe versucht hat, wogegen sich v. Loeper
in der Einleitung zu E. aussprach. Vgl. Harnack a. a. O.
S. 193. Im übrigen ist der Epimenides deshalb nicht geringer,
weil er nicht die Person des Dichters vorstellt. Ich gestehe,
daß ich diesen Epimenides für den veritabeln Epimenides halte,

von dem sich nur der Dichter das Vergnügen gemacht hat, ihn aus Griechenland nach Deutschland kommen zu lassen. Ich würde übrigens, falls die Goethephilologie schon durchaus eine Personification haben müßte, vorschlagen, daß unter dem Epimenides vielleicht lieber der Freund und College Goethes, von Voigt verstanden werden könnte?!

5) **Zu H. Taine und Victor Hehn.** Das erste Buch Taines S. 109 schließt mit Worten, die man hundertmal aus Goethes Mund in mannigfaltigen Variationen gehört hat: Déjà avant l'écroulement final, la France est dissoute, et elle est dissoute parce que les privilégiés ont oublié leur caractère d'hommes publics." Goethe sagte einmal, man könne „die Aufgeregten" als sein politisches Glaubensbekenntniß zur Zeit der französischen Revolution ansehen. „Als Repräsentanten des Adels hatte ich die Gräfin hingestellt, und mit den Worten, die ich ihr in den Mund gelegt, ausgesprochen, wie der Adel eigentlich denken soll. Die Gräfin kommt soeben aus Paris zurück, sie ist dort Zeuge der revolutionären Vorgänge gewesen und hat daraus für sich selbst keine schlechte Lehre gezogen. Sie hat sich überzeugt, daß das Volk wohl zu drücken, aber nicht zu unterdrücken ist und daß die revolutionären Aufstände der untern Klassen eine Folge der Ungerechtigkeit der Großen sind. Jede Handlung, die mir unbillig scheint, sagt sie, will ich künftig streng vermeiden, auch werde ich über solche Handlungen anderer, in der Gesellschaft und bei Hofe meine Meinung laut sagen." „En l'état où est l'impôt, chaque largesse du monarque est fondée sur le jeûne des paysans, et le souverain, par ses commis, prend aux pauvres leur pain pour donner des carosses aux riches. Bref le centre du gouvernement est le centre du mal; toutes les injustices et toutes les misères en partent comme d'un foyer engorgé et douloureux; c'est ici que l'abcès public a sa pointe, et c'est ici qu'il crèvera. (S. 107.)

Und an einer andern Stelle, bei der man sich gleich an Goethe erinnern wird, heißt es von der „bonne machine" der Staatsverwaltung (S. 101): Un Frédéric II levé a quatre heures du matin, un Napoléon, qui dicte une partie de la nuit dans son bain et travaille dix huite heures par jour, y suffiraient à peine. Un tel régime ne va point sans une attention toujour tendue, sans une énergie infatigable, sans un discernement infaillible, sans une sévérité militaire, sans un génie superieur etc. Im Auswandererstaatsplan sagt Goethe: „Das größte Bedürfniß eines Staates ist das einer muthigen Obrigkeit;" und was wird den Regierenden empfohlen? „Republiken habe ich gesehen und das ist die beste, die dem regierenden Theil Lasten, nicht Vortheil gewährt." —

Die überraschendste Analogie zwischen Taine und Goethe ergiebt sich aber, wenn man die allgemeine Beschreibung des Zustands vor der Revolution in Dichtung und Wahrheit und im Ancien régime (S. 399) liest.

„Der beruhigte Zustand des deutschen Vaterlands, in welchen sich auch meine Vaterstadt schon über hundert Jahre eingefügt sah, hatte sich .... in seiner Gestalt vollkommen erhalten."

...Auch fehlte es dieser Klasse nicht an geistiger Kultur ...

... In Deutschland war es noch kaum Jemand eingefallen, jene ungeheuere privilegirte Masse zu beneiden oder ihr die glücklichen Weltvorzüge zu miß-gönnen. Der Mittelstand hatte sich ungestört dem Handel und den Wissenschaften gewidmet ..

... Der Adel war sicher in seinen unerreichbaren durch die Zeit geheiligten Vorrechten, und der Bürger hielt es unter seiner Würde, durch eine seinem Namen vorgesetzte Partikel nach dem

Pendant longtemps, la philosophie nouvelle, enfermée dans un cercle choisi, n'avait été qu'un luxe de bonne compagnie. Negociants, fabricants et boutiquiers, avocats, procureurs et médecins, comédiens, professeurs ou curés, fonctionnaires, employés et commis, toute la classe moyenne était à sa besogne. L'horizon de chacun était restreint; c'était celui de la profession ou du métier qu'on éxerçait, de la corporation dans laquelle on était compris, de la ville où était né et tout au plus de la province où l'on habitait. La disette des idées et la modestie du cœur confinaient le bourgeois dans son enclos

Schein derselben zu streben. Der Handelsmann, der Techniker hatte genug zu thun, um mit den schneller vorschreitenden Nationen einigermaßen zu wetteifern. Wenn man die gewöhnlichen Schwankungen des Tages nicht beachten will, so dürfte man wohl sagen, es war im Ganzen eine Zeit eines reinen Bestrebens, wie sie früher nicht erschienen, noch auch in der Folge wegen äußerer oder innerer Steigerungen sich lange erhalten konnte."

Vgl. bei Goethe das métier des Regierens.

héréditaire. Ses yeux ne se hasardaient guère au delà dans le territoire interdit et dangereux des choses d'État; à peine s'il y coulait un regard furtif et rare; les affaires publiques étaient „les affaires du roi". ... l'avocat Barbier ... ajoute cette profession de foi significative: „Je crois qu'il faut faire son emploi avec honneur, sans se mêler d'affaires d'État sur lesquelles on n'a ni pouvoir, ni mission" etc.

Den entsprechenden Gebrauch von diesen Stellen mache ich weiter unten im Texte und brauche wohl nicht hinzuzufügen, daß es mir nicht einfällt, nach dem Beispiel der heute so sehr beliebten philologisch = historischen Kritik — an irgend einen Zusammenhang dieser oder ähnlicher Stellen zu denken. Es könnte ja leicht historische oder philologische Seminaristen geben, die sich vorstellten, Taine werde wohl Goethe hier „ausgeschrieben" haben. Umgekehrt! für die ausgezeichnete Beobachtungsgabe Goethes betreffs seiner Jugendzeit ist es bezeichnend, daß ein so eminenter Kenner der Geschichte, wie Taine die Physiognomie der Gesellschaft in sachlich vollkommen übereinstimmender Weise schildert. Daraus ergiebt sich aber auch, daß für Goethes politische Gesammtauffassung diese festen und guten Jugendeindrücke vollkommen maßgebend waren.

Etwas ähnliches ist es mit dem scharf ausgeprägten Sinn Goethes für die ständische Gliederung der Gesellschaft, ohne welche Vorstellung selbst die Charaktere seiner Dichtungen nicht verständlich sind. Letzteres hat in vortrefflichster Weise Victor Hehn nachgewiesen: Gedanken über Goethe, IV. Stände

S. 227 ff. Gleich von vornherein ist Hehns Darstellung auf den richtigen Standpunkt gestellt, daß im 18. Jahrhundert und daher auch im Gedanken des Dichters die politische Ständeeintheilung weit hinter die soziale Gliederung zurücktritt. Hehn beruft sich auf Aurelie in Wilhelm Meister 4, 16 — und auf die Briefstelle an F. v. Stein: „Edelsheim ist auch hier, und sein Umgang macht mir mehr Freude als jemals, ich kenne keinen klügeren Menschen. Er hat mir Manches zur Charakteristik der Stände geholfen, worauf ich so ausgehe" u. s. w.

Dabei habe ich einen wichtigen Zusatz zum Text zu machen. Das Bewußtsein der Auflösung der politischen Stände spricht sich auch in den politischen Anschauungen Goethes aus; ist doch auch bei Taine der Nachweis, daß die „Structur der Gesellschaft" mit den berechtigten Factoren der Staatsverfassung sich nicht mehr entsprechend deckte, von so großer Wichtigkeit für das Verständniß der Revolution! Goethe besaß auch in dieser Beziehung ein vollkommenes Verständniß der Zeit. Eine weitere Benutzung des „Bürgergenerals", des „Großkophta" und der „natürlichen Tochter" würde vielleicht noch manche Ergänzung zu der trefflichen Darstellung Hehns geben können. Die Bemerkung Goethes, es habe ihm „grenzenlose Bemühung" gemacht, das schrecklichste aller Ereignisse (die französische Revolution) in seinen Ursachen und Folgen dichterisch zu gewältigen, und er hätte „sein poetisches Vermögen dabei fast unnützerweise aufgezehrt," möge hier zum Schlusse noch für die im Text vorangestellte Behauptung angeführt sein, daß Goethes gesammte Weltanschauung nur aus dem großen Risse erklärlich wird, der durch die französische Revolution in der modernen Welt entstanden ist. Unter den Gründen der Revolution hat Goethe 1823 übrigens auch den Mangel der Etiquette Marie Antoinettes angegeben, was gewiß ebenso zutreffend als charakteristisch für Goethe ist; Biedermann Gesp. Nr. 833.

6) Wenn ich nicht irre, sind in neuester Zeit Versuche gemacht worden, durch Deuteleien von Wahrheit und Dichtung auch an diesem entschiedenen Charakterzug Goetheschen Ahnungsvermögens Zweifel zu erregen.

### <sup>7</sup>) Napoleon, Freiheitskriege und Vaterlandsliebe.

Unter ben, die politischen Anschauungen Goethes be=
treffenden Ueberliefcrungen macht alles das, was man die
Napoleonfrage nennen könnte, in Bezug auf Feststellung des
Thatbestandes, wie auf Beurtheilung des Verhaltens des Dichters
uns Heutigen die größte Schwierigkeit.  Ich habe daher zur
Charakterisirung des politischen Goethe diesen Gegenstand gleich
an die Spitze der Betrachtung gestellt und fühle mich veranlaßt,
mit meiner Ansicht nicht zurückzuhalten.  Mit Schönfärbereien
ist hierbei nichts geholfen, man muß der Sache offen ins Gesicht
sehen.  Von den den Dichter compromittirenden Ueberlieferungen
sind übrigens nicht die von Morsch im G. J. XIV, 242 er=
wähnten Stellen das schlimmste und bedenklichste, sondern vgl.
besonders Biedermann Nr. 584, 593, besonders S. 113, 114,
ferner 595 b.  Weiter die Mittheilungen des preußischen Ar=
tillerie=Offiziers Bd. VIII, S. 296 und besonders 334 und 335.
Auch kann wohl Biedermann Nr. 263, II, 110 hierher gerechnet
werden, obwohl es eine Riemersche zurechtgemachte Darstellung
über Vaterlandsliebe ist.  Endlich die Tagebuchnotiz vom
4. Nov. 1813: „Was mich über diese Tage tröstet" u. s. w.
Die oft citirten in Dresden gesprochenen Worte von den Ketten
sind nicht nur sehr unschuldig, sondern lassen ja gerade das
Gegentheil erkennen, daß nämlich Goethe die französischen
Ketten als Ketten anerkannte, und empfand.  Dagegen lassen
die erwähnten Stellen die Deutung zu, daß Goethe das
Schlachtenglück der verbündeten Armeen ungern gesehen habe.

Was feststeht, ist daher 1. daß er mit dem bestehenden
Rheinbündlerischen Zustand zufrieden war. 2. Daß er sich von
den Siegen der Verbündeten in Bezug auf die Zukunft Deutsch=
lands wenig versprach.

Für letzteres sind dann die Gespräche mit Luden, über die
Unfertigkeit und Unreife Deutschlands und die Bemerkung
(Biedermann III, S. 106), daß die Deutschen immer nur ihre
politische Lage im Hinblick auf den Westen, aber nicht im
Hinblick auf den Osten beurtheilten, entscheidend.

In Bezug auf den ersten Punkt ist nun zu beachten:

a) daß der Minister Voigt durchaus auf demselben Stand=
punkt, wie Goethe sich befand, wobei die persönlichen Schicksale
des Sohnes von Voigt auf die Weimarische Gesellschaft noch
insbesondere einen für Napoleon außerordentlich günstigen Eindruck
machten. Aber auch bei Voigt ist die Wendung, wie bei Goethe,
eine rasche, plötzliche und durchaus correcte in dem Augenblicke,
wo der Sturz des Imperators und die Vertreibung der Fran=
zosen vom deutschen Boden gesichert waren. Vgl. die treffliche
Einleitung Jahns zum Briefw. Goethes mit Voigt S. 105—108.
Daraus ergiebt sich der Schluß, daß die Auffassung dieser
Männer von den Begebenheiten eben eine sehr nüchterne war,
wie sie sich aus dem Geschäftsleben aller in den politischen
Dingen damals in Wirklichkeit mitten drinnen stehenden Männer,
die einen Begriff von Verantwortlichkeit hatten, vollkommen
erklärt. Vgl. die Aufzeichnungen von Begeulins, Ernst, Ab.
Denkwürdigkeiten ꝛc. S. 50 u. a. a. O., aus denen hervor=
geht, daß die verständigen Leute in Preußen, voran Harden=
berg, ganz genau von denselben Stimmungen, Befürchtungen,
Zweifeln und Hoffnungen geplagt wurden, wie die zu noch viel
größerer Unsicherheit verdammten Minister der Duodezstaaten.
Hier zeigt sich mithin alles, was wir von Goethe wissen, höchst
natürlich, selbstverständlich und seiner Stellung anpassend. Man
kann es zwar begreiflich finden, daß ein talentvoller Primaner,
der die Biographie Goethes liest, den Wunsch hegt, der geliebte
Dichter des Goetz hätte auch geharnischte Sonnette schreiben
sollen, in Wahrheit hätte sich aber der Weimarische Minister
Goethe als ein 65 jähriger Don Quixote vorkommen müssen,
wenn er das gethan hätte.

b) Die Zufriedenheit mit den bestehenden Zuständen des
Rheinbunds war überhaupt größer, als es einer pathetischen
und in Folge dessen nachgerade etwas anrüchig werdenden
Geschichtsklitterung einzugestehen beliebt. Sehr große Geister
unserer Nation haben sich insbesondere in Süddeutschland für
überzeugt gehalten, daß durch den Zusammensturz der neuen Ver=
hältnisse, die größten Thorheiten vergangener Zeiten wieder aufleben
würden, und alles das, was der neuen Zeit zu verdanken war, in

Gefahr gerathen würde. Ich rede nicht von Leuten wie Montgelas und Dalberg, sondern vom großen Philosophen Hegel. Er schreibt 1806 . . . zweifle nicht daran, daß im Rücken der Armee der Postenlauf itzt frei circulirt. Wie ich schon früher that, wünschen nun alle der französischen Armee Glück, was ihr bei dem ganz ungeheuren Unterschiede ihrer Anführer und des gemeinsten Soldaten von ihren Feinden auch gar nicht fehlen kann."

Am 23. Dez. 1813. Der Preis der Einquartirung in den Schenken ist für 1 Russen 1 fl. 12 kr. — für 1 Oester=reicher 1 fl. 52 kr. (für 1 Franzosen war es 48 kr.), für 1 Bayer 36 kr., für 1 bayr. Rekruten 24 kr., welcher Grabations=stempel! Der Russe ist eben dreimal theurer als ein bayr. Rekrut um 3 Qualitäten willen 1. des Stehlens; 2. der Läuse; 3. des entsetzlichen Branntweinsaufens (jedoch in Ansehung des ersten Punktes kann ich den Russen zur Ehre bezeugen, daß ich von einem Oesterreicher bestohlen worden) . . . wenn wir das erlangen, was wir zu erlangen wünschen, sehe ich das für eine überschwengliche Frucht der vertriebenen Unterdrückung an — um so mehr, wenn die hiesige Pastete zur alten Herrlichkeit zurückerblühen sollte; — ungeachtet der edlen Frucht der neuen Freiheit, die Zeitungen, sowie die Briefe und Erzählungen mit lauter Lügen frank und frei anfüllen zu dürfen, ist so viel zuverlässig, daß Herr von Günderode nun Chef (vormals Schöff) in Frankfurt an Jemand in hiesiger Nähe geschrieben . . . daß Leipzig, Nürnberg, Frankfurt eine eigenthümliche Verfassung erhalten sollen, und zwar mit besonderer Garantie der Eng=länder!"

Und am 10. April 1814. „Unsere Regierung hat nun den Besitz ihrer erlangten Freyheit ausgeübt und die durch das französische Joch gekränkte Souveränetät der Welt und ihren Unterthanen gezeigt . . . . Ob wir außer dieser auch noch andere Folgen der Befreyung und Früchte der Lasten erhalten sollen, wollen wir ruhig abwarten."

29. April: „Gott weiß, was alles unter diesen Tschuwaschen verstanden sein mag; — daß das Publikum hofft und der

Pöbel überzeugt ist, wieder reichsfrey zu werden, habe ich oben schon bemerkt; sie hoffen die guten alten Zeiten wieder zurück, dann kann man, drückte sich einer aus, doch wieder einen um 16 Bazen eine Ohrfeige geben; (denn soviel kostete dieß unter der vorigen Regierung) — und empfangen, denkt der andere hinzu."

Mögen diese Stellen genügen, um einigermaßen das Verständniß für Aeußerungen und Meinungen Goethes in der Zeit der Befreiung Deutschlands zu befördern. Allerdings blickt man da in eine ungeahnte Nüchternheit — aber der rechte Staatsmann wird immer eine große Portion von dieser Eigenschaft nöthig haben.

In Bezug auf den zweiten Punkt, die Unsicherheit der Zukunft Deutschlands betreffend, ist folgendes zu erwägen:

a) „Zuerst Ludens Referat über das Gespräch vom November 1813: „Es ist wahr, Franzosen sehe ich nicht mehr und nicht mehr Italiener, dafür aber sehe ich Kosaken, Baschkiren, Kroaten, Magyaren, Kassuben, Samländer, braune und andere Husaren. Wir haben uns seit einer langen Zeit gewöhnt, unsern Blick nur nach Westen zu richten und alle Gefahr nur von dorther zu erwarten, aber die Erde dehnt sich auch noch weithin nach Morgen aus."

Die Ludenschen Aufzeichnungen denke ich mir in den Hauptsachen auf gewissen Niederschriften unmittelbarsten Eindrucks beruhend, gleichwohl ist die gesammte Darstellung sehr gekünstelt, und scheint als Ganzes betrachtet ein Werk späterer Erinnerung. An der citirten Aeußerung halte ich aber um so lieber fest, weil sie wiederum den Beweis einer außerordentlich großen Voraussicht und eines eminenten politischen Urtheils über die „Lagen" wie Fürst Metternich sagte, darbietet. Goethe hat nicht verkannt, daß Deutschland einer starken östlichen Strömung entgegengeht und sein Urtheil war um so unbefangener, als er nachmals erkennen ließ, daß ihm die heilige Allianz nichts abschreckendes darbot. Allein als Kenner und Schätzer der historischen Thatsachen, zweifelte er keinen Augenblick, daß im Großen und

Ganzen in Europa an die Stelle Frankreichs — Rußland und Oesterreich als dominirende Mächte treten, und er hatte richtig gesehen und recht behalten.

b) Die spezielle Zukunft Deutschlands betreffend, so fehlen uns alle Anhaltspunkte, um zu erkennen, was von diplomatischen und vertragsurkundlichem Material der Jahre 1813, 1814, 1815 Goethe vorgelegen hat. Die allgemeinen Redensarten, die uns Luden über den tiefen Schlaf Deutschlands mittheilt, — mögen, wenn sie genau so von Goethe geäußert wurden, die „schmerzvolle Resignation" Goethes und die „Thränen" Ludens dramatisch erklären können, aber einen anständigen Werth für Goethes politische Ansichten in diesem Falle haben sie nicht. Aufrichtig gestanden, ich glaube kein Wort von der „schmerz= vollen Resignation" — ich halte dieselbe für eine richtige Professorenweisheit und dazu für eine Eitelkeit, die bestrebt ist, sich die höfliche Zurechtsetzung, welche Luden erfahren hatte, so auszulegen, als habe Goethe Weltschmerz gehabt, während er nur von der Thorheit Ludens, in Jena! ein Weltblatt heraus= geben zu wollen, welches noch dazu den erschütternden Namen „Nemesis" führen sollte, allerdings sehr schmerzlich berührt gewesen sein wird. Goethe schmerzvolle politische Resig= nation zuzuschreiben, muß einem wirklich wie ein schlechter Scherz vorkommen.

c) Die rege Theilnahme an den Friedens=Geschäften der Mächte nimmt man aus der Correspondenz mit Voigt wahr, die aber erst von dem Moment an, wo der Herzog mit von Gersdorff in Wien weilte, theilnahmsvoll zu werden beginnt. Goethe findet dann freilich in den Berichten von Gersdorffs allen Grund sich zu beglückwünschen, daß er in Wien nicht nöthig habe, diplomatische Diners mitzumachen. Daß er über= haupt mit dem Gang des Wiener Congresses nicht sehr zufrieden war, scheint sicher. Er macht, es sei dies zur Freude aller liberalen deutschen Biedermänner gesagt, sogar böse Bemerkungen über die Seelenzählungen und über die „armen Seelen im preußischen Fegefeuer" und über die „Begünstigung der Mediatisirten." Etwas näheres weiß man indessen nicht, es wäre natürlich nöthig zu erfahren, wie er über die sächsische Frage gedacht hat — archivalische Studien haben sich mir über diesen und andere Punkte nicht eröffnen können. In Bezug auf Goethes correcte Staatsgesinnung, denn so würde ich bezeichnen, was ihn ziert, vgl. auch Nr. 188 bei Jahn, besonders wegen der Franzosen.

**Persönliche Beziehung zu Napoleon.** Ich gestatte mir auch über diesen vielbesprochenen Punkt um so mehr meine Meinung vorzutragen, als sich das Material in letzter Zeit so wesentlich vermehrt hat.

Das Benehmen Goethes gegenüber Napoleon hat ebenfalls zu den wunderbarsten Angriffen und andrerseits auch wieder zu größten Lobsprüchen Anlaß gegeben. Dem einen wie dem andern Zuge philisterhafter Herzensergießungen vermag ich nicht zu folgen. Goethe benahm sich eben, wie ein Weltmann in einer außerordentlichen Lage sich selbstverständlich benehmen wird; und wenn etwas zu einer Verschiedenartigkeit der Auffassung Anlaß geben könnte, so wäre es höchstens die Frage, ob der große „Täuscher der Welt" auch über die Menschenkenntniß eines Goethe einen kleinen Triumph davon getragen. Um dies zu bestimmen, ist es zunächst nöthig, den Thatbestand festzustellen. Wir haben die Aufzeichnung in den Tag- und Jahresheften, ferner die „Erinnerungen aus den Kriegszeiten" von F. v. Müller und Lewes' Mittheilung aus unbekannter Quelle; alles zusammen Biedermann II, 219—226. Die gelegentlichen Gesprächsbemerkungen Goethes aus späterer Zeit dienen zur Ergänzung der Tag- und Jahreshefte. Dazu kommt nun Talleyrand I, 426—429, 434, 442, 443. Vgl. Geiger in b. „Nation" 1892 Nr. 32 und G. J. XIII. 252. Goethe sagte von seinen eigenen Aufzeichnungen, daß sie unvollständig seien, er habe sich durchaus nicht bestimmt gesehen, irgend jemandem alles das mitzutheilen, was gesprochen worden. Er bemerkte ausdrücklich, er fürchtete den Klatsch. Dabei wird es aber als Ariom gelten müssen, daß an demjenigen, was er mittheilt, nicht gerüttelt werden darf; die Mittheilungen v. Müllers besitzen keinen unmittelbaren Werth; wie schon Herr v. Biedermann bemerkt, sind die Thatsachen auch chronologisch verwirrt worden. Was Lewes bringt, zeichnet sich merkwürdigerweise dadurch aus, daß er die Aufforderung Napoleons, den Tod Caesars zu schreiben, sowie die Einladung nach Paris auf den 6. Okt. verlegt. Die große Frage ist nun: wie verhält sich die Darstellung Talleyrands zu unsern Weimarischen älteren Quellen? Höchst bedenklich ist nun folgendes. Goethe sagt ausdrücklich: nachdem der erste Theil des Gesprächs beendigt war, wandte sich Napoleon wieder zu Daru und sprach mit ihm über die großen Contri=butionsangelegenheiten: „Ich trat etwas zurück und kam gerade an den Erker zu stehen, in welchem ich vor mehr als dreißig Jahren zwischen mancher frohen auch manche trübe Stunde verlebt, und hatte Zeit zu bemerken, daß rechts von mir nach der Eingangsthüre zu, Berthier, Savary und sonst noch jemand stand. Talleyrand hatte sich entfernt."

Das Gespräch, welches Talleyrand anführt, endet dagegen mit der gänzlichen Verabschiedung Goethes von Napoleon, nach=dem eine Masse von Personalfragen und =Antworten berichtet wurde, welche doch offenbar nur in dem zweiten Theil des Gesprächs stattgefunden haben konnten, als der Kaiser „durch eine Art Manöver Goethe von den übrigen Gliedern der Reihe abschnitt". Goethe sagt, diese Personalien wären geheim besprochen worden. Es ist also unmöglich, daß Talleyrand das, was von Dalberg und dem Kaiser von Rußland hier erwähnt wird, selbst gehört hat. Ebenso sind die Worte „Adieu, monsieur Goethe," da wir an der Richtigkeit der Tag= und Jahreshefte festhalten, von Talleyrand mit eigenen Ohren niemals gehört worden. Es kommt also alles auf die Zuverlässigkeit der folgenden Worte Talleyrands an: „Je suivis M. Goethe et l'engageai à venir dîner chez moi. En rentrant, j'écrivis cette première con=versation, et pendant le dîner, je m'assurai par les différentes questions que je lui fis, que telle que je l'écris ici, elle est parfaitement exacte." —

Goethes Tagebuch enthält zum 1. Oktober die Notiz: „Zu Tafel bei Champagni"; auch der Tischnachbar, Bourgoing wird angeführt. Am 2. Oktober aß Goethe beim Herzog mit der Prin=

zessin von Taris und der Herzogin von Hildburg=
hausen, am 3. im Geleitshaus, am 4. „Um 2 Uhr nach Weimar.“
Die Angaben Talleyrands können mithin nicht bestehen. Auf=
fallend ist ferner, daß Goethe fast nie von Talleyrand gesprochen
hat. Der Inhalt der Talleyrandschen Gespräche reitet überdies in
merkwürdiger Weise auf gewissen Steckenpferden. Man könnte
doch glauben, daß Napoleon gewiß nicht so unklug war, immer
wiederum seine Tacitus=Ansichten vorzubringen. Die ganze Ueber=
lieferung macht eben den Eindruck, wie wenn die Talleyrandschen
Aufzeichnungen durch entsprechende Ausdehnungen auf möglichst
vielen Seiten und Blättern gedruckt werden sollten. Ich halte
daher dafür, daß man zur Beurtheilung der Goetheschen Stellung
gegenüber Napoleon sich am besten an dessen eigene Erzählungen
und an das, was der zuverlässige Kanzler v. Müller nach
Goethes anderweitigen Bemerkungen hinzufügt, einfach zu halten
hat. Ich unterlasse es selbstverständlich, in die große Talleyrandsche
Memoirenfrage (vgl. Geiger in der Nation und darnach auch
Roloff in Preuß. Jahrb. Bd. 71, S. 176) tiefer einzubringen;
mit der verhältnißmäßig kleinen Erfurter Angelegenheit läßt sich
keine Entscheidung für das Ganze gewinnen. Aber viel zu weit
geht jedenfalls Herr von Biedermann im G. J. 1893, S. 284.
Zuzugeben ist demselben, daß mehrere Punkte der Napoleonischen
Bemerkungen (Tacitus, wenn auch nicht immer wieder von ihm
geredet sein wird, Dalberg u. A.) sehr glaubwürbig bei Talleyrand
überliefert sind, aber über die oben angeführte Dinerfrage wird
man keineswegs hinwegzukommen vermögen, und es wundert
mich, daß Herr von Biedermann davon keine Notiz nahm.
Meine Vermuthung ist diese, daß dem Herzog von Broglie eine
authentische Aufzeichnung vorlag. Das Bedenklichste für seine
Erweiterungen ist dagegen der folgende Umstand. Als Band I
der Talleyrandschen Memoiren erschien, hätte man zwar schon
in Paris wissen können, daß Goethe am 2. Oktober bei Talleyrand
nicht dinirt hat, aber! — man hätte expreß für den Druck den
ganz kurz vorher erschienenen 3. Band (S. 381) der Tagebücher
in der Weimarer Ausgabe ansehen müssen; da aber das Ma-
nuskript vom Herzog von Broglie schon erheblich früher vor=

9*

bereitet worden sein wird, so ist es allerdings sehr fatal, daß er sich durch die Tag= und Jahreshefte täuschen lassen konnte, denn in diesen hat Goethe nichts davon gesagt, daß er am 2. Oktober beim Herzog gespeist habe. Damit wird diese Frage denn wohl erledigt sein.

Der Kern von Talleyrands Erzählung steht im Uebrigen nicht im Widerspruch mit dem Weimarischen Quellenbestand, sondern deckt sich bis auf wenige Einzelheiten in ganz erwünschter Weise. Das Wichtigste, Napoleons Bemerkung zu Werthers Leiden, enthält sie jedoch nicht. Talleyrands Darstellung ist echt französisch gefärbt, sehr äußerlich und ohne jede tiefe psychologische Zeichnung.

Suchen wir den Eindruck und die Stimmung Goethes nach dem merkwürdigen Besuch kurz zu bezeichnen, so dürfen wir sagen, die Wertherepisode hatte den Dichter gefangen genommen. Vieles Geistreiche, was der Welteroberer hinwarf, hatte auf Goethe einen unvergeßlichen Eindruck gemacht, aber Napoleons Aeußerung über Werther hatte ihn in den Bannkreis des großen Corsen gezogen. Umgekehrt stellt sich die Frage dar, welche Rolle Napoleon, objektiv betrachtet, gespielt hat.

Man ist ja sehr berechtigt, wie man den großen Spieler heute kennt und zu beurtheilen im Stande ist, vorauszusetzen, er werde auch den Größen unserer Nation gegenüber seiner Kunst haben Ehre machen wollen. Und es hat Leute gegeben, welche so weit gingen, zu behaupten, Napoleon habe überhaupt erst eben in Erfurt von der Existenz Goethes etwas erfahren. Wenn er die Comödie so weit getrieben hätte, so müßte man aber annehmen, daß er sich noch durch viele Jahre später immer von neuem bemüht hätte, das Lügengewebe seiner Werther= kenntniß fortzuspinnen. Denn dann müßte auch das Verzeichniß Bouriennes von den nach Aegypten mitgenommenen Büchern, unter welchen sich der Werther befand, ebenfalls davon be= einflußt sein. Wie wäre das anzunehmen! Goethe las auch Bouriennes Buch im Jahre 1829 und hat sich über die be= treffende Notiz lediglich gefreut. —

Ein anderes Bild von dem Betragen Napoleons gewinnt

man freilich, wenn man die Situation im Allgemeinen in Be=
tracht zieht. Wäre Goethe mißtrauischer gewesen, so hätte er
sich vielleicht über eine Audienz wundern können, bei welcher
der Imperator recht absichtlich Staatsgeschäfte durch eine geist=
reiche Conversation zu unterbrechen verstand, sich bald an diesen,
bald an jenen der Anwesenden wendete und sich in einer Un=
gezwungenheit zu zeigen liebte, die etwas theatralisches hatte.
Bleibt es überdies fraglich, ob die berühmte Phrase gelautet
habe „Vous êtes un homme“ oder „voilà un homme“, so kann
doch jedenfalls darüber kein Zweifel sein, daß die plumpe Absicht
etwas stark hervortrat.

Aber sollte denn Goethe, nachdem er so viele Jahre den
Mann des Tages schildern gehört hatte, nicht auf das gewalt=
same, auffällige, zum Theil schauspielerische Wesen vorbereitet
gewesen sein? Und sollte er sich denn in einer ewigen Selbst=
täuschung gehalten haben, wenn er trotz dieser sicherlich guten
Vorbereitung auf den Besuch immer wieder von dem Dämonisch=
imposanten des körperlich ihm so wenig gewachsenen Welt=
eroberers sprach?

Alles in Allem: von kleinlichen Dingen, wie Eitelkeit,
Gefallsucht, Charakterschwäche, Unterwürfigkeit und Aehnlichem
in Bezug auf die Napoleonsfrage Goethes zu sprechen, beweist
eine untergeordnete Auffassung ähnlicher Begegnungen und eine
Kammerdiener=artige Voraussetzung von solchen Leuten, welche
nicht an die natürliche Größe und den innern Werth des
Menschen wirklich zu glauben im Stande sind. Goethe hat
Recht gehabt, daß er in dem innern Antheil, den sein „groß=
artiger Dämon des Jahrhunderts“ an ihm durchaus nicht un=
redlich bekundete, eine stolze Befriedigung befand.

*) Goethe beruft sich auf das Buch von Clemens von
Hügel über Spanien, doch betone ich das vielleicht im Texte,
denn es ist wohl nicht unmöglich, daß der sehr schöngeistige,
österreichische Diplomat Goethen seine Verfasserschaft in irgend
einer Weise bekannt gegeben hat. Goethe war mit H. v. Hügel
am 9. Juli 1815 auf dem Johannisberg beim Fürsten Metternich
zusammengetroffen.

⁹) Wenn ich die Aeußerungen des Königs Leopold über die Metternichische Politik in der Griechenfrage in Betracht ziehe, vgl. meine Abhdlg. in der Deutschen Revue, so drängt sich mir die Vermuthung auf, daß Goethe seine Ansicht von den griechischen Angelegenheiten bei einem der Karlsbader Aufenthalte durch Mittheilungen aus der österreichischen Staatskanzlei gewonnen haben wird. Dem künftigen Biographen Goethes wird ja überhaupt die Aufgabe zufallen, viele persönliche Quellen politischer Einsichten aus den Karlsbader Aufenthalten zu entnehmen und nachzuweisen. Ich kann mich im Augenblick nicht rühmen, so weit vorgedrungen zu sein, bin aber überzeugt, daß das doctrinäre Gerede von den Ideen und Ansichten, die von irgend welchen Kathedern aus die politische Erleuchtung Goethes bewirkt haben, ganz und gar wegfallen muß.

¹⁰) **Ueber den Okenschen Handel** ist viel geschrieben worden, und er kann in der That nicht ernst genug, namentlich auch im Hinblicke auf Goethes politischen Leumund genommen werden. Wenn man dem Ursprung des ganzen freisinnigen Gezeters über Goethes reactionäre Gesinnungen nachspürt, so wird man immer auf diese Okensche Angelegenheit und überhaupt auf Jena hingewiesen sein. Die hier ausgekochten politischen Weisheiten, welche eine kindliche Geschichtsschreibung zu verhimmeln nicht aufgehört hat, sind eigentlich die Hauptquelle des ganzen Mißverständnisses geworden, das man verbreitete, um den alten Goethe zu ärgern. Ich unterlasse es, in eine breitere geschichtliche Darlegung der Verhältnisse einzutreten. Ich bemerke nur, daß ich mehrere, auf das Wartburgfest und ähnliches, bezügliche Ueberlieferungen (v. Biedermann Nr. 703 ff.) für das reine Blech halte, um nicht einen andern Ausdruck zu gebrauchen wie sich durch von Müllers Mittheilungen völlig sicher erweist, Da Goethe im Uebrigen nach dieser Seite gar nicht im Vordergrund der Ereignisse stand, so darf man sagen, daß sein böser Leumund doch lediglich auf die Okensche Sache zurückleitet und hier ist es nöthig, die Stellung Goethes zu Jena in jenen Jahren überhaupt einigermaßen zu revidiren.

Wir besitzen durch das große Verdienst der Herrn Dr. Wahle jetzt endlich einmal ein Hauptzeugniß über die Verhältnisse der Jenaischen Akademie, welches man als Commentar zu dem Gutachten über die Okensche Isis betrachten kann. Goethe schreibt nämlich am 11. August 1809 von Jena aus in Theatersachen an den Commissionssekretär Witzel unter Anderm: „denn bei unserm Theater kommt es mir oft, wie bei der hiesigen Akademie vor: es ist als wenn die Welt nur für die Groben und Impertinenten da wäre, und die Ruhigen und Vernünftigen sich nur ein Plätzchen um Gotteswillen erbitten müßten." Schriften der Goethegef. VI, 202. Die fundamentale Bedeutung dieser Stelle für die Okensche Sache leuchtet ein: Goethe fand also schon im Jahre 1809 an der Jenaer Universität nur die „Groben und Impertinenten" von Einfluß und Ansehen. Wenn nun Goethe in dem Gutachten gleich von vornherein voraussetzt, daß Oken, wenn man ihn citirte, wahrscheinlich „unverschämt" werden würde, so zeigt sich, daß hier eine und dieselbe Grundansicht über die weltbewegenden Jenensischen Celebritäten vorhanden war. Es würde nun natürlich mehr eine angenehme Aufgabe des Geschichtsschreibers der Jenaer Universität, als eines Essayisten über Goethe sein, zu erforschen, welche Professoren Goethe zu den „Groben und Impertinenten" und welche er zu den „Ruhigen und Vernünftigen" gerechnet hat. Ohne mich hierüber auf Vermuthungen einlassen zu dürfen, scheint mir doch die Annahme gerechtfertigt, daß einzelne öffentliche Professoren-Denkmäler von Jena in einem gewissen Gegensatze gegen die Anschauung Goethes dastehen dürften, und daß also allerdings ein persönliches Verhältniß angenehmer Art zwischen den an der Akademie herrschenden „groben und impertinenten" Leuten und Goethe nicht bestanden hatte, als der Okensche Handel den vielen Staub aufwirbelte, der in den deutschen Geschichtsbüchern meist noch heute auffliegt, wenn man die Blätter von 1815—20 aufschlägt. Allerdings fällte Goethe etwas später ein etwas besseres und beruhigteres Urtheil über „die meisten Dozenten": „es sind gelehrte, einsichtige gute Männer, jeder für sich betrachtet, schätzenswerth; wenn sie sich nur unter einander vertragen könnten! Da aber dieses in der ganzen Menschheit nicht zu liegen scheint, so wollen wir es auch nicht von dieser Gesellschaft verlangen." (Jahn, Voigt, S. 328.)

In dem „Gutachten" tritt aber wieder die Verstimmung über die schon geübten oder noch zu erwartenden Impertinenzen Okens hervor: „Will man, damit ich nichts verhehle, abwarten bis er seine neuen Collegen, mit denen er in offenbarer Fehde liegt, antaste und zu einer Zeit, da man Eichstädt verboten, die Werke Jenaischer Professoren zu recensiren, neu angekommene Männer, wahrlich nicht unverwundbar, preisgeben?"

Wie man sieht, ist die ganze Behandlung der großen, die deutschen Geschichtsbücher bis auf den heutigen Tag erschütternden Angelegenheit von Goethe in einem höchst persönlichen Sinne und in diesem Falle in einer wohlwollenden Weise behandelt worden. Sehr wohlwollend, wenn auch mit unseren heutigen Preßanschauungen im vollsten Widerspruch stehend, ist auch Goethes Argument, daß man den Jenensischen — doch wohl zu der „groben und impertinenten" Partei gerechneten Professor doch nur dadurch davor werde bewahren können, daß er etwa von jungen Mecklenburgern mit „Hetzpeitschen" „lederweich traktirt" werden könnte — wenn man seine Zeitschrift einfach verbietet und unterbrückt. Das Menschliche dieses Mittels wird man also nicht leugnen können. Es war sehr unrecht von den „Impertinenten" Jenas, daß sie nicht wenigstens dieses Zugeständniß unserm Dichter gemacht haben, als sie die Fabel von seiner reactionären und fürstenknechtischen Gesinnung in alle Welt hinausschrieen. Was den sachlichen Theil des Gutachtens betrifft, so ist festzuhalten, daß Goethe eine gesetzliche Regelung der gesammten Preßangelegenheiten forderte. Er gebraucht den Ausdruck „gesetzliche Censur". Ich halte es nicht für erwiesen, daß er dabei an eine Präventivcensur dachte, wie sie in Oesterreich eben wieder eingeführt worden war, zumal als auch der frühere Weimarische Zustand gewiß sehr wenig Aehnlichkeit mit der Censorenscheere darbot, die den Grund des Hasses und der Beschwerden der literarischen Kreise aller Orten gegeben hatte.

Das Goethesche Gutachten ist bei Vogel, Briefwechsel des

Großherzogs Karl August mit Goethe II. 88, Nr. 354 ab=
gedruckt. Eine Collation, die ich mit Direktor Burkhardt zu=
sammen für dessen Handexemplar mit dem Original vornahm,
hat ziemlich viele Textverbesserungen ergeben. Die Gutachten
der übrigen geheimen Räthe, die in demselben Aktenband stehen,
wären zur Vergleichung zu veröffentlichen erwünscht. Daß Karl
August dem Oken'schen „Wahnsinn" nicht sofort steuerte, scheint
Goethe verdrossen zu haben, — er war dann aber auch mit
der Maßregelung Okens im Jahre 1819 unzufrieden und äußerte
sich sehr merkwürdig darüber; die Aufzeichnung v. Müllers
lautet: 1819. 16. Juni: „Die Okeniade gab reichen Stoff.
Wir scherzten über das, was die Studiosen am 18. Juni vor=
nehmen könnten. Als Alle hinweg waren, scherzte Goethe noch
lange darüber; das Schlimmste sei, wenn man sich zu Extremen
zwingen lasse. Man müsse das Extrem auch extrem behandeln,
frei, grandios, imposant. Man hätte Oken das Gehalt lassen
aber ihn exiliren sollen."

Man sieht, Goethe nahm einen hoch über dem Jenenser
Lärm stehenden sogar heiteren Standpunkt ein. Auch ist mir
durch das Studium der Weimarer Verhältnisse mehr und mehr
die Schrift von Aegidi, Aus dem Jahre 1819, bedenklich
geworden. Daß man speciell gegen v. Fritsch die von Aegidi
angenommenen Intriguen Oesterreichs gerichtet glaubt, kann ja
gar nicht sein, da v. Fritsch der allergrößte Feind der Preß=
freiheit war, und ebenso wie Goethe ganz zufrieden mit den
Karlsbader Beschlüssen gewesen ist. Unter diesen Umständen
darf man sich auch erinnern, daß Metternich am Geburtstag
Goethes in Karlsbad einen besonders warmen und freundlichen
Toast auf den Dichter ausgebracht hat. Und recht mit Absicht
scheint Goethe zum Jahre 1819 in die Jahreshefte aufgenommen
zu haben, daß er in Karlsbad an Metternich „wie sonst einen
gnädigen Herrn" fand. Da er ja die Conferenzenzeit mitgemacht
hat, so ist es recht bezeichnend, daß er von der österreichischen
Niederträchtigkeit gegen Weimar, welche Aegidi versichert, nicht
das mindeste gemerkt hat. Man sieht also — wie die ganze
Sache der reine Preßliteratenschwindel war!

[11]) **Goethe und Karl August.** Vor Allem fühle ich mich verpflichtet, den außerordentlichen Nutzen und die ungemeine Arbeitserleichterung dankbarst anzuerkennen, die abgesehen von andern bekannten allgemeinen Werken Dünzers, durch dessen in der Goetheliteratur einzig dastehendes Werk „Goethe und Karl August", 2. Aufl. 1888 mir zu Theil geworden ist. Da dieses Buch dem Arbeitenden genau das bietet, was für die ältere deutsche Geschichte die Böhmerschen Regesten sind, so hat mich Dünzers Leistung als Historiker ganz besonders angeheimelt, wenn ich auch gestehe, daß mir Böhmers Regesten wegen der Chronologie und den Rubriken noch bequemer waren. In einzelnen Punkten, betreffend die Interpretation Goethescher Briefstellen, gestehe ich, zuweilen von Dünzer abzuweichen, indem es mir scheint, daß er mancher Aeußerung Goethes im Tage=buch, oder in Briefen eine Tragweite beilegt, die ich nicht an=zuerkennen vermöchte. Es bezieht sich dies hauptsächlich auf die Verhältnisse zu Karl August. Es ist zwar ein schönes Be=streben, den Grad der Freundschaft gleichsam von Tag zu Tag abmessen zu wollen, allein dieser Versuch beruht auf einer un=sicheren Voraussetzung. Nach Dünzer ist Goethe zu Neujahr mit dem Herzog vertrauter als je und am 10. Januar sehr verzürnt; bald giebt er „seinem Herrn wieder eine Lection" und bald ist er „wieder gut". Diese ganze Art, durch Wortklaubereien aus Tagebüchern und vertrautesten Briefen eine Situation zu zeichnen, ist, wie mir zu sagen gestattet sein mag, unglücklich. Wenn jeder Minister, der mit seinem Fürsten über die Anzahl der zu unterhaltenden Soldaten einen Streit, beziehungsweise eine „unterthänigste Meinungsverschiedenheit" gehabt hat, in ein Tagebuch geschrieben hätte, er habe über „militärische Macaronis" verhandelt, so könnte man am Ende den Beweis erbringen, daß die ganze Staatsverwaltung aus lauter Händeln und Feind=seligkeiten zwischen Beamten und Landesherrn bestanden habe. Eines der schlagendsten Beispiele eines verfehlten Gebrauchs von über die Lebensgeschichte Goethes heute eröffneten Quellen wird aus Anlaß eines Briefes Goethes an Karl August über die Saujagd auf dem Ettersberg geliefert. Vogel hat diesen

unglückseligen Brief unter Nr. 21 der Welt mitgetheilt und ich möchte wahrlich nicht so viele falsche Schlüsse in meinem Leben gemacht haben, als vermuthlich in den Köpfen Saujagd feind-licher Leser — und diese sind bekanntlich die Mehrzahl — bei dieser Gelegenheit entstehen. Nun kann man aber versichert sein, daß seit Maximilian, dem letzten Ritter, noch nie ein großer Jagdherr existirt hat, dem seine Beamten nicht die be-weglichsten und erschütterndsten Vorstellungen über Wildschaden und Bauernbeschwerden gemacht haben. Jeder, der so viel Gelegenheit hatte, wie ich in meinem Leben, alte Archive zu sehen, wird bestätigen, daß überall ganze Fascikel von dergleichen „Aktenstücken" existiren, wie in Nr. 21 des Goethe'schen Briefs. Der einzige Unterschied ist der, daß der Goethe'sche Brief keine so gewöhnliche amtliche Form hat, weil eben Goethe überhaupt das Glück hatte, viele Geschäfte mit seinem Herrn in einer persönlich freieren Form abwickeln zu können. Will man durchaus annehmen, daß Goethe kein Freund der Saujagd war, so läßt sich ja dagegen wahrscheinlich nicht viel einwenden, ob-wohl ich nicht einmal dies für erwiesen erachte. Um seinen Eifer für Abschaffung der Schweine auf dem Ettersberge übrigens fachmännisch zu beurtheilen, müßte ich vor Allem wissen, ob der Saupark eingefriedigt war, oder nicht, was freilich leider nicht der Fall gewesen sein wird. Für das Verhältniß Goethes zu Karl August scheint mir aber die ganze Sauerei durchaus irrelevant.

¹¹ᵃ) Ausgabe der Goethegesellschaft. 27, 389.

¹²) **Ilmenau von Bernhard Suphan,** in dem Sammel-werke zum 8. Oktober 1892. S. 163—201. Ich möchte nur noch ausdrücklich hinzufügen, daß man wohl in dem Gedichte nur Andeutungen auf die innersten seelischen Empfindungen finden dürfte, und daß ich nicht glaube, Goethe habe eigentlich auf irgend ein äußeres Verhältniß anspielen wollen. Ich würde daher allerdings lieber den einen Satz Suphans missen: „Durch die Idee organischen Wachsthums hat sich Goethe überhaupt als Erzieher leiten lassen." Der Ausdruck ist ein unglücklicher,

zu welchem weder das Gedicht noch der bei Eckermann angeführte Commentar des alten Goethe dazu den leisesten Grund
giebt. Auch in der neu festgestellten Lesart „und schuldig und
beglückt" liegt doch eigentlich nur ein Vorwurf, den sich Goethe
gewissermaßen über mancherlei selber macht. Dieses mancherlei,
auf welches das Gedicht anspielt, giebt nun aber Anlaß, sich
einmal klare Rechenschaft von dem zu geben, was objektiv vorlag. Und da muß ich denn sagen, daß die Goetheforschung
noch immer vielfach an das Geklatsche böser Weiber in Weimar
erinnert, wo Eine der Andern über Goethe und den Herzog
etwas ins Ohr raunt, beide dann höchst bedenkliche Gesichter
machen und schließlich Niemand weiß, was eigentlich los war.
Jeder thut so, als ob es sich um eine förmliche Falstaff-Pidoll-
Heinz-Komödie aus dem 15. Jahrhundert handle, und schließlich
weiß doch Niemand zu sagen, was denn Entsetzliches geschehen
wäre. Ich gestehe, in Bezug auf das vielbesprochene „Treiben",
nichts als einige mehr oder minder artige Studentenstückchen erfahren zu haben, die einen ausgedehnten Schatz von seit mehr
als 100 Jahren in diesen Gegenden lawinenartig vermehrten
Anekdoten hervorbrachten; wollte man aber das „Schuld-
bewußtsein" in dem Gedichte Ilmenau lediglich in e r o t i s c h e m
Sinne aufgefaßt wissen, — da muß ich freilich sagen, daß,
wenn Jemand schon in dieser Beziehung U n g e w ö h n l i c h e s
voraussetzte, er sich bei dem Ilmenau-Commentar leider sagen
müßte, die guten Vorsätze Goethes hätten gar nichts genützt,
es hatte sich auch nachher nichts geändert. Die große „Wand-
lung" wird wahrscheinlich doch nicht im Jahre 1783, sondern
wie ich von Herzen gönne, erst bei den Sechzigern oder Sieb-
zigern stattgefunden haben. Man vergleiche z. B. den amüsanten
Brief Karl Augusts an Einsiedel aus Verdun vom 3. Septem-
ber 1792 (Schöll, Karl August-Büchlein S. 87), da war also
Goethe in der Ilmenauer Nacht einmal ein schlechter Prophet gewesen, — er wird schon aber dergleichen menschenfreundlich weder
für sich noch den Herzog wirklich gemeint haben; bleibt also von
den bösen „Jugendsünden" höchstens noch der Champagner, —
glücklicherweise bekam er Beiden, dem Herzog, wie dem Dichter,

so gut wie der schwarze Kaffee dem Philosophen von Ferney. Wenn man es also recht erwägt, so denkt das Ilmenauer Gedicht, wenn man es auch noch so sehr im Sinne des moralischen Katers auffassen wollte, gar nicht an Jugendsünden im gewöhnlichen Sinne des Wortes, sondern lediglich an die Nothwendigkeit des wachsenden Lebensernstes, der den Sterblichen bekanntlich nicht entgeht, und an den zu erinnern der Dichter wohl berufen ist.

Daß die Weimarische Gesellschaft unter dem Scepter der Frau Herder gewiß nicht die lautersten Wahrheiten über Goethe auf die Nachwelt gebracht hat, versteht sich von selbst. Ich vermag aber auch ein Zeugniß, wie das des guten Herrn von Trebra nicht so hoch anzuschlagen, wie der gelehrte Commentator von „Ilmenau“. Der brave Herr Oberberghauptmann sagt ja selber, daß er in recht gedrückter Stimmung zu den „Lustigen von Weimar“ gekommen sei. So nett, erfreulich und lebensvoll seine Aufzeichnung nach 40 Jahren auch war, so möchte aber doch auf die Beobachtung des damals noch ganz jungen Menschen durchaus kein großes Gewicht fallen dürfen. Daß er sich einbildete, Goethe — der Genius des ganzen Kreises!? — sollte diese Erkenntniß nicht erst aus den späteren Jahren des Oberberghauptmannes stammen? — hätte durch einen in überspannter Lustigkeit mitgemachten halben Schritt sich nur die Möglichkeit sichern wollen, „von der andern Hälfte desto gewisser, den heran reisenden mächtigen Freund zurückzuhalten“, ist doch nur eine nachträgliche Combination, für die nichts thatsächliches beigebracht wird. Man könnte glauben, in Goethe hätte ein wahrer Pestalozzi gesteckt! Man weiß nur leider zu gut, wie der ganze Pestalozzi Goethen so außerordentlich zuwider war. Conclusio: Mit den erziehlichen Momenten in dem Verhältniß von Goethe und Karl August ist es nichts. Man kann nicht genug scharf auf Suphans Worte verweisen: „denn ein bedeutender Charakter wird nicht erzogen, er erzieht sich selbst.“

Für das Verhältniß von Karl August und Goethe kommt endlich auch noch die gegenseitige Ansprache in Betracht und

hier verweise ich auf die in dem schon citirten Aufsatze von
Hehn vorkommende treffliche Auseinandersetzung über Du, Er,
Sie, Ihr, Euer im deutschen Sprachgebrauch. (Gedanken über
Goethe S. 270—276.) Auf die gegenseitige Anrede von Karl
August und Goethe ist im Besonderen leider nicht Rücksicht ge=
nommen. Ich bemerke daher: mit Du redet Karl August alle
seine vertrauteren Diener an, Goethe, Einsiedel, Seckendorf;
wahrscheinlich lassen sich noch mehr Beispiele finden. Zu den
höheren Staatsbeamten sagt er Sie, sowie auch zu Herder und
Schiller. Knebeln spricht er mit Ihr beziehungsweise Euch an.
Wenn Karl August gegen Goethe scherzt, so gebraucht er irgend
einen Titel, wie Ercellenz, oder wohl auch Euere Hochgelahrtheit
mit der dritten Person des Plural. Amtlich dagegen das ge=
wöhnliche „Sie“.

Umgekehrt sagt Goethe immer Sie; in Schreiben, bei denen
man an eine Kenntnißnahme dritter Personen denken könnte,
wird je nach der feststehenden Titulatur stets „Durchlaucht“,
„herzogl. Durchl.“, „königl. Hoheit“ vorausgeschickt. In gleichem
Falle wird Höchstdero und Höchstihro gebraucht. Die Anrede
in der Ueberschrift der Briefe ist mir unbekannt. Diese ganze
Sache wäre übrigens ein sehr gutes Goethephilologisches Thema,
welches hiermit bestens anempfohlen sei.

Zu bemerken ist noch, daß über den erwünschten und nicht
erwünschten „Herren= und Fürstendienst“ v. Loeper in den An=
merkungen zu Dichtung und Wahrheit zum II. und XV. Buch
vollständige Mittheilungen macht.

[13]) Gleich hier sei das **Verhältniß zu Friedrich dem Großen**
besprochen, vgl. weiter unten im Texte S. 64 ff. Das Wesent=
liche ist aus Dichtung und Wahrheit bekannt und durch v. Loepers
Anmerkungen insbesondere zu I. 41 ff., II. 62 ff. in seiner Aus=
gabe beleuchtet. Die Stelle ebb. 77 darf aber nicht übersehen
werden, wo es denn doch heißt: „Sie (die Leipziger) hatten,
um diese Gesinnungen zu behaupten, ein unendliches Detail an=
zuführen, welches ich nicht zu läugnen wußte und nach und nach
die unbedingte Verehrung erkalten fühlte (so! in allen Aus=

gaben), die ich diesem merkwürdigen Fürsten von Jugend auf gewidmet hatte." Diese Stelle und den im Text citirten Brief an die Stein, S. 65, hat Herr von Loeper doch zu wenig beachtet. In späteren Jahren hat Goethe dem Einfluß des großen Königs auf die Denkungsart der jungen Leute in Preußen die verhängnißvollen Ereignisse des Jahres 1806 zuschreiben zu sollen geglaubt. Bei dem Tode des Königs — offenbar weil erwartet und weil die Unruhe der vorhabenden italienischen Reise zu groß war — lautet die Nachricht, daß „der alte König todt sein soll" sehr lakonisch. In den Versen auf Friedrich den Großen (v. Loeper im G. J. 1892, 227) ist vieles bezeichnende in wenige Worte gefaßt: „Willst du aber die Meinung beherrschen, beherrsche durch That sie, nicht durch Geheiß und Verbot." Dann: „der wo alle wanken, noch steht"; „er gebietet der Menge der Menschen" — alles für Goethes politische Anschauungen charakteristisch! Und endlich entschwebt der große König zu den Göttern, „woher er kam". Was Goethe hervorhebt, ist auch hier die aus der Götterherkunft (Genie?) abgeleitete Thatkraft. Aber damit ist keineswegs eine völlige Uebereinstimmung mit den politischen Wegen des Königs erklärt. Das Merkwürdigste ist aber, daß sich Goethe 1807 die Mühe nahm, Johannes von Müllers Rede über Friedrich den Großen zu übersetzen, die bekanntlich mit den uns heute wenig zusagenden Worten endet: „Und du, unsterblicher Friedrich .... du wirst sehen, daß die unveränderliche Verehrung deines Namens jene Franzosen, die du immer sehr liebtest, mit den Preußen, deren Ruhm du bist, in der Feier so ausgezeichneter Tugenden, wie sie dein Andenken zurückruft, vereinigen mußte."

Man sieht, wie Johannes von Müller und sein Uebersetzer von dem „welthistorischen Geist" geäfft werden, so daß sie es über sich bringen können, die Thatsachen von 1807 wie unwiderrufliche zu betrachten. Mich wundert, daß diejenigen, die sich 80jährige Lebensläufe nur unter gewissen Schlagworten zu denken vermögen, wie dies in den deutschen Schulen so beliebt ist, wie national, oder deutsch, undeutsch, liberal, reactionär u. dgl. nicht auch von den verkehrten Ansichten Goethes über

Friedrich den Großen sprechen, denn allerdings — der uns heute manchmal vorgezeigte Friedrich der Große sieht wirklich anders aus, als der Goethesche.

¹⁴) **Goethe und Dalberg**, vgl. von Beaulieu-Marconnay: „Karl von Dalberg und seine Zeit." 1879. 2 Bde.

Leider sind die persönlichen Beziehungen selbst diesem fleißigen Forscher nicht in dem Maße vertraut geworden, als es zu wünschen wäre. Einen Abschnitt, wie den, der die Beziehungen zu Schiller und Humboldt enthält, finden wir in Bezug auf Goethe nicht. Viele gelegentlichen Aeußerungen Goethes über seine genaue Lokalkenntniß des Erfurter Schlosses sprechen deutlich genug. Ganz unrichtig wäre, wenn man in der ersten Zeit des Aufenthalts Goethes an eine Verstimmung gegen den Weimarischen Hof bei Dalberg dächte. Die rührende Stelle über Dalbergs Sturz findet sich II. 284. Am 24. Nov. 1814 schrieb er an die Freundin: „Unser genialischer, herrlicher Goethe und der biedere Senator Stritz sind bis jetzt die beiden einzigen Frankfurter, deren Antheil an meinem Schicksal mir bekannt geworden ist." Die Beziehungen zu Dalberg aus Anlaß des Wunsches Goethes, aus dem Frankfurter Bürgerverband entlassen zu werden (vgl. G. J. XIII. 211 ff.), sind bekannt.

¹⁵) **Graf von Görtz** hat in den „historischen und politischen Denkwürdigkeiten" seine früheren Weimarischen Verhältnisse sehr summarisch auf 30 Seiten behandelt. Daraus und aus dem schon bezeichneten Briefe Dalbergs vom 9. Juli 1875 auf S. 29 sollte doch nicht auf Mißverhältnisse von irgend einer Bedeutung geschlossen werden. Der Graf Görtz hatte als Erzieher Karl Augusts nicht entfernt die Absicht, in der Weimarischen Regierung zu einer Rolle zu gelangen. Jedermann weiß, daß bei regierenden Fürsten der Uebergang der Erzieher in nachherige leitende Regierungsstellen sehr ungewöhnlich und beschwerlich ist. Graf Görtz hatte daher offenbar längst Anstrengungen gemacht, die Beziehungen Weimars zum preußischen Hof zu benutzen, um dort in entsprechende Stellungen einrücken zu können, was sich nicht sofort ergeben konnte, und weshalb

der Graf in Weimar gleichsam zur Disposition stand. Dabei wurde der Verkehr mit dem Herzog nicht im leisesten gestört. Wenn man die zahlreichen Briefe des Grafen Görtz, in dessen Eigenschaft als preußischer Gesandter beim Reichstag, an den Herzog während der nächstfolgenden Jahre liest, so findet man die unveränderteste und ungetrübteste Anhänglichkeit, stetes Zurückweisen und Erinnern an frühere Zeiten, herzlichste Verehrung. Auch auf dieses Verhältniß zwischen Karl August und seinem Erzieher hat das unsägliche Weiberklatsche und die Bereitwilligkeit, dasselbe nachzudrucken, hie und da einen Schatten geworfen.

[16]) **Wilhelm v. Edelsheim** (im Register der Weimarischen Briefausgabe VII, 402 lies „Wilhelm" † 1793 statt Georg Ludwig) findet sich von Erdmannsdörffer in der trefflichen Publikation, der ich, auf den nächsten Blättern Schritt für Schritt folgen zu können, so glücklich bin (Polit. Korresp. Karl Friedrichs v. Baden 1783—1806, I. Bd.) in der Einleitung S. 29—31 kurz und vorzüglich charakterisirt. Schon 1778 erwähnt Goethe der Ankunft Edelsheims mit Grüßen an Fr. v. Stein. Im Jahre 1785 rühmt bei Edelsheims Anwesenheit in Carlsbald Goethe seine politischen Auseinandersetzungen mit dem Badischen Staatsmann, und an die Stein schreibt er, daß er sich von Edelsheim fast habe bereden lassen, noch zu bleiben; „denn in Staats- und Wirthschaftsachen ist er zu Hause und in der Einsamkeit, wo er niemand hat, gesprächig und ausführlich." „In Politicis" heißt es an einer andern Stelle, ist „Erbauung" bei ihm zu „holen". Und wieder am 20. Sept. 1785: „Edelsheim ist auch hier, und sein Umgang macht mir mehr Freude als jemals, ich kenne keinen klügeren Menschen. Er hat mir manches zur Charakteristik der Stände geholfen, worauf ich so ausgehe. Könnt ich nur ein Viertel Jahr mit ihm sein u. s. w." Das Verhältniß Edelsheims zu Karl August war allerdings ein unendlich vertrautes, und Goethe nahm doch auch daran Theil. Hierfür habe ich keinen bezeichnenderen Beweis finden können, als den Schluß eines halb-

amtlichen Schreibens Edelsheims an den Herzog vom 19. Mai 1792, worin der zu erwartenden Niederkunft der Herzogin mit treuesten Wünschen gedacht und hinzugefügt wird, daß Edelsheim in etlichen Tagen „auch tauffen lasse" und im August schon wieder weiteren Familienzuwachs erwarte. Die Bemerkungen, die sich dann noch an diese Ereignisse anknüpfen, sind von einer so hochgradigen Vertraulichkeit, daß sich ihre Wiedergabe verbietet. Die damalige Zeit dachte über diese Dinge so gänzlich anders, daß man wirklich unrecht thäte, die „Carnevallstreiche" derselben der heutigen in diesem einzigen Stücke so moralischen Scharfrichterei auszuliefern. Ich führe die Sache wirklich nur an, um die vollendete Intimität, die zwischen den Vertrauten von Weimar und Karlsruhe herrschte, deutlich zu machen. Vgl. auch von Weech, Briefe des Herzogs Karl August an den Markgrafen Karl Friedrich und dessen Minister von Edelsheim, Leipzig 1869.

[17]) Graf Görtz Denkwürdigkeiten S. 34 ff. Es ist sehr beachtenswerth, daß der Graf hervorhebt, daß er „sein stets so theures Familienleben und die ruhige und sorgenlose Lage, in der er sich zu Weimar befand, verlassen und eine Aufgabe übernehmen sollte, die selbst für einen geübten Diplomaten abschreckend sein mochte." In einer für seine Kinder im 81. Jahr niedergeschriebenen Notiz sagt er, er habe nach dem Rathe seines „verklärten Freundes" Herder in dieser Sache gehandelt. Es ist undenkbar, daß die dem Weimarer Publikum vorgespiegelte Reise des Grafen „wegen eines Prozesses" auch zur Täuschung des engern Kreises, oder gar des Herzogs gedient hätte. Der Geheimrath von Hofenfels in Zweibrücken, an den sich Görtz zuerst wendete, gehörte auch nachmals zu den Vertrauten der Weimarischen Politik.

[18]) In meinem Weimarer Vortrag, der verhältnißmäßig kurz war, konnte ich selbstverständlich die reiche historische Literatur zum Fürstenbund nicht einmal streifen. Meine Erwähnung und Deutung des vor 30 Jahren schon bekannt gewordenen Briefs von Goethe an Karl August (Vogel, Briefwechsel I, S. 4) und die Wichtigkeit, welche den meisten Zuhörern einleuchtete, aber unerwartet war, hat vielleicht da und dort die Vorstellung

erweckt, als ob in unsern historischen Forscherkreisen das
Gutachten Goethes in dieser Richtung gänzlichst unbeachtet
geblieben wäre. Dies ist aber nicht der Fall. Der ausge=
zeichnetste Kenner der Fürstenbundsgeschichte, mein verehrter alter
Freund Erdmannsdörffer hat natürlich auch Goethes Antheil
an der Sache längst mit Interesse beachtet. Und es ist mir
sehr angenehm, daß auch er den Eindruck hatte, daß das Gut=
achten Goethes wirklich einen gewissen Anstoß zur Gründung
des Fürstenbunds gegeben hat. Ich hoffe daher, die Compendien=
Schreiber werden künftig wirklich lehren: z. B. „Im Jahre
1778 gab Goethe den Anstoß zur Gründung des Fürsten=
bunds c." die Stelle, in welcher Erdmannsdörffer hierüber
schreibt, theile ich mit, weil seine „Akademische Rede zum
Geburtsfest des höchstseligen Großherzogs Karl Friedrich am
22. Nov. 1884" vielleicht nicht sehr verbreitet ist.

„Wie nahe lag der Gedanke, daß einmal die beiden
rivalisirenden Großmächte sich verständigen könnten auf Kosten
ihrer machtlosen Nachbarn .... Das Gefühl, in einem doch
precären Zustande sich zu befinden, kommt in den Kreisen der
kleineren Fürsten hin und wieder wirklich zum Ausdruck, wenn
auch meist als vorübergehende Stimmung. Ich hebe nur ein
Beispiel hervor, welches von allgemeinerem Interesse ist. —
Einer von den wenigen rein polischen Geschäftsbriefen Goethes
an Karl August, die wir haben, aus dem Winter des Jahres
1778, giebt von dieser beklommenen Stimmung charakteristisches
Zeugniß. Es war die Zeit des bairischen Erbfolgekrieges.
Friedrich der Große ließ durch den General von Möllendorf
die Erlaubniß zu preußischen Werbungen im Weimarischen
fordern. Große Verlegenheit: man fürchtet ebenso die Zulassung
der Werber und die üblen ökonomischen Wirkungen für das
Land, wie die vorauszusehenden schlimmen Folgen einer ent=
schiedenen Abweisung; außerdem ist zu erwarten, daß im Falle
der Gewährung die Oesterreicher gleichfalls Werbefreiheit im
Lande verlangen werden, und sie sind noch mehr zu fürchten
als die Preußen. Was ist in so bedrängter Lage zu thun?

10*

Indem Goethe dem Herzog dieselbe darlegt, entwickelt er ihm zugleich den Plan, daß man, neben dilatorischer Behandlung der preußischen Zumuthungen, vor allem durch eine schnell ge=schlossene politische Vereinigung mit gleich interessirten befreun=deten deutschen Fürsten — er nennt Hannover, Mainz, Gotha und die übrigen sächsischen Höfe — sich in die Lage bringen müsse, nach beiden Seiten hin „„solchen Zumuthungen sich standhaft widersetzen zu können."" Er spricht den Gedanken aus, daß aus diesem Anlaß vielleicht überhaupt sich glückliche Folgen entwickeln könnten für eine engere Vereinigung der Reichs=fürsten unter einander."

„So tritt uns hier Goethe als Vertreter der reichsständischen Unionsidee entgegen, offenbar aber in dem Sinne, daß die Union eine Schutzwehr sein solle für die Mittleren und Kleinen im Reich gegen das Uebergewicht der beiden Großmächte, Preußens sowohl als Oesterreichs; eine Auffassung, welche auch bei den Verhandlungen der achtziger Jahre noch häufig wiederkehrt, obgleich der Ausgang des bairischen Erbfolgekriegs in der That die Uneigennützigkeit Friedrichs des Großen den deutschen Fürsten gegenüber im hellsten Lichte gezeigt hatte."

### [19]) Zur Geschichte des Fürstenbunds im Allgemeinen.

Dohm im 3. Bd. der „Denkwürdigkeiten meiner Zeit. Hannover 1817" beginnt bereits, die Ursachen des Fürstenbunds auf die Absichten Josephs II. gegenüber den deutschen Stiftern und Bisthümern zurückzuführen, woran Ranke im I. Bd. der „deutschen Mächte und der Fürstenbund" ebenfalls anknüpft. Auch der Reichstagsstillstand wird erwähnt. Auffallend ist, daß sich Ranke die Bemerkungen Dohms über die Panis=Briefe entgehen ließ. Spuren der Benutzung des Weimarer Archivs finden sich bei Dohm nicht; dagegen hat Ranke „vornehmlich wie er sich ausdrückt, die Theilnahme der Reichsfürsten an den allgemeinen Angelegenheiten aus dem hierfür unschätzbaren Weimarer Archiv kennen gelernt. Einen vorläufig orientirenden Blick in die Weimarischen Akten hatte bereits Droysen im Jahre 1857 geworfen (vgl. „Karl August und die deutsche

Politik. Ein Festgruß zum 3. Sept. 1857") dann hat
Ad. Schmidt in seinen „Unionsbestrebungen" und weiter in
„Preußens deutscher Politik von 1785—1866" Weimarisches
Material benutzt. Rankes Analekten II. Bd. a. a. O., mit der
bekannten genialen Spürkraft des Meisters trefflich ausgesucht,
zeigen aber, wie viel Schmidt noch übrig gelassen hat, und erst
durch Erdmannsdörffers, ausgezeichnete Publication der „Politischen Correspondenz Karl Friedrichs" sind wir in die Lage
gekommen, über den Actenstand genauer orientirt zu sein. Das,
was von Goethes Hand unmittelbar in den Acten herrührt,
konnte ich mithin mit Hilfe und unter der Kontrolle meines
hochverehrten Freundes, des Directors des Weimarischen Archivs
Dr. Burckhardt Blatt für Blatt nachweisen.

Der Leser wird sich aus dem folgenden Verzeichniß einen
Begriff von der ungewöhnlichen Anstrengung machen, mit welcher
Goethe bei diesen diplomatischen Verhandlungen und Correspondenzen betheiligt war. Außerdem ist der Weimarische Akten-
bestand des Fürstenbundes ein in sich abgeschlossener und besteht
vom Jahr 1784—1789 aus 11 gehefteten Fascikeln, deren
Aufschriften und Jahrzahlen nach Burckhardts für mich vollständig maßgebendem Urtheil ebenfalls von Goethes Hand
herrühren. Ja der vollendete Kenner Goethescher Archivalien
fand sich sogar durch die Art und Weise der Heftung der
Fascikeln an Goethesche Gewohnheiten erinnert. Es ist uns
daher wahrscheinlich geworden, daß diese Registrirungen mit
der von Dohm im Jahre 1815 gewünschten Benutzung der
Weimarer Archivalien zusammenhängen dürfte (s. Vogel, Goethe
in amtlichen Verhältnissen, S. 306).

Verzeichniß der Goetheschen Handschriften:

Vol. I. 1784. (Aufschrift von Goethes Hand).

    fol. 21—26 b. Abschrift von Edelsheims Schreiben
       vom 28. Jan. vgl. Erdmannsdörfer Nr. 23 u. 31.

    fol. 37. Auszug.

    fol. 79—81 b. Vortrag an Karl August.

    fol. 82 a—93 b. Hiervon ein Extract. Erdmanns-
       dörfer 38, 40.

> fol. 133—135 a. Vgl. Erdm. 37. Abschrift von der
> Hand des Herzogs Karl August.

Vol. II. 1785. Aufschrift von Goethes Hand.

> fol. 12—21 b. Bleistift = Correctur zu einem von
> Karl August geschriebenen Memoire.
>
> fol. 22—27 a. Memoire über die Angelegenheit der
> französischen Verhandlungen, die durch den Mark=
> grafen von Baden an das Tageslicht gekommen
> seien.
>
> fol. 28—36 b. Von der Hand Goethes die Instruction
> für Schlosser sammt Correspondenz.
>
> fol. 37—38 b. Von der Hand Seidels vgl. Ranke
> II, 257.
>
> fol. 40—42 a. Von der Hand Goethes Erdmanns=
> dörffer Nr. 117.
>
> fol. 52—55. Von Goethes Hand Concept an den
> Fürsten von Dessau.

Vol. XI. 1789. Aufschrift von Goethes Hand.

> fol. 68—69 b. Copie eines Briefes an Bischofs=
> werder, ferner Concept eines solchen mit Adresse
> von Karl August.

Vol. XII. fol. 2—4. Das Concept eines Schreibens mit
Ueberschrift von Karl August. 1790.


²⁰) Der Brief an Merck vom 14. November 1781,
Briefausg. Nr. 1340 ist bekanntlich nicht mehr unter den ersten
Eindrücken der königlichen Schrift geschrieben: „Mein Plan
war, noch ein zweites Stück hinzuzufügen, denn die Materie ist
ohne Grenzen. Nun ist aber die erste Lust vorbey und ich habe
darüber nichts mehr zu sagen. Es hätte sich kein Mensch u. s. w.,
Ich berühre selbstverständlich hier dieses Thema, welches von
Suphan erschöpft zu sein scheint, durchaus nur nach dieser
merkwürdigen politischen Seite hin.

²¹) Biedermann, Nr. 670, III, 256.

²²) Ebenda.

23) Beaulieu=Marconnay, Dalberg a. a. O. S. 114 ff. In dem Capitel Joseph II. und Dalberg macht der Verf. Mittheilung von der Correspondenz Dalbergs mit dem Kaiser über den Fürstenbund in den Jahren 1787, 1788, — selbst= verständlich ist Goethe, der in Italien weilte, an diesen Dingen nicht betheiligt, aber es ist mir nicht zweifelhaft, daß die Grund= ansichten desselben mit denen Dalbergs wesentlich übereinstimmten. Man kann sich wenigstens, wenn man die Correspondenzen Dalbergs liest, einen guten Begriff davon machen, wie auch der Reichsverfassungstreue Frankfurter als Weimarischer Minister seinen Standpunkt genommen haben wird. Allerdings würde er gegen den Kaiser Joseph II. niemals so weit gegangen sein in seiner Annäherung, ja Unterwerfung, als Dalberg. Eine Anzahl Stellen aus dieser Correspondenz sei hier angeführt, von denen ich glaube, daß sie auch Goethe ohne weiteres unterschrieben hätte: „Jeder gute Patriot betrübt sich über den Parteigeist, der Deutschland beunruhigt. Ich habe den Bund entstehen sehen und will mir Rechenschaft ablegen über die Umstände, die ihn hervorgerufen." Es folgt die Darstellung der Entstehung des Fürstenbundes im Gegensatz zu Friedrich II. In einer „Recht= fertigung" heißt es ferner: „Als das Schicksal mich bestimmte, dereinst Reichserzkanzler zu werden, dachte ich pflichtgemäß über die Wohlfahrt meines Vaterlandes nach: ich fand, daß es nicht glücklich sei; weil die Gesetze mangelhaft sind, die Verfassung keine Kraft besitzt; weil das erhabene Oberhaupt der Meinung ist, es sei unmöglich diesen Uebeln abzuhelfen; und weil die Stände durch den Parteigeist entzweit sind."

Dalberg versucht nun zu bewirken, daß der „Bund der Fürsten" wieder ein Bund des Kaisers werde, — gleichsam eine Vereinigung zur Verbesserung des Reiches und der Reichs= verfassung: — „Ich habe den Gedanken erfaßt, die Wieder= vereinigung der Parteien zu versuchen, soviel meine schwachen Kräfte es gestatten. Um dieses Ziel zu erreichen, muß man danach streben, daß der Fürstenbund ein Bund des Kaisers und des Reichs werde. Um Einfluß auf diesen (übrigens nützlichen) Bund zu gewinnen, ward mein Beitritt nothwendig. Der

Artikel, welcher Bayern betrifft, hat mich nicht davon abgehalten, denn dieser Gegenstand hört auf für Deutschland beunruhigend zu sein, sobald Joseph der Zweite die Gnade hat, das Zutrauen der Nation zu gewinnen."

24) Der räthselhafte Brief, bei Jahn, Briefe an Voigt S. 258, wo das Datum fehlt und mit 1806 bezeichnet ist, was aber wegen der „Nachfahren" Steins doch nicht angeht. Man kann doch nur an den Minister von Stein denken, der 1806 sein eigener Nachfahrer gewesen sein müßte. Uebrigens gebe ich zu, daß der lapsus memoriae, Hertzberg und Haugwitz zu verwechseln, etwas stark wäre. In dieser Interpretationsnoth habe ich den schwierigen Fall auch dem verehrten Freunde Prof. Suphan vorgelegt, der aber hoch versichert, daß er meiner Erklärung nicht beistimmen könne. Es fehlen mir selbstver= ständlich nicht die gleichen Bedenken, und ich bemerke, daß ich das Vorgetragene für reine Hypothese gebe, — und nur den Wunsch habe, es möge anderen gelingen, die sonderbaren Beziehungen des Briefes, der aber für Goethes Ver= hältniß zu Preußen ein für allemale bezeichnend bleibt, klar zu legen und aufzudecken. Daß es bis jetzt nicht geschehen ist, hängt damit zusammen, daß die immer und allezeit ein wenig gereizte Stimmung Goethes gegenüber von Preußen von vielen Forschern ein bischen gar zu sehr verheimlicht worden ist. Es paßt der heutigen veränderten Zeit nicht, und daher soll es auch nicht der Fall gewesen sein.

25) Die feststehenden Daten für den Vollzug der Verträge zwischen Preußen und Weimar giebt Erdmannsdörffer folgender= maßen an: Beitritt zum Haupttraktat des zwischen Preußen, Sachsen und Hannover abgeschlossenen Bundes 23. Juli 1785, Beitritt zum geheimen am 29. August 1785 und zum geheimsten Artikel 10. März 1786. Mit diesen Daten ist die Sache aber nicht erschöpft, da das Schreiben Hertzbergs vom 1. August noch auf eine weitere Betrittserklärung verweist. Ich bin nicht in der Lage gewesen, den Gegenstand archivalisch zur abschließenden

Kenntniß zu bringen und überlasse dies weiterer historischer
Forschung. Die Vertragsurkunden haben mir nicht vorgelegen,
und ich weiß auch nicht, wo dieselben zu suchen sind. Der
treffliche Schöll hat im Karl August-Büchlein 67 auch diese
Dinge schon alle recht genau dargestellt, und bei seinen Mittheilungen wird man sich wohl auf der richtigen Spur der
Verhandlungen nach vollzogener Vertragsurkunde vom 10. März
finden: „Karl August erörterte indeß noch vor seiner Unter-
zeichnung in einem Schreiben an Graf Görtz vom 20. Febr. 1786,
wie es für den Nachdruck und das Leben des Bundes unerläß-
liche Bedingung sei, daß die Einigung der drei zuerst verbundenen Höfe nur als Typus und Richtschnur gelte, hingegen
den nach ihnen sich anschließenden Fürsten sämmtlich genaue
und förmliche Nachricht von den Fortschritten des Bundes, den
neuen Mitgliedern und ihren Bedingnissen gegeben, und damit
sie untereinander wissende und anerkannte Bündener seien, die
Beitritts-Urkunden unter ihnen gewechselt werden. Sie sollten
auch um Rath gefragt, die minder mächtigen mit guten Vorschlägen nicht weniger gehört, von den Vertretern als ihres-
gleichen behandelt und ihnen das Vertrauen und der gute Anreiz
eine wesentliche Theilnehmung gegeben werden."

26) Der Brief bei Vogel I, S. 54 ff. Ich kann nicht
unerwähnt lassen, daß ich die Ansicht, es möchte bei dem Ent-
schlusse zur italienischen Reise vielleicht auch der geschilderte
allgemeine Gang der politischen Begebenheiten mitgewirkt haben,
mit aller Reserve vortragen zu sollen glaubte, um so mehr
muß ich mich freuen, daß ein so gewiegter Kenner wie Herr
von Biedermann mir erklärte, ihm leuchte das Argument sehr
ein und er wollte diese großen politischen Angelegenheiten gern als
Motiv der Goetheschen Verstimmung anerkennen.

27) Das brave Büchlein von Dr. Arthur Böthlingk, die
Holländische Revolution 1787 und der deutsche Fürstenbund
mit besonderem Bezug auf Karl August von Sachsen-Weimar,
Bonn 1874 schöpft die Weimarischen Acten des Archivs fast
vollständig aus. Wie sich von selbst versteht, kommt Goethe

hier nicht in Betracht; die Schreiben Karl Augusts — insbe=
sondere in den Verhandlungen mit Bischoffswerder — sind für
dessen Regierungsgeschichte außerordentlich lehrreich.

²⁸) Für die Kenntniß des bedeutenden Einblicks, den Goethe
in die Politik damals erlangt hat, ist es sehr wichtig, sich einen
deutlichen Begriff von dem Werthe, den der damalige diplomatische
Verkehr Weimars hatte, zu machen. Und da nehme ich nach dem
Eindruck, den ich von dem Actenmaterial habe, keinen Anstand zu
sagen, daß Goethe durch den Herzog in dieser entscheidenden
und welthistorischen Epoche von den allertiefsten Staatsgeheim=
nissen der europäischen Welt unterrichtet war, so daß ihm die
Lage wie ein offenes Buch vor Augen lag. Um den Leser
davon zu überzeugen, gebe ich als Beispiel mehrere Correspon=
denzen, die auch an und für sich von erheblichsten histo=
rischen Inhalt und Interesse sind, aber wohl auch erklären
können, wie Goethe über den Stand der Dinge unterrichtet war:

I.

Durchlauchtigster Herzog.

Gnädigster Herzog und Herr!

Die Vermuthung, daß ein Theil der Preußischen Armee
gegen Frankreich werde gebraucht werden, deren Euer Hochfürstl.
Durchlauchten in dem gnädigen Schreiben vom 24. vorigen
Monats, welches ich den 29. zu erhalten die Ehre gehabt habe,
gedenken, ist nicht ohne Grund.

Ich habe von der Person, an die auf Euer Hochfürstl.
Durchlauchten Befehl ich mich dieses Gegenstandes wegen habe
wenden und die ich habe ersuchen müssen, Euer Hochfürstl.
Durchlauchten einen Wink, der diesen Gegenstand betrifft, zu
geben, folgende Aufschlüsse erhalten, wie nemlich so viel seine
Richtigkeit habe, daß des Königs Maj. en concert mit dem
Kayser beschlossen hätten, in so fern die übrigen Fürsten mit
Ihnen Eines Sinnes wären, dem Franzosen zu erkennen zu
geben, daß sie einem teutschen Fürsten (dem Kayser) unrecht=
mäßiger weise sein Eigenthum (Elsaß) genommen hätten, und
daß, wenn sie diesen Schritt nicht gutwillig zurückthun und
jenem Fürsten Gerechtigkeit widerfahren lassen würden, man

zu würksamen Maßregeln schreiten werde. Wann eher es nun aber dazu kommen dürfte, daß wirklich ein Corps in Bewegung gesetzt würde, daß ließe sich noch nicht bestimmen, weil die questio: an? nur bedingungsweise wäre, und also alles auf die Umstände ankäme. Die Versicherung habe ich indessen von der Person erhalten, daß Ew. Hochfürstl. Durchlauchten zeitig davon praevenirt werden. Vorauszusehen ist wohl, daß man dafür, daß die Franzosen sich in Güte bequemen, das zu thun, was man von ihnen verlangt unter der Hand durch Insinuationen wohl sorgen wird, weil man sonst seinen Hauptzweck, der hierunter verborgen liegt, nicht erreichen würde. Dieser Haupt=zweck ist, daß Pohlens Nachbarn die Grenzen ihrer Staaten durch Verkleinerung dieses Reiches erweitern wollen und die Pläne wie solches ausgeführt werden soll befinden sich, wo sie nicht schon ausgearbeitet sind, doch sicher in der Arbeit und beschäftigen jetzo allein das Cabinet.

Die Euer Hochfürst. Durchlauchten in meiner unterthänigen Zuschrift vom 28. vorigen Monats gemeldete schnelle Reise des regierenden Herzogs von Braunschweig nach Potsdam, und die dortige Zusammenkunft mit des Königs Maj. hat ganz eigentlich diesen Gegenstand betroffen, ob man gleich in Potsdam die Karte von Frankreich öffentlich hat über die Straßen tragen lassen, um das publicum glauben zu machen, daß die franzö=sischen Unruhen und deren Beylegung der Vorwurf der Zu=sammenkunft und der jetzigen Beschäftigung im Cabinet seyen.

Man wird alsdann den Kayser sich im Elsaß ausbreiten und ihn dort um sich greifen laßen; dafür aber werden Preußen und Rußland, welche unterdessen ein jeder von seiner Seite ihre Grenzen gegen Pohlen durch ihre Truppen decken werden, zu seiner Zeit in diesen Staat selbst eindringen und sich an diesem Reiche entschädigen; auch wird man dem Kayser außer obigen noch einen kleinen Theil von Pohlen und seine Grenzen einzuschließen erlauben.

Der König von Pohlen wird über das, was man ihm zu lassen beschlossen hat, souverain, und Sachsen erhält die Thron=Folge.

Dies ist die wahre Lage der politischen Angelegenheiten, die mir jedoch unter dem Siegel der strengsten Verschwiegenheit anvertrauet und wovon nur Euer Hochfürstl. Durchlauchten Nachricht zu geben mir erlaubt worden ist.

Der Zweck der Reisen des General-Majors von Bischofswerder über Dresden nach Wien und des Geheimen CommercienRaths Ephraim nach letzterem Orte und von dort weiter nach Frankreich, läßt sich aus den vorhergehenden nun leicht entnehmen.

Die Zurückkunft des ersteren wird viel, ja wie es heißt alles entscheiden.

Euer Hochfürstl. Durchlauchten von Zeit zu Zeit die näheren Nachrichten, welche ich von den jetzigen politischen Angelegenheiten in Erfahrung zu bringen vermag, zu überschreiben, wird mir eine sehr angenehme Pflicht sein.

Das Verzeichnis von dem auf die Apertur stehenden Lehnen 2c. . . . .

ich ersterbe im tiefsten Respect

Euer Hochfürstl. Durchlauchten

Berlin, d. 2. März 1792         unterthäniger Diener

Burghoff.

II.

Von demselben am 24. April. Theilt die Ordre der Mobilmachung gegen Frankreich mit: dann: „des regierenden Herzogs von Braunschweig Durchl. werden wahrscheinlich das Commando darüber führen . . . .“

„Die ganze Bewegung dürfte indessen wohl nur auf ein Manoevre hinauslaufen, um zu sehen, was solches auf den König Franz würcken und wie er sich nehmen wird.“

III.

Bischofswerder berichtete aus Wien nach einer Mittheilung des Correspondenten Hoffmann aus Berlin: „Ob man schon Preuß. Seits sehr geneigt war, gegen Frankreich Truppen marschiren zu lassen, so hat solches bei dem König Franz keinen Eindruck gemacht, Er hat vielmehr erklärt: Er glaube man müsse die Franzosen schalten und walten lassen, wie sie wollten, wenn sie aber das römische Reich attaquiren solten, so müßte man ihnen förmlich den Krieg ankündigen, nehmen was man nehmen könnte, und behalten, was möglich wäre. Wenn S. Preuß. Maj. aber ausdrücklich darauf bestünden, so wäre er nach seiner Alliance bereit, S. Maj. beyzustehen. Er glaubte aber die Sache könne sehr ins weite gehen."

## IV.

Aus einem Briefe Edelsheims vom 19. Mai 1792.

„Der Sieg über die Franzosen in der diesjährigen Campagne scheint mir gar nicht zweifelhafft. Neun zehntel aller offiziere von dem General bis auf den Leutnant, die gebient haben oder würdig zu commandiren sind, haben sich gestrichen oder streichen sich noch. Kein Regiment in der ganzen Armee ist von dem Geist der Insubordination befreit. In jedem ist eine Parthey mehr oder weniger zahlreich, die nur auf eine Gelegenheit warten, um auszureißen. Alle Offiziere, die das metier ein wenig ver= stehen und von denen franz. Armeen kommen, stimmen damit überein, daß ihre Nationalgarden dermalen brauchbarer, als ihre Linien=Truppen sind. Hieraus kann man sich vorstellen, was das für eine Composition sein müsse. Aber doch will ich sehr rathen, dadurch nicht sorglos zu werden und den Feind nicht zu gering zu schäzen. Denn sie haben Festungen und Volks in Menge und einen gewissen Enthousiasmus, der auch durch Unglück in Raserey ausbrechen kann. Die Türken und Ameri= kaner haben uns gelehrt, daß auch die schlechtesten Soldaten beharrlich Widerstand thun und endlich siegen können Will man das verhüten, so muß man in der ersten Consternation darauf zugehn und keine Kosten scheuen. Auch nicht zum Endzweck haben Conqueten zu machen oder gar Frankreich wieder so her= stellen zu wollen wie es war. Das wäre nicht einmal guth ꝛc.

²⁹) Die Campagne in Frankreich 1792 und die Belagerung von Mainz 1793, die man als ein Ganzes betrachten muß, be= weisen mehr als alle Einzelausprüche das große militairische Interesse Goethes und seine unendlich praktische Vorstellungsart von dem, was Staatsangelegenheiten sind. Ich mache hier auf

die sehr sachkundigen Bemerkungen Goethes über die Stellung Dumouriez's bei Grandprée aufmerksam, und seine persönliche Theilnahme und unerschrockene Kriegsgenossenschaft, auch wohl seine bereitwillige Vermittlung zeigt sich fast auf jeder Seite. Wie interessant weiß er sich dem unglücklichen Postenoffizier nützlich zu machen, der bei Grandprée von dem Prinzen Louis Ferdinand genöthigt wird, seinen Posten zu verlassen. Beachtens= werth für die volle Theilnahme ist auch die Stelle: „Es war schon früher mehrmals zur Sprache gekommen, daß wer sich in einen Kriegszug einlasse, durchaus bei den regulirten Truppen, welche Abtheilung es auch sei, an die er sich angeschlossen fest bleiben und keine Gefahr scheuen solle: denn was uns auch da betreffe, sei immer ehrenvoll; dahingegen bei der Bagage, beim Troß oder sonst zu verweilen zugleich gefährlich und schmählich. Und so hatte ich auch mit den Offizieren des Regiments abge= redet, daß ich mich an sie und wo möglich an die Leib Schwadron anschließen wolle, weil ja dadurch ein so schönes und gutes Verhältniß nur um so besser befestigt werden könne." Ist es nicht auch reizend, wie Goethe den Offizieren die Zeit durch Erzählungen über Ludwig den Heiligen und die Belagerung von Damiette vertreibt?

Die Begegnung Goethes mit dem Herzog von Braunschweig findet am 7. Oktober statt, die mit Breteuil am 10. Oktober; den Grafen Haugwitz sieht er am 11. Oktober, die merkwür= digen Scenen in Trier spielen zwischen den 22—30. Oktober. Ebd. der Abschied von Luccchesini!

Aus der Belagerung von Mainz möchte ich hier noch auf= merksam zu machen nicht unterlassen, wie ernst es Goethe mit seinen Voraussagungen genommen; genau vor einem Jahre hatte er sich im Feldlager in der Champagne geäußert, daß eine neue Aera anfange, und in der Belagerung von Mainz heißt es: Gegen Abend fanden sich die Offiziere des Regiments beim Marketender, wo es etwas muthiger herging, als vorm Jahr in der Champagne: denn wir tranken den dortigen schäumenden Wein und zwar im Trockenen beim schönsten Wetter. Meiner vormaligen Weissagung ward auch gebacht; sie wiederholten meine Worte: „von hier und heute geht eine neue Epoche der Weltgeschichte aus und ihr könnt sagen, ihr seyd dabei gewesen." Wunderbar genug sah man diese Prophezeiung nicht etwa aus dem allgemeinen Sinn, sondern dem besonderen Buchstaben nach genau erfüllt, indem die Franzosen ihren Kalender von diesen Tagen an datiren."

Zur Kenntniß von Goethes politischen Anschauungen gehört es durchaus und ich erwähne dies hier nochmals, daß er in politischen Dingen die Naturgabe der Weissagung in eminentem Maße besaß, wodurch ihm eben auch sein ungewöhnlich großes Verständniß derselben erleichtert wurde.

Das im Text erwähnte edle Benehmen Goethes gegen die deutschen Republikaner, welche er bei dem Auszug aus dem eroberten Mainz vor der Rache der Bauern geschützt hat, fand am 25. Juli 1793 statt. Die herrliche Beschreibung der ganzen Sache mag sich der Leser ins Gedächtniß rufen! Eine ähnliche Scene seiner lebhaften Parteinahme für das Recht gegen Unrecht erzählt übrigens Goethe auch in dem Feldzug in Frankreich, wo beim Rückzug ein österreichischer Wagentransport über die fliegende Brücke bei Coblenz setzt, als Goethe die Absicht hat, ebenfalls hinüberzugehen. Der hier ausgebrochene Streit zwischen einem österreichischen und preußischen Unteroffizier läßt übrigens bemerken, daß sich in dem alten Frankfurter eine entschieden größere Sympathie für den Oesterreicher, wie für den Preußen ausspricht.

Was die im Text bemerkte Bekanntschaft der Franzosen mit dem Buche Goethes betrifft, so lese ich in Zeitschriften, daß neuerdings treffliche Schulausgaben mit ganz sachgemäßen Commentaren in Paris erschienen wären, die nicht genug zu loben wären. Mir selbst sind diese Publicationen, die übrigens in GJ. verzeichnet stehen, nicht zu Gesichte gekommen.

# Anhang.

## Goethe als Historiker.

Die politische Weltanschauung läßt sich niemals und bei keinem Menschen, der sich des Ursprungs und der Entwickelung des Staats bewußt geworden ist, von der historischen Bildung trennen, die ihm in größerem oder geringerem Maaße eigen geworden ist. In diesem Sinne halte ich es für passend, zur richtigen Erkenntniß des politischen Charakters, und der politischen Ueberzeugungen Goethes noch einen Zusatz über seine historische Bildung und sein Verhältniß zur Geschichte hinzuzufügen. Ich spreche aber von „Goethe als Historiker" durchaus nur in diesem empfangenden Sinne und nicht etwa unter der Voraussetzung, als handelte es sich dabei um irgend eine Einreihung in diese Fachgenossenschaft. Auch mein hochverehrter und äußerst sachkundiger College Franz von Wegele, der schon vor fast zwanzig Jahren in einem kleinen Schriftchen unter dem gleichen Titel Goethes Verhältniß zur Geschichte besprochen hat, verstand die Aufgabe in keinem andern Sinne. Eigentlich könnte ich es auch bei den trefflichen Ausführungen Wegeles recht gut bewenden lassen und mich einfach auf dieselben berufen, aber eine kleine Nuance in meiner Auffassung des Gegenstandes macht es mir mit Rücksicht auf manche Nachfolger

Wegeles in der Goetheliteratur wünschenswerth, mich gerade über das bestimmter auszusprechen, was mich von dem sonst so lehrreichen Büchlein des Würzburger Collegen sondert. In der Hauptsache zwar könnte niemand Goethes Verhältniß zur Geschichte besser bezeichnen als Wegele, wenn er sagt:

„So gewiß er mit einem hervorragenden, productiven historischen Sinn begabt war, so war es die politische Geschichte am allerwenigsten für die er Anlage, oder richtiger gesagt, Neigung mitbrachte.*) Die Kulturgeschichte im weitesten Sinne, und im besondern wieder die Literaturgeschichte war es, auf die er von Haus aus und nach seiner innersten Natur hingewiesen war; hier hat er auch außerordentliches geleistet, dagegen, wie er der Politik gegenüber immer ablehnender wurde, verhielt er sich der politischen Geschichte gegenüber mehr receptiv. Sein Urtheil aber, wenn er eines abgab, war immer treffend, wie ihm denn politischer Scharfblick, so gerne er ihn auch zurückhielt, in keiner Weise gefehlt hat.“

Der Leser meiner Ausführungen im Text wird leicht finden, in welchen mehr auf den Ausdruck, als auf die Sache bezüglichen Punkten, ich hier von Wegeles einleuchtender Charakteristik Goethes doch abweichen werde. Niemals würde ich mir den Ausdruck gestattet haben, daß sich Goethe ablehnend gegenüber der Politik verhielt. Er hat nur in seinen spätern Jahren sich praktisch damit wenig oder gar nicht zu befassen gehabt. Was er ablehnte, war nicht die Politik, sondern die beliebte Kannegießerei. Aber diese Ablehnung findet man meistens bei Staatsmännern, die sich lange Zeit praktisch bethätigt haben. Auch würde ich mit der Literaturgeschichte, wenn schon einzelne Zweige hervorgehoben werden sollten, die Kunstgeschichte auf die gleiche Linie gestellt haben. Aber, wie man sieht, sind dies sehr kleine Unterschiede unserer Auffassungen, die bei den sonstigen Vorzügen der Wegeleschen Abhandlung gar nicht in Betracht kommen können.

---

*) Ersteres würde man wohl ablehnen müssen.

Anders dagegen stehe ich gegenüber einer anderen Seite der ganzen Frage. Wegele hat sich bemüht, nicht nur das Verhältniß Goethes zu der Geschichtschreibung und Geschichtsforschung seiner Zeit als ein sehr freundliches und sympathisches darzustellen, sondern er hat auch unsere heutige historische Auffassung und Arbeitsweise, als etwas hinzustellen gesucht, was sich gleichsam als eine Frucht auch jener Einwirkungen erkennen ließe, die von der klassischen Literatur und folglich auch von Goethe beeinflußt und angeregt worden wären. Er schien auf diese Weise nicht übel Lust zu haben, ein geistiges Band zwischen den Eigenthümlichkeiten unserer heutigen Geschichtsforschung und den Goethe'schen Anschauungen herzustellen. Spätere Arbeiten von Wegele's auf diesem Gebiete haben sich dann noch mehr bemüht diesen Zusammenhang zu vertiefen so, als wäre Goethe ein rechter Vorläufer gerade von denjenigen Richtungen, welche die „moderne Geschichtsforschung", wie man zu sagen pflegt, vor anderen Zeiten „auszeichnet". Dies aber ist meiner Meinung nach ein ganz gewaltiger Irrthum, der auch auf die Kenntniß von Goethes politischer Bedeutung hinderlich einwirkt und gegen den nicht genug ernstliche Einsprache erhoben werden kann. Ich unterlasse es, mich mit einer Anzahl von fleißigen Schriften auseinanderzusetzen, die auch noch in neuester Zeit erschienen und in diesem Irrthum befangen sind. Dagegen habe ich den herzlichen Wunsch, mich mit Wegele zu verständigen, und da muß ich auf einen Umstand hinweisen, der noch viel stärker, als in dem kleinen Goetheschriftchen, in dem großen Werke Wegeles über die deutsche Historiographie hervortritt.

Es ist eine Art Pietätsverhältniß, welches sich am Ende der vierziger und in den fünfziger Jahren gegenüber der sogenannten Ranke'schen Schule in Deutschland gebildet hat, und an welchem auch das Wegele'sche große Buch leidet. In diesem höchst edlen und aus vornehmer Gesinnung hervorgegangenen Bestreben hat sich Wegele für die historiographische Beurtheilung aller Dinge eine Art von Kanon gebildet, nach welchem er dann auch den Werth Goethescher Anschauungen über Geschichte bemessen zu können meinte. Stand ein Mann überhaupt auf gutem Fuße mit dem, was die sogenannte „Schule" als die richtige historisch=philologisch=kritische Methode zu empfehlen fand, so war es ein sehr kluger moderner Gelehrter. Während nun heute sich jedermann überzeugen kann, daß eigentlich Ranke seinerseits gar nichts mit der sogenannten kritischen Schule zu thun haben wollte, und der Meinung war, daß die dort ge= lehrten Grundsätze wohl für unbedeutende Leute ganz zweck= mäßig, für ihn selbst jedoch nichts weniger als bindend wären,*) verfaßte Wegele sein großes gelehrtes, dankenswertheftes Buch noch unter dem Banne einer Pietät, die ihn persönlich im höchsten Grade ehrte, die aber ein so ausgezeichneter Dante= kenner, wie er selbst ist, eigentlich nicht nöthig gehabt hätte, denn alles was er an eigenen Arbeiten darbot, war ja der sogenannten Schule mächtig entwachsen und zeigte jenen histo= rischen Horizont, von dem die „Schule" nie einen Begriff hatte. Indessen blieb aber das Mangelhafte eines verwitterten Glaubens an die gute Schule dem Buche Wegeles anhaften, und dieser verdüsterte sich bei manchem spätern Schriftsteller in der Goethefrage zu einem hochgradigen Aberglauben. Denn auch der unglückliche Goethe sollte nach einigen neueren Abhandlungen durchaus von dem Wunderkräutlein der modernen Kritik ge= nossen haben, und manche wollten sich ihn nicht anders vor= stellen, als eine Art von Schulvorgänger, der nur leider nicht Zeit gehabt hätte, sich auf den schönen Weidefeldern der neueren Geschichtsforschung kräftiger zu exhibieren und auszudrücken. Alle diese Voraussetzungen sind nun aber durchaus falsch und ich werde zu zeigen haben, daß das, was Wegele das mindere Interesse für die politische Geschichte nennt, nichts anderes war, als die tiefe Verachtung Goethes vor „der Herren eigenem Geist" und vor der Verlogenheit des schon von ihm als etwas rein subjektives erkannten ganzen kritischen „Krams".**)

*) Vgl. meine Geschichtswissenschaft Bd. II, S. 39, 40.

**) Da ich den Ausdruck im Sinne Goethes in den folgenden Zeilen noch recht oft zu gebrauchen gedenke, so bemerke ich, daß der gut deutsche Ausdruck Kram für die „Kritik" im Briefwechsel mit Schiller vorkommt, 1. S. 64. auch von Wegele beachtet, Note 68.

Indem ich mich nun zu Goethe selbst in seinem Verhältniß zur Geschichte hinwende, halte ich es für unnöthig davon zu sprechen, was er geleistet haben würde, wenn es ihm gefallen hätte, ein historisches Buch im strengen Sinne des Wortes selbst zu schreiben. Er hat dies nicht nur bekanntlich abgelehnt, sondern er hat diese Sache nicht einmal sehr ernsthaft in Angriff genommen. Seine Absichten gingen nie weiter, als dahin, sich einigermaßen darüber zu orientieren, wie es um eine Geschichte des Weimarischen Helden Bernhard eigentlich stünde. Daß man zur Abfassung eines solchen Werkes allerlei Bücher gelesen haben und außerdem die Materialien hauptsächlich in Archiven sammeln müßte, wußte Goethe ganz genau, und ich kann mich darüber nicht so sehr wundern, als einige neuere, die der Meinung gewesen zu sein scheinen, daß man zu einer so merkwürdig hohen Ansicht von der Geschichte wohl erst einen Cursus in einem Seminar werde nöthig gehabt haben. Was ich aber andererseits nicht beschönigen möchte, ist der Umstand, daß sich Goethe eine solche archivalische Arbeit doch viel bequemer machen wollte, als sie wirklich ist. Er hat offenbar erst viel zu spät bemerkt, daß er sich dabei nicht in dem Maaße fremder Hände bedienen könnte, als er und Karl August der das Geschichtsbuch wünschte, anfangs gedacht haben mochten. Man hat später viel von den begonnenen Ercerpten gesprochen, die erst an Luden und dann noch an andere Gelehrte gekommen seien. Der einzige, der sich wohl in neuerer Zeit die Mühe gemacht haben wird, diese Papiere anzusehen, mein hochverehrter Freund Burkhardt in Weimar, versichert aber, daß die Sachen wirklich nicht nur für Goethe, sondern für jedermann unbrauchbar gewesen seien. Wie Goethe erkannte, daß er zu den Vorarbeiten für eine Geschichte Bernhards sich nur seiner eigenen Arbeitskraft bedienen könnte, und dabei sehr anstrengen müßte, so hat er glücklicherweise sich von der Sache befreit und seine Zeit besserem gespart.*)

So wenig es nun zu sagen hat, daß der Dichter sich nicht

***

*) Vgl. auch Droysen Geschichte Bernhards, im Vorwort.

entschloß seine Hand an ein großes Geschichtswerk zu legen,
so selbstverständlich ist es andererseits, daß er überall da, wo
er die Kunst der Geschichtsschreibung zu streifen hatte, wie in
den Charakteristiken seiner Lebensgeschichte den Schilderungen
von Personen und Sachen seiner Zeit, oder aber in den
Capiteln der Geschichte der Farbenlehre, wo er sich in mannig=
faltigen Aussprüchen über Zeiten und Menschen der Vergangen=
heit ergeht, überall den Meister zeigt. In allen diesen Dingen
wird man nur nichts verwunderliches finden sollen! Es liegt
wirklich etwas recht schülerhaftes in der Beurtheilung des
Dichters, wenn wir manchmal in Besprechungen seiner der
Geschichtsschreibung nahe stehenden oder ihr verwandten Werke
lesen, wie er in dem oder jenem Falle wahre „geschichts=
schreiberische Kabinetsstücke" geliefert habe. Ja wohl! und zwar
ohne jede Anleitung eines deutschen Geschichtsprofessors! Gustav
Freytag hat das auch gethan, wenn er, und wo er den histo=
rischen Griffel ergriffen hat. Die Ursache dieser Erscheinung
ist eben unendlich leicht zu begreifen: die Geschichtsschreibung
hat eine schriftstellerische und künstlerische Seite, die zuerst und
vor allen Dingen dem Leser in die Augen springt, während
derselbe erst später, oder oft gar nicht nach der sachlichen und
stofflichen Bewerthung fragt. Da wird sich jeder seiner selbst
klare Historiker oft gesagt haben, daß er sich natürlich solchen
Meistern auf diesem Gebiete gegenüber recht als Stümper
empfinden könnte, und er wird sich wahrlich in seiner Armuth
nicht berufen fühlen, dem Dichter erst noch ein gutes Zeugniß
auszustellen. Soweit ist alles klar und wir haben dem in
Historie schriftstellernden Goethe gegenüber, in welchem Theile
er ihr auch die Ehre angethan hat, sich mit ihr zu beschäftigen,
nichts anderes zu thun, als den Hut abzunehmen. Etwas
anderes ist es aber mit den sachlichen Fragen, um die es sich
bei den geschichtlichen Dingen handelt. Hier darf jedermann
das Recht in Anspruch nehmen anderer Meinung zu sein, als
der Dichter und es braucht sich niemand zu scheuen, Wider=
spruch gegen denselben zu erheben, wie denn ohne Zweifel die
allerbedeutendsten und größten Geschichtsforscher wirklich in einem

lebhaften Gegensatz gegenüber den besonderen Ansichten des Dichters standen.

Vor allem kommt es darauf an, diese Ansichten festzustellen.

Zwei Dinge sind für Goethe in seinem Verhältniß zur Geschichte bezeichnend und erstaunlich: fürs erste seine ungewöhnliche Wissensbereitschaft in historischen Fragen, mitunter selbst entlegenster Art, seine schlagfertige Kenntniß der Geschichte fast aller Jahrhunderte und sehr vieler Völker, und dann seine in die Breite gehende Belesenheit. Was den ersten Punkt betrifft, so führe ich ein Beispiel an, das aber genügen wird, weil gleicher Wissensbereitschaft sich nicht eben sehr viele Leute rühmen dürften. In der Beklommenheit des Rückzugs aus der Champagne saß Goethe mit vielen Kameraden in des Herzogs Zelt „und dachte in diesem Augenblicke, daß wir gewöhnlich in mißlichen Zuständen uns gern mit hohen Personen vergleichen, besonders mit solchen, denen es noch schlimmer ergangen.“ Und so fühlte er sich getrieben, wenn „nicht zur Erheiterung doch zur Ableitung“ aus der Geschichte Ludwigs des Heiligen die drangvollsten Begebenheiten zu erzählen. Daß diese Erzählung sehr gut und wirksam gewesen, sieht man noch der Erinnerung des Dichters gleichsam in jeder Zeile an. Das bezeichnendste aber für die ausgebreitete Geschichtskenntniß Goethes scheint mir dabei die Natürlichkeit zu sein, mit welcher er in seiner Darstellung voraussetzt, daß man diesen immerhin entlegeneren Stoff gegenwärtig haben und ihn als ein bewährter Erzähler zu beherrschen verstehen müsse.

Man weiß auch durch andere Personen, wie sehr Goethe, etwa wenn er den siebenjährigen Krieg erzählte, die meisten Menschen durch ein ungeheueres Detail in Erstaunen zu setzen vermochte. Und ein sicherlich gewiegter Zeuge, wie Varnhagen, von Ense, der selbst eine erstaunliche Geschichtskenntniß besaß, bewunderte Goethe wegen seiner außerordentlichen Wissensbereitschaft in Geschichte. Daß diese sich aber nur als eine Folge von großem Interesse für den Gegenstand gewinnen läßt, wird man gerade bei Geschichte als besonders sicher voraussetzen müssen. Was weiter Goethes historische Belesenheit überhaupt

betrifft, so dürfte es zweckmäßig sein, sich vor allem daran zu
erinnern, daß er zu den Lesegenies gehörte. Er durfte ver=
sichern, daß es ihm ein Leichtes sei, alle Tage einen Band
durchzulesen. Diese Art von Menschen, deren ich manche kennen
gelernt habe, werden von den andern, Langsamlesern, kaum
jemals recht verstanden und häufig mit einer Art von Un=
glauben betrachtet. Wenn sie sich aber auf diese Weise eine
ungewöhnliche, mit nichts zu vergleichende Geschichtskenntniß
erworben haben, so geht damit durchaus nicht jedesmal eine
besonders hohe Werthschätzung, oder gar eigenes productives
Verhalten in Bezug auf geschichtliches Forschen bei ihnen Hand
in Hand. Der geschichtskundigste Mann, dem ich überhaupt
persönlich nahe stand, war mein unlängst verstorbener alter
Freund Hartenstein, dessen Belesenheit in Geschichte so groß
war, daß er jede, auch die entfernt liegendste historische An=
deutung sofort und gleichsam aus dem Stegreif nach ihren ge=
sammten historischen Beziehungen auszugestalten vermochte. Aber
derselbe gewaltige Kenner des historischen Stoffes hatte nie die
geringste Neigung auch nur die unbedeutendste schriftstellerische
Arbeit zu thun, die sich auf geschichtliche Dinge bezogen hätte.
Ja man kann sagen, derselbe Mann, der mir in seinen histo=
rischen Kenntnissen hundertmal überlegen gewesen, besaß eigent=
lich wenig Respekt vor der Historie und hatte die Meinung,
daß dem, was auf diesem Gebiete geleistet werden kann und
wird, eigentlich nicht der Name einer Wissenschaft zukomme.
Dabei war derselbe bekanntlich ein scharfer, ja großer Denker,
ein recht eigentlicher Weiser. Sein historisches Interesse war
ein lebhaft aufnehmendes, aber es wiederstrebte ihm, und er
hielt es fast für ein Unrecht zu den Ueberlieferungen von seiner
Seite etwas hinzuzuthun, oder sie schriftstellerisch zu „bearbeiten",
wie die Historiker zu sagen pflegen.

Solches eigenthümliche historische Interesse schließt sich am
meisten ja fast ausschließlich, an die geschichtlichen Original=
werke an, und so hat auch Goethe mit Vorliebe die ursprüng=
lichen geschichtlichen Ueberlieferungen gelesen; daher seine Vor=
liebe für die Bibel, daher seine ausgebreitete Lectüre der

Memoirenwerke aller Zeiten. Er gehörte zu den seltenen Menschen, welche die Memoiren des Herzogs von St. Simon gelesen haben und genau in ihnen Bescheid wußten. Die Kenner dieses Werkes aber bilden eine ganz für sich stehende Classe von historischen Menschen und Geschichtsfreunden. Ich möchte behaupten, daß man den historischen Sinn und Geist selbst gewiegter historischer Gelehrter daraus entnehmen kann, wie weit dieselben in den Memoiren St. Simons belesen sind. Denn wer diese eigenthümlichen umfangreichen Bücher mit Interesse durchgearbeitet hat, wird sicher nicht nur zahlreiche andere Memoiren gelesen, sondern dadurch auch ein für alle= male einen Beweis gegeben haben, daß ihm in der Historie etwas imponirt, was der nachträgliche Geschichtsschreiber selten oder nie erreicht und was im vollsten Gegensatz zu dem steht, was insbesondere die modernste Geschichtsschreibung anstrebt. Daher lesen Memoirenleser häufig nur ungern neuere Geschichts= bücher und ich behaupte, daß umgekehrt die gelehrten Werke, die uns heute mit Vorliebe und viel Behagen eine langstielige kritische Weisheit auftischen, gewöhnlich einer recht eindringlichen Kenntniß und Sympathie für memoirenartige Geschichtsbücher ermangeln.

Goethe so gut wie Schiller stellte sich in dieser Beziehung auf einen ungleich höhern historischen Standpunkt, als die ver= breitete Schul= und Fachgelehrsamkeit in Deutschland in ihrer Zeit und es wird die Hauptaufgabe einer Darstellung, die sich mit Goethes Verhältniß zur Geschichte beschäftigt, sein müssen, den vollen Gegensatz aufzuzeigen, in welchem er sich gegen die geschichtliche Gelehrsamkeit in Deutschland empfand.

Auszugehen ist von der Stelle im Faust, die Goethes Meinung über die pragmatische Geschichtsschreibung in der Weise ausspricht, wie von derselben auch Friedrich der Große, Herder und Schiller dachten. Das Urtheil Goethes über die Rumpelkammer mit den trefflichen pragmatischen Maximen stützt sich auf eine Vorstellung von dem wirklichen Gang geschichtlicher Begebenheiten, die im vollen Gegensatz zu dem steht was die Geschichtsschreibung damals leistete; das letztere

bezeichnete Friedrich der Große als Thorheit und Herder als
Hohnlüge. Goethe steht zur Geschichtsschreibung seiner Zeit
genau in demselben Verhältniß, in welchem Friedrich der Große
zur deutschen Literatur stand. Was Goethe in spätern Jahren
zur Entschuldigung des großen Königs sagte, daß er durch die
Kenntnißnahme einer großen Literatur, wie die französische, sich
von der deutschen abgestoßen finden mußte, gilt genau von
Goethe selbst in Bezug auf die Geschichtsliteratur. Hier hat
sich der Dichter unbedingt als Anhänger der Franzosen zu
erkennen gegeben und durfte es. Für ihn und die ganze
klassische Periode unserer Literatur war Voltaire und nur
Voltaire maßgebend für Beurtheilung geschichtlicher Dinge und
wohl mit Recht.*) Alles was Goethe in spätern Jahren, etwa
seit der Zeit da sich die Einflüsse der Wolfschen und Niebuhrschen
Kritik geltend machten, über den Fortgang der historischen
Studien urtheilte ist im Grunde nichts anderes als ein Be=
messen nach Gesichtspunkten, die ihm die französische Literatur
als Muster vor Augen gestellt hatte. Daß man sich in den
deutschen Geschichts=Büchern namentlich in der Form, denn
diese blieb ihm die Hauptsache, mehr und mehr der französischen
Darstellungsweise näherte, schien ihm das fortschreitende.

Hierbei muß ich gleich auf einen andern Fehlschluß auf=
merksam machen, zu welchem manche Aussprüche Goethes über
die wünschenswerthe historische Kritik Veranlassung gaben. Da
ist man nicht selten gleich bei der Hand, Goethe zu einem Ver=
theidiger und Bewunderer der neueren philologisch=historischen
Kritik zu machen. Aber das gerade Gegentheil ist richtig. Den
Brief Goethes an Friedrich August Wolf, in welchem der
Dichter für die Zusendung des Werkes dankt, will ich gewiß
in höchsten Ehren halten; in dem nicht abgeschickten Concept
heißt es ja sogar, dasselbe solle bei dem Dichter für seine
Arbeiten Epoche machen. Der schöne, geistvolle Verkehr mit

---

*) Später stellte Goethe, Guizot, Cousin, Villemoin weit über
Voltaire, weil sie weniger oberflächlich und der deutschen Gründ=
lichkeit entsprechender i. weiter unten.

Fr. A. Wolf, wie wir ihn durch M. Bernays kennen gelernt
haben, beweist eben daß Goethe in diesem großen Philologen den
genialen, herrlichen Mann erkannte und verehrte, der sich ihm
hier innerlichst eröffnete. Es wäre wirklich sonderbar, wenn
Goethe die eminente Heroennatur dieses Gelehrten, bei dem
Umstande, daß er gleichsam überall nach den Genies in jeder
Wissenschaft ausspähte, verkannt hätte. Solche Irrthümer sind
aber Goethen nie begegnet, er wußte, daß sich in Fr. A. Wolf
ein Genie ersten Ranges aufgethan hatte, und wußte gleichzeitig
ganz genau, daß er für seine Person auf dessen neue Anschauung
der Dinge niemals eingehen werde.  Die ganze Wolfsche Kritik
war nicht im Stande den Dichter sachlich zu überzeugen und
man kann sich leicht denken, was er von denen gedacht hätte,
die heute nach einfach übernommener Schablone, aber ohne
Wolfs Geist alle möglichen historischen Ueberlieferungen kritisch
zurecht zu schneiden nicht müde werden.  Hier läßt sich nichts
beschönigen.  Es ist niemand verpflichtet Goethe zu Liebe sein
historisch-kritisches Steckenpferd dem Trödler zu verkaufen, aber
er darf nur nicht sagen, daß er an Goethe einen Gesinnungs-
genossen habe.  Denn da steht der Brief an Schiller und das
Distichon im Wege, welche beide sich nicht beseitigen lassen:
„Die Idee mag gut sein und die Bemühung respectabel, wenn
nur nicht diese Herren, um ihre schwachen Flanken zu decken,
gelegentlich die fruchtbarsten Gärten des ästhetischen Reiches
verwüsten und in leidige Verschanzungen verwandeln müßten.
Und am Ende ist mehr subjektives als man denkt in dem
ganzen Krame.“

    „Sieben Städte zanken sich drum, ihn geboren zu haben.
    Nun da der Wolf ihn zerriß, nehme sich jede ihr Stück.“

Um nur einigermaßen das historisch-philologisch- kritische
Bewußtsein Goethes zu retten, beruft man sich darauf, daß
der Dichter an Woltmanns Weltgeschichte die Kritik des alten
Testaments vermisse, oder man beruft sich darauf, daß ihm die
römische Ueberlieferung der Königszeit als sagenhaft erschienen
sei, daß er an Niebuhr die Kritik lobe.  Diese kritischen
Neigungen dürften allerdings dem Dichter nicht abzusprechen

sein, er würde nur, wenn man behauptete, er habe dieselben von Niebuhr oder Wolf oder irgend jemand besonders erlernt, das darauf antworten, was er in einem ähnlichen Falle sagte, man könnte eben so gut einen wohlgenährten Menschen nach den Ochsen, Schafen und Schweinen beurtheilen wollen, die er in seinem Leben gegessen hat. Was die Kritik betrifft, die Goethe von den Historikern verlangte, so war ihm jedenfalls nicht unbekannt, daß schon seit ein paar hundert Jahren die Glaub=würdigkeit der römischen Geschichte bestritten werde, und wenn er für diese und sonstige kritische Anwandlungen einen Gewährs=mann gebraucht hätte, so hätte er ihn in Voltaire am liebsten erblicken dürfen.

Indessen möchte ich auch nicht behaupten, daß die Goethesche Kritik voltairisch gewesen sei, sie war eben nur Goethesch, wie jede vernünftige Kritik eben immer die ist, dessen Eigenthum oder Erfindung sie zu sein pflegt, wäre die Kritik Goethes die Wolfs oder Niebuhrs gewesen, so wäre sie natürlich nicht die seinige gewesen. Die seinige war aber vor allem sehr konservativ, und viel konservativer, als dies heute von den meisten fertig gebracht würde.*) So ist es bezeichnend, daß er sogar den

---

*) „Besonders in der Kritik zeigt dieser Mangel sich zum Nach=theile der Welt, indem er entweder falsches für Wahres verbreitet, oder durch ein ärmliches Wahre uns um etwas Großes bringt, das uns besser wäre. Bisher glaubte die Welt an den Heldensinn einer Lucretia, eines Mucius Scävola und ließ sich dadurch erwärmen und begeistern. Jetzt aber kommt die historische Kritik und sagt, daß jene Personen nie gelebt haben, sondern als Fictionen und Fabeln anzusehen sind, die der große Sinn der Römer erdichtete. Was sollen wir aber mit einer so ärmlichen Wahrheit! und wenn die Römer groß genug waren, so etwas zu erdichten, so sollten wir wenigstens groß genug sein, daran zu glauben.“ Dann spricht er von dem Verlust des vaterländischen Faktums der Mongolenschlacht bei Liegnitz und schließt: „Dadurch ist nun ein großes vaterländisches Faktum gelähmt und zer=nichtet, und es wird einem ganz abscheulich zu Muthe.“ Eckermann Gespräche I, 223.

Tatarenbesieger Jaroslaw von Sternberg und die Entscheidungs=
schlacht von Liegnitz nicht missen wollte. Er ärgerte sich viel=
mehr sehr, daß man ihm die schönen Mongolenschlachten aus=
reden wollte, und daß die furchtbaren asiatischen Horden nicht
durch die Tapferkeit der Deutschen, sondern aus inneren poli=
tischen und Gott weiß, welchen diplomatisch feinen Erwägungen
zum Rückzug bestimmt worden seien. Er hatte ja ganz recht,
die Sache wurde dadurch sehr viel langweiliger, aber er läugnete
doch in diesen und ähnlichen Fällen nicht, daß man sich auch
mit der Wirklichkeit befreunden könne.

Man täusche sich nicht, die ganze kritische Historie war dem
Dichter unsympathisch, desto mehr, je anspruchsvoller sie auftrat,
und vollends wenn sie etwas für sich vorstellen oder sein wollte.
Wenn man die Fülle der Gespräche heranziehen wollte, die über
diesen Gegenstand vorliegen, so könnte man kaum enden. Manch=
mal ging Goethe in seiner Abneigung gegen die Kritiker im
Gespräche so weit, daß man fast zweifeln dürfte, ob man es
mit Scherz oder Ernst zu thun habe. So wenn er einmal
sagt, daß ihn die „Pfaffen und Schulleute" mit ihrer Gelehr=
samkeit über die Reformation „sehr quälen", weil durch alle
ihre Bemühungen die Sache ins klare zu setzen, nichts erreicht
wird, als daß auch von dieser edlen geschichtlichen Mythe und
Poesie der Duft und die Schönheit abgestreift werde. Sach=
gemäßer ist eine andere Aeußerung, die Boisserée aufbewahrt
hat und die viel wahres an und für sich enthält. Goethe be=
merkt nämlich auf die Bemerkung desselben, es habe Stolberg
durch Gelehrsamkeit und Historie die christliche Ueberlieferung
zu stützen gesucht folgendes: „Ei! das ist gegen alle Ueber=
lieferung, diese nimmt man entweder an, und dann giebt
man von vornherein etwas zu, oder man nimmt sie gar
nicht an und ist ein rechter kritischer Philister. Auf jenem
Mittelwege aber verdirbt man es mit allen; und es ist ein Beweis,
daß er von dieser Seite noch nicht einmal mit sich fertig ist.
Die Protestanten dagegen fühlen das Leere und wollen nun einen
Mysticismus machen, da ja gerade der Mysticismus entstehen
muß. Dummes absurdes Volk, verstehen ja nicht einmal, wie

die Messe geworden ist, und es ist gerade als könnte man eine Messe machen."

Wenn Goethe damals über diese Dinge so urtheilte, so kann man sich ungefähr denken, was er später über alle die kritischen Theologen gedacht haben würde, welche ja doch nicht als „rechte kritische Philister" gelten wollen und daher nur noch die bezeichneten Mittelwege zu wandeln vermögen. Bezeichnend für dieses kritische entweder, oder, welches der Dichter verlangt, sind auch die Aussprüche über Niebuhrs römische Geschichte, deren radikale Ergebnisse ihm sehr einleuchteten, wenngleich er bedauerte, daß die Phantasie durch Niebuhrs Werk zerstört wird. Ohne Zweifel ist dem Dichter trotzdem diejenige Geschichts= darstellung immer die liebste geblieben, welche in der nüchternsten Weise die Ueberlieferung darbietet. In diesem Sinne lobt er das Raumersche Hohenstaufenwerk; offenbar gefiel ihm an dem= selben genau das, was heute jeder Student daran als „das unkritische" zu tadeln weiß. Dennoch schätzt Goethe den großen Fortschritt der französischen Geschichtschreibung bei Cousin Villemain, und vor allem Guizot gegenüber der Oberflächlichkeit Voltaires, er lobt besonders die Gelehrsamkeit des letztern und dessen Aufmerksamkeit auf die idealen Seiten der menschlichen Dinge in ihrem geschichtlichen Werden.

Sehr merkwürdig ist es, daß die Goetheschen Anzeigen von historischen Büchern uns gar keine Ausbeute für die Erkenntniß seiner Geschichtsauffassung zu geben vermögen. Er liebt es hier jedesmal nur seiner Dankbarkeit für empfangene Belehrung Ausdruck zu geben. Ueber historische Fragen zusammenhängend zu schreiben, war nun einmal seine Sache nicht, er war und blieb der Geschichte gegenüber der empfängliche Genießer und beziehungsweise Verwerfer. Mit heiterer Unermüdlichkeit ver= mochte er sich an den tausend Ueberlieferungen der Weltgeschichte zu ergötzen und mit lächelnder Miene urtheilte er über Wahr= heit und Unwahrheit derselben, aber zu einer schriftstellerischen Behandlung der Historie hatte er in keiner Form eigentliche Lust. Auch seine Gedanken über den Gegenstand im ganzen und großen vermied er in irgend einem Zusammenhange vorzu=

tragen. So ist denn das — ich möchte fast sagen unglückliche —
Gespräch mit Luden das einzige Zeugniß für Goethes Ansichten
von Geschichte geblieben und ich bin daher genöthigt auch hier
auf dasselbe etwas genauer einzugehen.

Luden hat sein großes Gespräch mit Goethe in einer
Weise berichtet, bei der es ihm darauf anzukommen schien sich
selbst sprechen zu hören. Man kann ja nicht läugnen daß er
namentlich in dem Theile der von der Geschichtswissenschaft
handelt, seine Sache geschickt und freimüthig, man möchte sagen
unerschrocken geführt hat; wenn nur nicht Goethe dabei etwas
zu kurz kam! Doch wie dem auch sei, ich denke mit etwas
Phantasie, welche Luden für den Geschichtsschreiber ja auch in
Anspruch nahm, läßt sich die gesammte Stellung Goethes zur
Geschichtswissenschaft in ihren Vorzügen und Schwächen recht
gut begreifen. Ich will aber nicht meine Phantasie zu Hilfe
nehmen, sondern in diesem Falle in möglichster Trockenheit das,
was Goethe gesagt hat, auf gewisse Thesen zu stellen suchen.
Dabei kann ich mich aber mit Ludens Behauptung nicht recht
befreunden, es sei Goethes Absicht gewesen den jungen Mann,
der, begeistert von seinem Beruf, von seiner neuen Wirksamkeit
große Dinge erwartete, „ein wenig zu necken." Mir scheint
dies ganz unwahrscheinlich, und ich denke mir, daß dieser Gedanke
in Luden nur deshalb aufkam, weil er von Goethe bei dieser Gelegenheit eben Dinge über Geschichte hörte, die ihm von den Göttinger Pedanten, mit denen er sonst Umgang gehabt, noch nie
gesagt wurden. Und da ihn die ganze Auffassung mit vollem
Recht an Faust und Wagner erinnerte, so wollte er nicht recht an
Goethes Ernst glauben, — gerade so, wie tausende von Geschichtsfreunden die Worte von der Rumpelkammer heute noch lesen
und sich nicht entfernt denken, daß in dem Scherz ein furcht-
barer, leider nur zu großer Ernst steckt. So hatte denn Luden
das, was Goethes vollster Ernst und seine wirkliche Ansicht
von der verwickelten Sache war, für eine Neckerei des Dichters
gehalten, weil sich viele Leute auf dem Schifflein der Geschichtswissenschaft vergnügen, und mehr als bei irgend einer andern
Wissenschaft verkennen, wie sehr sie auf einem papierenen Boden

stehen. Wer dagegen die Skepsis der Geschichte auf ihrem wahren
Fleck und nicht in dem „Kram" erblickt hat, mit welchem sich
die meisten beschäftigen, der wird freilich nicht einen Augenblick
zweifeln können, daß Goethe durchaus keinen Spaß mit Herrn
Professor Luden gemacht haben wollte. Man muß vielmehr
sagen, Luden scheine damals noch nicht auf den Standpunkt
gekommen zu sein, wo er die schrecklichen Wahrheiten des
Goetheschen Räsonnements begriff.

Vergegenwärtigen wir uns nun den Inhalt des Gesprächs:
Goethe ging davon aus, daß Luden Historiker sei, oder sein
wolle; dies veranlaßte Luden seinen tiefen, ernstgemeinten Respekt
vor dieser Wissenschaft vielleicht in einer etwas übertriebenen
Weise zu offenbaren, gleichsam als hätte dieselbe Vorzüge vor
allen andern Wissenschaften. Goethe, der jedoch wirklich diese
weitgehende Meinung nicht theilte, sah sich dadurch veranlaßt,
wie ich glaube zunächst in aller Unschuld, zu fragen, worin
benn das große Wesen bestehe, auf das sich Luden bei seinen
allerdings mit hochtrabenden Worten über die Geschichte aus=
gesprochenen Ansichten stützen könnte, und es mag ja sein, daß
der ältere erfahrene Mann sich so von vornherein an die
Mephistophelische Scene mit dem Schüler erinnert fand. Nament=
lich hatte die heftige Beschwerde Ludens darüber, daß man den
Historiker für einen Geschichtenerzähler halten könnte, etwas
recht humorloses an sich. Goethe, hätte wenn er trockener und
lehrhafter gewesen wäre, recht gut antworten können: „lieber
Herr Luden, das was man von ihnen nach fünfzig Jahren
lobend erzählen wird, wird das sein, daß sie den Jenenser
Studenten die Geschichte trefflich erzählt haben, dagegen wird
sich nach fünfzig Jahren keine Seele in der ganzen Welt mehr
um dasjenige bekümmern, was Sie über die Gegenstände der
Geschichte philosophirt haben." Hätte Goethe dieses geweissagt,
so wäre Luden jedenfalls noch viel unzufriedener gewesen, aber
es hätte die Wahrheit getroffen. Statt dessen erinnerte Goethe
witzig, bloß an einige Mephistophelische Verse, daß jeder nur
das hoch anschlage, was er selber treibe. Darauf antwortete
Luden mit dem Hinweis auf die Schwierigkeit der Quellen

nach Wagners Vorgang, und Goethe erwiderte trocken, daß
denn doch schon vieles ausgeschöpft sei. Luden parirte mit dem
nicht unerwarteten Hinweis auf die Forschungsaufgaben, welche
sich nicht auf die Menschen, sondern auf die Menschheit, nicht
auf die Einzelnen, sondern auf das Volk, ja auf die Völker
überhaupt bezögen. Dagegen setzte sich nun Goethe heftiger zur
Wehre, indem er sich den Gebrauch von Abstraktionen bei dem
konkreten Stoffe der Geschichte verbat, da mit dergleichen gar
nichts anzufangen sei. Hierauf replicierte Luden schon etwas
gereizter mit der Hervorhebung von Leben und Entwickelungen
der Völker, worauf Goethe wieder verwundert antwortete, daß
er sich wundere wie ein Mann, der kurz vorher sich als Mathe-
matiker bezeichnet hätte, so wenig von wissenschaftlicher Gewißheit und Wahrheit zu halten scheine. Dies gab dann zu langen
Auseinandersetzungen über die allgemeinen Fragen der Wissen-
schaftslehre Anlaß, wobei dann wieder Luden sich einer außerordentlichen Gewißheit historischer Erkenntnisse rühmen zu können
meinte. Goethe trat dagegen mit der seit Walter Raleigh nicht
unbekannten Behauptung auf, daß man in der Geschichte bei
Lichte betrachtet überhaupt gar nichts sicher wisse, weil die
Prügelei vor Raleighs Fenstern nicht von zwei Menschen gleich
erzählt worden war. Luden erwiderte hierauf mit den damals
und später immer wiederholten Gemeinplätzen über die historische
Kritik; und wenn man auch nicht behaupten könnte, daß die
Sache irgendwie erschöpft worden sei, so kam doch auch bei
dieser Gelegenheit die herzliche Verachtung des Dichters gegen
dieses stumpfe Instrument der historischen Wissenschaft in einer
herzhaften Weise zum Ausdruck. Und damit ging die Sache
ihrem Ende entgegen, denn als Luden in die Enge getrieben,
sagen sollte, was es eigentlich mit den historischen Wahrheiten
auf sich hätte, so kam er in ein böses Kreuzfeuer von Dichtung,
Geschichte, Kritik, Phantasie, und dergleichen schönen Dingen,
die nun einem so absolut nüchternen Denker, wie Goethe,
wirklich nicht gefallen konnten. Indem Goethe resumierte, der
langen Rede kurzer Sinn wäre eben doch, daß Faust Recht
habe: „Was man den Geist der Zeiten heißt" ꝛc. ꝛc. brach

er die Unterhaltung wieder mit einer Anspielung auf den Fauſt ab, denn es war zwar nicht tief in der Nacht aber „ſchon weit am Tage.“

Ich faſſe nun alles was Goethe in dem Geſpräche mit Luden ausgeſprochen hat, in feſt formulierten Sätzen zuſammen:

1. Der Name der Geſchichte kommt vom Erzählen, ein guter Hiſtoriker iſt derjenige, welcher gut erzählt.

2. Die Meinung, daß das Studium der Geſchichte von allen Studien das ſchwierigſte ſei, erklärt ſich nur daraus, daß jeder ſeine eigene und nicht die Laſt des andern trägt, auch das für das wichtigſte hält, was er eben treibt.

3. Das brauchbare aus den hiſtoriſchen Quellen iſt aus- geſchöpft, was zurückblieb, iſt trübes Waſſer.

4. Nach aller Durchforſchung der Quellen der Geſchichte wird man nichts anderes erfahren haben, als was man ohnehin weiß, daß es zu allen Zeiten und in allen Ländern miſerabel geweſen iſt.*)

5. Die Geſchichte kann ſich nur mit Menſchen und nicht mit der Menſchheit beſchäftigen. Die Völker beſtehen auch nur aus Menſchen.

6. Was die Völker nachdem ſie untergegangen, hinterlaſſen, ſind Schatten, nach denen man zwar haſchen, aber die man nicht erfaſſen kann.

7. Es iſt eine Kühnheit zu behaupten, daß jemand in der Geſchichte eines Volkes das Leben des Volkes darſtellen könnte. Dieſes iſt unerſchöpflich; die Geſchichte weiß davon das wenigſte oder nichts.

8. Die Geſchichte iſt keine mathematiſche Wiſſenſchaft, ſondern ſteht im vollen Wiederſpruch zu ihr, denn ſie lehrt nichts, was nicht ſtreitig gemacht werden könnte, während in der Mathematik alles Wahrheit und Gewißheit iſt.

9. Zwiſchen dem wirklichen Geſchehenen und dem, was die Geſchichte als ſolches behauptet, beſteht keine Uebereinſtimmung,

---

*) Vgl. Biedermann Nr. 976: Und doch kann eigentlich Niemand aus der Geſchichte etwas lernen, denn ſie enthält ja nur eine Maſſe von Thorheiten und Schlechtigkeiten.

die Anekdote von Walter Raleigh ist in sich durchaus be=
gründet.

10. Der Historiker fällt bewußt oder unbewußt dem Trug
anheim. Er ist nicht Urheber der Lüge, sondern Verbreiter.
Die Lüge fällt immer wieder auf die sogenannten Quellen=
schriftsteller zurück. Sie wird nur immer weiter zurückgeschoben.

11. Selbst in dem, was der Historiker das Gerippe der
Geschichte nennt, läßt sich nur von subjektiver Wahrheit reden.

12. Durch die kritische Bearbeitung der Ueberlieferungen
macht sich der Historiker zum Dichter und zwar, weil er dabei
ganz unfrei ist, zu einem schlechten Dichter.

Das beste an Ludens Mittheilung dieses Gespräches ist
seine fortwährende Beziehung auf die Faustische Auffassung von
Geschichte, die er Goethe zutheilt. Hierdurch sind wir in die
angenehme Lage gesetzt ganz bestimmt zu wissen, daß das was
Goethe Faust sprechen läßt in dieser Richtung die eigene Mei=
nung Goethes war.

Mit diesem Grundtert und mit den obigen 12 Thesen in
der Hand, darf ich nun wohl aber die Frage aufwerfen, ob sich
irgend Jemand davon überzeugen könnte, daß Goethe zu dem,
was die heutige Geschichtswissenschaft, man mag im Uebrigen
welche Meinung immer von derselben hegen, bezeichnet, in irgend
einer Beziehung gestanden habe. Er geht in der Nüchternheit
und im Skepticismus gegenüber der Geschichtswissenschaft, wenn
man es auch sehr bedauern mag, daß seine Meinung dem nach=
kommenden Geschlecht der Historiker nicht wenigstens einiger=
maßen besser im Gedächtniß geblieben ist, viel weiter, als irgend
Jemand dies heute zu thun vermöchte. Ja er steht insbesondere
im biametralen Gegensatz zu den Richtungen der kritischen
Geschichtsschreibung, welche seit der Mitte des Jahrhunderts
dominierend geworden sind. Alle jene Gelehrten und Schrift=
steller, die man mit Ausnahme etwa von Ranke als die Epigonen
der klassischen Epoche der deutschen Literatur bezeichnet, stehen
in geschichtlichen Dingen entweder auf einem Standpunkt, auf
dem sie sich, wie auch Luden, kaum vorstellen werden, daß
Goethe ernsthaft gesprochen hätte, oder sie sind sich der Probleme,

die Goethe besprach und betonte, noch nicht einmal bewußt
geworden. Was sie ihre Skepsis nannten, das war für
Goethe ein gelehrter „Kram" und was Goethe bezweifelte,
erschien ihnen als kein Gegenstand der Ueberlegung. Goethes
allgemeine Urtheile, die er mit vollem Bewußtsein als Ausflüsse
seiner Subjektivität bezeichnete, fanden bei dem spätern Geschlecht,
eben weil sie sich als subjectiv gaben, kaum mehr eine Beachtung,
und die Objektivität der Historiker vermochte Goethe nicht
anzuerkennen. Ich muß aber bekennen, daß es mir doch scheine,
unsere bis zu einem gewissen Grade wenigstens objektiv sicher
gestellte Erkenntniß geschichtlicher Dinge ist wirklich um ein,
wenn auch nur kleines Stückchen weiter gekommen, als Goethe
noch zugestehn zu können meinte. Auch bin ich sicher, daß
wenn Goethe die Weltgeschichte von Ranke hätte lesen können,
er wenigstens nicht den Satz ausgesprochen hätte: „Ich bin
nicht so alt geworden, um mich um die Weltgeschichte zu
kümmern, die das Absurdeste ist, was es giebt; ob dieser oder
jener stirbt, dieses oder jenes Volk untergeht, ist mir einerlei."

Vielen Abscheu gegen die Welthistorie verursachte ja ohne
Zweifel die Fleisch- und Blutlosigkeit der historischen Figuren,
wodurch ihm selbst Johannes Müller ungenießbar wurde.
Wenn er heute so manche Geschichts-Bücher aufschlagen und
lesen würde, so fände er sich mehr befriedigt. Aber er würde
sich freilich auch wundern, daß die, welche die Rumpelkammer,
heute eine verfassungsrechtliche, morgen eine wirthschaftliche,
bald eine kirchliche, bald eine soziale und Zukunftsstaatlich ein-
gerichtete Rumpelkammer immer wieder der wirklichen, persönlichen Geschichte vorziehen, nicht alle werden wollen. Denn sein
Grundsatz blieb immer derselbe: „Nur in den Charakteren,
nicht in den Ereignissen ist innere Wahrheit". Bei pragmatisch-
historischen Darstellungen „meint der Mann."

Wenn man sich bei dieser die neuere Geschichtsschreibung
ablehnenden Ansicht Goethes damit trösten wollte, daß er doch
die Geschichte Lykurgs und seiner spartanischen Verfassung auch
schon vor Ottfried Müller für eine Fabel gehalten hat, so ist

dies wenig beweisend, denn man wird ihn doch nicht für einen Mann geachtet haben, der von dem Grundsatz des Swinegel ausgegangen wäre, daß alles wahr sein müsse, was man erzählen könne. Dennoch ist es ganz richtig, daß die Art und Weise, wie Tschudy und Aventin die Geschichte geschrieben haben, ihm unter allen Umständen und bei weiten am liebsten war.

Wollte man freilich die Unzahl von geistvollsten und treffendsten Aeußerungen, insbesondere aus der Geschichte der Farbenlehre über konkrete historische Punkte zusammenstellen, so fände man kein Ende. Ich darf hier an dem Schlusse meiner Erörterung gerade nach dieser Seite nicht versäumen, der kleinen Schrift von Dr. Albert Lüttge im Jahresbericht des Kgl. Kaiserin Augusta Gymnasiums zu Charlottenburg dankbar Erwähnung zu thun. Die allerwichtigste und merkwürdigste geradezu verblüffende Stelle aus Goethes Werken, welche weder Lüttge noch einer seiner Vorgänger zur Charakteristik seiner tiefen und eigenartigen historischen Weltanschauung angeführt haben, ist aber folgende:

„Wenn Familien sich lange erhalten, so kann man bemerken, daß die Natur endlich ein Individuum hervorbringt, das die Eigenschaften seiner sämmtlichen Ahnherrn in sich begreift, und alle bisher vereinzelten und angedeuteten Anlagen vereinigt und vollkommen ausspricht. Ebenso geht es mit Nationen, deren sämmtliche Verdienste sich wohl einmal, wenn es glückt in einem Individuum aussprechen. So entstand in Ludwig XIV. ein Französischer König im höchsten Sinne, und ebenso in Voltairen der höchste unter den Franzosen denkbare, der Nation gemäßeste Schriftsteller." (In den Anmerkungen zu Rameaus Neffe.)

So war also auch Goethe schon sich darüber klar, daß alle historischen Probleme Generationsfragen sind und auf der Erforschung des genealogischen Individualprozesses beruhen.

# Goethe's

## Verdienste um unsere nationale Entwickelung.

# Goethe's

## Verdienste um unsere nationale Entwickelung.

Zur Goethe-Feier am 28. August 1849.

Von

Dr. W. Aßmann.

Leipzig:
F. A. Brockhaus.
1849.

Seinem Freunde

# Dr. Ernst Henke,

Consistorialrath und Professor in Marburg

der Verfasser.

Welch ein Bild tritt uns heute mit verjüngter Kraft
vor die Seele! Ein Jahrhundert liegt zwischen uns
und dem Tage, wo uns Goethe geboren ward, das
Jahrhundert, in welchem und durch dessen Einfluß er
sich bildete und auf welches er bildend zurückwirkte! Fast
ein Jahrhundert lang gönnte der Himmel dem deutschen
Volke diese mächtige und milde Erscheinung; Goethe er=
füllte in dieser Zeit Deutschland mit seinem Ruhme, ja
Deutschlands Ruhm ward durch ihn, während die Na=
tion in tiefer Schmach begraben lag, in die Welt hin=
ausgetragen. Ein spätes Greisenalter ward ihm ge=
währt, doch er hat weder seine Kraft noch seinen Ruhm
überlebt und bis zu dem letzten Augenblicke seines Erden=
lebens ward er gefeiert von seiner Nation und von den
edelsten Geistern in fremden Völkern. Auch heute noch
ist sein Ruhm lebendig; — aber dennoch ergreift uns
ein wehmüthiges Gefühl, daß eben in dieser Zeit der
mahnende Ruf erschallt, die Geburtsfeier des Abberufenen
noch einmal zu begehen; und nicht darum, weil er nicht
mehr unter uns weilt, — denn wem käme nur der
Wunsch, das Lebensziel des Greises noch bis heute hin=
ausgerückt zu sehen? — sondern weil gerade jetzt, so

wenige Zeit nach seinem Hinscheiden, die Anerkennung, die ihm gebührt, verdunkelt zu werden droht. Wie Wenige haben wohl unter den Wirren und Leidenschaften der erschütternden Gegenwart bei ihm den Frieden gesucht, der, wie er in ihm selber waltet, seinen Vertrauten aus seinen Worten entgegenströmt? Wie Viele haben ihn wohl gar geschmähet, verachtet, als sei seine empfindende Seele kalt und gleichgültig bei Dem geblieben, was jüngst das Gemüth jedes Edlen zur höchsten Thatkraft spornte, für Vaterland und Freiheit! als habe er, verloren in die heimatlosen Ideen des Schönen, des Landes, in dem er geboren, des Volkes, unter dem und für das er zu leben berufen war, vergessen, in dem Streben nach unerreichbarem Weltbürgerthum versäumend was Jedem das Nächste ist, die Pflichten des Bürgers gegen den Staat und gegen die Nation, in denen Gott ihm den Kreis seines Wirkens zugewiesen! — Dann stände es jetzt besser um uns, meinen sie, wenn die großen Geister des verwichenen Jahrhunderts nicht unserm Volksthum fremd geblieben wären, wenn sie statt einer luftigen Humanität gediegene Vaterlandsliebe gepredigt, statt Lieder zu singen im Leben gekämpft und statt einer Harmonie der Seelen die Einigung des deutschen Vaterlandes erstrebt hätten! Nun aber ringen nach dieser die Besten vergeblich, weil das Volksthum durch Diejenigen, die Besseres sein wollten als die verachtete Menge, und die darum eine unpraktische allgemeine Menschenbildung forderten, statt gekräftigt zu werden untergraben ist!

Wohl eben darum aber führt der Himmel dem gegenwärtigen Geschlechte diesen Feiertag herauf, daß wir nicht verzweifeln an unserm Vaterlande, wenn noch immer der Tag seines Heils, seiner Größe nicht kommen will; daß wir, des deutschen Volkes gedenkend, nicht wähnen, gar Nichts zu sein, weil wir nicht Alles geworden sind, wozu wir uns als Nation berufen fühlen; — aber auch darum, daß wir einen tiefern Blick thun in die Entwickelung unsers nationalen Lebens und vor Allem uns klar werden über die Bedeutung, die unser Dichterfürst nicht bloß für jeden Einzelnen unter uns, sondern auch für das Volk hat, dem er wie der Geburt nach so auch wahrlich mit ganzer Seele angehört.

So feiern wir den heutigen Tag durch einen Blick auf **die Verdienste Goethe's um unsere nationale Entwicklung**, so weit wir die geistige Macht, die unverloren auf die spätesten Zeiten hinaus zu wirken bestimmt ist, nach dem Ablauf des ersten Jahrhunderts, seitdem sie sich unter uns kund gab, zu überschauen vermögen.

Ein Dichterleben bewegt sich auf dem Gebiete des Geistes und wir können hier zunächst nicht fragen, welche Verdienste sich unser Sänger um das Außenleben unsers Volkes erworben hat. Nicht danach ist sein Ruhm zu messen, ob und wie viel er Nützliches gewirkt; nur für das Schöne, das er gebildet hat, wird ihm der Kranz gewoben. Es ist die geheimnißvolle Welt des Scheins, in welcher die Schöpferkraft des Dichters waltet; aber die Gestalten, die er in das Dasein zaubert, ruhen dennoch auf einem tieferen Grunde. Die innerste Seele des Dichters ist der Urquell, aus dem seine Ideale entspringen, und was ihm die Natur gegeben hat, was er durch eigenes Streben geworden ist, das spiegelt sich in allen Bildungen wieder, die in unerschöpflichem Gedränge aus dem reichen Geiste zu Tage treten. Darum preisen wir es, die höchste Gabe, die in ihm und mit ihm dem Vaterlande geschenkt ward, ist Er selbst; diese reine edle Natur, die dem Volke, in dessen Boden sie Wurzel schlug, den Dank mit Dem bezahlt, was sie ist, nicht mit Dem, was sie thut.

Was **Goethe** war, das soll der erste Gegenstand unserer Betrachtung sein; und wenn kein sterbliches Auge deutlich zu unterscheiden vermag, wie weit menschliche Geisteskräfte ein Werk Gottes oder des Menschen selbst sind, so werden wir doch dem Genius die ungetheilteste Bewunderung zollen, der eine große Naturanlage durch Selbstkraft zur vollendeten Gestalt entwickelt. Das aber dürfen wir mindestens von unserm Goethe rühmen, daß es ihm sein ganzes Leben hindurch noch bis in das späteste Greisenalter für die höchste Aufgabe galt, sich selbst zu Dem zu bilden, wozu die entschiedenste Naturanlage ihn bestimmt hatte. Und hiermit weisen wir von vorn herein alle und jede Anforderungen Derer zurück, die irgend einen mehr oder minder vollendeten Typus menschlicher Entwickelung als das Musterbild jedes Einzelmenschen hinstellen; denn wir erkennen

darin allein die wahre Aufgabe der Selbstbildung,
daß Jeder das Ziel der Bildung zu erreichen bemüht
sei, zu welchem ihm eine höhere Macht durch die ganze
Eigenthümlichkeit seiner Natur den Weg vorgezeich=
net hat; oder wie der Dichter es ausdrückt:

Gleich sei Keiner dem Andern, doch gleich sei Jeder dem Höchsten!
Wie das zu machen? — Es sei Jeder vollendet in sich!

Das aber ist durch die menschliche Beschränktheit
selbst bedingt, daß kein Sterblicher seine geistige Kraft
nach allen Richtungen hin gleich mächtig auszubreiten
vermag; das Vorwalten der einen oder der andern sei=
ner innern Kräfte wie die äußern Verhältnisse, unter de=
nen er sich bildet und wirkt, bestimmt auch die Gestalt,
in der er unter den Menschen erscheint. Hier zeigt sich
ein unbeugsamer Herrscherwille, der sich die Menschen
in kleinern oder größern Kreisen dienstbar macht, und,
wenn er an der Spitze eines Volkes waltet, die äußern
Geschicke desselben, ja der Menschheit kühn in neue Bah=
nen weist; während in einem Andern der Drang nach
Erweiterung des Wissens die ganze Thätigkeit in An=
spruch nimmt, so daß er nur die Wissenschaft selber wei=
ter führt, unbekümmert darum, wie den Menschen die
aufgespeicherte Gabe zu Gute komme. Goethe aber
war eine geborene Künstler= und Dichter=Natur; er fühlte
den unbezwinglichen Trieb, die Welt um sich her, Natur
und Geist, lebendig zu erfassen und die Wahrheit, die er
erkannt hatte, im Bilde zur Darstellung zu bringen; bei
dem tiefen Drange einer überlegenen Vernunft nach rei=

ner Wahrheit hüllte doch seine immer wirksame Phan=
tasie unbewußt und unwiderstehlich alles Erkannte sogleich
in das Gewand der Dichtung ein. — Daher jene „un=
bezwinglich thätige Neugierde des Knaben", von der er
uns in „Wahrheit und Dichtung" erzählt, daher, als er
„seine Vaterstadt zuerst gewahr wurde", jene unmittel=
bare „Lust, blos menschliche Zustände in ihrer Mannichfal=
tigkeit und Natürlichkeit ohne weitern Anspruch auf In=
teresse oder Schönheit zu erfassen", daher seine dunkle
„Sehnsucht" in die weite Natur hinaus, wenn er aus
dem eingeengten „Gartenzimmer" des väterlichen Hau=
ses über die Mauern und Wälle hinaus in die weite
fruchtbare Ebene blickte und sich „an der untergehenden
Sonne nicht satt sehen konnte". Früh entwickelte sich
deshalb in ihm ein Gefühl für die Einsamkeit, in der
er die empfangenen Bilder sammelte und verarbeitete;
aber schon den sechsjährigen Knaben drängte auch die
tiefe Empfindung von der allwaltenden Macht, die sich
uns in Allem kund gibt, sich „dem großen Gotte der
Natur unmittelbar zu nähern"; an einem selbstgeschaffe=
nen Altar begann sein dichterisches Priesterthum; „Na=
turprodukte sollten die Welt im Gleichniß vorstellen";
über diesen entzündete er bei einem frühen Sonnenauf=
gang eine gelinde Flamme, die „das zu seinem Schö=
pfer sich aufsehnende Gemüth" bedeuten sollte. Bald of=
fenbarte sich der dichterische Drang in einer Fülle von
Märchen, in Herbeiziehung von „Luftgestalten", die
er „seinem Naturell gemäß" rasch zu kunstmäßigen Dar-

stellungen verarbeiten lernte. Dabei trat die natürliche
Klarheit seines Geistes nicht minder als ein geheimniß-
voller Gefühlsdrang hervor. Anschaulich waren alle seine
Gestalten; „das Auge war", wie er selbst sich ausdrückt,
„das Organ, womit er die Welt faßte"; wohin er sah,
erblickte er ein Bild, und was ihm auffiel, was ihn
erfreute, wollte er in einer Darstellung festhalten. Wir
treffen den Funfzehnjährigen nach dem ersten herben
Schicksal, das sein Herz erschütterte, in den „schönen
belaubten Hainen" in der Nähe seiner Vaterstadt. „In
der größten Tiefe des Waldes hatte er sich einen Platz
ausgesucht, wo die ältesten Eichen und Buchen einen
herrlich großen, beschatteten Raum bildeten." Dort
suchte er sich „einen halbbeschatteten alten Stamm, an
dessen mächtig gekrümmte Wurzeln sich wohlbeleuchtete
Farrenkräuter anschmiegten, von blinkenden Graslichtern
begleitet, zum Gegenstande des Studiums aus". Da
strebte er mit ungenügender Technik in einer Kunst, für
die er nicht geschaffen war, die Empfindungen, die ihn
in seinem „heiligen Walde" ergriffen, vergeblich an das
Bild kleiner Einzelheiten zu knüpfen; in Dem aber, was
vor Allem seine Seele bewegte, zeigte er sich, wie schon
sein begleitender Freund bemerkte, „wie ein wahrer Deutscher", der in Hainen und Wäldern jenes Geheimnißvolle verehrt, was wir in Ehrfurcht mit dem Namen
des Göttlichen benennen. „Gewiß", ruft er in später
Erinnerung an diese Gefühle der Jugend vom Erhabenen aus, — „es ist keine schönere Gottesverehrung, als

die, zu der man kein Bild bedarf, die blos aus dem Wechselgespräch mit der Natur in unserm Busen entspringt." Da, wo Natur ihn unterwies, ging die Seelenkraft ihm auf, und sie redete mit ihm, "wie spricht ein Geist zum and'ren Geist".

Was aber so das Innerste dieser Dichterseele bewegte, das mußte auch in Wort und Bild heraustreten, daß sich Andere daran erfreuen und auferbauen möchten. Wie er als Knabe den Gespielen seine Märchen erzählte, so stand ihm schon als Jüngling jene Aufgabe in einer ernstern Gestalt vor der Seele. Wohl war die Darstellung des Erkannten und Erlebten ein unabweisbares Bedürfniß dieses Genius selbst, dessen Befriedigung ihm an und für sich "das größte Vergnügen" gewährte; er übte, wie er uns sagt, sein Talent "mit immer wachsender Leichtigkeit, weil es aus Instinkt geschah"; dabei hob ihn im Stillen die bleibende Ueberzeugung, "daß es nach und nach immer besser werden müsse und daß er wohl einmal neben den gepriesenen Dichtern der Nation mit Ehren genannt werden dürfte". Aber er gesteht zugleich, daß ihm eine solche Bestimmung in den Jünglingsjahren "allzuleer und unzulänglich geschienen" habe; er wollte sich, unter dem Einflusse der Ansicht seines Vaters, der ihn freilich zur Jurisprudenz hinüberdrängte, wie der ganzen Zeit, "zu gründlichen Studien des Alterthums bekennen, sich hierdurch zu einer akademischen Laufbahn fähig machen, die ihm das Wünschenswertheste erschien für einen jungen Mann,

der sich selbst auszubilden und zur Bildung
Anderer beizutragen gedachte". Und so erkennen
wir in ihm jenes innige Streben, in Erkenntniß der
Wahrheit auch Andern ein Führer zu werden, das er
als gereifter Dichter so schön in den Worten ausspricht:

> Wozu sucht' ich den Weg so sehnsuchtsvoll,
> Wenn ich ihn nicht den Brüdern zeigen soll?

Doch ist es ihm wahrlich nicht so leicht geworden, sich selbst eine Genüge zu thun in der Ausbildung seiner entschiedensten Naturanlage; selbst nur den
Weg zu finden, auf den ihn die höhere Macht gewiesen
hatte, mit wachsender Klarheit das Ziel, das ihm gesteckt
war, zu erkennen und demselben immer näher zu kommen. Es war der ganze Mensch, der sich in seinen
Dichtungen aussprechen wollte, und ehe dieser nicht fertig da stand, schwankte Goethe auch über seine Bestimmung zum Dichter und über die Gestalt, in die er das
Schöne zu kleiden hätte. So sehr wir die Gunst des
Geschickes in den Umständen bei seiner Erziehung zu
preisen haben, so trat doch die Eigenheit und Strenge
des Vaters oft schroff genug der Naturanlage des Sohnes gegenüber; die Einflüsse des Zeitgeschmacks und seiner beginnenden Umgestaltung brachten auch ihn langehin aus dem Gleichgewicht, und äußere Lebensverhältnisse
zerrten ihn hierhin und dorthin. Vor Allem aber hatte
diese erregbare Dichternatur mit wiederholten Anfällen
einer stürmischen Leidenschaft zu kämpfen, die ihn,
als noch das Leben im Halbdunkel vor ihm lag, öfter an

jeder Rettung von der Uebermacht seiner Gefühle verzweifeln ließ, eine Zeitlang seinen Körper untergrub und sein Gemüth bis zur Krankheit zerrüttete; — die ihn langehin, wie er selbst gesteht, aus einem Extrem in das andere warf, sodaß ihm zeitweise der Ernst des Lebens unter dem wilden Haschen nach Genüssen und Zerstreuungen verloren ging.

Doch hat er gerungen und gestrebt, sich geübt und gequält, wie als Dichter so als Mensch; er hat Vieles versucht und verworfen und ohne Schonung den Stab über Das gebrochen, was er geschaffen und gethan, wenn es den höhern Anforderungen seines Innern nicht entsprach. Dabei aber fand diese gediegene Natur schon frühe ein Maß und einen Halt in sich selbst, die sie immer wieder zur Ruhe und zum Gleichmuth zurückführten, und so herrlich war die Mischung der Seelenkräfte in derselben, daß eben jene Phantasie, welche die Empfindungen rasch zur Leidenschaft entflammte, nicht lange darauf zum Mittel ward, die Leidenschaft zu kühlen und zu besänftigen. Denn schon früh entwickelte sich in dem Dichter die in seiner Naturanlage begründete Richtung, von der er sein ganzes Leben hindurch nicht abweichen konnte, „was ihn erfreute oder quälte oder sonst beschäftigte, in ein Bild zu verwandeln und darüber mit sich selbst abzuschließen". Dadurch fühlte er sich erleichtert und aufgeklärt, indem er „die Wirklichkeit in Poesie verwandelte". Und indem so die hohe Vernunft, die sein Wesen durchwaltete, wieder zur Herrschaft gelangte, gab ihm die Wahrheit, nach der er rang, die Ruhe zurück, welche die Leiden= schaft nur vorübergehend zu erschüttern vermochte. Im= mer heller erkannte er nach und nach unter den Stür= men der Außenwelt und seines Innern, daß die Vernunft allein dem Menschen den festen Halt auf dem Meere dieses Lebens zu gewähren vermag, und immer sicherer lernte er jene erhabene und milde Ruhe der Seele bewahren, welche das Merkzeichen des wahren Weisen ist. Daher der Friede, der in den Erzeugnissen seines Geistes waltet, und den er als „ruhiger Freund" auch seinen Freunden unter allen Geschicken des Lebens verheißt und bringt, wenn sie mit ihm vereinigt wandeln und sich an den Gaben des Sän= gers erfreuen wollen; daher sein edler Stolz in der Er= kenntniß, daß er, zur Dichterweihe herangereift, „der Dichtung Schleier aus der Hand der Wahr= heit" empfangen habe, und dem gegenüber die tiefste Demuth, die ihm stets das Bewußtsein seiner „Schwä= chen" wach erhielt und ihn auf seiner höchsten Höhe stets bedenken ließ, wie auch er, gleich jedem andern Sterblichen, nur „wenig ist", und „was man ist, das blieb man Andern schuldig." Und dabei glühte auch seine Wange von jener Jugend, die uns nie verfliegt; er wußte, daß wir, so lange wir auf Erden wallen, nur Werdende sind und daß wir darum auf das Thun an= gewiesen sind, uns selbst und Andere zu bilden; uner= müdlich strebte er diesem Gedanken gemäß bis an das Ende.

Allerdings wirkten die ersten zehn Jahre seines Hoflebens in Weimar mannichfach störend und zerstreuend auf ihn ein, und er hat in diesem Zeitraume kein größeres Dichterwerk vollendet. Aber dennoch verlor er diese Zeit nicht so sehr in eigenen Genüssen und in kleinlichen Arbeiten für die Hoffeste, wie man allzu oft behauptet hat *). Auch seine Thätigkeit für das äußere Leben war ihm Bedürfniß und auch nach dieser Richtung hin mußte seine Selbstbildung gefördert werden. Seiner ganzen Eigenthümlichkeit nach verlangte ihn nach einem gemüthlichen Wirkungskreise, den er ganz zu überschauen und auszufüllen vermöchte, und er ward in der ächt deutschen Weise, bei der ihm vor Allem Möser ein Vorbild war, der Rathgeber und Helfer eines edlen deutschen Fürsten, der das Wohl seines kleinen Ländchens nach allen Seiten hin treulich gefördert hat. Er schreibt über Möser's patriotische Phantasien: „Wenn, wo ich sie aufschlage, wird mir's ganz wohl, und hunderterlei Wünsche, Hoffnungen, Entwürfe entfalten sich in meiner Seele"; und in einem Briefe aus der ersten Zeit seines Lebens in Weimar sagt er: „Dieses Tagewerk, das mir aufgetragen ist, das mir täglich leichter und schwerer wird, erfordert wachend und träumend meine Gegenwart. Diese Pflicht wird mir täglich theurer, und darin wünscht' ich's den größten Menschen gleich zu thun und in nichts Geringerem."

---

*) Vgl. selbst Gervinus (Neuere Gesch. der poetischen Nationalliteratur, Thl. I. Abschn. XV. 1.), dem wir in dem Übrigen meistens mit Überzeugung gefolgt sind.

Wie Schiller, der mehr in der Welt seines Innern
lebte, sich durch stille Studien der Philosophie und Geschichte läuterte, so mußte Goethe durch reiche Lebens-
kenntniß, auch in der Außenwelt, zur Selbstbefriedigung
kommen *). Er hatte den sentimentalen Hang der Zeit in
sich zu bekämpfen und sich durch Mannichfaltigkeit der
Anschauung zur Klarheit über die Forderungen seines Innern zu erheben. So hat er in jenem Jahrzehend Vieles versucht und angefangen, vor Allem aber begann in
ihm selbst ein Reinigungsproceß, und er suchte sich das
Gesetzliche, dem er bisher unbewußt gefolgt war, in bestimmter Gestalt vor die Seele zu rücken. Und jetzt
drängte es ihn mit einer endlich bis zur Krankheit gesteigerten Sehnsucht nach dem Lande der Künste hin; in Italien
gedachte er das Ideal, das vor seiner Seele stand, durch
die unbefangenste Hingebung an die Kunstwerke des Alterthums zu vollendeter Klarheit zu führen. „Einer der
merkwürdigsten Wendepunkte bereitete sich in ihm vor",
sagt Gervinus, „den vielleicht je ein Mensch in so vor-
gerücktem Alter erlebt hat." Er hatte das 37. Lebens-
jahr erreicht. Und jetzt erst, wo er die tiefsten Ahnungen
seines Wesens in der plastischen Kunst der Griechen verkörpert fand, beginnt der höchste Aufschwung seines Geistes; jetzt, sich lange Zeit isolirend, um sich seinem innersten Drange hinzugeben, empfindet er eben so viel

---

*) Wahrheit suchen wir Beide, du außen im Leben, ich innen
    In dem Herzen, und so findet sie Jeder gewiß.
Schiller.

2 *

Strebsucht, als innere Ruhe und Befriedigung. „Unter
diesem südlichen Himmel", schreibt er, „kann man doch
einmal wieder einen Gott glauben." Seine Thätigkeit
erweiterte sich in Italien selbst ins Ungeheure; er dichtete, er zeichnete und modellirte, er machte die freudigsten Fortschritte in seinen naturwissenschaftlichen Forschungen, er gewann Sinn für Alterthumswissenschaft,
für Münzen und Geschichte. Bald gab er sich wieder
den Menschen hin, um sich an ihnen und sie an sich
aufzuerbauen; er wollte, wie er sagt, das Thunliche
thun, da er an sich erfahren, daß er erst jetzt zur Ruhe
und Klarheit gekommen war, und daß nicht allein die
Schwaben 40 Jahre brauchten, um klug zu werden. Am
Schlusse seiner Reise schreibt er: „Ich freue mich der
gesegneten Folgen auf mein ganzes Leben", und an-
derswo: „Die Wiedergeburt rückt immer fort. Ich dachte
nicht, daß ich so Vieles erlernen und umlernen müßte.
Gebe der Himmel, daß bei meiner Rückkehr auch die
moralischen Folgen an mir zu fühlen sein möchten, die
mir das Leben in einer weitern, höhern Welt gebracht
hat. Ja, es ist zugleich mit dem Kunstsinn der
sittliche, welcher große Erneuerung erleidet!"
Und, wie Gervinus rühmt, die schönsten Regungen
sproßten in ihm auf, die früher entfernter lagen; Vater-
landssinn und Freundschaftsgefühl bewegten ihn aus der
Ferne. Wir erblicken in seinen Werken eine vollständige
ästhetische und moralische Läuterung; und so „ging nach
der abgeworfenen Hülle aus der frühern dunklen Drang-

zeit der ächte und wahre Dichter hervor, der nicht mehr Natur und Kunst streiten sah, der das Wirkliche der Natur nicht mehr allein für das Poetische erkannte, der durch die Erscheinung hindurch und über ihre Zufälligkeiten hinaus nach dem Nothwendigen und dem Wesen, außer der Wahrheit nach der Schönheit suchte". Jetzt erst tritt „der imposante Umfang der Goethe'schen Natur in ganzer Fülle" hervor. Die Totalität der Menschennatur prägt sich nun vollkommen in seinen Werken aus, und in seinen plastischen Phantasiegestalten hält er jenem Zeitalter einseitiger Verstandescultur das Ideal allgemeiner Menschenbildung zur Einführung in die Wirklichkeit entgegen.

Auf dieser Stufe seiner Entwickelung führt ihn die höhere Macht, welche die Geschicke der Menschen lenkt, mit Schiller zur Anknüpfung eines engern Bandes zusammen. Goethe selbst erkennt etwas Dämonisches darin, daß sie sich gerade jetzt begegneten. Denn nun trafen sie sich nach abgeschlossener Bildung, nachdem die intolerante Jugend vorüber war; jetzt fanden sie, daß ihre bisher getrennten Bahnen in den Zielen zusammenliefen, und da sie nunmehr ihres Endzieles sich klarer bewußt waren, so gründete sich ihr neues Verhältniß, nach Goethe's Ausdruck, „auf gegenseitige Ergänzung." Es konnte Jeder dem Andern Etwas geben und Etwas dafür empfangen; Schiller lernte die Erfahrung schätzen und Goethe das Gesetzliche anerkennen. So bildete sich jenes reine Verhältniß unserer beiden größten Dichternaturen, das durch neidlose Anerkennung und gegenseitige Förderung, wie Humboldt sagt, „ein bis dahin nie gesehenes Vorbild aufgestellt und auch dadurch den deutschen Namen verherrlicht hat". Darum liegt in demselben aber auch eine mächtige Mahnung, jene Totalentwickelung der Menschennatur nach dem Muster dieser Männer als das Ziel unsers Strebens im Auge zu halten, nicht ausschließlich die einseitige Richtung, in der uns mehr oder minder Alle unsere individuelle Natur oder unser Standpunkt im Leben wirft; und damit werden wir dann zugleich die „Einseitigkeit aufgeben, mit der wir uns häufig in eitlem Gezänke zwischen beiden Dichtern parteien".

Denn wie Goethe von Schiller sagte: „So sollte man eigentlich sein!" so erkannte auch Schiller gern in seinen nunmehrigen Erzeugnissen höchster Vollendung „die Frucht des Umganges mit Goethe". Und so hat das hohe Freundespaar auf die edelste und förderlichste Weise aufeinander eingewirkt und sich zu gemeinsamer Thätigkeit verbunden. Allerdings war damals bei Schiller die dichterische Productionskraft in der höchsten Blüte, während Goethe, zehn Jahre früher geboren, seine Triebkraft schon ermatten sah. Aber Goethe gestand gegen Schiller selbst, daß dieser ihm eine zweite Jugend verschafft, und ihn wieder zum Dichter gemacht, was er zu sein so gut als aufgehört habe; und zum Danke dafür erwies der gereifte Dichter dem über seine Bestimmung noch schwankenden Freunde den wesentlichen Dienst, ihm

über seinen entschiedenen Beruf für das Drama zu völ=
liger Klarheit zu verhelfen, wodurch er die Palme des
Ruhmes unter den Dichtern unserer Nation erringen
sollte. Dagegen ließ Schiller nicht ab, den Ermüdenden
zu nöthigen und zu spornen, und Goethe ließ sich nicht
vergebens mahnen. Erst indem Schiller in ihm den Ge=
nius von höherer Begabung anerkannte, wurde er sich
seines natürlichen Berufes zu naiver Dichtung und darum
für das Epos immer entschiedener bewußt. Man kann
wohl keinen würdigern Ausdruck für die Anerkennung
der ganzen Menschen= und Dichtergröße Goethe's finden,
als Schiller sie in einem ernst mahnenden Schreiben an
seinen edeln Freund selbst niedergelegt hat. „Wenn es
einmal Einer unter Tausenden dahin gebracht hat, ein
schönes vollendetes Ganzes aus sich zu machen",
so ruft er ihm zu, „der kann meines Erachtens nichts
Besseres thun, als dafür jede mögliche Art des
Ausdrucks zu suchen; denn wie weit er noch kommt,
er kann doch nichts Höheres geben."

Wie Goethe den allzu früh abberufenen Freund be=
trauerte, ist uns bekannt; mit ihm war der beste Theil
seines eigenen Lebens dahin. Aber die einmal in sich
abgeschlossene und vollendete Natur erhielt sich auch jetzt
auf der erreichten Höhe. Zwar sank jetzt mit zunehmen=
dem Alter die dichterische Schöpfungskraft mehr und mehr,
aber die Thätigkeit, welche auch der Greis bis zu den
letzten Tagen seines reichen Lebens entwickelte, blieb un=
ermüdlich auf das von Anfang her unverwandt in das

Auge gefaßte Doppelziel gerichtet, zuerst und vor Allem
sich selbst immer von neuem aufzuerbauen und zu vollenden unter allen noch so störend herzutretenden Verhältnissen der Außenwelt, und der Welt abzuspiegeln, was
in seinem Innern lebte, um zunächst auf die Freunde
und sein Volk, immer mehr aber auf die ganze Mit- und
Nachwelt bildend und veredelnd einzuwirken. So führte er
noch die „schwankenden Gestalten" seiner Jugendtage, in
denen sich sein ganzes inneres Leben spiegeln sollte, in
scharfen Umrissen aus, und lieferte uns im ersten Theile
des „Faust" ein Bild von den Irrgängen, in die ihn
selbst bei seinem edelsten Streben, bei dem Suchen nach
Wahrheit, die Leidenschaft geführt hatte. Und hiermit
bekundete er, daß auch in ihm, wie in jeder hohen Seele,
die tragische Auffassung des Lebens sich unabweislich
geltend machte. Endlich rang er selbst das noch dem
Schicksal ab, den „Faust", das Werk seines Lebens im
zweiten Theile zum Abschluß zu bringen. Derselbe aber
gibt uns, wenn er auch die frische Schöpfungskraft der
Jugend vermissen läßt, ein wohlthuendes Zeugniß, wie
innig sich in diesem Geiste die ruhige und milde Ansicht
von der das All durchwaltenden Macht ein langes Leben
hindurch befestigt hatte.

Hatte doch auch der Greis, dem das Erlöschen seiner poetischen Schöpferkraft nicht entging, den es aber
nicht niederzubeugen vermochte, sich mit einer dem höhern Alter gemäßen Wirksamkeit die Freude an dem
Leben zu bewahren gewußt. Das hatte ihn das Leben

längst gelehrt, in dem Wechsel alles Irdischen das Noth=
wendige und Gesetzliche anzuerkennen, und die Aufgabe
stiller und gelassener Entsagung, die er in „Meister's
Wanderjahren" den Freunden als Ziel des Strebens vor=
zeichnet, an sich selbst zu erfüllen. Aber die unerschöpf=
liche Kraft seines Geistes trieb auch im Winter des Le=
bens neue Keime und Schößlinge, an denen er selbst,
wie die Welt, sich erfreuen durfte, und in dem frohen
Bewußtsein, daß er wirkte, so lange es Tag war, er=
klärt er den Wahlspruch der abgelebten Genußsucht: Es
ist Alles eitel! für einen „falschen, ja gotteslästerlichen"
Satz *). Unermüdlich eignete er sich jetzt das Schöne aller
Zeiten und Länder, zum Freudengenusse wie zur eigen=
thümlichen selbständigen Nachbildung, an. Kein bedeu=
tendes Erzeugniß der neuesten Literatur unsers Welt=
theils ließ ihn gleichgültig, und mit Vorliebe vertiefte
er sich längere Zeit in das reiche Dichterleben des Orients.
Er hielt es nicht zu gering, nachdem er so lange selb=
ständig geschaffen, sich nun, wie der Gang der Natur es
dem Alter auferlegt, an nachahmender Thätigkeit genügen
zu lassen. Zugleich aber glaubte er sich jetzt berufen,
mit dem gereiften Urtheil kritisch den Weg zu dem Ziele
zu weisen, zu dem er sich ehemals kühn emporgeschwun=
gen. Mit jugendlicher Begeisterung freute er sich, daß
er die Vorhallen eines Tempels betrat, den erst die ge=

---

*) Goethe's Werke, Bd. 48. (Nachgelassene Werke. Bd. 8) Dich=
tung und Wahrheit, Buch XVI. S. 10.

reifte Menschheit zu vollenden vermag, und der Gedanke einer Weltliteratur erhob ihn zu der frohen Hoffnung der edelsten geistigen Wechselwirkung unter den brüderlich verbundenen Völkern des Erdballs. Alles Vortreffliche, das einem Volke gelinge, müsse von allen aufgenommen werden; zur Gestaltung einer solchen Weltliteratur sei die allseitig empfängliche deutsche Nation, die er jetzt auch nach dieser Seite in sich repräsentirte, vor allen geeignet. So bewahrte seine Seele durch Theilnahme und Mitwirkung an der großen Aufgabe der Zeiten Heiterkeit und Wohlwollen bis an das Ende, und wie Jeder, der in Demuth sein Glück in dem allmäligen Fortschritt der Menschheit und in dem Beitrage, den er dazu zu liefern vermochte, findet, sah er noch am Schlusse des Lebens den tröstenden Sinnspruch früherer Jahre bestätigt: Was man in der Jugend wünscht, hat man im Alter genug.

So war **Goethe**, — ein hoher Genius, den die Gottheit unserm Volke gesandt, daß er die mächtige Urkraft, welche die Natur in ihn gelegt, selbstbildend nach den verschiedensten Seiten hin entfalte, unter begünstigenden wie unter scheinbar hemmenden äußern Verhältnissen, durch alle Stufen der Lebensalter, welche der Sterbliche auf Erden zu durchwandeln hat. Mit Recht sagt Gervinus von ihm: „Die Natur hatte ihn zu Allem bestimmt, was Verhältnisse, Zeiten und Schicksale in ihm reifen wollten, und dies scheint mir überall das ächte Kennzeichen des eigentlichen Genies." Noch bezeich-

nender aber deutet dieses unser Dichter selbst in einer
dem sinnigen Alterthum entlehnten Ausdrucksweise an.
Wie er überall bei seinen mannichfachen Forschungen in
der Natur und in seiner allseitigen Betrachtung des Men-
schengeistes durch allen Wechsel der Erscheinungen hindurch in die Tiefen des Wesens der Dinge eindrang und
in jedem Einzelwesen eine eigenthümliche, stets sich selbst
gleichbleibende Urkraft erkannte, so lernte er auch mit stets
mehr gekräftigter Ueberzeugung an eine unwandelbare
Eigenthümlichkeit seines eigenen Wesens glauben. Wenn
er aber diese Ansicht von der Urform jedes Einzelwesens
gern an den philosophischen Ausdruck des Aristoteles
εντελεχεια *) knüpfte, so bezeichnet er die ewig wechselnde Gestalt, in welcher sich eine und dieselbe Urkraft
unter immer neuen Einwirkungen von Außen her kund
gibt, treffend mit dem mythischen Bilde des Proteus,
jenes vielgestaltigen Gottes, der Dem, welcher ihn ergreifen wollte, in immer neuer Gestalt entrann. Mag
aber auch die ungeheure Mannichfaltigkeit von Lebensansichten, die Goethe's reichem Geiste unter so wechselnden Phasen entströmten, den oberflächlich Betrachtenden
verwirren, als sei hier eine Menge Widersprechendes zu-
sammengehäuft, der tiefer Eindringende wird überall dieselbe Natur erkennen, die, wie sie unter allen Verwand-
lungen sich ihrer selbst immer klarer bewußt wurde, nur
Dem endlich Rede steht, der mit Geisteskraft den Geist

---

*) Von εντελης und εχω — was die Vollkommenheit in sich hat.

zu erfassen versteht. Dann aber wird sie uns auch dem Proteus gleich untrügliche Göttersprüche verkünden!

Wollen wir jetzt näher würdigen, was Goethe der deutschen Nation war, wie diese mächtige Natur in allen ihren proteischen Erscheinungen in das Leben, in die Entwickelung unsers Volkes eingriff, so haben wir uns zunächst zu vergegenwärtigen, wie Goethe Deutschland fand, und da hier Alles in Wechselwirkung steht, wie er, was er ward, durch seine Zeit geworden ist, und wie er dann auf dieselbe zurückwirkte.

Der Zustand einer Nation beruht wesentlich auf ihren politischen wie ihren religiösen Verhältnissen. Müssen wir hier erst in die Erinnerung rufen, was die niederschlagenden Erlebnisse der Gegenwart dem Gefühle eines Jeden von der traurigsten Seite gegenwärtig erhalten, die Zerrissenheit unserer Nation in der ganzen Gestaltung ihres öffentlichen Lebens? Doch übersehen wir dabei nicht, mit welchem tiefen und edlem Charakterzuge unsers Volkes diese Erscheinung zusammenhängt, und wie herrlich das Ziel ist, auf welches uns unsere nationale Bestimmung verweist. Der Individualismus der Entwickelung ist es, welcher den deutschen Stamm in seiner Reinheit vor allen Völkern der Geschichte auszeichnet, jenes Streben nach Selbständigkeit in jedem einzelnen Bestandtheile der Nation, auf dem die hohe Achtung der persönlichen Freiheit und damit eine Menge unschätzbarer gesellschaftlicher Institutionen, wie die Mannichfaltigkeit unserer Bildung begrundet ist. Bei dieser Naturanlage

ist der deutschen Nation die noch ungelöste Aufgabe ge=
stellt, die reichste Gliederung zu der innigsten Harmonie
eines Volksdaseins zu verschmelzen, Freiheit und Ein=
heit in schönem Bunde zu verwirklichen.

Schon einmal im Laufe unserer Geschichte war
Deutschland aus der uranfänglichen Zersplitterung unter
großen Schicksalen zu engerem Zusammenschließen seiner
Stämme geführt; der Glanz des Kaiserthums, unter
dem Deutschland bei allem Widerstreben einzelner Ele=
mente zu einer kräftigen Einheit zusammentrat, leuchtet
noch durch die Jahrhunderte ermuthigend zu uns herüber.
Damals zog auch das erste Blüthenzeitalter deut=
scher Dichtkunst herauf, und eine reiche Welt der Sagen
und Lieder entfaltete sich in der gedeihlichen Sonnen=
wärme einer Begeisterung, welche durch die Innigkeit
und Großartigkeit der christlichen Kirchengemeinschaft wie
durch den gleichzeitigen Aufschwung unsers nationalen
Lebens hervorgerufen war. Die Zeit der Kreuzzüge, in
welcher Kaiserthum und Papstthum ihren Höhenpunkt
erreichten, war auch das Zeitalter des Minnesangs,
der jedoch, so national er sich gestaltete, vor Allem von
dem christlichen Geiste geweckt und getragen wurde. Jene
Einheit des deutschen Volkswesens aber war eben so sehr
durch äußern Zwang und Druck der Kirche und des
Staats wie durch die Gemeinschaft einer höhern Ent=
wickelung des deutschen Geistes in das Leben geführt.
Der unvertilgbare Naturdrang des Individualismus, der
nur vor dem klaren Lichte einer durchgreifenden Natio=

nalbildung zurückweichen kann, lockerte allmälig die Einheit wieder auf; es begann jetzt die immer weiter fressende politische und kirchliche Zersplitterung unsers Vaterlandes, und zu einem gemeinsamen Aufschwunge vermochte sich die Nation nicht mehr zu erheben. Die Reformation, die uns zu geistiger Freiheit rief, erweiterte den Riß, der uns längst wieder getheilt hatte; aber noch schmählicher war es, daß bald auch die Früchte jener Freiheit uns auf vielfache Weise verkümmert wurden. Wir sehen nun, wie die eben frei gewordene Kirche selbst das Joch des Buchstabens und der Formel auferlegt, wie die deutschen Fürsten, nachdem sie die Uebermacht des Kaisers bekämpft, auf die neu errungene Hoheit pochen, und die Volksfreiheit, die das Reich noch nothdürftig beschützte, immer dreister niedertraten, wie die ehemals löbliche Verfassung des deutschen Reiches sich in gesetzliche Mißbräuche fast auflöste. Es brachen die Zeiten herein, wo der fremde Witzling spotten durfte, das heilige römische Reich sei weder heilig, noch römisch, noch ein Reich, wo die Selbständigkeit der getheilten Nation den übermüthigen Nachbarn zur Beute ward, wo die ganze nationale Entwickelung den Einflüssen der Fremden erlag, wo das gesellige Leben, wie die Erziehung, in despotischen Formen erstarrte, und selbst in den freiesten Gebieten des Geistes, in Kunst und Poesie, Alles von der Convention und den Regeln eines einseitigen Verstandes in Fesseln geschlagen ward.

In solchen Zeiten ward Goethe geboren; doch die

Kraft des deutschen Geistes und Gemüthes, die unserm
Volke niemals untergegangen ist, war auch damals le=
bendig, und schon war im Stillen längst eine andere
Nahrung bereitet, an der sie von neuem erstarken sollte.
Die classischen Schriften der Griechen und Rö=
mer, die edelsten Früchte, welche die Bildung des Alter=
thums erzeugt hatte, waren im Laufe der Jahrhunderte
und Jahrtausende unverwüstlich frisch erhalten, und wo
irgend ein artbarer Boden sich fand, da faßte der köst=
liche Same Wurzel. Jene Schriften waren es gewesen,
an denen der deutsche Sinn sich zum Kampfe wider die
Verderbnisse der Hierarchie und zur Erneuerung der Kirche
im Geiste und in der Wahrheit gekräftigt hatte. Erst
allmälig aber konnten sie uns nach ihrem ganzen Werthe
zugänglich werden.

Auch in den gebildetern Ländern Europas, wo die
alten Formen des Kirchenthums bestehen blieben, war
mit dem wiedererwachten Studium der Classiker ein neuer
Geist eingezogen; in Italien, in Portugal, Spanien und
Frankreich trat, wie in dem protestantischen England,
nacheinander ein Blütenzeitalter der schönen Literatur
hervor. Hinter allen diesen Ländern war jedoch Deutsch=
land in schöpferischer Kraft zurückgeblieben; mit mühseli=
gerem Fleiße, als eines der andern Völker, vertiefte sich
der Deutsche in die Schriften des Alterthums, aber über
der Gründlichkeit des Studiums ging ihm die Leichtig=
keit der Auffassung verloren, und unter dem Messer des
zergliedernden Verstandes erstarb der belebende Hauch, der

jeder empfindenden Seele aus dem Ganzen jener Werke entgegenwehet. Erst den Franzosen sollten wir eine lebendigere Auffassung des Schönen verdanken; doch wie damals das politische Uebergewicht Frankreichs hemmend auf unserm Vaterlande lastete, so hielten auch auf dem Gebiete unserer Literatur die Fesseln der Nachahmung jeden freien Aufschwung nieder. Jetzt aber nahete auch für unsere nationale Entwickelung eine bessere Zeit. Der deutsche Fleiß hatte nicht vergebens die Quellen des alterthümlichen Geistes in ihrer Tiefe erfaßt; dort strömte doch eine reinere Flut, als sie die Franzosen flüchtig auf der Oberfläche geschöpft hatten; und nun konnten wir später mit Leichtigkeit auch die abgeleiteten Arme verfolgen.

Mit einseitiger Verstandesweisheit hatten die Franzosen das Schöne begreiflich zu machen gemeint, indem sie das rechte Maß, welches der Genius bei jeder seiner Schöpfungen in sich selber findet, durch unverrückbare äußere Grenzen vorzuzeichnen unternahmen. Ihnen galt eine Zahl von starren Regeln, die nur ein beschränktes Gebiet des Schönen beherrschen, als einzige Richtschnur, und wie der französische Gartengeschmack, ein Abbild ihres damaligen despotisch eingezäunten Hof- und Staatswesens, nur die gerade Linie duldete, so sollte gleichfalls der Gottesgarten der Poesie nur von steifen Alleen und eckigen Gehägen durchzogen sein, und alles kühnere Ausschreiten der Natur ward verpönt. Man würde auch in Deutschland eine solche Beschränkung jedes freien Aufschwungs in dem Gebiete des Schönen nicht ertragen

haben, wenn nicht die ganze Gestaltung unsers Staats=
und Kirchenwesens gleichfalls darauf berechnet gewesen
wäre, das Leben des Volkes nach bloßen Verstandes=
regeln zuzuschneiden und nach engherziger Berechnung
in das Maß des Nützlichen zu pressen. Doch je ärger
das Uebel geworden war, je mehr ein unnatürlicher Zwang
das ganze Leben beherrschte, desto mehr lehnte sich auch
jetzt die Natur dagegen auf. Als der eisige Verstand
jedes warme Gefühl zu ersticken drohte, da erhob sich
das deutsche Gemüth zu kräftiger Gegenwirkung, und
alle Bessern spürten, daß in der Tiefe ihres Geistes noch
andere Kräfte sich regten, als welche die Weisheit des
Zeitalters allein für berechtigt erklärte. Wie bei der
Kirchenreformation die Innigkeit des religiösen Glau=
bens zur Wahrheit zurückführte, so regte sich jetzt mit
unbezwinglicher Gewalt das Gefühl des Schönen, um
die Entwickelung der ganzen Menschennatur zu
fordern; und beide Male trat der klare Verstand, der
sich lange zum Werkzeuge der herrschenden Verkehrtheit
herabgewürdigt hatte, in den Dienst des Naturdranges,
der in den Tiefen des Gemüthes seinen Ursprung nahm.

Auf diesem Wege sollte das Leben des deutschen
Volkes jetzt einer Wiedergeburt entgegengeführt werden,
und wenn diese in dem Geiste desselben zur Vollendung
kommt, so können uns auch die äußern Gestaltungen,
welche unsere Bestimmung uns auferlegt, nicht auf die
Dauer fehlen. Das zweite Blütenzeitalter der
deutschen Dichtkunst, das mit der letzten Hälfte des

vorigen Jahrhunderts begann, ist ein Zeugniß der frischen Lebenskraft unserer Nation, und es wird für unsere Gesammtentwickelung noch reiche Früchte tragen.
Schon länger hatten sich die Vorboten eines neuen Früh-
lings gezeigt. Der plattverständigen norddeutschen Schule
gegenüber begann von der Schweiz aus, wo das Natur-
gefühl fortwährend lebendiger geblieben war, eine Gegenwirkung auf dem Gebiete der Kritik des Schönen.
Während Gottsched ausdrücklich erklärte: „es kommt
in der Poesie nur auf die Wissenschaft der Regeln
an", erwachte in Bodmer das richtige Bewußtsein,
daß die Quelle der Dichtkunst das lebendige Gefühl sei,
und ihr Gebiet nicht der überlegende Verstand, sondern
die bewegliche Einbildungskraft. Gottsched hielt sich an
die steifen französischen Muster, Bodmer wies zuerst
auf Milton hin, in welchem sich, wie bei den Englän-
dern überhaupt, freier Aufschwung neben deutscher Gemüthlichkeit kund gab. Bald mußte das Zeitalter der
kalten Verstandespoesie vor dem warmen Anhauch der
Empfindung zurückweichen. Denn jetzt endlich war auch
das Studium der Classiker des Alterthums so weit bei
uns gediehen, daß ihre Schönheiten nicht mehr bloß zer-
gliedert, sondern in ungetheilter Seele empfunden wurden. So gab sich die ganze Tiefe des deutschen Gemüthes zuerst wieder in Klopstock kund, der für alles
Große und Erhabene, für Religion wie für Vaterland
und Freiheit in dunkler Sehnsucht erglühete, bis nach
ihm Wieland, dessen bewegliche Seele schon früh jede

einseitige Gefühlsschwärmerei zurückstieß, uns vor Allem
die Klarheit und das Maß der Griechen in deutschen
Dichtungen abspiegelte und als Muster entgegenhielt.
Mit schärferm und kälterm Verstande, als Wieland,
den er mit der Achtsamkeit eines Mentors verfolgte, trat
dann Lessing als Kritiker und Musterdichter hervor. Er
warnte mit hellem Bewußtsein vor den falschen Regeln
und Mustern, von denen unsere Literatur sich immer völ=
liger abhängig gemacht hatte, er erkannte nur die Re=
geln an, welche die Natur selbst dem Menschengeiste vor=
gezeichnet hat, und die uns in den Originalwerken der
großen Genien aller Zeiten entgegentreten. In diesem
Sinne forderte er von der Kunst Wahrheit und Natur
und wies uns auf Sophokles und Shakespeare, als die
edelsten Muster der Nachahmung, hin. Er wurde „der
große Wegweiser der Nation", und erhielt, wie Goethe
sagt, „das große Vertrauen der Nation." Er über=
schaute das ganze Feld des Schönen; er unterschied mit
durchdringendem Scharfsinn die Bedeutung, die jeder
Gattung der Kunst und jeder Art des Kunstwerks ihrem
eigensten Wesen nach zukommt, aber in richtiger Schätzung
seines eigenen Geistes hütete er sich, die Pfade zu be=
schreiten, auf denen ihm nicht zu wandeln bestimmt war.
Er bildete unsere Sprache und lehrte Deutschland die
Kunst des prosaischen Stils, aber er wußte, daß ihn
die Natur mehr zum Kritiker, als zum Dichter geschaffen
hatte; „er wußte, daß er ein kalter Denker war und daß
ihm der Enthusiasmus fehle, den er die $\alpha\kappa\mu\eta$, die Spitze

und Blüte der schönen Kunst, nennt", und als die Zeit neuer poetischer Schöpfungen gekommen war, die er herbeisehnte, hielt er sich an Goethe, dessen Genius das Ziel erflog, das Lessing's Scharfblick aus der Ferne gezeigt hatte. Doch schon strebte Alles mit mehr oder minder hellem Bewußtsein nach demselben Ziele hin. In dunklem Drange empfand Hamann, was unserer Dichtung, was unserer Gelehrsamkeit, was unserer ganzen Geistesbildung fehlte. Seine ungeheure Belesenheit ließ ihn unbefriedigt und warf ihn in immer neue Gebiete, aber „er suchte überall das punctum saliens, die Seele alles Wissens. Er suchte den Geist und lebendigen Hauch in Geschichte, Kritik, Philosophie und Philologie, und fand ihn nicht; mißmuthig blickte er auf die Bequemlichkeit unter den Gelehrten, die sich auf der weiten Oberfläche der Materialien genügten, während er, das erste Vorbild jener gigantischen Titanennaturen und Fauste, in den Schacht hinunterstrebte, der die Quellen des Wissens enthielt, in den fernsten Orient zurückging, um die Anfänge der Humanität zu suchen, in die Tiefen der Sprachen sich eingrub, um von da erst auf die Philosophie zu gelangen" *).

So trieb er Herder vor sich her, den es drängte, endlich zu finden, was seinem tiefen Gemüthe allein Befriedigung zu gewähren vermochte. Was Herder vor Allem auszeichnete, war seine allseitige Empfänglichkeit

---

*) Gervinus, 1, S. 146. 147.

für das Schöne, für das ächt Menschliche, in welcher Ge=
stalt es sich ihm auch darbot, diese wahrhaft deutsche Gabe,
mit der unser Volk sich von jeher alles Fremde so willig
angeeignet hatte, die aber noch niemals mit so hellem
Bewußtsein unter uns hervorgetreten war. Sein kind=
licher Sinn führte ihn zuerst auf die Ursitten der Völker
zurück; er erfaßte den Geist der Bibel und der hebräi=
schen Poesie; Homer ward sein Liebling, und er wies
auch unsere Schulen von Virgil auf Homer, von den
Römern weg auf die ewigen griechischen Muster. Mit
einer damals in Deutschland unerhörten Belesenheit suchte
er die Schätze der ganzen Welt auszubeuten und durch
„die Stimmen der Völker" weckte er auch bei uns wie=
der das ächte Volkslied. Mit lebendigerm Gefühle ei=
ferte er, revolutionairer als Lessing, anfangs gegen alle
Regeln und führte so den Reigen der Originalgenies,
die in der Sturm= und Drangperiode unserer Literatur
hervortraten. Zum vollendeten Dichter fehlte ihm Be=
weglichkeit und Klarheit der Phantasie; als Kritiker folgte
er Lessing's Pfaden; doch führte Phantasie und Gefühl
sein Raisonnement nur allzu leicht in die Irre. Es ist
bezeichnend, daß er eben so viel Sinn für Musik, wie
Lessing für die plastische Kunst entwickelte; wie bei die=
sem der klare Verstand, so war bei ihm das Gemüth
das Vorwaltende. In tiefster Seele empfand er für al=
les Menschliche, und nachdem Lessing, in seinem Be=
streben, den Nationalsinn im deutschen Volke zu wek=
ken, irre geworden, sich für das Weltbürgerthum erklärt

hatte, gestaltete Herder Das, was von Wieland Kosmo= politismus genannt war, systematisch zu der Forderung allseitiger Humanität. — Was Herder in unmittel= barem Verkehr für Goethe geworden ist, wissen wir von diesem selbst, und nirgend spricht sich die ihn stets begleitende Anerkennung Dessen, was unser Dichter den Mitlebenden verdankt, auf innigere Weise aus, als wo er von Herder's Einfluß auf seine gesammte Bildung redet. In wenigen Wochen des Beisammenseins in Strasburg rüttelte der fünf Jahre ältere Herder mit sei= nem bittern Sarkasmus den noch unreifen zwanzigjäh= rigen Jüngling aus seiner „Selbstgefälligkeit, Bespiege= lungslust und Eitelkeit" auf, die dem Aufstrebenden allzu natürlich sind, und so schmerzlich auch Goethe oft den bissigen Humor, mit welchem Herder Jeden verfolgte, empfinden mußte, so erhob er sich doch im Eifer für seine Selbstbildung völlig darüber und erklärt uns: „Mich rührte das nicht viel, da ich von seinem Werthe einen so großen und mächtigen Begriff gefaßt hatte, der alles Widerwärtige verschlang, was ihm hätte schaden kön= nen." Obgleich aber Herder „mehr geneigt war, zu prüfen und anzuregen, als zu führen und zu leiten", sagt Goethe, „so war kein Tag, der nicht auf das Frucht= barste lehrreich für mich gewesen wäre." Herder'n ver= dankt es Goethe, daß sein Blick auf das weite Gebiet der neuern Literatur gerichtet wurde; durch ihn erst lernte er es einsehen, „daß die Dichtkunst eine Welt= und Völ= tergabe sei", und daß die Volkspoesie uns zur Natur und Wahrheit zurückführe, welcher das Zeitalter völlig entfremdet war.

Unter solchen Einflüssen raffte sich Goethe zum Bewußtsein des noch in ihm schlummernden Genius empor. Seine frühesten poetischen Versuche gehörten jener Zeit des Durchbruchs unserer Literatur zum Bessern an, in welcher unter noch unentschiedenen Kämpfen der Werdende einer völligen Geschmacksverwirrung nicht zu entrinnen vermochte. Schon ehe er nach Strasburg ging, hatte der Jüngling, an sich selbst irre geworden, zwei Mal ein Autodafé über seine sämmtlichen frühern Schöpfungen verhängt *); jetzt trat er unter den Koryphäen der Stürmer und Dränger hervor, die der Stimme der Natur und der Macht des Gefühls, das ihren Busen hob, allein vertrauten. In unwillkürlichem, ja halb unbewußtem Schöpfungsdrange schrieb er den „Götz", und in noch leidenschaftlicherer Erregung den „Werther", und damit war eine neue Bahn für unsere Poesie gebrochen. Hatte sich aber der Dichter jetzt auch von allen Regeln, welche die damalige Wissenschaft der Kunst vorzeichnete, losgesagt und nur der innern Stimme seines Geistes gelauscht, so zeigte sich doch schon in diesen Jugenderzeugnissen Goethe's das Maß, das ihm wie jedem großen Genius von der Natur verliehen ist, und durch welches er vor allen unsern Dichtern das Vorbild und der Lehrer unsers Volkes werden sollte.

---

*) Wahrheit und Dichtung. Buch VI. S. 67. B. VIII. S. 212.

Hier schon gab sich jene harmonische Stimmung und Entwickelung aller Seelenkräfte kund, welche den gesammten Menschen in jeder Einzelschöpfung des Dichters zur Darstellung bringt und in den Hörern den gesammten Menschen unwiderstehlich ergreift; hier vereinigt sich die Klarheit der sinnlichen Anschauung mit einer eben dadurch belebten und zugleich geregelten Phantasie, das ungetheilte Menschengefühl, das nicht durch den grübelnden Verstand beirrt ist, sondern nur durch dessen klare Unterscheidung des Wirklichen in den rechten Schranken gehalten wird, Sinnlichkeit und Vernunft im Gleichgewicht, Erkenntniß, Gefühl und Willen in wohlgestimmtem Einklang; schon hier erscheint uns im anmuthigen Gewande der Dichtung die tiefste Wahrheit. Deshalb wirkten diese Dichtungen so ungeheuer, daß die Zeit wie von einem Zauberschlage erregt war, denn sie befriedigten das tiefste Sehnen aller Gebildeten der Nation, welche im Ueberdruß der immer weiter getriebenen Zersplitterung des schönen vollen Menschenlebens die reine Freude eines ächt menschlichen Daseins eingebüßt hatten. Der damalige Organismus des Staats wies den Bürger allein in die Schranken des Berufs und Dienstes, die Wissenschaft den Gelehrten auf ein beschränktes Fach und auf das öde trockene Wissen, die Theologie erhob sich nicht über die Formel und den Buchstaben zu innigem Gottesbewußtsein, die „Juristerei" vergaß über eingelernten Satzungen nach „dem Rechte, das mit uns geboren ist", zu fragen, die Medizin hielt sich auf der

Oberfläche der Erscheinungen und hatte längst darauf
verzichtet, in das Innere der Natur zu dringen, die Phi=
losophie begnügte sich mit Begriffen und Beweisen, die
auf mechanischen Formeln ruhten, statt das Wesen der
Dinge zu erfassen. Schon die Erziehung der Kinderjahre
erstickte jede freie Regung des Geistes durch den Zwang
unnatürlicher Tracht und gemüthloser Zucht, die Schule
trieb sich in Gedächtniß= und Begriffswerk umher, sie
wußte Nichts von Anschauung, von Belebung der Phan=
tasie und des Gefühls.

Was uns so vor Allem Noth that, als das ganze
Leben der Nation einer Umgestaltung bedurfte, war die
Erregung der gesammten Menschennatur, und diese konnte
nicht durch Gebot und Gesetz, sie konnte nur durch die
lautere Offenbarung der Menschennatur in ihrer Totali=
tät durch schöpferische Dichtungskraft hervorgerufen wer=
den. „Denn dies", bemerkt auch Gervinus, „war un=
ser Rückgang auf den Urzustand, daß wir nicht den
Staat und die Gesellschaft auf die erste Ursprünglichkeit
zurückführen wollten, sondern die Poesie, das Reich der
Einbildung." Und auf diesem Gebiete trat uns
des Menschen Kraft im Dichter offenbart
in Goethe entgegen. Wir wollen uns fern halten von
jeder Ueberschätzung wie des Geistes, der in Goethe
waltete, so des Einflusses, den er auf unser Volk geübt
hat. Wir haben von ihm gelernt, wie entbehrlich jeder
Einzelne auch für die Verhältnisse, in denen sich seine
ganze Thätigkeit bewegt, dem tiefer Denkenden erscheint;

mit dem Maßstab, den er selbst an sich legte, werde er auch von uns gemessen. „Hierzu aber wird", wie er selbst sagt, „ein kaum Erreichbares gefordert, daß nämlich das Individuum sich und sein Jahrhundert kenne, sich, inwiefern es unter allen Umständen dasselbe geblieben, das Jahrhundert, als welches sowol den Willigen als Unwilligen mit sich fortreißt, bestimmt und bildet, dergestalt, daß man wol sagen kann, ein Jeder, nur 10 Jahre früher oder später geboren, dürfte, was seine eigene Bildung und die Wirkung nach Außen betrifft, ein ganz Anderer geworden sein." Aber, wie immer ein Bedürfniß der Zeiten vorzugsweise durch einen großen Genius zur Befriedigung gelangt, so können wir bei dem Rückblick auf die Gesammtentwickelung der deutschen Nation nicht verkennen, daß durch den Gang unserer Geschichte eben Goethe dazu bestimmt war, das, wozu auf der damaligen Bildungsstufe der Zeit von allen Seiten her vorbereitet war, durch eine gewaltige Wirkung auf die Gebildeten im Volk mittels der ihm verliehenen Dichtungskraft in das Leben zu führen. Und die Erregung der Geister, die vor Allem in ihm ihren Ausgangspunkt fand, sollte von nun an wie durch einen kühnen Wurf in immer weitern Kreisen auf die Umgestaltung unsers gesammten nationalen Daseins wirken. Goethe's Thätigkeitskreis beschränkte sich jedoch zunächst, beschränkte sich seiner eigensten Absicht nach lediglich auf das Feld der Kunst und Wissenschaft. Daß er aber auf diesem nicht blos da, wo er selbst bilbend

und forschend eingriff, eine neue Bahn gebrochen, daß
er zu einer ganz neuen Auffassung aller Erscheinungen
auf diesen Gebieten geholfen, daß er in Einklang mit
so vielen Edlen seiner Zeit es war, durch dessen Dich=
tungen unsere höhere Bildung sich mehr und mehr der
Einseitigkeit entriß und allgemeine Menschenbildung jedem
Bessern als die höchste Aufgabe der Volkserziehung er=
schien, das hat das Jahrhundert, welchem er angehörte,
durch die lauteste Lobpreisung und Verehrung des Ge=
feierten bis in die späten Zeiten desselben, die er selbst
erlebte, bezeugt, das wollen auch wir heute, an dem
Schlusse jenes Jahrhunderts in treuem Herzen anerken=
nen und feiern!

Doch indem uns Goethe durch seine poetischen
Schöpfungen die Richtung unverrückbar vorzeichnete,
welche die Bildung unsers Volkes fortan verfolgen sollte,
begnügte er sich nicht mit dem Standpunkte, den wir
ihn bei seinen ersten Werken einnehmen sehen. Wie wir
erkannten, daß er Selbstbildung für die erste Aufgabe
seines Lebens hielt, um dadurch ein Muster und ein Leh=
rer in so weiten Kreisen zu werden, als es ihm das
Schicksal verleihen wollte, so arbeitete sich dieser mäch=
tige Geist, der, von seiner Natur gedrängt, seine Jugend=
dichtungen wie im Traum oder, wie er selbst gern sagt,
gleich einem Nachtwandler mit dämmerndem Bewußtsein
geschaffen hatte, zu immer reinern Höhen empor, wo ihn
die Klarheit des hellen Sonnenlichtes umleuchtete. Wie
er aber schon Lessing „einen Halt und Trost für Alle"

nennt, „die noch einen sichern Boden in ihren Kunstwerken suchen", so bahnte ihm Winckelmann den
sichern Steg, der ihn in die sonnigen Regionen der
reinen Formen führen sollte. Denn in dem ganzen Laufe
der Geschichte hatte sich die Totalität der Menschennatur
nirgend in solcher Vielseitigkeit der Erscheinungen entwickelt und nirgend war ihr Bild in solcher Klarheit
vor die Anschauung getreten, als in dem classischen
Alterthum. Auch Goethe's Jugendbildung hatte in
der Weise jener Zeit wesentlich auf dem Studium der
alten Classiker geruht und wir haben gehört, wie es ihn
zu Anfang seiner Universitätszeit zu einer dauernden Beschäftigung mit dem Alterthum hinüberzog. „Eine Haupt-
überzeugung", sagte er noch in späterer Zeit, „die sich
immer in mir erneuerte, war die Wichtigkeit der alten Sprachen; denn so viel drängte sich mir aus dem
literarischen Wirrwarr immer wieder entgegen, daß in
ihnen alle Muster der Redekünste und zugleich alles
andere Würdige, was die Welt jemals besessen, aufbewahrt sei." Zu einer tiefern Erfassung des Geistes der Alten, wie sie dem deutschen Sinne Bedürfniß war, genügte
jedoch auch das eindringendste Studium ihrer Schriften
nicht; in den plastischen Kunstwerken Griechenlands, war
uns das allseitigste und faßlichste Abbild des Schönen,
wie es in dem Geiste der Griechen lebte, erhalten, und der
Deutsche, Winckelmann, hatte sich zuerst in dem ganzen neuern Europa zu der reinen Auffassung jener idealen Gestalten erhoben und eine klare Erkenntniß dersel-

ben möglich gemacht. Seitdem Winckelmann die Luft des Südens geathmet hatte, in der allein sich die volle Empfänglichkeit für die südländische Kunst zu entwickeln vermag, zog es jeden Freund des Schönen aus unserm Norden nach dem blauen Himmel Italiens; und unter diesen Einwirkungen fand vor Allen Goethe nicht Ruhe, bis er das Hofleben in Weimar, das ihn lange genug zerstreut und beängstigt hatte, mit dem Aufenthalt in dem Lande seiner Sehnsucht vertauschte. Und nachdem sich dort in ihm zur Klarheit vollendet hatte, was er bis dahin nur im Dämmerlichte dunklen Strebens ahnte, wandte er sich von jetzt an mit Entschiedenheit dem classischen Geschmacke zu, dessen ewige Geltung um dieselbe Zeit auch Schiller auf ganz andern Wegen immer heller erkannte. In gleichem Sinne wandelten nun beide große Geister gemeinsam ihre Bahn und die Nation folgte willig den von ihnen vorgezeichneten Pfaden. Die Klarheit und das Maß der Griechen wurde unser Ideal; Niemand unter den Neuern indeß vermochte Beides in seinen Werken vollendeter zu vereinen, als Goethe's wahrhaft antike Natur. Aber bei aller Sympathie mit dem Alterthum erkannte er doch mit seinem richtigen Blick, daß die Dichtung der neuern Völker unter völlig veränderten Welt- und Bildungsverhältnissen nicht zu einer todten Nachahmung des Alterthums zurückkehren dürfe. Auch der Geist seines Volks und seiner Zeit kam in edelster Weise in ihm zur Erscheinung, und, was man auch sagen mag, deutsches Gemüth und christliche Ge-

sinnung spiegeln sich in seinen Werken im innigen Ver-
ein mit dem Geiste des Alterthums. Wenn man den
Charakter unsrer gesammten deutschen Dichtung der classischen gegenüber treffend mit den Worten bezeichnet hat:
„bei weniger Glanz der Kunst mehr Gemüth und wahre
Empfindung", so geben sich uns diese Eigenschaften mehr
oder minder überhaupt in allen Werken Goethe's, vorzüglich aber, wie wir glauben, in seiner „Iphigenia"
wie in „Hermann und Dorothea" kund. Dort
erblicken wir eine griechische Schicksalstragödie in ein-
fachster Weise von edelster christlicher Sittlichkeit und
Frömmigkeit durchdrungen und umgestaltet, hier eine bürgerliche Epopöe, wie sie allein in einem Zeitalter höherer
Bildung möglich ist, in welcher sich griechische Klarheit
mit deutscher Gemüthlichkeit und wahrer Frömmigkeit
auf das innigste vermählen.

Sollen wir nun, statt uns an Goethe's großar-
tigem Geist und seinen herrlichen Schöpfungen aufzuerbauen, über ihn murren, daß er auf dem Wege, den ihm
die Natur angewiesen hatte, für unser Volk und Vaterland wirksam geworden ist, und nicht auf andern Gebieten, auf die jetzt vor Allem das Streben der Nation gerichtet ist? Nein, wie es Winckelmann von sich sagt,
so gilt es auch von dieser genialen Natur: „Der Fin-
ger des Allmächtigen, die erste Spur seines Wirkens in
uns, das ewige Gesetz und der allgemeine Ruf ist unser Instinkt; ihm mußte ich aller Widersetzlichkeit ungeachtet folgen." Und ebenso ist auf Goethe anwend-

bar, was er in seiner Alles nach dem rechten Maße schätzenden Weise über Winckelmann ausspricht: „Findet sich in besonders begabten Menschen jenes gemeinsame Bedürfniß, eifrig zu Allem, was die Natur in sie gelegt hat, auch in der äußern Welt die antwortenden Gegenbilder zu suchen und dadurch das Innere völlig zum Ganzen und Gewissen zu steigern, so kann man versichert sein, daß auch so ein für Welt und Nachwelt höchst erfreuliches Dasein sich ausbilden werde"; und vor Allem jenes andere Wort: „Der Mensch vermag gar Manches durch zweckmäßigen Gebrauch einzelner Kräfte, er vermag das Außerordentliche durch Verbindung mehrer Fähigkeiten; aber das Einzige, ganz Unerwartete leistet er nur, wenn sich die sämmtlichen Eigenschaften gleichmäßig in ihm vereinigen." In diesem Sinne hat sich Goethe gebildet, dazu fühlte er sich in seinem Innern berufen, dazu war er von der Natur, von Gott selbst bestimmt. Darum aber hielt er auch das für seine Aufgabe, sich die Ruhe und den Gleichmuth zu erringen, welche die Menschenseele allein in den Stand setzen, das ewige Schöne wie auf ruhiger Seefläche den Himmel wiederzuspiegeln. Und wenn er treulich gekämpft hat, die Leidenschaft zu bezwingen, um mit sich selbst einig zu werden, wenn es ihm eben dadurch gelungen ist, den Frieden der Seele zu gewinnen, der von seinen Werken aus auch über seine Freunde sich verbreitet, wenn er ihn unter allen Wechseln und Stürmen des Lebens ruhig und fest bewahrt hat, so ist es dieser eigenthümlich organisirten Dichternatur nicht zum Tadel, sondern vielmehr als ein Verdienst anzurechnen, daß sie sich ganz in dem ihr durch ihre Eigenthümlichkeit angewiesenen Kreise bewegte und Alles von sich fern hielt, was die ruhige Entwickelung des innern Menschen stören und das Ausströmen der zarten Gaben der Dichtung hemmen konnte. Ist aber schon damit die Anforderung völlig beseitigt, Goethe habe sich in das politische Leben seiner Zeit mischen und sich zunächst auf die politische Entwicklung unserer Nation, wie es die Gegenwart von jedem Tüchtigen verlangt, einen unmittelbaren Einfluß sichern sollen, so hat man es doch allzu oft aus einem Mangel an vaterländisch deutscher Gesinnung wie an einer wahrhaft freisinnigen Richtung herleiten wollen, daß er auch in seinen Dichtungen so selten die Gebiete unsres nationalen Lebens unmittelbar berührt und selbst bei den großen Völkerbewegungen, deren Zeitgenosse er war, so wenig gemüthliche Theilnahme an den Tag zu legen schien.

Und diese Vorwürfe, welche in der Aufregung unserer Tage so oft gegen den Gefeierten erhoben sind, daß davon bei dem Unkundigen selbst eine völlige Verkennung seines Werthes zu besorgen ist, haben wir hier noch durch eigene Aussprüche Goethe's wie durch Thatsachen aus seinem Leben zu widerlegen.

Wie sehr Goethe's gesammte Dichtungen aus seinem unmittelbaren Antheil an dem Leben in seinen mannichfaltigsten Gestaltungen hervorströmten und wie sehr es diese lebendige und thatkräftige Natur drängte, schaffend und bildend auf das Leben zurückzuwirken, darf nicht erst wiederholt werden. Aber um so mehr würde die Anklage des Mangels an Nationalgefühl gerechtfertigt erscheinen, wenn wirklich das öffentliche Leben unsers Volkes nirgend in seinen Dichtungen abgespiegelt wäre. Doch er selbst gibt uns durch die Schilderung seiner Zeit und seine Klagen über die damalige Gestaltung unsers nationalen Lebens die erste Antwort auf diesen Vorwurf. „Betrachtet man genau", sagt er, „was der deutschen Poesie fehlte, so war es ein Gehalt und zwar ein nationeller; — in allen souverainen Staaten jedoch kommt der Gehalt von oben herunter." — Darum aber war auch die Aufgabe jener Zeit eine ganz andere als die unsrige. Unter den bekannten Verhältnissen derselben mußten die edlern Geister der Nation, denen jede Einwirkung auf das Staatsleben versperrt war, in die Welt des Ideales flüchten und die Richtung des Zeitalters auf das allgemein Menschliche, auf die Humanität und den Kosmopolitismus, findet darin die natürliche Erklärung und Rechtfertigung. Erkennt das doch auch Einer der ritterlichsten Vorkämpfer unserer gegenwärtigen politischen Entwickelung *) in richtiger Würdigung unserer nationalen Bestimmung und der Verschiedenheit der Zeiten an: „Wenn wir billig sein wollen, so fragt sich's einmal, ob nicht diese Hingebung an alles Menschliche in sich einen grö-

---

*) Gervinus, I, 475. 6.

ßern Werth hat, als alle nationale Abgeschlossenheit, jene Lockerung des Kosmopolitismus eine schönere Geltung, als alle volksmäßige Festigkeit und Starrheit. Gewiß aber ist, daß, was wir dadurch an Individualität der Nation verlieren, auf andern Seiten reichlich wiedergewonnen wird." Endlich jedoch können wir in Goethe bei näherer Betrachtung wahrlich einen lebendigen Sinn für eine allseitige nationale Entwickelung weder in seinem Leben, noch in seinen Dichtungen verkennen.

Mit welchem Antheil wandte sich schon der Knabe Goethe dem preußischen Helden des Jahrhunderts zu! Nur daß bei dem damals offen hervortretenden Zwiespalt des Vaterlandes, bei dem ihn sein deutscher Sinn zum treuen Festhalten an dem österreichischen Kaiser trieb, der menschliche Antheil mit dem vaterländischen in unauflöslichen Widerspruch gerieth. Klopstock's Vaterlands- und Freiheits-Oden begeisterten den Jüngling, aber in seinem klaren Sinn erkannte er, daß Klopstock's dunkler Gefühlsdrang auf keinem Gegenstand haftete, an dem er sich hätte üben können. *) Schon machte sich der Freiheitsdrang der damaligen Jugend in trotzigen Poesien Luft, und Goethe selbst erzählt uns von Gedichten aus jener Zeit, in denen „alles Obere, es sei nun monarchisch oder aristokratisch, aufgehoben wird." Man kämpfte gegen eingebildete Tyrannen oder lehnte sich mit

---

*) Wahrheit und Dichtung, Bd. XII. S. 149.

ernsterm Eifer und bald mit verblendeter Leidenschaft=
lichkeit gegen einzelne Auswüchse der damaligen Staats=
ordnung auf. Aber Goethe's geordnete Natur fand
auch hier bald das Rechte. „Was von jener Sucht in
mich eingedrungen sein mochte", sagt er, „davon strebte
ich mich kurz nachher im „Götz von Berlichingen"
zu befreien, indem ich schilderte, wie in wüsten Zeiten
der wohldenkende brave Mann allenfalls an die Stelle
des Gesetzes und der ausübenden Gewalt zu treten sich
entschließt, aber in Verzweiflung ist, wenn er dem an=
erkannten verehrten Oberhaupt zweideutig, ja abtrünnig
erscheint." Die Verwirrung im Reich galt ihm für das
Schrecklichste; unvergeßlich hatte sich ihm aus seiner
Knabenzeit der Anfang der goldenen Bulle eingeprägt:
Omne regnum in se divisum desolabitur; nam
principes ejus facti sunt socii furum. — Daß übri=
gens das deutsche Volk in der That für einen so ganz
vaterländischen Stoff, wie ihn Goethe für sein erstes
größeres Erzeugniß gewählt hatte, wenig empfänglich
war, zeigt sich besonders darin, daß die Flut der Nach=
ahmungen, die „Götz" hervorrief, größtentheils in Räu=
ber=Romanen und Dramen bestand.

Das Auffallende in Goethe's Verhalten bei den
großen Bewegungen seiner Zeit wird bei richtiger Wür=
digung seiner ganzen Eigenthümlichkeit wie der Zeitver=
hältnisse ebenfalls verschwinden. *) Die Halsbandge=

---

*) Zu dem Folgenden vgl. Düntzer: Zu Goethe's Jubelfeier. 1849.

4*

schichte in Frankreich, in welcher sich die sittliche Ver-
derbniß des französischen Hofes und Volkes in einem
furchtbaren Beispiele kund gab, regte sein zartes sitt-
liches Gefühl so krankhaft auf, daß er seinen Freunden
fast wahnsinnig vorkam. Bald wurde Alles durch die
französische Revolution erschüttert. Diese betrachtete er
von Anfang her aus dem sittlichen Standpunkte; die
Monarchie habe durch eigene Entsittlichung alle Ehrfurcht
vor dem Hohen und Großen untergraben*); indem aber
so ihr Umsturz unvermeidlich wurde, erwachte das Streben des Volkes nach Selbstregierung, das ihn in seiner
leidenschaftlichen Gestaltung erschreckte. Das Treiben
der französischen Freiheitsapostel durchschaute er als Thorheit und Frevel; so zeichnet er es in dem „Bürgergeneral". Wie ihm in ächt deutschem Sinn alles Gewaltsame zuwider war, so wollte er sein Deutschland
vor thörichter Nachahmung der französischen Umwälzung
bewahrt sehen; in den „Aufgeregten" legte er die Lehre
nieder, welche dies Ereigniß Deutschland geben sollte,
sowol für Fürsten als Volk. Die Fürsten sollten den
Weg der Mäßigung einschlagen, damit sie das Volk
nicht zu gewaltsamem Umsturz reizen. Fehlte es Goethe
an Sinn für deutsche Volksfreiheit, weil er eine Revo-

---

*) Wie Goethe in der „Ehrfurcht" — der Anerkennung
eines Höheren, der den Menschen auf ein Streben nach dem Voll-
kommenen hinweist, eine Grundlage aller Volkserziehung erkannte,
entwickelt er genauer in den „Wanderjahren".

lution vermieden sehen wollte? Er klagte, daß die Be=
wegungen jener Zeit ruhige Bildung, unser altes Erb=
theil, zurückdrängen, die leidenschaftliche Parteiung bringe
nur verworrene Aufregung, aus der erst nach langen
Kämpfen die gesunde Mitte hervorgehen könne. Welche
Freude er empfindet, daß in seinem nächsten Kreise mit
ihm selbst innig verbunden ein Fürst in rechtem Sinne
walte, drückt er in den schönen Zeilen aus:

> „Klein ist unter den Fürsten Germaniens freilich der meine;
> Kurz und schmal ist sein Land, wenig nur, was er vermag.
> Aber so wende nach Innen, so wende nach Außen die Kräfte
> Jeder, — da wär' es ein Fest, Deutscher mit Deut=
> schen zu sein!"

Die Hoffnung Deutschlands, eine Nation zu bilden,
scheint ihm unter den damaligen Umständen vergeblich;
er räth, sich dafür zu Menschen zu bilden. Die Politik
verwirre alle Köpfe, wogegen der Deutsche in Wissen=
schaft und Kunst Großes leisten könne. Von dem Staate
fordert er vor Allem Vereinigung von Fürst und Volk
zur Förderung des allgemeinen Besten. Der wahre
Patriotismus beruht nach seiner Ueberzeugung darin,
daß Jeder an seiner Stelle zum Heile des gemein=
samen Vaterlandes mit allen Kräften wirke, wie auch
Schiller es ausspricht, daß Jeder am besten thue, wenn
er das Seine ernsthaft treibe; das Nationalgefühl
hält er nur dann für wahr und gut, wenn es gerechtes
Selbstbewußtsein des zu hoher Bildung, Größe und
Macht gelangten Volkes sei. Es lag tief in seiner

Natur, immer das Nächste zu thun, mit Besonnenheit und Treue einen Wirkungskreis auszufüllen, den er über= sehen könne; jedes Handeln ohne begründete Aussicht auf Erfolg war ihm unmöglich; er wollte nicht aufre= gend, sondern beruhigend wirken. Diese ächt deutsche Sinnesart spricht sich in „Hermann und Dorothea" aus; hier wird mit tiefer Gemüthlichkeit das ruhige Glück eines behaglichen Bürgerlebens in einer kleinen deutschen Stadt dem wilden Revolutionswesen gegenüber geprie= sen, wo Jeder sich seiner bestimmten Individualität gemäß frei entwickeln kann. Diese Freiheit begründet nach Goethe das wahre Glück, nicht jene politische, bei welcher Jeder eifersüchtig seinen Antheil an der Staats= regierung wahrt. Das Gedicht zeigt zugleich, wie man in Zeiten des Umsturzes ein neues Glück aus sich her= aus schaffen müsse. Daß Goethe wohl empfand, wie auch der ruhige Bürger in Zeiten der Gefahr das Va= terland mit Gut und Blut zu schützen habe, ruft uns der selten ganz gewürdigte Schluß des Gedichts ent= gegen:

„Und gedächte Jeder wie ich, so stände die Macht auf
Wider die Macht, und wir erfreuten uns Alle des Friedens."

Aber für politische Freiheit war Deutschland damals in der That noch nicht gereift; so sah Goethe in der Betheiligung des Volks an der Staatsverwaltung nur eine Herrschaft Weniger über die leicht zu verleitende Masse des Volks, dem „es nie gelinge, für sich zu wollen". Immer von neuem preiset er dagegen das

Glück persönlicher Freiheit und ungehemmter indivi=
dueller Entwickelung, das tief in dem deutschen Cha=
rakter begründet sei und das Kleinod der englischen
Verfassung bilde.

Wir wollen es nicht verschweigen, daß er auch bei
dem mächtigen Aufschwunge unsers Volkes in den Be=
freiungskriegen sich nicht zu der begeisterten Hoffnung
einer baldigen kräftigen Wiedergeburt des Vaterlandes
erhob. In Napoleon war ihm von Anfang an ein dä=
monischer Mann erschienen, vom Schicksal berufen, die
stürmische Flut der Revolution endlich zu beruhigen;
auch bei persönlichem Begegnen hatte er dessen Größe
entschieden erkannt. Nach der Unterjochung· Deutsch=
lands, bei der die Deutschen sich so schmachvoll gezeigt,
sah er in ihm vollends ein Werkzeug des Schicksals,
das dem deutschen Volke tiefe Erniedrigung bereiten
sollte, — aus der sich dieses jedoch dereinst zu frischem
Leben erheben werde. So sprach er noch kurz vor dem
Waffenstillstande in Dresden zu Arndt, der ihn, sei=
ner jugendlichen Begeisterung gegenüber, „beklommen“
fand: „Schüttelt nur an Euern Ketten, der Mann ist
Euch zu groß, Ihr werdet sie nicht zerbrechen!“ Mö=
gen wir hier das Vertrauen jenes kühnen Enthusiasmus
vermissen, das uns allein aus den Banden des Erobe=
rers zu befreien vermochte, mögen wir die Verzagtheit
des Greises, der an rascher Wiedergeburt eines gesun=
kenen Volkes verzweifelte, beklagen, es ist doch nicht zu
läugnen, daß Goethe die Lage der Dinge tiefer erfaßt

hatte, als Diejenigen, welche mit unserer Befreiung vom französischen Joch unsere Selbständigkeit und Freiheit völlig gesichert glaubten. Daß wir Frankreichs Ketten nur im Bunde mit Rußland abwerfen konnten, hat uns seitdem in weniger scheinbare, aber nicht minder drückende Fesseln geschlagen; und zu innerer Freiheit war die Masse des Volks noch lange nicht gereift, sonst hätten wir sie längst gewonnen; denn, wie es Goethe sagt, „wo ein Volk zur Freiheit reif ist, kann keine Macht der Erde sie ihm rauben." — Was man bei Goethe als Mangel an Theilnahme an den großen Schicksalen unsers Volks gedeutet hat, ging oft nur aus der mehrfach erwähnten krankhaften Reizbarkeit desselben hervor. So gab er in Zeiten großer politischer Bewegungen mehrmals das Lesen der Zeitungen auf, wenn dieses ihn zu sehr zu beunruhigen drohte. Und nur so erklärt sich auch der oft mit völliger Verkehrtheit gedeutete eigenthümliche Zug, daß unser Dichter sich um die Zeit der großen Völkerschlacht in chinesische Geschichte vertiefte; denn um dieselbe Zeit schrieb er: „es halte ihm schwer, das Gemüth über Alles, was die Welt drücke und bedrohe, zu beruhigen; — ja, man sei in Gefahr, wahnsinnig zu werden."

Höchst bezeichnend sind seine Gespräche mit Eckermann und Luden über seine Theilnahme für die Wiedergeburt unsers Volks, in welchen er sich, wie immer, mit unumwundener Offenheit und Wahrheit über sein Innerstes ausspricht. So sagte er zu Eckermann: „Wie hätte ich die Waffen ergreifen können ohne Haß? Und wie hätte ich hassen können ohne Jugend? Hätte jenes Ereigniß mich als Zwanzigjährigen getroffen, so wäre ich sicher nicht der Letzte geblieben; allein es fand mich als Einen, der bereits über die ersten Sechszig hinaus war. Auch können wir dem Vaterland nicht auf gleiche Weise dienen, sondern Jeder thut sein Bestes, je nach= dem Gott es ihm gegeben. Ich habe es mir ein halbes Jahrhundert lang sauer genug werden lassen. Ich kann sagen, ich habe in den Dingen, welche die Natur mir zum Tagewerk bestimmt, mir Tag und Nacht keine Ruhe gelassen und mir keine Erholung gegönnt, sondern im= mer gestrebt und geforscht und gethan, so gut und viel ich konnte. Wenn Jeder von sich dasselbe sagen kann, so wird es um uns Alle gut stehen!" — Und ein an= deres Mal: „Kriegslieder schreiben und im Zimmer sitzen?! Das wäre meine Art gewesen! Aus dem Bi= vouac hinaus, wo man Nachts die Pferde der feindli= chen Vorposten wiehern hört, da hätte ich es mir ge= fallen lassen! Aber das war nicht mein Leben und meine Sache, sondern die von Theodor Körner; ihn kleiden seine Kriegslieder auch ganz vollkommen; bei mir aber, der ich keine kriegerische Natur bin und keinen kriegerischen Sinn habe, würden Kriegslieder eine Maske gewesen sein, die mir schlecht zu Gesicht gestanden hätte!"

Als Goethe Luden von der Herausgabe der „Ne= mesis" abrieth, da er an einer bedeutenden Wirkung zwei=

felte, sprach er: „Glauben Sie ja nicht, daß ich gleichgültig wäre gegen die großen Ideen Freiheit, Volk,
Vaterland! Nein, diese Ideen sind in uns, sie sind
ein Theil unsers Wesens und Niemand vermag sie von
sich zu werfen. Auch liegt mir Deutschland warm am
Herzen. Ich habe oft einen bittern Schmerz empfunden
bei dem Gedanken an das deutsche Volk, das so achtbar
im Einzelnen und so miserabel im Ganzen ist. Eine
Vergleichung des deutschen Volks mit andern Völkern erregt uns peinliche Gefühle, über welche ich auf jegliche Weise
hinwegzukommen suche, und in der Wissenschaft und in
der Kunst habe ich die Schwingen gefunden, durch welche
man sich darüber hinwegzuheben vermag; denn Wissenschaft und Kunst gehören der Welt an und vor ihnen
verschwinden die Schranken der Nationalität. Aber der
Trost, den sie gewähren, ist doch nur ein leidiger Trost
und ersetzt das stolze Bewußtsein nicht, einem großen,
geachteten und gefürchteten Volke anzugehören. In derselben Weise tröstet auch nur der Glaube an Deutschlands Zukunft; ich halte ihn so fest, als Sie, diesen
Glauben; ja, das deutsche Volk verspricht eine
Zukunft und hat eine Zukunft. Das Schicksal
der Deutschen ist, um mit Napoleon zu reden, noch
nicht erfüllt. Hätten sie keine andere Aufgabe gehabt,
als das römische Reich zu zerbrechen und eine neue Welt
zu schaffen und zu ordnen, sie würden längst zu Grunde
gegangen sein; da sie aber fortbestanden sind, und in
solcher Kraft und Tüchtigkeit, so müssen sie nach mei-

nem Glauben noch eine große Bestimmung haben, eine Bestimmung, welche um so viel größer sein wird, denn jenes gewaltige Werk der Zerstörung des römischen Reichs und der Gestaltung des Mittelalters, als ihre Bildung jetzt höher steht. — Sie sprechen von dem Erwachen, von der Erhebung des deutschen Volks und meinen, dieses Volk werde sich nicht wieder entreißen lassen, was es errungen und mit Gut und Blut theuer erkauft hat, nämlich die Freiheit. Ist denn wirklich das Volk erwacht? Weiß es was es will und vermag? Der Schlaf ist zu tief gewesen, als daß auch die stärkste Rüttelung so schnell zur Besinnung zurückzuführen vermöchte. Und ist denn jede Bewegung eine Erhebung? Erhebt sich, wer gewaltsam aufgestöbert wird? Wir sprechen nicht von den Tausenden gebildeter Jünglinge und Männer, wir sprechen von der Menge, von den Millionen. Und was ist denn errungen und gewonnen worden? Sie sagen, die Freiheit; vielleicht aber würden wir es richtiger Be= freiung nennen, nämlich Befreiung nicht vom Joche der Fremden, sondern von einem fremden Joche. Es ist wahr, Franzosen sehe ich nicht mehr und nicht mehr Ita= liener, dafür aber sehe ich Kosacken, Baschkiren, Magyaren, Kassuben, Samländer, braune und andere Husaren." — Die Zeit, wo die Deutschen wieder mächtig hervortreten würden, sah er noch in unbestimmter Ferne; doch er= kannte er es als die Pflicht jedes Einzelnen, nach seinen Talenten, seiner Neigung und seiner Stellung die Bil= dung des Volkes zu mehren, zu stärken und durch das=

selbe zu verbreiten nach allen Seiten, und wie nach Unten, so auch vorzugsweise nach Oben, damit es nicht zurückbleibe hinter den andern Völkern, sondern wenigstens hierin voraufstehe; damit der Geist nicht verkümmere, sondern frisch und heiter bleibe; damit es nicht verzage, nicht kleinmüthig werde, sondern fähig bleibe zu jeglicher großen That, wenn der Tag des Ruhmes anbricht!"

Auch äußerte er noch im J. 1828: "Mir ist nicht bange, daß Deutschland nicht eins werde; unsere guten Chausseen und Eisenbahnen werden schon das Ihrige thun. Vor Allem aber sei es eins in Liebe zueinander und immer sei es eins gegen den auswärtigen Feind!" Nur glaubte er, die Neugestaltung müsse aus dem ureigenen Wesen des Volkes hervorgehen. Alle Versuche, ausländische Neuerungen einzuführen, sind thöricht und alle beabsichtigten Revolutionen · der Art ohne Erfolg; "denn sie sind ohne Gott, der sich von solchen Pfuschereien zurückhält. Ist aber ein wirkliches Bedürfniß zu einer großen Reform in einem Volke vorhanden, so ist Gott mit ihr und sie gelingt!"

So hat Goethe den Glauben an eine große Zukunft des deutschen Volkes bewahrt und für dieselbe gewirkt auf dem Felde, für das er berufen war. Und ist nicht durch den Aufschwung, den er mit so vielen edeln Zeitgenossen unserer Sprache, unserer Dichtung gab, die edelste Begeisterung für diese hohen nationalen

Güter geweckt und damit die Erstarkung unsers ge=
schwächten Nationalgefühls begründet? — Was uns
aber damals noch fehlte, das soll und kann allein durch
einen Weiterbau auf der Grundlage allgemeiner hu=
maner Bildung für uns gewonnen werden! Bei
tüchtiger harmonischer Entwickelung der gesammten Kräfte
werden wir auch den Anforderungen, welche das na=
tionale Leben in einer fortgeschrittenen Zeit an uns
stellt, endlich genügen lernen. Wie richtig erkannte Goethe,
daß das unter den großen Bewegungen unsers Volks=
lebens heranwachsende Geschlecht zu kräftigem Wirken in
der äußern Welt gebildet werden müsse! Schon mit fort=
schreitendem Lebensalter hatte er das unmittelbar Prak=
tische immer höher schätzen gelernt; die allgemeine Bil=
dung, wie er sie in den „Lehrjahren“ empfahl, soll
nach der Moral der „Wanderjahre“ die Vorbereitung
für einen engbegränzten Lebensberuf werden; — Wil=
helm Meister selbst wird nun ein Wundarzt.
Wie die soziale Frage bespricht er in den Wander=
jahren das Erziehungswesen in oft allzu didaktischer
Weise. — Das Heil unserer Zukunft erwartete er vor Allem
von einer tüchtigen Erziehung der Jugend, welche das
gesunde Selbstbewußtsein nicht unterdrücke, sondern för=
dere und kräftige. Als die Turnübungen wegen po=
litischer Umtriebe von den Regierungen untersagt wur=
den, äußerte er: „Dadurch ist nun das Kind mit dem
Bade verschüttet; aber ich hoffe, daß man die Turnan=
stalten wieder herstelle, denn unsere deutsche Ju=

gend bedarf es, besonders die studirende, der
bei dem vielen geistigen und gelehrten Treiben
alles körperliche Gleichgewicht fehlt und somit
jede nöthige Thatkraft zugleich. — Könnte man
nur den Deutschen nach dem Vorbilde der Engländer
weniger Philosophie und mehr Thatkraft, weniger
Theorie und mehr Praxis beibringen, so würde es weit
besser stehen. Sehr viel könnte geschehen von
Unten, vom Volke durch Schulen und häusliche
Erziehung, sehr viel von Oben durch die Herrscher und ihre Nächsten!"

Können wir noch zweifeln, ob Goethe ein Herz zu
unserm Volke, ja für dessen Heranbildung zu immer
größerer Selbstthätigkeit und Freiheit hatte? Er, der
ja auch seiner ganzen geistigen Richtung nach nichts Höheres kannte, als die ungehinderte Entwickelung der
Kräfte jedes Einzelnen im Volke zur Förderung des
Ganzen? Ist doch auch jenes Werk seines ganzen Lebens, in welchem er in poetischem Gewande die Errun-
genschaft seines Erdendaseins, das Ergebniß seiner Lebensweisheit niedergelegt, von derselben Ansicht durch-
waltet, die sich vor Allem in den Worten des sterbenden
begnadigten Faust ausspricht:

> Eröffn' ich Räume vielen Millionen,
> Nicht sicher zwar, doch thätig-frei zu wohnen! — —
> Ja! diesem Sinne bin ich ganz ergeben,
> Das ist der Weisheit letzter Schluß:
> Nur der verdient sich Freiheit wie das Leben,
> Der täglich sie erobern muß. — —

Solch ein Gewimmel möcht' ich seh'n,
Auf freiem Grund mit freiem Volk zu steh'n!
Zum Augenblicke dürft' ich sagen:
Verweile doch, du bist so schön!
Es kann die Spur von meinen Erdetagen
Nicht in Aeonen untergeh'n.
Im Vorgefühl von solchem hohen Glück
Genieß' ich jetzt den höchsten Augenblick.

Auch unser Dichter hat dieses Vorgefühl genossen, und sein Name, die Wirkung seiner Thätigkeit wird in Aeonen nicht untergehen! Auch wir aber wollen ihn nicht bloß müßig feiern, sondern geloben, ihm nachzueifern in dem Höchsten, was er uns als Ideal, dem er menschlich strebend nachgerungen, vor die Seele stellt. Auch wir wollen vor Allem auf Selbstbildung bedacht sein und nimmer ermüden, uns zu erneuern, wie die immer wechselnden Verhältnisse des Lebens es von uns fordern, uns nicht verlieren in dem äußern Treiben und von uns fern halten jede zersplitternde Vielgeschäftigkeit, welche die leidenschaftlich aufgeregte Gegenwart oft für das Höchste erklärt; auch wir wollen treu um das Eine besorgt sein, was nach richtiger Erkenntniß unsers Selbst uns als die Aufgabe erscheint, die unserer eigenthümlichen Naturanlage gemäß eine höhere Macht uns vorgezeichnet hat, — dann unser selbst gewiß, daß wir auch den verschiedensten Anforderungen, welche der engere Kreis, in dem wir wirken, wie das öffentliche Leben bei seiner fortschreitenden Entwickelung an uns stellen mag, thatkräftig genügen werden, zum Heile des Ganzen und zur endlichen Gewinnung eines kräftigen nationalen Daseins! Unser Goethe aber wird uns dabei tröstend und erhebend zur Seite stehen, wenn wir vertrauensvoll seiner Mahnung folgen:

> So kommt denn, Freunde, wenn auf euern Wegen
> Des Lebens Bürde schwer und schwerer drückt,
> Wenn eure Bahn ein frisch erneuter Segen
> Mit Blumen ziert, mit gold'nen Früchten schmückt,
> Wir geh'n vereint dem nächsten Tag entgegen!
> So leben wir, so wandeln wir beglückt.
> Und dann auch soll, wenn Enkel um uns trauern,
> Zu ihrer Lust noch uns're Liebe dauern!

Druck von F. A. Brockhaus in Leipzig.

# GÖTHEKULT UND GÖTHEPHILOLOGIE

VON

## PROF. DR. **BRAITMAIER**.

BEILAGE ZUM PROGRAMM DES KÖNIGL. GYMNASIUMS

ZU

TÜBINGEN.

1892. PROGR. Nr. 587.

TÜBINGEN 1892.
DRUCK VON H. LAUPP jr.

Vorliegende Arbeit will ein öffentlicher Protest des nationalen Bewusstseins gegen zwei verkehrte Richtungen unserer neuesten Litteraturgeschichte sein, die sich kurz als G ö t h e k u l t und G ö t h e p h i l o l o g i e bezeichnen lassen. Die eine, ältere sucht in ganz ungöthischem Sinne, um Göthe zu erhöhen, die anderen Dichtergrössen neben ihm, besonders Lessing und Schiller, herabzusetzen, ja selbst ihren Charakter zu verunglimpfen und vergreift sich so an dem reichen Schatze nationalen Guts und nationaler Ehre, welchen jene grosse Periode unserer klassischen Dichtung uns hinterlassen hat. Die andere von den rohesten Vorstellungen über künstlerisches Schaffen ausgehend macht Göthes Dichtung zu einem Versuchsfeld eines auf dem Gebiet der antiken Litteratur abgehausten philologischen Alexandrinismus, degradiert den grossen Dichter zu einem armseligen Flickschneider und drückt das künstlerische Schaffen auf das Niveau ihres eigenen impotenten unwissenschaftlichen Treibens herab. — Wenn die Art unserer Polemik rücksichtslos erscheint, so ist dies durch den höhnischen Ton der Göthephilologie, noch mehr aber durch die schmähliche Verhöhnung des nationalen Bewusstseins herausgefordert. Wenn man uns Deutschen nach 1871 Franzosenfresserei vorwirft, wenn man uns vorhält, dass wir unsere geistige Kultur, zumal unsere Dichtung, den Franzosen verdanken, wenn man uns à la Rénan belehrt, dass unsre eigentliche geschichtliche Aufgabe die Pflege der ästhetischen Bildung sei, dass wir mit der Gründung des Deutschen Reiches und der damit verbundenen politischen Thätigkeit diesen Beruf verfehlt haben; wenn man die Schillerverehrung als „eingepöckelte Ware, die wir jährlich einmal hervorholen und lüften“, wenn man die Sedanfeier als „Doppeltrunk mit dem grossen Bewusstsein nationaler Pflichterfüllung“ verhöhnt, so ist für solches Treiben kein Wort stark genug.

Da die Schrift gemäss ihrer nächsten Bestimmung als Programm des hiesigen Gymnasiums sich innerhalb gewisser Grenzen zu halten hatte, die auch so schon überschritten sind, so mussten mehrere Partien teils gestrichen, teils bedeutend gekürzt werden; so die Untersuchung über

Dichtung und Wahrheit als Geschichtsquelle; von dem Kapitel: Göthemythologie ist nur der Abschnitt Merck geblieben; die Geliebten mussten
geopfert werden; von dem grösseren Abschnitte: die einzelnen Dichtwerke
blieben nur Werther und Stella ganz erhalten.

Tübingen, Februar 1892.

Prof. Dr. Braitmaier.

Jene grosse Periode vorwiegend ideellen Geisteslebens, wo wir während der Stürme der französischen Revolution und der Napoleonischen Eroberungskriege wie auf einer weltentlegenen Insel in idyllischem Frieden uns dichterischem Schaffen und Geniessen wie spekulativer Forschung hingaben, liegt abgeschlossen hinter uns. An die Stelle der Spekulation sind die exakten Wissenschaften, an die Stelle des poetischen Schaffens und Geniessens die ernste politische Thätigkeit, an die Stelle der blasiert geistreichen romantischen Theetische und Klubs sind die erregten Debatten im Parlament und die stürmischen Diskussionen in den Volksversammlungen getreten. Heute sind unsere Kräfte und Interessen in erster Linie dem Ausbau des neuerstandenen Deutschen Reiches, der billigen Gestaltung der sozialen Verhältnisse, dem Wettbewerb unserer Industrie und unseres Handels auf dem Weltmarkt zugewandt. Freuen wir uns über diese Wendung der Dinge, die endlich auch dem deutschen Volke, zuletzt unter den Kulturvölkern Europas, die nationale Einheit und eine massgebende Stellung im Rat der Nationen gebracht hat: mögen immerhin die modernen Nachzügler der verkommenen Romantik, die Nachbeter des französischen Chauvinismus darüber als über eine Verfehlung unseres eigentlichsten geschichtlichen Berufes, der harmlosen Pflege rein ästhetischer Bildung „greinen", um den Lieblingsausdruck des Hauptsprechers dieser Richtung zu gebrauchen.

Mit dieser Wendung des öffentlichen Geistes ist heute für uns natürlich auch eine andere Stellung zu jener grossen verflossenen Periode gegeben. Wir stehen ihr objektiv gegenüber, sofern andere Interessen und andere Ideale unsere Zeit erfüllen; wir stehen ihr aber auch noch verständnisvoll nahe, sofern die Frucht jener hundertjährigen geistigen Arbeit gleichsam in Fleisch und Blut des Volksgeistes übergegangen, ein fortlebender hoffentlich unverlierbarer Bestandteil unserer nationalen Bildung geworden ist: eine Welt seligen Friedens, in die wir uns aus dem aufregenden und aufreibenden politischen Treiben der Zeit so gerne flüchten, um den Glauben an die Verwirklichung der Ideale jener grossen Zeit uns zu wahren und neuen Mut und neue Kraft für die Kämpfe der Gegenwart zu schöpfen.

Auch eine andere Stellung zu den einzelnen Dichtern und Dichtwerken jener Periode ist durch diesen Verlauf der Dinge gegeben. Nur weniges von den Schöpfungen jener Zeit, nur was allgemein menschlichen, ewig bleibenden Gehalt und künstlerische Form besitzt, lebt noch unmittelbar fort. Klopstock und Wieland werden kaum noch gelesen; von Lessing haben sich, von seinen kritischen und theoretischen Schriften abgesehen, nur die drei Dramen erhalten; von Herder nur der fremde Cid. Von Göthe leben fort: die Gedichte, Götz, Werther, Iphigenie, Tasso, Egmont, W. Meister, Hermann und Dorothea, die Wahlverwandtschaften, Dichtung und Wahrheit. Von Schiller: die Gedichte und die klassischen Dramen, die Räuber, Kabale und Liebe, Don Carlos und der dreissigjährige Krieg. Wir stellen heute an jeden einzelnen Dichter, an jedes einzelne Dichtwerk die Frage: 1) Was sind sie heute noch für unsre gesamte geistige Kultur? 2) Was haben sie zur Entwicklung des nationalen Geistes und der freiheitlichen Ideen beigetragen?

Auch auf die wissenschaftliche Behandlung unserer grossen Dichter ist jener Umschwung natürlich nicht ohne Einfluss geblieben. An die Stelle der mehr ästhetischen und spekulativen Betrachtungsweise ist eine mehr historische und kritische getreten. Dieselbe philologische Gründlichkeit, mit der wir die alten Klassiker zu behandeln gewohnt sind, lassen wir auch den Texten unserer grossen Dichter angedeihen. Mit Ausnahme von Wieland besitzen wir von ihnen mehr oder weniger treffliche kritische Ausgaben, teils fertig, teils im Erscheinen begriffen. Von Lessing und Herder treffliche Biographien, auch eine von Klopstock; von Schiller eine, die von Brahm fertig, zwei auf breitester Grundlage gelehrter Forschung angelegt begonnen, von denen wenigstens die von Minor einem wirklichen Abschluss entgegensieht. Seit Eröffnung des Göthearchivs ist die grosse Weimarer Ausgabe der Gesamtwerke Göthes begonnen und in rüstiger Ausführung begriffen. Eine umfassende Biographie ist in Aussicht genommen, die, wenn die Vermischung von Forschung und Darstellung im bisherigen Tempo fortschreitet, für sich allein eine kleine Bibliothek bilden wird. Zugleich hat sich nach dem Vorbild der Shakespeare- und Dante-Gesellschaft eine Göthegesellschaft mit trefflich redigiertem Jahrbuch und besonderen Publikationen gebildet. Dazu kommen als für eine künftige zusammenhängende Darstellung jener grossen Periode unerlässliche Vorarbeiten neuester Zeit eine sehr grosse Anzahl Detailuntersuchungen, freilich von sehr ungleichem Werte.

Eine zusammenhängende wirklich wissenschaftliche Darstellung unserer klassischen Dichtung, wie sie früher Gervinus mit den Mitteln seiner Zeit in grossem Stil und wahrhaft geschichtlichem Sinn, wenn auch vielfach in einseitigem Geiste gegeben hat, dürfen wir wohl auf lange hinaus nicht erwarten und bei dem mikrologischen Geiste der heutigen Forschung und dem herrschenden Cliquewesen vielleicht nicht einmal wünschen. Nicht als ob die jetzigen litterarischen Mittel eine solche nicht gestatteten. Denn was an Dokumenten aus den Archiven wie aus Privatschätzen noch

der Veröffentlichuug harrt, wird immerhin noch wichtige oder doch interessante Beiträge für die Kenntnis der persönlichen Verhältnisse, des litterarischen Verkehrs, des Entwicklungsgangs der Dichter; zur Genesis
einzelner ihrer Werke, zur Erklärung dunkler Stellen bieten und jeder,
selbst der geringste Beitrag, und wäre es auch nur der Nachweis eines
Namens wie O. Ferol, muss willkommen heissen. Aber sie werden das
Gesamtbild jener Periode und ihrer grossen Dichter und Schriftsteller
— für die Geister zweiten und dritten Rangs bleibt noch viel zu thun —
nur in Nebenpunkten berichtigen oder auch näher begründen können.
Denn dieses ruht auf der fortlebenden Wirkung der grossen klassischen
Dichtwerke, nicht auf der genauen Kenntnis ihrer Entstehungsgeschichte,
noch weniger auf der der persönlichsten Lebensverhältnisse ihrer Verfasser. Dieses unbefangene, objektive, völlig tendenzfreie Volksurteil ist
eine Thatsache, welche die Geschichtschreibung als fait accompli einfach
aufzuzeichnen und näher zu begründen hat, wie dies in den umfassenden
allgemeinen Geschichtswerken über jene Zeit auch geschehen ist. Lessing,
Göthe, Schiller gelten uns als die Höhepunkte des dichterischen Schaffens,
wie der künstlerischen Einsicht und der ästhetischen und sittlichen Kultur
ihrer Zeit; Göthe und Schiller als die gleichwertigen Vertreter zweier
verschiedener, aber gleichberechtigter Richtungen des Volksgeistes; sie
stehen im Volksurteil als ebenbürtige Grössen nebeneinander.

Natürlich schliesst dieses auf der fortdauernden Gesamtwirkung der
klassischen Werke beruhende allgemein objektive Volksurteil die Vorliebe
des einzelnen für diesen oder jenen Dichter nicht aus. Sie ist durch die
Eigenart der Dichter wie durch den Charakter und die Geschmacksbil-
dung der Leser bedingt. Aber bei dem unbefangenen gebildeten Menschen
hat diese persönliche Vorliebe nichts Ausschliessendes. Vollends das Volk
als Ganzes, das alle die verschiedenen Seiten des geistigen Lebens umfasst, wird der einen wie der anderen Grösse in ihrer Eigenart gerecht.

Neben dieser berechtigten unbefangenen, individuellen Vorliebe hat
sich schon früh das leidige Cliquewesen geltend gemacht. Ein Kotzebue
wollte aus verletzter Eitelkeit Schiller gegen Göthe ausspielen; die Romantiker suchten Schiller herabzudrücken, um durch Göthes Protektion
selbst emporzukommen und als dieser die aufdringlichen charakterlosen
Intriguanten abwies, wollten sie auch ihn stürzen, um einen Fr. Schlegel
auf den erledigten Thron zu setzen. Später hat der geistreich witzelnde
wie schmachtende, salonparfümduftende „naive Volksdichter" H. Heine
zuerst Schiller Göthe zu gefallen herunter gemacht, um später Göthe
selbst als den kalten Kunstgreis zu verhöhnen. Zu gleicher Zeit hat
Menzel von borniertem christlich-germanischen Standpunkt aus Göthes
Dichtung wie seinen Charakter angegriffen, genau wie in letzter Zeit die
hoffnungsvolle schwarze Partei durch ihr litterarisches Haupt von kano-
nischer Geltung, den Laacher Jesuitenpater Baumgartner, Göthe beschmutzt.

1 *

Indes diese Aeusserungen impotenter Streber und bornierter protestantischer wie ultramontaner Finsterlinge sind an dem allgemeinen öffentlichen, felsenfesten Volksurteil spurlos vorübergegangen.

Göthe hat früh eine Anzahl ganz spezieller intimer Verehrer gefunden. Es liegt dies teils in dem mehr privaten Charakter seiner Dichtung, teils in dem Abhängigkeitsbedürfnis so vieler Menschen, dem die Bildung von Sekten wie von Schulen vornehmlich ihre Entstehung verdankt. Später kam für diese speziellen Verehrer die Bezeichnung Göthegemeinde auf. Der Name ist von dem pietistischen Konventikelwesen entlehnt und höchst treffend gewählt. Die Gemeinde der wahren Gottesverehrer, der Bund der Auserwählten stellt sich in bewussten Gegensatz zur allgemeinen Volkskirche, welche Berufene und Unberufene umfasst. Das Wesen der separatistischen Gemeinde, des religiösen wie des litterarischen Konventikels besteht darin, dass er sich einen aparten Gegenstand der Verehrung aussucht oder dem gemeinsamen des ganzen Volkes einen ganz besonderen Kult widmet. Es ist bezeichnend, dass sich keine Schillergemeinde, ja, was wir sehr bedauern, nicht einmal eine Schillergesellschaft gebildet hat. Dies hängt offenbar mit dem eigenartigen Charakter der beiderseitigen Dichtung zusammen. Göthes Dichtung, die vorzugsweise das individuelle Empfindungsleben darstellt, ist wohl geeignet, gefühlselige, quietistische, für ästhetischen Genuss schwärmende Gemüter als stille Gemeinde um sich zu sammeln, während Schillers Dichtung, die sich mehr auf dem Gebiet der Völkergeschichte und der grossen öffentlichen Ideen bewegt, dazu keinen geeigneten Boden bietet. Wir haben gegen solche privateste Verehrung Göthes an sich nichts einzuwenden, wohl aber dagegen, dass der Konventikel sein Bild aus der grossen Volksgemeinde nehmen will, um es in einem privaten Betsaal aufzustellen und vor allem, dass er sich als die besonders berufene Priesterschaft des Volksheros geberdet.

Bisher war das Treiben der Gemeinde ziemlich harmlos. Sie besass keine Organisation und kein litterarisches Organ und ihre Vertreter waren wissenschaftlich gar zu unbedeutend. Dies hat sich neuerer Zeit geändert: In H. Grimm hat sie einen geistreichen, publizistisch gewandten, in Herrn von Löper einen fachgelehrten Sprecher gefunden. Indes beide sind in ihrem Göthekult so extrem einseitig, dass auch ihre Stimme als Aeusserung rein privater Liebhaberei in weiteren Kreisen unbeachtet geblieben wäre. Da kam die neugegründete Göthephilologie mit allen Mitteln der wissenschaftlichen Routine, noch mehr mit denen der Schulmacherei hinzu. Die trockene Philologie verbündete sich mit dem geistreichen Feuilleton. W. Scherer heiratete H. Grimm. Scherer-Grimm zeugte E. Schmidt und die zahlreiche Schar zünftiger Göthephilologen. Neben die zerstreute stille Gemeinde trat die stramm organisierte Schule mit dem bewussten Streben nach litterarischer Diktatur. Einen wesentlichen Machtzuwachs gewann diese neue Schule seit Eröffnung des Göthearchivs durch die Gründung der Göthegesellschaft und des Göthejahrbuchs. Beides sind höchst willkommene Erscheinungen. Die Göthegesellschaft deckt sich in keiner Weise mit der Götheschule und das Göthejahrbuch ist ja für die allseitige Erforschung alles dessen, was auf Göthe Bezug hat, bestimmt; die bisherigen Publikationen überragen an Bedeutung weit die entsprechenden Leistungen der Shakespeare- und Dantegesellschaft. Wir scheiden deshalb in unserem Urteil auf das bestimmteste die Göthephilologie und die Göthegesellschaft. Aber in dieser haben doch die Göthephilologen die Führerrolle und im Jahrbuch haben sie ein bereites Organ für ihr extremes Treiben gefunden.

Ziele, Methode und Kampfmittel sind die gleichen, wie sie jeder Schule eigen sind und wie wir sie in Deutschland seit den Zeiten Gottscheds bis heute so sattsam kennen. Der Schule ist es nicht um Erforschung der objektiven Wahrheit, sondern um Verfechtung der Machtsprüche des Schulhauptes zu thun. Diese sind ein Dogma, das einfach nachgesprochen wird, wie ja E. Schmidt noch heute in der vierten Generation den Mythus von den zwanzig Nibelungenliedern gläubig wiederholt. Für die Gegner und ihre Einwände hat man nur Hohn oder vornehmes Achselzucken; für die Schulgenossen und ihre Leistungen gegenseitige Lobhudelei. Man weiss, dass der Schulverband eine Macht ist und nützt dies Machtmittel mit virtuoser Gewandtheit aus. Die Schule hat sich die Verfügung über die bedeutendsten Zeitschriften, massgebenden Einfluss auf Besetzung der akademischen Lehrstellen zu verschaffen gewusst. Vermöge dieser materiellen Machtmittel hat sie einen solchen Einfluss gewonnen, dass selbst so völlig selbständige an wissenschaftlicher Bedeutung sie weit überragende Männer wie Fr. Vischer und K. Fischer nur schüchtern und behutsam sich über diese neueste Methode der Forschung äussern und Düntzer den Kampf gegen sie als aussichtsloses Schwimmen gegen den Strom bezeichnet.

Die Schule hat der alten Gemeinde wohl äussere Machtmittel zugeführt und eine angeblich streng wissenschaftliche Methode als zweifelhafte Mitgift beigebracht; aber diese Methode ist in der That nichts anderes, als eine ins System gebrachte wilde Hypothesenreiterei. Die Grundgedanken wie den exklusiven Parteigeist hat sie von dem geistreichen Grimm entnommen. Die Polemik wird demgemäss wesentlich auf letzteren zurückgreifen müssen. — Die Taktik der alten Gemeinde wie der neuen Schule ist der Natur der Sache nach die allgemein konventikelartige. Göthe wird zu einem nie dagewesenen Ideal menschlicher und dichterischer Grösse erhoben, Schiller und Lessing heruntergedrückt; alle Personen, mit denen Göthe verkehrte, alle Verhältnisse, in denen er lebte, nicht nach ihrer objektiven Wahrheit, sondern einzig und allein in der Beleuchtung seiner Sonne, nach den freundlichen oder feindlichen Beziehungen zu ihm beurteilt; und so hat sich unter den Händen der Schule bereits eine echte und gerechte Göthemythologie gebildet.

Das beste zusammenhängende Bild dieser geschichtsfälschenden Mythenbildung giebt H. Grimm in seinen Vorlesungen über Göthe. Die Erscheinung Göthes für unser geistiges Leben ist nach ihm einem tellurischen Ereignis zu vergleichen, das unsere klimatische Wärme um so und so viel Grad erhöhen würde. Er ist der Universalmensch, der auf allen Gebieten menschlicher Thätigkeit Grosses und Grösstes geschaffen hat. Wir wundern uns nur, dass seine gelegentlichen Urteile über den Feldzug in der Champagne ihm noch nicht den Ruhm eines strategischen Genies ersten Rangs verschafft haben. Er steht ganz einzig da als Dichter, er ist epochemachend als Naturforscher; der einzig wahre Kunstverständige, der in dem typischen Stil der griechischen Plastik das ewig wahre Kunstgesetz erkannt hat; er ist gross als Geschichtsschreiber, der von den äusseren Erscheinungen unbeirrt Dinge und Personen in ihrem tiefsten Grund erfasst; der Schöpfer unserer heutigen Sprache und dadurch der geistige Begründer der nationalen Einheit; der freilich ganz versteckte Verfechter der freiheitlichen Bestrebungen; der grosse, weit und fernblickende Staatsmann. Er sah mit den Augen der Zukunft und urteilte über Dinge der Gegenwart wie wir über Dinge vor 50 Jahren. Wenn heute Achilles, Cäsar, selbst Friedrich d. Gr. in den deutschen Reichstag einträten, so würden sie die neue Situation nicht begreifen; Faust und Mephistopheles dagegen wären alsbald völlig au fait. Achilles im deutschen Reichstage! es braucht weiter kein Wort, um die Rossphantasie dieses Historikers zu bezeichnen. Göthe sah wie Alexander v. Humboldt den endgültigen Sieg der liberalen Ideen voraus, wusste aber, dass er in der damaligen Zeit persönlich nichts dafür thun könne; wohl aber hat er dem Mephistopheles des zweiten Teils, freilich versteckt, seine sarkastischen Urteile über die verderbliche Reaktionsperiode in den Mund gelegt. Er hat dabei öfters das noch zuwachsende Verständnis einer noch ferneren Zukunft im Auge als selbst unsere jetzige ist. Man sieht, zur völligen Apotheose fehlt bei Grimm wenig mehr.

Göthe ist nach Anlage, Bildung und Thätigkeit das universalste Genie der neueren Zeit. Er erinnert in seiner Vielseitigkeit an die Allkünstler des cinquecento, besonders an Lionardo und Michelangelo. Aber auch sein Genie hatte seine Grenzen und seine Leistungen auf den verschiedenen Gebieten sind von sehr ungleichem Werte. Thöricht ist es, ihm Vorzüge anzudichten wie historischen Sinn und staatsmännischen Blick, die er nie gehabt hat, und auch seine schwächeren Leistungen zu solchen ersten Ranges aufzubauschen und so aus der herrlichen lebensvollen und lebenswahren Heldengestalt einen armseligen Popanz universaler Vollkommenheit nach dem bekannten Rezept des Mephistopheles zu machen.

Wir wollen im Folgenden nun einzelne Seiten dieser Verhimmlung
unserer Kritik unterziehen und legen dieser Kritik möglichst Göthes
eigene Aeusserungen zu grunde. Wir wollen kein Separatvotum abgeben,
vielmehr nur das allgemein feststehende Volksurteil vertreten. Selbst
Verehrer Göthes, des Menschen wie des Dichters, glauben wir mit voller
Objektivität und Unparteilichkeit verfahren zu können und hoffen kein
Wort zu sagen, das Göthe selbst missbilligen oder gar als abgünstig
bezeichnen würde.

## Geschichtlicher Sinn und staatsmännischer Blick.

Allgemein hat man bisher eine Grenze des Götheschen Genies darin
gefunden, dass ihm Sinn und Verständnis für Völkergeschichte wie für
das öffentliche Leben gefehlt habe. Neuster Zeit nun sucht die Götheverehrung ihm auch den Ruhm eines grossen Historikers und eines fern-
blickenden Staatsmannes zu verschaffen. Für das erstere führt sie besonders seine Autobiographie ins Feld. Scherer bezeichnet es in dem
grundlegenden Aufsatz über Göthephilologie als ein besonderes Verdienst
Göthes, dass er einer der wenigen Deutschen sei, welche die geschichtlichen Erscheinungen in ihrem kausalen Zusammenhange zu betrachten
wissen; dass er nach Generalisationen strebe; dass er den Einfluss der
Staatsformen auf die Charaktere der Menschen darlege etc. Wir hatten
bisher geglaubt, in der deutschen Geschichtsschreibung trete der Nachweis des kausalen Zusammenhangs, die Generalisation, das raisonuierende
Element allzusehr über die anschauliche Schilderung der wirklichen Vorgänge und Zustände hervor. In Dichtung und Wahrheit soll Göthe nach
Scherer eine Erklärung seiner selbst, die Einwirkung der Zeitrichtung
auf seine Entwicklung, kurz, eine Analyse seines Genies geben. Aber
Göthe selbst hat das Genie stets als etwas Dämonisches, über Verstand
und Vernunft weit Hinausliegendes, Unanalysierbares erklärt. Der Nachweis der zeitgenössischen Einwirkungen ist keine Analyse des Genies, so
wenig als der Nachweis dessen, was eine Pflanze aus dem Boden und der
Luft an Nahrungsstoffen bezieht, eine Physiologie der Pflanze ist.

Göthe fehlte notorisch der echte historische Sinn. Er betrachtet
die Geschichte rein mit den Augen des Dichters; er sieht nur auf die
grossen mächtig wirkenden Individuen, die Heldeugestalten der Geschichte;
das Leben, das in der Tiefe der Volksseele vor sich geht, existiert für
ihn nicht. Er spricht der Geschichtsschreibung wie der Geschichtsforschung jeden objektiven Charakter, den Rang einer wirklichen Wissenschaft auf das bestimmteste ab. So gleichsam ex professo in dem auch
für die Fausterklärung so höchst instruktiven Gespräch mit Luden, August 1806, also in seiner besten Zeit (Gespr. II, 79 ff.) [1]). Aehnlich

---

[1]) Wir citieren die Gespräche stets nach der Gesamtausgabe von Biedermann.

urteilt er 1811 gegen Riemer: der grösste Teil der Geschichte sei weiter
nichts als Klatsch (III, 20). Noch 1824 sagt er zu Kanzler v. Müller:
die Weltgeschichte sei eigentlich nur ein Gewebe von Unsinn für den
höheren Denker und wenig aus ihr zu lernen. Wenn man die vier Bände
von Raumers Hohenstaufen durchgehe, habe man nichts gewonnen, als
die Ueberzeugung, dass es damals noch schlechter hergegangen (V, 102,
vgl. auch das Gespräch mit v. Müller V, 120).

Noch schlagender ergiebt sich sein Mangel an historischem Sinn
aus seinen Aeusserungen über wichtige Ereignisse und Personen der Vergangenheit und Gegenwart. So besonders auffallend in seinen Urteilen
über die Reformation und den Protestantismus. Bekannt ist seine eigentümliche Verherrlichung der katholischen Kirche zu ungunsten der protestantischen in seiner breiten Ausdeutung der katholischen Sakramente
in Dichtung und Wahrheit. In einem nicht datierbaren Gespräche mit
Falk (Falk p. 82 ff.) äussert er sich in Worten, die auch in den Görres-
schen historisch-politischen Blättern stehen könnten, gegen die seiner
Ansicht nach so verderbliche politisch-philosophische und religiöse Aufklärung. Den Ursprung des Uebels findet er in der Reformation. Noch
lasse sich das Ende von jenen unerfreulichen Geistesverirrungen schwerlich ab- und voraussehen, die seit der Reformation dadurch bei uns entstanden seien, dass man die Mysterien derselben dem Volke preisgegeben
und sie eben dadurch der Spitzfindigkeit aller einseitigen Verstandesurteile
blosgestellt habe. In einem Gespräch mit dem jungen Voss, Febr. 1805
über die Vorzüge der katholischen und protestantischen Religion (sic!)
beschuldigt er letztere, sie habe dem einzelnen Individuum zu viel zu
tragen gegeben. Ehemals habe eine Gewissenslast durch andere vom
Gewissen genommen werden können, jetzt müsse sie ein belastetes Gewissen selbst tragen. Die Ohrenbeichte hätte den Menschen nie sollen
genommen werden (Gespr. II, 4). Man sieht: was er hier an der Reformation aussetzt, ist eben das, in was ihre geschichtliche Bedeutung beruht: dass sie an stelle des Autoritätsglaubens die eigene religiöse Ueberzeugung, an stelle der unverstandenen Mysterien die Predigt des Evangeliums setzte, dass sie die geängstigte Seele statt an zweifelhafte
menschliche Vermittler direkt an Gott selbst wies. Vergl. auch seine
Missbilligung der Säkularfeier der Reformation im Gespräch mit Riemer
1817, III, 283. Billiger und einsichtiger spricht er sich wenige Tage vor
seinem Tode über Luther und die Reformation gegen Eckermann aus.
„Wir wissen gar nicht, was wir Luther und der Reformation im allgemeinen alles zu danken haben. Wir sind frei geworden von den Fesseln
geistiger Borniertheit, wir sind infolge unserer fortwachsenden Kultur
fähig geworden, zur Quelle zurückzukehren und das Christentum in seiner
Reinheit zu fassen. Wir haben wieder den Mut mit festen Füssen auf
Gottes Erde zu stehen und uns in unserer gottbegabten Menschennatur

zu fühlen. Mag die geistige Kultur nun immer fortschreiten, mögen die
Naturwissenschaften in immer breiterer Ausdehnung und Tiefe wachsen
und der menschliche Geist sich erweitern, wie er will: über die Hoheit
und sittliche Natur des Christentums, wie es in den Evangelien schimmert
und leuchtet, wird er nicht hinauskommen!" (Gesp. m. Ekerm. 11. März
1832; VIII, 145 ff.). Dieses Gespräch über Religion, Christentum, Ka-
tholicismus und Protestantismus, über das Fortwirken Gottes in der
Menschheit, besonders in hochbegnadeten Männern, enthält das Tiefste
und Einsichtsvollste, was er überhaupt über diese Gegenstände geäussert
hat. Wir können hier wie an ästhetischer Einsicht und politischer Reife
ein stetes Fortschreiten bis an seine letzten Tage konstatieren. Aber
damit sind seine früheren Aeusserungen nicht aus der Welt geschafft.

Noch bezeichnender sind seine Auslassungen über zeitgenössische
Ereignisse und Persönlichkeiten: über die französische Revolution, über
Napoleon, über die Befreiungskriege. — Während von dem 30jährigen
Schiller bis zu dem 65jährigen Klopstock alle damaligen geistigen Grössen
Deutschlands die französische Revolution als den gewaltigen Ausbruch
des allgemeinen instinktiven Freiheitsdrangs freudig begrüssten und, wenn
auch bald durch die nachfolgenden Greuelthaten und Eroberungskriege
ernüchtert, in ihr doch stets eine geschichtliche Notwendigkeit und den
Beginn einer vernünftigeren Gestaltung der öffentlichen Verhältnisse an-
erkannten, hat Göthe von anfang an in der französischen Revolution nur
die Greuel einer entfesselten Volksmenge gesehen, ihre wohlthätigen
Folgen erst spät und notgedrungen zugestanden (Gesp. m. Ekerm. Jan.
1824; V, 12 ff.). Dagegen hat er die Greuel der Napoleonischen Herrsch-
sucht, die Knechtung der Völker insbesondere Deutschlands, weil in der
Herrschernatur Napoleons begründet, als vollberechtigt bezeichnet. Als
man in der Niederlage Preussens ein nationales Unglück sah, hat er den
unterdrückten Völkern die Worte des Apostel Paulus zugerufen: „Ge-
horchet der Obrigkeit, denn sie ist Gottes Ordnung" (Gespr. m. Riemer
Nov. 1806; II, 106). An der unbegrenzten Verehrung Napoleons hat
er bis zu seinem Tode festgehalten.

Dem nationalen Geist in Deutschland ist er bei seinem ersten Erwachen abhold, bei seinem mächtigen Auflodern in den Befreiungskriegen
entschieden feindselig entgegengetreten. Schon 1806, als nach der Schlacht
von Jena in Nord- und Mitteldeutschland das nationale Gefühl sich zu
regen begann, bezeichnet er dies als eine Fratze, als die verkehrte Frucht
der Beschäftigung mit dem griechisch-römischen Altertum, als eitle Professorenweisheit, als Empfindungen, die nur dem rohen Naturzustand
ziemen, über die uns das Christentum weit hinausgehoben habe. „Sich
den Oberen zu widersetzen, einem Sieger störrig und widerspenstig zu
begegnen, darum weil uns Griechisch und Lateinisch im Leibe steckt, er
(Napoleon) aber von diesen Dingen wenig oder nichts versteht, ist kindisch

und abgeschmackt. Das ist Professorenstolz, der seinen Inhaber ebenso lächerlich macht als ihm schadet (Gespr. m. Riemer Nov. 1806; II, 110). Als 1813 alt und jung begeistert zu den Waffen eilte, tadelte er es, dass Professoren und Studenten mit ins Feld ziehen, weil dadurch die Wissenschaften gestört werden (Brief der Louise Seidler; Gespr. III, 109). Allbekannt ist die Szene im Körner'schen Hause zu Dresden, die Arndt erzählt: „Der junge Körner war da, freiwilliger Jäger bei den Lützowern; der Vater sprach sich begeistert und hoffnungsvoll aus; da erwiderte ihm Göthe gleichsam erzürnt: O ihr Guten! schüttelt nur an euren Ketten, der Mann ist euch zu gross, ihr werdet sie nicht zerbrechen" (Arndt: Meine Wanderungen mit dem Reichsfreiherrn von Stein). Wir fragen Herrn E. Schmidt: wie hätte sich wohl der deklamatorische Vertreter des abgelebten Weltbürgertums, Schiller, in dieser Lage und in diesem Hause geäussert? Die Jungfrau von Orleans und der Tell geben hierauf eine ganz unzweideutige Antwort. Aehnlich antideutsche, franzosenfreundliche Aeusserungen Göthes finden sich vielfach aus damaliger Zeit verzeichnet. In welch bedenklichen Ruf Göthe durch diese Haltung gekommen war, zeigt sich auch darin, dass ein gewisser Major Luck ihm ein Schandgedicht auf die „Arndt'sche Dreieinigkeit: Wellington, Blücher und unser Herrgott" zusandte, dessen Inhalt war: „Gott ist der grossen Schrift (?) nicht wert, dieweil er nicht freiwilliger Jäger geworden, das Schiessgewehr auf die Schulter genommen und in den Landsturm ausgezogen ist" (Gespr. m. Boisserée III, 202).

Wir sagen durchaus nicht, dass es Göthe an Sinn für nationale Ehre und Grösse gefehlt habe. Man pflegt hiefür seine allbekannten Aeusserungen gegen Falk und Luden anzuführen, die wir, obwohl sie ganz den subjektiven Charakter der Aufzeichner tragen, doch für echt anerkennen. Das Gespräch mit Falk enthält die bekannte Erklärung Göthes, im Notfalle mit seinem Herzog selbst ins Elend zu gehen und als Bänkelsänger in Deutschland herumziehen zu wollen (Falk, p. 116 ff.). Indes hier handelt es sich doch nur um die rührende Anhänglichkeit an seinen fürstlichen Freund, durchaus nicht um irgend welche Teilnahme an dem Los des unglücklichen Vaterlandes. Das Gespräch mit Luden fällt Ende 1813. Dieser wollte eine Zeitschrift nationaler und freiheitlicher Richtung, die Nemesis, herausgeben und suchte Göthes Einwilligung und Unterstützung nach. Göthe riet ihm ab aus Rücksicht auf die Regierung, auf die Universität, auf seine (Göthes) Ruhe und Ludens eignes Wohl. Als dieser ihm entgegnete, eben diese deutsche Unbekümmertheit um Vaterland und Volk habe all die Schmach und Schande, all das Unglück über Deutschland gebracht, sprach Göthe die herrlichen Worte, die wir, so bekannt sie sind, doch, um unsere Unparteilichkeit zu zeigen, ganz hersetzen wollen: „Glauben Sie ja nicht, dass ich gleichgiltig wäre gegen die grossen Ideen Freiheit, Volk, Vaterland. Nein! Diese Ideen

sind in uns; sie sind ein Teil unseres Wesens und niemand vermag sie
von sich zu werfen. Auch liegt mir Deutschland warm am Herzen. Ich
habe oft einen bittern Schmerz empfunden bei dem Gedanken an das
deutsche Volk, das so achtbar im einzelnen und so miserabel im ganzen
ist. Eine Vergleichung des deutschen Volks mit anderen Völkern erregt
uns peinliche Gefühle, über welche ich auf jegliche Weise hinwegzukommen suche und in der Wissenschaft und in der Kunst habe ich die
Schwingen gefunden, durch welche man sich darüber hinwegzuheben vermag; denn Wissenschaft und Kunst gehören der Welt an und vor ihnen
verschwinden die Schranken der Nationalität. Aber der Trost, den sie
gewähren, ist doch nur ein leidiger Trost und ersetzt das stolze Bewusstsein nicht, einem grossen starken geachteten und gefürchteten Volke
anzugehören. In derselben Weise tröstet auch der Gedanke von Deutschlands Zukunft; ich halte ihn so fest, als Sie diesen Glauben. Ja das
deutsche Volk verspricht eine Zukunft, hat eine Zukunft. Das Schicksal
der Deutschen ist — mit Napoleon zu reden — noch nicht erfüllt. Aber
die Zeit, die Gelegenheit vermag ein menschliches Auge nicht vorauszusehen und menschliche Kraft nicht zu beschleunigen oder herbeizuführen.
Uns einzelnen bleibt inzwischen nur übrig, einem jeden nach seinen Talenten, seiner Neigung und seiner Stellung, die Bildung des Volkes zu
mehren, zu stärken und durch dasselbe zu verbreiten nach allen Seiten.
Und wie nach unten so auch und vorzugsweise nach oben, damit es nicht
zurückbleibe hinter den anderen Völkern, sondern wenigstens hierin voraufstehe, damit der Geist nicht verkümmere, sondern frisch und heiter
bleibe, damit er nicht verzage, nicht kleinmütig werde, sondern fähig
bleibe zu jeglicher grossen That, wenn der Tag des Ruhmes anbricht“.
Daneben aber erklärt er, dass er an einen glücklichen Erfolg der nationalen Begeisterung nicht glaube. Er verweist auf die politische Un-
mündigkeit des Volkes, auf den Widerstand von seite der Regierungen;
er spottet über Ludens Glauben an die „vortrefflichen Proklamationen
fremder Herrn und Einheimischer“.

Luden fasst den Eindruck dieser Unterredung in die Worte zusammen: „Nur das eine will ich bemerken, dass ich in dieser Stunde
auf das innigste überzeugt worden bin, dass diejenigen im ärgsten Irrtum
sind, welche Göthe beschuldigen, er habe keine Vaterlandsliebe gehabt,
keine deutsche Gesinnung, keinen Glauben an unser Volk, kein Gefühl
für Deutschlands Ehre oder Schande, Glück oder Unglück. Sein Schwei-
gen war lediglich eine schmerzvolle Resignation, zu welcher er sich in
seiner Stellung und bei seiner genauen Kenntnis von den Menschen und
von den Dingen wohl entschliessen musste.“ (III, 97 bis 108.) Wir
sehen in den Worten Göthe's den momentanen Ausbruch nationaler Gesinnung, der gewiss aus der Tiefe seines Herzens kam, daneben aber zugleich die verstäudige Erwägung der Hindernisse und der etwaigen un-

angenehmen Folgen, eine Erwägung, die wie ein nagender Wurm all seine
mächtigen Gemütserregungen schon im Keime oder in der Blüte anfrass.
Wie bei seinen Liebesempfindungen war es auch bei dieser Aufwallung
des vaterländischen Gefühles. Die Furcht vor den möglichen unangenehmen Folgen war es mindestens ebensosehr, was seine ablehnende Haltung
begründete, als die richtige Schätzung der Verhältnisse. Einem tüchtigen
Mann konnten damals Ende 1813 bei der allgemeinen Begeisterung des
Volks bis in die tiefsten Schichten hinunter die Hinternisse durchaus nicht
als unüberwindlich erscheinen. Hätte er selbst, hätten alle gebildeten
Männer, so wie Luden, Körner, Arndt u. a. gedacht und die politisch
ungeschulte, aber für Vaterland und Freiheit empfängliche Masse mit sich
gerissen, so wäre die vielversprechende nationale und freiheitliche Erregung nicht so schmählich im Sande verlaufen. Und ebenso: hätten
alle Männer wie Göthe gedacht und gehandelt, so wäre Deutschland heute
noch ein Vasallenstaat Frankreichs.

Göthes Verhalten findet seine psychologische Erklärung in seinem,
wir möchten sagen, angeborenen Autoritätsbedürfnis und vielleicht noch
mehr in seinem ungewöhnlich stark entwickelten Sinn für persönliche
Behaglichkeit. Dieses selbstsüchtige Verhalten haben schon seine Freunde
erkannt und gerügt. Schon nach der Niederlage Preussens heisst es in
einer Aufzeichnung aus dem Schopenhauerschen Kreise: „Göthe war am
meisten bemüht, den Krieg von sich abzuhalten und sich das Leben angenehm zu machen. Er dichtete um diese Zeit: „Ich hab mein Sach
auf nichts gestellt" (Gesp. II, 131). Vergl. auch das Gespräch mit Luden
um dieselbe Zeit (II, 155). Noch unwirscher war seine Stimmung während der Befreiungskriege. Luise Seidler schreibt Ende 1813 an ihre
Freundin Schelling: Von Göthe kann ich Dir wenig Erfreuliches mit-
teilen; diese unruhigen Zeiten haben seine Behaglichkeit gestört und das
empfindet er übel und soll es auch wiederum empfinden lassen. . . . Er
meinte: man müsse sich auf alle Art zerstreuen, er arrangiere jetzt seine
Kupferstiche nach den Schulen; das sei Opium für die jetzige Zeit. Nimm
dies, wie Du willst: mir war es leid, dass er für die jetzige Zeit, die
freilich lastenvoll, aber doch überall gross und herrlich ist, Opium will"
(Gespr. III, 109). Die treffliche Frau verargt es ihm auch, dass er seinem Sohn verweigert, sich unter die Freiwilligen zu stellen, wie er wünschte
und wie man von ihm erwartete.

Wie gegen die Regungen des nationalen Geistes verhielt er sich auch
gegen die liberalen Ideen und Bestrebungen abhold. Er war von Haus
aus eine durch und durch konservative aristokratische Natur. Er besass
einen gewaltigen Respekt vor „den Herrschaften"; schon ganz jung strebte
er in vornehme Kreise und Bekanntschaften hinein und auf Bezeugung
fürstlicher Huld hat er besonders in späteren Jahren vielleicht mehr gehalten als billig ist. Er war nach seiner Gesinnung wie nach seinem

praktischen Verhalten einer der trefflichsten Vertreter des aufgeklärten
Absolutismus. „Alles für das Volk, nichts durch das Volk"; und: „Ruhe
ist des Bürgers erste Pflicht" ist die Quintessenz seiner politischen Weisheit. Er hält jede politische Opposition für prinzipiell unberechtigt, wie
ihm ja auch jede litterarische Kritik zuwider war. Er sieht darin nur
unfruchtbare Nörgelei und persönliches Strebertum. Er steht politisch
ganz auf Seite der politischen, selbst kirchlichen Restauration. Höchst
bezeichnend ist seine Aeusserung über die h. Allianz noch 1827: „Gewisse Leute müssen etwas Grosses haben, das sie hassen können. Als
Napoleon noch in der Welt war, hassten sie den; sodann als es mit diesem
aus war, frondierten sie die h. Allianz und doch ist nie etwas Grösseres
und für die Menschheit Wohlthätigeres erfunden worden. (Gesp. m.
Eckerm. VI, 1.) Er billigt das Einschreiten gegen das liberale Spanien,
findet die Opposition Württembergs gegen die Eingriffe Oestreichs absurd
(Gespr. mit v. Müller IV, 208); tadelt die Schwäche der Bourbonen gegen
die Opposition der Kammern, rühmt ihre Einschränkung der Pressfreiheit.
Er sieht in der Julirevolution ein allgemeines Unglück, sofern der Talis-
man zerstört sei, der bisher den Dämon der Revolution gefesselt gehalten habe. (Gespr. mit v. Müller VIII, 2.) Gegen Pressfreiheit und
vollends gegen die Opposition der Landtage hat er sich stets auf das
bestimmteste ausgesprochen. Gegen die Pressfreiheit schon 1809: „Was
haben die Deutschen an ihrer scharmanten Pressfreiheit gehabt, als dass
jeder über den anderen so viel Schlechtes und Niederträchtiges sagen
konnte, als ihm beliebte? (Gespr. m. Riemer II, 275.) Er selbst stimmte
später mit dem Freiherrn v. Fritsch im Weimarer Staatsrat gegen die
Gewährung der Pressfreiheit. Ebenso äusserte er sich mit leidenschaftlicher Heftigkeit über das neue Weimarer Judengesetz von 1823, welches
die Heirat zwischen Juden und Christen gestattete. Alle sittlichen Gefühle in der Familie, meint er, die doch auf den religösen ruhten, würden durch solch ein skandalöses Gesetz untergraben. (Gespr. m. Müller,
IV, 271.)

Indes Göthe war seiner ganzen massvoll angelegten Natur nach kein
extremer Parteimann, ja überhaupt kein Parteimann im strengen Sinne. So
sehr er für die h. Allianz schwärmt, so tadelt er doch ihre zelotische Verfol-
gungswut. Die Mächte, äussert er gegen v. Müller Okt. 1819, haben in Kohlen
geschlagen, die nun an Orte hingesprungen, wo man sie nicht haben wollte
(IV, 17). Er sieht in der Julirevolution zwar ein grosses allgemeines Unglück,
aber die Schuld daran schiebt er auf den „Wahnsinn des französischen
Hofes", auch den „Geniestreich" Karls X, vor allem auf dessen Bigotterie.
(Gespr. m. v. Müller u. m. Soret 1831.) Er verlangt Einsicht, Mässigung
und Entgegenkommen von beiden Seiten, besonders auch von Seite der
Regierungen. (Vergl. auch d. Gespr. m. Boisserée 1815; III, 255.) In
einem Gespräch mit Soret Febr. 1830 nennt er sich selbst einen Liberalen

und definiert dies so: „Der wahre Liberale sucht mit den Mitteln, die
ihm zu gebote stehen, so viel Gutes zu bewirken, als er nur immer kann;
aber er hütet sich, die oft unvermeidlichen Mängel sogleich mit Feuer
und Schwert vertilgen zu wollen. Er ist bemüht, durch ein kluges Vor-
schreiten die öffentlichen Gebrechen nach und nach zu verdrängen, ohne
durch gewaltsame Massregeln zugleich oft ebensoviel Gutes mit zu verderben." (VII, 200.) Wir würden dies heute als gemässigten Konser-
vatismus bezeichnen. Eingehender spricht er sich schon Jan. 1824 gegen
Eckermann aus. Er bezeichnet seine „Aufgeregten" als sein eigenes politisches Glaubensbekenntnis, besonders die Haltung der Gräfin. „Sie hat
sich überzeugt, dass das Volk wohl zu drücken, aber nicht zu unterdrücken ist und dass die revolutionären Aufstände der unteren Klassen
eine Folge der Ungerechtigkeit der Grossen sind. Jede Handlung, die
mir unbillig scheint, sagt sie, will ich künftig streng vermeiden, auch
werde ich über solche Handlungen anderer in der Gesellschaft und bei
bei Hofe meine Meinung laut sagen etc." Ich dächte, fuhr Göthe fort,
diese Gesinnung wäre durchaus respektabel. Sie war damals die meinige
und ist es noch jetzt. Zum Lohne dafür aber belegte man mich mit
allerlei Titeln, die ich nicht wiederholen mag. Im Verlauf des Gespräches
sagt er, er seie vollkommen überzeugt, dass irgend eine grosse Revolution
nie Schuld des Volkes sei, sondern der Regierung, weil diese es unterlassen, ihr durch zeitgemässe Verbesserungen entgegenzukommen. So
sehr er die Revolutionen hasse, so wenig sei er ein absoluter Freund
des Bestehenden. Die Zeit seie in ewigem Fortschreiten begriffen und
die menschlichen Dinge haben alle 50 Jahre eine andere Gestalt, so dass
eine Einrichtung, die im J. 1800 eine Vollkommenheit war, schon 1850
vielleicht ein Gebrechen sei. Auf der anderen Seite betont er, dass für
eine Nation nur das gut sei, was aus ihrem eigenen Kern und ihrem
eigenen allgemeinen Bedürfnis hervorgegangen sei ohne Nachäffung einer
anderen. Alle Versuche irgend eine ausländische Neuerung einzuführen,
wozu das Bedürfnis nicht im tiefen Kern der eigenen Nation wurzele,
seien daher thöricht und alle beabsichtigten Revolutionen solcher Art
ohne Erfolg; denn sie seien ohne Gott, der sich von solchen Pfuschereien
zurückhalte. Seie aber ein wirkliches Bedürfnis zu einer grossen Reform
in einem Volke vorhanden, so seie Gott mit ihm, und sie gelinge. »Er
war sichtbar mit Christus und seinen ersten Anhängern; denn die Erscheinung der neuen Lehre der Liebe war den Völkern ein Bedürfnis;
er war eben so sichtbar mit Luther; denn die Reinigung jener durch
Pfaffenwesen verunstalteten Lehre war es nicht weniger. Beide genannten
grossen Kräfte aber waren nicht Freunde des Bestehenden; vielmehr
waren beide lebhaft durchdrungen, dass der alte Sauerteig ausgekehrt
werden müsse und dass es nicht ferner im Unwahren, Ungerechten und
Mangelhaften so fort gehen und bleiben könne." (V, p. 10 ff.) Vergl.

auch das Gespr. m. Eckerm. April 1825 (V, 175 ff.), wo er sich gegen
den Vorwurf, dass er kein Freund des Volkes, dass er ein Fürstenknecht
sei, verteidigt, mit dem herrlichen Zeugnis für seinen Herzog.

Indes Göthes Freiheitsbegriff trägt durchaus privaten Charakter. Die
Regierung soll durch geordnete Rechts- und Polizeiverhältnisse dem Bürger die nötige freie Bewegung innerhalb seines speziellen Berufes verschaffen. Der Bürger soll sich mit diesem Mass von Freiheit begnügen
und von den öffentlichen Angelegenheiten die Hand lassen. „Das Wichtigste ist immer, sagt er, dass jeder sein Metier treibe, wozu er geboren
ist und was er gelernt hat und dass er die anderen nicht hindere, das
seinige zu thun. Der Schuster bleibe bei seinem Leisten, der Bauer hinter
dem Pflug und der Fürst wisse zu regieren. Denn dies ist auch ein Metier, das gelernt sein will und das sich niemand anmassen soll, der es
nicht versteht." (Gespr. m. Eckerm. 1824; V, 30.) Aehnlich äussert
er sich gegen den Fürsten Pückler 1826: Er halte nichts auf Consti-
tutionstheorien. Ein jeder solle sich nur darum bekümmern in seiner
speziellen Sphäre, gross oder klein, recht treu und mit Liebe fortzuwirken.
Es werde der allgemeine Segen auch unter keiner Regierungsform aus-
bleiben. Nicht von aussen herein, durch die Regierungsform, komme
das Heil, sondern durch innen heraus durch weise Beschränkung und
bescheidene Thätigkeit eines jeden in seinem Kreise (V, 306). Vergl.
auch Gespr. m. v. Müller 1824; V, 96). Göthe kennt nur e i n e öffentliche Angelegenheit, bei der Private und Regierung zusammenzuwirken
haben: das ist die Pflege von Kunst und Wissenschaft. Die politische
Grösse Deutschlands war für Göthe auch nach jenem herrlichen Gespräch
mit Luden doch nur Zukunftsmusik. Die wirkliche Grösse und den Stolz
Deutschlands hat er stets nur in den litterarischen Leistungen gesehen.
Wenn er nach dem Zusammenbruch Preussens November 1806 gegen
Fernow meint: dass Deutschland jetzt nur e i n e grosse und heilige Sache
habe, die im Geist zusammenzuhalten, um in dem allgemeinen Ruin wenigstens das bis jetzt noch unangetaste Palladium unserer Litteratur auf
das eifrigste zu wahren, so ist dies bis an sein Lebensende seine Ansicht
geblieben. Er selbst rühmt von sich, er habe in dem, was er zu thun
und zu treiben gehabt, sich immer als Royalist behauptet. Die anderen
habe er schwatzen lassen und habe gethan, was er für gut gefunden.
Er habe seine Sache übersehen und gewusst wohin er wollte. (Gespr.
m. Eckerm. Febr. 1824; V, 31.) Dem entspricht denn auch sein eigenes
amtliches Verhalten. Wir verweisen auf sein Verfahren in der Bi-
bliothekangelegenheit gegen den Jenaer Senat, ferner auf seine Wei-
gerung, dem Landtag über die Verwendung der für Kunst und Wissenschaft ausgesetzten Summen Rechenschaft abzulegen. Aber er rühmt
ebenso von sich, dass er in seiner amtlichen Thätigkeit menschlich und
nicht kanzleimässig gewaltet habe, dass er seinen Untergebenen in einem

gemessenen Kreise freie Bewegung gestattet habe, damit auch er fühle,
dass er ein Mensch sei. (Gespr. m. v. Müller 1827; VI, 174.)

Wir können Göthes politischer Gesinnung und Haltung nur dann
voll gerecht werden, wenn wir seine eigene amtliche Thätigkeit mit in
Betracht ziehen. Der grosse Dichter und schwache Jurist Göthe hat
sich in jungen Jahren ohne spezielle fachmännische Vorbildung nach
schweizerisch-amerikanischer Art in wenigen Jahren in sämtliche Fächer
der Staatsverwaltung hineingearbeitet, so dass er die gesamte Verwaltung
des kleinen Landes mit sicherer Hand zu führen und stets und überall
den rechten Mann an die rechte Stelle zu berufen wusste. Er war stets
aufs treueste besorgt, das materielle wie das geistige Wohl des Landes
zu fördern; er hat sich der Jagdliebe und dem Militarismus seines Herzogs mit den übertriebenen Ansprüchen an die Mittel des Landes gegenüber stets des kleinen Mannes angenommen; und nach dieser Hinsicht
durfte er mit Recht darüber klagen, dass man ihn als Volksfeind be-
zeichne. An Einsicht, an unermüdlichem Eifer, an treuester Gewissenhaftigkeit steht er unter den damaligen Ministern Deutschlands ganz einzig da. Wir dürfen ihn hierin neben den späteren grossen Minister
Stein stellen. Nichts wäre so sehr zu wünschen, als dass die Weimarer
Archive es endlich ermöglichten, von dieser amtlichen Thätigkeit Göthes
ein treues und umfassendes Bild zu entwerfen. Dies würde seinem reichen Ruhmeskranze ein wahrhaftes neues Lorberblatt hinzufügen; in ganz
anderer Weise, als wenn man ihm weiten staatsmännischen Blick oder
gar Voraussicht der Zukunft zuschreibt, wie H. Grimm thut. Dieser kann
hierbei nur an die Unterredung mit zwei Polen August 1829 (VII, 132)
gedacht haben. Hier meint Göthe, dass unser neunzehntes Jahrhundert
zum Anfang einer neuen Aera bestimmt scheine; denn solche grosse Begebenheiten, wie sie die Welt in seinen ersten Jahren erschütterten,
könnte nicht ohne grosse entsprechende Folgen bleiben. Indes die Voraussicht grosser innerer und äusserer Kämpfe war damals unter den Ein-
sichtigen eine allgemeine, wie dies in unseren Tagen ja auch wieder der
Fall ist. Wir kennen nur eine einzige Stelle, wo Göthe wirklich eine
ganz spezielle, zu seiner Zeit kaum zu erwartende Erscheinung unserer
jetzigen Zeit prophetisch vorausnimmt. Es ist das die Scene „Gipfel des
Brockens". „Einzelne Audienzen", wo der Rote dem Schwarzen den Hof
macht. (Paralip. nro. 50. Weim. Ausg.) Das Bruchstück gehört zum
ersten Teil des Faust. Aber das hat Göthe hier doch auch nicht
vorausgesehen, dass dem Roten noch ganz andere Leute nachkriechen
würden.

Grimm meint, bei den Zeitgenossen habe Göthes politisches Verhalten keinerlei Anstoss erregt. Der Gedanke an ihn seie vielmehr ʼein
erhebender für jung und alt gewesen. Erst in den 30er und 40er Jahren
seien die Angriffe gegen ihn aufgekommen. Dies ist ganz unrichtig, wie

sich aus vielen oben angeführten Stellen ergiebt. Göthe selbst hat sich mit ungewöhnlicher Heftigkeit gegen diese Angriffe gewehrt; so gegen den Vorwurf, dass er 1813 nicht die Waffen ergriffen oder Kriegslieder wie Körner gedichtet habe. Gespr. mit Soret VII, 253 ff. Indes dies hat ihm auch damals niemand vorgehalten und niemand von ihm erwartet. Noch lebhafter äussert er sich mehrfach gegen den Vorwurf, er seie kein Volksfreund und beruft sich mit Recht auf sein eifriges Bemühen um die Wohlfahrt des Volkes.

Wir bedauern auf's tiefste seine undeutsche Haltung während der Befreiungskriege. Sie ist einzig in seiner egoistischen Behaglichkeit begründet, somit unberechtigt. Anders steht es mit seiner antiliberalen Haltung: diese hängt mit seiner dichterischen Eigenart zusammen und wenn wir den Dichter Göthe so wollen, wie er ist, müssen wir auch den schwachen Politiker mit in den Kauf nehmen. Uns ist der Dichter Göthe so sehr die Hauptsache, dass wir ihm seine politische Haltung auch nicht im geringsten verargen. Wir haben diesen ganzen Abschnitt nur gegeben, um gegenüber einer geschichtsfälschenden Verhimmelung die Grenzen auch seines Genies festzustellen und zugleich für die Anerkennung der eigenartigen Dichtung Schillers wieder Raum zu schaffen.

### Göthe-Mythologie.

Die weitere Taktik der Götheverehrung besteht darin, dass sie die Personen, mit denen Göthe, zumal in früheren Jahren, in intimerem Verhältnisse stand, einzig im Lichte dieser Beziehungen sieht und schildert, zu seinen gunsten entstellt und so eine Art Göthemythologie schafft. Dieses ist besonders bei seinen Jugendgeliebten der Fall. Diese Mythenbildung knüpft grossenteils an Göthes späte durchaus unzuverlässige Darstellung in Dichtung und Wahrheit an. — Göthe hat von dem halbmythischen Gretchen an bis zur Fräulein von Levetzow ein reiches Liebesleben sonder gleichen geführt. Er besass eine frauenhafte leicht entzündliche Erregbarkeit, die sich in heftigen leidenschaftlichen Ausbrüchen äusserte; er galt deshalb in Frankfurt und noch in den ersten Weimarer Jahren für ein durchaus exzentrisches Wesen. In jungen Jahren liebte er es, in Momenten heftiger Erregung der Freude wie des Leides sich auf dem Boden zu wälzen; ja selbst noch in späten Jahren gab er dem Schmerz über den frühen Tod eines Kindes auf diese Weise Ausdruck. Aber diese Erregung drang nicht in die Tiefe und ging jedenfalls rasch vorüber. Seine Laune, sein rasches Abspringen von einer Stimmung zur anderen wird noch spät im Schopenhauer'schen Kreise als charakteristische Eigenschaft seiner Natur bezeichnet. All das zeigt sich auch in seinem Liebesleben. Er war für Frauenreiz überaus empfänglich, ging einzig der Stimme der augenblicklichen Leidenschaft horchend ohne weiteres

Besinnen ein Liebesverhältnis ein, aber sobald er der Gegenliebe sicher
war, schwand die Leidenschaft und die ruhige rein praktische Erwägung
der realen Verhältnisse trat an ihre Stelle. Neben jener frauenartigen
entzündlichen Erregbarkeit ist ihm zu gleicher Zeit ein ungewöhnliches
Mass von instinktivem halbklarem Verstand eigen, der ihm, fast schon
im Beginn eines Verhältnisses die Schwierigkeiten eines ernsten dauernden
Lebensbundes vor Augen stellt und so schon in die erste Regung der
Liebe den Todeskeim legt. Göthe hat seine Liebesverhältnisse eben so
leichten Herzens gelöst wie er sie geknüpft hat. Er hat nie wirklich
geliebt; nur von vorübergehendem Liebesrausch kann bei ihm die Rede
sein. Das was das Wesen der echten Liebe ausmacht, die völlige und
dauernde Hingabe an den geliebten Gegenstand, die Bindung der „freien
Liebe" durch die Ehe war Göthe sein Lebenlang fremd. Seine lang-
jährige Freundin Joh. Fahlmer spricht ihm die Fähigkeit echter Liebe ab.
Göthe, schreibt sie Okt. 1779 an Fritz Jacobi, kann gut und brav, auch gross
sein; nur in der Liebe ist er nicht rein und dazu wirklich nicht gross genug.
Er hat zu viele Mischungen in sich, die wirren und da kann er die Seite,
wo eigentlich Liebe r u h t, nicht blank und eben lassen. Selbst H. Grimm
sagt: Göthe habe niemals etwas erlebt, das ihn vollständig hingenommen
hätte. Und wenn er aufs tiefste erregt erscheine, bleibe ihm stets die
Kraft übrig, sich im Moment selbst zu kritisieren. Auf dieser seltenen
Vereinigung entgegengesetzter Eigenschaften, männlicher und weiblicher
Geistesart, leidenschaftlicher Erregbarkeit und klaren Verstandes beruht
Göthes eigentümliche Natur und hierauf sein dichterischer Charakter.
Wir wünschen auch hier Göthe durchaus nicht anders als er ist; denn
was der Mensch gewänne, würde der Dichter verlieren und da steht uns
der Dichter doch höher als der Mensch. Von diesem Gesichtspunkte ur-
teilen wir mit Grimm und Scherer, freilich in anderem Sinne, mild über
sein vielbewegtes Liebesleben.

Was wir der Götheverehrung vorwerfen, ist, dass sie auch hier die
Geschichte fälscht und um Göthe zu entlasten, die armen Opfer seiner
Liebe bemäkelt, herabsetzt und als Göthes im grunde nicht recht wert
darstellt. Es gilt dies besonders von Friederike Brion und von Elisabeth
Schönemann, während die widrige Gestalt der Christ. Vulpius zu einer
ehrwürdigen Matrone erhoben wird. Ja die Sucht, Göthe in möglichst
günstigem Lichte darzustellen, hat Friederike, Lili, Frau v. Stein, die
Vulpius zu halbmythischen Wesen umgestaltet. Leider erlaubt der Raum
es nicht, dies im einzelnen nachzuweisen.

Aus dem Freundeskreise Göthes hat Merck eine schnöde allen gleichzeitigen Zeugnissen geradezu ins Gesicht schlagende Behandlung erfahren.
Hier trifft die Schuld in erster Linie Göthe selbst und wir gestehen offen,
das einzige Blatt, in welchem er in Dichtung und Wahrheit die bekannte
Charakteristik Mercks geübt, möchten wir aus seinen Schriften weg-

wünschen. Göthe gesteht Merck Verstand und Geist, schöne Kenntnisse besonders der neueren Litteraturen, ein treffendes scharfes Urteil, Welt- und Menschenkenntnis, ein leichtes sicheres angenehmes gesellschaftliches Benehmen zu. Aber fügt er hinzu: „in seinem Charakter lag ein wunderbares Missverhältnis: von Natur ein braver edler zuverlässiger Mann hatte er sich gegen die Welt erbittert und liess diesen grillenkranken Zug dergestalt in sich walten, dass er eine unüberwindliche Neigung fühlte, vorsätzlich ein Schalk, ja ein Schelm zu sein etc." Ferner bemerkt er über ihn: „wie er sich durch dieses Bedürfnis, die Menschen hämisch und tückisch zu behandeln, von einer Seite das gesellige Leben verdarb, so widersprach ein gewisser dilettantischer Produktionstrieb, dem er nachgab, seinem inneren Behagen". Göthe führt als Beleg einige poetische Episteln von ungemeiner Kühnheit, Derbheit und swiftischer Galle an, die mit so verletzender Kraft geschrieben seien, dass er, Göthe, sie nicht einmal damals zu publizieren wagte. Er sei bei all seinen Arbeiten verneinend und zerstörend zu Werke gegangen. Und so erscheint denn Merck in dieser ganzen Darstellung Göthes als der Mephistophelische Geist im bösartigen Sinne. Dieses vernichtende Urteil Göthes, das der Herausgeber des Merck'schen Briefwechsels vergebens ins Milde zu deuten versucht, steht im schneidendsten Gegensatz zu den gleichzeitigen brieflichen Aeusserungen Göthes, zu dem langjährigen intimen Verkehr mit ihm, zu der hohen Achtung, die Merck in einem weiten persönlichen und litterarischen Freundeskreis und besonders auch bei der herzoglichen Familie in Weimar und zwar nicht blos bei dem Herzog und den Herrn vom Hofe, sondern auch bei den beiden Herzoginnen genoss, und vor allem zu dem erhaltenen Briefwechsel Mercks wie zu seinen bekannten litterarischen Arbeiten. Gegen die Göthe'sche Charakteristik spricht alles, was er selbst für seine Auffassung in Dichtung und Wahrheit anführt. Mercks Spott über den Lavaterkult der Weiblein, der merkwürdig an ein berühmtes Wort Giottos über die Stellung Josefs in der h. Familie erinnert; sein Prognostikon über den Verkehr Göthes mit den Grafen Stolberg; sein Rat, das „dumpfe" Verhältnis zu Lotte Buff, deren Wert er in einem Brief an seine Frau voll anerkennt, abzubrechen; sein Spott über die Leuchsenring und Konsorten im Laroche'schen Hause; sein Urteil über den Clavigo: das alles sind Zeugnisse kerngesunden Sinnes und klarsten Verstandes wie von herzlicher Teilnahme an Göthes dichterischem Genius. Merck spricht hier überall als der reife lebenserfahrene Mann zu dem jungen noch in „Dumpfheit" befangenen Freunde. Wenn Göthe sich auf Mercks poetische Episteln beruft, so waren diese ja durchaus privaten Charakters, nur für die Freunde bestimmt, gegen die süssliche Gefühlsduselei des Jacobi'schen Kreises gerichtet, in welchem man schale Empfindsamkeit für echte Poesie verkaufen wollte. Göthe selbst hat in seinen Briefen und später in einem bekannten Auftritt in Weimar der

2*

gleichen Gesinnung, selbst als er mit Fritz Jacobi intim stand, derbsten
Ausdruck verliehen. Eckermann, dem er die einzige Epistel, von der wir überhaupt auch durch einen Brief Wielands an Merck wissen, sagt von ihr nur:
„in höchst derben, aber geistreichen Knittelversen" (Gespr. v. 10. Febr.
1829). Warum werden sie, da sie ja im Göthearchiv vorhanden sind,
nicht veröffentlicht? Unflätiger als manche der Faustparalipomena, Hans-
wursts Hochzeit werden sie wohl nicht sein. Wenn Scherers Deutung
des gleichzeitigen Satyros auf Herder richtig ist — und sie hat, sobald
man im Satyros eine bestimmte Persönlichkeit und nicht die Zeichnung
einer allgemeineren litterarischen Richtung sieht, unter allen vorgeschla-
genen die grössere Wahrscheinlichkeit für sich, so hat weder Göthe, noch
viel weniger die Götheverehrung ein Recht, Merck Mephistophelischen
Geist im schlimmen Sinne vorzuhalten.

Was Göthe, wie es scheint, an Merck am meisten verdross und eine
tiefe langanhaltende Verstimmung erregte, das war dessen Urteil über
seinen Clavigo, vielleicht auch über seine Stella (vergleiche Mercks Brief
an Nicolai 19. Jan. 1776; III, 131); ebenso seine unverhohlene Unzufriedenheit mit der Vergeudung seines poetischen Talentes in den ersten
Jahren seines Weimarer Hoflebens, vielleicht auch mit seinem unerfreu-
sichen Liebesverhältnis mit Frau v. Stein. Die Urteile Mercks sind nicht
blos kerngesund, sie sind in ihrer derben schlagenden Kürze geradezu
klassisch. Merck zuerst hat Göthes dichterisches Genie gewürdigt und
mit neidloser freudiger Bewunderung verkündigt; er zuerst hat seine
dichterische Eigenart richtig erkannt. „Dein Streben, Deine unablenk-
bare Richtung ist, dem Wirklichen eine poetische Gestalt zu geben; die
anderen suchen das sogenannte Poetische, das Imaginative zu verwirklichen und das giebt nichts, wie dummes Zeug". Er zuerst hat auf
den innigen Zusammenhang seiner Person mit seiner Dichtung hingewiesen: was er lebe, meint er, sei besser, als was er schreibe. Er
hat stets in ihn gedrungen, eine dichterische Konzeption rasch abzu-
schliessen: „bei Zeiten auf die Zäun, so trocknen die Windeln". Er
hat in richtiger Würdigung seines unvergleichlichen Dichtergenies an ihn
die Forderung gestellt, sich nur die höchsten Ziele zu setzen und Quark
wie den Clavigo anderen zu überlassen; und ebenso, seine Kraft ganz der
Dichtkunst zu widmen. Sein Urteil über den Clavigo und über die Stella
trifft, wie all seine Urteile, den Nagel auf den Kopf. Göthe freilich
meint, ohne Mercks Missbilligung hätte er wohl der deutschen Bühne
ein Dutzend solcher Stücke geliefert. Das ist eine Selbsttäuschung, wie
selbst Herr v. Löper anerkennt. Göthe macht eine ähnliche Bemerkung
über seine Iphigenie und Tasso, wo er auch meint, er hätte ein ganzes
Dutzend solcher Stücke gemacht, wenn das deutsche Publikum ihm mehr
Anerkennung entgegengebracht hätte (Gespr. m. Eckerm. 27. März 1825).
Mercks weitere, leider ganz spärlich bekannte Urteile über die nächste

Weimarer Zeit tragen den gleichen Stempel klarer Einsicht und liebevollster Sorge für Göthes Genius. Göthes reichste dichterische Produktivität fällt in die Frankfurter Zeit. Egmont, W. Meister waren begonnen und, was für uns vor allem von Wichtigkeit ist, am Faust hatte er bis zuletzt rüstig weitergearbeitet. Auf letzteren legt Merck mit der Sicherheit seines Urteils den Hauptwert (Brief an Nicolai vom 19. Januar 1776; III, 133 ff.). Nun siedelt Göthe nach Weimar über; der so reich und mächtig sprudelnde Dichterquell versiegt, die genialen Konzeptionen, die nur eine bescheidene Musse zur Ausreifung bedurften, bleiben liegen; Göthe verschwendet sein dichterisches Talent an armselige Hoffestlichkeiten. Dies war das thatsächliche Verhältnis, das Merck kannte. Gegen diese Verkümmerung des Göthe'schen Dichtergenies, gegen diese Beeinträchtigung seiner freien geistigen Bewegung spricht er sich in seiner derben Weise aus „Siehst Du, im Vergleich mit dem, was Du in der Welt sein könntest und nicht bist, ist mir alles, was Du geschrieben, Dreck"; und ein andermal: „Was Teufel fällt dem Wolfgang ein, hier zu Weimar am Hof herumzuschwänzen und zu scherwenzen, andre zu hudeln oder, was mir alles eins ist, sich von ihnen hudeln zu lassen? Giebt es denn nichts Besseres für ihn zu thun?" (Falk p. 145). Auch aus dem Brief Göthes an seine Mutter vom 11. Aug. 1781 ergiebt sich Mercks Unzufriedenheit mit Göthes Treiben in den ersten Weimarer Jahren. Göthe meint, Merck sehe nur das, was er aufopfere und begreife nicht, dass er täglich reicher werde, indem er täglich so viel hingebe. Aber derselbe Merck ist, als die schlimmsten Gerüchte über Göthe und seinen verderblichen Einfluss auf den Herzog in Deutschland umgingen, mit aller Entschiedenheit für Göthe und den Herzog eingetreten (Brief an Nicolai 3. Nov. 1777; noch mehr Konzept eines Briefs ohne Adresse v. Herbst 1777). Göthe selbst gesteht damals, dass Merck der einzige sei, der ihn ganz verstehe (Tagebuch v. 13. Juli 1779). Merck hat Göthes geschäftliche Thätigkeit und seine naturwissenschaftlichen Studien nie verkannt oder gar verhöhnt, wie Herder; er hat ihn bei seinen mineralogischen und paläontologischen wie bei seinen Kupferstichsammlungen treulich unterstützt. Aber mit klarem Blick sieht er in Göthe in erster Linie den grossen Dichter, das andere ist ihm Quark, und darnach beurteilt er auch die ersten Weimarer Jahre. Er hatte Göthe in vollster hoffnungsreichster Schaffenskraft nach Weimar übersiedeln sehen und nun musste er erleben, wie alle die reichen Blütenansätze in der verdörrenden Luft des Weimarer Hoflebens verdorrten und abstarben. Denn so lag für Merck und die Zeitgenossen die Sache.

Für die Entwicklung von Göthes Gesamtpersönlichkeit hat sich die Verpflanzung in den Weimarer Hof- und Staatsdienst zweifellos als vorherrschend vorteilhaft erwiesen. Ob und wiefern auch für seinen dichterischen Genius, lässt sich nicht mit Sicherheit beantworten: der Ge-

schichtsschreiber rechnet nicht mit Wenn und mit Aber. Eine Iphigenie
und einen Tasso hätten wir ohne Weimar nicht bekommen. Hermann
und Dorothea und seine Lieder sind auf dem Frankfurter Boden mindestens ebensogut denkbar, als in der Weimarer Hofluft. Aber „greinen"
möchten und dürfen wir doch darüber, dass Göthes Dichtung in seiner
vollsten frischesten genialsten Schaffenskraft durch die frühzeitige Uebersiedelung nach Weimar so jählings und so völlig auf Jahre hinein unter-
brochen worden ist. „Greinen" möchten wir darüber, dass ihm nicht
noch ein Lustrum Frankfurter Jahre vergönnt war, um nach erfrischender
neu anregender kurzer Italiänischer Reise seinen Prometheus, Mahomet,
Egmont, W. Meister und vor allem seinen Faust im Geist der ersten
Conzeption als Werke aus einem Guss, wie seinen Götz und seinen
Werther auszudichten. Mercks Urteile stammen aus den sechs ersten Jahren
des Weimarer Aufenthalts. Als einzige wirklich dichterische Leistung
dieser Zeit kannte er nur die Iphigenie in der ersten Gestalt von 1779.
Sein Schmerz und sein Unmut über diese Verkümmerung des dichterischen Genius seines Freundes unter den Ansprüchen des Hofes und
der drückenden Last der Geschäfte ist vollkommen gerechtfertigt. Göthe
selbst urteilt hierüber mehrfach ganz ebenso. Vergl. insbesondere das
merkwürdige Selbstbekenntnis im Tagebuch vom 7. August 1779 und
Gespr. m. Eckrm. 3. Mai 1827 und zahlreiche Auslassungen in den damaligen Briefen an Frau v. Stein.

Auch die gleichzeitigen Aeusserungen Göthes zeugen von dem offenen
unbefangenen vertrauensvollen Verhältnis beider Freunde auch noch nach
der Uebersiedelung nach Weimar. Wir führen nur die bekannte Stelle
aus dem Tagebuch vom 13. Juli 1779 an: „Gute Wirkung auf mich
von Mercks Gegenwart; sie hat mir nichts verschoben, nur wenige dürre
Schalen abgestreift und in allem Guten mich befestigt. Durch Erinnerung des Vergangenen und seine Vorstellungsart mir meine Handlungen
in einem wunderbaren Spiegel gezeigt. Da er der einzige Mensch ist,
der ganz erkennt, was ich thue und wie ichs thue und es doch wieder
anders sieht, wie ich, von anderem Standort, so gibt das schöne Gewiss-
heit." Gegen Ende 1780 ist eine Verstimmung eingetreten. 20. Oct.
bezeichnet er Merck, der damals bei ihm in Thüringen weilte, in einem
Brief an Frau v. Stein, als Mephistopheles-Merck; den 25. Oct. schreibt
er an sie: „Mit Merck habe ich einen sehr guten Tag und ein paar
Nächte verlebt. Doch macht mir der Drache böses Blut, wie Psychen,
da sie ihre Schwestern wider sah"; und den 29. Oct.: „Die Zusammenkunft mit Merck hat mir geschadet und genützt. Dies lässt sich in dieser
Welt nicht trennen." In diese Zeit fallen wohl auch die obigen von
Falk angeführten unmutigen Aeusserungen Mercks über Göthes poetisch
unfruchtbares Weimarer Treiben. Dass es sich bei Merck darum handelte, geht auch aus dem rechtfertigenden Brief Göthes an seine Mutter

vom 11. Aug. 1781 hervor. Vielleicht spielt auch das Verhältnis zur
Stein herein. Wenigstens deutet der Zusammenhang der obigen Briefe
vom Oct. 1779 darauf hin, dass damals das Verhältnis im Freundeskreis
zu Weimar viel besprochen wurde; vergl. Göthes Brief an Knebel vom
28. Oct.: „Lieber Bruder, ich will tugendhaft sein und morgen nicht
nach Kochendorf gehen."

Göthe ist offenbar der Mahner lästig gewesen. Aber damit erklärt
sich das später herbe vernichtende Urteil über Merck doch nicht ganz.
Wie es scheint spricht daraus der Eindruck, den Mercks trübe letzte
Jahre und sein trauriges Ende auf ihn gemacht hat; am meisten mag
ihn der Hilferuf des finanziell bedrängten verzweifelten Mannes unange-
nehm berührt haben. Göthe trägt nun unbewusst diese letzten Eindrücke
schon in die Darstellung seines früheren durchaus freundschaftlichen, ja
innigen Verkehrs mit Merck hinein. Für diese Zeit aber ist Göthes Charakteristik eine einfache Unwahrheit. Wir haben zu unserer genaueren
Informierung die drei Bände des Merck'schen Briefwechsels, die Kritiken,
welche Scherer aus den Frankfurter Gelehrten-Anzeigen ihm zuschreibt,
die Zusammenstellung von Stahr und was sich im deutschen Merkur als
sicher von Merck herrührend nachweisen lässt, mehrfach durchgelesen.
Ueberall finden wir das Bild eines treffend und sachlich urteilenden Kri-
tikers, eines freundschaftlichen wohlwollenden Verkehrs mit zahlreichen
persönlichen und litterarischen Freunden von sehr verschiedener Richtung.
Nur der schalen, anmasslichen Empfindsamkeit tritt er, ganz wie auch
Göthe mit Hohn und Spott entgegen.

Eine wahrheitsliebende Geschichtsforschung hätte dieser auf sehr
später Erinnerung beruhenden Göthe'schen Darstellung gegenüber sich
gesagt: amicus mihi Plato, magis amica veritas und hätte sie an den
reichlich vorhandenen Urkunden geprüft. Statt dessen wird das Göthe'sche
Urteil nicht blos unbesehen in Bausch und Bogen angenommen, sondern
auch noch hämisch deutend übertrieben. Zunächst wird dem angeblich
„rein negativen, innerlich hohlen Merck" der „positive" Herder gegenüber gestellt. Im Anschluss an Göthes späte sehr allgemein gehaltene
Darstellung in Dichtung und Wahrheit wird ein Mythus über den ungeheuern lebensbestimmenden Einfluss des Strassburger Herder auf den
jungen Göthe gedichtet. Eine wahrhaft geschichtliche Forschung müsste
doch in erster Linie den Einfluss Herders aus der Dichtung des jungen
Göthe genau — wir meinen nicht einzelne Ausdrücke und Wendungen,
wie das die Göthephilologie thut, sondern die charakteristischen Empfindungen und leitenden Gedanken — besonders im Werther, Faust und den
Briefen aus der Schweiz nachweisen. Aber hier ergiebt sich blutwenig.
Göthes Richtung auf das Einfache, Natürliche, Volksmässige, auf die
poetische Darstellung der Wirklichkeit lag, wie der klare Merck es so
trefflich ausgesprochen hat, in Göthes eigenster Natur und ist durchaus

nicht Folge Herder'schen Einflusses. Derartiges lässt sich nicht lehren
und nicht lernen: für letzteres bietet Herders eigene Dichtung, wie sein
ganzer Styl, einen klassischen Beleg. Herders Urteile sind die subjek-
tivsten und launenhaftesten, die wir aus damaliger Zeit kennen. Göthe
hat er früh und spät von oben herab geschulmeistert, ihm nie verziehen,
dass er weit über ihn hinausgewachsen ist. Das einzige Werk, über das
er sich mit vollster Anerkennung in seiner bekannten salbungsvollen Weise
äussert, ist bezeichnend genug die Stella, in der die Freunde Göthes einen
Rückschritt, der verständige Merck nur eine „Nebenstunde" sah. Ganz
mit Recht stellt Eckermann mit Zustimmung Göthes dem nörgelnden
krittelnden wirklich negativen Verhalten Herders das anerkennende, för-
dernde wahrhaft positive Mercks gegenüber (Gespr. m. Eckerm. 9. Nov.
1824). Dass der Schriftsteller Herder besonders in seiner späteren besten
Zeit, als er seine Ideen schrieb und gerade mit Göthe auf gutem Fusse
stand, auf den völlig geistig ausgereiften Göthe etwas eingewirkt hat,
ist richtig. — Nun halte man dieser geschichtsfälschenden Uebertreibung
des Einflusses, den Herder auf den jungen Göthe ausgeübt haben soll,
die Schilderung Mercks bei Löper in den Anmerkungen zu Dichtung und
Wahrheit und bei dem ihn ausschreibenden Grimm gegenüber. Schon
der gewundene confuse Ausdruck beweist, dass diese Kritik, einzig bestrebt Göthes Urteil zu retten, sich nicht auf sachlichem Boden, auf ob-
jektiver Beurteilung von Mercks Person und litterarischer Thätigkeit bewegt. Die obigen Worte Göthes deutet Grimm dahin, dass Göthe Merck
das Prädikat „edel" überhaupt abspreche. „Dem Edlen, sagt er, stellt
Göthe das Gemeine, das Banausische entgegen, dem das Positive, schöpferische aus eigener Initiative abgeht." Grimm vergleicht Merck nach
dieser Seite hin mit dem rein negativen Mephistopheles. „Göthe, sagt
er, überschaut Merck in seiner Hohlheit von anfang an, kann ihn aber,
wie Faust den Mephistopheles als unbestechlichen Spiegel der Erscheinungen, wie sie sind, nicht entbehren. Mercks Bedeutung bestand nur
in der persönlichkeitslosen Kritik — darin erlauben wir uns ein höchstes
Lob zu erblicken —, in der energischen Verkörperung des Geistes, dessen
einzige Macht ist zu verneinen." Dies ist reinste Geschichtsfälschung
trotzdem, dass Göthe sich ähnlich äussert. Gewiss war Merck kein produktiv dichterisches Talent, so wenig als Herder; doch stehen seine Dichtungen wenig unter dem Niveau der Herder'schen. Es giebt aber auch
eine positive wahrhaft produktive Kritik dichterisch unproduktiver Geister.
Es kommt nur darauf an, dass sie auf gesundem Geschmack, auf sichern
ästhetischen Grundsätzen, auf richtiger Schätzung der individuellen Anlage und der naturgemässen Bestimmung eines Dichtergenius beruht. Dies
trifft bei Merck vollkommen zu. Er kann hierin nur mit Lessing, neben
dem er allerdings eine bescheidenere Stellung einnimmt, verglichen werden.
Für Göthe jedenfalls ist sein kritisches Verhalten, ganz anders als das

von Lessing und Herder, wirklich positiv und produktiv gewesen. Wir hoffen, dass der „unedle, rein negative", aus der Gemeindekapelle so schmählich ausgestossene Merck in der Volkskirche seinen Platz als der aufrichtigste, selbstloseste, hingebend-besorgteste und einsichtsvollste Freund und Berater des jungen Göthe den ihm gebührenden Platz mit der Zeit wieder gewinnen wird.

## Die Entthronung Lessings und Schillers.

### a) Herr v. Biedermann gegen Lessing.

Die Götheverehrung begnügt sich nicht damit, Göthe zu apotheosieren, indem sie „alle edlen Qualitäten auf seinen Ehrenscheitel häuft", sondern sie ist noch eifriger bemüht, die andern geistigen Grössen neben ihm herunterzusetzen und zu verunglimpfen. Von anfang an ist Schiller, als der einzig berechtigte Rivale Göthes der Gegenstand solcher hämischen Angriffe seitens herzvertrockneter, geistig beschränkter Gesellen gewesen. Eine geschützte Stellung nimmt nur Herder ein; teils wohl, weil hinter ihm so bedeutende Autoritäten wie Haym und Suphan stehen, teils noch mehr weil gerade der unsystematische, unklare, wenig originale Vermittler fremder Gedanken, der eigentliche „Entlehner" unter unseren grossen Autoren von je den „Halben" in der Theologie wie in der Kunst ganz besonders zugesagt hat. Noch mehr und mit mehr Recht behauptete Lessing einen bevorzugten Rang; besonders E. Schmidt in seiner schönen, wenn auch wenig originalen Biographie sucht Lessing in demselben Masse zu erheben, wie er Schiller herabsetzt. Der voll anerkennende und bewundernde Ton der Darstellung sticht ganz merkwürdig ab von seiner aburteilenden Charakteristik Schillers. Nun aber wendet sich eines der Häupter der Götheverehrer, Freiherr Wold. v. Biedermann auch gegen Lessing und zwar in dem Organ der Göthegesellschaft, dem „Göthejahrbuch" selbst (Band I, p. 17 ff.). Die Arbeit ist nach Inhalt, wie nach Methode eine geringwertige Kopie von Grimms Kapiteln über Schiller und Göthe.

Der Gang der Untersuchung ist folgender: 1) Aus Göthes Aeusserungen über Lessings Dramen geht hervor, dass Göthe Lessing für keinen echten Dichter hielt, dass er demnach ein solcher auch nicht ist; 2) aus den Aeusserungen Lessings über Göthes Jugenddichtung ergiebt sich, dass Lessing von echter Poesie nichts verstand. Also ganz genau wie H. Grimm mit Schiller verfährt.

Er greift, um das erste zu erweisen, einige für seine Auffassung günstig scheinende mündliche und schriftliche Aeusserungen Göthes über Lessing aus den verschiedensten Zeiten heraus, wirft sie ohne jegliche Berücksichtigung der jedesmaligen Kunstanschauung Göthes unmethodisch

untereinander. Die zahlreichen ganz anders lautenden Urteile Göthes
übergeht er mit Stillschweigen. Ja die von ihm angeführten Stellen
reisst er aus ihrem Zusammenhang heraus, verdreht und fälscht sie. Da
es ihm an der soliden Grundlage echt wissenschaftlicher Kunsteinsicht
fehlt, so verwickelt er sich in schreiende Widersprüche mit sich selbst.
Lessing ist nach ihm reiner Verstandesdichter, somit gar kein rechter
Dichter, weil nach Göthe nur das unbewusste instinktive Schaffen den
Dichter mache. Und doch schreibt derselbe Biedermann diese Art der
Dichtung nur der Urzeit zu. Göthe habe sich in seinen Produktionen an
die gelernten Regeln gehalten; Lessings Laokoon verdanke er es, dass er
in Hermann und Dorothea jene Gesetze genau befolgen konnte, denen
Homer unbewusst gehorchte. — Nun einige Proben seiner Fälschung.
Göthe schliesst eine bekannte längere Auslassung über E. Galotti mit den
Worten: das Stück sei abgesehen von Kleinigkeiten vortrefflich gemacht.
Biedermann druckt nun das ganz unverfänglich gebrauchte Wort „gemacht" mit gesperrter Schrift und legt ihm so böswillig einen völlig
falschen Sinn unter. Die bekannte Aeusserung Göthes über die Minna
v. Barnhelm: im Tellheim habe Lessing die Ansicht seiner Zeit und Welt
im Punkt der Ehre, in der Minna d. h. in der Person der Minna seinen
eigenen d. h. Lessings Verstand zum Ausdruck gebracht, deutet Herr
v. Biedermann: im Stücke Minna v. Barnhelm herrsche der Verstand
vor, während Göthe in jener Stelle dem Stücke gerade Mangel an Kunst-
verstand, luxurierende Detailmalerei und schwache Motivierung vorwirft.

Aus den spärlichen, abrupten, privatesten schriftlichen und mündlichen Urteilen Lessings über Göthes Jugenddichtung, besonders den Götz
u. Werther, Aeusserungen der bekannten und so begreiflichen verbitterten
Gemütsstimmung seiner letzten Jahre, die nur mit äusserster Vorsicht als
Kunsturteile verwendet oder vielmehr ausgedeutet werden können, schliesst
Biedermann, dass er von echter Poesie nichts verstanden habe. Und doch
hat der Göthe, der die Iphigenie und den Tasso geschaffen hat, das Urteil Lessings über den Götz, das sich wohl mit dem leider unvollständig
erhaltenen Herders so ziemlich deckt, faktisch als richtig anerkannt.
Beim Werther betont Lessing einseitig den moralischen Gesichtspunkt;
die poetische Schönheit erkennt er an, wenn er sie auch, zumal die feine
Naturstimmung, den naiv-sentimentalen idyllischen Ton seiner ganzen
Naturanlage nach sicher nicht voll zu würdigen vermocht hat. Wir haben
hier einfach eine Grenze seines Geistes zu konstatieren. Wenn wir von
Göthe nicht verlangen, dass er 1813 Kriegslieder wie Körner und Arndt
dichtete, dass er in den 20ger Jahren mit dem Liberalismus sympathisierte,
so wollen wir es auch Lessing nicht verargen, dass er für die weichselige,
süssliche, grossenteils affektierte Sentimentalität kein Verständnis gehabt
hat. Göthe selbst bezeichnet die Wertherstimmung ausdrücklich als eine
pathologische Erscheinung, von der er sich selbst erst durch die Dichtung

des Werther befreit habe. Zudem war für diese Wertherstimmung bei
dem kühleren nüchterneren norddeutschen Volksstamm kein rechter Boden;
es war hier ein importierter Modeartikel in spärlichen schönwissenschaftlichen Kreisen. Hier, wo man das Bewusstsein hatte, einem Staate
anzugehören, vermochte man für solche Ergüsse privatesten, individuellen
Empfindungslebens nicht zu schwärmen. Und das ist ein grosses Glück:
dieser nüchterne, praktisch tüchtige, staatsbewusste norddeutsche Volksgeist hat später Deutschland vom französischen Joch befreit. Verzeihen
wir deshalb gnädigst Lessing und dem norddeutschen Volksstamm, dass
sie die Poesie des Werther nicht voll begriffen haben.

Herr v. Biedermann begnügt sich nicht, Lessing dichterisches Genie
und Verständnis für Poesie abzusprechen; er greift auch seinen Charakter
an. Er stellt die wohlwollenden, anerkennenden, wohlerwogenen, meist
für die Oeffentlichkeit bestimmten Urteile Göthes den ganz gelegentlichen,
privatesten, abrupten Aeusserungen Lessings gegenüber, ohne irgendwie
die beiderseitige so grundverschiedene Geistesart — den krankhaft kritischen Zug Lessings und Göthes Widerwillen gegen jede Kritik zu beachten. Herr v. Biedermann vermag die Haltung Lessings gegen Göthe
nicht aus diesen sachlichen Verhältnissen zu erklären, vielmehr entdeckt
er das Motiv in dem „Neid gegen den jungen Menschen, der ihn spielend
des Ruhms des ersten Bühnenschriftstellers zu berauben im Begriffe stand".
Er vermag es sich nicht zu versagen, zugleich Schiller einen freiherrlichen
Tritt zu versetzen. Er schreibt: Wenigstens benahm sich Göthe in ähnlicher Lage ganz anders (als Lessing): „von Schillers in zügellosem Geiste
des schon abgethan geglaubten Sturms und Drangs erfolgtem Auftreten
in seinem Zartsinn tief verletzt, überdies von Schiller durch ungerecht-
fertigten Tadel (die Egmontrezension) und durch beleidigende Schmähungen
persönlich angegriffen — das ist reinste freiherrliche Unwahrheit — begnügt er sich jene schweigend bei Seite liegen zu lassen, wogegen er später
dem Bittenden mit rückhaltloser Freundlichkeit entgegentrat".

Mögen die Herren immerhin die dichterische Grösse Lessings und
Schillers, für deren männlichen Ernst ihnen jedes Verständnis fehlt, be-
mäkeln und heruntermachen. Wo sie aber deren Charakter beschmutzen,
offenbaren sie nur den Schmutz der eignen Seele. Lessing und Schiller
stehen in ihrem Volke so hoch, dass selbst der Wurf eines Freiherrn
Woldemar von Biedermann sie nicht zu erreichen vermag.


### b) H. Grimm gegen Schiller.

Das Vorbild Biedermanns sind, wie schon bemerkt, die Göthevor-
lesungen H. Grimms. Diese feuilletonartigen, wissenschaftlich sehr leichten
und leichtfertigen essays bilden zugleich die Rüstkammer, aus der selbst
Autoritäten wie Scherer und E. Schmidt ihre Waffen gegen Schiller holen.

Grimms Angriffe gelten sowohl dem Menschen als dem Dichter. Er stützt seine Darstellung durchaus auf allbekannte Dokumente, den Schiller-Körner'schen Briefwechsel, gelegentliche Aeusserung Göthes über Schiller u. dergl. Von den letzteren werden die weitaus überwiegenden voll anerkennenden mit beredtem Stillschweigen übergangen, andere, die da und dort an Schillers Dichtungsart etwas auszusetzen haben, gewaltsam entstellt und missdeutet. Ebenso verfährt er mit den Briefen Schillers an Körner.

Um Schillers Person und Charakter herunterzumachen, dichtet er aus allbekannten Thatsachen und Briefstellen einen Roman, wie der lebensgescheiterte, schuldenbedrängte Bohémien Schiller, der zwar das Metier gründlich verstand, aber es trotzdem auf keinen grünen Zweig gebracht hatte, sich an den hochgestellten, gutsituierten Dichterkollegen herandrängt, um durch ihn eine gesicherte Lebensstellung und litterarische Anerkennung zu gewinnen; wie er, um Göthe zu imponieren, anfangs auf gleich und gleich verhandeln will; wie er, von Göthe vornehm kühl abgewiesen, ihn mit Spähern umgiebt, endlich den günstigen Moment litterarischer Isoliertheit Göthes erspähend mittelst „der unter dem Mantel von Gutmütigkeit unergründlichen Schlauheit der Schwaben" den wirklich gutmütigen „Norddeutschen" Göthe überrumpelt und nach jahrelanger Belagerung den Arglosen endlich für sich erobert, sich jetzt aber demütigst mit einer bescheidenst untergeordneten Stellung neben seinem grossen und grossmütigen Gönner begnügt. Diese Darstellung erregt mehr unser Lachen als unsern Aerger. Grimm liegt sicher jede Böswilligkeit ferne. Bei ihm überwiegt eine üppige Phantasie weit über den klaren Verstand, so dass sich ihm ähnlich wie der Bettina die Wirklichkeit unwillkürlich in Dichtung verwandelt; dazu kommt bei ihm eine krankhafte Sucht nach Originalität. Um seinen Göthe-Schillerroman zu verstehen, muss man sich erinnern, dass derselbe „Historiker" seiner Zeit in der Sala della Segnatura stehend im Angesicht der vier Wandfresken, der vier Deckenmedaillons und kleinen Deckengemälde, der Porträtfiguren des Sokrates und Diogenes eine Meinung der Gegenreformation aufwärmend die sog. Schule von Athen als Predigt des Apostel Paulus zu deuten vermocht hat. Ganz auf gleicher Linie steht sein Schillerroman. Wir führen zur Charakteristik seines Verfahrens nur einige Beispiele an: Schiller wollte durch seine Egmontrezension Göthe zeigen, dass auch Göthe historisch geworden d. h. überholt und vergessen sei, dass Jüngere da seien, die sich als Inhaber der Zukunft betrachteten und dass berechtigter Wortführer dieser Jüngeren eben Schiller sei und mit Göthe auf gleich und gleich zu verhandeln wünsche. Die bekannte Aeusserung Göthes über die Egmontrezension deutet Grimm: „Was die in Deutschland jetzt waltende Poesie anlangt, so mag Rezensent recht haben. Was die Poesie anlangt, so versteht er überhaupt nichts davon." Da Schiller Göthes persönlicher

Umgang versagt blieb, schloss er sich an den problematischen Moritz an, „dessen Verkehr ihm fast Ersatz für den wirklichen Verkehr mit Göthe war. Denn der Druck der blosen Gegenwart Göthes nötigte die Menschen, ihn als Gegenstand des Nachdenkens immer dicht vor sich zu sehen“ — und doch war Göthe nach Grimm bereits historisch geworden; Iphigenie, Tasso, die Gedichte zogen nicht, die Gesamtausgabe fand eine kühle Aufnahme. „Schiller vermag eine solche Misshandlung auf die Länge nicht auszuhalten und nun ergiesst er in den Briefen an Körner seinen Unmut in schonungslosen, immer heftiger lautenden Urteilen — Schmähungen sagt Herr v. Biedermann — über Göthe. „Es konnte in der That keine härtere Tortur gedacht werden für einen Mann von Schillers Selbstgefühl, als so dicht neben Göthe zu leben, heimlich ihn als die höchste kritische und dichterische Instanz anzuerkennen und sich von ihm wie einen A u s s ä t z i g e n (!) zurückgestossen zu sehen.“ Grimm führt als Beleg für Schillers „schonungslose, immer heftiger werdenden“ Urteile über Göthe den bekannten Brief an Körner von anfang Februar 1789 an, in welchem Schiller Göthe als Egoisten in hohem Grade bezeichnet. „Er besitzt das Talent, die Menschen zu fesseln — aber sich selbst weiss er immer frei zu behalten. Er macht seine Existenz wohlthätig kund, aber nur wie ein Gott, ohne sich selbst zu geben — dies scheint mir eine konsequente und planmässige Handlungsart, die ganz auf den höchsten Genuss der Eigenliebe kalkuliert ist.“ Der Brief zeigt weit mehr Unmut gegen das Schicksal, das ihn so stiefmütterlich behandelt, Göthe so warm gebettet hatte, als gegen den glücklicheren Nebenbuhler. Sodann haben wir ähnliche Urteile über Göthe von Freunden und Fremden. Grimm selbst urteilt ja fast mit denselben Worten, dass er sich nie ganz gegeben habe (s. o.). Göthes warmes Herz, sein menschenfreundliches Wesen, seine liebevolle Sorge für das Los des armen Mannes werden dadurch nicht im mindesten in Frage gestellt.

Die endliche Annäherung beider Männer wurde bekanntlich eingeleitet durch die Einladung Schillers zur Mitbeteiligung an der neuen Zeitschrift der „Horen“. Diese Einladung ist etwas ganz natürliches, unverfängliches, sie geschah zudem auf den ausdrücklichen Wunsch Cottas. Grimm stutzt selbst diese einfache Geschichte romanhaft zu: „Die Art, wie Schiller Göthe staatsmännisch beurteilt und behandelt, wie er ihn jetzt endlich zu erobern weiss, muss uns mit der reinsten Bewunderung erfüllen. Jedenfalls hatte Schiller Leute, die ihm Nachricht gaben etc.“ Den bekannten grossen Brief, der den Briefwechsel eröffnet, nach Grimm in tadellosem farblosem Deutsch verfasst, deutet Grimm: „Abermals trägt Schiller sich Göthe an, abermals stellt er sich ihm als Macht gegenüber, nun aber nicht mehr auf gleich und gleich, sondern in deutlich ausgesprochener Unterordnung dem Rang nach. Und diesmal nimmt Göthe an und zwar in einer Art, die auch seine ganze Grösse enthüllt. Göthe

ist jetzt der erste, der das Wort Freundschaft ausspricht.“ Also selbst
diese einfache Geschichte wird benützt, um die neidlose Grösse Göthes
der unergründlichen Schwabenschlauheit Schillers gegenüberzustellen. Das
endgültige Verhältnis schildert Grimm also: „Nie hat Schiller um
eine Linie die Grenzen überschritten, welche Ehrfurcht und Dankbarkeit und das Gefühl zu empfangen,
während er nichts dagegen bieten könne, ihm Göthe
gegenüber zogen.“

Gleich lächerlich und widerlich ist die Art, wie er Schillers angebliche dichterische Inferiorität und Abhängigkeit von Göthe nachzuweisen
sucht. Göthe selbst formuliert das beiderseitige Verhältnis im Gespräch
mit Grillparzer 1826 (V, 316) ganz richtig dahin: Wenn er und Schiller
das geworden seien, als was die Welt sie anerkenne, so verdanken sie es
grossenteils ihrer fördernden und sich ergänzenden Wechselwirkung.
Grimm dagegen bezeichnet es als eine falsche Vorstellung des grossen
Publikums, dass keiner ohne den andern das geworden wäre, was er geworden ist. Diese angebliche Vorstellung des Publikums, das doch kein
Sachkundiger je in dieser Fassung geteilt hat, ist jedenfalls nicht un-
richtiger als seine eigene Auffassung. Für Schiller, sagt er, war der
Bund mit Göthe der Anbruch einer neuen Epoche — aber auch ohne
das Zusammentreffen mit Göthe hätte Schiller gemäss der natürlichen
Entwicklung seines Genius den Weg von den philosophischen und geschichtlichen Studien zur Poesie zurück wieder eingeschlagen —, für Göthe
dagegen war dieser Bund nur eine Episode. Er verdankte Schiller das
wiedererwachte Interesse an augenblicklicher litterarischer Wirkung auf
das Publikum. Er fand in Schiller einen Freund, der ihn unablässig zu
kritischer und dichterischer Thätigkeit ermunterte.

Ganz anderer Art war nach Grimm der Einfluss Göthes auf Schiller.
Göthe hatte mit der Zeit an den Griechen gelernt, „dass ohne das Ein-
greifen des Handwerks keine vollendete Dichtung zu stande kommen
könne“. Für sich selbst freilich vermochte er diese neugewonnene Einsicht nicht mehr nutzbar zu machen, aber Schiller liess er sie zu gut
kommen — also demselben Schiller, dessen Stärke nach Grimm gerade in
dem „Mechanischen“ der Poesie bestand. Aber nicht allein das Hand-
werkmässige lehrt Göthe Schiller; er konzipiert auch für ihn. „Schillers
Stücke, sagt er, entstehen zuweilen fast so, dass Schiller als Göthes Be-
vollmächtigter dichtet. Göthe kommandiert und Schiller führt die Anregungen aus.“ Ja Göthe hat nicht allein die grossen Dramen von
Wallenstein bis zum Tell gedichtet oder wenigstens „kommandiert“; er
hat ihn auch so ausschliesslich und so reichlich mit neuen Ideen
versorgt, dass diese Verbindung seine übrigen unnötig machte. Die
Ansicht, dass Schiller seine Ideen nicht durch seine originale geistige
Entwicklung gewonnen, sondern bald da bald dorther entlehnt habe, ist

allerdings ganz selbstverständlich bei einem Litterarhistoriker, der Göthes
Werther nach der Grundstimmung und Grundidee wie nach der Zeichnung
der Charaktere für eine Kopie der Nouvelle Héloise erklärt.

Schiller ist trotz aller Beihilfe Göthes nach Grimm doch kein wirklicher Dichter geworden; er ist blosser Rhetoriker geblieben. Er beruft
sich auf Göthe selbst, dessen Worte falsch deutend. „Göthe, sagt er,
dachte im tiefsten Herzen absolut anders als Schiller. Er erkannte nur
Schillers Person, sein Streben, seine menschliche Grösse an. Was Schiller
dagegen unter Dichten verstand, war für Göthe gar kein Dichten. Schiller
suchte sich seine Stoffe. Dann modellierte er so lange daran herum, bis
sie ihm bequem lagen. Dann machte er kaltblütig die Disposition. Dann
wurde tagewerkweis, wie Maurer einen Palast aufführen, nach einem bestimmten Plan das Werk emporgebracht. Dann der Bau geputzt, orna-
mentiert und möbliert und endlich mit einem gewissen Neuigkeitsglanz (!)
dem Gebrauch des Publikums anheimgestellt. Dieses Mechanische war
Schillers Kraft. Er war Dichter von Profession.“ So hämisch deutete
Grimm eine bekannte Stelle Göthes (s. u.). Für Göthe dagegen war
dichten ein unbegreiflicher Prozess. Das endgültige definitive Urteil
Göthes über Schiller findet Grimm in den Worten: „Schiller, der wahrhaft poetisches Naturell hatte — was Grimm ihm abspricht —, dessen
Geist sich aber zur Reflexion neigte und manches, was beim Dichter unbewusst und freiwillig entspringen soll, durch die Gewalt des Nachdenkens
zwang, zog viele junge Leute auf seinen Wegen fort, die aber eigentlich
nur seine Sprache ihm ablernen konnten.“ Damit, sagt Grimm, ist Schillers Rhetorik abgethan.

Die beste Widerlegung der illoyalen Darstellung Grimms bilden die
Aussagen Göthes, der Schillers Charakter aus vieljährigem Umgang kannte
und vom Dichten und Dichtkunst jedenfalls mehr verstand, als die Herren
Göthephilologen alle zusammen. Die Hauptstelle, aus der er und seine Nach-
schreiber einige hieher passende Brocken aufgreifen, ist das Gespr. m. Eckerm.
und Riemer 1825 (V, 127 ff.). Riemer sagte: Der Bau seiner Glieder, der
Gang auf der Strasse, jede seiner Bewegungen war stolz, nur die Augen waren
sanft. Göthe zustimmend fügt bei: „Wie sein Körper, war sein Talent.
Er griff in einen grossen Gegenstand kühn hinein. Er betrachtete und
wendete ihn hin und her und sah ihn so und so an, und handhabte ihn
so und so. Er sah einen Gegenstand gleichsam nur von aussen an; eine
stille Entwicklung von innen war nicht seine Sache. Und wie er überall
kühn zu Werke ging, so war er auch nicht für vieles Motivieren.“ Göthe
führt für letzteres als Beispiel an, dass Schiller den Apfelschuss im Tell
nicht motivieren wollte. Aber der war als uralter Bestandteil der Sage
ja gegeben: wozu ihn noch extra motivieren? An einer andern Stelle
findet Göthe, dass Schiller im Lager nicht angegeben habe, woher der

Bauer zu den falschen Würfeln gekommen sei. Wir gestehen, dass wir die beiden schlechten Verse, die Göthe eingefügt hat, herzlich gern entbehren würden. — Nun beachte man aber doch, in welcher Weise Grimm und Schmidt die Worte Göthes gefälscht haben, um Schiller auf das Niveau eines handwerksmässigen Dichters herabzudrücken. Schon das machen sie ihm zum Vorwurf, dass er seine Stoffe ausser sich gesucht habe, während sie Göthe durch seine eigene Entwicklung zugewachsen seien. Indes Schiller war Dramatiker und der sucht seine Stoffe in Sage und Geschichte, wie Sophokles, Shakespeare, Corneille und auch Göthe, wie also alle wirklichen Dramatiker gethan haben. Und dass bei einem so kunstvollen Bau, wo es vor allem gilt, den Stoff glücklich und wirksam zu disponieren, der Dichter diesen Stoff genau betrachtet, hin und her wendet, so und so ansieht, liegt doch in der Natur der Sache. Steht es denn z. B. beim Faust mit den immer neuen Konzeptionen und Aenderungen in dieser Hinsicht nicht viel schlimmer, als bei irgend einem Schiller'schen Werke? Die stille Entwicklung von innen gilt doch nur für die Charaktertragödie und ist dramatisch unwirksam, wie dies bei den Musterstücken, der Iphigenie und dem Tasso, der Fall ist. Das gleiche·gilt vom Motivieren. Da wo, wie im Wallenstein, der Jungfrau, im Tell grosse Massen in Bewegung gesetzt werden, wo die Handlung sich mehr aus den Verhältnissen als aus den Charakteren entfaltet, braucht der Dichter in der Entwicklung der psychologischen Motive nicht weit zu gehen. Vollends eine Kleinmotivierung, wie die der Würfel im Lager, erscheint in der Tragödie geradezu kleinlich. Sie gehört in das Lustspiel und in den Roman. Göthe selbst erkannte dies wohl. In dem gleichen Gespräch sagt er: dass ich dagegen oft zu viel motivierte, entfernte meine Stücke vom Theater; und ferner in völlig richtiger Erkenntnis: Schillers Talent war für das Theater geschaffen. Mit jedem Stücke schritt er vor, ward er vollendeter.

Auch für ihren weiteren Vorwurf, dass Schiller Reflexionsdichter, nicht naiver Dichter sei, berufen sie sich auf Göthe. Dieser hat allerdings die Behauptung, dass Schiller zuviel reflektiere, dass seine philosophischen Studien seiner Poesie geschadet haben, öfters ausgesprochen. Es sind indes bei dem wohlfeilen Worte „Reflexionsdichter" zwei sehr verschiedene Dinge zu unterscheiden: der Gedankengehalt der Dichtung und das dichterische Verfahren. Ob und wie weit Gedankenmalerei berechtigt ist, darüber sind die Akten noch nicht geschlossen. Einstweilen erfreuen die Fresken in der Capella Spagnuola, im Camposanto zu Pisa, in den Stanzen des Vatikans, im Treppenhaus des Berliner Museums, wie der Hémicycle von Delaroche Künstler und unzünftige Laien. Das Recht der Ideenpoesie ist unbestreitbar, wenn man die Dichtkunst nicht auf das enge Gebiet der eigentlichen Lyrik, das Lied, beschränken will. Göthe selbst bezeichnet in dem höchst merkwürdigen Gespräch mit Eckermann

18. Jan. 182? die Idee, das Ideelle als das, was den eigentlichen Wert
einer Dichtung ausmache; dies sei die Blüte, das Reale dagegen nur das
grüne Blätterwerk. Was macht denn den unverlierbaren Wert der griechischen Tragiker, Dantes, Shakespeares, Corneilles, Göthes und Schillers,
als dass die höchste geistige Kultur ihrer Zeit und ihres Volks in ihren
Dichtungen den vollendeten Ausdruck gefunden hat? Bei fortgeschrittener
Kultur ist dies reflektierende Element ganz unerlässlich, wenn die Dichtungen nicht schal und gehaltlos sein sollen. Es ist denn auch bei keinem
grossen Dichter so reich und stark vertreten, als bei Göthe. Es lag in
seiner eigensten Natur und tritt schon auffallend früh bei dem Knaben,
ebenso in seiner Jugenddichtung hervor. Man nehme z. B. seinen Werther
und sehe, wie die zarteste Natur- und Gemütsstimmung unlösbar mit
fortwährender Reflexion verknüpft ist. Das also wird von den Götheverehrern Schiller mit Unrecht zum Vorwurf gemacht; denn was dem
einen recht ist, ist dem anderen billig. Dies reflektierende Element ist
allerdings bei den zwei Dichtern verschieden, aber durchaus nicht zu
ungunsten Schillers. Göthe knüpft seine Reflexionen an die gegebenen
bestimmten Situationen an: es sind meist sog. Lebenswahrheiten. Bei
Schiller tragen sie vielfach einen allgemeineren, mehr spekulativen Charakter: Betrachtungen über das Verhältnis des Menschen zum Schicksal,
Freiheit und Notwendigkeit, Schuld und Busse, Verhältnis des Schönen
und des Guten. Aber solche mehr spekulative Reflexionen finden sich
auch bei Göthe. So schon im Werther und im gleichzeitigen, mehr noch
im späteren Faust, wie in der Iphigenie. Ja die grösseren Werke Göthes
haben alle auch das Verhältnis von Freiheit und Notwendigkeit zur Grundlage. Göthe findet es allerdings bedauerlich, dass ein so ausserordentlich
begabter Mensch sich mit philosophischer Denkweise herumquälte, die ihm
nichts helfen konnte (Gespr. m. Eckerm. 14. Nov. 1823). Das ist eine
richtige, aber doch einseitige Bemerkung. Der ganze Charakter der
Schiller'schen Poesie ist dadurch bestimmt. Seine Beschäftigung mit der
Philosophie ist bei ihm so wenig etwas zufälliges, willkürliches als bei
Göthe die mit den Naturwissenschaften. Das eine wie das andere war
bei Schiller wie bei Göthe in der Entwicklung ihrer ganzen geistigen
Anlage begründet und Göthes Naturstudien haben ihn von der Poesie
ebenso abgelenkt wie Schiller seine Beschäftigung mit der Philosophie.

Mit mehr Recht beruft sich Grimm auf Göthe, wenn er sagt, dass
das dichterische Verfahren bei Schiller mehr bewusst und berechnend,
bei Göthe mehr unbewusst und instinktiv sei. Göthe hat sich mehrfach
derart geäussert. So Gespr. m. Eckerm. 1823; IV, 319. „Es war nicht
Schillers Sache, mit einer gewissen Bewusstlosigkeit und gleichsam instinktiv zu verfahren, vielmehr musste er über jedes, was er that, reflek-
tieren." An anderer Stelle findet er, dass er manches, was beim
Dichter unbewusst und freiwillig entspringen soll, durch die Gewalt des

Nachdenkens zwang. Aber Göthe spricht unmittelbar vorher Schiller wahrhaft poetisches Naturell zu. Es ist überhaupt verkehrt die Begriffe unbewusst und bewusst, instinktiv und berechnend beim Dichter exklusiv zu fassen und nur das erstere Verfahren als echt dichterisch gelten zu lassen. Göthe hat sich über das Verhältnis beider eingehend ausgesprochen in dem Gespräch m. Eckerm. 11. März 1828, VI, 282 ff., auf das wir später bei der Darstellung von Göthes Aesthetik zurückkommen werden. Nur bei der einfachsten Gattung der Lyrik, dem kleinen Liede, kann von unbewusstem traumartigem Schaffen die Rede sein, worauf es Göthe mehrfach auch ausdrücklich beschränkt. Bei der kunstvollen Ode, der episch-lyrischen Ballade jedenfalls nicht im gleichen Masse. Bei den grossen Werken gilt es nur für die erste Konzeption im Geist des Dichters; bei der endgültigen Ausführung muss die bewusste Berechnung hinzukommen. Für das erste, die Konzeption nimmt Schiller das unbewusste, instinktive Verfahren ebensosehr für sich in Anspruch als Göthe, wenn er sagt, dass „in der Erfahrung auch der Dichter nur mit dem Bewusstlosen anfange, ja dass er sich glücklich zu schätzen habe, wenn er durch das klarste Bewusstsein seiner Operationen nur so weit komme, um die erste Totalidee seines Werkes in der vollendeten Arbeit ungeschwächt wieder zu finden." Für die Ausführung ist das bewusste Schaffen, jedenfalls für die Disposition des Stoffes, teilweise auch für die feinere Ausarbeitung der Charaktere durch die Natur der Sache gegeben — freilich nicht in der Art, wie bei der Lösung einer technischen Aufgabe oder bei einer wissenschaftlichen Untersuchung. Denn der Künstlerverstand ist doch auch hier mehr Intuition als kalt berechnende Ueberlegung. Wir sind nicht im stande diese eigentümliche, geistige Disposition weder im allgemeinen, noch an einem bestimmten Werke genau zu analysieren. Dass bei Schillers Dichten das verstandesmässige berechnende Element, bei Göthe mehr das intuitive vorwog, ist zweifellos. Aber bei dem Dramatiker ist jenes durch die Natur der Sache gefordert. Die Stärke wie die Schwäche der Göthe'schen Dramen, Iphigenie und Tasso abgerechnet, beruht eben darin, dass er, nachdem die Idee des Ganzen in seinem Geiste aufgestiegen war, die Ausführung ohne die nötige stete Rücksicht auf die Gesamtkomposition ruck- und stückweise vornahm und so die Einheit des Kunstwerkes darunter litt, wie das am stärksten beim Faust und beim W. Meister hervortritt. Umgekehrt hat Schiller selbst den gewaltigen Stoff des Wallenstein und Tell zu einer künstlerischen Einheit gestaltet. Gewiss atmen die Göthe-schen Gestalten, wieder seine idealen Dramen Iphigenie und Tasso ausgenommen, weit mehr instinktives Leben: sie sind eben der Wirklichkeit, in der Göthe sich bewegte, entnommen. Die Gestalten der Schiller'schen Dramen dagegen der fernen Geschichte: der Dichter musste sie somit frei nach seiner Phantasie, fern von eigener Anschauung gestalten und so konnten sie kein so individuell wahres Leben gewinnen, wie solche, die der Gegenwart und der bürgerlichen Gesellschaft entnommen sind. Göthe selbst sagt: Bei Darstellung höherer Richtung, wo der Künstler ins Ideelle geht, ist es schwer, dass die nötige Sinnlichkeit mitgehe und dass er nicht trocken und kalt werde. — Meine Iphigenie und mein Tasso sind mir gelungen, weil ich jung genug war, um mit meiner Sinnlichkeit das Ideelle des Stoffes durchdringen und beleben zu können (Gespr. m. Eckerm. 4. Febr. 1829).

Göthe ist bei der Iphigenie und dem Tasso nicht rein instinktiv verfahren. Auch er hat sich mittels seiner Phantasie in den Geist und die Lage seiner Personen versetzt; wie Schiller hat er den geistigen Gehalt aus seinem eigenen Innern entnommen. Die Figuren des Wallenstein, des Tell, der Jungfrau haben gerade so viel Bürgerrecht als die der Iphigenie, des Tasso und des Faust. Schiller besass nach Göthes eigener Aussage ein ganz ungewöhnliches Talent sich fremde Vorgänge, selbst Naturobjekte zu vergegenwärtigen und sie anschaulich wiederzugeben. Nicht so sinnlich wahr wie Göthe, da wo dessen Schilderung direkt auf eigener Anschauung beruht; da aber, wo beide auf gleichem Gebiet arbeiten, bei historischen Stoffen wie beim Egmont und Wallenstein, haben die Schiller'schen Gestalten den Vorzug grösserer individueller Bestimmtheit und Rundung. Man vergleiche einen Questenberg und Machiavelli, die Gräfin Terzka und Margarete von Parma und die grosse Anzahl individuell gezeichneter Generale — selbst Max Piccolomini ist dem schwächlichen Sohn Albas hierin weit überlegen.

Auch für den Vorwurf des „deklamatorischen Pathos", der „Rhetorik" oder wie man es sonst nennt, wird Göthes Autorität herangezogen; auch hier mit Entstellung oder Uebertreibung seiner Aussagen. Göthe sagt (Gespr. m. Eckerm. 18. Jan. 1827): „Schiller zwang sich zum arbeiten auch an solchen Tagen, an denen er nicht wohl war. In solchen Augenblicken körperlicher Schwäche suchte er seine Kräfte durch etwas Likör oder ähnlich Spirituoses zu steigern. Dies aber zehrte an seiner Gesundheit und war auch den Produktionen selbst schädlich; denn was gescheite Köpfe an seinen Sachen aussetzen, leite ich aus diesen Quellen her. Alle solche Stellen möchte ich pathologische Stellen nennen, indem er sie an solchen Tagen geschrieben hat, wo es ihm an Kräften fehlte, um die rechten und wahren Motive zu finden." Göthe hat sich schon früher 14. Nov. 1823 gegen Eckermann über diese Stellen, „von denen sie sagen, dass sie nicht just seien", in dem schon öfter zitierten Gespräch geäussert: „Es gehe ihm mit Schiller eigen; einige Szenen seiner grossen Dramen lese er mit wahrer Liebe und Bewunderung; dann aber komme er auf Verstösse gegen die Wahrheit der Natur und er könne nicht weiter. Selbst mit dem Wallenstein gehe es ihm so." Göthe meint damit offenbar die sog. rhetorischen, dem Zusammenhang nach auch die reflektierenden Stellen. Indes es giebt eben einmal zwei verschiedene Gattungen der

3 *

poetischen Darstellung, eine naiv-reale und eine mehr pathetisch-rhetorische. Ob in der griechischen „Versmacherei", wie Grimm behauptet, viel Meistersängerei war, überlassen wir den Philologen zu entscheiden. Dass aber die griechische Tragödie vielfach ein rhetorisches Gepräge trägt, dass die Staatsrede auf die Monologe wie auf die grösseren Reden, die Gerichtsrede auf den Dialog Einfluss gehabt hat, ist unleugbar; ebenso dass der ganze Charakter der Dichtung mehr pathetisch als naiv war. Ganz richtig bezeichnet man den Stil der griechischen Tragödie als Kothurn. Die Griechen hielten einen solchen getragenen pathetischen Stil für die Tragödie, wie für die Pindarische Ode für unerlässlich. Sie hätten einen Egmont sicher ausgezischt, während sie in der Sprache der Iphigenie geistige Verwandtschaft gefunden hätten. Auch die französische Poesie, nicht blos die klassische Tragödie, sondern auch die Lyrik, selbst die eines Béranger trägt diesen Charakter. Es ist demnach völlig ungerechtfertigt, dieser Gattung den Charakter echter Dichtung überhaupt abzusprechen. Nur für die Uebertreibung dieses Stils, wie sie bei Seneka, teilweise auch bei Corneille, Klopstock stattfindet, hat dies Urteil seine Richtigkeit. Aber dies gilt für jede Art von Uebertreibung. Wie der getragene Stil gerne in unwahres Pathos ausartet, so sinkt der realistische gern zur niederen Prosa, selbst zum Trivialen herab. Der Clavigo und Egmont tragen an manchen Stellen, die unglücklichen politischen Dramen durchaus diesen Charakter. Wir haben bei Göthe die Nüancen vom Trivialen bis zum pathetisch Erhabenen, bei Schiller vom rhetorischen Pathos bis zum realen Stil. Im ganzen allerdings ist bei Schiller das subjektive Pathos vorherrschend. Er steht eben zur Welt ganz anders als Göthe. Wenn letzterer auch im Wallenstein solche pathologische Stellen findet, so ist das wohl mehr ein momentanes Stimmungsurteil oder ein Urteil seines höheren Alters, wo er für diese Art der Poesie, selbst seine eigene, wenig Sinn mehr hatte. In seiner besten Zeit äusserte er sich hierüber ganz anders. Bei Joh. Schopenhauer 1808 (II, 202) sagt er: „Es ist mit den Piccolomini und dem Wallenstein, wie mit einem ausgelegenen Wein. Je älter sie werden, je mehr Geschmack gewinnt man ihnen ab." Göthe hat sich zu verschiedenen Zeiten zu seinen eigenen Werken sehr verschieden gestellt. Schon bei einem späteren Besuch im Jacobi'schen Hause wollte er von seiner Iphigenie nichts mehr wissen; seinen Werther hat er nach der zweiten Redaktion nicht mehr gelesen. Von seinen grösseren Werken, sagt er, sei Hermann und Dorothea fast das einzige, das ihm noch Freude bereite (Gespr. m. Eckerm. V, 134). Nun, wenn später nicht blos sein Werther, sondern auch seine Iphigenie nicht mehr nach seinem Geschmack waren, so vermag auch seine spätere Abneigung gegen gewisse Schiller'sche Werke und einzelnen Stellen darin deren wirklichen Wert nicht zu schmälern. Göthe hat ihnen so wenig als seinen eigenen ihm nicht mehr recht sympathischen Werken idealer

Richtung den Charakter echter Poesie absprechen wollen, wie das Grimm mit Schiller, aber nicht mit Göthe thut.

Göthe selbst hat Schiller trotz seiner „Rhetorik" stets für einen echten, ja für einen grossen Dichter erklärt und seine dichterische Eigenart als einzig in der deutschen wie in der fremden Litteratur bezeichnet. Schon früh haben die Romantiker, um bei Göthe anzukommen, Schiller zu depossedieren gesucht. Göthe sagt darüber bei der Schopenhauer 1808 (II, 202): Ich nehme mir die Freiheit, Schiller für einen Dichter, sogar für einen grossen zu halten, obwohl die neuesten Imperatoren und Diktatoren versichert haben, er sei keiner. Später 1815 sagte er zu Boisserée (III, 191): Schiller war ein ganz anderer, als die Schlegel und die Tieck; er war der letzte Edelmann unter den deutschen Schriftstellern, sans tache et sans reproche. Noch 17. Jan. 1827 äusserte er sich gegen Eckerm.: „Schiller mochte sich stellen, wie er wollte, er konnte gar nichts machen, was nicht immer bei weitem grösser herauskam, als das Beste dieser Neueren; ja wenn Schiller sich die Nägel beschnitt, war er grösser als diese Herren." Nicht blos über den Dichter, sondern mehr noch voll rückhaltlosester Anerkennung spricht er sich über den Menschen Schiller aus. Wir greifen aus den zahlreichen Stellen nur eine aus seinem höchsten Alter auf. Als Christiane v. Wurmb ihm ihre Niederschrift von mündlichen Aeusserungen Schillers zusandte, sagte er zu Eckermann 11. Sept. 1828: „Schiller erzählt hier, wie immer, im absoluten Besitz seiner erhabenen Natur; er ist so gross am Theetisch, wie er es im Staatsrat gewesen sein würde. Nichts geniert ihn, nichts engt ihn ein, nichts zieht den Flug seiner Gedanken herab; was in ihm von grossen Ansichten lebt, geht immer frei heraus ohne Rücksicht und ohne Bedenken. Das war ein rechter Mensch und so sollte man auch sein!"


c) Die Wiener Schule.


Ein völlig neues Element bringt die Wiener Schule in die Diskussion herein. Es ist dies die antipolitische, antinationale, französisierende Richtung, wie sie in Scherers litterargeschichtlichen Arbeiten so offen zu tage tritt. Dieser Geist vermochte nur ausserhalb Deutschlands, in der versumpften Atmosphäre der lustigen Wiener Gesellschaft zu erwachsen, da wo in der fremden Stadt der Czeche sich als Czeche, der Slovene als Slovene, der Magyare als Magyare fühlt, der Deutsche international angehaucht ist; wo der Mann weibisch, das Weib „fesch" ist. Berlin, Paris, Pest tragen einen bestimmt ausgeprägten politischen und nationalen Charakter; der deutsche Durchschnittswiener kennt nur den Genuss des Tages. Die Stellung seiner Vaterstadt im Staate, die Stellung seines Volkstums im Reiche ist ihm gleichgiltig. Leider ist dies weniger eine lokale zufällige Erscheinung, als der Ausdruck der indifferenten, eines kräftigen nationalen Bewusstseins baren, pfaffengegängelten, genusssüchtigen Geistes, der in den untersten wie in den obersten Schichten des deutschösterreichischen Volksstamms so vielfach herrscht. Während bei den österreichischen Slaven wie bei den Magyaren das nationale Bewusstsein bis zur krankhaften Ueberreizung gesteigert ist, Adel und Geistlichkeit fest zu ihrer Nation stehen, ja die panslavistischen Bestrebungen selbst auf die Gefahr für den Bestand ihres Stammes und der katholischen Kirche unterstützen, kämpft die deutsche ultramontane Geistlichkeit und ein grosser Teil des hohen Adels, der sich vor wenigen Dezennien noch mit Stolz zu den Deutschen zählte, jetzt in den Reihen der Slaven zur Unterdrückung des Deutschtums — eine Erscheinung, wie sie in der ganzen heutigen Welt, wo das kleinste Natiönchen um seine Sonderexistenz kämpft, ganz einzig dasteht. Natürlich erkennen wir die Tüchtigkeit des österreichischen Mittelstandes und des Teils des Adels, der treu zu seinem Volke steht, um so voller und freudiger an. Auch eine grosse Anzahl trefflicher Gelehrter zählt unter den Vorkämpfern ihres Volkstums. Die Wiener Götheschule freilich, die von W. Scherer ihren Charakter erhielt, trägt leider den Stempel des politisch und national indifferenten, weichlichen und weibischen Geistes des spezifischen Wienertums. Scherer ist in seiner neuesten Aesthetik, wie in seinen litterargeschichtlichen Arbeiten der Vertreter des ausgesprochensten Sensualismus und Eudämonismus, der im frohen Lebensgenuss des Menschen einzige Aufgabe sieht. Aus dem „Vergnügen“ leitet er den Ursprung der Poesie, der Kunst überhaupt ab. Seine Vorliebe für Göthe, seine Abneigung gegen Schiller beruht auf der gleichen geistigen Disposition, auf dem Widerwillen gegen ernsten männlichen Sinn wie gegen alle und jede „Tugendboldigkeit“. Er unterscheidet männliche und weibliche Perioden in der Geschichte und schwärmt natürlich für letztere, die Zeiten ausschliesslich sinnlichen und geistigen Lebensgenusses. Er hat seine Geschichte der deutschen Litteratur geschrieben im ausgesprochensten Gegensatz zu Gödeke. Während dieser das reine unvermischte nationale Moment in unserer geistigen Entwicklung betont, im fremden Einfluss, zumal im französischen nur eine Verirrung, in der Neuzeit wie im Mittelalter, sieht und in den rohen, formlosen Produktionen des 16. Jahrhunderts verheissungsvolle Keime einer echt nationalen Dichtkunst findet, ist nach Scherer jener französische Einfluss das notwendige Ferment, welches das träge deutsche Wesen erst in Gährung und Fluss brachte; das gestaltende Prinzip, welches in dem zucht- und formlosen deutschen Geiste erst den Sinn für Form und Schönheit weckte und entwickelte. Nur den Fremden, den Franzosen verdanken wir unsere Kultur. Es ist das nichts Neues. Es ist das ein altes französisches Lied, das wir seit den Tagen des Pater Bouhours kennen und das uns seit 1871 immer aufs neue vorgesungen wird. Nach den Napoleon'schen Kriegen gewann unsere Poesie und

Philosophie eine gewisse Achtung in Frankreich, selbst einen gewissen
Einfluss auf die französische Litteratur. Wir galten den Franzosen, denen
wie jedem gesunden Volke die politische Geltung höher steht als die
litterarische, als das träumerische, weltentrückte Volk der Dichter und
Denker, als das Wolkenkukuksheim unter den Nationen. Als das deutsche
Volk in einem Kampf und Sieg ohne gleichen den übermütigen Erbfeind
niederwarf, den „geographischen Begriff" zum nationalen Staat umschuf,
die ihm gebührende Stellung im Rat der Nationen eroberte, da belehrte
uns Rénan im Briefwechsel mit Strauss, dass wir unseren geschichtlichen
Beruf verfehlt, dass das Schicksal uns die harmlose Pflege von Wissenschaft und Kunst als eigenste Aufgabe zugewiesen habe. Scherer schreibt
dies als neueste Offenbarung nach. Er bezeichnet es als einen „Augenblick unglücklicher Verblendung, als Gervinus den berühmten Satz niederschrieb: unsere deutsche Dichtung hat ihre Zeit gehabt — und den Rat
aussprach, uns mit dem Genusse unserer alten Poesie zu begnügen und
wenn wir das Alterworbene nicht mit dem Neuzuerwerbenden verbinden
könnten, lieber jenes aufzugeben, als dieses." — Diese Worte des grossen
Historikers bezeichnen einen Markstein in unserer geistigen Entwicklung,
die bestimmte Absage an das schale ästhetische Genussleben, den ernsten
Hinweis auf das frische Arbeitsfeld des öffentlichen Lebens. Es war dies
keine augenblickliche Verblendung, nicht der Ausspruch individuellen
Meinens, sondern die Ueberzeugung der Besten des Volkes, die richtige
Formulierung des Fazits unsrer geistigen Entwicklung seit dem 30jäh-
rigen Kriege. Und der Verlauf der Geschichte hat ihm vollauf recht
gegeben, mögen auch Scherer und Schmidt mit Rénan darüber „greinen".

Doch wir wollen nicht mit dem toten internationalen Oesterreicher
Scherer, sondern mit dem lebenden Deutschen E. Schmidt abrechnen.
Er ist das zweite Glied der neuen Göthephilologendynastie. Hier handelt
es sich nicht mehr um originale konstituierende Ideen und Einrichtungen,
sondern nur noch um stramme Durchführung des Regiments. Das hat
auch E. Schmidt begriffen. Der milde feingebildete liebenswürdige Scherer
lud Bettler, Lahme und Blinde in sein Göthereich ein, hatte selbst für
Düntzer, der freilich den Herrn an positivem Wissen weit überlegen ist,
an Geschmack mit ihnen auf gleicher Linie steht, nur gelinden Spott.
Aber Herr E. Schmidt, rex II, ist ein gar gestrenger Herrscher; der
wirft jeden, der selbst in äussern Fragen nicht stramm in verba magistri
schwört, flugs zum Tempel hinaus. Ein neuster Reichserlass verkündet:
Zum Göthekult gehört auch der Kult der alten Romantiker — das sind
doch wohl die Schlegel und Tieck und ganz besonders der Clemens und
die Bettina. Alle, welche deren Dichtergrösse (die Günderode) und ihre
Wahrhaftigkeit, (Göthes Briefwechsel mit einem Kinde) anzweifeln, „zeigen
nicht nur, dass sie keinen Funken von Poesie in sich haben, sondern
auch, dass es mit ihrer so geflissentlich zur Schau getragenen Göthever-

ehrung gewaltig hapert — ja hapert! Sollte Herrn E. Schmidt von dem Urteil Göthes über die Schlegel und Tieck, über den Clemens und die ganze Konvertitengesellschaft, über seine persönliche Haltung gegen die Bettina nie etwas zu Ohren gekommen sein?

E. Schmidt führt sowohl die Scherer'schen als die Grimm'schen Gedanken weiter aus. Er lässt keine Gelegenheit vorüber, um Schiller eines zu versetzen. Nach Grimm, Scherer, Schmidt ist Frau v. Stein die Iphigeniegleiche reine „Schwester". Manche der Zeitgenossen dachten über Frau v. Stein und ihr Verhältnis zu Göthe sehr anders; viele der Götheforscher auch heute noch. Da gilt es nun für ihre Kämpen alle günstigen Aussagen der Zeitgenossen zu sammeln. Hier ist natürlich auch Schiller willkommen. Dieser nennt sie während seines ersten Aufenthalts in Weimar 1787 die beste unter den Frauen Weimars, eine wahrhaft eigene interessante Person und „von der ich begreife, dass Göthe sich so ganz an sie attachiert hat. — Man sagt, dass ihr Umgang ganz rein und untadelhaft sein soll." Wir dächten, ein solches Urteil führt man einfach an; will man etwas hinzufügen, so weist man auf den wahrhaften noblen Sinn Schillers hin, der sich hier wie überall kundgiebt. Ganz anders E. Schmidt. Um die Glaubwürdigkeit Schillers zu erhärten, leitet er sein Zitat mit den Worten ein: „Schiller, der damals mit den Augen des Darbenden Göthes ganze Existenz mass". Hämisch und nicht einmal original; es ist nur eine Ueberbietung Grimms. In dem Aufsatz über Klopstock bedauert und erklärt er den Misserfolg der hohlen bombastischen, schon für die Zeitgenossen ungeniessbaren Bardiete. Und wie thut er dies? „Die Deutschen schwärmten lieber mit dem Marquis Posa, wenn sie ihrem politischen Idealismus einen guten Tag bereiten wollten." Also darüber wundert sich E. Schmidt, dass sich die Deutschen 1787, als die französische Revolution bereits in der Luft lag, von dem abstrakten hohlen Pathos der Klopstock'schen Bardenpoesie gelangweilt fühlten und den beredten begeisterten Worten des Freiheitsapostels freudig lauschten! Und das nennt sich Historiker! Ja gewiss: taceat philologus in historia.

Zusammenhängend äussert er sich in dem Aufsatz: Zur Schillerlitteratur. Er ist in huldvoll herablassendem gnädigem Ton gehalten und zollt dem Menschen, auch dem Schriftsteller — für einen Dichter hält ihn die Schule ja nicht — eine gewisse Anerkennung, wenn auch offenbar sehr contre coeur. Ja er affektiert in der lächerlichen Streitfrage Schiller-Göthe eine gewisse Gerechtigkeitsliebe. Er meint, die übermässige Reaktion gegen den nebelhaften (!) Schillerkultus von seite der Götheverehrung und Götheforschung werde sich die Hörner ablaufen, so bald nur einmal der falsche Nimbus um ihn her zerstiebe und seine Gestalt hübsch menschlich vor Augen trete, das heisst doch wohl auf das Niveau eines sehr gewöhnlichen Menschen und rutinierten Schriftstellers

herabgedrückt sei. Unterdessen, denken wir, haut man solche Ochsen-
hörner einfach ab und wartet nicht erst, bis sie sich ablaufen. Uebrigens
ist es noch lange nicht an dem, dass Herr E. Schmidt den Diktator
spielen könnte, der dem deutschen Volke vorschreibt, „was es von seinem
Schiller zu halten habe". Innerhalb der Göthegemeinde mag er diktieren,
kommandieren und hinauswerfen. Aber wo er Volk und Dichter öffentlich höhnt, da rufen wir: herunter mit ihm! Denn nicht Schiller allein,
sondern ebenso dem deutschen Volke, das hier als „Menge" figuriert,
gelten seine böswilligen Ausfälle. Was ihn an Schiller vor allem ver-
driesst, ist seine „Popularität", wie er die allgemeine Volksverehrung
spöttisch nennt. Sie beruht nach ihm teils auf der Unwissenheit und
Geschmacklosigkeit der Menge, teils in der ihr so zusagenden philisterhaften Moralität in pathetischen Versen. Die Verehrung Schillers ist
nicht echte wahre lebendige Herzensmeinung des deutschen Volkes, sondern nur eingepöckelte Ware, die die Menge zeitweise hervorzieht und
lüftet. Sie zehrt nur von Balladenreminiszenzen und etlicher Begeisterung
auf der Galerie! Ja seit 100 Jahren hat das deutsche Volk sich von
seinem Schiller ein völlig falsches Bild gemacht und der Göthephilologe
E. Schmidt fühlt sich berufen ihm endlich die Augen zu öffnen. „Wir
haben von früher Jugend her, ruft er aus, einen stilisierten Schiller vor
Augen, vag und luftig, als sei dies Auge ohne Unterlass gen Himmel
gerichtet gewesen und als hätten diese Sohlen die gemeine Erde nur
widerwillig und flüchtig berührt. Wir fallen gern in ein falsches Pathos,
wenn wir auf Schiller zu reden kommen. Wir tragen den blassen Idealismus kindlicher Schwärmerei, wo wir mit dem feurigen Max und mit
dem beredten Marquis von den Tyrannen Gedankenfreiheit forderten, in
das Bild Schillers. Er ist uns zu sehr Posa oder Pegasus im Joch."
Von wem sagt dies Herr Schmidt? Höchstens von unreifen Backfischen.

    E. Schmidt stellt nun, Grimm ausschreibend, dem falschen idealen
das wahrhafte reale Bild Schillers gegenüber. Dass er mit den Augen
des Darbenden Göthes ganze glückliche Existenz mass d. h. neidisch zu
ihm emporblickte, haben wir schon vernommen. Schiller war ferner ein
Schriftsteller, der das metier nach der finanziellen wie nach der technischen Seite von grund aus verstand. „Er zeigt sich in seinen Verhandlungen mit Theatern und Buchhandlungen als ein ungemein praktischer
und umsichtiger Finanzmann!" Warum verschweigt er denn dies bei
Göthe und mutzt es Schiller auf? Weiss er denn nichts von den Verhandlungen, die Göthe durch seinen finanziell sehr talentierten Sohn mit
verschiedenen Verlegern zu gleicher Zeit führte? In diesem Sinne zeichnet
er auch Schillers technisches Verfahren. „Er trägt viele Rohstoffe von
aussen zusammen, um Jahr für Jahr ein Stück zu l i e f e r n. Er hätte
100 Jahre alt werden können und wäre nie um Stoffe, wie um neue
Methoden verlegen gewesen." Sophokles und Euripides haben gegen oder

über 100 Stücke „geliefert“. Shakespeare etwa ein halbes Hundert. Göthe rühmt die grosse Produktivität der griechischen Tragiker und findet ein Armutzeugnis für uns Deutsche darin, dass Lessing nur zwei bis drei, er selbst nur drei bis vier, Schiller fünf bis sechs passable Stücke geschrieben (Gespr. m. Eckerm. 1. Mai 1825). Offenbar will E. Schmidt mit obiger Bemerkung Schiller nach seinem finanziellen wie technischen Verfahren auf die Stufe eines Scribe, Dumas und Konsorten herabdrücken. Ja er stellt ihn in der stofflichen Behandlung ausdrücklich mit Sardou und selbst Zola zusammen. „Warum, ruft er aus, wollen wir diesem planvollen, so kalt und sicher arbeitenden Dramatiker immer wie einem gen Himmel fahrenden Profeten nachstarren, statt mit kritischer Dankbarkeit und zweifelnder Bewunderung zu untersuchen, was er konnte, wie kaum einer, was er minder bewältigte? Warum führt der Litterarhistoriker lieber einen diplomatischen Eiertanz auf, statt ehrlich Farbe zu bekennen?“ Damit hat denn Schmidt Schiller als echten dramatischen Dichter glücklich abgethan. Wir werden im Folgenden ohne jeglichen Eiertanz rund und offen Farbe bekennen.

Was nach Schmidt Schiller der Menge so sympathisch machte und macht, ist dass er „ohne strenge Motivierung auf starke Effekte hinarbeitet“. Noch mehr die „philisterhafte Moralität in pathetischen Versen“. Wir führen die höchst interessanten Aeusserungen wörtlich an. „Darf jedermann nach Lust die Natürliche Tochter oder das unkünstlerische Gefüge der Wanderjahre tadeln, warum soll Schiller als Pädagog seines Volkes verlieren, wenn jemand in seinem populärsten Gedicht, der Glocke, triviale Partien findet? Wird doch die weiteste Popularität nie ohne eine Dosis von Trivialität erreicht werden; daher ist der gedankenschwere, hoheitsvolle (!) Spaziergang oder die gewaltige (!) Nänie nicht populär, wie die Glocke, bei deren Lektüre der romantische Zirkel Jenas in ein impertinentes Gelächter ausbrach. Der Nation hat sicherlich der flimmernde Geistreichtum und die geniale Lebensführung dieser Damen und Herren, welche da über ein Philistertum in pathetischen Versen lachten, minder gefrommt, als jenes typische Mittelmass reiner, tüchtiger Bürgerlichkeit, das Schiller verherrlichte.“

Man beachte zunächst den seltsam gewundenen Ausdruck: er verquickt seine eigene Ansicht mit der der Romantiker; er bekennt nicht ehrlich Farbe, sondern führt einen diplomatischen Eiertanz auf. Es ist aus dem Wortlaut nicht klar zu ersehen, ob der härteste Ausdruck „Philistertum in pathetischen Versen“ im Geist der Romantiker gesprochen sein soll, oder seine eigene Meinung ausdrückt. Indes die Formulierung ist von ihm, nicht von den Romantikern und sein eigen Urteil „typisches Mittelmass reiner tüchtiger Bürgerlichkeit“ ist nur eine mildere Fassung. Wir dürfen demnach den ganzen Satz auf seine eigene Rechnung setzen. Sodann ist wieder nicht recht klar, ob „das Philistertum in pathetischen

Versen“ nur der Glocke gilt oder den Gesamtcharakter der Schiller'schen Dichtung bezeichnen soll; da letzteres bei dem typischen Mittelmass sicher der Fall ist, so dürfen wir es auch bei dem ersteren annehmen. Bezeichnend ist es, dass er sich gerade auf die Romantiker beruft, die er ja auch sonst ebensosehr wieder empor zu bringen sucht, wie er Schiller herabdrückt. Schon die Prädizierung der Romantiker ist eigentümlich: „Flimmernder Geistreichtum“ und „geniale Lebensführung“· Mit letzterem kann er nur die skandalösen Liebes- und Eheabenteuer dieser Herren und Damen meinen: das nennt man sonst nicht genial, sondern liederlich. Sodann: flimmernder Geistreichtum? Flimmernd? Ja gewiss. Aber Geistreichtum! Wo? Etwa in der platten lüsternen Lucinde? Doch höchstens in ihren kritischen und litterarhistorischen Studien, die hier, wo es sich um das „Frommen für die Nation“ handelt, nicht in Betracht kommen können. Was die ältere Romantik d. h. die vor Uhland, Eichendorf, Chamisso etc. charakterisiert, ist die affektierte Abwendung von der Basis des gesunden Volkslebens, wie es in Lessing, in Schiller, Göthe und in den herrlichen Freiheitsdichtern Arndt, Körner, Eichendorf sich offenbart, der antizipierte Ultramontanismus, das Konvertitentum, das Schwärmen für das Mittelalter, für Klosterwesen und Rittertum, die Predigt des Evangeliums vom kirchlichen und politischen Absolutismus, die lockere Moral im privaten und öffentlichen Leben. Es ist die sittliche und dichterische Impotenz anmasslicher Streber, welche unfähig die sittliche und ästhetische Kultur unserer klassischen Dichtung, wie die nationale Freiheitsidee aufrecht zu erhalten, auf diese „geistreichen“ Wege geführt hat. Offenbar liegt hier der Gegensatz der vornehmen ästhetischen romantischen Zirkel und der des einfachen schlichten Volks zu grunde: dort Bonbons, hier gemeines Schwarzbrot. Ebenso soll auch der Gegensatz der Schiller'schen Muse gegen die Göthe'sche markiert werden. Nun bewegt sich aber Göthes Dichtung vornehmlich auf dem Gebiet des privaten bürgerlichen Lebens; selbst seine historischen Dramen tragen diesen Charakter. Er hat die bürgerliche Gesellschaft, in der er selbst lebte, in seinen epischen wie in seinen dramatischen Dichtungen poetisch verklärt dargestellt. Vom romantischen Geist lüsterner Sinnlichkeit und leichtfertiger Moral findet sich bei ihm keine Spur. Wohl aber hat er die pathologischen Erscheinungen des Liebeslebens von seinem Götz und Werther an bis zu den Wahlverwandtschaften mit Vorliebe, aber rein objektiv geschildert. Diese treffliche Zeichnung pathologischer Verhältnisse und Charaktere ist es, die nach den Götheverehrern seine einzigartige dichterische Grösse, besonders auch seinen Vorrang vor Schiller begründet. Aber stehen denn Homer, die griechischen Tragiker, Dante, Shakespeare als Dichter hinter Göthe zurück, weil sie keine Figuren wie Gretchen, Klärchen u. dergl. geschaffen haben? Und hat denn Göthe daneben nicht auch eine grosse Anzahl von Charakteren reiner, tüchtiger

Bürgerlichkeit gezeichnet? Steht denn nicht schon in seiner ersten grossen Dichtung neben Adelheid und Weislingen in trefflichster Schilderung die reine tüchtige Bürgerlichkeit des Götzischen Hauses? Hat er nicht auch in seiner Iphigenie, der Prinzessin im Tasso, Natalie und Therese im Meister, wie Schiller in seiner Thekla, Jungfrau von Orleans, Bertha von Bruneck u. a. Gestalten reinster und edelster Weiblichkeit seinem Volke als höchste Ideale vorgeführt? Und von allem anderen abgesehen, was ist denn sein geistig gesundestes künstlerisch vollendetstes Werk, sein Hermann und Dorothea anders als die glücklichste Darstellung des typischen Mittelmasses reiner, tüchtiger Bürgerlichkeit? Der Vorwurf des Philistertums trifft dies Meisterwerk genau ebenso wie die Glocke, weit mehr als die ganze Schiller'sche Dichtung. Es ist allerdings nicht in pathetischen Versen, wohl aber in dem getragenen Metrum des hohen Epos gehalten.

Deutlicher ergiebt sich Schmidts Meinung aus einer anderen Stelle: „Ja, der deutsche Schillerkultus hat leider viel eitlen Schein; denn er ist der Menge eine eingepöckelte Ware, die sie alljährlich im November einmal aus dem Vorratsschrank ihrer schönen Gefühle hervorholt und lüftet, so wie mancher am Sedantage nach gethanem Doppeltrunk mit dem grossen Bewusstsein patriotischer Pflichterfüllung zu Bette geht. Vom Jubiläum 1859 her, wo Schillers Genius in einer zerfahrenen, politisch missvergnügten Zeit seine volle einigende und reinigende Macht auf alle Deutschen tröstlich ausübte, ist vielen ein matter Abhub geblieben. Gewiss, veränderte Zeitläufte, eine andere Auffassung vom Staate — welche? möchten wir doch fragen — haben uns kühler gegen den Weltbürger gestimmt, so dass seine stolzen Verse nicht mehr all die Gefühle entladen, welche vor 100 Jahren die deutsche Brust beklemmten; aber gerade das, was Schiller seiner Nation als heiliges Vermächtnis bescherte, das mahnende Evangelium ästhetischer Erziehung, trifft leider kaum unser Ohr, wenn wir den herrschenden Stimmen der Zeit horchen." Man beachte auch hier wieder den gewundenen Ausdruck. Die Hiebe gelten natürlich voll und ganz Schiller, werden aber in diplomatischem Eiertanz dem Ungeschmack und dem Festschmausbedürfnis der „Menge" appliziert. Sodann die merkwürdige Zusammenstellung von Schillers Geburtstagsfeier mit dem Sedanfest, das angeblich überlebte Weltbürgertum und daneben doch, als Schillers heiliges Vermächtnis, das weltbürgerliche Evangelium ästhetischer Erziehung. Suchen wir diesen Kneuel zu entwirren.

Eins ist sonnenklar: der Aerger über die tiefe allgemeine Verehrung Schillers, so weit die deutsche Zunge klingt. Gegen sie wendet er sich zunächst. Sie ist nicht echt, nicht frisch, nicht lebendig, sondern nur eine eingepöckelte Ware; nicht allgemein und dauernd sondern nur eintägig, an seinem Geburtstage, wo die Menge sie aus der Vorratskammer ihrer schönen Gefühle hervorholt und lüftet. Wie schön, wie edel ist

schon das Bild und doch nicht einmal original. Es ist von Göthe entlehnt, der es einmal treffend vom Enthusiasmus gebraucht. Schillers
Gedichte sind nächst der Bibel das vorbereitetste Buch in deutscher
Sprache. Seine klassischen Dramen halten sich heute noch aus innerem
Leben, nicht blos als Festfeier, auf der Bühne; seine Werke leben fort
im Herzen des deutschen Volkes. Sie haben, vom Faust abgesehen, wegen
der hohen edlen Gesinnung, des grossen weiten Weltblickes, des öffentlichen Geistes weit mehr Verbreitung und Anerkennung im Ausland gefunden, als die Werke Göthes. Und doch ist diese Verehrung nur eine
eingepöckelte Ware? Und nur einmal im Jahre zieht sie das deutsche
Volk — die Menge — aus der Vorratskammer ihrer schönen Gefühle
hervor, um sie zu lüften! Also nur in dieser Geburtstagsfeier lebt er
noch ein kümmerliches Leben, sonst wäre er verschollen und vergessen!
Ueber diese Geburtstagfeier ergiesst er nun seinen ganzen ingrimmigen
Spott. Ich kenne nur eine, die bei völlig privatem Charakter ein wenig
in die Oeffentlichkeit tritt. Es ist die in Stuttgart. Sie besteht in einem
Festzug zu seinem Denkmal, Vortrag von Liedern, Festrede und Festmahl
mit e i n f a c h e m Trunk. Die Festreden können sich an Gedankengehalt und an Formvollendung mit allem, was Herr E. Schmidt über
und unter den Strich geschrieben hat, mindestens messen. Es wäre zu
wünschen, er würde dieser öffentlichen „Lüftung der eingepöckelten Ware
der Schillerverehrung" einmal persönlich beiwohnen.

Seine innersten Gedanken offenbart er aber erst durch seinen Hohn
auf den Sedantag, das Gründungsfest des Deutschen Reiches. Ganz richtig
stellt er die Geburtstagsfeier Schillers und das Gründungsfest des Reiches
zusammen; und aus derselben antinationalen Gesinnung verhöhnt und
begeifert er beide. Ja gewiss! der Geist Schillers ist es, der sich in den
beiden grossen nationalen Kriegen, den Befreiungskriegen, die uns die
nationale Unabhängigkeit, und dem letzten, der uns die nationale Einheit
gebracht hat, so mächtig geoffenbart hat. Der Sedantag ist ein Ehren-
tag des deutschen Volkes. Nur die Sozialdemokraten, die kleine und
schwächliche süddeutsche Volkspartei und die Ultramontanen — diese
übrigens durchaus nicht allgemein — stehen dieser Feier ablehnend oder
feindlich gegenüber. Aber nur die internationale Sozialdemokratie überschüttet diesen Tag mit solchem Hohn, wie Herr E. Schmidt. Offenbar
führt er nur den Gedanken Scherers weiter aus, dass die Beschäftigung
mit der Politik die Pflege des ästhetischen Genusses beeinträchtigt habe.
Für diese schwere Versündigung an dem deutschen Volksgeist wird Schiller
mit Recht in Schuld genommen. Ehrlich mag nun Schmidt doch nicht
Farbe bekennen. Schiller ist nach ihm nicht Vertreter der nationalen
Idee, sondern des überlebten Weltbürgertums. Das ist völlig unwahr.
Hat denn Herr E. Schmidt Schiller blos bis zum Marquis Posa gelesen,
der ihm ein Gegenstand steten Spottes ist? Hat er nicht auch etwas

von einer Jungfrau von Orleans und gar von einem Tell gehört? Kennt
er nicht die herrlichen Worte:

An's Vaterland an's teure schliess dich an etc.

Also ein Vorwurf ist es für Schiller, dass er am Sedantag mit-
schuldig ist, und doch ist er wieder abgethaner nationalitätsloser Kos-
mopolit und doch hat er wieder das kosmopolitische mahnende Evangelium
ästhetischer Erziehung als heiliges Vermächtnis seinem Volke hinterlassen.
Der arme Schiller mag sich drehen und wenden, wie er will, er mag
sich weltbürgerlich oder national geberden: die Huld des neusten romantik-
schwärmenden Diktators wird er nie gewinnen. Nur ein Verdienst erkennt ihm dieser neben seiner philisterhaften Moralität zu, das Vermächtnis
des Evangeliums ästhetischer Erziehung, für die leider das deutsche Volk
kein Ohr hat, wenn wir den herrschenden Stimmen der Zeit horchen.
Also das mahnende Evangelium ästhetischer Erziehung, das ist das heilige Vermächtnis, welches Schiller seinem Volke hinterlassen hat und das
dieses schmählich verkennt und vernachlässigt? Und die falschen herrschenden Stimmen der Zeit? In der Verbindung mit dem Hohn auf den
Sedantag kann nur die ernste alle Kräfte in Anspruch nehmende politisch
soziale Arbeit der heutigen Zeit gemeint sein. Also davon sollen wir
die Hand lassen. Das ist nach E. Rénan die geschichtliche Aufgabe der
Franzosen, die die Sache schon auch für uns besorgen werden. Unsere
Aufgabe ist es, als harmlose Murmeltiere in romantischer Selbstbeschei-
dung das Leben des Dichter- und Denkervolkes weiter fortzuführen. Wir
haben mit dem Sedantag und der Gründung des Reiches unseren geschichtlichen Beruf verfehlt und seine Feier ist eine Verkehrtheit wie unsere
„Franzosenfresserei" eine Undankbarkeit gegen die grande nation, der
wir unsere ganze Kultur verdanken.

Es wäre eine Beleidigung des nationalen Bewusstseins, wenn wir
uns auch nur mit e i n e m Worte auf eine Widerlegung dieses Abhubs
der französischen Revanchepolitiker einliessen. Wir sagen einfach: scham-
los! Wir fragen Herrn E. Schmidt: Was würde man in Frankreich mit
einem Schriftsteller, mit einem Lehrer der akademischen Jugend anfangen,
der es über sich gewänne, die Feier des Tages zu beschimpfen und zu
beschmutzen, der seinem Volke nach 1000jähriger Zersplitterung und
Ohnmacht die nationale Einheit und eine achtunggebietende Stellung
unter den Nationen gebracht hat? Was würde man mit einem Gelehrten
anfangen, der die allgemeine Volksverehrung des Dichters bemäckelt und
verhöhnt, dessen hoher kräftiger männlicher Geist sein Volk zur Ab-
schüttlung des Fremdjoches und zur Gründung des nationalen Staates
erzogen hat?

### Die Wahrheit.

Göthe und Schiller sind die Vertreter der zwei Hauptrichtungen des menschlichen Geistes, die wir der Kürze wegen mit den herkömmlichen, wenn auch etwas verbrauchten Worten real und ideal bezeichnen wollen. Bei jenem der klare Blick für die äussere Natur wie für die inneren Seelenvorgänge, das liebevolle Sichversenken, das Geniessen wie das dichterische Gestalten der Wirklichkeit: bei Schiller das unbefriedigte Hinausstreben über die reale Welt, das Leben und Weben in einer mehr abstrakt idealen Phantasiewelt. Aber diese Seiten sind nirgends ausschliesslich vorhanden. Jeder Mensch, nicht nur Faust, hat zwei Seelen in sich. Dieser Dualismus ist die ursprünglichste Thatsache des menschlichen Bewusstseins, die treibende Kraft der Kulturentwicklung. In der Kunst zeigt er sich als Gegensatz der roh naturalistischen und der die Wirklichkeit idealisierenden Richtung. Auf der verschiedenen Mischung dieser beiden Momente beruht die Individualität des Menschen. Wo das sinnlich realistische einseitig vorherrscht, sinkt er zum rohen Sinnengenuss herunter, wo das andere, wird er zum Schwärmer und Phantasten. Bei normal angelegten Naturen setzen sich beide instinktiv in ein gewisses Gleichgewicht. Grosse einseitig angelegte Naturen suchen mit klarem Bewusstsein diese Einseitigkeit zu überwinden, durch ernste Selbsterziehung den natürlichen Mangel zu ergänzen und so zu einer relativ harmonischen Geistesbildung zu gelangen. In der glücklich harmonischen Ergänzung und Ausgleichung der einseitigen Naturanlage, soweit dies überhaupt möglich ist, beruht die geistige und künstlerische Grösse Göthes und Schillers. Dadurch sind sie, jeder in seiner Art, vollkommene Typen des deutschen Volksgeistes, ja des menschlichen Geistes überhaupt und darin, dass sich diese höchste Ausbildung ihrer Persönlichkeit in ihren Werken wiederspiegelt, beruht die hohe unvergleichliche Kulturbedeutung ihrer Dichtung. Und wie beide Richtungen zusammen erst das Wesen des menschlichen Geistes erschöpfen, so stellen beide Dichter zusammen erst die Summe und den Höhepunkt der Bildung jener grossen Periode rein ideellen Geisteslebens dar.

Göthe hat von Hause aus neben dem realistischen einen idealen Zug in sich; sein ganzer Bildungsgang ist ein unablässiges Ringen die gegebene Einseitigkeit seiner Naturanlage zu ergänzen, von der sinnlichen Anschauungsweise zur idealen zu gelangen, den angeborenen klaren Sinn für die Wirklichkeit zur idealen Verklärung derselben zu entwickeln. Ja er ist nirgends in seiner Dichtung eigentlich naturalistisch. Schon seine Jugendpoesie, seine herrlichen Lieder, sein Werther haben bei aller Naturwahrheit einen ausgesprochen idealen Charakter. Nicht die Dinge, wie sie sind, sondern ihren Reflex in seiner „schönen Seele" (Gespr. m. Eckerm. 10. Apr. 1829), stellt er von Anfang an in seiner Dichtung dar. In seiner zweiten Periode verfolgt er nach dem Gesetze, dass alle Entwicklung, beim einzelnen wie im Völkerleben, sich nicht in gerader Linie, sondern in Gegensätzen bewegt, in einseitiger Weise diese ideale Richtung. Seine Iphigenie ist in den einzelnen Charakteren wie nach der ganzen geistigen Atmosphäre die reinste und höchste Offenbarung idealen Geistes, die wir überhaupt kennen. Die glücklichste Vereinigung beider Richtungen finden wir in seinem Epos, Herm. und Dorothea, das auch nach dieser Seite hin als seine reifste und vollendetste Dichtung erscheint. Aber bald, theoretisch schon während seiner italiänischen Reise beginnt der ideale Styl in den symbolischen überzugehen. Die dichterischen Gestalten werden des individuellen Charakters möglichst entkleidet und sollen nicht sowohl durch das wirken, was sie zunächst sind, sondern durch die Hindeutung auf ein Allgemeineres Höheres. Im zweiten Teil des Faust kommt zu der symbolischen Darstellung noch die allegorische hinzu und an stelle der konkreten Gestalten seiner Jugenddichtung tritt Personifikation abstrakter Begriffe, an stelle der ursprünglichen Naturpoesie die einseitigste abstrakte Ideendichtung. So sehen wir Göthe von der einseitigen angeborenen Naturanlage, dem Wirklichen eine poetische Gestalt zu geben, wie Merck es bezeichnet, zu der entgegengesetzten Geistes- und Kunstrichtung sich entwickeln, aber nicht in gerader Linie, sondern mit vielfachen Schwankungen und Rückfällen und derart, dass der ursprüngliche realistische Zug seiner Natur sich doch auch noch in einer gewissen individuell wahren freilich wenig harmonischen Ausgestaltung seiner abstrakten Figuren kund thut. Es ist höchst interessant, den lange auf und ab wogenden Kampf dieser beiden Richtungen zu beobachten. Es scheint fast, dass Göthe weniger durch die natürliche Entwicklung seines Dichtergenius, als durch den unglücklichen Einfluss der falschen Theorie, die er sich aus der griechischen Plastik gebildet, zu dem unpoetischen symbolisch-allegorischen Stil in seiner Dichtung, wie zu der unfruchtbaren antikisierenden Auffassung der Kunst gelangt ist. Göthe war sich der Schwäche dieser Richtung seiner späteren Poesie wohl bewusst. In hohem Alter 1829, als er in voller mühseliger Arbeit am Abschluss seines Faust war, sagt er zu Eckermann: „Es ist der Reiz der Sinnlichkeit, den keine Kunst entbehren kann, und der in Gegenständen solcher Art (ein Genrebild von Ostade) in seiner ganzen Fülle herrscht. Bei Darstellungen höherer Richtung dagegen, wo der Künstler ins Ideelle geht, ist es schwer, dass die gehörige Sinnlichkeit mitgehe und dass er nicht trocken und kalt werde. Da können nun Jugend oder Alter günstig oder hinderlich sein und der Künstler muss damit seine Jahre bedenken und danach seine Gegenstände wählen. Meine Iphigenie und mein Tasso sind mir gelungen, weil ich jung genug war, um mit meiner Sinnlichkeit das Ideelle des Stoffs durchdringen und beleben zu können. (4. Febr. 1829.)

Eine ähnliche Entwicklung, aber von der idealen Richtung nach der realen hin, beobachten wir bei Schiller. Er ist wie Lessing von Haus aus eine doppelschlächtig angelegte Natur: neben einer reifen und

kühnen Phantäsie zeigt sich früh ein reger spekulativer Trieb. Schiller
hat neben der spekulativen Anlage von Natur aus einen scharfen Blick
für die Wirklichkeit, weniger für die äussere Natur, als für die Menschenwelt. Leider ist diese realistische Anlage durch die weltabgeschlossene
Drillanstalt der Karlsakademie verkümmert, durch die sorgenvollen Lebensverhältnisse der nächsten Jahre nicht gefördert worden. Der Entbehrende
mag wohl die Schattenseite des menschlichen Lebens treu und übertreu
darstellen, nach Art der heutigen Naturalisten, aber eine freudige Wiedergabe der Sonnenseite des Lebens vermag doch nur der glücklich Situierte
darzustellen. Schiller besass in dem hohen Bewusstsein seines persönlichen Wertes ein zu starkes Gegengewicht, um eine pessimistische Karri-
katur der Welt zu geben; zu wenig Sonnenschein, um ein so unbefangen
heiteres Weltbild zu dichten wie Göthe. Sein Streben war anfangs mehr
unbewusst, später mehr bewusst von der abstrakt idealen Auffassung
und Darstellung der Welt zu einer mehr sinnlich konkreten zu gelangen.
Aber auch bei ihm schreitet diese Entwicklung nicht in einer direkten
geraden Linie fort; auch bei ihm finden sich Schwankungen und Rück-
fälle. Die Räuber haben in mehr phantastisch übertriebener, Kabale und
Liebe, in mehr gemässigt naturwahrer Art derb realistische Züge, wenn
auch alle Gestalten des jugendlichen Dichters sich mehr als Produkt
einer am wirklichen Leben nicht gereiften und gebildeten Phantasie erweisen. Im Don Karlos erreicht die abstrakt ideale Richtung ihren
Höhepunkt; er ist fast reine Ideendichtung. Aber der reale Zug zeigt
sich doch darin, dass der Dichter seine Idee der Zeit entnommen hat.
Im Wallenstein gelangte er zu einer glücklichen Verbindung der realistischen und der idealen Darstellung, wie Göthe in Herm. und Dorothea,
wenn auch nicht im gleichen Masse, was ja schon durch die Verschiedenheit des Stoffs gegeben war. Der Vorwurf Scherers, dass die Gestalten
im Wallenstein ein unglücklich Mittelding zwischen charakteristischem
und typischem Stil seien, ist unbegründet und würde Hermann und Dorothea ebenso treffen. Nicht allein der persönlich anregende Verkehr mit
Göthe hat hier eingewirkt, sondern wir haben darin mehr die natürliche
Entwicklung seiner Natur zu sehen. Nachdem er der abstrakt-spekula-
tiven Richtung seines Geistes Genüge gethan, macht sich bei ihm mit
den Jahren, ähnlich wie bei Göthe in der entgegengesetzten Richtung,
der reale Zug seiner Natur geltend: dies wurde durch seine historischen
Studien unterstützt und da tritt dann der persönliche Verkehr mit Göthe
glücklich fördernd hinzu. In Maria Stuart, der Jungfrau von Orleans,
der Braut von Messina findet ein Rückschritt in die mehr abstrakt-ideale
Darstellung herrschender Zeitideen statt. Im Tell greift er wieder zu
einem glücklicheren Stoff und gelangt wieder zu einer mehr realistischen
Behandlung, wenn auch nicht in dem Mass wie beim Wallenstein, wie
dies wieder durch den geschichtlich fernliegenden Stoff bedingt ist. Wir

vermögen nicht zu ermessen, in welcher Weise er unter der Einwirkung des mächtig auflodernden nationalen Geistes der Befreiungskriege, die ihm lebendige anschauliche Vorbilder für seine Freiheitsidee bieten konnten, diese Richtung weiter verfolgt hätte. Wir dürfen aus dem Gang von der Maria Stuart zum Tell schliessen, dass er ähnlich wie Göthe, der von der anfänglich realen immer mehr zur symbolischen Darstellungsweise überging, sich in entgegengesetzter Richtung von dem abstrakt idealen Stil in der Vollreife der Jahre immer mehr dem konkret-realistischen zugewandt hätte.

Soviel ist sicher, dass die Bezeichnung ideale und reale Richtung nur ganz im allgemeinen den Unterschied des Göthe'schen und Schiller'schen Stils trifft und dass die einseitig konsequente Durchführung dieses Gesichtspunktes ein falsches Bild der Göthe'schen wie der Schiller'schen Dichtung giebt. Jedenfalls begründet dies keinerlei Wertunterschied. Mit dem idealen Charakter der Schiller'schen Dichtung steht und fällt auch die Iphigenie und der Tasso, ein grosser Teil des Faust und so manches Herrlichste, was Göthe geschaffen. Die Göthe'schen Gestalten haben durchaus nicht die herbe Naturwahrheit Shakespeare's; die Göthephilologen sehen ja gerade in seinem späteren „typischen Stil“, wie er von der Iphigenie an in seiner Dichtung herrschen soll, den Höhepunkt seines dichterischen Könnens. Andererseits tragen die Schiller'schen Gestalten weitaus nicht den wirklich typischen Charakter der griechischen Tragödie; sie haben ein weit reicheres inneres Leben und treten dabei weit mehr heraus in die Wirklichkeit des Handelns. Göthe selbst erkennt das ideale Moment der Dichtung vollkommen an. Man sehe das oben angeführte Gespräch mit Eckermann 18. Jan. 1827 (VI, 23), wo er die realistische Darstellung mit dem Blätterwerk, den idealen Gehalt mit der Blüte vergleicht.

Der Unterschied ihrer Naturanlage zeigt sich auch in ihren sonstigen Studien. Keiner von beiden war geistig so reich, oder vielmehr so arm angelegt, um wie Klopstock ein vornehmbummeliges Dichterleben zu führen. Schiller wendet sich seiner Natur gemäss der Geschichte und Philosophie, Göthe den Naturwissenschaften zu. Der Reflex davon zeigt sich auch in ihrer Dichtung. Bei Schiller in der Wahl historischer Stoffe für seine Dramen, in dem vielfach reflektierenden Charakter und dem hohen Ideengehalt seiner Dichtung; bei Göthe nicht sowohl in dem ihm angeborenen feinen und tiefen Natursinn, als in der liebevoll breiten und anschaulichen Schilderung von Landschaft und Naturgegenständen. — Wichtiger ist ihre philosophische Richtung. Auch Göthe hatte eine spekulative Ader, wie nicht sein Faust allein bezeugt. Seine Weltanschauung ruht auf dem spinozistischen Determinismus, wie er ihn versteht; die Schillers auf dem des Kantischen kategorischen Imperativs. Göthe betont auch in der sittlichen Welt die Seite der Bedingtheit, Schiller die der

Willensfreiheit. Göthe stellt das Menschengeschick dar als das unabän-
derliche Produkt der individuellen Naturanlage und der äusseren Verhältnisse. Wie in der Natur chemische, so herrschen in der Menschenwelt
geistige Wahlverwandtschaften und bestimmen mit Naturnotwendigkeit
den Lebensgang des Menschen vom Anfang bis zu Ende. Die angeborenen
Triebe wirken, zumal zur Leidenschaft gesteigert, ganz wie eine Natur-
macht. Daher die objektive oft eisig kalte Darstellung pathologischer
Erscheinungen. Bei Schiller dagegen nimmt der Mensch nicht ruhig die
Welt als das einmal Gegebene hin; er sucht sie vielmehr nach seinen
Ideen und Zwecken zu gestalten, oder tritt wenigstens in energischen Kampf
gegen sie. Daher bei Göthe die behagliche liebevolle Schilderung der
Welt wie sie ist, bei Schiller mehr das Ringen nach dem, was der Mensch
und die Menschheit sein könnte und sein sollte. — Aber auch hier wäre
es verkehrt diesen Gesichtspunkt in der Analyse ihrer Dichtungen einseitig systematisch durchführen zu wollen. Der schwazhafte, reflektierende unentschlossene Wallenstein mit seinem Missverhältnis von Ehrgeiz
und Willenskraft ist weit mehr eine Manifestation spinozistischen als
kantischen Geistes; doch ruht das Stück trotz des astrologischen Appa-
rates auf der Voraussetzung der menschlichen Willensfreiheit. Selbst in
der Braut von Messina, wo der Einfluss der Gestirne zu der falsch grä-
zisierenden Schicksalsidee fortgebildet wird, ist dies doch nur äussere Ver-
brämung. Umgekehrt ruht ein grosser Teil der Göthe'schen Dichtung
auf der Voraussetzung der menschlichen Freiheit und Verantwortlichkeit.
In einer Menge von Sprüchen hat er dies in der Forderung der Selbst-
zucht ausgesprochen und sein eigener Bildungsgang trägt mindestens
ebenso sehr den Charakter des Kantischen kategorischen Imperativs als
den des Spinozistischen Determinismus. Jedenfalls ergiebt sich auch hieraus keinerlei Wertunterschied für ihre Dichtung. Die eine Weltanschauung ist so poetisch verwertbar, wie die andere. Die auf der Freiheitsidee
ruhende Tragödie Shakespeares hat mindestens den gleichen poetischen
Wert, wie die Schicksalstragödie des Sophokles.

Auch in rein äusserlichen Dingen zeigt sich der Unterschied der
beiderseitigen Naturanlage. Göthe dichtet am liebsten und am glück-
lichsten am frühen Morgen, wo das Nervenleben am ruhigsten ist, und
draussen in der frischen freien Natur; Schiller am liebsten abends oder
nachts, wo das Nervenleben am erregtesten ist und in der Enge der
Studierstube. Offenbar zeigt sich dies auch in ihrer Dichtung: bei Göthe
der helle, klare Sonnenschein, der über seine ganze Dichtung ausgegossen
ist, die Deutlichkeit, die lichte Anschaulichkeit seiner Gestalten; bei Schiller
das erregte gesteigerte Seelenleben, der rasche kräftige Pulsschlag, der
seine ganze Dichtung beherrscht.

Die geschichtliche Bedeutung eines Dichters beruht in zweierlei:
1) dass er das innere und äussere Leben seines Volkes, besonders die

4 *

zeitbeherrschenden Ideen in seiner Dichtung darstellt; 2) darin, dass er uns dies in lebensvollen und lebenswahren Gestalten, in einem künstlerisch vollendeten Weltbilde vorführt. Fehlt das letztere, so mag er wohl ein mächtig wirkender Schriftsteller sein, aber kein grosser Dichter. Sobald diese Ideen Gemeingut geworden oder verbraucht und veraltet sind, treten solche Schriften zurück gegen die Werke der neuen Geistesrichtung und haben nur noch litterargeschichtlichen Wert. So ist es mit Voltaire und Rousseau, die auf ihre Zeit einen grösseren, jedenfalls allgemeineren Einfluss ausgeübt haben, als Göthe und Schiller. Aber diese leben durch die künstlerische Vollendung ihrer Dichtung fort; denn diese ist es, die einem Werke unsterbliches Leben verleiht. Aber ohne jenen bedeutenden Gehalt fällt auch eine künstlerisch vollendete Dichtung gern der Vergessenheit anheim.

Ueber den rein künstlerischen Vorzug der Göthe'schen und Schiller'schen Dichtung ist es schwer ein bestimmtes für ihre gesamte Poesie zutreffendes Urteil zu fällen. Schon die grosse Mannigfaltigkeit und Verschiedenheit der Werke eines jeden erschwert dies. Der Wert der einzelnen Dichtungen ist bei beiden ein sehr verschiedener: man denke nur bei Göthe an Iphigenie, Tasso, Hermann und Dorothea, Faust und dann an seine geringwertigen antirevolutionären Dramen, einen Grosskophta etc. In der Kunst wirkungsvoller, festgeschlossener Komposition ist Schiller in den meisten seiner Dramen Göthe als Dramatiker überlegen; an individueller Zeichnung der Charaktere, mehr noch in feiner Durchführung des Seelenlebens und in psychologischer Motivierung steht er hinter ihm zurück. Dies liegt teils in seinen Stoffen, die er meist der Völkergeschichte oder dem öffentlich-sozialen Leben entnimmt, mehr noch in seiner dichterischen Anlage. Doch dürfen sich die meisten Personen im Wallenstein mit dem Besten messen, was Göthe an realer Charakterzeichnung geschaffen hat. Aber auch hierauf lässt sich kein Wertunterschied gründen. Als Dramatiker stellen wir Schiller unbedingt höher als Göthe. Denn beim Faust beruht die Bedeutung am allerwenigsten in der Komposition und der Charakterzeichnung. Für die grosse epische Erzählung fehlt Schiller die nötige Ruhe und Behaglichkeit des Geistes, die objektive leidenschaftslose Weltanschauung: er hätte nie einen Hermann und Dorothea zu dichten vermocht. In der kleinen episch-lyrischen Gattung der Ballade ist er Göthe ebenbürtig. Seine Balladen haben mehr dramatisch bewegtes Leben, die Göthes mehr behaglich epische Entfaltung. Im Liede, im Stimmungsbilde steht Göthe durch die Wahrheit, Innigkeit und Tiefe der Empfindung, den kunstlos schlichten Vortrag ganz einzig in der Weltlitteratur da: man meint, das Herz selbst direkt ohne Vermittlung des Worts sprechen zu hören. Hier kann Schiller neben Göthe gar nicht in Betracht kommen. Dennoch sind Schillers Gedichte im ganzen populärer, der geistigen Richtung unseres Volkes demnach zusagender. Spricht Göthe die zarten Empfindungen und Stimmungen des Herzens aus, so Schiller das Besinnen des Geistes über sich selbst und sein Verhältnis zur Welt. Neben das einzig dastehende Göthesche Lied stellt sich die nach Göthes Urteil ebenfalls ganz einzig dastehende Ideendichtung Schillers. Göthe sagt in dem schon angeführten Gespräch m. Eckerm. 18. Jan. 1827. „Schillers eigentliche Produktivität lag im Idealen und es lässt sich sagen, dass er so wenig in der deutschen als einer andern Litteratur seinesgleichen hat." Er hat die ganze Gedankenarbeit des vorigen Jahrhunderts in diesen Gedichten ausgesprochen und zwar in so echt dichterischer Form, dass wir über dem konkreten, künstlerisch vollendeten Vortrag die Mühe und Schwere der Gedankenentwicklung kaum noch bemerken. An Kunstwert stellen wir die Schillersche Ideendichtung neben die Göthe'sche Liederdichtung. Aber letztere bewegt sich im innersten Zentrum der Dichtkunst, die Schiller'sche in dem Grenzgebiete der Poesie und Philosophie. Dass so die Göthe'schen Lieder einen reineren unmittelbareren Genuss gewähren, liegt in der Natur der Sache.

Ebenso wichtig als die künstlerische Formvollendung ist die Darstellung der herrschenden Zeitideen, der geistige Gehalt, der nach Göthes Ansicht doch zuletzt den bleibenden Wert eines Kunstwerks bestimmt. Wir beobachten zwei Hauptströmungen im geistigen Leben des vorigen Jahrhunderts, von denen die eine mehr in die erste, die andere mehr in die zweite Hälfte desselben fällt, beides Aeusserungen des das Jahrhundert beherrschenden Geistes des Subjektivismus. Die eine eine Aeusserung des privaten, die andere des öffentlichen Geistes. Die eine thut sich kund in dem Anspruch des Herzens das Mass aller Dinge zu sein, sich ganz weichseligem weltvergessenem Empfindungsleben hinzugeben, sich und die Welt in zarten Regungen zu geniessen — es ist die Periode der Empfindsamkeit, wie Lessing diese Geistesrichtung so treffend getauft hat. Die andere äussert sich in der Freiheitsidee. Sie trägt anfangs mehr abstrakten Charakter: so bei Klopstock und dem Hainbund; sie ergeht sich in deklamatorischen Tiraden gegen die „blutdürstigen Eroberer und Tyrannen", bei denen diese Herrn nichtsdestoweniger unterzukriechen suchen. Bald nimmt dieser revolutionäre Geist eine konkretere Gestalt an, verlangt zuerst staatlich anerkannte Gewissens- und Gedankenfreiheit, wendet sich zu gleicher Zeit gegen die trostlose, volksaussaugende, entsittlichende Misswirtschaft so vieler deutschen Höfe, gegen die soziale und politische Bevorzugung eines verkommenen Adels, schreitet dann zur Forderung politischer Freiheit und nationaler Selbständigkeit fort.

Göthe ist der klassische Vertreter der ersten, Schiller der zweiten Richtung. Göthes Dichtung bewegt sich fast ausschliesslich auf dem Gebiet des privaten Empfindungslebens und der privaten gesellschaftlichen Verhältnisse. Er spricht die zartesten Regungen des Herzens, der Liebe

Freud und Leid, in ergreifenden Liedern aus. Er schildert uns die Konflikte dieser Herzensregungen mit der Welt, die gesellschaftlichen Zustände, wesentlich wiefern sie sich diesen Regungen günstig oder ungünstig erweisen. Auch seine grossen Dichtungen, die einzige Iphigenie ausgenommen, tragen alle diesen Charakter. Für den Götz gesteht er selbst, dass er sich im Verlauf der Dichtung in die Adelheid förmlich verliebt habe. Selbst im Egmont, einem rein politischen Sujet ist die private Liebesgeschichte des leichtsinnigen und leichtlebigen Helden die Seele des Ganzen. Die eigentlich politische Partie tritt dagegen an Bedeutung weit zurück. Im Faust bildet wiederum die Gretchen-Tragödie in argem Missverhältnis zum eigentlichen Thema den Glanz- und Mittelpunkt des ganzen Stücks. Wie im Egmont die politische, so ist hier die spekulative Seite zu kurz gekommen und dichterisch weniger geglückt. Bei beiden fehlt der notwendige innere Zusammenhang zwischen den verschiedenartigen Partien. Die Gretchen-Tragödie ist ein Stück für sich, das nur ganz lose mit der Faust-Tragödie zusammenhängt; wahrscheinlich unabhängig vom Faust als selbständiges Stück konzipiert, wie dies bei einer ähnlichen Komposition, Rafaels Borgobrand für die Aeneasgruppe nachgewiesen ist. Göthe ist der Dichter der Liebe, der unbedingten, freien Liebe in seligem Genuss wie im tragischen Konflikt mit der Welt, mit den äusseren Verhältnissen wie mit den Gesetzen der Sitte. Seine gelungensten Gestalten sind die Gretchen, Klärchen, Marianen, Philinen und ähnliche — zweifelhafte Mädchengestalten, die als dichterische Produktionen unsere Bewunderung erregen, die aber wohl niemand zur Geliebten oder gar zur Tochter oder Schwester haben möchte. — Auf diesem Gebiete, der Darstellung privaten Empfindungswesens, der Liebe und der Naturstimmung, der engeren gesellschaftlichen Beziehungen steht Göthe ganz einzig da. Wo er auf die öffentlichen, politischen, sozialpolitischen und geschichtlichen Verhältnisse eingeht, verunglückt er vollständig. Dies gilt teilweise schon für die entsprechenden Partien im Egmont — man vergleiche nur diesen mit dem Wallenstein; mehr noch für die „Natürliche Tochter" und vollends für seine politischen Tendenzdramen: den Grosskophta, den Bürgergeneral, die Aufgeregten, des Epimenides Erwachen. Sie entbehren selbst aller sonstigen Vorzüge der Göthe'schen Dichtung.

Auch bei Schiller bildet die Liebe einen wichtigen Bestandteil seiner Dichtung. Auch er besass eine starke Empfänglichkeit für weibliche Schönheit und Anmut; aber er war weder so liebesbedürftig wie Göthe, noch so liebescheu wie Lessing. Doch spielt selbst in seinen grossen, geschichtlichen Dramen die Liebe wenigstens eine Nebenrolle, am breitesten noch in der Episode Max—Thekla, welche die Götheschule so sehr verhöhnt, während sie die weit breitere Klärchenepisode als Glanzpunkt Göthe'scher Dramatik preist. Indes selbst jene Partie nimmt doch im

Wallenstein nur eine untergeordnete Stelle ein. Sie verdankt ihre Ein-
fügung objektiv dem Gesetz des Kontrastes, subjektiv dem Bedürfnis des
Dichters nach der Darstellung der kalten politischen Beziehungen auch
dem Drang seines Herzens Genüge zu leisten — eine merkwürdige Aeusserung, die auffallend an die Worte Göthes über Adelheid im Götz erinnert.

Schiller bringt vornehmlich die öffentliche politische und soziale
Geistesströmung zum Ausdruck. Seine Muse wählt vorzugsweise bedeutende Katastrophen der Völkergeschichte oder offene Schäden der bürgerlichen Gesellschaft zu ihrem Gegenstand. Es ist nach Göthe (Gespr. m.
Eckerm. 18. Jan. 1827) die Idee der Freiheit, die seine ganze Dichtung
durchdringt. In den Räubern schildert er mehr noch abstrakt phantastisch
die Auflehnung der Ausgestossenen, der „Enterbten“ gegen die Gesellschaft überhaupt. In Kabale und Liebe die damaligen Höfe mit ihrer
Maitressen- und Günstlingswirtschaft in ihrer entsittlichenden Wirkung,
und demgegenüber einen Liebesbund auf grund rein menschlicher von
Standesunterschieden unbeirrter Herzensneigung. Hier spüren wir schon
das Wehen der kommenden französischen Revolution. Noch mehr im
Don Carlos, wo er den ersten reinen Freiheitsrausch der französischen
Revolution vorausnimmt und in seinem Marquis Posa die gewaltigen
Volks- und Parlamentsredner wie Mirabeau u. a. vorauszeichnet. Im
Wallenstein schildert er den Sturz einer der sittlichen Grundlagen entbehrenden rohen Militärmacht: hier ahnen wir bereits den Zusammenbruch der Napoleonischen Herrschaft. In der Jungfrau von Orleans
haben wir schon das erste Erwachen des nationalen Geistes, wie er in
den Befreiungskriegen so mächtig emporlodert. Im Tell ahnen wir den
kommenden Kampf um politische Freiheit und nationale Einheit. So ist
Schiller der Dichter und der Profet der Freiheitsidee. Nun halte man
dagegen die eigentlich politischen Dramen Göthes — welch ungeheurer
Abstand! welch kläglichen Eindruck machen sie heute auf uns und so
schon auf die Zeitgenossen! Gegenüber der zarten frauenhaften Art der
Göthe'schen Dichtung trägt die Schiller'sche Muse einen entschieden
männlichen Charakter. Und so sind denn Göthe die Frauengestalten
vorzugsweise geglückt: echte Männergestalten hat er, selbst ein Mann
von männlicher Energie und Thätigkeit, nicht zu schaffen vermocht.
Schiller ist die Zeichnung der Männer besser geglückt; seine Frauengestalten haben alle etwas Heroinenartiges, aber durchaus nichts Un-
weibliches.

Man formuliert den Unterschied Göthes und Schillers gerne auch
dahin: Göthe habe nur Selbsterlebtes dichterisch gestaltet, Schiller dagegen seine Stoffe von aussen zusammengetragen. Wir werden auf den
Begriff des Selbsterlebten später bei der Götheästhetik näher eingehen.
Wenn nach Göthe durch alle Werke Schillers die Idee der Freiheit geht,
in den Jugendwerken die physische, in seinen späteren die ideelle, wenn

diese Idee wieder nach Göthe ihn sogar getötet hat: ist denn da diese Idee nicht auch etwas Erlebtes? Woher kommt denn die tiefe Glut, der hohe Schwung seiner Dichtung als davon, dass es das eigene Herzblut ist, das er seinen hohen idealen Gestalten eingegossen hat. Wie Göthe darf auch er von seinen Werken sagen: Bein von meinem Bein, Fleisch von meinem Fleisch, ja was noch mehr ist, Geist von meinem Geist?

So hat jeder der beiden grossen Dichter eine der beiden geistigen Richtungen des vorigen Jahrhunderts, zugleich eine der beiden Seiten des menschlichen Geistes überhaupt in seiner Dichtung verkörpert. Beide ergänzen sich aufs glücklichste, wie sie selbst dies am besten anerkannt haben. Beide zusammen erst stellen, der eine mehr im realen, der andre mehr im idealen Stil das dichterische Können jener grossen Zeit dar; beide zusammen erst geben uns ein treues und vollständiges Bild der hohen Kultur ihrer Periode.

Die Frage, welcher von beiden grösser sei, ist mehr eine Frage der Partei als der Wissenschaft. Sie ist in dieser allgemeinen Fassung gar nicht objektiv zu beantworten; sie ist auch heute noch mindestens zu früh gestellt. Scherer freilich meint, „die berühmte Streitfrage, ob Göthe oder Schiller grösser gewesen, werde wohl nur noch am Theetisch kleinster Provinzialstädte verhandelt", d. h. sie sei längst zu gunsten Göthes entschieden. Aber doch nur für Scherer, welcher in der ästhetischen Bildung, in der friedlichen Pflege von Kunst und Wissenschaft die höchste Aeusserung und Leistung des Volksgeistes, in der öffentlichen politischen und sozialen Thätigkeit, für das deutsche Volk wenigstens, mit E. Rénan eine Abirrung von dieser Kulturmission erblickt. Ebenso für die Göthephilologie, der ja Göthe nur deswegen der grösste Dichter ist, weil er ihrer kärrnerartigen Arbeit das ergiebigste und ausgedehnteste Versuchsfeld bietet. Aber die exklusiv ästhetische Weltanschauung von Scherer und Genossen ist nicht der Massstab, nach welchem die Geschichte geistige Grössen bemisst — Rénan macht ihn ja nur für uns Deutsche geltend. Und ebenso ist die geistig beschränkte wie anmassliche Göthephilologenschule nicht das Tribunal, das über solche Fragen entscheidet. Der einzig kompetente Gerichtshof ist das deutsche Volk selbst. Und das Urteil dieses Gerichtshofs thut sich kund in der fortdauernden Wirkung, die eine geistige Grösse auf das Volksleben ausübt. Göthe sagt im Gespr. m. Eckermann (VI, 275; 11. März 1828): „Was ist Genie anders als jene produktive Kraft, wodurch Thaten entstehen, die vor Gott und der Natur sich zeigen können und die ebendeswegen Folge haben, und von Dauer sind? Alle Werke Mozarts sind dieser Art; es liegt in ihnen eine zeugende Kraft, die von Geschlecht zu Geschlecht fortwirkt etc. Lessing wollte den hohen Titel eines Genies ablehnen, allein seine dauernden Wirkungen zeugen wider ihn selber." Greifbar erkennen wir diese Fort-

dauer, dieses wirksame Fortleben im Geiste des Volkes in der Verbreitung
ihrer Werke. Dass Schillers Gedichte und Dramen in Deutschland wie
im Ausland mindestens die gleiche Verbreitung geniessen als die poetischen
Werke Göthes, ist eine allgemein anerkannte Thatsache.

Die Frage, welcher von beiden grösser sei, stellt uns der Göthephilologe, nicht der Historiker. Dieser sucht vielmehr die Eigentümlichkeit eines Dichters und vor allem die Wirkung auf die gesamte Kultur
seines Volkes und seiner Zeit nachzuweisen, soweit dies überhaupt möglich ist. Die Frage ist eine so komplizierte, dass der Historiker sie sich
gar nicht zu lösen getraut. Es kommen hier sehr verschiedenartige Gesichtspunkte in Betracht; vor allem das Gesamtbild der Persönlichkeit,
sodann die spezielle Bedeutung und Wirkung als Dichter. Göthe hat
vor Schiller die Vielseitigkeit der Bildung und der Thätigkeit voraus,
vor allem seine staatsmännische Wirksamkeit. Die genialen naturwissenschaftlichen Aperçus stellen wir etwa in gleiche Linie mit Schillers ästhetischen Abhandlungen. Seine kunstgeschichtlichen Studien taxieren wir
sehr gering: seinen kleinen Dithyrambus auf die altdeutsche Baukunst
stellen wir an geschichtlicher Bedeutung höher, als all seine späteren
Arbeiten vermeintlich klassischer Richtung.

Aber diese Nebenstudien Göthes auf dem Gebiet der Naturwissenschaften und Schillers auf dem der Geschichte, Aesthetik und Ethik
kommen bei Abschätzung ihrer geschichtlichen Grösse doch nur neben-
her in Betracht. In erster Linie handelt es sich doch um ihre dichterische
wie ihre kulturelle Bedeutung, um ihren bildenden Einfluss auf den privaten und öffentlichen Geist ihres Volkes. — An original dichterischem
Genie, wie sich dies in instinktivem Schaffen äussert, wie an konkret
anschaulicher Darstellung der inneren und der äusseren Welt steht Göthe
zweifellos über Schiller. Aber weitaus nicht alle seine Werke tragen
diesen Stempel höchster Kunstvollendung, und nur auf einem beschränkten
Gebiete hat er diese erreicht. Das Bestreben der Göthephilologen, auch
seine schwachen Werke wie den Clavigo, die Stella die Achilleis die Pandora zu Kunstwerken ersten Rangs emporzuheben — das ist loves la-
bour lost.

Ziehen wir sodann die Kulturbedeutung beider Dichter, ihren bildenden Einfluss auf das gesamte Leben des deutschen Volkes in Betracht,
so steht Schiller Göthe mindestens gleich. Hat Göthe das Empfindungsleben seines Volkes verfeinert und veredelt, die ästhetische Bildung —
wie die Schule es nennt —, so liegt Schillers geschichtliche Bedeutung
in der Erziehung des öffentlichen Geistes, des männlichen Sinnes für
politische Freiheit und nationale Einheit. Von ihm gilt was Göthe an
Corneille rühmt: „Ein grosser dramatischer Dichter, wenn er zugleich
produktiv ist und ihm eine mächtige edle Gesinnung beiwohnt, die alle
seine Werke durchdringt, kann erreichen, dass die Seele seiner Stücke

zur Seele seines Volkes wird. Von Corneille ging eine Wirkung aus, die fähig war, Heldenseelen zu bilden“ (Gespr. m. Eckrm. 1. Apr. 1827). Schillers Geist ist es, der sich in dem ersten Auflodern des nationalen Bewusstseins in den Befreiungskriegen so wirksam kund thut; sein Geist ist es, der in der nachfolgenden Zeit allgemeiner Reaktion, der Herrschaft der Romantik die männlich tüchtige freisinnige und nationale Opposition genährt und gestärkt hat; sein Geist ist es, der in der mächtigen das ganze Volk bis in seine tiefsten Schichten ergreifenden freiheitlichen und nationalen Bewegung von 1848 urkräftig hervorbricht; sein Geist ist es, der das deutsche Volk zu den Heldenthaten des letzten Krieges befähigt, der in der Gründung des nationalen Staates seinen höchsten Triumph gefeiert hat. Ganz konsequent überschüttet Schmidt in einem Atem Schillerfeier und Sedanfeier mit seinem schalen Hohne. Was wäre, fragen wir, aus Deutschland geworden, wenn die Liebesdichtung Göthes die einzige Nahrung des deutschen Volkes gebildet hätte, wenn die Gretchen, Clärchen etc., seine mark- und rückgratlosen Männer seine einzigen Vorbilder, seine einzigen Ideale gewesen wären? Heute noch wäre Deutschland der Vasallenstaat Frankreichs, der Hohn und Spott der Nationen. Und würde je der weibische genusssüchtige ästhetische Geist der Wiener Schule in Deutschland zur Herrschaft kommen, so wäre uns das Loos Polens gewiss, und wir hätten allerdings Musse genug, um unsere ganze Kraft auf die bewundernde Verehrung der Franzosen und eine armselige Göthephilologie zu verwenden.

Göthe und Schiller haben die verschiedenen Seiten unseres Volksgeistes und Volkslebens jeder in seiner Art dichterisch dargestellt und durch ihre Dichtung weiter gebildet. Beide Seiten sind notwendige Bestandteile unseres gesamten Kulturlebens. Der einzelne mag nach seiner Individualität die eine oder die andere Seite höher schätzen. Aber nur ganz bornierte Gesellen vermögen die ästhetische Bildung über die politische, Göthe über Schiller zu stellen. Objektiv sind beide Richtungen gleichwertig und Schiller nach dem, was er für die politische und nationale Erziehung seines Volkes gewesen und noch ist, Göthe völlig ebenbürtig. Ein rechter Deutscher freut sich, dass wir nach Göthe's drastischem Ausdruck zwei solche Kerle haben.

Wer in so ganz ungöthischem Sinne sich an Schiller und Lessing vergreift, der vergreift sich an dem heiligen Schatze unseres nationalen Guts und unserer nationalen Ehre, und wir können ihm nur die Worte des jungen Göthe zurufen:

> In Froschpfuhl all das Volk verdammt,
> Das seinen Meister je verkannt.

## II. Die Göthephilologie.

### 1) Die neue Aesthetik.

Die Göthe-Philologie erhebt den Anspruch, auf der soliden Grundlage einer neuen Aesthetik zu operieren. Der Gründer derselben, W. Scherer, ist zugleich der Erfinder einer, wie er meint, nagelneuen, rein empirischen Aesthetik im Gegensatz zu der bisherigen spekulativen Theorie. Die Göthe-Philologie soll eben die praktische Anwendung, die exakte Probe für diese mit so viel Pomp und Selbstgefälligkeit angekündigte neue Theorie sein.

Scherer wirft der seitherigen Aesthetik vor, dass sie für die Kunstkritik unfruchtbar sei, dass sie für bestimmte philologische Aufgaben z. B. für die Charakteristik eines bestimmten Dichters und Gedichts keine Hilfe biete, wenn man nicht bei allgemeinen unbestimmten Phrasen stehen bleiben wolle; man brauche nur ihre Charakteristik anzusehen: überall erscheine „schwungvoll" und drgl. Gerade das Gegentheil ist wahr. Die kunstkritischen Leistungen eines Hegel, Weisse, Vischer, K. Fischer, Zimmermann u. a. sind viel eindringender gründlicher bestimmter, als die Scherers und seiner Schule, die meist mit hochtönenden verbrauchten Phrasen arbeiten. Sämtliche Bezeichnungen des ästhetischen Urteils, wie die des Schönen. Anmutigen, Naiven, Erhabenen, Sentimentalen, Tragischen, Komischen, die Grundbegriffe von produktiver Phantasie oder Genie, dichterischer Begeisterung und drgl. hat die Wissenschaft seit Plato zu ganz bestimmten Begriffen ausgeprägt. Der dem Menschen angeborne ästhetische Sinn hat sie geschaffen; die einfachsten davon finden sich schon bei den kulturlosen Völkern; die Wissenschaft hat sie nur schärfer zu formulieren und tiefer psychologisch zu begründen gesucht. Auch die neueste empirische Aesthetik verwendet, wie die vor Jahrzehnten gleich geräuschvoll aufgetragene Formästhetik, in der Kunstkritik einfach die hergebrachten Ausdrücke. Scherer will an Stelle der seitherigen spekulativen Aesthetik die vermeintlich rein induktive Methode der Naturwissenschaften setzen. Leider versteht er von der letzteren, auf die er sich beruft, so wenig als von der ersteren, die er bekämpft. Schon die ausschliessende Gegenüberstellung von induktiver und deduktiver Methode, von Empirie und Spekulation ist ganz unwissenschaftlich: beide sind gleichmässig im Wesen des menschlichen Geistes begründet; beide für die Wissenschaft gleich notwendig. Die Empirie vermag durch blose Aneinanderreihung von 1000 Experimenten und Beobachtungen zu keinem Gesetz zu gelangen. Beobachtung und Experiment sind noch nicht die Wissenschaft selbst, sondern nur die Mittel dazu. Auch die Naturwissenschaften wollen nicht ein Aggregat von Einzelbeobachtungen sein, sondern von dieser der Vollständigkeit und des Zusammenhangs entbehrenden Grundlage aus zur Erkenntnis der Ursache und des Zusammenhangs der Erscheinungen, zur Kenntnis des „Weltplans“, um ein Wort Scherers zu gebrauchen, vordringen. Dies ist aber nicht Sache der Empirie, sondern dessen, was Scherer so verachtungsvoll Spekulation nennt. Wir erinnern nur an die Kant-Laplacesche kosmogonische Hypothese und an die Darwinsche Deszedenztheorie, auf die Scherer so grosse Stücke hält. Es ist die Verkehrtheit selbst, auf Grund der spärlichen eigenen persönlichen ästhetischen Eindrücke ein System der Aesthetik neu aufführen zu wollen. Diese persönlichen Eindrücke sind doch wissenschaftlich nur verwertbar, wenn und sofern sie mit denen aller anderen Individuen übereinstimmen und sie setzen selbst schon ein urteilend Subjekt oder Organ, wie einen gegebenen ästhetischen Massstab voraus. Nur aus dieser Voraussetzung lässt sich die Allgemeingiltigkeit des ästhetischen Eindrucks und die darauf beruhenden Urteile erklären. Auch auf dem Gebiete der ästhetischen Eindrücke gilt der Satz von Leibnitz: Nihil est in intellectu, quod non fuerit in sensu, nisi intellectus ipse. Dieses Organ und diesen Massstab bezeichnen wir mit dem Wort Geschmack. Er ist dem Menschen angeboren, entwickelt sich an einer reichen Kunstanschauung, wie an der Vergleichung mit den Eindrücken andrer der Mit- und der Vorwelt. Es liegt im Wesen des menschlichen Geistes, auch diese Eindrücke zum Gegenstand des Nachdenkens zu machen, und dann diese Reflexionen in einen wissenschaftlichen Zusammenhang, in ein System zu bringen. Dies haben hervorragende Künstler, Kunstverständige und Denker gethan. Diese Wissenschaft ist die Aesthetik; sie ist nicht, wie die Scherer'sche und Werner'sche sein will, das originale Fündlein eines beliebigen Individuums, sondern die Arbeit hervorragender Geister seit Jahrtausenden. Es ist die lächerliche Anmassung eines impotenten Ignorantismus, diese grosse gemeinsame Geistesarbeit nur so mit einer Armbewegung auf die Seite schieben und das eigene subjektive Belieben an ihre Stelle setzen zu wollen, „Narr auf eigene Faust“ nennt das bekanntlich Göthe. Warum haben denn uns diese Herrn nicht auch mit einer eigenen ästhetischen Terminologie beglückt?

Die Scherer'sche Poetik ist nichts anderes als eine Wiederaufwärmung der kritischen Dicktkunst Gottscheds mit schlechtverstandenen Sätzen aus der vergleichenden Kulturgeschichte und der Völkerpsychologie verbrämt. Was Scherer für neu ausgiebt, ist die Zurückführung der Poesie auf die primitivsten Aeusserungen des Seelenlebens vor der Entstehung der Sprache: auf den Sprung, den Jubel und das Lachen. Indes aus den unartikulierten Aeusserungen des Gemüts leitet schon Gottsched und seine Gewährsmänner die Poesie ab; aber ganz konsequent nicht blos aus den Aeusserungen der Lust, sondern auch der Unlust: neben das Lachen stellen sie das Weinen. Scherer, der die Poesie aus dem „Vergnügen" ableitet, streicht daraus konsequenterweise alle unangenehmen Stoffe und Empfindungen. Wie der Urmensch, der grosse Unbekannte, der in der neusten Aesthetik eine so grosse Rolle spielt, so meidet auch der unverbildete Kulturmensch alle unangenehmen, selbst alle gemischten Empfindungen. Es ist nach Scherer naturgemäss in das Lustspiel zu gehen, um sich einige angenehme Stunden zu machen; an dem Trauerspiel Vergnügen zu finden ist widernatürlich und nur eine Wirkung der Verbildung oder Ueberbildung. Seit Aristoteles bildet die Frage nach dem Grund des Vergnügens an widrigen Gegenständen und ganz besonders an der künstlerischen Darstellung derselben eines der tiefsten und viel erörtertsten Probleme der psychologischen Aesthetik. Dubos und im Anschluss an ihn Lessing haben eine befriedigende Lösung gegeben. Bei Scherer ist der Abschnitt über das Vergnügen an tragischen Gegenständen der weitaus trivialste des ganzen Buchs. Sein Urmensch, auf den er sich immer wieder beruft, ist nichts als das personifizierte Wienertum.

Gemeinsam ist beiden auch die Degradation der schöpferischen Phantasie, freilich nach ganz entgegengesetzter Richtung. Bei Gottsched ist sie ein wildes unbändiges Pferd, das nur unter dem Zügel des Verstandes etwas Gescheites zustande zu bringen vermag; bei Scherer wird sie zu einem zahmen alten Karrengaul, der dem Dichter den Gedächtnisstoff willig herbeischafft. Aus dieser Geringschätzung der spekulativen Elemente. aus dieser Degradation der künstlerischen Phantasie und des Genies erklärt sich bei beiden auch die hohe Wertschätzung der spätklassischen und neulateinischen Poetik und Rhetorik. Was Scherer Neues bietet sind Lehnsätze aus Darwin, Spencer, Tylor. Aber in den Sinn jener grossen Engländer ist er nicht eingedrungen. Ihnen ist es ja gerade darum zu thun, aus den gleichartigen Vorstellungen und Gebräuchen bei den entlegensten kulturlosen Völkern auf die Gleichartigkeit und Einheit der physischen und psychischen Natur des Menschen zu schliessen und die schale Entlehnungstheorie zu bekämpfen. Scherer dagegen und seine Schule führt letztere mit unentwegter Freudigkeit in seine Göthe-Philologie ein.

Mit der Originalität der Scherer'schen Aesthetik ist es also rein nichts. Wir haben nur eine unwissenschaftliche, oberflächliche, zusammenhanglose Kompilation sehr heterogener Elemente voll innerer Widersprüche. Daher bei aller Dreistigkeit des Auftretens seine Unsicherheit, sobald er auf einen bestimmten Punkt näher eingeht. Wo ein Gelehrter über einen Gegenstand schreibt, den er versteht, sagt er: das ist so, das ist nicht so; das kommt daher, daraus folgt das etc. Scherer dagegen operiert meist mit potentialen Ausdrücken: „möchte, dürfte, könnte; es scheint manchen; es giebt Forscher, welche etc.", Auf Schritt und Tritt bekommen wir den Eindruck, dass er seiner Sache nicht sicher ist, dass er seinen Stoff nicht beherrscht. Eben daher auch die Scheu vor Definitionen, d. h. vor klarem Denken; er hofft mit Beschreibungen ebenso weit zu kommen — und das nennt sich exakte Methode, das will von der Naturwissenschaft gelernt haben! Man denke sich an Stelle einer mechanischen oder chemischen Formel eine breite Umschreibung.

Dies dilettantische Gebaren tritt am stärksten zu tage bei dem wichtigsten grundlegenden Kapitel des Werks: „der Dichter“, worin er die Faktoren der dichterischen und allgemeinen künstlerischen Thätigkeit behandelt. Scherer findet es wahrscheinlich „dass das poetische Schaffen eine starke innere Erregung voraussetzt“. Er schliesst dies nicht aus der Selbstaussage bekannter grosser Dichter, sondern aus „der Betrachtung über den Ursprung der Poesie“. Diese Regung nun, sagt er, ist Er regung der Phantasie. Was aber, fragt er, ist Phantasie? Statt uns nun eine klare einfache Antwort in einer Definition zu geben, wie die seitherige Aesthetik es gethan und zu thun vermocht hat, giebt er eine Beschreibung ihrer Wirksamkeit. „Der ganze Prozess, der zur Schaffung poetischer Kunstwerke führt, von dem ersten Aufleuchten des poetischen Motivs bis zur letzten vollständigen Behandlung in Sprache und Rhythmus kann als ein Prozess der Phantasie bezeichnet werden“.

Scherer beginnt gemäss seiner empirischen Methode mit der Aeusserung der Phantasie; von da, dachten wir, werde er uns rückwärts induktiv das Wesen der Phantasie erschliessen. Weit gefehlt! Er kündigt zwar seinen Entschluss an „die elementare Fähigkeit unserer Seele zu erkennen, welche dabei in Thätigkeit ist — diejenige Fähigkeit, welche wir als die Kraft der Phantasie zu bezeichnen pflegen“. Statt nun aber von der Wirkung auf das Wesen zu schliessen macht er eine Art salto mortale in das Kapitel vom Gedächtnis hinein. „Es ist klar, sagt er, dass die Phantasie als solche Grundkraft mindestens in starker Verwandtschaft mit dem Gedächtnis steht; ja die Frage ist notwendig, ob sie nicht überhaupt mit dem Gedächtnis zusammenfällt. Ich bin geneigt anzunehmen, Gedächtnis und Phantasie seien allerdings dasselbe: die Fähigkeit zur Reproduktion alter Vorstellungen“. Da nun aber die Gebilde der dichterischen Phantasie sich doch offenkundig mit der Wirklichkeit, wie sie das Gedächtnis festhält, nicht decken, so muss Scherer hiefür eine Erklärung suchen. Er führt also fort; „Es fragt sich, ob jemals eine Vorstellung genau so reproduziert wird, wie sie ursprünglich in den Geist eintrat. Es giebt Psychologen, welche das leugnen und annehmen, dass jedesmal mit der Reproduktion eine Veränderung verbunden sei. Wir brauchen die Frage hier nicht zu entscheiden; genug, die Reproduktion ist mehr oder weniger genau: es giebt Grade der Genauigkeit und Ungenauigkeit im Gedächtnis. Sofern die Vorstellung ungenau ist, hat eine Umwandlung stattgefunden; diese Umwandlung alter Vorstellungen ist die Arbeit der Phantasie. Die Phantasie ist also die verwandelnde Reproduktion. Für die einen (zu

denen Scherer gehört) wäre demnach Phantasie und Gedächtnis gleich,
für die andern nicht ganz."

Betrachten wir auch hier zunächst die unbestimmte vage Form der
Fassung: „Ich bin geneigt anzunehmen"; „es fragt sich, ob?"; „es giebt
Gelehrte, welche etc."; „für die einen wäre also etc.". Scherer muss
Psychologen fragen, ob eine Vorstellung genau so reproduziert wird, wie
sie ursprünglich in den Geist eintrat. Warum befragt er denn nicht sein
eigenes Gedächtnis? Er befindet sich offenbar bei seiner „Beschreibung"
in einer schweren Klemme. Sein Axiom ist: Phantasie ist gleich Gedächtnis. Dies Axiom braucht er notwendig für seine Güthephilologie.
Nun deckt sich aber doch selbst die dichterische N a c h bildung nicht
mit der Wirklichkeit. Woher also die Umgestaltung? Bisher nahm
man als Subjekt dieser Umgestaltung eine eigene Seelenkraft an, die
Phantasie. Auch Scherer braucht als Kunstkritiker diesen Begriff notwendig und doch ist ihm Phantasie gleich Gedächtnis. Das Gedächtnis ist somit sowohl der treue Schatzbewahrer der Seeleneindrücke als
auch deren umgestaltende Kraft. Wie soll nun Phantasie im bisherigen Sinne als umgestaltende Kraft aus dem feststehenden Begriff
des bewahrenden Gedächtnisses abgeleitet werden? „Es giebt, ant-
wortet Scherer hierauf, Grade der Genauigkeit und Ungenauigkeit im
Gedächtnis." Auf der Ungenauigkeit des Gedächtnisses beruht also
der Unterschied der poetischen Welt von der wirklichen Welt. Arme,
abgehauste, spekulative Aesthetik, die du thörichterweise dich nach
künstlerischen Motiven für die dichterische Gestaltung der Wirklichkeit
umgesehen hast! Armer Sophokles, der du geglaubt hast, aus künstlerischen Gründen deine Helden zu gestalten, nicht wie sie wirklich waren,
sondern wie sie der Idealvorstellung nach sein sollen! Armer Göthe, der
du vermeint hast, in echt dichterischem Triebe aus der Welt der r o h e n
W i r k l i c h k e i t die Welt der p o e t i s c h e n W a h r h e i t zu schaffen.
Eurem schlechten Gedächtnis verdanken wir eure herrlichen poetischen
Gestalten. Ja gepriesen sei die gütige Natur, die uns in des Gedächtnisses Ungenauigkeit die Mutter jeglicher Kunst beschert hat! Freilich
nach der gemeinen Logik sollte man glauben, aus der Gleichstellung von
Gedächtnis und dichterischer Phantasie folge mit Notwendigkeit, dass
wer das beste Gedächtnis hat, auch der beste Dichter sei; dass in der
photographischen Wiedergabe oder vielmehr in der völlig treuen Nachbildung eines Gegenstandes in demselben Stoff z. B. eines Tisches die
höchste Leistung der Kunst bestehe. Sicher ist weder das eine noch das
andere die wirkliche Meinung Scherers; aber doch die notwendige Folge
seiner Voraussetzung. Er selbst braucht in seinen litterarhistorischen
Arbeiten Phantasie ganz in dem herkömmlichen Sinne. Ja er verbraucht
in seinen kunstkritischen Arbeiten weit mehr Phantasie, als zu diesem
Behuf gut ist. Wir erinnern nur an seine Ausdichtung der Iphigenie in

Delphi, der Pandora und vor allem an seine Besserdichtung des Faust.
Auch theoretisch bemüht er sich mittelst Beiziehung der Ideenassoziation,
noch mehr von termini der alten Rhetorik zu dem Begriff der freigestal-
tenden Phantasie zu gelangen. Eitles Beginnen. Ueber diese Kluft trägt
auch die Krücke der alten Rhetorik nicht hinüber. Die Identifizierung
der gestaltenden Phantasie mit dem Gedächtnis ist und bleibt das πρῶτον
ψεῦδος der neuen Aesthetik wie der Göthephilologie.

Wir dächten, ein Sprachforscher wie Scherer sollte sich wenigstens
an den üblichen Sprachgebrauch halten. Nun sind aber doch die Begriffe
Gedächtnis und Phantasie in der Sprache längst fixiert. Unter Gedächtnis
versteht man doch allgemein die Fähigkeit der Seele, äussere und innere
Eindrücke treu zu bewahren; unter Phantasie die Fähigkeit der Seele,
frühere Eindrücke frei und willkürlich umzubilden, ja ganz neue Gestalten,
sei es nach Analogie der Wirklichkeit oder im Gegensatz zu ihr zu
schaffen. Die üblichen Prädikate für das Gedächtnis sind: treu, fest,
zuverlässig, prompt; die für die Phantasie: reich, kühn, wild, willkürlich,
ausschweifend etc. Wo hat man je von einem wilden ausschweifenden
Gedächtnis, oder von einer treuen verlässlichen sicheren Phantasie gehört?
Dass die Welt der Phantasie und die der Wirklichkeit grundverschieden
sind, dass jede ihre eigenen besonderen Gesetze hat, haben die Dichter
und Künstler aller Zeiten, von denen wir Aeusserungen darüber haben,
einstimmig behauptet. Keine einzige Künstleraussage liegt vor, die Phantasie und Gedächtnis identifiziert hätte. Dass alle Gebilde der Kunst sich
im Gebiet des M ö g l i c h e n d. h. des der Phantasie, darum nicht notwendig auch dem Verstand Denkbaren bewegen, ist selbstverständlich.
Aber auch da, wo der Dichter seine Stoffe aus der äusseren Wirklichkeit
oder aus seinem Inneren nimmt, gestaltet er sie nach seinen künstlerischen
Zwecken um. Die Phantasie schafft aber auch Gestalten die jenseits aller
Wirklichkeit liegen, ja ihr geradezu widersprechen. So in der Tierfabel,
im Märchen und vor allem in der genialsten und grossartigsten aller
Dichtungen, der Mythologie. Nach Scherer sind auch das nur Bildungen
nach Analogie des wirklich „Erlebten", Projizierungen gewöhnlicher Vorgänge in das Grosse. Gesetzt, dem wäre so, jedenfalls ist dies nicht eine
Thätigkeit des Gedächtnisses; dieses projiziert nicht etwa einen Bogen-
schützen zu dem Blitzschleuderer Zeus. Es ist aber gar nicht wahr, dass
diese Gebilde nur Steigerungen der Wirklichkeit sind. Der Mensch stellt
sich in seinen Göttern nicht blos gesteigert vor, was er selbst ist und
hat, sondern noch mehr, was er nicht ist und nicht hat und gern sein
und haben möchte. Die drückende Empfindung seiner Grenzen ist es
ebenso sehr wie die Freude an der gesteigerten Darstellung seiner Fähigkeiten, was die Mythologie geschaffen hat, ja woraus heute noch jedes
Kunstwerk hervorgeht. In der Kunst schafft sich der menschliche Geist
eine neue Welt, die von den beengenden Schranken der Wirklichkeit

entbunden ist, eine Verwirklichung dessen, was ihm in und ausser ihm als ideelle Möglichkeit vorschwebt.

Man unterschied seither die künstlerische produktive von der gewöhnlichen Phantasie. Nach der neuesten Aesthetik fällt ein solcher Unterschied natürlich weg. Doch sucht Scherer diesen auch für ihn unentbehrlichen Begriff durch Beiziehung des Verstandes für sich zu retten. Wir stehen hier wieder ganz auf dem Standpunkt Gottscheds und seines Gewährmanns Boileau, den er auch ausdrücklich anführt. Der Verstand ist es, der nach ihm die Auswahl aus den Gedächtnisstoffen trifft. Der Verstand ohne Phantasie, sagt er echt Gottschedisch, führt zur Nüchternheit, die Phantasie ohne Verstand zur Unordnung und zur Ueberhäufung. Schon Breitinger und Baumgarten haben erkannt, dass der Verstand bei der dichterischen Produktion nicht der gemeine Verstand der Logik ist, sondern, wie Baumgarten sagt, ein Analogon desselben; und Breitinger verlangt ausdrücklich eine Logik der Phantasie. So sagt auch Göthe, dass die Phantasie ihre eigenen Gesetze habe, die über den Verstand hinausliegen. Nicht der Boileau-Scherer'sche Verstand ist es, um den es sich in der Kunst handelt, sondern der dem Menschen angeborene beim Künstler besonders entwickelte Formsinn.

Merkwürdigerweise kommt Scherer, nachdem er die „schaffenden Kräfte“ in wirklich trivialer Weise auf das Niveau des Gedächtnisses herabgedrückt hat, noch einmal auf diese seine Phantasiekraft unter der Ueberschrift „Genie und Wahnsinn“ zu sprechen, um ihr hier eine um so genialere Behandlung zu widmen. Wir erwarteten zuerst, er werde unter diesem Titel hereinbringen, was er an der Phantasie versündigt und den seit 1½ Jahrhundert bei uns eingeführten Begriff des Genies etwa an Göthe entwickeln. Nichts von alledem! Wir erfahren nur, dass Scherer einen ähnlichen Widerwillen gegen das Wort besitzt wie Gottsched und dass auch er nur ein höheres Mass von Talent darin erblickt. Wohl im Gefühle der Unangemessenheit solch dürftiger Behandlung für deutsche Leser macht er wieder einen seiner salti mortali, diesmal von der psychischen nach der physischen Seite. Da er uns von dem Genie als geistiger Erscheinung nichts zu sagen weiss, so unterhält er uns über „die körperlichen Bedingungen der künstlerischen Anlage“. In der That wir sind auf die Enthüllung dieses bis jetzt unerforschten Geheimnisses aufs höchste gespannt. Leider ist die neueste Offenbarung des Philologen, so wie wir ahnten. Was er giebt, sind teils triviale, teils leichtfertige Behauptungen. „Unzweifelhaft, sagt er, ist eine gesteigerte Reizbarkeit des Nervensystems und eine sehr lebhafte Phantasie (als körperliche Bedingung!) vorhanden“. Was fangen wir aber mit solch allgemeinen Aussagen, wie „gesteigerte Reizbarkeit“ an? Doch er verspricht uns tiefer in den Zusammenhang des geistigen und leiblichen Lebens einzuführen. Gestützt auf die Autorität von Schriftstellern, die weder in der Psycho-

logie noch in der Physiologie recht zu hause sind, findet er die Lösung
des Rätsels in der Verwandtschaft von Genie mit Wahnsinn und Epilepsie.
„Es scheint, sagt er, eine Verwandtschaft zu bestehen zwischen den körperlichen Dispositionen des Wahnsinns und seiner Verwandten (Epilepsie
u. dgl.) und den körperlichen Dispositionen ausserordentlicher Anlagen
der Genialität“. Er beruft sich auf den bekannten englischen Psychiater
Maudsley, welcher sagt: Originelle Anregungen, entschiedene Aeusserungen
des Talents oder gar des Genies gingen vielfach von Individuen aus, die
aus Familien entstammten, worin eine gewisse Prädisposition zum Irrsinn
vorkam. „Hiernach, meint Scherer, dürfe man hoffen, dass die fortschreitende Erkenntnis der körperlichen Dispositionen, auf denen Irrsinn
beruht, auch zu fortschreitender Erkenntnis der körperlichen Dispositionen,
auf denen künstlerische Genialität beruht, führen werde.“ Maudsley erklärt sogar die Verzückung Mahomets und die ekstatischen Zustände der
Propheten für epileptische Zufälle. Also die Ekstase, der Zustand denkbar höchster Steigerung des Seelenlebens, wo der Geist sich in sich selbst
versenkt und weltentrückt, traumartig, unwillkürlich die höchsten, oft
wie bei den Religionsstiftern weltumgestaltenden Ideen produziert, der
ἐνθουσιασμος der Griechen soll identisch sein mit der Epilepsie, mit
der tiefsten mit Bewusstlosigkeit und Amnesie verbundenen Depres-
sion des Seelenlebens. Und solchen Blödsinn schreibt Scherer gläubig
nach. Und wenn dem so wäre, wenn Genie und Wahnsinn verwandt und
die körperlichen Bedingungen beider die gleichen wären, offenbart uns
denn Scherer auch nur das geringste über die physischen Ursachen des
Wahnsinns und der Epilepsie? Dass wir die Ursache im Gehirn zu
suchen haben, ist sicher. Warum giebt uns Scherer denn nicht den vergleichenden Sektionsbefund des Gehirns eines Genies, eines Wahnsinnigen
und eines Epileptischen? Sollte vielleicht auch er gehört haben, dass es
bis jetzt nicht gelungen ist, hier irgend ein sicher verwertbares Ergebnis
zu erzielen? Unwissenschaftlich ist schon die Zusammenstellung von
Wahnsinn mit der Epilepsie, der Verlegenheitsbezeichnung für die ver-
schiedenartigsten Erscheinungen.

Wir sind fast geneigt zu glauben, dass Scherer weniger von der
Physiologie als von der Philologie aus zur Zusammenstellung des dichterischen Genies mit dem Wahnsinn gekommen ist; schon die Wahl des
Wortes Wahnsinn statt des richtigeren Irrsinns weist darauf hin. Die
Alten bezeichneten den höchsten Grad dichterischer Erregung als Wahnsinn. Scherer führt hiefür die negativen lateinischen Bezeichnungen in-
sania und dementia an; warum nicht die viel bezeichnenderen positiven
griechischen Ausdrücke: μαινεσθαι und ἐνθουσιασμος. Hätte Scherer sich
an letzteren gehalten, so hätte er zu einer wirklich fruchtbaren Entwicklung wenigstens einer Seite des dichterischen Genies und seiner Thätigkeit
kommen können, wie dies ja Göthe wirklich versucht hat. Freilich eine

solche aprioristische Fassung der dichterischen Naturanlage läuft der empirischen Gedächtnistheorie der neuesten Aesthetik schnurstraks zuwider.

Der Grundgedanke derselben ist somit: dichterische Phantasie oder dichterisches Genie ist nichts als Gedächtnis. Der Dichter, der Künstler überhaupt, vermag nichts als seine Erinnerungen bald mehr bald weniger treu wiederzugeben. Giebt er sie nicht treu wieder, so liegt die Schuld in der „Ungenauigkeit des Gedächtnisses", nicht in künstlerischen Motiven. Solche giebt es nicht, es giebt gar keine Kunst. Denn das Gedächtnis hat keine gestaltende, geschweige denn eine künstlerisch gestaltende Kraft. Die Erinnerungen des Dichters schiessen nach gelegentlicher Ideenassoziation rein zufällig zusammen. Ist die künstlerische Produktion nur die Aneinanderreihung der jeweiligen Erinnerungselemente, so besteht auch der Genuss, den uns ein Dichtwerk gewährt, nur in der Kenntnis dieses Gedächtnisstoffes. Für den Betrachter, sagt Scherer, bleibt immer die Frage: Was ist thatsächlich und was folgt aus den thatsächlichen Verhältnissen? — Ebenso ist die Aufgabe der Kunstkritik nicht, wie man seither geglaubt, Betrachtung und Erschliessung der Kunstform, verständnisinniges Nachleben der künstlerischen Thätigkeit, sondern möglichst genauer und vollständiger Nachweis der Gedächtniselemente. Der Stoff ist das Kunstwerk. Haben wir alle „Motive", wie die neueste Aesthetik die Stoffelemente nennt, nachgewiesen, so haben wir eben damit das Kunstwerk ohne Bruch analysiert.

Scherer hat nun für die Erklärung Göthes mit grösstem Eifer die Aufspürung alles dessen, was dieser in seinem langen und reichen Leben je „erlernt und erlebt" hat, unternommen und damit eine neue Wissenschaft, die „Göthephilologie" geschaffen. Er hofft dadurch „auch bei der klassischen Philologie, die mehr und mehr aufhört zur ästhetischen Erziehung der Nation mitzuwirken, den erlahmenden Eifer neu zu beleben". Seltsame Hoffnung! Was der klassischen Philologie den Todesstoss gegeben, das ist die Wort- und Grammatikreiterei, die geistlose Parallelenjagd. Dieser Todeskeim der altklassischen Philologie bildet den Lebenskeim der neuesten Göthephilologie. Für diese Sorte von Wissenschaft, die Wortphilologie und den vielfach bodenlos willkürlichen Quellennachweis, „das Entlehnte" hat die Gegenwart und vor allem die Jugend wenig Sinn mehr. Aber für die Sachphilologie, die Erforschung der realen Verhältnisse des Altertums, seiner politischen, religiösen, künstlerischen, allgemein kulturellen Zustände hat nie ein so allgemeines und tiefes Interesse bestanden wie heutzutage. Der Ernst der Zeit zeigt sich auch darin, dass die Anekdotensucht, der gemeine Klatsch der alexandrinischen Zeit selbst in populären Darstellungen keinen Platz mehr findet. Glaubt wirklich die Göthe-Philologie durch Anhäufen von Parallelstellen, durch Aufspürung von speziellen Lebens-, besonders Liebesverhältnissen, durch Diskussion, wie weit er mit dieser und jener gekommen; durch

Silbenzählung, grammatische und lexikalische Subtilitäten das Interesse
für Göthe zu vertiefen und zu verbreiten? Der Mensch von Geschmack
wendet sich mit Widerwillen von solch pedantisch geschmacklosem Treiben
ab; der Mann der Wissenschaft nutzt diese Kärrnerarbeit, soweit sie
nutzbar ist; das grosse Publikum nimmt rein keine Notiz davon. Dass
eine solche Behandlung Göthes irgendwie zur Förderung der ästhetischen
und sittlichen Bildung beitragen könne, ist eine lächerliche Annahme.
Es könnte auffallend scheinen, dass eine so geistlose Behandlung gerade
Göthes so grossen Anklang unter den jungen Philologen gefunden hat.
Mehrfache Ursachen wirkten hier zusammen. Auf dem Gebiet der klassischen Philologie war für kleine Grössen wenig mehr zu machen. Göthe
bot hier ein dankbares neues Feld, wo bei redlichem Fleiss und strikter
Schulsubordination frische und bequeme Lorberen zu holen waren. Zu
diesem abgelebten Alexandrinismus gesellt sich nun zu widernatürlichem
Bunde eine modernste Zeitrichtung. Wie Scherers Poetik nur ein gering-
wertiges Pendant zu Elaboraten wie Büchners „Kraft und Stoff“ ist, so
ist die Göthephilologie nur ein Analogon zu dem neuesten Naturalismus
in der Kunst. Wie hier das stoffliche Interesse bei der Produktion völlig
über das künstlerische überwiegt, so in der Göthephilologie bei der Erklärung der Dichtwerke. Geradezu als Selbstironie aber muss es erscheinen,
dass sie eben Göthe, auch nach ihrer Ansicht das grösste künstlerische
Genie der neueren Zeit, zum Gegenstand ihres geistlosen Treibens ausge-
wählt hat. Da hätten doch die Dichter des neuesten französischen Naturalismus oder seine schalen Nachtreter in Deutschland ein viel geeigneteres
Versuchsfeld geboten. Freilich der ernste, geist- und charaktervolle
Künstler Zola würde den franzosenliebäugelnden deutschen Gedächtnis-
ästhetikern, die ihn zum schulfüchsigen Kopisten der Wirklichkeit machen
wollten, schön die Thüre weisen.

Künstler, Gelehrte und gebildete Laien haben sich der Göthe-Philologie gegenüber von anfang an ablehnend verhalten. Scherer selbst sagt,
er habe sich von den produktiven Geistern ziemlich grob sagen lassen
müssen, er verstehe nichts von der Sache — ein Urteil, das auch Göthe
wie jeder echte Künstler ihm bescheinigen würde. Von weniger unmittelbar Beteiligten, von Gelehrten wie von Ungelehrten, von Fachgenossen
wie von unbefangenen Damen habe er e i n e Einwendung regelmässig
gehört: solche Untersuchungen seien sehr schön, aber man könne auch
leicht darin zu weit gehen, man müsse vorsichtig an das streng Er-
weisbare sich halten. — Mit staunenswertem Leichtsinn geht Scherer
über diese selbstverständlichen Einwendungen weg; er findet sie ebenso
leichtfertig als oberflächlich. Die sog. Vorsicht sei eine der widerlichsten
Gelehrtenuntugenden, mit der Feigheit recht innig verwandt. Der mit-
leidig anerkennende Ton, mit dem man tieferes Eindringen in das dichterische Geschäft (sage Flickschneiderei) halb zulasse, halb abweise, sei

eine thörichte Anmassung gedankenloser Menschen, die nicht wissen oder nicht wissen wollen, dass an solchen Untersuchungen die grosse Fundamentalfrage hänge, ob die allgemeine Gesetzmässigkeit der Natur sich auch auf die poetische Produktion erstrecke, oder ob für die Willkür der Phantasie (Gedächtnis?) eine Ausnahmestelle im Weltplan offen behalten sei!! Dies ist nichts als leichtfertiges Dilettantengeschwätz. Was weiss denn Scherer vom Weltplan? Und das dichterische Schaffen wird ewig ein Geheimnis bleiben, wenn wir auch alle Stoffe, die es verarbeitet, nachweisen könnten. Scherer will, wie in seiner Aesthetik, so auch in der Analyse der Göthischen Dichtwerke die exakte Methode der Naturwissenschaft zur Geltung bringen. Von der Grundverschiedenheit beider Gebiete hat er keine Ahnung. Dort handelt es sich um einzelne festbestimmte oder bestimmbare Thatsachen, um Messbares und Wägbares und die Forschung hält aufs strengste darauf, Beobachtung und Experiment aufs genauste festzustellen. Anders verhält es sich bei der dichterischen Produktion und bei der Erklärung von Dichtwerken. Selbst der Dichter ist nicht im stande, uns die wechselnden komplizierten Seelenzustände, unter denen er zumal grössere Werke von vieljähriger Arbeit geschaffen, im einzelnen und ganzen klar und vollständig anzugeben. Wie sollte uns da ein Philologe a posteriori in diese Situation hineinversetzen können? In der Naturwissenschaft handelt es sich um Thatsachen, hier um windige Vermutungen. Kein grösserer Gegensatz kann gedacht werden, als die exakte naturwissenschaftliche Methode und die Scherer'sche Hypothesenwirtschaft. „Das streng Beweisbare!" ruft er selbst aus. Die guten Leute, die an das streng Beweisbare glauben und ohne Hypothese nicht auskommen wollen! Streng beweisbar ist in diesen Dingen sehr wenig" etc. Er selbst hält z. B. die Frau v. Stein für das Vorbild der Iphigenie, andere dagegen wollen, wie er weiss, darin die Corona Schröter erkennen, in der wieder andere das Original der Philine erblicken. In der That ein köstlicheres Beispiel zur Charakteristik dieser „exakten Wissenschaft" hätte Scherer nicht anführen können. Eine Wissenschaft aber, die eingestandenermassen vorzugsweise mit Hypothesen arbeitet und zu so köstlichen widerspruchsvollen Resultaten gelangt, ist überhaupt keine Wissenschaft, sondern höchstens Dilettantensport. Die Umsicht und Vorsicht, mit der die Naturwissenschaft arbeitet, ist bei der wild verwegenen Jagd der Göthe-Philologie allerdings nicht erforderlich. Aber Besonnenheit und Vorsicht vermag nur ein eitler Hypothesenjäger als Gelehrtenfeigheit zu bezeichnen. Feigheit ist es, sich im Aufbau der Theorie streng logischem Denken und in der Betrachtung eines Kunstwerks sich sinniger Untersuchung der dichterischen Gestaltung zu entziehen, um aus „Erlerntem" und oft sehr klatschhaften biographischen Notizen ein Kunstwerk zusammenzuflicken.

Dass es unmöglich ist, den gesamten Gedächtnisstoff nachzuweisen, giebt auch Scherer zu. Aber wenn wir es auch könnten, so hätten wir doch nur den Rohstoff des Dichters. Die ganze Voraussetzung der Göthe-Philologie beruht eben auf dem Wahn, dass der Dichter seine „Erinnerungen" zusammensetzt, wie der Schneider bunte Lappen zu einem Fastnachtskleid. Aber die Dichtkunst ist keine Flickschneiderei, sowenig als die neuste Göthe-Philologie eine Wissenschaft.

Nicht gegen das sorgfältige Aufspüren der Stoffelemente, auch der persönlichen Beziehungen an sich wenden wir uns, sondern nur gegen die willkürliche, masslose und indiskrete Weise, in der dies geschieht; gegen die thörichte Ueberschätzung solcher Leistungen und vor allem gegen den Wahn, als ob solcher Stoffnachweis eine Analyse des Kunstwerks oder gar des Genies wäre. Noch weniger natürlich haben wir gegen die historische Betrachtung der allmälichen Entstehung der grossen Werke, an denen Göthe Jahrzehnte lang arbeitete, wie Egmont, Iphigenie, Tasso, W. Meister und vor allem Faust einzuwenden. Aber die Schule bietet damit nichts neues; das ist ein Erbe, das sie von der bisherigen angeblich rein ästhetischen Betrachtungsweise überkommen hat, wie die Geschichte der Fausterklärung von dem Hegelianer Weisse bis zu Fr. Vischer und K. Fischer klärlich zeigt. Selbst die Berücksichtigung der Stilunterschiede war schon vorher da. Scherer hat diesen Punkt nur ganz einseitig verfolgt, so dass selbst E. Schmidt gegen einzelne wichtige Aufstellungen sich ablehnend verhält. Nur die reine philologische Untersuchung der Metrik und Phraseologie ist relativ neu. Wie weit die Resultate haltbar und fruchtbar sind, kann erst die weitere Entwicklung der Göthe-Philologie lehren.

Scherer teilt die Gesamtmasse der dichterischen Erinnerungen in „Erlebtes und Erlerntes". Schon die letztere Bezeichnung offenbart den schulfüchsigen Charakter der ganzen Richtung. Sie geht zurück auf Luden, der aber als Historiker und Mann von wissenschaftlicher Bildung statt Erlerntes Ueberliefertes sagt. Da Göthe der Schule nicht blos der grösste Dichter ist, sondern ihr auch seine kritischen und kunsttheoretischen Urteile massgebend für die Kritik und Theorie sind, so dürften wohl seine zahlreichen einschlägigen Selbstaussagen die beste kritische Beleuchtung der Göthe-Philologie bilden.


### Die Aesthetik Göthes.


Göthe gedachte sich im letzten Teil von „Dichtung und Wahrheit" über sein dichterisches Verhalten zu seinem Stoff eingehend zu äussern. Der Grundgedanke in der Skizze zum Jahre 1775 lautet: „der Dichter verwandelt das Leben in ein Bild, die Menge will das Bild wieder zu Stoff verwandeln". Ersteres gilt natürlich auch für die gelehrte „Menge" und zwar gleichmässig für die Aufspürung des „Erlebten" wie des „Erlernten". —

Wir führen zunächst seine Aeusserungen über das „Erlernte" d. h. die Entlehnung an. Im Gespräch mit v. Müller 1826 (V, 297) ruft er aus: „Was
soll es heissen, wenn man immerfort opponiert: das habe ich ja schon im
Aristoteles, Homer und dgl. gelesen!" Mit Eckermann hält er es für
eine lächerliche Gelehrtenmeinung, das Dichten geschehe nicht vom Leben
zum Gedicht, sondern vom Buche zum Gedicht. Die Gelehrten sagen
immer: das hat er von dorther, das dort. So entdecken sie in einer Stelle
Shakespeares, wo man beim Anblick eines schönen Mädchens die Eltern
glücklich preist, die sie Tochter nennen und den Jüngling glücklich, der
sie als Braut heimführen wird, eine Entlehnung aus Homer, als ob man
bei solchen Dingen so weit zu gehen brauchte und als ob man dergl.
nicht täglich vor Augen hätte und empfände und ausspräche". Ecker-
mann-Göthe weisen hier mit gesundem Sinn auf die Gleichartigkeit der
Situation und ihren Reflex auf den Dichter hin. „Die Welt bleibt immer
dieselbe, die Zustände wiederholen sich; das eine Volk lebt, liebt und
empfindet wie das andere, warum sollte denn der eine Poet nicht wie
der andere dichten? Die Situationen des Lebens sind sich gleich, warum
sollten denn die Situationen der Gedichte sich nicht gleich sein? (18. Jan.
1825). Diese Idee ist freilich für die Göthe-Philologie verloren; denn damit würde ja ein grosser Teil ihrer Kärrnerarbeit wegfallen. Göthe verteidigt in demselben Gespräch Byron's Verfahren, Gebilde früherer Dichter
neu zu bilden. Er reklamiert es als ein allgemein gültiges Dichterrecht,
dass er selbst den Mephistopheles im Prolog aus dem Job entnommen
habe. Und in der That: ist nicht der Mephistopheles des Prologs trotz
alledem eine durchaus originale Gestalt? Seine Einführung im Himmel
war ja durch seine von der Volkssage völlig abweichende Fassung des
Begriffs des Bösen und durch den versöhnenden Schluss in der Götheschen
Dichtung von vornherein angezeigt. Dass der Dichter seine allgemeine
Bildung wie seine dichterische Entwicklung vielfach früheren Dichtern
und Denkern verdankt, erkennt Göthe freudig an; aber ihm nachzurechnen,
was er ihnen entnommen, findet er ebenso lächerlich, als wenn man einen
wohlgenährten Mann nach den Ochsen, Schafen, und Schweinen fragte,
die er gegessen und die ihm Kräfte gegeben, etc. Wir eignen uns, sagt
er, aus der Welt an, was wir können und was uns gemäss ist. (Gespr.
m. Eckerm. 16. Dez. 1828). Er weiss sehr wohl, dass selbst das grösste
Genie nicht weiter kommen würde wenn es alles seinem eigenen Innern
verdanken wollte. (Gespr. m. Soret 1832; VIII, 132 f.). Aber noch mehr
als diese Abhängigkeit dem Stoffe nach betont er die Originalität in der
Gestaltung dieser Elemente. Das Verhältnis des Künstlers zu seinen
Vorgängern bezeichnet er ganz treffend im Gespräch mit Eckerm. (8. Jan.
1827). „Es geht durch die ganze Kunst eine Filiaton. Sieht man einen
grossen Meister, so findet man immer, dass er das Gute seiner Vorgänger
benützte und dass eben dies ihn gross machte. Männer wie Rafael

wachsen nicht aus dem Boden. Sie fussten auf der Antike und dem
Besten, was vor ihnen gemacht wurde". Aber von demselben betont er
an einer anderen Stelle die aprioristische Originalität, das „Dämonische"
seines Genies (s. weiter unten).

Mit dem Nachweis des „Erlebten" steht es scheinbar günstiger für
die Schule. Göthe sagt selbst in einer ebensoviel zitierten als missver-
standenen Stelle von Dichtung und Wahrheit, dass seine Werke nur Bruch-
stücke e i n e r grossen Konfession seien. Er bezeichnet es vom Anfang
bis zum Schluss seiner dichterischen Laufbahn als seine Eigenart, dass
seine Dichtung auf dem Boden der Wirklichkeit ruhe, dass er vorwiegend
Selbsterfahrenes dichterisch gestaltet habe. Lieblingsausdrücke hiefür sind:
es finde sich kein Zug darin, der nicht erlebt sei; er habe sie mit seinem
Blute ernährt; sie seien Fleisch von seinem Fleisch und Bein von seinem
Bein. So bezeichnet er schon früh in einem Brief an Jacobi (2. März
1775) die Stella als sein eigen Fleisch und Blut. Ueber den Götz sagt
er im Gegensatz zu Klopstocks Hermann: das war doch Bein von meinem
Bein und Fleisch von meinem Fleisch (Gespr. m. Eckerm. 16. Febr. 1826).
Ueber den Werther: der Werther ist auch so ein Geschöpf, das ich
gleich dem Pelikan mit dem Blut meines Herzens gefüttert habe (Gespr.
m. Eckerm. 2. Jan. 1824). Den gleichen Ausdruck braucht er von Tasso
(Gespr. m. Eckerm. 6. Mai 1827); selbst von den Wahlverwandtschaften
sagt er mit denselben Worten wie von Dichtung und Wahrheit, es sei darin
kein Strich, der nicht erlebt sei — freilich fügte er hinzu: und auch
keiner, wie er erlebt sei (Gespr. m. Eckerm. 1829 und 1830; VII, 8
und VII, 217). Wir sehen: diese Ausdrücke sind Göthe zuletzt zur kon-
ventionellen Phrase geworden und haben an verschiedenen Stellen sehr verschiedene Tragweite. Da wo der Ausdruck „Fleisch und Blut" zum
erstenmal erscheint, im Brief an Jacobi, bedeutet er wohl nur eigene
Produktion ohne jede Beziehung auf Selbsterlebtes. Die Aeusserung über
Götz erhält ihre Einschränkung durch das Gespräch mit Eckermann
(26. Febr. 1824', auf das wir noch zurückkommen werden. Im eminen-
testen Sinne wahr ist die Bezeichnung für den Werther. Was die Göthe-
Philologen für die Wahlverwandtschaften an Erlebtem beibringen, ist nur
Hypothese. Dass in Herm. u. Dorothea „Selbsterlebtes" im Sinn der
Schule nicht vorliegt, giebt selbst H. Grimm zu.

Wenn man wie die Göthe-Verehrer den eigentümlichen Vorzug
Göthes vor andern Dichtern, zumal vor Schiller darein setzt, dass er meist
nur Selbsterlebtes dichterisch gestaltet habe, so kommt es zunächst darauf
an, diesen Begriff genauer festzustellen, als seither geschehen ist. Insge-
mein versteht man bei Göthe darunter einzelne spezielle Lebensbeziehungen.
Solche finden sich bei allen Dichtern; sie sind Gegenstand des Lieds und
des Gelegenheitsgedichts. Aber es giebt noch weit bedeutsamere allgemeine sozusagen öffentliche Erlebnisse: die zeitbeherrschenden Ideen, die

der Dichter mit seinem Volke erlebt, vielleicht als Prophet vorherver-
kündigt und in kunstvollendeten Gestalten vorführt. Das ist das Erlebnis,
welches die grossen Dichter, die Dichter der Weltlitteratur macht. Göthe
sagt, dass er in seinem Werther eine bestimmte weitverbreitete krankhafte
Richtung seiner Zeit, die er selbst miterlebt, dargestellt habe. Nun, hat
nicht auch ein Aeschylus, Sophokles, Dante, Shakespeare, Schiller die
Seele ihres Volks und die zeitbewegenden Ideen, in denen sie sich offen-
barte, ausgesprochen? Eben darin beruht ja die geschichtliche Bedeutung ihrer Dichtung. Wir haben schon oben ausgeführt, dass wie Göthe
mehr die individuellen privaten Lebensbeziehungen, besonders Liebe und
Liebesverhältnisse zum Gegenstand seiner Dichtung gemacht, dass so Schiller mehr dem öffentlichen Geiste, der Freiheitsidee, Worte verliehen hat,
dass Schiller diese öffentliche Strömung des Volkslebens ebenso gut innerlich erlebt hat, als Göthe die seinige; persönliche private Lebensverhältnisse hat allerdings Schiller so wenig als ein anderer Dichter die Weltlitteratur in seinen grossen Werken dargestellt. Aber Personen und Vorgänge
der damaligen öffentlichen Gesellschaft hat auch er für seine Jugenddramen
verwertet, wie dies für Kabale und Liebe Dr. E. Müller ganz eingehend
nachgewiesen hat. Aber steht denn Homer und die andern grossen Dichter
darum niedriger als Göthe, weil sie nicht einem litterarischen Kärrnertum
die Möglichkeit gegeben ihre privatesten Lebensverhältnisse aufzuspüren?

Auch Göthe kennt ein „Erlebtes" ganz anderer Art als die Göthe-
Philologie, und verlangt es vom Dichter: dass er die höchste Bildung der Zeit in sich aufnehme, dass er sich selbst zu einer geistig
wie sittlich hohen Persönlichkeit bilde und dieses höchste Erlebnis in
seiner Dichtung darstelle. Der Dichter, sagt er muss uns etwas Höheres
geben als der Historiker d. h. als die Wirklichkeit. Die Charaktere des
Sophokles tragen alle etwas von der hohen Seele des grossen Dichters,
so wie die Charaktere des Shakespeare von der seinigen" (Gespr. m.
Eckerm.; 31. Jan 1827). Also die von der Bildung der Vor- und Mitwelt gesättigte geistig und sittlich hohe Persönlichkeit des Dichters ist
das wahrste und höchste Erlebnis, das der Dichter uns in seinen Werken
offenbart.

Ganz anders die Göthe-Philologie: sie sieht in dem Erlebten vornehmlich private äussere Begegnisse besonders Liebesverhältnisse und
schwelgt in deren Aufspürung auf eine Weise, die dem indiskreten Klatsch,
einer der widrigsten Gelehrtenuntugenden, recht nahe verwandt ist. Sie
betreibt besonders eine eifrige Jagd auf „Modelle" für seine Frauengestalten. Ueber die Bedeutung des Modells für den Künstler hat sie ganz
seltsame Ansichten, von denen verständige Künstler auch urteilen würden,
sie verstehe nichts von der Sache. Scherer z. B. meint, wenn wir sämtliche Harfner kennen würden, die Göthe in seinem Leben begegnet sind,
so hätten wir damit den Harfner in W. Meister konstruiert oder analy-

siert. Die Schule beruft sich hiefür auf eine missverstandene Aeusserung
Göthes in Dichtung und Wahrheit, dass zu seiner Lotte im Werther
ausser der Charlotte Buff noch andere hübsche Kinderzüge beigesteuert haben, ähnlich wie der griechische Künstler seine Venus aus mehreren Schönheiten herausstudiert habe. Indes Zeuxis hat sein Bild nicht
geschaffen, indem er die schönsten Züge der ihm zur Verfügung gestell-
ten Frauen auswählte und nebeneinanderstellte, sondern in seinem Geiste
lebte ein Schönheitsideal, allerdings in unbestimmten Umrissen, und zur
äusseren Gestaltung dieses inneren Bildes bedurfte und verwendete er
seine Modelle. Aber es fragt sich, ob er auch nur einen dieser Züge,
so wie er war, verwendet hat; jedenfalls hat er sie zu einem einheitlichen organischen Ganzen verarbeitet eben nach dem in seinem Geiste
lebenden Schönheitsideal. Diese künstlerische Arbeit vermögen wir nicht
nachzuweisen; denn das ist ein unbewusstes oder beim reifen Künstler
halb bewusstes Verfahren, das sich deshalb auch jeder verstandesmässigen
Analyse entzieht. Möchten sich doch diese Herrn aus der engen Studierstube in eine Bildhauerwerkstätte bemühen. Hier finden sie Thon- und
Gypsmodelle der verschiedensten Glieder beider Geschlechter und aller
Altersstufen. Diese haben Meister und Gesellen bei der Arbeit vor Augen.
Denn die blosse Phantasie vermag dem bildenden Künstler die Umrisse
des menschlichen Leibes nicht klar und deutlich genug vorzuhalten, wie
Göthe im Gespr. m. Müller 1824 richtig bemerkt (V, 48). Aber der
Künstler kopiert nun nicht diese Modelle wörtlich. Die Herren dürfen
nur ein fertiges Werk mit den umherstehenden oder hängenden Modellen
zusammenhalten. Für jeden zugänglich ist der Vergleich von Skizzen
nach dem Leben oder auch von ausgeführten Portraits mit den Idealge-
mälden der grossen Italiänischen Maler des 15. und 16. Jahrhunderts:
Das Bild der Velata im Pitti (Nro. 245), das von deutschen Kunstkritiken
dem Rafael zugeschrieben wird, gilt für das Modell der Cäcilia und der
Mad. di Sisto. Die Gesichtslinien sind es, aber der geistige Ausdruck
ist ein ganz anderer und demgemäss hat er auch jene frei gestaltet. —
Und so hat auch Göthe weder seinen Harfner aus den realen Zügen der
verschiedenen Harfner, noch seine Lotte aus den verschiedenen Lotten
mosaikartig zusammengestellt.

Wie sich Göthe selbst das Verhältnis des Dichters zur Wirklichkeit
denkt, hat er vielfach drastisch ausgesprochen. Zu Eckermann sagt er
31. Jan. 1827: der dramatische Dichter dürfe seine Personen nicht historisch treu darstellen; denn so wie die Geschichte sie ihm biete, könne
er sie nicht brauchen — er beruft sich hiefür auf seinen Egmont. Der
Dichter müsse wissen, welche Wirkungen er hervorbringen wolle, und
danach seine Charaktere einrichten. Ueber die Landschaften von Rubens
sagt er zu Eckermann 11. April 1827: „Sie scheinen uns reine Kopie
nach der Natur: er trug die ganze Natur in seinem Kopfe und sie war

ihm in ihren Einzelheiten immer zu Befehl. Aber ein so vollkommenes Bild, wie eine Rubens'sche Landschaft, ist nie in der Natur gesehen worden. Wir verdanken diese Komposition dem poetischen Geist des Malers." Noch bestimmter spricht er dies gegen Eckermann 10. April 1829 bei Betrachtung einer Landschaft von Claude Lorrain aus. Er rühmt daran, dass sie die höchste W a h r h e i t und doch keine Spur von W i r k - l i c h k e i t habe; er habe die reale Welt bis ins kleinste Detail gekannt, aber er habe sie nur als Mittel gebraucht, um die Welt seiner schönen Seele auszudrücken. Also selbst der Landschafter ist ihm kein treuer Modellzeichner, sondern die treue Naturbeobachtung ist für ihn nur das Mittel, um die Welt seiner schönen Seele auszudrücken. — Im Gespräch mit Riemer 1824 (V, 62) sagt er, die Nachahmung der Natur durch die Kunst sei um so glücklicher, je tiefer das Objekt in den Künstler ein-gedrungen und je grösser und tüchtiger seine Individualität selbst sei. Noch weiter führt er diesen Gedanken aus im Gespräch mit Eckermann 20. Okt. 1828. Die griechischen Künstler, sagt er hier, haben in der Darstellung von Tieren (Pferdeköpfen) die Natur nicht blos erreicht, sondern übertroffen. Er leitet dies davon her, dass sie im Fortschritt der Zeit und Kunst selber etwas geworden, sodass sie sich mit persönlicher Grossheit an die Natur wandten. Also zweierlei verlangt er: Die künst-lerische Umgestaltung des Stoffs im Geist des Künstlers und den Aus-druck einer bedeutenden Individualität.

Göthe verfolgt das künstlerische Verfahren noch tiefer. Der Künstler, der Maler wie der Dichter verdankt die Naturwahrheit seiner Gestalten durchaus nicht blos dem klaren Auge, der sicheren Beobachtung, sondern dass er so klar und wahr wie kein anderer das Objekt schaut und doch als Künstler schaut, liegt in der Eigentümlichkeit des künstlerischen Genies, die Göthe Anticipation nennt. Auch hier geht er wieder von einem Maler aus, dem Schafmaler Roos. Dieser, sagt er, habe diese Tiere in allen ihren Lagen und Zuständen gezeichnet mit der äussersten Wahrheit, als wäre es die Natur selber. „Mir wird immer bange, wenn ich diese Tiere ansehe. Das Beschränkte, Dumpfe, Träumende, Gähnende ihres Zustandes zieht mich in das Mitgefühl desselben hinein." Göthe erklärt dies so: „Das Mitgefühl der Zustände dieser Tiere war ihm an-geboren. Die Kenntnis ihres Psychologischen war ihm gegeben und da hatte er denn auch für deren Körperliches ein so glückliches Auge. So sei auch dem echten Dichter die Kenntnis der Welt angeboren und er bedürfe zu ihrer Darstellung keineswegs vieler Erfahrung und grosser Empirie. So habe er als Mensch von 22 Jahren seinen Götz geschrieben und seie zehn Jahre später über die Wahrheit seiner Darstellung er-staunt. Erlebt und gesehen habe er dergleichen nicht, er habe also diese Kenntnis mannigfaltiger menschlicher Zustände durch Anticipation be-sessen. Er beschränkt dies im Lauf des Gespräches wesentlich auf die

innere Welt der Leidenschaften, die Region der Liebe und des Hasses,
der Hoffnung, der Verzweiflung etc. Speciell für die Zeichnung der
Charaktere erklärt er es weiter dahin: Es liege in den Charakteren eine
gewisse Notwendigkeit, eine gewisse Konsequenz, vermöge welcher bei
diesem oder jenem Grundzug eines Charakters gewisse sekundäre Züge
stattfinden. Diese Kenntnis könne einzelnen Individuen — in erster Linie
natürlich dem Dichter — angeboren sein. Wenn er selbst jemand eine
Viertelstunde gesprochen habe, wolle er ihn 2 Stunden reden lassen (Gespr.
mit Eckerm. 26. Febr. 1824). Also nicht so, wie die Göthe-Philologie meint,
zeichnet er seine Gestalten, dass er von da und dort Züge entlehnt und
äusserlich zusammenstellt, sondern er erfasst den Haupt- und Grundzug
eines Charakters und daraus ergeben sich ihm vermöge seiner Anticipation die Detailzüge von selbst, wie Schiller sagt:

> Hab' ich des Menschen Kern erst untersucht
>
> So weiss ich auch sein Denken und sein Handeln.

— Was Göthe Anticipation nennt, ist nichts anderes als die Fähigkeit des
Dichters, sich mittelst seiner Phantasie in eine fremde Lage und Stimmung
lebhaft zu versetzen und sie innerlich in seinem Geiste zu erleben, um
sie dann poetisch wahr darzustellen.

Schreibt so Göthe dem Dichter eine apriorische Anticipation der
menschlichen Verhältnisse, besonders der seelischen Vorgänge vor und
im Gegensatz zur empirischen Erfahrung zu, so liegt ihm noch mehr der
Urquell des dichterischen Schaffens und die wesentlichste Seite seiner Aeusserung, die geniale Konzeption, ja selbst die künstlerische Seite der Ausführung weit über alle Empirie hinaus. Das erste, die eigentliche Quelle
des künstlerischen Schaffens, ist die natürliche geniale Begabung, das
Genie. Es ist eine Naturkraft und wirkt als solche, wie Göthe an vielen
Stellen ausdrücklich hervorhebt, instinktiv mit Naturnotwendigkeit. Das
künstlerische Schaffen des Genies ist die Selbstentfaltung, Selbstoffen-
barung seines eigensten Wesens. Es beherrscht den Menschen mehr, als
er darüber verfügt. — Wie es selbst ein Ganzes ist, so bilden auch seine
Aeusserungen, seine Werke ein einheitliches Ganzes, wenn wir dies auch
nur fragmentarisch nachweisen können. Auch jedes einzelne Werk ist
ein organisches Ganzes und nur als Ganzes, als Werk aus einem Guss
und einem Geist richtig zu erfassen. Der geniale Geist, dessen Offenbarung sie sind, ist die Hauptsache; der Stoff, in dem er sich offenbart,
die Mittel, die er zu seiner Darstellung wählt, sind das Sekundäre, das
dem Verstand Zugängliche und Analysierbare.

Wir führen auch hiefür wichtige Aeusserungen Göthes an. Gerne
bezeichnet er diese Naturanlage als das Dämonische. So im Gespräch
mit Eckerm. 1831 (VIII, 41 vergl. VIII, 36): „In der Poesie ist durchaus etwas Dämonisches und zwar vorzüglich bei der unbewussten, bei
der aller Verstand und alle Vernunft zu kurz kommt und daher auch so

über alle Begriffe wirkt. Ebenso ist es in der Musik im höchsten Grade. Eine geniale Erscheinung wie Mozart bleibt immer ein Wunder, das nicht weiter zu erklären ist etc." Nur wo diese apriorische Gottesgabe vorhanden ist, vermag etwas Grosses zu entstehen. Die Menschen, sagt Göthe (Gespr. m. Eckerm. 11. März 1832), scheinen zu meinen, Gott habe sich ganz in die Stille zurückgezogen und der Mensch wäre jetzt ganz auf eigene Füsse gestellt. In religiösen und moralischen Dingen gebe man noch allenfalls eine göttliche Einwirkung zu; allein in Dingen der Wissenschaft und Kunst glaube man, es sei lauter Irdisches und nichts als ein Produkt rein menschlicher Kräfte. Versuche es aber doch einer und bringe mit menschlichem Wollen und menschlichen Kräften etwas hervor, das den Schöpfungen, die den Namen Mozart, Rafael oder Shakespeare tragen, sich an die Seite setzen lasse."

So unterscheidet Göthe auch zwei Seiten des künstlerischen Genies im Verhältnis zur Welt seiner Darstellung. „Der Künstler, sagt er, hat ein zweifaches Verhältnis zur Natur: er ist ihr Herr und ihr Sklave zugleich. Er ist ihr Sklave, sofern er mit irdischen Mitteln wirken muss, um verstanden zu werden; ihr Herr aber, insofern er diese Mittel seinen höheren Intentionen unterwirft und ihnen dienstbar macht. Der Künstler will zur Welt durch ein Ganzes sprechen; dieses Ganze aber findet er nicht in der Natur, sondern es ist die Frucht seines eigenen Geistes oder des Anwehens eines befruchtenden göttlichen Odems" (Gespr. m. Eckerm. 18. April 1827). Vergl. auch Gespräch mit Soret 1830; VII, 322. Immer und immer wieder betont er, dass das Kunstwerk nicht ein Aggregat von einzelnem „Erlebtem und Erlerntem" ist, sondern ein organisches Ganze, die Offenbarung eines göttlichen Geistes. Ja er nennt das Wort K o m p o s i t i o n ein niederträchtiges Wort, weil es die falsche Vorstellung von äusserlichem Aneinanderreihen erweckt. „Wie kann man sagen, ruft er aus, Mozart habe seinen Don Juan „komponiert"? Komposition! als ob es ein Stück Kuchen oder Biscuit wäre, das man aus Eiern, Mehl und Zucker zusammenrührt. Eine geistige Schöpfung ist es, das Einzelne wie das Ganze aus e i n e m Geist und Guss und von dem Hauch e i n e s Lebens durchdrungen, wobei der Produzierende keineswegs versuchte und stückelte und nach Willkür verfuhr, sondern wobei der dämonische Geist seines Genies ihn in der Gewalt hatte, so dass er ausführen musste, was jener gebot" (Gespr. m. Eckerm. 20. Juni 1831).

Demgemäss unterscheidet er auch zwei verschiedene Arten der künstlerischen Thätigkeit. „Jede Produktivität höchster Art, jedes bedeutende Aperçu, jede Erfindung, jeder grosse Gedanke, der Früchte bringt und Folge hat, steht in niemandes Gewalt und ist über aller irdischen Macht erhaben. Dergleichen hat der Mensch als unverhoffte Geschenke von oben, als reine Kinder Gottes zu betrachten, die er mit freudigem Dank zu empfangen und zu verehren hat. Es ist dem Dämonischen verwandt,

das übermächtig mit ihm thut, wie es beliebt und dem er sich bewusstlos
hingiebt, während er glaubt, er handle aus eigenem Antriebe. In solchen
Fällen ist der Mensch oftmals als ein Werkzeug einer höhern Weltregie-
rung zu betrachten, als ein würdig befundenes Gefäss zur Aufnahme eines
göttlichen Einflusses. Sodann aber giebt es eine Produktivität anderer
Art, die schon eher irdischen Einflüssen unterworfen ist und die der
Mensch schon mehr in seiner Gewalt hat, obgleich er auch hier immer
noch sich vor etwas Göttlichem zu beugen Ursache findet. In diese
Region zähle ich alles zur Ausführung eines Plans gehörige, alle Mittel-
glieder einer Gedankenkette, deren Endpunkte bereits leuchtend dastehen;
ich zähle dahin alles dasjenige, was den sichtbaren Leib und Körper eines
Kunstwerks ausmacht. So kam Shakespeare der erste Gedanke zu seinem
Hamlet, wo sich ihm der Geist des Ganzen als unerwarteter Eindruck
vor die Seele stellte und er die einzelnen Situationen, Charaktere und
Ausgang des ganzen in erhöhter Stimmung übersah, als ein reines Ge-
schenk von oben, worauf er keinen unmittelbaren Einfluss gehabt hatte.
Die spätere Ausführung der einzelnen Szenen aber und die Wechselreden
der Personen hatte er vollkommen in seiner Gewalt etc." (Gespr. mit
Eckerm. 11. März 1828). Letzteres bildet demgemäss auch das eigentliche Gebiet der Kunstkritik und der Analyse eines Dichtwerks — bis zu
einem gewissen Grade —, denn auch die Ausführung der genialen Konzeption ist Sache der inkommensurablen Phantasie, nicht des gemeinen
Verstandes. So leitet Göthe selbst das eigentlich Technische, den lern-
baren Teil der Kunst, von der angebornen künstlerischen Anlage ab.
Der Rhythmus, sagt er, kommt von der poetischen Stimmung wie unbewusst. Wollte man darüber denken, wie man ein Gedicht macht, man
würde verrückt und brächte nichts Gescheites zu staude (Gespr. m. Eckerm.
6. April 1829). Dies gilt ganz besonders von Göthe, der wie kein anderer
deutscher Dichter für seine Empfindung auch den richtigen rhythmischen
Ausdruck gefunden hat, so ganz besonders auch in seinen freien Rhythmen.
Nur philologische Schulpedanterie hat es vermocht, einer Schrulle zulieb
die freien Rhythmen im Faust in Prosa umzulesen.

Der Quell der Dichtkunst liegt nach Göthe in dem dunkeln Unter-
grund des Seelenlebens, wo die Seelenkräfte noch ungeschieden in- und
nebeneinander ruhen. Das dichterische Schaffen ist so zum grossen Teil,
in der Lyrik ganz und bei den grossen Werken wenigstens in der Konzeption des Ganzen ein unbewusstes, instinktives, traumartiges. Freilich
ist diese Art des Schaffens voll nur der Jugend eigen. So sagt Göthe
selbst im Anfang des 16. Buches von Dichtung und Wahrheit von der
mächtigen Produktivität seiner Jugend, sie sei zwar auch durch Veranlassung erregt und bestimmt worden, aber am freudigsten und reich-
lichsten sei sie unwillkürlich, ja mit Widerwillen hervorgetreten. Zu
Eckermann sagt er 29. Febr. 1824: „Ich war freilich damals noch dunkel

und strebte in bewusstlosem Drange vor mir hin; aber ich hatte ein
Gefühl des Rechten, eine Wünschelrute, die mir anzeigte, wo Gold war."
Aehnlich sagt er zu Soret 1830 (VII, 245): „In frühern Zeiten ging es
mir mit meinen Gedichten ganz anders. Ich hatte davon vorher durchaus keine Eindrücke und keine Ahnung, sondern sie kamen plötzlich über
mich und wollten augenblicklich gemacht sein, so dass ich sie auf der
Stelle instinktmässig und traumartig niederzuschreiben mich getrieben
fühlte. In solchem nachtwandlerischem Zustande geschah es oft, dass
ich einen ganz schiefliegenden Bogen vor mir hatte und dass ich dieses
erst bemerkte, wenn alles geschrieben war, oder wenn ich zum Weiter-
schreiben keinen Platz mehr fand." Aehnlich spricht er sich selbst über
seine grösseren Werke, so vor allem über die Komposition seines Faust
in dem bekannten Briefe an W. v. Humboldt wenige Tage vor seinem
Tode aus, wie ja auch Schiller die erste Gesamtkonzeption eines Werks
ausdrücklich als etwas unbewusstes, instinktives bezeichnet.

Man halte nun gegen diese echte Aesthetik Göthes, nach welcher
das Dichtwerk eine instinktive, unbewusste oder halbbewusste innerlich
notwendige Offenbarung des Genies ist, die neueste Aesthetik, welche in
dem Kunstwerke nur eine Flickarbeit aus verschiedenen zufälligen Erinnerungen von Erlerntem und Erlebtem sieht, und die Manie der Göthe-
philologie das Dichtwerk in diese stofflichen Elemente zu zerlegen. Göthe
selbst hat solchem Treiben das Urteil in den bekannten Worten des
Faust gesprochen:

> Wer will was Lebendigs erkennen und beschreiben,
> Sucht erst den Geist herauszutreiben,
> Dann hat er die Teile in seiner Hand,
> Fehlt, leider! nur das geistige Band.
> Encheiresin naturae nennt's die Chemie,
> Spottet ihrer selbst und weiss nicht wie.

## Die einzelnen Werke.

### Die Jugendlyrik. Götz. Clavigo.

Vollends stark tritt die Geistlosigkeit und Verkehrtheit der Ableitungstheorie hervor, wenn man ihren Nachweis an bestimmten Werken,
besonders an den grösseren kritisch untersucht. Für den Wert und
Charakter dieses Verfahrens ist schon die Aeusserung des Schulhauptes
bezeichnend, dass es auf diesem Gebiete des streng Erweisbaren sehr
wenig gebe, dass das meiste somit blosse Hypothese ist. Wir können
natürlich nicht die ganze Masse, welche die rührige Maulwurfsarbeit der
Schule zusammengescharrt hat, unserer Prüfung unterziehen, sondern
wählen nur einige charakteristische Proben aus. Faust behalten wir einer
eigenen Abhandlung vor.

Zwei der bedeutendsten Schüler Scherers, Minor und Sauer haben
teilweise unter Anregung und Beihilfe ihres Meisters 1880 Studien zur
Göthe-Philologie veröffentlicht, von denen die erste „Göthes älteste Lyrik"
(bis 1773) und die letzte „Götz und Shakespeare" hieher gezogen werden
können. In der ersten wird der Zusammenhang der Göthe'schen Jugend-
lyrik mit der damaligen Anakreontik in ihren verschiedenen Stadien
nachzuweisen gesucht. Indes der Standpunkt des Verfassers ist nicht der
der eigentlichen Ableitungstheorie. Derselbe sagt: „Mit den beigebrachten
Parallelstellen soll nur in den seltensten ausdrücklich angegebenen Fällen
eine Entlehnung von seiten Göthes bezeichnet werden. Ich habe Göthes
Anakreontik nicht von dem Einfluss des einen oder andern Dichters dieser
Richtung ableiten wollen; sondern die gemeinsamen Züge der deutschen
Anakreontiker des 18. Jahrhunderts sollten auch an Göthes hieher gehörigen
Dichtungen nachgewiesen werden. Für den feineren Beobachter ist der Nach-
weis dessen, was Göthe gleichsam mit der Luft in sich aufgenommen und in
seinen Gedichten wieder ausgesprochen hat, von grösserem Werte, als die grobe
Thatsache, dass Göthe etwa einmal ein Gedicht Weisses nachgeahmt hat."
Das ist ein echt wissenschaftlicher Standpunkt, mit dem wir uns voll
einverstanden erklären können. Wenn man indes, was nicht die Absicht
des Verfassers war, nicht nur das, was der damaligen deutschen Anakreontik, ja jeder Lyrik zumal der an den alten Lateinern geschulten gemeinsam ist, Ausdrücke wie: munter, zärtlich, lieblich, süss, golden, jung,
leicht, leise; Wollust, Zärtlichkeit, Silberquell, Morgen- und Abendrot;
liebeglühen, tändeln, scherzen, singen, blumenstreuen, flügelschwingen;
Bilder vom Schmetterling; Szenerien mit Wiese, Bach, Busch, Blume,
Blüte, Zephyr — sondern auch die kräftigen Keime des original Götheschen schon in der Frankfurter Frühjugend entwickelten Natursinns ins
Auge fasst, so wird das Gesamtbild ein etwas anderes Aussehen bekommen.
Das gleiche gilt auch vom Götz.

In der letzten Strassburger und nächsten Frankfurter Zeit hat sich
Göthe mit einer grossen Anzahl dramatischer Entwürfe getragen. Es
war dies die Zeit, wo die deutschen Dichter, besonders auf Anregung
Lessings sich mit Vorliebe dem Drama zuwandten. Göthe selbst sagt
später, er habe den Drang in sich gefühlt, was ihm Bedeutendes begegnete, dramatisch zu gestalten. In jener Frühzeit fiel ihm die Lebensgeschichte des Götz von Berlichingen in die Hand. Dieser Stoff packte
ihn vor den andern und er allein gelangte zur wirklichen Ausführung.
Er war in der That überaus günstig für dramatische oder auch epische
Bearbeitung. Eine wild verworrene Zeit, die Auflösung der staatlichen
und gesellschaftlichen Bande, eine Art bellum omnium contra omnes, wo
nur Gewalt entscheidet, und welche originale auf sich selbst stehende
Charaktere erzeugt, wie sie im geordneten Rechtsstaate sich nicht entwickeln können. In dieser rechtlosen Zeit ein Held, der sein und der

Schwachen Recht mit eiserner Faust und stets bereitem Schwert gegen
die Mächtigen verficht. Dieser Geist der energischen Geltendmachung
der eigenen Persönlichkeit stimmte nun gar sehr mit dem damals auch
in Deutschland durchbrechenden Geist des Subjektivismus, der Auflehnung
gegen die hergebrachten abgelebten oder verknöcherten Formen in Staat
und Religion, noch mehr in Gesellschaft, Sitte und Dichtung, ein Geist,
von dem auch der so wenig revolutionär angelegte Göthe damals ergriffen
war. Daher eben erklärt es sich, dass er gerade diesen Stoff wirklich
zur Ausführung brachte. — Soviel wissen wir von ihm selbst. Ausserdem
dass er der Elisabeth, Götzens Gemahlin, Züge seiner eigenen Mutter
lieh, und endlich dass die verlassene Friederike Brion in dem schmäh-
lichen Ausgang Weislingens seine Reue und Selbstbestrafung erkennen
sollte (Brief an Salzm. Ende 1773). Soviel genügt auch für den unbefangenen Genuss des Werks, wie für die kunstkritische Untersuchung.
Aber nicht für die Göthe-Philologie. Sie entdeckt, jene Stelle im Brief
an Salzmann und eine andere in Dichtung und Wahrheit willkürlich
weiterdeutend, in Göthe selbst das Vorbild zu Weislingen. Aber der
wirkliche Göthe hat mit diesem charakterlosen chamäleonartigen Gesellen
nichts gemein, als etwa die grosse Empfänglichkeit für Frauenreiz. Auch
war Weislingens Verhältnis zu Maria und Adelheid ein ganz anderes, als
das Göthes zu Friederike; desgleichen der Grund, warum er Götzens
Schwester verliess. Ebenso hat Maria keine Verwandtschaft mit Friederike, ausser etwa die unbedingte Hingabe an den problematischen Geliebten; dies ist aber ein allgemein weiblicher Charakterzug, ja ein Zug
der echten Liebe überhaupt. Dies, scheint es, hat E. Schmidt bewogen,
sich noch nach andern Modellen umzusehen — die Göthe'schen Gestalten
sind ja aus vielen Modellen zusammengeflickt — und er rät nun auf die
Schwester Cornelia. Das Verhältnis beider Geschwister war von Kindheit
an ein so eigenartig inniges, dass nach der Theorie der Schule a priori
sich Züge davon in seiner Dichtung finden müssen und E. Schmidt ist
demgemäss bestrebt solche aufzuspüren und er findet sie ausser der Maria
im Götz in der Elmira in Erwin und Elmira, in der Iphigenie, in der
„schönen Seele“ des W. Meister und noch in der Ottilie der Wahlverwandtschaften. Was Schmidt für die Maria im Götz beibringt, sind allgemein menschliche Züge und was er Spezielles giebt, ist verkehrt und
an den Haaren herbeigezogen. Er führt die klösterliche Erziehung der
Maria an und setzt dies in Beziehung zu der ganz späten Aeusserung in
Dichtung und Wahrheit, dass er seine Schwester sich nicht gern als
Hausfrau, wohl aber als Aebtissin oder Vorsteherin einer edlen Gemeinde
gar wohl habe denken können. Ja er will sogar in dem Gegensatz der
Maria zu ihrer Schwägerin das Verhältnis der „frommen“ Cornelia zu
der unheilig weltlichen Mutter abkonterfeit sehen. Er meint, die Worte
der Maria: „Ich wünschte, Ihr gewöhntet Euch an, von heiligen Sachen

anständig zu reden" — mögen der Cornelia im Konflikt mit der Mutter oft auf der Zunge gelegen haben. Dies schlägt allem ins Gesicht, was wir von dem Charakter und dem Verhältnis beider Frauen wirklich wissen. Hier befinden wir uns sicher nicht auf dem Gebiet „des streng Erweisbaren", sondern auf dem der wildesten Hypothesenjagd.

Und wenn dem so wäre, hätten wir denn damit auch nur alle Gedächtniselemente nachgewiesen? Das Stück zerfällt in zwei lose zusammenhängende Hauptbestandteile: die Geschichte des Götz und die des Weislingen oder vielmehr der Adelheid von Walldorf. Für beide letztere Figuren ist bis jetzt kein Modell nachgewiesen; denn Göthe ist nicht Weislingen. Ja wenn Göthe sagt, er habe die Welt im Götz vermöge seiner dichterischen Anticipation geschaffen, so geht dies nach seinen eigenen Worten vor allem auf die Partie Adelheid-Weislingen. Wir haben hier eine freie Erfindung Göthes, die sich einzig und allein, aber auch ganz aus künstlerischen Motiven erklärt. Dem biedern charaktervollen Götz wird der charakterlose Weislingen, der trefflichen Hausfrau Elisabeth die mannsüchtige ehrgeizige Adelheid, der kerndeutschen Familie das liederliche undeutsche Courtisanentum nach dem Kunstgesetz des Kontrastes gegenübergestellt. Ebenso beruht die Kontrastierung der Elisabeth und Maria auf dem künstlerischen Motiv der Mannigfaltigkeit und ist nicht Kopie eines wirklichen Verhältnisses. Hier hat also die ästhetische Kritik einzusetzen, nicht die Ableitungstheorie. Was diese beibringt, schränkt sich auf ein paar armselige, noch dazu mehrfach falsche Notizen ein.

Deutlicher liegen die Stoffelemente beim Clavigo vor. Das „Erlernte" ist hier das Memoire des Beaumarchais. Wie steht es aber mit dem „Erlebten"? Nach einer sehr späten Aussage Göthes in „Dichtung und Wahrheit" soll die Gestalt der Maria Beaumarchais ebenfalls ein Zeugnis seiner Reue und Busse für den Verrat an Friederike sein. Dass sie Züge derselben an sich trage, sagt er so wenig als von der Maria Berlichingen. Um sie zu ihrem Modell zu machen, trug man wissentlich falsche Züge in sie hinein: Friederike Brion ist nie brustkrank gewesen, eben so wenig hat sie in ihrem geistigen Wesen etwas Schwindsüchtiges an sich gehabt. Es ist nicht wahrscheinlich, dass der herzzerreissende Brief, den sie an Göthe nach dessen schriftlichem Abschied richtete, im Geist der verzichtenden und verzeihenden Maria Beaumarchais gehalten war. In Clavigo und Carlos soll Göthe ähnlich wie in Tasso und Antonio seine eigene Doppelnatur dargestellt haben. Aber Clavigo hat von Göthe noch weniger als Tasso. Richtig ist nur, dass Carlos dem Clavigo die Parvenügründe vorhält, mit denen Göthe seinen Verrat an Friederike beschönigt haben soll, hoffentlich nicht beschönigt hat. Aber mit diesem wirklichen oder vermeintlichen Stoffelemente haben wir doch nicht die Komposition des Stücks erschlossen, und gerade hierauf legt Göthe den grössten Wert, wie schon der gleichzeitige Brief an Fritz Jacobi vom 21. August 1774 zeigt.

### Iphigenie.

Das Schuldbewusstsein Göthes spielt in der Göthe-Philologie eine Hauptrolle bei der Analyse der Jugendwerke, ja selbst noch bei der Iphigenie. Das „Erlernte“ bei letzterer ist die Iphigenie in Tauris des Euripides. Modell für die Hauptfigur ist nach den einen Corona Schröter, nach den andern Frau v. Stein. Sofern von einem solchen überhaupt die Rede sein kann, spricht die innere und äussere Wahrscheinlichkeit für Corona. Göthe stand zu ihr damals in sehr regem und innigem Verkehr, wie seine Tagebuchnotizen und seine Eifersucht auf den Herzog zeigt. Da sie die Titelrolle zu spielen hatte, so ist anzunehmen, dass er sie ihr auf den Leib schrieb, wie er ja selbst vom dramatischen Dichter verlangt. Sodann war die jungfräuliche junonische Gestalt der Schröter doch ein viel geeigneteres Modell, als die mehr anmutige, bereits etwas ältliche kindergesegnete Frau v. Stein. Bei den ersten Aufführungen am Weimarer Hofe blickten die Zuschauer mit Staunen auf die wunderbare Erscheinung des wie für einander geschaffenen Künstlerpaares, Göthe-Schröter. Die Vertreter des Steinmodells berufen sich auf den beruhigenden, abklärenden Einfluss, den Frau v. Stein faktisch auf Göthe ausgeübt hat. Aber Göthes Verhältnis zu ihr ist doch ein ganz anderes, als das des Orestes zu Iphigenie und Göthe deckt sich so wenig mit Orest, als Frau v. Stein mit Iphigenie. Nach der Göthe-Philologie war Göthe damals allerdings der von den Furien des bösen Gewissens unstät Umhergetriebene und Frau v. Stein die „Schwester“, die ihn durch ihre beruhigende Nähe heilt. Aber mit diesem Nachweis steht es sehr windig; E. Schmidt beruft sich auf eine Stelle in dem Brief an die Karschin v. 17. Aug. 1775: „Von meiner Reise in die Schweiz hat die ganze Zirkulation meiner kleinen Individualität viel gewonnen. Vielleicht peitscht mich bald die unsichtbare Geissel der Eumeniden wieder aus meinem Vaterland etc.“ — und wie Grimm aus äusseren Gründen, rückt er die erste Konzeption der Iphigenie noch in das erste Weimarjahr vor, „weil gerade 1776 der von Furien gepeitschte Orest ein Modell an Göthe selbst hatte“. „Und, fährt er fort, bei der Entsühnung des Orest durch die Schwester mochte der Dichter der Frau gedenken, die ihm nach oft zerfahrnem Jugendtreiben voll Schuld und Busse die innere Läuterung so hilfreich erleichtert hatte“. Indes wenn wirklich auch die erste Konzeption des Stücks mit der Cantate für Gluck identisch wäre, so wissen wir ja von letzterer, die nie zur Ausführung gelangte, rein gar nichts. Wir können uns also nur an den Anfang des Jahres 1779 halten. Sodann sind die „unsichtbaren Geissel der Eumeniden“ auf keinerlei Schuldbewusstsein zu

6*

deuten. Friederike war über den vielen Liebesverhältnissen der nächsten
Jahre völlig vergessen; bei Lili war er sich wohl keiner Schuld bewusst;
noch weniger bei den gefälligen Damen des Weimarer Hofes, und vor
allem da nicht, wo es am Platze gewesen wäre, bei seinem Verhältnis
zu Frau v. Stein, der kindergesegneten Frau eines andern. Und eben
diese Frau soll es gewesen sein, „die ihm nach einem zerfahrnen Jugendtreiben voll Schuld und Busse die innere Läuterung so hilfreich erleich-
terte?“

Um etwas ganz anderes als um Schuld und Busse handelt es sich
bei Göthe in der damaligen Zeit. Den 11. Aug. 1781 schreibt er an
seine Mutter: „Sie erinnern sich der letzten Zeiten, die ich bei Ihnen,
ehe ich hierher ging, zubrachte; unter solchen fortwährenden Umständen
würde ich gewiss zu grunde gegangen sein. Das Unverhältnis des engen
und langsam bewegten bürgerlichen Kreises zu der Weite und Geschwindigkeit meines Wesens hätte mich rasend gemacht“. Aehnlich stand es
noch in den ersten Weimarer Jahren: Unverhältnis des wilden Treibens
in der ersten Zeit, der drückenden Geschäftslast in der folgenden zu
seinem innern dichterischen Drang, der sich gerade in der Zeit vor der
Uebersiedlung nach Weimar so mächtig regte, und der nun wie ein unter
mächtigem Geröll verschütteter Quell immer wieder durchzubrechen suchte.
Hieraus entstand das gleiche unruhige, stürmische, exzentrische Wesen,
wie in der letzten Frankfurter Zeit aus den in dem Brief an die Mutter
angegebenen Gründen. Auf diesen Gemütszustand vermochte der Verkehr
mit der feingebildeten masshaltenden klug berechnenden Frau v. Stein
beschwichtigend einzuwirken. Wie aber hätte sie, die schuldbeladene,
gewissenreinigend schuldsühnend wirken können.

Für Thoas soll Karl August Modell sein und in der Schlussszene,
wo Iphigenie den über ihr Scheiden unwilligen Fürsten um freundliche
Entlassung bittet, soll Göthe auf seinen Urlaub zur Reise nach Italien
hindeuten. Gegen dieses geschmacklose Philologenfündlein bemerken wir
nur, dass sich ja die Abschiedszene genau so schon in der ersten prosaischen Fassung von 1779 findet. Für Thoas konnte die noble Gesinnung des Herzogs im allgemeinen vorgeschwebt haben; spezielle Züge
hat er nicht geliefert. Die Gestalt des reflektierenden gemessenen sich
selbst überwindenden Thoas ist weniger eine Kopie des wirklichen Herzogs, als eher ein Vorbild, wie Göthe den Herzog gerne gehabt hätte.

Und wenn es mit diesen Gedächtnisstellen seine Richtigkeit hätte,
wäre denn hiemit der Kunstwert des Stücks und seine tiefe Wirkung auf
jedes edle Gemüt erklärt? Man hat bisher stets allgemein geglaubt,
diese beruhe darauf, dass Göthe die rohe griechische Fabel und die rohen
griechischen Charaktere nach seiner und seiner Zeit sittlichen Idee zu
Idealen edelster Menschlichkeit umgeschaffen, dass er die Charaktere zumal der Iphigenie und des Thoas aufs feinste psychologisch entwickelt

und bei aller Idealität doch individuell lebenswahr gestaltet habe. Denn nicht Typen nach Art des Sophokles oder nach Art der griechischen Plastik, wie die Schule behauptet, sind es, sondern individuelle Gestalten voll reichen inneren Lebens nach Art des Shakespeare, wenn auch in leiseren Umrissen und gedämpfteren Tönen. Dass in der letzten Fassung alle persönlichen Züge völlig getilgt sind, giebt auch Grimm zu und sieht gerade hierin den höchsten Vorzug des Stückes. Ja nicht Fleisch von seinem Fleisch, sondern Geist von seinem Geist, e i n Werk aus e i n e m Geist und e i n e m Guss ist diese Dichtung edelster Menschlichkeit.

T a s s o.

Für den Tasso liegen speziellere Selbstaussagen Göthes vor. Ganz allgemein bezeichnet er gegen Kar. Herder als den eigentlichen Sinn des Stücks „die Disproportion des Talents mit dem Leben" — doch ohne jede Andeutung einer persönlichen Beziehung (Gespr. März 1789 VIII, 250); wohl aber hat er gegen eben dieselbe kurz zuvor geäussert, dass das Stück viel „Deutendes auf seine eigene Person enthalte", warnt aber zugleich vor solchen Deutungen; sonst wäre das ganze Stück verschoben (Febr. 1789, Gespr. I, 116.) Etwas eingehender äussert er sich Mai 1827 bei einem Diner, das er Ampère und seinem Freund Stapf zu Ehren gab. Hier wurde die Frage aufgeworfen, welche Idee Göthe darin habe zur Anschauung bringen wollen. „Idee"? das ich nicht wüsste; erwiederte Göthe. Ich hatte das Leben Tassos, ich hatte mein eigenes Leben, und indem ich zwei so wunderliche Figuren mit ihren Eigenheiten zusammenwarf, entstand nun das Bild des Tasso, dem ich als prosaischen Kontrast den Antonio entgegenstellte, wozu es mir auch nicht an Vorbildern fehlte. Die weiteren Hof- Lebens- und Liebesverhältnisse waren übrigens in Weimar wie in Ferarra und ich kann mit Recht von meiner Darstellung sagen: sie ist Bein von meinem Bein und Fleisch von meinem Fleisch". (VI, 134). Also aus sich und dem historischen Tasso hat er die Gestalt seines Helden geschaffen. Wir sind einigermassen im stande festzustellen, was er von sich und was er von Tasso entnommen hat. Von sich die „Disproportion des Talents mit dem Leben", das mit den Jahren immer peinlicher hervortretende Bewusstsein, dass sein dichterisches Talent, sein eigentlicher Lebensberuf unter der Geschäftslast, die er sich aufgeladen, unter den Ansprüchen des Hoflebens, denen er sich nicht ganz entziehen konnte, verkümmere. Geradezu ergreifend klingen in den damaligen Briefen an die Stein die Klagen, dass er sich seinem eigentlichen Berufe entzogen und entfremdet fühle Vergl. auch seine spätere Aeusserung gegen Eckerm. 3. Mai 1827. Ausser diesem Gefühle der Disproportion des Talents zum Leben hat er von sich nichts entnommen. Die speziellen Züge, das krankhaft reizbare, misstrauische, argwöhnische, in seiner Verblendung die Geliebte wie die Freunde schmähende, alle Rücksichten der Klugheit, alle Gesetze der Sitte mit Füssen tretende Wesen des Tasso stammt von dem historischen Vorbilde und etwa noch von dem Dichter Lenz, mit dem er während der ersten Arbeit am Tasso das bekannte Rencontre gehabt hat.

Aber wie er diese Züge zu der innerlich wahren einheitlichen Gestalt des Tasso umgeschaffen, das ist das Geheimnis seines dichterischen Genies. Göthe + Tasso + Lenz sind nicht = Tasso. Der ganze Charakter wäre „verschoben“, wenn wir bei seiner Erklärung bei diesen Elementen stehen bleiben wollten. Wenn man auch in Antonio ein Stück Göthe sehen wollte, so ist dies sicher unrichtig; Göthe selbst sagt nichts davon. Mit mehr Recht hat man an seinen langjährigen Gegner und Rivalen v. Fritsch gedacht; doch stimmt auch hier nur die äussere Lebensstellung, die persönliche Gegnerschaft; die Charaktere sind grundverschieden. Auch die Hof-Lebens- und Liebesverhältnisse Weimars haben nur ganz allgemein vorgeschwebt; nicht die geringsten speziellen Züge lassen sich nachweisen. Am ehesten mögen noch der Herzog und mehr noch die Herzogin vorgeschwebt haben: der Enkel Göthes hat behauptet, der Briefwechsel Göthes mit der Herzogin Luise sei zum Teil im Tasso abgedruckt, wiefern das der Fall ist, wird sich zeigen, wenn dieser Briefwechsel einmal veröffentlicht werden sollte. Dass dabei an die Liebesergüsse des Tasso gegen die Prinzessin nicht zu denken ist, liegt auf der Hand. Man mag an das Wohlwollen und an das Vertrauen denken, das die Herzogin nach den ersten Jahren Göthe entgegenbrachte, an ihren vornehmen Sinn für feine Sitte und Anstand. Jedenfalls ist auch die Prinzessin ein Gebilde der künstlerischen Phantasie, keine Kopie der Wirklichkeit, selbst wenn man Frau v. Stein mitbeizieht: dass Göthe zur Zeit des Höhepunkts seiner Liebe zu Frau v. Stein im Gedanken an sie am Tasso gearbeitet hat, wissen wir aus dem Briefwechsel; das Nähere, besonders die Beziehung zu dem Lenzischen Begegnis ist unklar. Aber irgend welche speziellen Züge der Frau v. Stein oder Beziehungen auf sie lassen sich nicht nachweisen. E. Schmidt deutet zwar die Aeusserung Göthes an Staatsrat v. Schulz: er habe im Tasso des Herzbluts vielleicht mehr als billig vergossen, auf Frau v. Stein. Er sagt: diese Worte verstehe man erst recht, wenn man erwäge, dass der Dichter Tassos Frevel gegen die Prinzessin, seine innere Zerrüttung und sein Scheiden endgültig zu Papier brachte, als der Bund mit Charlotte sich quallvoll löste — warum sagt er nicht, als er das eigentümliche Verhältnis mit Christiane Vulpius, dem Bettschatz, wie seine Mutter sie so treffend nennt, einging; Göthe hat das Verhältnis mit Frau v. Stein, wie selbst Grimm tadelnd bemerkt, kühl bis ans Herz hinan dem zu Christiane geopfert. Und wenn E. Schmidt meint, das Verhältnis Tassos zur Prinzessin habe erst unter dem Eindruck seines Scheidens von Frau v. Stein die endgültige Gestalt gewonnen, so ist dies eine

gleiche leichtfertige Behauptung wie die Scherers über die Abschiedszene
in der Iphigenie.

Für die Sanvitale ein Modell in der Gräfin Werther und der „kleinen
Schardt“ zu finden, ist an den Haaren herbeigezogen — nicht das geringste
stimmt. Wie Antonio, verdankt auch sie ihre Existenz lediglich dem
Gesetz des künstlerischen Kontrastes.

Wenn wir auch nicht mit H. Grimm im Tasso die höchste künstlerische Leistung Göthes zu sehen vermögen, so ist er doch nach allge-
meinem Urteil ein vollendet Meisterwerk, nach der einheitlich geschlos-
senen, wohl berechneten Komposition wie nach der einheitlich innerlich
wahren Zeichnung der Charaktere — ein Werk aus e i n e m Guss und
e i n e m Geist; kein armselig Flickwerk aus Reminiszenzen.





Den dankbarsten Stoff für die Göthephilologie bietet der Werther
als dasjenige Werk, bei dem die Elemente des Selbsterlebten, wie die
Erlebnisse an andern sich am sichersten nachweisen lassen. Göthe spricht
sich mehrfach selbst hierüber aus, am eingehendsten in „Dichtung und
Wahrheit“ und in dem Gespräch mit Eckerm. v. 2. Jan. 1824. An beiden
Stellen führt er den Werther auf eigene innere und äussere Erlebnisse
zurück. In Dichtung und Wahrheit giebt er auch noch eine Anknüpfung
an den Englischen Familienroman und an den schwermütig sentimentalen
Geist der damaligen Englischen Litteratur, eine Bezugnahme, die er im
Gespräch mit Eckermann für völlig überflüssig erklärt.

Während man früher eifrigst bemüht war, die persönlichen Beziehungen aufs genaueste zu verfolgen, hat E. Schmidt in seiner ersten
grösseren litterarhistorischen Arbeit „Richardson, Rousseau und Göthe“ das
Verhältnis zu den litterarischen Quellen oder Vorbildern eingehend untersucht. Er kommt dabei zu Ergebnissen, die der Göthe'schen Darstellung
diametral entgegengesetzt sind. Nicht an die Englische Litteratur ist der
Werther anzuschliessen, sondern an die „Nouvelle Héloise“ Rousseaus,
und zwar ist er nicht etwa ein originales Seitenstück dazu, sondern eine
mehr oder weniger bewusste Kopie. Da Göthe selbst Rousseau nicht
erwähnt, so kann dies nur mala fide geschehen sein, wenn E. Schmidt
wirklich Recht hat. Dieser meint, schon die Zeitgenossen haben dies
Verhältnis gekannt, vermag aber hiefür nur die Worte tais-toi Jean Jac-
ques, ils ne te comprendront pas anzuführen, welches ein Unbekannter
in sein ihm zurückgeschicktes Exemplar geschrieben haben soll — soll,
denn es liegt daneben noch eine wesentlich andere Lesart vor. Indes
hierin liegt doch nur der Hinweis auf eine innere Verwandtschaft, aber
nicht auf Entlehnung. Jenes lag ja auf der Hand und auch Fritz Jacobi
stellt im Brief an Göthe 21. Okt. 1774 beide Werke in Parallele, ohne

auch nur mit einer Silbe auf ein Abhängigkeitsverhältnis hinzudeuten. Auf die mehr breite als die treffende Beweisführung Schmidts näher einzugehen erlaubt der Raum nicht. Wir halten uns an H. Grimm, der diesmal Schmidt ausschreibt. Ob letzterer mit der Ausführung Grimms völlig einverstanden ist, ob er auch nur seine eigenen früheren Aufstellungen heute noch ganz aufrecht hält, müssen wir dahingestellt sein lassen.

Grimm fasst die Resultate E. Schmidts zusammen und verbindet sie mit seiner eigenen Erlebnistheorie. Der Abschnitt über Werther in den Vorlesungen über Göthe ist die geistreichste Partie des ohnedies an Geistreichheit krankenden Buches, zugleich ein Paradestück der vorscherischen Göthephilologie, ein Seitenstück zu Scherers Analyse der Stella. H. Grimm unternimmt es, nicht nur das Werk in seine stofflichen Elemente zu zerlegen, sondern zugleich auch die einzelnen Stadien der dichterischen Komposition nachzuweisen. Er geht aus von dem Satze, dass Göthe zumal in der Jugend alle Wirklichkeit besonders seine eigenen innern und äussern Erlebnisse in Dichtung umschuf, und schliesst mit dem Nachweis, dass der Werther nur eine Kopie der Nouvelle Héloise sei.

Das erste Element bildet natürlich auch für Grimm das Verhältnis Göthes zu Charlotte Buff. Als zweites bezeichnet er die unglückliche Stimmung Göthes in den beengenden Frankfurter Verhältnissen, in die er von Wetzlar zurückkehrte und die sogar ernstliche Selbstmordgedanken in ihm erweckt haben soll. In diese trübe Stimmung trifft nun als drittes Element die Nachricht von dem Selbstmord Jerusalems und regt nach Grimm wie nach Göthe den Gedanken einer poetischen Verarbeitung dieser Elemente an. „Dies Ereignis, sagt Grimm, traf Göthe wie ein Donnerschlag. Aber aus Gründen, die mit Lotte Buff wenig zu thun hatten etc. Aus ihm und Jerusalem ist plötzlich ein und dieselbe Person geworden. Er sieht sich wie im Spiegel. Und zu gleicher Zeit hat Jerusalems Geliebte Lotte Buffs Züge und Gestalt angenommen und er und sie, Werther und Lotte, die beiden Träger des Romans stehen Göthe vor der Seele, jede der beiden Persönlichkeiten als von ihm abgetrenntes fertiges Kunstwerk. Jetzt beginnt die innere Arbeit an seiner Dichtung“. Göthe selbst berichtet in Dichtung und Wahrheit ähnlich; „Mit der Kunde von Jerusalems Tod war der Plan zum Werther gefunden. Das Ganze schoss von allen Seiten zusammen und ward eine solide Masse. Diesen seltsamen Gewinn festzuhalten war mir um so angelegener, als ich schon wieder in eine peinliche Lage geraten war, die noch weniger Hoffnung liess als die vorigen und nichts als Unmut wo nicht Verdruss weissagte“. Er meint damit sein Verhältnis zu dem Brentano'schen Hause. Indes diese Darstellung ist chronologisch falsch. Jerusalems Tod fällt Okt. 1772; die Verheiratung der Max. la Roche erst Jan. 1774; die endgültige Niederschrift des Werthers beginnt er nach einem gleichzeitigen Briefe an die Mutter Laroche den Tag nach deren Abreise, den 1. Febr. 1774. Göthe rückt

somit in seiner Darstellung die erste Konzeption des Werks unmittelbar
nach dem Tode Jerusalems und die Beziehung zu dem Hause Brentano
um mehr als ein Jahr zu nahe zusammen. Dass er am Werther schon
früher angefangen, wissen wir aus einem Briefe an Kestner v. 15. Sept.
1773; wie weit er gekommen, ob er überhaupt etwas niedergeschrieben,
erfahren wir an dieser Stelle nicht; später in Dichtung und Wahrheit
stellt er es ausdrücklich in Abrede, was freilich nicht beweiskräftig ist.
Jedenfalls hat er die e n d g ü l t i g e Ausarbeitung des Romans erst nach
seiner Beziehung zu dem Brentano'schen Familien- und Freundeskreise
begonnen. Wie fern und wie weit diese den Anstoss gegeben hat, die
Arbeit wieder aufzunehmen, erfahren wir nicht. Göthe sagt in Dichtung
und Wahrheit nur, das A e h n l i c h e, was ihm im Augenblick selbst
wiederfahren sei, habe ihn in leidenschaftliche Bewegung gesetzt. Aber
was war dies Aehnliche? Die Beziehung zu der jungen Frau Brentano
kann nicht gemeint sein. Er sagt darüber: „Wir lebten in kindlichem
Vertrauen fort und es mischte sich nichts Leidenschaftliches in unseren
Umgang“. Er führt seine verdrossene, unerträgliche Stimmung auf den
gesamten Verkehr mit dem grossen Brentano'schen Freundeskreise wie
auf seine sonstigen beengenden Verhältnisse zurück. Unter dem „Aehn-
lichen“ scheint er demnach überhaupt die unglückliche, komplizierte Gemütsstimmung zu bezeichnen, die den Jerusalem in den Tod getrieben
hatte. Aber die Frage bleibt immerhin: Warum hat er gerade unmittelbar nach den ersten Stürmen im Brentano'schen Hause die definitive
Ausarbeitung des Romans begonnen? Ist das ein Zufall oder liegt hier
ein kausaler Zusammenhang vor? Bisher nahm man das erstere an, da
in dem Werke jene Beziehungen sich nicht wiederspiegeln. Neuerer Zeit
aber will man gerade in ihnen nicht blos den Anstoss zur endgültigen
Komposition des Werther, sondern auch den wesentlichen Stoff des zweiten
Teils sehen. Die Sache wird meist so formuliert: im zweiten Teil ist
Werther mehr Jerusalem als Göthe; Lotte ist die junge Frau Brentano
mit den schwarzen Augen und Albert der eifersüchtige Brentano geworden.
Nach Löper ist Werther auch im zweiten Teil Göthe selbst, „der, nachdem er zu ihrer beiderseitigen Ruhe den Entschluss gefasst hatte, ihr
Haus gänzlich zu meiden, im Werther seiner Empfindung für sie Luft
machen musste“. Dies entspricht durchaus nicht dem wirklichen Sachverhalt, wie er sich an dem von Löper herausgegebenen und so trefflich
kommentierten Briefwechsel mit Frau v. La Roche und aus den Briefen
an die Jacobis und den Briefen Mercks an seine Gattin ergiebt. Es ist
für die ganze Wertherfrage von Wichtigkeit dies Verhältnis nach den
Quellen richtig zu stellen.

Max. Laroche ward blutjung an den reichen italienischen Kauf-
mann Brentano, einen Witwer mit mehreren Kindern verheiratet. Sie
tritt aus einem der geistig regsten Häuser des damaligen Deutschlands

aus dem Verkehr mit einer geistreichen noch jugendlichen Mutter und einem würdigen aufgeklärten, staatsmännisch geschulten Vater in das Haus eines ernsten ehrenhaften Geschäftsmannes, der nur Geschäftsmann ist und der modischen schöngeistigen Richtung völlig ferne steht. Sie findet sich hier vom ersten Augenblick an höchst unglücklich. Gleich in den ersten Tagen giebt es nach einem Brief Mercks an seine Frau „schreckliche Szenen". Göthe wird von der Mutter in das Brentano'sche Haus eingeführt. Er kommt, spielt mit den Kindern und begleitet die junge Frau zum Klavier mit dem Bass. Brentano „obwohl eifersüchtig wie ein Italiener" nimmt Göthe freundlich auf und wünscht, dass er das Haus öfter besuche. (Merck an seine Frau 29. Jan. 1874). Aber noch ehe Frau v. La Roche Frankfurt wieder verliess, kam es zu einer heftigen Szene zwischen Brentano und Göthe. Dieser schreibt 22. Jan. an die noch in Frankfurt weilende Mutter: „Wenn Sie wüssten, was in mir vorgegangen ist, eh' ich das Haus mied, Sie würden mich nicht rückzulocken denken, liebe Mama, ich habe in denen schröcklichsten Augenblicken für alle Zukunft gelitten, ich bin ruhig und die Ruhe lasst mir. Dass ich Sie nicht drinnen sehen würde, was die Leute sagen würden etc., das habe ich alles überstanden. Und Gott bewahr ihn vor dem einzigen Fall, in dem ich die Schwelle betreten würde". Es gelang der klugen Mutter aber doch ihn „rückzulocken", wie aus Briefen Mercks und Göthes sicher hervorgeht. Ersterer schreibt 14. Febr. an seine Frau: Göthe hat sich von all seinen Freunden getrennt und lebt nur in den Dichtungen, die er für die Oeffentlichkeit vorbereitet. Ausserdem hat er die kleine Mad. Brentano zu trösten über den Duft von Oel, Käse und die Manieren ihres Mannes. (Merck III, s. 88.) Doch hier könnte schlechte Information Mercks zu grund liegen. Aber der Brief Göthes an Betty Jacobi vom 1. Februar „ungefähr zehn Tage" nach dem Eisfest vom 21., also nur acht Tage nach dem bösen Rencontre mit Brentano setzt das ungetrübteste Verhältnis zu den Brentanos voraus. „Das Schicksal wird jetzt höflich betitelt, das schöne weise Schicksal; denn gewiss, das ist die erste Gabe seit es mir meine Schwester nahm, die das Ansehen eines Aequivalents hat. Die Max ist noch immer der Engel, der mit den simpelsten und wertesten Eigenschaften alle Herzen an sich zieht, und das Gefühl, das ich für sie habe, worin ihr M a n n n i e U r s a c h e z u r E i f e r s u c h t f i n d e n w i r d, macht nun das Glück meines Lebens. Brentano ist ein würdiger Mann, eines offenen starken Charakters, viel Schärfe des Verstandes und der Tüchtigste zu seinem Geschäft." Ebenso setzt der Brief an die La Roche, von Mitte Februar, worin er den Beginn des Werther meldet, einen fortdauernden Verkehr mit der Maxe voraus; noch bestimmter der Brief an Kestner vom März: „Die Max. la Roche ist hierher verheiratet und das macht einem das Leben noch erträglich, wenn anders was erträglich zu machen ist". Ebenso das

Billet an die la Roche von Ende Mai und der Brief von anfang Juni,
worin er den Abschluss des Werther meldet. Aber schon
gegen Mitte Juni schreibt er: „Die liebe Max. sah ich selten, doch wenn
sie mir begegnet, ists immer eine Erscheinung vom Himmel“ und vom
16. Juni: „Glauben Sie mir, dass das Opfer, das ich Ihrer Max mache,
sie nicht mehr zu sehen, werter ist als die Assiduität des feu-
rigsten Liebhabers, dass es im Grunde doch Assiduität ist. Ich will gar
nicht anrechnen, was es mich gekostet hat; denn es ist ein Kapital, von
dem wir beide Interessen ziehen“. Also erst seit Mitte Juni meidet Göthe
das Brentano'sche Haus definitiv. Aber offenbar weniger wegen der
Eifersucht Brentanos, als wegen des zudringlichen Benehmens der jungen
Frau. Scherer behauptet, auch nach der Veröffentlichung des La Roche-
schen Briefwechsels werde das Verhältnis nicht recht klar — doch nur
für den, der nicht sehen will. Vor den Ansprüchen Maxens wich Göthe
zurück, weil sie mehr verlangte, als er zu gewähren gedachte. Er verwies sie auf ihre Pflichten gegen ihren Mann und beobachtete gegen sie
eine ehrenwert feste Haltung. Indes der persönliche Verkehr erscheint
doch nicht ganz abgebrochen. Dann und wann bricht in seinen Briefen
die alte Neigung zu der Max, deren „schwarze Augen“ es ihm angethan
haben, wieder durch, aber doch weit mehr die Abwehr ihrer Liebe. Dass
ihr Benehmen nicht toujours irréprochable devant tout le monde war, dürfen
wir wohl aus dem Brief der Mutter an Crespel 27. Juli 1775 herauslesen.
Als Maxe ein Kind bekommen hatte, spricht Göthe den Wunsch und die
Hoffnung aus, dass sich wieder ein regerer und unbefangener Verkehr
mit der Familie anbahnen werde. „Ich habe ihr bisher mein Wort gehalten und versprach ihr, wenn ihr Herz sich zu ihrem Mann neigen
würde, wollt ich wiederkehren, ich bin wieder da und bleibe bis an mein
Ende, wenn sie Gattin und Hausfrau und Mutter bleibt“ schreibt er am
28. März 1775. In der That verkehrt Göthe nach den Briefen vom
1. Aug. und 11. Okt. wieder regelmässig im Hause, wenn ihn auch die
wirkliche oder vermeintliche Eifersucht Brentanos noch etwas geniert.

Aus dem Briefwechsel spricht weniger Liebe als eine unbefangene,
uninteressierte Freude an der jugendlich anmutigen, liebenswürdigen, ihm
von früher befreundeten jungen Frau, noch mehr die Abwehr ihrer un-
gestümen Zuneigung und ebenso der Missmut über die freilich voll berechtigte Eifersucht Brentanos. Aber es entspricht durchaus nicht dem
thatsächlichen Verhältnisse, dass Göthe im Hause Brentanos an sich
die Erfahrung machte, um Werther als Liebhaber einer verheirateten
Frau erscheinen zu lassen, wie Grimm behauptet, noch dass er im zweiten
Teil „seiner Empfindung für Maxe Luft schaffen musste, seitdem er zu
ihrer beiderseitigen Ruhe den Entschluss gefasst, ihr Haus gänzlich zu
meiden“, wie Löper mit verwirrender Berufung auf die gar nicht zusam-
mengehörigen Briefe vom 22. Jan. 1774 und vom 28. März 1775 sagt.

Es ist immerhin denkbar, dass der Missmut über die Eifersucht Brentanos sich irgendwie in der verblassten Zeichnung des eifersüchtigen Albert wiederspiegelt. Aber nötig ist auch diese Annahme nicht; denn das Moment der Eifersucht war ja in der Geschichte Jerusalems schon gegeben. Zu erleben brauchte er das also durchaus nicht. Ganz anders freilich verhält es sich, wenn wir die Vertreter der „Erlebnistheorie" hören. H. Grimm lehrt: „Auch nach dem mächtigen Eindruck der Katastrophe Jerusalems wollte es mit der Arbeit an dem Roman nicht recht vorwärts; die Elemente, die sich in Göthes Erfahrung angesammelt hatten, boten in e i n e r Beziehung eine Lücke, die sich seiner eigentümlichen Anlage nach, nur aus der Fülle wirklichen Lebens heraus seine Phantasie zu nähren, einstweilen u n a u s f ü l l b a r zeigte; es fehlte der rechte Abschluss der Charaktere für den zweiten Teil des Romans. Es bedurfte noch einer gewissen äusseren Tragik !). Es mangelte für Albert als Lottens Mann das Vorbild. Göthe kannte Kestner nur als Bräutigam und hatte ihn niemals eifersüchtig gesehen. Göthe wollte immer nur schreiben, was er erlebt hatte. Das Erlebte nahm andere Gestalt in ihm an, aber es musste vorhanden sein. Es fehlte ihm ferner an Erfahrung, um Werther als Liebhaber einer verheirateten Frau erscheinen zu lassen. Erfinden konnte er auch das nicht. Nun aber zeigte sich die Fügung der Dinge so günstig, dass auch für diesen Mangel Abhilfe eintritt". Dieser besteht darin, dass Max. la Roche den Brentano heiratet; dieser wird eifersüchtig und es kommt dahin, „dass Göthe, den kein anderes Gefühl als d a s d e s r e i n s t e n W o h l w o l l e n s immer wieder in das Haus zurücktrieb — schliesslich doch einen Strich unter die Rechnung machte". „Allein noch ehe dies eingetroffen war, in den ersten Tagen des Zusammenseins bereits, als die Eifersucht des Mannes n o c h g a r n i c h t z u m V o r s c h e i n g e k o m m e n war, während Göthe freilich sicher v o r a u s w u s s t e, d a s s s i e n i c h t a u s b l e i b e n w ü r d e, stand ihm der zweite Teil des Werther fertig vor der Seele, die Entwicklung war gefunden. Auf Kestners duldende, vertrauensvolle Gestalt war die des italiänischen Gatten Maximiliancns gepfropft worden und es kam aus beiden Gestalten jener unerträgliche Albert heraus, der Kestner hernach so vielen Kummer bereitet hat."

Wir sehen von der mehrfach unrichtigen Darstellung des äussern Verlaufs ab — der erste heftige Eifersuchtsausbruch Brentanos fällt in die erste Woche nach der Hochzeit vor den Beginn der Niederschrift des Romans — und wollen nur die inneren Widersprüche aufdecken. Göthe konnte nach Grimm den Roman vor seiner Verwicklung in das Brentanosche Haus nicht zum Abschluss bringen, weil er Albert als eifersüchtigen Ehemann und Werther als Liebhaber einer verheirateten Frau noch nicht erlebt hatte. Nun hat aber Göthe doch im Brentano'schen Hause nicht den „Liebhaber einer verheirateten Frau erlebt". Sein Empfinden und

Verhalten war ja dem Werthers zu Lotte geradezu entgegengesetzt: „ihn beseelte ja kein anderes Gefühl als das des reinsten Wohlwollens, sein Herz hatte im grunde an den Familienverhältnissen in dem Hause gar keinen Anteil“. Wie konnte er denn da den zweiten Werther erleben? Besser steht es mit der Eifersucht Brentanos; aber Grimm hat sich diese solidere Grundlage selbst zerstört: schon ehe die Eifersucht Brentanos zum Ausbruch gekommen war, stand ihm ja die Gestalt des eifersüchtigen Albert fertig vor der Seele etc. Also Göthe braucht auch nach Grimm die Eifersucht Brentanos nicht erst z u  e r l e b e n ; hier genügte also auch ihm wie jedem Dichter die Phantasie, mittelst der er sich in Lage und Stimmung seines Helden lebhaft hineinversetzt.

Man sollte denken, Göthe hätte nach Grimm seine Sachen endlich beisammen. Erlebtes, das er erlebt und das er nicht erlebt hatte, und es könnte nun losgehen. Leider noch nicht; es stockt wieder: der Dichter lebt nicht vom Erlebten allein, sondern auch vom „Erlernten“. Es muss nicht blos „erlebt“, sondern auch entlehnt sein. „Damit das Erlebte, die persönlichen Verhältnisse für Göthe nutzbar würden, dazu bedurfte es einer Mitwirkung von anderer Seite her, ohne welche sie innerhalb seiner Phantasie niemals Keimkraft besessen haben würden. Oder vielmehr, diese Personen bilden nur den Zusatz zu etwas anfänglich in Göthe Lebendigem, mit dem sie sich vereinigten, das jedoch auch ohne sie vorher schon vorhanden war. Mag Werther noch so deutlich die Gedanken Göthes und die Schicksale Jerusalems aufweisen: das Zusammenfliessen dieser beiden Elemente genügte nicht, um Werthers Gestalt zur Erscheinung zu bringen: noch ehe Göthe nach Wetzlar ging, ehe er Lotte und Kestner und Maximiliane und Brentano und Jerusalem kennen lernte, lag die poetische Möglichkeit Werthers als eine in den Umrissen bereits vorhandene Gestalt, sehnsuchtsvoll nach Leben gleichsam, in seiner Seele, existierte Werthers Schicksal fertig bereits in der Idee. N i c h t  a l s  S c h ö p f u n g  G ö t h e s  s o n d e r n  a l s  d i e  e i n e s  a n d e r n  D i c h t e r s ,  a u s  d e s s e n  T a u b e n s c h l a g e  g l e i c h s a m  G ö t h e  e i n  N e s t  v o l l  B r u t  e n t w a n d t e ,  u m  e s  a l s  s e i n e  e i g e n e  a u s - f l i e g e n  z u  l a s s e n “.

Grimm meint damit die Grundstimmung im Werther. Es ist das der Geist eines krankhaften Subjektivismus, der willkürlichen Geltendmachung individueller schrullenhafter Lebensanschauungen und Ansprüche einer arbeitsscheuen eingebildeten empfindsamen Jugend, die weder die Verhältnisse zu meistern, noch sich ihnen zu fügen vermochte. — Göthe selbst führt in Dichtung und Wahrheit seinen Werther auf den aus England stammenden sentimentalmelancholischen Geist des damaligen jungen Deutschlands in dem Gespräch mit Eckerm. (2. Jan. 1824), auf seine eigene persönliche Stimmung und Erlebnisse zurück. „Das ist auch, sagt er, so ein Geschöpf, das ich gleich dem Pelikan mit dem Blut meines

eigenen Herzens gefüttert habe. Es ist darin so viel Innerliches aus
meiner Brust, so viel von Empfindungen und Gedanken, um damit wohl
einen Roman von 10 solchen Bändchen auszustatten". „Auch hätte ich
kaum nötig gehabt meinen eigenen jugendlichen Trübsinn aus allgemeinen
Einflüssen meiner Zeit und aus der Lektüre einiger englischer Autoren
herzuleiten. Es waren vielmehr individuelle naheliegende Verhältnisse,
die mir auf die Nägel brannten und die mich in jenen Gemütszustand
brachten, aus denen der Werther hervorging. Ich hatte gelebt, geliebt
und sehr viel gelitten, das war es!" Im vollsten Gegensatz hiezu be-
lehren uns E. Schmidt und H. Grimm, dass Göthe die Wertherstimmung
und die daraus mit Notwendigkeit entspringenden Konflikte mit der Welt,
also das eigentlich Charakteristische der Wertherdichtung nicht aus seinem
eigenen Geistesleben geschöpft; auch nicht von den spleenhaften Eng-
ländern, sondern aus dem Taubenschlag des feurigen kampfesfrohen Franzosen Rousseau entlehnt hat. Die Wirkung der Nouvelle Heloise, sagt Grimm,
ist die grösste umfangreichste der modernen Litteraturgeschichte. St. Preux
und Julie waren die Repräsentanten dessen, was das Jahrhundert erfüllte.
Die Luft, die Göthe atmete, war erfüllt von dem Geiste Rousseau's. Wir
brauchen nur Werther und Lotte mit St. Preux und
Julie zu vergleichen, um zu gewahren, wie ohne beide
jene niemals zur Erscheinung gekommen wären. —
Dass Göthe Rousseau gekannt, dass dieser auch auf ihn, aber weitaus
nicht in dem Masse wie auf Herder und Schiller eingewirkt hat, ist
sicher. Aber Rousseau ist ja nicht der Erfinder, sondern nur der beredte
Mund dieses Geistes des Subjektivismus. Dieser selbst geht von England
aus, von wo ja Rousseau fast all seine Ideen über Staat, Gesellschaft,
Sitte, Erziehung geholt hat. Von England ging ein Strom direkt auch
nach Deutschland über, wo in den politischen, sozialen, religiösen, allgemein kulturellen litterarischen Verhältnissen die Bedingungen für den
neuen revolutionären Zeitgeist reichlich vorhanden waren, so dass der
Einfluss der englischen und französischen Litteratur nur den Anstoss
zur Entfaltung dieses Geistes gab. Historisch ganz richtig stellt Göthe
den englischen, nicht den französischen Einfluss in den Vordergrund.

Nach Grimm ist Werther so sehr Kopie von St. Preux, „dass
beide, wollte man ihre Silhouetten aufeinander legen,
so genau in den Linien passen, dass sie zusammenfielen.
Wären St. Preux und Werther sich im Leben begegnet,
so würden sie einander miteinem Schrecken betrachtet
haben, mit dem der Mensch seinem Doppelgänger begegnet." Rousseau hat St. Preux, wie Grimm richtig bemerkt, ganz
nach seinem eigenen Bilde geschaffen. Nun sagt aber Göthe in dem
gleichzeitigen Brief an Lavater April 1774, er habe dem Jerusalem seine
eigene Empfindung geliehen; später in Dichtung und Wahrheit und noch

entschiedener in dem Gespräch mit Eckermann führt er das eigentliche Wertherelement auf seine eigene persönliche Stimmung und seine eigenen mannigfachen Erlebnisse zurück. Ist die Auffassung Grimms richtig, so muss Göthe das Eigenste das der Mensch hat, seine realen persönlichen Empfindungen erst von Rousseau entlehnt und sozusagen wörtlich kopiert haben. Aber faktisch sind beide Figuren neben der allgemeinen subjektiven Grundstimmung individuell völlig verschieden. — Und nun auch hier wieder die innern Widersprüche! Werther ist die reinste Kopie von St. Preux und doch eine „wurzelächte deutsche Gestalt": „Lotte wäre ohne Julie nie zu stande gekommen" und doch ist auch sie nicht nur „wurzelächt deutsch" sondern „die Priorität Rousseau's geht nur soweit, dass er ein unglückliches Paar zu Hauptträgern seiner Dichtung gemacht hat, und dass Göthe ihm hierin gefolgt ist" — also das Sujet eines unglücklichen Liebespaars musste Göthe erst „von Rousseau entlehnen". „Weiter kann von Nachahmung nicht die Rede sein. Lotte hat nichts mit Julie gemeinsam, das einzige ausgenommen, dass sie wie diese ganz natürlich ist, d. h. nicht nach angelernten Prinzipien handelt, sondern nur den Regungen des Herzens folgt." Wir haben bisher geglaubt, dies sei überhaupt der Charakter des poetischen Menschen im Unterschied von der gemeinen Wirklichkeit.

Aber nicht allein die Idee und die Hauptfiguren hat Göthe von Rousseau entlehnt, sondern auch die „koloristische Behandlung". „Im Werther, sagt Grimm mit E. Schmidt, offenbart sich der Kult des Wetters (!) und der Landschaft, der doch so recht aus Göthes eigenster Natur zu stammen scheint, der aber doch erst von der Entstehungszeit des Werthers her bei ihm durchbricht. Es hat keinen grössern Landschaftsmaler (!) gegeben als Göthe. Sehen wir aber seine Dichtungen daraufhin durch, so gewahren wir mit Staunen, dass es sich nicht um reine Naturanlage bei ihm handelt, um etwas, das sich von anfang an Bahn bricht, ohne dass andere erst den Weg zeigen müssen" etc. Nichts wundert uns so sehr an Grimm, als dass er, ein wirklich geistreicher Mann, ein solches Philologenfündlein sich anzueignen vermag. Der Philologe, dem es weniger um die Sachen als um die Worte zu thun ist, der statt die dichterische Eigentümlichkeit aus des Dichters Naturanlage zu erklären und deren Entwicklung in seiner Dichtung stufenweise zu verfolgen, zu Parallelstellen und Vergleichen mit andern Autoren greift und, wo er allgemeine menschliche Aehnlichkeit findet, in seinem beschränkten Sinn und Wissen alsbald Entlehnung und Nachahmung aufspürt, mag auch Göthes angeborenen Natursinn von Rousseau herleiten. Es ist zudem abgeschmackt von Kult der Landschaft und des Wetters zu reden. Naturstimmung ist es vielmehr, Sichversenken in das Leben und Weben der Natur, wie dies sich auch im gleichzeitigen Faust, den Liedern und den Briefen aus der Schweiz so durchaus original und urkräftig ausspricht.

Die Spuren können wir in Leben und Dichtung bis in die früheste Jugendzeit zurück verfolgen. Schon in Frankfurt liebte er es in Feld und Wald zu schweifen; ähnlich in Leipzig, mehr noch in Strassburg und Wetzlar; in Frankfurt zieht er sich immer wieder aus dem Geräusch der Gesellschaft in die Einsamkeit der Studierstube und der Natur zurück. Sein Wandern über Berg und Thal, bei Sonnenschein wie bei Sturm und Regen zieht ihm im Darmstädter Kreise den Namen „Wanderer" zu. Auch in Weimar noch liebte er es sich aus der Zerstreuung des Hofes zu stiller Sammlung in die Einsamkeit der Thüringer Berge zu flüchten. Und so können wir auch in seinen Gedichten und gleichzeitigen Briefen die Entwicklung dieser Naturstimmung Schritt für Schritt verfolgen. Nicht Entlehnung, sondern Entfaltung der eigensten Naturanlage haben wir hier vor uns. Göthe selbst leitet diese Seite des Werther in Dichtung und Wahrheit von seinem innern Drang ab, das Aeussere lebensvoll zu betrachten und alle Wesen vom menschlichen an so tief hinab, als sie nur fasslich sein mochten, jedes in seiner Art auf sich wirken zu lassen. Dadurch, sagt er, entstand eine wundersame Verwandtschaft mit den einzelnen Gegenständen der Natur, ein inniges Anklingen, ein Mitstimmen im Ganzen" etc.

Auch die patriarchalischen Züge und Stimmungen soll er von Rousseau entlehnt haben. Und doch war das Alte Testament und Homer die Lieblingslektüre des Knaben und Jünglings in Frankfurt und Strassburg, Homer noch mehr in Wetzlar. Es ist dies ja nur eine Seite der idyllischen Richtung, die schon vor Rousseau in Poesie wie in Malerei und bildender Kunst vorhanden war und sich als Opposition gegen die unnatürlichen, verschrobenen und verschnörkelten Formen des damaligen gesellschaftlichen Lebens erklärt. Den Verkehr mit Kindern, mit Leuten aus dem Volke, die Homerlektüre, das Nachleben der homerischen Sitteneinfalt — das soll er erst aus Rousseau entlehnt haben! Das Wort Mercks, was er lebe, sei schöner, als was er schreibe, hat doch gerade für diese Seite seines Wetzlarer Aufenthalts die vollste Richtigkeit. Also auch hier nicht Entlehnung, sondern eigenste Originalität.

Versuchen wir es nun diesen Luftgespinnsten gegenüber den schlichten Sachverhalt quellenmassig festzustellen. Leider sind die Briefe, die Göthe von Wetzlar aus an Merck schrieb und in denen er „mit so viel Begeisterung von Lotte spricht" Merck an seine Frau 28. Aug. 1772), verloren. Göthe war Sommer 1772 in Wetzlar 3 Monate in nähere Beziehung zu Charlotte Buff getreten. Das Verhältnis war von seiten Göthes etwas lebhaft und exzentrisch, von seite Lottens ruhig und gemessen. Sie wie ihr Bräutigam sah in Göthes Leidenschaft nur eine poetische Lizenz des genialen Jünglings, mehr eine Aeusserung seiner Phantasie als seines Herzens. Als solche spinnt es sich in den Briefen der folgenden Frankfurter Zeit fort, wo die Liebe zu Lotte noch immer figu-

riert, nachdem nicht blos der Mond Maximiliane, sondern so mancher andere
Stern an seinem Liebeshimmel aufgegangen war. Göthe befand sich nach
Wetzlar in einer eigentümlich erregten Stimmung. In seinem Innern
drängte sich eine gewaltige Welt von dichterischen Entwürfen und rang
nach künstlerischer Gestaltung. Im Hause des etwas pedantischen und
allzu kargen Vaters, in einer kleinlichen advokatischen Praxis, im anregen-
den aber doch nicht vollbefriedigenden Verkehr mit gleichstrebenden Freunden und anmutigen gefälligen Freundinnen fühlte er sich aufs schmerz-
lichste beengt. Daher seine rasch wechselnde Stimmung, bald himmelhoch
jauchzend, bald zum Tode betrübt. Man vergleiche den schon oben angeführten Brief an die Mutter vom 11. August 1781. Das Gefühl dieses
Unverhältnisses des engen langsam bewegten bürgerlichen Kreises zu der
Weite und Geschwindigkeit seines eigenen Wesens tritt zwar erst in den
zwei letzten Frankfurter Jahren recht deutlich hervor: wir dürfen den
Beginn aber doch wohl bald nach der Heimkehr von Wetzlar ansetzen.
In dieser Stimmung trifft ihn kurz nach seiner Abreise die Nachricht
von dem Selbstmord Jerusalems. Jetzt steigt die Idee zu dem Roman
Werther in ihm auf. Auf einer Geschäftsreise zieht er in Wetzlar persönliche Erkundigung über den Fall ein und erbittet sich von Kestner
ausführlichen Bericht. Dies setzt wohl schon die Absicht einer poetischen
Bearbeitung voraus. Er scheint es zunächst auf eine dichterische Rechtfertigung Jerusalems durch Entwicklung der innern Motive und der
äussern Veranlassungen des Selbstmords abgesehen zu haben. Ueber
diesen ersten Plan und wie weit er sich ihn innerlich zurechtlegte, insbesondere wie er das Eifersuchtsmotiv zu verwenden gedachte, wissen
wir nichts. Erst 15. Sept. 1773 erfahren wir aus einem Brief an Kestner,
dass er an einem Roman arbeite, es gehe aber langsam. Zweifellos ist
an den Werther zu denken. Diese Notiz lässt jedenfalls auf schriftliche
Aufzeichnung schliessen. Als Elemente der Dichtung bezeichnet Göthe
selbst in dem fast gleichzeitigen Brief an Lavater (26. April 1774) seine
eigene erregte Stimmung und das Geschick Jerusalems. „Du wirst grossen Teil nehmen an dem Leiden des lieben Jungen, den ich darstelle.
Wir gingen nebeneinander an die sechs Jahre, ohne uns zu nähern und
nun habe ich seinem Geschicke meine Empfindung geliehen und so machts
ein wunderbares Ganze.“
  Es handelt sich also darum, diese beiden Bestandteile genauer zu
untersuchen. Die Wertherstimmung festzustellen ist schwierig; denn sie
ist ein Komplex sehr verschiedenartiger Elemente. Die eigenen Aeusserungen Göthes in Dichtung und Wahrheit und im Gespräch mit Eckermann fallen in eine Zeit, wo ihm Werther völlig fremd geworden war.
Aufschluss könnte uns vielleicht der Brief geben, den er Dez. 1770 von
Strassburg aus an Horn schrieb und in welchem er nach dem Gespräch
mit Eckerm. April 1829 bereits die Wertherstimmung wieder fand. „In

dem letzten (Briefe) zeigten sich schon Spuren vom Werther; das Verhältnis in Sesenheim ist angeknüpft und der glückliche Jüngling scheint sich in dem Taumel der süssesten Empfindungen zu wiegen und seine Tage halb träumerisch hinzuschlendern". Von drückender Stimmung jenes Missverhältnisses, von dem er in dem Briefe an die Mutter spricht, kann hier natürlich noch nicht die Rede sein. Vielmehr haben wir an die elegische Naturstimmung, sein Schweifen durch Feld und Wald, das idyllische Pfarrhaus in Sessenheim, die beginnende Liebe zu Friederike zu denken. Göthe selbst sagt: Das Verhältnis zu Friederike war angeknüpft und setzt so das Wetzlarer Verhältnis in Parallele zum Sessenheimer. Dieser Natursinn, diese Freude an einfach schlichten Verhältnissen des ländlichen Lebens ist die eine p o s i t i v e  g e s u n d e  Seite der Wertherstimmung; sie ist früher als die andere weltschmerzartige und wohl auch mehr erlebt als diese. Aus seinen gleichzeitigen Briefen und Gedichten lässt sich kein klares Bild darüber gewinnen. Diese trübe Stimmung scheint mehr in seiner Phantasie als in seinem Gemüt existiert zu haben, ähnlich wie die Liebe zu Lotte, oder doch nur zeitweise ihn beherrscht zu haben.

Können wir uns so über die wirkliche Stimmung, die Göthe in dem Roman verarbeitet hat, nur annähernd ein Bild machen, so steht es mit dem andern Elemente, der Geschichte Jerusalems weit besser. Kestners Bericht an Göthe über die Katastrophe Jerusalems und der in Kestners Papieren gefundene Nachtrag, dessen I n h a l t  Göthe auf irgend eine Weise bekannt war, giebt uns hierüber genügend Auskunft. Göthe hat sich genau, vielfach wörtlich an seine Vorlage gehalten und zwar nicht blos im äussern Verlauf, sondern, was weit wichtiger ist, in den Motiven wie in der Charakterzeichnung. Das doppelte Motiv gekränkten Ehrgeizes und der Liebe zur Frau eines andern und der dadurch erregten Eifersucht des Ehemanns sind gegeben. Die Ueberhebung der adligen Gesellschaft brauchte Göthe nicht erst, wie E. Schmidt meint, am Hofe in Darmstadt, die Eifersucht eines gekränkten Ehemanns nicht erst im Brentano'schen Hause zu Frankfurt zu erleben, um den 2. Teil seines Werther zu schreiben. — Auch der Charakter Werthers ist in dem Berichte über Jerusalem in den Hauptzügen schon vorgebildet: seine Flucht der Gesellschaft, seine einsamen Spaziergänge im Mondschein, seine meilenweiten Wanderungen selbst bei Nacht und Sturm, wo er „seinem Verdruss und seiner Liebe ohne Hoffnung nachhing", seine Verschlossenheit gegen die Freunde, sein philosophisches Grübeln. Ganz charakteristisch und echt Wertherisch und Faustisch klingt die Stelle im Berichte: „Oft beklagte er sich gegen Kielmannsegge über die engen Grenzen, welche dem menschlichen Verstand gesetzt wären; er konnte äusserst betrübt werden, wenn er davon sprach, was er wissen möchte, was er nicht ergründen könne etc." Schon Kestner findet hierin „den Schlüssel eines grossen Teils seines Verdrusses und seiner Melancholie, die man beide aus seinen Mienen lesen konnte". Wir haben hier, abgesehen von der positiven gesunden rein Göthe'schen Seite Werthers, alles was der Dichter brauchte, um den Charakter seines Helden zu entwerfen. Es galt nur, die gegebenen Motive und Züge zu vertiefen und weiter zu entwickeln. Der Dichter thut dies, indem er sich mittelst seiner Phantasie oder Gabe der „Anticipation" in die Lage und Stimmung seines Helden versetzt. Es wird ihm dies um so mehr gelingen, je mehr er selbst ähnliche Lagen und ähnliche Gemütszustände erlebt hat. Und so dürfen wir wohl die Naturwahrheit in der Schilderung der Seelenzustände Jerusalem-Werthers daraus erklären, dass Göthe nicht gleiche, aber doch ähnliche Erfahrungen zum teil selbst gemacht hat. Die Frage ist nun eben die, in wie weit Werther nur eine poetische Weitergestaltung der realen Persönlichkeit Jerusalems ist und, wie weit Göthe seine eigenen damaligen Erlebnisse und Empfindungen darin mit dargestellt hat. Dies lässt sich natürlich nicht scharf scheiden. Im ganzen dürfen wir annehmen, dass jene innige naturfrohe lebensfreudige Stimmung, der elegisch-idyllische Ton ganz Göthe angehört, die krankhafte trübsinnige lebensmüde Stimmung, wie das äussere Schicksal Jerusalem. Auch Göthe hat vorübergehend ähnlich trübe Stimmung gehegt; er hat sich durch die Arbeit am Werther noch mehr darin hineingesteigert, derart dass bei ihm selbst nach der Aristotelischen Katharsistheorie zuletzt eine Ausstossung dieses Krankheitsstoffes eintrat.

Die Liebe zur Frau eines andern und die Eifersucht des Mannes war in dem Berichte ausdrücklich als Motiv für den Selbstmord angegeben. Göthe braucht dies also nicht seinem eigenen Verhältnis zu den Brentanos zu entnehmen. Auf der andern Seite war Lotte und Kestner und Göthes Verhältnis zu dem Buff'schen Hause gegeben. Göthe hat letzteres naturgetreu gezeichnet. Lotte trägt im ganzen die Züge der Charlotte Buff, nur etwas ins Sentimentale übertragen. Albert hat von anfang an mit Kestner nichts als die äussere Stellung gemein.

Die Stoffelemente hätten wir so beisammen. Nach der Göthephilologie wären wir hiemit am Ende, nach der seitherigen ästhetischen Theorie am Anfang der Analyse des Werks. Die Hauptfrage ist: Wie hat der Dichter diese verschiedenen Elemente mittelst seiner schöpferischen Phantasie — mehr nach instinktiver Intuition als nach bewusst berechnendem Plan — zu einem einheitlichen Kunstwerk verarbeitet? Denn ein Kunstwerk, ein Werk aus e i n e m Guss nach Komposition wie nach Zeichnung der Charaktere ist der Werther, keine Mosaikarbeit. — Jede Person ist eine einheitliche, abgerundete, in sich wahre Gestalt. Werther ist sowohl Göthe als Jerusalem; aber Göthe + Jerusalem ist nicht = Werther. Göthe hat von sich wie von Jerusalem entnommen, was er für seinen

Zweck brauchen konnte und das Entnommene so umgestaltet, wie er es
für seinen künstlerischen Zweck thun musste. Und doch ist die Gestalt
keine Kombination verschiedenartiger Züge, sondern sie hat ihr eigenes
selbständiges Leben, das sich eben in jenen Zügen von innen heraus
offenbart. Göthe führt uns nicht zum ersten Ursprung der krankhaften
Stimmung Werthers zurück; aber seine Neigung zu Lotte lässt er vom
ersten Anfang vor unsern Augen entstehen, im Missmut über seine amtlichen und gesellschaftlichen Verhältnisse anschwellen, bis die Katastrophe
unvermeidlich wird. Wir haben hier nirgends den Eindruck, dass die
Gestalt „zusammengesetzt" wäre. Ebenso ist Lotte eine einheitliche
Schöpfung der Göthe'schen Phantasie. Die Grundzüge lieferte Charlotte
Buff. Zwar sagt Göthe selbst in Dichtung und Wahrheit, zu Werthers
Lotte haben ausser der Buff noch andere Schönen beigetragen. Er
selbst nennt keine Namen. Vielleicht dürfen wir an eine zweite Wetzlarer Flamme denken, die ihn später in Weimar aufsuchte, wie wir aus
einem seiner Gespräche erfahren. Die Maxe mag ihre schwarzen Augen
beigesteuert haben. Ob auch ihre Neigung zu Göthe — das bezweifeln
wir. Das Entgegenkommen Lottes war ja in dem Bericht Kestners
über Frau H . . . . ., wie noch mehr die endgültige Zurückweisung und
die Mitteilung an den Ehemann schon gegeben. Für letzteres findet
sich ja in dem Verhalten der Maxe zu Göthe nicht die geringste Analogie, vielmehr das reinste Gegenteil. Jedenfalls war die Entwicklung
ihrer ursprünglich unbefangenen Freude an dem melancholischen Jüngling zu immer stärker hervortretender Liebesneigung d u r c h  k ü n s t -
l e r i s c h e  M o t i v e  bedingt. Diese Entwicklung geht der Werthers
parallel und ist durch den Charakter des Mädchens von anfang an angezeigt. Ein solch feinfühlendes, für Klopstock schwärmendes Wesen,
wie die wirkliche Lotte allem nach nicht war, musste sich von dem
schwärmerisch sentimentalen Werther zuletzt doch mehr angezogen fühlen, als von dem prosaischen ganz unbedeutenden Albert. Endlich
wurde die Tragik der Dichtung durch einen solchen Ausgang offenbar verstärkt. Es ist das ein feinster Zug der instinktiven Kunst Göthes.
Auch Lotte ist eine dichterische Gestalt aus  e i n e m  Guss und nicht
aus der Buff und der Brentano mosaikartig zusammengestellt. Aehnlich steht es mit der unerfreulichen Gestalt Alberts. Er hat nahezu
nichts von seinem angeblichen Modell und mit Recht hat Kestner diese
Abkonterfeiung sehr übel genommen. Göthe selbst hat dies sehr wohl
vorauserkannt und er sucht, ehe er das Werk an Kestner sendet, dem
übeln Eindruck vorzubauen. Im Mai 1774 schreibt er an Kestner: —
Daher ich auch weder Dich als Ehemann kenne, noch irgend ein anderes
Verhältnis als das alte — und sodann bei einer gewissen Gelegenheit
fremde Leidenschaft aufgeflickt und ausgeführt habe, daran ich Euch
warne, Euch nicht zu stossen". Und Brief vom 11. Mai: „Adieu ihr

Menschen, die ich so liebe, dass ich der träumenden Darstellung des Unglücks unseres Freundes die Fülle meiner Liebe borgen und anpassen musste". Also die Fülle seiner Liebe (zu Lotte natürlich) hat er Jerusalem geborgt und angepasst — das ist klar. Was heisst aber: fremde Leidenschaft aufgeflickt und ausgeführt? Da unmittelbar vorher von Kestner als Ehemann die Rede ist, sind die Worte wohl am ehesten auf die Eifersucht Alberts im zweiten Teil zu beziehen. In dem Worte „fremd" liegt aber nicht die mindeste Andeutung auf eine bestimmte Person — es heisst nur: eine Leidenschaft, die Kestner fremd war. Wollte Göthe damit auf eine bestimmte Person hindeuten, so lag es ja für Kestner am nächsten an Herrn H . . . . . ., den Ehemann der Geliebten Jerusalems zu denken. Die Göthephilologie dagegen sieht in Brentano das Modell für den Albert des zweiten Teils. Da Göthe den Werther unter dem Eindruck des Zerwürfnisses mit Brentano niederschrieb, so mag dieser immerhin auf die Zeichnung des unerfreulichen Albert einigermassen eingewirkt haben; spezielle Züge liegen nicht vor. Die Zeichnung Alberts ist im ersten wie im zweiten Teil eine verblasste schattenhafte. Seine Gestalt erklärt sich aus künstlerischen Gründen. Er ist Nebenfigur und hat zunächst die Aufgabe, die Gestalt des genialen Haupthelden zu heben. Der Albert des ersten und der des zweiten Teils sind nicht zwei verschiedene Figuren. Die allmählich sich entwickelnde Eifersucht ist hier durch die Situation ebenso notwendig gegeben, wie bei Lotte die Entwicklung der stillen Neigung durch den Charakter Werthers. Auch Albert ist eine einheitlich durchgeführte, wenn auch wenig fest umrissene Gestalt. Es ist durchaus unrichtig und eine schwere Schädigung des Kunstwerkes, eine Zweispaltung von Werther, Lotte und Albert nach den beiden Teilen vorzunehmen.

So sind die Personen des Romans einheitliche poetisch wahre Geschöpfe der Göthe'schen Phantasie, die ihr eigenes Leben in sich selbst haben, wenn sie auch, wie keine andern der Göthe'schen Muse, der Wirklichkeit entnommen sind. Aus ihrem Charakter wie aus der Situation entwickelt sich der Verlauf und die Katastrophe des Romans mit innerer Notwendigkeit. Ja gleich wunderbar ist die Wahrheit und Einheit der Charaktere, das feste sichere Gefüge der Komposition, der Einklang der Grundstimmung bei der Tiefe und dem Reichtum des individuellen Lebens. Auch hier also keine auftrennbare Flickarbeit aus Erlebtem und Erlerntem, sondern e i n Werk aus e i n e m Guss und e i n e m Geist.


S t e l l a.


Wir wenden uns zur Stella. Sie ist dasjenige Stück, an dem fast alle Göthephilologen ihre Kunst versucht und der Altmeister Scherer selbst die ins einzelnste gehende exakte bruchlose Probe seiner Theorie gegeben zu haben glaubt; das Paradestück der Göthephilologie. Das Sujet birgt einen echt tragischen Konflikt, entsprach den damaligen modischen Ansichten von Ehe und freier Liebe und fand so mehrfach dramatische Bearbeitung, unter andern auch in Lessings Miss Sara Sampson.

Der Stella liegt ein Stück Lebensgeschichte des im Göthe'schen Kreise so hochgeschätzten Swift zu grunde. Sie ist eine freie Dramatisierung dieses Swift'schen Erlebnisses und alle und jede Aenderung und Zuthat lässt sich aus rein künstlerischen Gründen erklären. Nun finden sich aber im Göthe-Jacobi'schen Briefwechsel einige geheimnisvolle Stellen, die auf irgendwelche besondere Beziehung des Inhalts zu dem Jacobi'schen Kreise hindeuten. Nach zwei Seiten waren somit der Forschung die Wege gewiesen: Untersuchung des Verhältnisses zu den seitherigen Bearbeitungen des Stoffes und Erforschung jenes eigentümlichen dunkeln Bezugs zu den Jacobis.

Das Swiftsche Erlebnis ist kurz folgendes. Swift trat als Sekretär Sir W. Temples in ein näheres Verhältnis zu Esther Johnson, einer natürlichen Tochter seines Gönners, einem hübschen, lebhaften und wie aus seinem „Tagebuch“ zu schliessen ist, geistig regsamen Mädchen, dem er den Namen Stella giebt. Das Verhältnis scheint anfangs ein inniges und aufrichtiges gewesen zu sein. Als er eine gut dotierte Pfarrei erhielt, veranlasste er Esther zu ihm überzusiedeln; indes sie zu heiraten vermochte er sich nicht zu entschliessen. Er hatte offenbar wie Göthe einen Widerwillen, seine Liebe in die engen Bande der Ehe zu fesseln. Er liess die Braut in dem Pfarrdorf, begab sich nach London, wo er die nächsten Jahre weilte und eine glänzende schriftstellerische Thätigkeit entfaltete. Hier lernte er Esther Vanhomrigh, seine „Vanessa“, kennen, die eine leidenschaftliche Liebe zu ihm fasste, auf die er trotz seines fortdauernden Verhältnisses zu Stella einging, ohne diese in seinen Briefen — dem „Tagebuch an Stella“ —· etwas davon merken zu lassen. Für seine Verdienste um die Torys wurde er mit der gut dotierten Dechanei von St. Patrick in Dublin abgefunden, blieb aber in London. Nach dem Sturz der Torys zog er sich nach Dublin zurück, nahm brieflich Abschied von seiner Vanessa und bat sie, ihm nie nach Dublin zu folgen. Stella verlangte nun, da keinerlei äusseres Hindernis mehr vorlag, die Ehe, zunächst ohne Erfolg. Da kommt Vanessa nach Dublin; beide Damen erfahren den Sachverhalt. Stella verfällt in eine heftige Krankheit und dringt, genesen, entschieden auf Heirat. Swift willigt ein, doch nur unter der Bedingung, dass sie nach wie vor von ihm getrennt in einem andern Hause lebe und die eheliche Verbindung nicht öffentlich bekannt werde. Das Verhältnis zu Vanessa, die von der eingegangenen Ehe nichts wusste, vermochte er nicht abzubrechen. Endlich erfuhr letztere die Sache und verlangte von Stella offene Auskunft, ob sie wirklich

Swifts Gattin sei. Diese bejahte es und zog sich empört über Swifts zweideutiges unwahres Benehmen auf ein Landgut zurück. Swift eilte zu Vanessa, warf ihr den Brief, den sie an Stella geschrieben ohne ein Wort zu sprechen auf den Tisch. Sie verfiel in ein hitziges Fieber und starb bald darauf. Auch Stella überlebte die Katastrophe nicht lange (s. „Swifts Tagebuch in Briefen an Stella", deutsch von Claire v. Glümer).

Die einschlägigen Stellen aus dem Jacobi'schen Briefwechsel sind leider ziemlich dunkel. Die Hauptstelle ist die späte Rekapitulation eines verlorenen Göthe'schen Briefes vom April 1775: „Friderice Fritzel, wie ist dir? du Menschenkind — steht nicht geschrieben: so ihr glaubtet, hättet ihr das ewige Leben und du wähntest manchmal, der Sinn dieser Worte sei dir in der Seele aufgegangen! Seys nun — geringer kann ichs nicht thun — deine Liebe wage ich dran — sonst wäre ich der heiligen Thränen nicht werth, die du in Köln an mein Herz weintest, — Lieber Fritz, besinne dich — es ist nicht Stella, nicht Prometheus — besinne dich und noch einmal: gieb mir Stella zurück! Wenn du wüsstest, wie ich sie liebe u n d u m d e i n e t w i l l e n l i e b e, — und das muss ich dir all so ruhig schreiben um deines Unglaubens willen, der ich lieber mein Herz ergösse". Jacobi selbst fügt die Worte bei (15. Sept. 1779): „Dein Vorwurf damals war unbegründet; den Glauben an dich hatt ich nicht verletzt, ich allein nicht, soviel ich weiss, unter all deinen Freunden". Leider ist Göthes Brief selbst nicht erhalten; ebenso nicht der Brief Jacobis, auf den der Göthesche vom April 1775 Bezug nimmt. Soviel ist klar, Jacobi hatte sein Bedenken wegen des Prometheus und der Stella, wie es scheint, zugleich ausgesprochen. Es ist das auffallend. Denn unter dem 6. Nov. 1774 hatte er an Göthe geschrieben: „Kaum mag ich dir sagen, dass dies Drama (der Promotheus) mich gefreut, weil es mir unmöglich ist zu sagen, wie sehr". Indes wissen wir, dass Jacobi darin die Aeusserung von spinozistischem Atheismus sah, als solche das Stück Lessing vorlegte und den Monolog in seiner Schrift gegen Mendelsohn veröffentlichte, zum grössten Verdruss Göthes, der eine Art von Denunziation darin sah. Dass das so gründlich falsch gedeutete Stück dem gläubigen Jacobi ein Aergerniss sein musste, liegt auf der Hand und er wird zwischen dem 6. Nov. 1774 und dem Brief vom April 1775 sich direkt oder indirekt (vielleicht durch die Fahlmer) in diesem Sinne ausgesprochen haben. Aehnlich verhält es sich mit der Stella. Den 21. März 1775 schreibt Göthe an Jacobi: dass du meine Stella so lieb hast, thut mir sehr wohl; mein Herz und Sinn ist jetzt so ganz wo anders hingewandt (Verhältnis zu Elisabeth Schönemann?), dass mein eigen Fleisch und Blut (d. h. Stella) mir fast gleichgültig ist". Hier ist also noch volle Anerkennung durch Jacobi vorausgesetzt. Unmittelbar darauf aber muss Jacobi auch über die Stella irgendwie ein Bedenken ausgesprochen haben. War das gegen den Prometheus jedenfalls religiös-philosophischer Art, so wird das gegen die Stella wohl einen ähnlichen Charakter tragen. Denn wenn Jacobi sagt, er allein unter all seinen Freunden habe den Glauben an Göthe nicht verletzt, so deutet er damit offenbar auf die ungünstige Aufnahme, die wie der Clavigo auch die Stella selbst im Götheschen Freundeskreise gefunden hatte. Diese ästhetische Geringschätzung also lehnt Jacobi von sich ab. Sein Bedenken wird demnach sittlicher Art gewesen sein. Man hat wohl mit Recht auf den Schluss des Stücks, die Doppelehe, hingewiesen, der allerdings noch mehr als die flüchtige blosse skizzenmässige Ausführung in vielen und nicht blos gläubigen Kreisen Anstoss erregt hatte. Was sollen nun aber Göthes Worte: Wenn du wüsstest, wie ich sie liebe, und u m d e i n e t w i l l e n liebe! Meint er die P e r s o n der Stella, die seinem Freunde, dem überschwänglichen Gefühlsmenschen, besonders sympathisch sein müsse? Oder meint er das S t ü c k, insbesondere die eigentümliche Lösung, die weder bei Swift noch bei Lessing gegeben war? Dass die Doppelehe als solche dem moralisch strengen Jacobi anstössig sein musste, darüber konnte Göthe wohl kaum im Zweifel sein. Es liegt demnach nahe, in obigen Worten eine Hindeutung auf eine ganz spezielle Beziehung zu Jacobis persönlichen Verhältnissen zu suchen. Man hat dies in dem eigenartigen, noch nicht recht aufgeklärten Doppelverhältnis Jacobis zu seiner intimen Jugendfreundin Johanna Fahlmer, und seiner Frau Betty zu finden geglaubt. Einige Stellen in dem Göthe-Jacobi'schen Briefwechsel deuten allerdings darauf hin. Den 6. Nov. 1773 schreibt Betty Jacobi an Göthe: „Dass die Tante, (Joh. Fahlmer) und ich unsern ebenen und geraden Weg nebeneinander ohne stumpern und stolpern gehen, ist wahr, obgleich wohl noch immer ein Rätsel für den Herr Doktor Göthe lobesam." Hieraus geht also klar hervor, dass Güthe das einträchtige Verhältnis beider Frauen wegen der, sei es mit Recht oder Unrecht, vorausgesetzten früheren Beziehung zu der Fahlmer nicht begreifen konnte. Göthe hat dann durch Johanna oder von Jakobi selbst die Wahrheit über den wirklichen Sachverhalt erfahren. Er schreibt den 14. Aug. 1774 an Jacobi: „Ich habe Tanten gesehen und bin froh, dass der Damm weg ist, der über ihr ander garstig Verhältnis noch manches Gefühl zurückschwellte in ihr Herz. Sie darf mit mir von ihrem Fritz reden — heute zum erstenmal — wohl! wohl! Wenn sie diese Jahre her das gekonnt hätte, wärs nichts. — Jetzt aber — und so — ihr triumphierender Glaube: sie werden sich lieben." Im Brief ist manches dunkel. Was ist ihr ander garstig Verhältnis? Man hat an die Mutter gedacht, auch an den alten Jacobi; aber nur auf Vermutungen hin. Nur eins ist klar: sie war in inniger Beziehung zu Fritz Jacobi gestanden, ob als Jugendfreundin oder als Jugendgeliebte, lässt sich aus den Worten nicht erkennen. Jedenfalls war das Verhältnis derart gewesen, dass es nach aussen als Hindernis einer glücklichen Ehe mit einer andern, als Beeinträchtigung eines fried-

lichen Verhältnisses zwischen beiden Frauen erscheinen musste. Dies
geht aus obigem Brief Bettys, wie noch mehr aus den Worten Göthes
hervor: ihr triumphierender Glaube: sie werden sich lieben! Danach muss
Johanna selbst anfangs Zweifel daran gehegt haben.

Das Verhältnis zu zwei früheren Stücken Weisses: der „Amalia" und „Grossmut für Grossmut" weist J. Minor in einer kurzen
Abhandlung („Quellen und Forschungen" Band XXXIV, 27 u. f.) in der
ihm eigenen besonnenen Weise nach. — Das Verhältnis zu Lessings
Miss Sara Sampson behandelt Freiherr W. v. Biedermann in der schon
oben angeführten Abhandlung „Göthe und Lessing" (Göthe-Jahrbuch I,
22 ff.). Er sagt: „Göthe wurde zu seinen dramatischen Dichtungen nicht
blos dadurch angeregt und bestimmt, dass er sie als ein Gefäss, in
welches er die ihn bewegenden Ideen oder den Gehalt seiner Erlebnisse
niederlegte, sondern es waren häufig auch formelle Anlässe, die seinen
Schaffenstrieb in Bewegung sezten; bald reizte ihn eine Kunstform, sie
mit entsprechendem Inhalt zu beleben; bald unternahm er es, einen dankbaren Stoff in seiner Weise zu bearbeiten, weil ihm die Behandlung nicht
genügte, die er von andern erfahren hatte. Letzteres gilt insbesondere
von Faust, Iphigenie etc.", Also Faust und Iphigenie hat Göthe deswegen
geschaffen, weil ihm frühere Bearbeitungen des Stoffs nicht genügten!
Wirklich genial! Derselbe Fall, sagt Biedermann, trat bei Miss Sara
Sampson ein. Er sucht nun in seiner bekannten Weise das Lessing'sche
Stück zu gunsten des Götheschen schlecht zu machen. Wir glauben uns
ein näheres Eingehen auf dies Elaborat schenken zu dürfen.

Einen ganz eigenartigen Versuch macht W. Wilmans (Göthe-Jahrbuch I, 155 ff.). Er glaubt in einer Schrift: „La morale du monde",
die er der bekannten Romanschriftstellerin Scudery zuschreibt, eine Quelle
nicht blos für die Stella, sondern auch für Göthes Darstellung seines
Verhältnisses zu Lili in Dichtung und Wahrheit gefunden zu haben.
Aber es ist die Unwahrscheinlichkeit selbst, dass Göthe, wenn er wirklich 1774 dies Büchlein kannte, etwa 50 Jahre später darnach seine Beziehung zu Lili geschildert habe. Das einzige, worauf Wilmans selbst
Wert legt, ist dass die Heldin des betreffenden Abschnitts der Scudery
Belinde heisst, wie auch Lili in zwei Gedichten Göthes. Indes dieser
Name war ein in der Roman- und Schäferpoesie hergebrachter; er findet
sich um dieselbe Zeit auch bei J. G. Jacobi. Was Wilmans für die Stella
anführt, sind rein äusserliche zufällige Dinge, die er zudem viel näher
hätte haben können, wie z. B. der Zug, dass Stella allerlei Getier unterhält, richtiger von Lili (vergl. „Lilis Park"), als von der Belinde der
Scudery abgeleitet würde. Die Abhandlung zeigt die ganze willkürliche
Hypothesenwirtschaft der Göthephilologie. Wilmans sieht den „Anlass"
zur Stella in der Schrift der Scudery, Scherer in seiner famosen Entdeckung
von Jacobis Magd Anna Kathrine. Wirklich, da thut einem die Wahl weh!

Urlichs der Herausgeber der Briefe von Göthe an Johanna Fahlmer
erörtert in einem Artikel der Deutschen Rundschau die Beziehung der
Stella zu dem Doppelverhältnis Jacobis zu seiner Frau wie zu seiner
Jugendfreundin Joh. Fahlmer. Das Verhältnis war, wie es scheint,
stets ein geschwisterliches. Indes wie derartige Freundschaft gerne in
wirkliche Liebe überzugehen pflegt, so nimmt Urlichs an, auch Johanna
Fahlmer sei einmal plötzlich von leidenschaftlicher Liebe zu Fritz
Jacobi ergriffen worden und habe gleich Stella liebeskrank nach ihm
geschmachtet. Dies habe dann den Wegzug der Johanna und ihrer
Mutter von Düsseldorf verursacht. Das Tagebuch der Fahlmer, das Urlichs zu gebote stand, kann keine diesbezügliche Andeutung enthalten
haben, da Scherer aus dem Nachlass des Bruders J. G. Jacobi durch E.
Martin erfahren hat, dass das Verhältnis von Fritz zu Johanna durchaus
anderer Art war und dass insbesondere der Wegzug Johannas mit ihrer
Mutter in heftigen Zerwürfnissen Fritz Jacobis mit seinem Vater, der in
leidenschaftlichem Hasse den guten Ruf des eigenen Sohnes verdächtigte
und auch Johanna mit in die Sache hineinzog, seinen Grund hatte.

W. Scherer legt nun in einem für die Göthephilologie grundlegenden, höchst geistreichen, aber nicht recht klarem Aufsatz, „Bemerkungen
über Göthes Stella" seine eigene Ansicht dar. Diese lässt sich kurz dahin zusammenfassen : 1) dass Göthe in der Stella weniger die Erlebnisse
seines Freundes Jacobi, als eigene persönliche wieder gegeben habe; 2)
dass das, was er aus den Erlebnissen Jacobis entnahm, etwas ganz anderes gewesen sei, als was Urlichs vermutete, nämlich die Beziehung Jacobis zu seiner Magd Anna Kathrine und die Befürchtung Göthes, es
hätte ihm selbst mit Friederike Brion etwas ähnliches begegnen können.

Schade nur, sagt er zu der Vermutung von Urlichs, dass dann für
die Stella der eigentümliche Fall eintritt, dass wir es nicht mit Erlebnissen Göthes selbst, sondern mit Erlebnissen Fritz Jacobis zu thun hätten,
welche dem Dichter nur durch Mitteilung zugekommen sein könnten —
eigentümlich finden wir hiebei nur die Manie Scherers, überall nur Selbsterlebtes im engsten Sinn zu suchen. Hat denn Göthe den Götz, Clavigo,
Egmont, Tasso, Iphigenie, Hermann und Dorothea in solchem Sinne selbst
erlebt? Dass die Beziehungen Swifts und Jacobis Göthe vorschwebten, vermag auch er nicht zu leugnen — er führt selbst die Stelle an : „wenn du
wüsstest, wie ich sie liebe und um deinetwillen liebe". Aber mehr als dies
sollen eigenste persönliche Erlebnisse Göthes der Stella zu grunde liegen.
Er sucht zunächst unter der höchst eigentümlichen Ueberschrift — „der Anlass" — nachzuweisen, dass das gleichzeitige Verhältnis zu zwei weiblichen
Wesen neben und kurz nacheinander, die damit gegebenen innern und äussern Konflikte, böses Gewissen, Reue, halbe Rückkehr auch bei Göthes über-
reichen Liebesleben stattgefunden habe. Er giebt dabei eine höchst geistreiche Ausführung über das Wesen der Liebe im Geist eines höhern Don

Juan, die allerdings mit Göthes Ansicht über Ehe und freie Liebe ziemlich
stimmt, deren Realisierung aber doch nur im Staate Bebels stattfinden
könnte.

Der Versuch, ähnliche Verhältnisse, wie die Swifts und die vermeintlichen Jacobis bei Göthe selbst nachzuweisen, ist misslungen. Scherer
erinnert an die beiden mythischen Tanzmeistertöchter; an Lotte Buff
und Maxe Brentano. Aber wo liegt denn da die Aehnlichkeit mit Swift
und Jacobi? Bei Göthe handelte es sich damals überhaupt nicht um
Dualismus, sondern um Pluralismus; für die damalige Zeit besonders gilt
es, dass er sich die Schönen ein für allemal im Plural gedacht hat, wie
dies ja auch Scherer in seiner Weise sagt, und das wollen wir dem Dichter
nicht verargen. Scherer sagt: „Aber was drängt sich nicht sonst alles
an Frauengestalten in den Jahren 1773—75 um Göthe? Im Januar 1773
steht ihm Sus. Magd. Münch sehr nahe. In den Sommer und Frühling
1774 fällt die Beziehung zu Anna Sibylla Münch. Während seine Leidenschaft zu Lili in der Blüte steht, wandelt ihn manchmal die Vorstellung
an, als ob die Gräfin Stolberg ihn retten könnte". — „Göthe unterlag,
dem unwiderstehlichen Trieb einer reichen, weichen, zärtlichen, enthusiastischen, phantastischen, anschmiegsamen Natur, sich nach vielen Seiten
hin mitzuteilen, mit vielen und verschiedenartigen Frauen in ein jedesmal
ganz eigentümliches, aber jedesmal reichgeschmücktes, vertieftes, mit
scheinbarer Ausschliesslichkeit verfasstes Verhältnis zu kommen. Das ist
auch gewiss der grösste Reiz in allem menschlichen Verkehr, dass zwei
Individuen all das zu erschöpfen suchen, was gerade sie und nur sie
einander bieten können. Das Ineinanderaufgehen ist in der That kein
Privilegium der Ehe und der Begriff ewiger Dauer braucht sich nicht
notwendig damit zu verbinden. Es giebt einen Reiz persönlicher Gegenwart, der alles Beste in zwei Menschen emporlockt; eine enthusiastische,
gänzliche Hingebung des Geistes und Gemütes, in welcher die Seelen sich
unauflöslich zu verschlingen scheinen — aber auch nur scheinen; denn
in Wahrheit ist es eine Hingebung auf Wochen, auf Tage, auf Minuten,
auf Augenblicke; ein grosser unwiderstehlicher Reiz — aber ein Reiz,
der sich erschöpft; ein benebelnder, betäubender Rausch, — aber ein
Rausch, dem die Nüchternheit folgt. Es ist ein Verhältnis, das nicht
den ganzen Menschen fordert oder den ganzen Menschen nur auf einige
Zeit, so dass für andere Verhältnisse ähnlicher Art daneben genügend
Raum bleibt." — In den meisten Fällen, meint er weiter, werde ein ungleicher Aufwand an Kraft des Gemütes stattfinden. Der eine werde
mehr hineinlegen, der andere weniger. Der eine werde sich noch gefesselt
fühlen, der andere sich mit leichtem Herzen loslösen. Der eine habe
sein ganzes Leben hingegeben, der andere nur ein Lebensfragment. Dort
sei es ein Schicksal, hier eine Episode. Der junge Göthe habe solche
Episoden durchlebt, er habe sich mit Bewusstsein gleichgültig losgerissen,

wo ihm noch warme Neigung entgegengebracht wurde. Wenigstens
Anna Sib. Münch und Lili müssen in seinem Herzen nahe aneinander
vorübergestreift sein. Dass Göthe mehrfache Liebesverhältnisse nebeneinander unterhielt, ist sicher; aber ob er sich auch je nur einmal ganz
und voll hingegeben hat, mehr als zweifelhaft. Ἔχω οὐκ ἔχομαι durfte
auch er von sich sagen. Bei allem Reichtum an Liebesbeziehungen des
jungen Göthe lässt sich doch eine Analogie zu dem Swift-Jacobischen
Doppelverhältnis nicht nachweisen. Wenigstens bei Anna Sib. Münch
und Lili ist dies nicht zutreffend. Scheinbar mehr für Lili und die Gräfin
Auguste Stolberg, wenn man die glühenden Liebesbriefe an letztere während
seines Verhältnisses zu Lili liest. Aber hier kann es sich nicht um wirkliche Liebe, um wahre Empfindung handeln: er kannte sie ja gar nicht persönlich; es könnte ja nur eine Liebe nach dem Schlag der orientalischen Märchen sein, wo der Prinz sich nach einem Bilde verliebt. Es war „hohe Liebe“;
er liebte in ihr nur die Gräfin; deshalb führt er ihr auch seine Beziehungen
zu fürstlichen Herrschaften und seine Uebersiedlung an den Hof zu Weimar, wohin auch ihre Brüder als Hofcavaliere kommen sollten, so ein-
dringlich vor augen. Diese Briefe geben uns einen richtigen Massstab
für die phrasenhafte Ueberschwänglichkeit des damaligen jungen Deutschlands und ganz besonders für den Ernst und die Wahrheit der Götheschen Liebesäusserungen. Die glühendsten dieser Briefe schrieb er, während nach Scherer die Leidenschaft zu Lili in Blüte stand, im Zimmer
seiner Braut, in das er sich mit so wenig Takt eingedrängt hatte, unter
den Augen des armen, arglosen, nichts ahnenden Mädchens: Brief vom
3. Aug. 1775; vergl. auch die abrupten Zettel vom 14. Sept. bis 22. Nov.
Man lese diese affektierten Briefe und halte daneben das Urteil der Götho-
manen Grimm und Scherer über Elis. Schönemann, „die koquette Salon-
dame“, als die sie in der Göthemythologie figuriert; das wahr,
warm und rein empfindende Mädchen, das sich später in schweren Zeiten
als treffliche charakterfeste Frau bewährt hat — das sie in der Wirklichkeit war. Grimm findet „in der Anhänglichkeit seines Herzens an
ein Wesen, von dessen eigenem Herzen eigentlich niemals die Rede ist
etwas auffallendes“. Einen Beweis für diese angebliche Herzlosigkeit
sieht er in der Erzählung Göthes, dass Lili, als er während seines freiwilligen Hausarrestes nächtlich an ihrem Fenster lauschte, in Gesellschaft
sein Lied sang: „Warum ziehst du mich unwiderstehlich etc.“ Diese Erzählung ist doch wohl nur ein poetischer Schlusseffekt der Lilinovelle, wie ja auch
die Einleitung denselben Charakter trägt. Scherer findet in der Hingabe
Lilis, in ihrer Erklärung mit dem Geliebten selbst nach Amerika gehen
zu wollen, nur eine momentane Anwandlung, während Göthe seine
Stella mit der Glut seiner eigenen Empfindung ausstattete — eben der
Göthe, der im Zimmer der Braut glühende Liebesbriefe an eine andere

schreibt. Warum beobachten denn diese Herren ein so beredtes Stillschweigen über diese famosen Briefe?

Für Fernando wird Göthe als Modell beansprucht, wie für alle rückgratlosen Weiberhelden Göthes. Scherer sagt: „Dass Fernando kein Traum ist, empfand Göthe selbst. Das Motiv des unstäten Mannes, der das Lebensglück eines Weibes auf dem Gewissen hat, kehrt in seiner Dichtung unmittelbar nach Strassburg und Sessenheim fort und fort wieder." Und weiter: „Göthe genoss seine Triumphe. Auch die Macht, die er über Frauenherzen ausübte, muss ihn beseligt haben, wenigstens auf Momente. Aber er war auch innig gut. Und wenn er irgendwo fühlte, dass eine Frau um ihn litt, während er sich einer andern zuwendete, ja wenn er gar vielleicht sich hinreissen liess, teils aus Mitleid, teils aus Ritterlichkeit, teils aus rückkehrender echter Empfindung, dort sich noch zärtlicher zu zeigen, als er seiner veränderten Gesinnung nach durfte — und wenn ihm das plötzlich brennend, anklagend vor die Seele trat: er muss vor sich selbst erschrocken sein; — in solchen Augenblicken fühlt er sich als Fernando." Nun solche Augenblicke sind nirgends bei ihm nachzuweisen. Was an Fernando wie an Weislingen, Clavigo und andern Göthisch ist, das ist die für weibliche Schönheit so leicht und rasch entzündliche, wie rasch vorübergehende Glut, das Strohfeuer der Liebe. Aber das ist in Göthes ebenso reichem wie kräftigem Geistesleben nur ein Nebenbei, bei Fernando der Hauptzug. Wer vermag bei diesem schwachmatischen Gesellen, der Weib und Kind in der Langweile des Bummels verlässt und im Besitz einer erwachsenen Tochter noch Wertherisch empfindet, an Göthe denken, oder auch nur an Werther, der doch wenigstens noch die grüne Jugend für sich hat?

Gelingt es so Scherer nicht, wirkliche Erlebnisse Göthes zur Erklärung der Genesis und des Ausgangs der Stella überzeugend nachzuweisen, so versucht er es mit angeblichen Phantasieereignissen. In dem Abschnitt „Fernando" entdeckt er uns seinen neuen Fund. Fritz Jacobi hatte früher ein Verhältnis mit seiner Magd Anna Kathrine unterhalten, das von den üblichen Folgen begleitet war. Sie lebte, von Jacobi reichlich unterstützt, mit ihrem Kinde in Holland. Jacobi, vermutet Scherer, hat als er bei seinem Besuch in Frankfurt Göthe seine ganze Lebensgeschichte enthüllte, auch diese Schuld nicht verschwiegen. Dies wirkte auf Göthe. „Seine eigene Schuld gegen Friederike bedrückte ihn jahrelang; das Schicksal Gretchens im Faust scheint ein Bild zu sein, wie es ihm seine Phantasie quälend vorgaukelte: was hätte aus Friederike werden können, wenn er sich dem leidenschaftlichen Zuge seines Herzens überlassen hätte? Diese Analogie zwischen dem wirklichen Schicksal eines Freundes und dem möglichen eigenen Schicksale, die Vorstellung, dass ein solches Mädchen (!) doch wie eine Frau anzusehen sei, welche wiederkommen und Ansprüche

erheben könne — dies war es vielleicht, was den stärksten
Eindruck auf ihn machte, was den stärksten Impuls zur
Stella gab. Deshalb vielleicht trat Cäcilie in eine etwas tiefere Sphäre
und sollte sich ihre Tochter in eine dienende Stellung begeben". Wir
glauben, dass letzteres geschah, um Cäcilie und Stella zusammenzuführen,
aus künstlerischen, nicht aus stofflichen Gründen. Auf die Infamie, die
in dieser Hypothese gegen Friederike Brion liegt, wollen wir nur hindeuten. Hier fragen wir nur: was ist von einer Theorie zu halten, die
wo sie ihre Probe ablegen will, zu so luftigen, leichtfertigen, ekelhaften
Hypothesen greifen muss?

Der Gedankengang Scherers ist also folgender: Göthe erfährt durch
Joh. Fahlmer und durch Fritz Jacobi dessen eigentümliches Schicksal,
entdeckt darin eine frappante Aehnlichkeit mit der Situation: Swift-
Stella-Vanessa; als ihm dann Fritz seine Schuld an Anna Kathrine erzählte, wurde er selbst an die möglichen Folgen seines Verhältnisses zu
Friederike erinnert. „So stand das Gerüst des Stückes in seiner Phantasie
fertig. Cäcilie sank etwas, insofern sich Anna Kathrine und Adelaide
(die Fahlmer) verschmolzen. Dadurch hob sich Fernando ein wenig".
Also Cäcilie sinkt, weil sie, die eheliche Gattin, ein Kind von ihrem
Manne hat und dieser Umstand muss von Anna Kathrine mit ihrem un-
ehelichen Kind entlehnt sein! Fernando hebt sich dadurch, dass die
schmählich verlassene Frau ein Kind von ihm hat? Gewiss Scherer ist
chemisch rein von jeder „Tugendboldigkeit", wie er das sittliche Bedenken
gegen die Lösung des Stückes so schön bezeichnet.

Ist für Fernando Göthe selbst Modell, für Cäcilie eine Kombination
der Johanna Fahlmer mit der Anna Kathrine, so „gewährt für Stella Lili
die äussere Erscheinung." „Aber er legt in sie hinein alle Gewalt der
Sehnsucht, alle Wonne des Wiedersehens, die er selbst je erfahren. Er
stattet sie aus mit der Glut seiner eigenen (!) Empfindung. Er giebt
ihr die hohe Glaubenskraft der Liebe, die den Verführer nicht fragt:
„Warum soll ich folgen?", die dem Entflohenen nicht grollt: „Wie
kannst du mich verlassen?", die den Rückkehrenden nicht fragt: „Wo
bist du gewesen?" Er giebt ihr den ausschliesslichen Liebessinn, der
alles für den Geliebten im stich lässt, weil er vielleicht fühlte, dass ähnliche Anwandlungen in seiner Lili nur — Anwandlungen waren. Scherer
beruft sich auf Lilis wirkliche oder angebliche Erklärung, alles aufzugeben und mit dem Geliebten nach Amerika gehen zu wollen. Göthe,
meint er, glaubte in ihr an eine Kraft, welche alles Widerstrebende be-
wältigt hätte. Aber die widerstrebenden Verhältnisse waren stärker als
er und sie und „das Mädchen beschied sich früher als der Jüngling".
„Jene Kraft ausschliesslicher Hingebung wurde jedoch Stella im reichsten
Mass zu teil: sie ist dadurch, obgleich Abbild, fast ein Gegenbild zu Lili
geworden". Also Stella ist Lili und zugleich das Gegenteil von Lili.

Der gleiche Scherer findet es bedenklich, dass der viel besonnenere Urlichs Züge der Joh. Fahlmer bald in der Stella, bald in Cäcilie erkennen
will. Was von Lili an Stella anklingt, ist rein nebensächlich. — Der
Charakter der Cäcilie sodann ist durch den Gegensatz zu Stella, also
durch künstlerische Gründe bestimmt. Einige Einwirkung der Joh.
Fahlmer auf die Cäcilie mag immerhin zugegeben werden; aber auch
ohne die Johanna zu kennen hätte Göthe die Cäcilie aus künstlerischen
Gründen so oder ähnlich gestaltet. Wenn aber Göthe dem ächt tragischen
Stoffe einen versöhnten Ausgang gab und diesen durch den Charakter
der Cäcilie richtig motiviert, so sehen wir d a r i n die Einwirkung des
Jacobischen Verhältnisses. Dass aber dieses den Anlass zu der Dichtung
gab, bezweifeln wir sehr.

Wir fassen die Sache so: Göthe, ein grosser Verehrer von Swift,
kannte dessen Doppelverhältnis zu Stella und Vanessa. Er hatte damals den Trieb alles, was ihm geeignet aufstiess, dramatisch zu bearbeiten. So fasste er, wie bei Götz und Clavigo, auch die Dramatisierung
des dazu recht eigentlich herausfordernden Stoffes ins Auge, offenbar unabhängig von dem Jacobischen Verhältnisse. Als er über das letztere
näheres erfuhr, sah er, dass dem Sujet sich auch eine versöhnende Haltung, vor allem ein versöhnender Schluss geben lasse. Aber ein solcher
lag schon in Göthes Ansicht über Ehe und freie Liebe begründet. —
Der Charakter der Stella war in Swifts Vanessa gegeben, der der
Cäcilie in der Swiftschen Stella im Keime angedeutet, muss aber, da der
Schluss ein versöhnlicher werden sollte, von grund aus anders gestaltet
werden; denn nur auf ihren Charakter liess sich ein solcher Schluss auf-
bauen. Der Charakter der ruhig besonnenen, ihm damals persönlich
nahestehenden Johanna Fahlmer hat auf die Ausgestaltung der Cäcilie
mit eingewirkt; in erster Linie natürlich auch hier, wennschon nicht in
dem Masse, wie in seinen klassischen Werken, das künstlerische Motiv
der Nüancierung. Cäcilie wird älter mit bereits erwachsener Tochter
dargestellt, um ihr Zurücktreten gegen die jugendlichere liebesglühende
Stella zu motivieren.

Der Schluss ist sittlich wie ästhetisch gleich unerfreulich; die spätere
Umarbeitung mit dem tragischen Schluss ist noch unbefriedigender, weil
sie die auf den versöhnenden Abschluss hinzielende Charakteristik beider
Frauen beibehält. Es ist nicht „Rohheit, Philisterei und Tugendboldigkeit", wenn man an dem „Schauspiel der Liebenden" keine rechte Freude
finden kann. Denn auch die Stella spielt auf dem zweifelhaften Gebiete,
auf dem die Liebesverhältnisse der Göthe'schen Muse sich so gerne bewegen, wo die sittliche Bedeutung der Ehe der rein sinnlichen Liebesglut
geopfert wird. Hier ist nichts von „dem feurigen jungen Weine gäh-
render, überwältigender Empfindung, woraus sich Mut des reinen Lebens
trinken liesse", wie Scherer meint.

So ist der Versuch, die Richtigkeit der neuen Gedächtnisästhetik
an der Analyse der Dichtwerke nachzuweisen, gerade an dem Stücke, das
die exakte bruchlose Probe liefern sollte, völlig misslungen. Dass Göthe
in der Stella in erster Linie Selbsterlebtes im engsten Sinne dargestellt
habe, ist eine eitle Behauptung Scherers. Für die Gestalt der Stella
mag er einige zufällige, rein äusserliche Züge entnommen haben, um ihr
Bild zu „tingieren“, wie dies Göthe bei Gelegenheit seines „Falken“ in
einem Brief an Frau v. Stein so richtig nennt. Was er an Jacobi-
Fahlmer erlebt hat, hat höchstens sekundäre Bedeutung für den Schluss
und den Charakter der Cäcilie; indes ersterer liegt in Göthes eigenster
Sinnesart begründet und letzterer war durch den Ausgang bedingt. Es
bleibt somit nur das „Erlernte“: die Geschichte Swift-Stella-Vanessa.
Damit haben wir nichts als die schlichte Thatsache, dass Göthe wie beim
Götz, Egmont, Tasso, Iphigenie so auch bei seiner Stella einen gegebenen
Stoff als Sujet zur Dramatisierung gewählt hat. Dies haben die griechischen Tragiker, Shakespeare, Corneille und alle grossen Dichter ebenso
gehalten. Wenn wir die Sagen, welche die griechischen Tragiker, die
Novellen, welche Shakespeare zu grund legten, auch noch so gut kennen,
haben wir denn damit auch nur das geringste für das Verständnis des
Dichtwerks gewonnen? Zwischen der Fabel und dem Drama steht die
dichterische Thätigkeit. Sie nachzuweisen ist allein Sache einer wirklich wissenschaftlichen Kunstkritik.


### Hermann und Dorothea.

Hermann und Dorothea rechnet Grimm mit Recht zu den Werken
rein objektiven Charakters, in denen Göthe keine persönlichen Erlebnisse
verarbeitet habe. Neuerer Zeit will man von dem allgemeinen Ableitungs-
fieber angesteckt auch hier Selbsterlebtes im weitesten Umfang nachweisen. Schon früh fragte die Neugier, welches Städtchen, welches Wirts-
haus gemeint sei. Göthe selbst weist, wie beim Werther, Tasso, den
Wahlverwandtschaften solch alberne Frage ab, mit der Bemerkung: man
wolle Wahrheit, man wolle Wirklichkeit, und dadurch verderbe man
die Poesie (Gespr. m. Eckerm. Dez. 1826). Auch hier hat der Einspruch
Göthes nicht verhindern können, dass die „gelehrte Menge“ alle Winkel
des Gedichts durchstöberte, um verborgene persönliche Beziehungen zu
entdecken und das Bild in rohen Stoff zurückzuverwandeln.

Es liegt uns eine Abhandlung des Herrn Dir. Dr. Werther „Entstehung von Göthes Hermann und Dorothea 1890“ vor, der selbst wieder
auf zwei andere derartige Versuche verweist. Was er selbst beibringt,
ist entweder ganz allgemeiner Art, oder wo er Spezielleres bietet, an den
Haaren herbeigezogen. Dass rheinische Luft in dem Gedichte weht,
dass Landschaft, Sitten, Gewohnheiten, Denkweise der auftretenden Per-

sonen rheinländischen Charakter tragen, ist doch selbstverständlich. Göthe
hat ja seine Jugend, die Zeit, deren Eindrücke für das ganze Leben
haften, hier zugebracht. Wozu da die analoge Schilderung des Strassburger Aufenthalts in Dichtung und Wahrheit beiziehen? Es wäre doch
wirklich merkwürdig, wenn Göthe, ein geborener Rheinländer, Verhältnisse Sitten und Menschen nicht rheinländisch geschildert hätte.

Von den Personen hat man schon früh in der Löwenwirtin Züge
von Göthes Mutter erkannt. Ihr Bild hatte sich dem Sohne selbstverständlich aufs tiefste eingeprägt, und wo er ein Muster lebensfroher,
warm empfindender, grundgescheiter, menschenkundiger tüchtiger Hausfrau zeichnen wollte, schuf er es natürlich nach diesem seinem Geiste
so lebendigen Bilde. Aber er hat auch dieses Bild dichterisch gestaltet,
keine Kopie seiner Mutter geliefert. Die speziellen Züge — wie der
Gang durch Garten und Weinberg, das Raupenlesen, das Zurechtrücken
der Stützen und ähnliche individuelle Züge treffen nicht zu; sie entsprangen
mit Notwendigkeit aus dem Hauptcharakter der grossen ländlichen Guts-
besitzerin. — Im Löwenwirt will Werther Züge von Göthes Vater nachweisen; dieser Nachweis ist völlig misslungen. Dass der Wirt und
Göthes Vater einige Züge gemeinsam haben, erklärt sich aus der einfachen Thatsache, dass beide Menschen sind. Das Abweichende überwiegt
so sehr, die beiden Charaktere sind so grundverschieden, dass jene wenigen
ähnlichen Züge daneben gar nicht in Betracht kommen. — Für die Person Hermanns wie Dorotheas, für den Apotheker und den Pfarrer versucht Werther kein Modell nachzuweisen. Für den Pfarrer findet sich
eine innere Parallele in dem Abbé des W. Meister. Der Pfarrer ist Göthe
selbst, sofern er seine eigene reiche Lebenserfahrung durch ihn ausspricht.
Die speziellen Züge fehlen. Er ist die am wenigsten individuell ausge-
prägte Person, die poetisch schwächste Gestalt des Gedichts.

Den grössten Wert legt Werther auf den Konflikt zwischen Vater
und Sohn und die Vermittlerrolle der Mutter. Er will dies auf Göthes
eigene Erlebnisse im väterlichen Hause zurückführen. Richtig ist nur
die einfache Thatsache, dass in beiden Fällen ein Konflikt bestand; alles
andre ist im ganzen wie im einzelnen grundverschieden. Sodann war ja
der Konflikt schon in der Erzählung von den vertriebenen Salzburgern
gegeben. Dass der Dichter dies weiter ausführte, ist selbstverständlich.
Das gleiche gilt von der zweiten „Kollision“, dass Hermann um das
Mädchen nicht als Braut wirbt, sondern sie als Magd dingt. Werther
leitet dies aus Göthes persönlicher Vorliebe für Mummerei und Incognito-
spielen ab. Aber auch dieser Zug war ja schon in der Vorlage gegeben,
und ohne Weiterausführung jenes Konflikts zwischen Vater und Sohn
und dieser Falschwerbung mit ihren Folgen hätte ja das Gedicht des
rechten poetischen Lebens wie des rechten Interesses entbehrt.

Ganz gewiss liegt auch Hermann und Dorothea Selbsterlebtes, aber ein Selbsterlebtes weit höherer Art zu grunde. Seine reiche Welt- und Menschenkenntnis, seine in einem langen Leben gewonnene reife Weltanschauung, sein nationales, politisches, soziales, religiöses Glaubensbekenntnis spricht Göthe in diesem reifsten Werke aus. Darin ruht m i t die Bedeutung und der hohe Reiz dieses Gedichtes.

Wir greifen noch einen speziellen Punkt heraus. Der steingefasste, von Linden beschattete Brunnen soll der Lindenbrunnen bei Frankfurt sein. Das ist nicht richtig. Es ist vielmehr der Brunnen bei Wetzlar vor dem Wildbacher Thore. Doch dies nur beiläufig. Wir haben hier wieder eine der inneren Parallelen, auf die wir schon oben hingewiesen, die sich in Göthes Dichtung so zahlreich, aber auch bei allen anderen Dichtern, selbst so gestaltenreichen, wie Shakespeare, ja bei allen Künstlern wiederfinden. Auf den Nachweis dieser inneren Parallelen legen wir im Gegensatz gegen die äussere Parallelenjagd der Göthephilologie den Hauptnachdruck. Wir knüpfen hieran einige allgemeine Bemerkungen.

Die künstlerische Gesamtthätigkeit ist die Entfaltung des angeborenen Genies, wie es sich im Lauf der Zeit entwickelt. Die einzelnen Werke sind die Aeusserungen der jeweiligen geistigen und künstlerischen Entwicklungsstufe, aber nur fragmentarische Aeusserungen; keines giebt ein volles Bild seines geistigen Lebens und seines künstlerischen Vermögens. Sodann bleibt eine Menge von Entwürfen unvollendet liegen. — Aufgabe der Forschung ist es somit, die allgemeine geistige wie die speziell künstlerische Entwicklung des Genies nachzuweisen, und die einzelnen Werke daraus zu erklären.

Die Kunst entwickelt sich anfangs mehr lokal und in einseitig gesonderten Richtungen, bei den bildenden Künsten in besonderen Schulen, welche einzelne Seiten des geistigen Lebens wie der Technik einseitig ausbilden. Die Meister dieser Vorperiode bleiben gewöhnlich selbst bei längerem Leben in der Auffassung ihrer Jugendzeit befangen; auch ihre späteren Werke sind meist nur Variationen, oft schwächliche Wiederholungen der ersten genialen Konzeptionen. So z. B. bei Perugino und bei Klopstock. Haben diese Meister die besonderen Richtungen, in denen sich das geistige Leben wie die Technik entwickelt, zu der innerhalb dieses engen Kreises möglichen Höhe gebracht, so fassen jüngere universell angelegte Genien diese verschiedenen Richtungen zusammen und führen, auf ihren Schultern stehend, die Kunst ihrer Vollendung entgegen. Sie prägen das gesamte geistige Leben, die ihre Zeit und ihr Volk bewegenden Ideen mit der in den gesonderten Schulen ausgebildeten Technik in vollendeten Gestalten aus. So in der griechischen Plastik, in der Kunst der italiänischen Renaissance, in der Göthe-Schiller'schen Periode. Diese grossen Genien haben dann auch, wenn ihnen eine etwas längere Lebensfrist vergönnt ist, eine reichere individuelle Entwicklung, derart dass ihre späteren Werke einen den früheren geradezu entgegengesetzten

Charakter zu tragen scheinen. Wer von Rafael nur die Bilder der Perugiuer und Florentiner Zeit mit ihrem seligen weltabgeschiedenen Gottesfrieden kennt, wird bei dem ersten Anblick der späteren bewegteren Bilder der Stanza dell' Eliodoro, der Konstantinsschlacht, noch mehr der dramatisch bewegten Kompositionen der Teppiche den gleichen Meister nicht erkennen. Bei näherer Betrachtung, bei Kenntnis der Zwischenglieder wird er aber doch finden, dass Werke von solch unvergleichlicher Kunst der Komposition, wie der Anmut der meisten Gestalten doch nur von Rafael sein können. Aehnlich geht es uns, wenn wir Iphigenie und Tasso mit Götz und Werther vergleichen. Wir werden auch hier bei näherer Betrachtung bald neben der Verschiedenheit den gemeinsamen Charakter herausfinden.

Aufgabe einer wirklich wissenschaftlichen Forschung ist es nun die gesamte künstlerische Thätigkeit als die Entfaltung des angeborenen wie durch eine reiche Kunstübung ausgebildeten und gereiften Genies aufzuzeigen, die i n n e r e Entwicklungsgeschichte dieses Genies mit Berücksichtigung der äusseren Einflüsse, soweit sie sicher nachweisbar sind und noch mehr, wie sie von ihm geistig und künstlerisch verarbeitet worden sind, nachzuweisen. Die Werke einer bestimmten Periode, die fertigen wie die Fragmente, ebenso die Skizzen, briefliche und sonstige Aeusserungen sind zusammenzustellen, sowohl nach ihrem geistigen Gehalt wie nach der Technik zu vergleichen und so die darin zu grunde liegende Weltauffassung wie das künstlerische Vermögen genau zu bestimmen. Ebenso ist mit den folgenden Epochen zu verfahren. Dann sind die einzelnen Werke dieser Epochen wieder nach jenen Gesichtspunkten zu vergleichen, das Neue wie das Gemeinsame festzustellen, bei dem letzteren der Fortschritt oder auch nur der Reichtum und die Mannigfaltigkeit aufzuzeigen. — Auszugehen ist natürlich von der Frühzeit, weil in diese die reichsten, originalsten und nachhaltigsten Konzeptionen fallen, Konzeptionen, an deren Ausführung ein Künstler oft sein ganzes langes Leben gearbeitet hat, wie dies Göthe in seinem letzten Brief an Humboldt von der ersten Konzeption des Faust ausdrücklich aussagt.

Wenn wir die Handzeichnungen der grossen italiänischen Künstler der Renaissance zumal die ihrer Frühzeit durchgehen, so fällt uns zunächst die grosse Anzahl von Skizzen desselben Gegenstandes auf. Wir erinnern nur an das Bekannteste: Madonna mit dem Kinde, h. Familie, Abendmahl u. a. Es sind vielfach ganz flüchtig hingeworfene Umrisse; die Gesichtszüge oft kaum angedeutet; es handelt sich meist nur um Stellung, Gruppierung und Gewandung der Figuren. Daneben finden sich einzelne schwierigere Partien, wie Hände, Füsse, Kopfhaltung, Faltenwurf oft auf dem gleichen Blatte manchmal mehrfach genauer ausgeführt. Es sind durchaus keine Akt- und Modellzeichnungen — auch solche finden sich zwischenhinein — sondern Versuche des Künstlers das in seiner Phantasie lebhaft aber in unbestimmten Umrissen vorhandene, nach Gestaltung ringende Bild äusserlich zu projizieren. Der Maler verfährt hier ganz genau so, wie Grimm und Schmidt Schiller verwerfen: er wendet die Gestalt so und so, er versucht diese und jene Stellung, Gruppierung und Gewandung. In und durch diese Versuche gewinnt die innere Konzeption seiner Phantasie eine bestimmte, festumrissene Form und aus dieser so innerlich ausgereiften Gestalt — durchaus nicht durch äussere Zusammenstellung verschiedener Züge der einzelnen Skizzen — schafft er das definitive Kunstwerk. Die Hauptbedeutung dieser Skizzen liegt durchaus nicht darin, dass wir einzelne spezielle Züge in gleichzeitigen und späteren Werken nachzuweisen vermögen, sondern darin, dass wir, soweit das überhaupt möglich ist, einen Einblick in die Werkstatt und das Verfahren des künstlerischen Genies gewinnen. — Es ist natürlich, dass diese Bilder, an deren Ausgestaltung sich die künstlerische Phantasie so lange und so anhaltend versucht hat, lange in der Phantasie nachwirken und oft in späterer Zeit noch, in einer ganz anderen Entwicklungsperiode des Künstlers immer wieder zum Vorschein kommen. Diese frühen Konzeptionen bilden einen unverlierbaren Schatz, den Grundstock, den eisernen Bestand seiner Phantasie, auf den er immer und immer wieder zurückgreift.

Es ist hier nicht der Ort dies bei den grossen italiänischen Malern besonders bei Rafael nachzuweisen. Es verhält sich ähnlich auch bei Göthe, wiewohl uns hier, bei dem Dichter, kein so reiches Material zu gebot steht, wie bei dem Maler Rafael. Der bildende Künstler arbeitet für das Auge, er muss sich die innere Konzeption selbst erst mehrfach äusserlich vor das Auge stellen. Der Dichter wendet sich an das innere Auge, an die Phantasie, und so reift er seine Konzeptionen auch innerlich in rein geistiger Arbeit aus, ohne die verschiedenen Versuche und Stadien ihrer Entwicklung äusserlich aufs Papier zu bringen. Voll gilt das allerdings nur für die kleinen aus e i n e r Grundstimmung entsprungenen Lieder; von ihnen sagt Göthe ausdrücklich, dass er sie halb träumend auf e i n e n Zug niedergeschrieben habe. Bei grossen Kompositionen ist das natürlich anders: da wendet auch der genialste Dichter seine Konzeptionen so und so, versucht diese und jene Wendung und muss sie, um sie für sich selbst zu fixieren, auf das Papier bringen. Leider ist uns bei Göthe von solchen Skizzen nur ganz wenig erhalten. Einen Einblick in dieses Schaffen gewinnen wir aber doch aus den relativ reichlicher erhaltenen Skizzen zum Faust.

Fehlt uns nun auch für Göthes Frühzeit das reiche Material, das uns Rafael in seinen Handzeichnungen gewährt, so bieten uns doch die ausgeführten Werke, daneben Fragmente, Briefstellen etc. ein Analogon, wie auch er, der Dichter, die originalen jugendlichen Konzeptionen, Empfindungen, Ideen, Gestalten in immer wieder neuer Form zur Darstellung

zu bringen sucht. Wir greifen für seine Frühzeit nur einen Punkt als
Beispiel heraus. Ganz eigenartig, bis in seine Knabenzeit zurückzuverfolgen, ist ein tiefer Natursinn, der sich bald zu einem mystischen Versenken in das Naturleben entwickelt; ein Versenken in das Leben und
Weben der personifizierten schaffenden Natur im grossen und kleinen,
in das Summen und Wabern der Käfer, wie in das Walten der grossen
Elementargeister; der innere Drang, von den körperlichen Schranken entbunden mit den Flügeln des Adlers den Lauf der Sonne über die kreisende
Erde hin zu verfolgen, entkörpert mit den geheimnisvollen Elementar-
geistern der Natur zu schweben und zu weben. Diese Züge finden sich
gemeinsam im Werther, in den Briefen aus der Schweiz, vor allem in
dem gleichzeitigen Faust; Anklänge daran in Gedichten, selbst in Briefen.
Es ist das, was wir innere Parallelen nennen. Solche Züge sind zusammenzustellen und danach wie nach dem entsprechenden Stile der Charakter
der genialen Jugenddichtung zu zeichnen. Vor allem ist auch ihre Mannigfaltigkeit, der etwaige Fortschritt in der Gestaltung und ebenso ihr Nachleben in der späteren Dichtung, besonders im Faust nachzuweisen. —
Dann ist zu zeigen, wie sein geistiger Gesichtskreis sich erweitert und
vertieft, wie bei dieser Erweiterung und Vertiefung seiner Bildung auch
seine Dichtung nach geistigem Gehalt wie nach Stil einen anderen Charakter gewinnt. Die Periode der Iphigenie und des Tasso ist mit Beiziehung der kleineren Werke, der Briefe u. a. zu charakterisieren; ebenso
die spätere des W. Meister und von Hermann und Dorothea. Es ist überall
die geistige Entwicklung der Gesamtpersönlichkeit zu betonen und hieraus
die Verschiedenheit der betreffenden Werke nach geistigem Gehalt wie
nach Darstellung zu erklären. Aber noch mehr ist neben der Verschiedenheit die Einheit in der dichterischen wie in der allgemein geistigen
Entwicklung nachzuweisen, um so aus diesen „Bruchstücken seiner grossen
Konfession" das Bild einer grossen genialen einheitlichen dichterischen
Persönlichkeit zu gewinnen.

Als Leitfaden dienen hiezu besonders jene gemeinsamen Züge und
Gestalten — die inneren Parallelen. Wenige Künstler haben eine so
grosse Anzahl verschiedenartiger Charaktere geschaffen wie Shakespeare.
Bei Göthe z. B. treffen wir an Männergestalten nur eine sehr beschränkte
Anzahl von Typen; an Frauengestalten einen grösseren Reichtum. Diese
in allen Epochen seiner Dichtung wiederkehrenden Gestalten sind zusammenzustellen, nach der durch die jeweilige künstlerische Entwicklung,
wie durch den jeweiligen Zusammenhang bedingten Eigenart und künstlerischen Vollendung zu vergleichen. Dies scheint uns die Aufgabe einer
ächt wissenschaftlichen Göthephilologie. Der Nachweis äusserer Parallelen,
des „Entlehnten", hat daneben eine ganz sekundäre Bedeutung. Nicht
um die Ochsen und Schafe, die der Mensch verzehrt, handelt es sich,
wie Göthe sagt, sondern um das, was er davon verdaut und noch mehr

um das, was er davon und wie er es in Muskel- und Knochenbildung
überführt. Ganz ebenso verhält es sich bei der Erforschung der äusseren
Stoffe wie der persönlichen Erlebnisse. Auch hier handelt es sich für
eine wirklich wissenschaftliche Forschung nur um den Nachweis der künstlerischen Verarbeitung.

Fassen wir unser Urteil zusammen. Die Grundlage der Göthephilologie, die Gedächtnisästhetik ist grundfalsch; sie selbst vermag diese Grundlage bei ihren kritischen Arbeiten nicht festzuhalten; spricht doch auch
E. Schmidt mit Anklang an eine bekannte Stelle Gottfrieds v. Strassburg
von einem Feuerofen der Phantasie, in der die Stoffelemente gereinigt
und geläutert werden. Die spezielle Aufgabe sodann, welche sie sich
stellt, die Göthe'schen Dichtwerke in die rohen Stoffelemente zu zerlegen,
ist misslungen; sie arbeitet weit mehr mit Hypothesen als mit Thatsachen und bringt trotzdem nur ein ganz dürftiges Material zusammen.
Von dem Nachweis der künstlerischen Gestaltung dieses Rohstoffes sieht
sie, von dem Standpunkt der Gedächtnisästhetik aus mit Recht, ganz ab.
So interessant zumal für die Neugier der gelehrten und ungelehrten Menge
die Aufstöberung von persönlichen Beziehungen, besonders von Liebesverhältnissen auch sein mag, so vermögen wir doch sowohl nach der ästhetischen Grundlage wie nach der Methode der Götheerklärung nur das
Wort Plato's auf sie anzuwenden: οὐκ ἔστι τέχνη, ἀλλ' ἄτεχνος τριβή.

# Berichtigungen.

Die mehrfach unrichtige Interpunktion möge der Leser selbst berichtigen.

Pag. 2, Z. 23 nach Brahm setze ein: nahezu.
Pag. 6, Z. 10 statt in der Champagne lies: v. 1792.
Pag. 15, Z. 20 st. „d u r c h innen“ l. „v o n innen“.
Pag. 15, Z. 43 st. seinen l. seinem.
Pag. 26, Z 41 nach Sentimentalität setze ein: des jungen Deutschlands.
Pag. 28, Z. 29 st. Sala l. Stanza.
Pag. 50, Z. 31 st. bummeliges l. bummliges.
Pag. 56, Z. 7 nach Geist setze Punktum st. Fragezeichen.
Pag. 59, Z. 26 st. „aufgetragene“ l. „aufgetretene“.
Pag. 60, Z. 35 st. kritischen l. Kritischen.
Pag. 70, Z. 22 st. reine l. rein.
Pag. 74, Z. 3 st. Kinderzüge l. Kinder Züge.
Pag. 93, Z. 41 nach Deutschlands setze Komma.

# Anmerkungen.

Zu pag. 45 Z. 2. Vergl. das Gedicht: „Frisches Ei, gutes Ei“ und sonst mehrfach.

Zu pag. 20 Z. 13. Eine Gesamtausgabe der schönwissenschaftlichen und kritischen Arbeiten Mercks, ganz besonders auch der Artikel in den Frankfurter Gelehrten Anzeigen, Wielands Merkur, Nicolais Allgemeiner deutscher Bibliothek nach dem heutigen Stand der Forschung ist dringend zu wünschen. Es würde sich für jeden mit vollster Evidenz ergeben, dass seine Kritik durchaus keine rein negative ist, sondern auf der positiven Grundlage gesunden Geschmacks und solider Kunsteinsicht beruht. Seine im Göthearchiv vorhandenen satirischen Episteln scheinen auf immer verschlossen und der litterarischen Forschung entzogen bleiben zu sollen. Offenbar walten hier ganz eigentümliche Rücksichten ob.

Zu pag. 99 Z. 27. Ich habe in meiner „Geschichte der poetischen Theorie und Kritik etc.“ die Stellung Lessings zum Werther aus seiner männlichen Persönlichkeit zu erklären versucht. Herr Bernh. Seuffert schilt mich deshalb einen Nicolaiten. Ich bin weder Nicolait noch Lessingit, weder Schillerit noch Göthit, sondern schlichter Historiker, der Menschen und Thatsachen zu begreifen und zu erklären sucht. Herr Seuffert ist einseitiger Philologe vom reinsten Wasser, dem leider geschichtlicher Sinn, freier Blick, umfassende wissenschaftliche Bildung, wie sie z. B. E. Schmidt besitzt, sehr abgeht. Seit langer Zeit beschäftigt er sich mit Wieland und ist nicht einmal im Shaftesbury zu hause, der doch einen so bedeutenden Einfluss auf das geistige Leben des vorigen Jahrhunderts, insbesondere auch auf Mendelssohn-Schiller, auf Herder und Wieland direkt und indirekt ausgeübt hat. — Seuffert gehört zu den extremsten Entlehnungstheoretikern. Göthes Faust ist nach ihm eine Kopie des „gleichgeeigenschafteten (!) Vorbilds“: „Die Wahl des Herkules“ v. Wieland 1773. Neben zahlreichen anderen Stellen führt er auch die Worte Fausts: „Zwei Seelen wohnen, ach! in meiner Brust“ auf jenes Drama zurück. Indes jene Stelle findet sich im Fragment von 1790 noch nicht, sie fällt wohl Ende 1800, wo Göthe sich mit Schriften über Magie u. drgl. beschäftigte. Wie soll er da jene Worte aus einer Schrift von 1773 entlehnt und nicht vielmehr aus sich selbst entnommen haben? Weiss denn Herr Seuffert nichts von dem Dualismus des sittlichen Bewusstseins, wie es sich ja auch im Christentum mit seinem Gesetz des Geistes und des Fleisches so scharf ausspricht?

www.ingramcontent.com/pod-product-compliance
Lightning Source LLC
Chambersburg PA
CBHW021712110726
47902CB00005B/1163